Sarah J. Maas

Throne of Glass

Der verwundete Krieger

Sarah J. Maas

THRONE of GLASS

Der verwundete Krieger

Roman

Aus dem amerikanischen Englisch
von Michaela Link

dtv

13. Auflage 2026
Ungekürzte Ausgabe
2018 dtv Verlagsgesellschaft mbH & Co. KG
Tumblingerstraße 21, 80337 München
produktsicherheit@dtv.de

Titel der englischen Originalausgabe: ›Tower of Dawn‹, 2017 erschienen
bei Bloomsbury Publishing Plc
This translation is published by arrangement with Bloomsbury Publishing Plc.

Lektorat: Kerstin Weber
Umschlaggestaltung: dtv nach einem Entwurf von semper smile, München
basierend auf der Original-Konzeption von Greg Heinimann
Umschlagillustration: Jim Tierney
© der Landkarte: Charlie Bowater; Abdruck mit freundlicher
Genehmigung von Bloomsbury Publishing
Gesetzt aus der Weiss Antiqua
Satz: Fotosatz Amann, Memmingen
Druck und Bindung: Druckerei C.H.Beck, Nördlingen
Printed in Germany · ISBN 978-3-423-71807-3

Für meine Großmutter Camilla,
die Berge und Meere überquert hat
und deren bemerkenswerte Geschichte
mein allerliebstes Epos ist

I

Die Stadt der Götter

gespart, und Nesryn, frisch ernannter Captain der Garde, war in der Tat prachtvoll anzusehen in ihrer rot-goldenen Uniform. Es war ihm ein Rätsel, wo Dorian eine der Uniformen ausgegraben hatte, die Chaol einst mit solchem Stolz getragen hatte.

Eigentlich hatte er Schwarz tragen wollen, weil Farbe ... Mit Farben konnte er einfach nichts anfangen, außer mit dem Rot und Gold seines Königreichs. Aber Schwarz war zur Farbe von Erawans durch Valg verseuchte Garde geworden. In vollkommen schwarzen Uniformen hatten sie Rifthold terrorisiert, seine Männer zusammengetrieben, gefoltert und abgeschlachtet.

Um sie dann an die Palasttore zu hängen, wo sie im Wind hin und her geschaukelt waren.

Er hatte den Anblick der anticanischen Wachen kaum ertragen können, an denen sie auf ihrem Weg hierher vorbeigekommen waren – sowohl in den Straßen als auch in diesem Palast standen sie stolz und wachsam da, Schwert auf dem Rücken, Messer an der Seite. Selbst jetzt widerstand er dem Drang, dorthin zu sehen, wo sie, wie er wusste, in der Halle positioniert waren, wo er seine eigenen Männer positioniert hätte. Wo er zweifellos selbst gestanden und alles überwacht hätte, wenn Gesandte aus einem fremden Königreich ankamen.

Nesryns tiefschwarze Augen erwiderten seinen Blick, kühl und unbewegt. Ihr schulterlanges, schwarzes Haar wippte bei jedem Schritt. Keine Spur von Nervosität auf ihrem schönen, ernsten Gesicht. Kein Hinweis darauf, dass sie gleich einen der mächtigsten Männer der Welt treffen würden – einen Mann, der das Schicksal ihres eigenen Kontinents in dem Krieg, der mit Sicherheit inzwischen Adarlan und Terrasen überzog, verändern konnte.

Chaol blickte wieder nach vorn, ohne ein Wort zu sagen. Die Mauern und Säulen und bogenförmigen Durchgänge hatten Augen und Ohren und Münder, hatte sie ihn gewarnt.

Es war allein dieser Gedanke, der Chaol daran hinderte, an den

Kleidern herumzuzupfen, für die er sich schließlich entschieden hatte: hellbraune Hosen, kniehohe kastanienbraune Stiefel und ein weißes Hemd aus feinster Seide, das größtenteils von einer dunklen blaugrünen Jacke verborgen wurde. Die Jacke war ziemlich schlicht, nur die Reihe feiner Messingschnallen entlang der Vorderseite und das Schimmern des zarten, goldenen Garns, das den Stehkragen und die Ränder säumte, verrieten ihren Wert. Kein Schwert hing an seinem Ledergürtel – und das Fehlen dieses tröstlichen Gewichts fühlte sich an wie ein fehlender Arm.

Oder fehlende Beine.

Zwei Aufgaben. Er hatte zwei Aufgaben während seines Aufenthalts hier und er war sich immer noch nicht sicher, welche sich als die unmöglichere entpuppen würde:

Den Großkhan und seine sechs potenziellen Thronerben zu überzeugen, ihre stattlichen Armeen in den Krieg gegen Erawan zu schicken ...

Oder eine Heilerin an der Torre Cesme zu finden, die ihm irgendwie das Laufen wieder beibrachte.

Die ihn, wie er mit einigem Abscheu dachte, wieder reparieren konnte.

Er hasste dieses Wort. Beinahe ebenso sehr wie das Geklapper der Räder. *Reparieren.* Obwohl es genau das war, worum er die legendären Heilerinnen anflehen würde, schmerzte es ihn, drehte es ihm den Magen um.

Er stieß das Wort und den Gedanken von sich, während Nesryn dem fast lautlosen Schwarm von Dienern folgte, die sie vom Hafen hierhergebracht hatten, durch die gewundenen und staubigen Kopfsteinpflasterstraßen Anticas, den ganzen Weg bergauf über die Allee zu den Kuppeln und den sechsunddreißig Minaretten des Palastes.

Weiße Stoffstreifen – aus Seide oder Filz oder Leinen – hatten aus unzähligen Fenstern, von Laternen und Türen gehangen. Wahrscheinlich weil irgendein Amtsträger oder entfernter königlicher Verwandter jüngst gestorben war, hatte Nesryn gemurmelt. Es gab ganz unterschiedliche Trauerrituale, oft eine Mischung aus den Bräuchen der vielen Königreiche und Territorien, die jetzt vom Großkhanat regiert wurden, aber das weiße Tuch war ein uraltes Überbleibsel aus den Jahrhunderten, in denen die Untertanen des Großkhans durch die Steppe gestreift waren und ihre Toten unter dem wachsamen freien Himmel zur ewigen Ruhe gebettet hatten.

Die Stimmung in der Stadt war jedoch keineswegs niedergeschlagen gewesen, als sie sie durchquert hatten. Menschen in unterschiedlichster Gewandung waren herumgeeilt, Kaufleute hatten ihre Waren angepriesen und Altardiener hatten die Menschen auf der Straße in ihre Tempel aus Holz oder Stein gewunken – in Antica hatte jede Gottheit ein Zuhause, hatte Nesryn erklärt. Keine Niedergeschlagenheit – nicht einmal im Palast, über den der glänzende, aus hellen Steinen erbaute Turm der Torre auf einem der südlichen Hügel wachte.

Die Torre Cesme. Deren Turm die fähigsten sterblichen Heilerinnen der Welt beherbergte. Chaol hatte versucht, ihn nicht allzu lange durch die Fenster der Kutsche anzuschauen, wenngleich das gewaltige Bauwerk von fast jeder Straße und jedem Winkel Anticas aus zu sehen war. Keiner der Diener hatte den Turm erwähnt oder auf seine beherrschende Präsenz hingewiesen, die selbst mit der des Palastes des Großkhans zu wetteifern schien.

Nein, überhaupt hatten die Diener auf dem Weg hierher nicht viel gesagt, auch nichts über die Trauerbanner, die im trockenen Wind flatterten. Alle hatten geschwiegen, Männer wie Frauen mit dunklem, glänzend glattem Haar, in weiten Hosen und weich fließenden, kobaltblauen und blutroten Jacken, die mit hellem Gold gesäumt waren. Bezahlte Diener – aber Nachfahren jener Sklaven, die einst dem Geschlecht des Großkhans gehört hatten. Bis eine Generation zuvor die damalige Khatum – wie ein weiblicher Großkhan genannt wurde –,

Visionärin und Hitzkopf zugleich, die Sklaverei für gesetzwidrig erklärt hatte, eine ihrer vielen Verbesserungen dieses Reiches. Die Khatum hatte ihre Sklaven befreit, sie aber als bezahlte Diener behalten – mitsamt ihren Kindern. Und jetzt waren es die Kinder dieser Kinder.

Keiner von ihnen schien unterernährt oder unterbezahlt zu sein und keiner hatte auch nur einen Hauch von Furcht gezeigt, als sie Chaol und Nesryn vom Schiff zum Palast eskortiert hatten. Der gegenwärtige Großkhan behandelte seine Diener sehr gut, wie es schien. Hoffentlich würde sein – bis jetzt noch ungewisser – Thronfolger das Gleiche tun.

Anders als in Adarlan oder Terrasen entschied der Großkhan oder die Khatum darüber, wer das Reich erbte – nicht die Geburtenfolge oder das Geschlecht. So viele Kinder wie möglich zu haben vergrößerte zwar die Auswahl, erleichterte die Sache allerdings nur geringfügig. Und dann die Rivalität unter den königlichen Kindern ... Es war geradezu ein Blutsport. Darauf angelegt, dem Vater oder der Mutter zu beweisen, wer zum Herrschen der Stärkste, der Klügste, der Beste war.

Das Gesetz verlangte vom Großkhan, ein versiegeltes Dokument in einem nicht näher gekennzeichneten Versteck aufzubewahren – ein Dokument, das den Thronfolger benannte, sollte den Herrscher der Tod ereilen, bevor der Erbe offiziell benannt werden konnte. Es konnte zwar jederzeit geändert werden, diente aber dem einen Zweck, das zu verhindern, was das Großkhanat fürchtete, seit der erste Großkhan die Königreiche und Territorien dieses Kontinents zusammengefügt hatte: den Zerfall. Nicht durch äußere Kräfte, sondern aufgrund eines Krieges im Innern.

Jener erste Großkhan aus längst vergangener Zeit war weise gewesen. Kein einziges Mal war es im dreihundert Jahre alten Großkhanat zum Bürgerkrieg gekommen.

Jetzt schob Nesryn Chaol an den sich anmutig verneigenden Dienern vorbei, die zwischen zwei riesigen Säulen innehielten. Vor ihnen lag der prunkvolle Thronsaal, in dem mehrere Dutzend Menschen sich um ein goldenes, in der Mittagssonne glitzerndes Podest scharten. Und Chaol fragte sich, welcher der fünf Nachkommen, die vor dem Mann auf dem Thron standen, dazu auserwählt war, eines Tages über dieses Reich zu herrschen.

Das einzige Geräusch neben dem verhassten Knirschen der Räder war das Rascheln der Gewänder der vier Dutzend Menschen – er zählte sie zwischen ein paar beiläufigen Wimpernschlägen –, die zu beiden Seiten des glänzenden Podests standen. Wie eine Wand aus Seide, Haut und Juwelen, eine regelrechte Allee, durch die Nesryn ihn in seinem Rollstuhl schob.

Sie hatte die Räder heute Morgen frisch geölt, aber die Wochen auf See hatten dem Metall zugesetzt und die Laufflächen rau gemacht. Sie rumpelten, knirschten und kratzten wie Nägel auf Stein.

Doch Chaol reckte das Kinn. Straffte die Schultern.

Nesryn blieb in gesunder Entfernung zum Podest stehen – in gesunder Entfernung zu der Mauer aus fünf königlichen Kindern, alle in der Blüte ihres Lebens, Männer wie Frauen, die zwischen ihnen und ihrem Vater standen.

Der Schutz ihres Herrschers – die erste Pflicht eines Prinzen oder einer Prinzessin. Die einfachste Art, Loyalität zu beweisen, sich als perfekter Thronfolger zu positionieren. Und die fünf Männer und Frauen vor ihnen ...

Chaol setzte einen neutralen Gesichtsausdruck auf, als er noch einmal nachzählte. Nur fünf. Nicht die sechs, von denen Nesryn gesprochen hatte.

Aber als er sich jetzt aus der Taille heraus vorbeugte, suchte er die Halle nicht etwa nach dem fehlenden Bruder oder der fehlenden Schwester ab. Es war die Bewegung, die er während dieser letzten Woche auf See immer wieder eingeübt hatte, während es heißer und heißer geworden war und die Luft trocken und dörrend. Sich in dem Stuhl zu verbeugen fühlte sich immer noch unnatürlich an, aber Chaol verneigte sich tief – bis er auf seine leblosen Beine starrte, auf seine makellosen braunen Stiefel und die Füße, die er nicht spüren, nicht bewegen konnte.

Dem Wispern von Stoff zu seiner Linken entnahm er, dass Nesryn neben ihn getreten war und nun ebenfalls eine tiefe Verbeugung machte.

Drei Atemzüge lang – so hatte Nesryn es erklärt – verharrten sie in dieser Position.

Chaol nutzte diese drei Atemzüge, um sich zu sammeln, um die Last auszublenden, die auf ihnen beiden lag.

Er war einst einer untadeligen Körperhaltung fähig gewesen. Er hatte Dorians Vater jahrelang gedient, hatte Befehle entgegengenommen, ohne auch nur mit der Wimper zu zucken. Und davor hatte er seinen eigenen Vater ertragen, dessen Worte ebenso verletzend gewesen waren wie seine Fäuste. Der wahre amtierende Lord von Anielle.

Der *Lord,* der jetzt vor Chaols Namen stand, war ein Hohn. Ein Hohn und eine Lüge, von der abzulassen Dorian sich trotz Chaols Protesten geweigert hatte.

Lord Chaol Westfall, rechte Hand des Königs.

Er hasste den Titel. Noch mehr als das Rumpeln und Knirschen der Räder. Noch mehr als den Körper, den er jetzt von der Hüfte abwärts nicht mehr spüren konnte, den Körper, dessen Reglosigkeit ihn immer noch überraschte, selbst nach all diesen Wochen.

Er war Lord von Nichts. Lord der Eidbrecher. Lord der Lügner.

Und als Chaol sich aufrichtete und den mandelförmigen Augen des weißhaarigen Mannes auf dem Thron begegnete, als sich die wettergegerbte braune Haut des Großkhans mit einem kleinen, schlauen Lächeln in Falten legte ... fragte Chaol sich, ob der Großkhan das ebenfalls wusste.

2

Nesryn fühlte sich innerlich zerrissen.

Einerseits hatte sie als Captain von Adarlans königlicher Garde ihrem König gelobt, dafür zu sorgen, dass der Mann neben ihr im Rollstuhl geheilt würde – und dass sie dem Mann vor ihr auf dem Thron eine Armee abringen würde. In diesem Bewusstsein reckte Nesryn den Kopf, der Rücken kerzengerade, die Hände in gebührendem Abstand zu dem kunstvollen Schwert an ihrer Hüfte.

Doch da war das *Andrerseits*.

Andrerseits hatte sie die Tränen zurückdrängen müssen, als sie beim Heransegeln die Türmchen und Minarette und Kuppeln dieser Stadt der Götter über dem Horizont hatte auftauchen sehen, die glänzende Säule der Torre, die alles stolz überragte. Sie hatte rauchiges Paprikagewürz gerochen und das scharfe Aroma von Ingwer und die lockende Süße von Kreuzkümmel, als sie den Hafen hinter sich gelassen hatten, und tief im Herzen hatte sie gewusst, dass sie *zu Hause* war. Dass sie, jawohl, Adarlan diente, für Adarlan lebte und für Adarlan sterben würde, für die Familie, die noch dort war, dass aber an diesem Ort, an dem einst ihr Vater gelebt und wo selbst ihre in Adarlan geborene Mutter sich wohler gefühlt hatte ... dass hier ihr Volk war.

Die Haut, die in verschiedenen Brauntönen schimmerte. Das volle glänzende, schwarze Haar – *ihr* Haar. Die Augen, die schräg oder weit auseinanderstanden, rund oder schmal sein konnten und deren Schattierungen zwischen Tiefschwarz und Kastanienbraun und sogar Haselnuss und Grün variierten. Ihr Volk. Ein Mix zwar aus verschiedenen Königreichen und Territorien, aber ... hier wurden auf der Straße keine Beleidigungen gezischt. Hier würden die Kinder keine Steine werfen. Hier würden sich die Kinder ihrer Schwester nicht fremd fühlen. Unerwünscht.

Und in diesem Bewusstsein zitterten ihr – trotz ihrer kerzengeraden Haltung – tatsächlich die Knie angesichts dessen, wer hier vor ihr saß. *Was* ihr hier bevorstand.

Nesryn hatte es nicht gewagt, ihrem Vater zu erzählen, wohin sie ging und was sie vorhatte. Nur dass sie im Auftrag des Königs von Adarlan fortgehen und eine Weile fortbleiben würde.

Ihr Vater hätte es nicht geglaubt. Nesryn konnte es selbst nicht ganz glauben.

Der Großkhan war eine Geschichte gewesen, die man sich an Winterabenden vor dem Herdfeuer zugeflüstert hatte, seine Nachkommen Legenden, die man erzählt hatte, während endlose Brotlaibe für die Bäckerei geknetet worden waren. Die Gutenachtgeschichten ihrer Vorfahren, die sie entweder in süßen Schlaf lullten oder in abgrundtiefes Entsetzen stürzten, das sie die ganze Nacht wach gehalten hatte.

Der Großkhan war ein lebender Mythos gewesen. Ebenso sehr göttliche Instanz wie die sechsunddreißig Gottheiten, die über diese Stadt und dieses Reich herrschten.

Es gab in Antica ebenso viele Tempel für diese Gottheiten wie Huldigungen der verschiedenen Großkhane. *Mehr* noch.

Deswegen nannte man sie die Stadt der Götter – und wegen des lebenden Gottes, der auf dem Elfenbeinthron auf diesem goldenen Podest saß.

Ein Podest, das tatsächlich aus purem Gold bestand, genau wie in den geflüsterten Legenden ihres Vaters.

Und die sechs Kinder des Großkhans ... Nesryn kannte all ihre Namen, ohne dass sie ihr vorgestellt worden waren.

Nach den sorgfältigen Recherchen, die Chaol während ihrer Überfahrt angestellt hatte, bezweifelte sie nicht, dass er sie ebenfalls kannte.

Aber das war noch lange nicht alles, was diese Begegnung ausmachte.

Im gleichen Maße, wie *sie* den ehemaligen Captain in den letzten Wochen über ihr Heimatland belehrt hatte, hatte er sie in der Hofetikette unterwiesen. Er hatte zwar selten so direkt damit zu tun gehabt, aber genug davon mitbekommen, als er noch seinem König gedient hatte.

Als Beobachter des Spiels wurde er jetzt zu einem der wichtigsten Mitspieler. Mit unerträglich hohem Einsatz.

Sie warteten schweigend darauf, dass der Großkhan sprach.

Sie hatte versucht, sich ihr Staunen nicht anmerken zu lassen, als sie durch den Palast gegangen waren. Bis jetzt hatte sie, während ihrer wenigen Besuche in Antica im Laufe der Jahre, noch nie auch nur einen Fuß in dieses Gebäude gesetzt. Ebenso wenig wie ihr Vater oder dessen Vater oder überhaupt irgendeiner ihrer Vorfahren. In einer Stadt der Götter war dies der heiligste aller Tempel. Und das tödlichste aller Labyrinthe.

Der Großkhan bewegte sich nicht auf seinem Elfenbeinthron.

Einem neueren, breiteren Thron, der aus der Zeit vor hundert Jahren stammte – als der siebte Großkhan den alten Thron hochkant hinausgeworfen hatte, weil seine massige Gestalt nicht mehr hineinpasste. Er hatte sich zu Tode gegessen und getrunken, wie die Geschichtsschreiber behaupteten, aber zumindest hatte er genug Verstand besessen, um seinen Thronfolger zu benennen, bevor er sich eines Tages an die Brust gegriffen hatte und tot umgefallen war ... auf ebendiesem Thron.

Urus, der gegenwärtige Großkhan, war noch keine sechzig und

schien in erheblich besserer Verfassung zu sein. Obwohl sein dunkles Haar schon seit Langem so weiß war wie sein geschnitzter Thron, obwohl seine faltige Haut mit Narben übersät war – eine Mahnung an alle, dass *er* in den letzten Lebenstagen seiner Mutter um diesen Thron gekämpft hatte –, leuchteten seine schmalen, schräg stehenden, onyxschwarzen Augen wie Sterne. Allwissend und allsehend.

Auf seinem schneeweißen Kopf prangte keine Krone. Denn unter Sterblichen brauchten Götter keine äußeren Zeichen ihrer göttlichen Herrschaft.

Hinter ihm flatterten an den offenen Fenstern Streifen weißer Seide im heißen Wind. Sie sandten der Seele des Verblichenen – wer immer es war, zweifellos eine wichtige Persönlichkeit – die Gedanken des Großkhans und seiner Familie auf dem Weg in den Ewigen Blauen Himmel und in die Schlummernde Erde, die der Großkhan wie bereits all seine Vorfahren noch immer ehrte – anstelle des Pantheons der sechsunddreißig Gottheiten, denen zu huldigen den Bürgern freistand.

Selbst wenn ihre Gebiete neu erobert und ihre Götter noch nicht in das Pantheon aufgenommen worden waren, durften sie ihren angestammten Gottheiten huldigen. Wovon es einige geben musste, denn der Mann vor ihnen auf dem Thron hatte während der drei Jahrzehnte seiner Herrschaft eine Handvoll überseeischer Königreiche erobert.

Auf jeden Ring, der seine vernarbten Finger mit kostbar glitzernden Edelsteinen zierte, kam ein Königreich.

Ein Krieger in prachtvollen Gewändern. Der seine Hände nun von den Armlehnen seines Elfenbeinthrons gleiten ließ – aus den abgeschlagenen Stoßzähnen jener mächtiger, durch das zentrale Weideland streifender Kreaturen – und sie unter reichlich goldverzierter blauer Seide verbarg. Indigo aus den schwülen, saftigen Ländern im Westen. Aus Balruhn, wo Nesryns Familie ursprünglich herstammte, bevor Neugier und Ehrgeiz ihren Urgroßvater dazu getrieben hatten, seine Familie über Berge und durch Steppen und Wüsten in die Stadt der Götter im trockenen Norden zu schleppen.

Die Faliqs waren seit Langem Händler. Keine besonders feinen Waren, nur schlichter, guter Stoff und haushaltsübliche Gewürze. Ihr Onkel handelte noch immer mit diesen Dingen und war durch verschiedene lukrative Investitionen zu bescheidenem Wohlstand gekommen. Seine Familie wohnte jetzt in einem schönen Haus in ebendieser Stadt. Eine deutliche Stufe über dem Stand eines Bäckers – dem Weg, den ihr Vater nach Verlassen dieser Gestade eingeschlagen hatte.

»Es geschieht nicht jeden Tag, dass ein neuer König jemanden so Wichtiges an unsere Ufer schickt«, sagte der Großkhan schließlich und benutzte die Sprache seiner Gäste und nicht Halha, die Sprache des südlichen Kontinents. »Ich nehme an, wir sollten es als eine Ehre erachten.«

Sein Akzent war dem ihres Vaters so ähnlich – aber der Stimme fehlten die Wärme und der Humor. Ein Mann, dem man sein ganzes Leben lang gehorcht und der um seine Krone gekämpft hatte. Und der zwei seiner Geschwister, offenbar schlechte Verlierer, hingerichtet hatte. Von den überlebenden drei ... war einer ins Exil gegangen, die beiden anderen hatten ihrem Bruder die Treue geschworen. Nachdem er den Heilern der Torre befohlen hatte, sie unfruchtbar zu machen.

Chaol neigte den Kopf. »Die Ehre ist ganz meinerseits, Erhabener Großkhan.«

Nicht *Majestät* – der Titel taugte lediglich für Könige und Königinnen kleinerer Reiche. Es gab keine andere Bezeichnung, die erhaben oder prachtvoll genug für diesen Mann vor ihnen gewesen wäre. Nur den Titel, den der erste seiner Vorfahren getragen hatte: Erhabener Großkhan.

»Eurerseits«, überlegte der Großkhan laut, und der Blick seiner dunklen Augen schweifte jetzt zu Nesryn. »Und was ist mit Eurer Begleiterin?«

Nesryn widerstand dem Drang, sich abermals zu verneigen. Dorian Havilliard war das genaue Gegenteil von diesem Mann, begriff sie. Aelin Galathynius jedoch … Nesryn fragte sich, ob die junge Königin vielleicht mehr mit dem Großkhan gemein hatte als mit dem Havilliard-König. Oder gemein haben würde, falls Aelin lange genug lebte. Falls sie es auf ihren Thron schaffte.

Nesryn schob diese Gedanken beiseite, als Chaol zu ihr herüberspähte, die Schultern angespannt. Nicht wegen der Worte, nicht wegen der Menschen ringsum, sondern nur – wie sie wusste – weil er gezwungen war *auf*zuschauen, dem mächtigen Kriegerkönig aus diesem Rollstuhl heraus zu begegnen … Der heutige Tag war ein harter für ihn.

Nesryn neigte leicht den Kopf. »Ich bin Nesryn Faliq, Captain der königlichen Garde Adarlans. Wie mein Vorgänger Lord Westfall, bis König Dorian ihn Anfang des Sommers zu seiner rechten Hand ernannt hat.« Sie war dankbar, dass die Jahre in Rifthold sie gelehrt hatten, nicht zu lächeln, sich nicht zu winden oder Furcht zu zeigen – dankbar dafür, dass sie gelernt hatte, ihre Stimme kühl und fest klingen zu lassen, selbst wenn sie weiche Knie hatte.

Nesryn fuhr fort: »Meine Familie stammt von hier, Erhabener Großkhan. Ein Teil meiner Seele gehört noch immer Antica.« Sie legte sich eine Hand aufs Herz, ihre Schwielen kratzten über den feinen Stoff ihrer rot-goldenen Uniform – den Farben des Reichs, das ihrer Familie oft das Gefühl gegeben hatte, unerwünscht zu sein. »Die Ehre, Euren Palast zu betreten, ist die größte meines Lebens.«

Was vielleicht sogar der Wahrheit entsprach.

Wenn sie Zeit fand, um ihre Familie in dem ruhigen Runniviertel mit seinen vielen Gärten zu besuchen – vor allem Heimat von Händlern und Kaufleuten wie ihrem Onkel –, würden ihre Verwandten das gewiss so sehen.

Der Großkhan lächelte nur sparsam. »Dann erlaubt mir, Euch in Eurer wahren Heimat willkommen zu heißen, Captain.«

Nesryn fühlte Chaols aufflackernden Ärger mehr, als dass sie ihn sah. Sie war sich nicht ganz sicher, was ihn ausgelöst hatte: dass der Großkhan ihre wahre Heimat für sich beanspruchte oder dass Chaols früherer offizieller Titel jetzt auf sie übergegangen war.

Zum Zeichen ihres Dankes neigte Nesryn erneut den Kopf.

Der Großkhan wandte sich wieder an Chaol: »Ich nehme an, Ihr seid hier, um mich zu umgarnen und mich für Euren Krieg zu gewinnen.«

Chaol konterte eine Spur angespannt: »Wir sind im Auftrag meines Königs hier.« Ein stolzer Unterton schwang in diesem Wort mit. »Um, wie wir hoffen, eine neue Ära fruchtbaren Handels und Friedens einzuleiten.«

Eine der Töchter des Großkhans – eine junge Frau mit Haaren wie die hereinwallende Nacht und Augen wie dunkles Feuer – tauschte einen schiefen Blick mit dem Bruder zu ihrer Linken, einem Mann, der vielleicht drei Jahre älter war als sie.

Hasar und Sartaq also. Dritt- und Zweitgeborene. Beide trugen ähnliche weite Hosen, bestickte Waffenröcke und feine Lederstiefel, die ihnen bis zu den Knien reichten. Hasar war keine Schönheit, aber diese Augen ... Das Feuer, das in ihnen tanzte, als sie ihren älteren Bruder anschaute, glich das wieder aus.

Und Sartaq – Kommandant der Ruk-Reiter seines Vaters. Der Rukhin.

Die nördliche Luftkavallerie hatte lange in dem hohen Tavan-Gebirge gelebt, zusammen mit ihren Ruks: riesigen Vögeln, die in ihrer Gestalt Adlern ähnelten und so groß waren, dass sie Vieh und Pferde wegzutragen vermochten. Sie besaßen zwar nicht die schiere Masse und das tödliche Gewicht wie die Wyvern der Ironteeth-Hexen, aber sie waren flink und geschickt und schlau wie Füchse. Die perfekten Reittiere für die legendären Bogenschützen, die mit ihnen in die Schlacht flogen.

Sartaqs Gesicht war ernst, seine breiten Schultern gestrafft. Ein Mann, der sich vielleicht in seinen feinen Kleidern genauso unwohl fühlte wie Chaol. Sie fragte sich, ob Kadara, sein Ruk-Weibchen, auf einem der sechsunddreißig Minarette des Palastes hockte, die kauernden Diener und Wachen beobachtete und ungeduldig auf die Rückkehr ihres Herrn wartete.

Dass Sartaq hier war ... dann mussten sie es gewusst haben. Lange im Voraus. Dass sie und Chaol kommen würden.

Der wissende Blick zwischen Sartaq und Hasar verriet Nesryn genug: Zumindest diese beiden hatten die Möglichkeiten erörtert, die dieser Besuch bot.

Sartaqs Blick wanderte von seiner Schwester zu Nesryn.

Sie erlaubte sich zu blinzeln. Seine braune Haut war dunkler als die der anderen – vielleicht weil er so viel Zeit an der Luft und der Sonne verbrachte –, seine Augen von einem undurchdringlichen Schwarz. Ausdruckslos und unergründlich. Sein schwarzes Haar hing lose herab, abgesehen von einem kleinen Zopf, der über seiner Ohrmuschel lag. Das übrige Haar fiel ihm knapp über seine muskulöse Brust und bewegte sich leicht, als er – wie Nesryn hätte schwören können – spöttisch den Kopf in ihre Richtung neigte.

Ein armseliges, unrühmliches Paar hatte Adarlan da ausgesandt. Den versehrten ehemaligen Captain und den gegenwärtigen Captain von niederer Geburt. Vielleicht waren die Eingangsworte des Großkhans über *Ehre* ein verblümter Hinweis darauf gewesen, dass er dies als Beleidigung empfand.

Nesryn riss ihre Aufmerksamkeit von dem Prinzen los, doch Sartaqs scharfen Blick spürte sie auch weiterhin wie eine geisterhafte Berührung.

»Wir haben Geschenke von Seiner Majestät, dem König von Adarlan, mitgebracht«, erklärte Chaol jetzt, drehte sich in seinem Stuhl und bedeutete den Dienern hinter ihnen, vorzutreten.

Bevor Königin Georgina und ihr Hof im Frühjahr zu ihren Landsitzen in den Bergen geflüchtet waren, hatten sie die königlichen Schatztruhen praktisch geplündert. Und vieles von dem, was übrig geblieben war, hatte der ehemalige König während dieser letzten Monate noch hinausgeschmuggelt. Aber bevor sie hierhergesegelt waren, hatte Dorian sich in die zahlreichen Gewölbe unter der Burg gewagt. Nesryn konnte noch immer das Echo seiner Flüche hören, schmutzigere Worte, als er sie je zuvor in ihrer Gegenwart benutzt hatte, da sich im Innern dieser Gewölbe kaum mehr befand als ein paar Unzen Gold.

Doch Aelin hatte wie gewöhnlich einen Plan gehabt.

Nesryn hatte neben ihrem neuen König gestanden, als Aelin in ihren Gemächern zwei Truhen aufstieß. Mit funkelnden Juwelen darin, einer Königin würdig – einer Königin der Assassinen.

Ich habe im Moment genug finanzielle Mittel, hatte Aelin nur zu Dorian gesagt, als er Einwände erhob. *Gib dem Großkhan etwas vom Besten, was Adarlan zu bieten hat.*

In den Wochen danach hatte Nesryn sich gefragt, ob Aelin vielleicht sogar froh war, das loszuwerden, was sie mit ihrem Blutgeld erworben hatte. Die Juwelen Adarlans, so schien es, würden jedenfalls nicht nach Terrasen reisen.

Und jetzt, als die Diener die vier kleineren Truhen darboten – auf die der Inhalt der ursprünglichen zwei verteilt worden war, damit es nach *mehr* aussah, wie Aelin vorgeschlagen hatte –, als sie die Deckel aufklappten, drängte der noch immer stumme Hof näher, um besser sehen zu können.

Ein Raunen durchlief die Reihen beim Anblick der glänzenden Edelsteine, des Goldes und des Silbers.

»Ein Geschenk«, erklärte Chaol, als sogar der Großkhan selbst sich vorbeugte, um den Schatz zu begutachten. »Von König Dorian Havilliard von Adarlan und Aelin Galathynius, Königin Terrasens.«

Bei dem zweiten Namen schoss Prinzessin Hasars Blick zu Chaol.

Prinz Sartaq sah nur seinen Vater an. Arghun, der älteste Sohn, musterte stirnrunzelnd die Juwelen.

Arghun – der Politiker unter ihnen, beliebt bei den Händlern und Mächtigen des Kontinents. Schlank und hochgewachsen, ein Gelehrter, der nicht mit Münzen und Luxusgut handelte, sondern mit Wissen.

Prinz der Spione, nannte man Arghun. Während seine beiden Brüder große Krieger geworden waren, hatte Arghun seinen Geist geschärft, und nun unterstanden ihm die sechsunddreißig Wesire seines Vaters. Dieses Stirnrunzeln, das dem Schatz galt …

Halsketten aus Diamanten und Rubinen. Armbänder aus Gold und Smaragden. Ohrringe – geradezu kleine Kronleuchter – aus Saphiren und Amethysten. Kunstvoll geschmiedete Ringe, einige von Juwelen gekrönt, die so groß waren wie ein Schwalbenei. Kämme und Haarnadeln und Broschen. Mit Blut gewonnen, mit Blut erkauft.

Das jüngste der versammelten Königskinder, eine zierliche, hübsche Frau, beugte sich am weitesten vor. Duva. Ein breiter Silberring mit einem Saphir von fast obszöner Größe zierte ihre schlanke Hand, die sich anmutig auf die beträchtliche Wölbung ihres Bauchs schmiegte.

Vielleicht im sechsten Monat, obwohl die wallenden Gewänder – sie bevorzugte Purpur und Rosa – und ihre schmale Statur darüber hinwegtäuschen konnten. Sicher aber ihr erstes Kind, das Ergebnis ihrer arrangierten Ehe mit einem Prinzen, der aus einem Überseeterritorium im fernen Osten stammte, einem südlichen Nachbarn von Doranelle, der das Rumoren der Fae-Königin bemerkt hatte und sich den Schutz des südlichen Reiches auf der anderen Seite des Ozeans hatte sichern wollen. Vielleicht der erste Versuch des Großkhanats, hatten Nesryn und andere gemutmaßt, über den eigenen beträchtlichen Kontinent hinaus entscheidend zu expandieren.

Nesryn gestattete sich nicht, allzu lange auf das Leben zu schauen, das unter dieser juwelengeschmückten Hand heranwuchs.

Wenn eines der Geschwister Duvas zum Großkhan oder zur Khanum gekrönt wurde, würde die erste Aufgabe des neuen Herrschers oder der neuen Herrscherin - nach der Produktion ausreichend vieler Nachkommen - darin bestehen, alle weiteren Anwärter auf den Thron zu eliminieren. Angefangen mit den Kindern seiner oder ihrer Geschwister, falls sie das Recht des Herrschers oder der Herrscherin zu regieren infrage stellten.

Sie überlegte, wie Duva diesen Gedanken wohl ertragen konnte. Ob sie das Baby, das in ihrem Schoß heranwuchs, bereits liebte oder ob sie klug genug war, sich ein solches Gefühl nicht zu gestatten. Ob der Vater dieses Kindes alles in seiner Macht Stehende tun würde, um es in Sicherheit zu bringen, sollte es so weit kommen.

Der Großkhan lehnte sich schließlich auf seinem Thron zurück. Seine Kinder hatten sich aufgerichtet und Duva ließ ihre Hand wieder sinken.

»Juwelen«, erklärte Chaol, »eingefasst von den besten Handwerksmeistern Adarlans.«

Der Großkhan spielte mit einem Citrin-Ring an seiner eigenen Hand. »Wenn sie aus Aelin Galathynius' Schatztruhe stammen, habe ich daran keinen Zweifel.«

Ein Moment des Schweigens bei Nesryn und Chaol. Sie hatten gewusst - erwartet -, dass der Großkhan in jedem Land, auf jedem Meer Spione hatte. Dass es vielleicht ein wenig schwierig werden könnte, Aelins Vergangenheit zu umschiffen.

»Denn Ihr seid nicht nur Adarlans rechte Hand«, fuhr der Großkhan fort, »sondern auch der Botschafter von Terrasen, nicht wahr?«

»In der Tat, der bin ich«, antwortete Chaol schlicht.

Da erhob sich der Großkhan - mit einem nur leichten Anflug von Steifheit - und seine Kinder traten sofort beiseite, um den Weg für ihn frei zu machen, damit er von dem goldenen Podest herabsteigen konnte.

Der größte von ihnen – ein Kerl wie ein Bär und vielleicht unbeherrschter als Sartaq mit seiner ruhigen Art – beäugte die Menge, als vermutete er darin irgendeine Bedrohung. Kashin. Der Viertgeborene.

Während Sartaq im Norden und in der Mitte des Reiches die Ruks in der Luft befehligte, führte Kashin die Armeen am Boden. Größtenteils Fußsoldaten und Pferde-Lords. Arghun herrschte über die Wesire und Hasar hatte Gerüchten zufolge die Macht über die Armadas. Kashin jedoch wirkte etwas weniger elegant, das dunkle Haar aus seinem breiten Gesicht geflochten. Gut aussehend, ja – aber es war, als hätte das Leben unter seinen Soldaten auf ihn abgefärbt, und das nicht unbedingt auf die schlechteste Art.

Der Großkhan stieg von dem Podest und seine kobaltblauen Gewänder raschelten leise über den Boden. Und mit jedem seiner Schritte über den grünen Marmor wurde Nesryn klarer, dass dieser Mann wahrlich nicht nur einst die Ruks am Himmel befehligt hatte, sondern auch die Pferde-Lords, und noch dazu hatte er die Armadas davon überzeugt, sich ihm anzuschließen. Und dann hatten Urus und sein älterer Bruder auf Geheiß ihrer Mutter Mann gegen Mann gekämpft, während sie – an einer verzehrenden tödlichen Krankheit leidend, die nicht einmal in der Torre hatte geheilt werden können – im Sterben lag. Derjenige, der den Kampfplatz lebend verließ, sollte ihr Nachfolger werden.

Diese vorige Herrscherin – die Khatum – hatte eine Schwäche für Spektakel gehabt. Und zu diesem letzten Kampf hatte sie ihre beiden auserwählten Nachkommen in dem großen Amphitheater im Herzen der Stadt antreten lassen, dessen Tore jedem offen standen, der sich auf der Suche nach einem Sitzplatz hatte hineindrängeln können. Die Menschen hatten oben auf den Torbögen und auf den Treppen gesessen, dazu Tausende, die sich in den Straßen, die zu dem Gebäude aus weißem Stein hinführten, zusammendrängten. Ruks und ihre Reiter hatten auf den Säulen gehockt, die das oberste Stockwerk krönten, und weitere Rukhin kreisten am Himmel darüber.

Die beiden potenziellen Thronfolger hatten sechs Stunden lang gekämpft.

Nicht nur gegeneinander, sondern auch gegen die Schrecken, die ihre Mutter in petto hatte, um sie auf die Probe zu stellen: Großkatzen sprangen aus den unter dem sandigen Boden verborgenen Käfigen; mit Eisenstacheln bewehrte Streitwagen rasten samt Speerwerfern aus den düsteren Tunneleingängen, um sie über den Haufen zu fahren.

Nesryns Vater war auf der Straße gewesen, inmitten des aufgepeitschten Mobs, und hatte auf die gebrüllten Berichte derjenigen gelauscht, die sich oben an die Säulen klammerten.

Der letzte Schlag war kein Akt der Brutalität oder des Hasses gewesen.

Orda, der ältere Bruder des jetzigen Großkhans, hatte von einem der Speerwerfer auf den Streitwagen einen Hieb in die Seite kassiert. Nach sechs Stunden des blutigen Kampfes ums Überleben hatte diese Verletzung ihn niedergestreckt.

Und Urus hatte sein Schwert beiseitegeworfen. Totenstille hatte sich über die Arena gesenkt. Stille, als Urus seinem gefallenen Bruder eine blutverschmierte Hand entgegenstreckte – um ihm zu helfen.

Während Orda versuchte, Urus einen versteckten Dolch ins Herz zu rammen.

Und es um fünf Zentimeter verfehlte.

Urus riss sich schreiend den Dolch heraus und rammte ihn seinem Bruder direkt ins Fleisch.

Anders als sein Bruder hatte Urus sein Ziel nicht verfehlt.

Nesryn fragte sich, ob wohl noch immer eine Narbe die Brust des Großkhans verunzierte, als er jetzt auf sie und Chaol und die dargebotenen Juwelen zustolzierte. Ob diese längst verstorbene Khatum im

Stillen um ihren gefallenen Sohn geweint hatte, erdolcht von dem anderen, der binnen Tagen ihre Krone übernommen haben würde. Oder ob sie sich nie gestattet hatte, ihre Kinder zu lieben, wohl wissend, was ihnen bevorstand.

Urus, Großkhan des südlichen Kontinents, blieb vor Nesryn und Chaol stehen. Er überragte Nesryn um gute fünfzehn Zentimeter, seine Schultern immer noch breit, sein Rücken immer noch gerade.

Es war nur ein Hauch von altersbedingter Anstrengung bemerkbar, als er sich nun nach vorn beugte, um eine Kette aus Diamanten und Saphiren aus einer der Truhen zu fischen. Sie glitzerte so lebendig wie ein Fluss in seinen vernarbten, juwelengeschmückten Händen.

»Mein Ältester, Arghun«, sagte der Großkhan und deutete ruckartig mit dem Kinn auf den schmalgesichtigen Prinzen, der alles überwachte, »hat mir unlängst eine faszinierende Nachricht zukommen lassen, Königin Aelin Ashryver Galathynius betreffend.«

Nesryn wartete auf den Schlag. Chaol hielt einfach Urus' Blick stand.

Aber die dunklen Augen des Großkhans – Sartaqs Augen, wie sie bemerkte – blitzten, als er zu Chaol sagte: »Eine neunzehnjährige Königin wäre durchaus imstande, viele zu verunsichern. Dorian Havilliard ist immerhin von Geburt an dazu ausgebildet worden, die Krone zu übernehmen, über einen Hof und ein Königreich zu herrschen. Aber Aelin Galathynius ...«

Der Großkhan warf die Kette zurück in die Truhe. Ein dumpfer Aufprall, so laut wie Stahl auf Stein.

»Ich nehme an, zehn Jahre als ausgebildete Assassinin könnte manch einer auch als ›Erfahrung‹ bezeichnen.«

Wieder ging ein Raunen durch den Thronsaal. Hasars feurige Augen glühten förmlich. Sartaqs Gesicht blieb völlig regungslos. Vielleicht eine Fähigkeit, die er von seinem ältesten Bruder gelernt hatte – dessen Spione wirklich geschickt sein mussten, wenn sie von Aelins

Vergangenheit erfahren hatten. Allerdings schien Arghun sich nur mit Mühe ein selbstgefälliges Lächeln verkneifen zu können.

»Wir mögen durch das Enge Meer getrennt sein«, bemerkte der Großkhan zu Chaol, dessen Züge unverändert blieben, »aber selbst wir haben von Celaena Sardothien gehört. Ihr bringt mir Juwelen, die zweifellos aus *ihrer* Sammlung stammen. Doch es sind Juwelen für *mich,* obwohl meine Tochter Duva« – ein Blick in Richtung seiner hübschen, schwangeren Tochter, die dicht neben Hasar stand – »noch keinerlei Hochzeitsgeschenk empfangen hat, weder von Eurem neuen König noch von der zurückgekehrten Königin, während alle anderen Herrscher ihre Geschenke schon vor bald einem halben Jahr geschickt haben.«

Nesryn verbarg ihre Zerknirschung. Ein Versehen, das mit so vielen Wahrheiten hätte erklärt werden können – aber keine davon wagte sie auszusprechen, nicht hier. Ebenso wenig wie Chaol, der weiterhin schwieg.

»Aber«, fuhr der Großkhan fort, »ungeachtet der Juwelen, die Ihr mir hier wie Getreidesäcke vor die Füße gekippt habt, wäre mir die Wahrheit am liebsten. Vor allem nachdem Aelin Galathynius Euren eigenen gläsernen Palast zerschmettert, Euren früheren König ermordet und Eure Hauptstadt übernommen hat.«

»Wenn Prinz Arghun all diese Informationen bereits hat«, sagte Chaol schließlich mit unerschütterlicher Kaltschnäuzigkeit, »braucht Ihr sie vielleicht nicht auch noch von mir.«

Nesryn wand sich innerlich, als sie seinen Trotz hörte, seinen Ton ...

»Vielleicht nicht«, erwiderte der Großkhan, während Arghuns Augen eine Spur schmaler wurden. »Aber ich denke, *Ihr* wollt vielleicht ein paar Wahrheiten von mir hören.«

Chaol bat nicht darum. Sein »So?« klang nicht im Mindesten interessiert.

Kashin versteifte sich. Der eifrigste Beschützer seines Vaters also.

Arghun tauschte nur einen Blick mit einem Wesir und lächelte Chaol an wie eine Natter, die sich auf ihren Angriff vorbereitete.

»Ich glaube, Ihr seid aus folgendem Grund hergekommen, Lord Westfall, rechte Hand des Königs.«

Nur die Möwen, die hoch über der Kuppel des Thronsaals kreisten, wagten es, Lärm zu machen.

Der Großkhan schloss nacheinander alle Deckel der Schatztruhen.

»Ich glaube, Ihr seid gekommen, um mich davon zu überzeugen, mich Eurem Krieg anzuschließen. Adarlan ist gespalten, Terrasen ist mittellos und wird ohne Zweifel einige Probleme damit haben, seine überlebenden Lords dazu zu bringen, für eine unerfahrene Königin zu kämpfen, die sich zehn Jahre lang in Rifthold amüsiert und sich diese Juwelen mit ihrem Blutgeld erkauft hat. Die Anzahl Eurer Verbündeten ist gering und vergänglich. Ganz im Gegensatz zu Herzog Perringtons Streitkräften. Die übrigen Königreiche auf Eurem Kontinent sind zerschlagen und durch Perringtons Armeen von Euren nördlichen Territorien getrennt. Also habt Ihr Euch aufgemacht, um mich – so schnell die acht Winde Euch tragen konnten – anzuflehen, meine Armeen zu Euren Gestaden zu schicken. Um mich davon zu überzeugen, unser Blut für eine aussichtslose Sache zu vergießen.«

»Manch einer könnte es auch als edle Sache bezeichnen«, konterte Chaol.

»Ich bin noch nicht fertig«, sagte der Großkhan und hob die Hand.

Chaol war sichtlich verärgert, unterbrach den Großkhan jedoch nicht noch einmal. Nesryns Herz hämmerte.

»Viele würden argumentieren«, sagte der Großkhan und wedelte mit seiner erhobenen Hand in Richtung einiger Wesire, in Richtung Arghuns und Hasars, »dass wir uns aus der Sache heraushalten sollten. Oder besser noch, uns mit jener Streitmacht verbünden, deren Sieg gewiss ist und von deren Handel wir seit zehn Jahren profitieren.«

Ein Wedeln dieser Hand in Richtung einiger anderer Männer und

Frauen in den goldenen Gewändern der Wesire. In Richtung Sartaqs, Kashins und Duvas. »Andere würden sagen, dass wir durch ein Bündnis mit Perrington nur das Risiko eingehen, eines Tages seine Armeen in unseren Häfen vorzufinden. Dass die zerschlagenen Königreiche von Eyllwe und Fenharrow unter neuer Herrschaft vielleicht wieder zu Wohlstand kommen und unsere Schatztruhen sich durch gute Handelsbeziehungen füllen lassen würden. Ich habe keinen Zweifel, dass Ihr mir genau das versprechen werdet. Ihr werdet mir exklusive Handelsabkommen anbieten, wahrscheinlich zu Eurem eigenen Nachteil. Aber Ihr seid verzweifelt, und es gibt nichts in Eurem Besitz, das ich nicht bereits habe. Das ich mir nicht nehmen kann, wenn ich es wünsche.«

Chaol hielt zum Glück den Mund. Auch wenn seine braunen Augen angesichts der unterschwelligen Drohung glühten.

Der Großkhan öffnete noch einmal die vierte Truhe und spähte hinein. Juwelenbesetzte Kämme und Bürsten, kunstvolle Parfümfläschchen, gefertigt von Adarlans besten Glasbläsern. Denselben, die den gläsernen Palast erbaut hatten, den Aelin zerstört hatte. »Also, Ihr seid gekommen, um mich davon zu überzeugen, mich Eurer Sache anzuschließen. Und ich werde es während Eures Aufenthaltes bei uns überdenken. Da Ihr zweifellos noch aus einem anderen Grund hier seid.«

Ein Wink dieser vernarbten, juwelenbesetzten Hand in Richtung des Rollstuhls. Chaols gebräunte Wangen färbten sich dunkler, aber er zuckte nicht zusammen, zog nicht den Kopf ein. Nesryn zwang sich, es ihm gleichzutun.

»Arghun hat mich darüber informiert, dass Eure Verletzungen jüngeren Datums sind – dass Ihr sie Euch zugezogen habt, als der gläserne Palast explodierte. Wie es scheint, hat die Königin von Terrasen ihre Verbündeten nicht allzu sorgsam beschützt.«

Ein Muskel zuckte in Chaols Kiefer, als alle, vom Prinzen bis zum Diener, auf seine Beine schauten.

»Da Eure Beziehungen mit Doranelle jetzt angespannt sind, ebenfalls dank Aelin Galathynius, gibt es für Euch wohl nur noch einen Weg, geheilt zu werden. Nämlich hier in der Torre Cesme.«

Der Großkhan zuckte die Achseln, der einzige Hinweis auf den jungen, respektlosen Krieger, der er einst gewesen war. »Meine geliebte Gemahlin wäre zutiefst bekümmert, wenn ich einem verletzten Mann die Chance auf Heilung verwehren würde« – die Herrscherin war nirgends im Raum zu sehen, wie Nesryn mit einem Mal klar wurde –, »also werde ich Euch selbstverständlich die Erlaubnis erteilen, die Torre zu betreten. Ob jedoch ihre Heilerinnen bereit sind, sich um Euch zu kümmern, wird ihre Sache sein. Nicht einmal ich lenke den Willen der Torre.«

Die Torre – mit ihrem Turm. Er herrschte vom Gipfel des höchsten Hügels über den südlichen Rand Anticas, überblickte die Stadt, die sich den Hang hinunter zum grünen Meer erstreckte. Sitz der berühmten Heilerinnen, erbaut zu Ehren ihrer Göttin Silba, die sie gesegnet hatte. Von den sechsunddreißig Gottheiten, die im Laufe der Jahrhunderte aus Religionen von nah und fern von diesem Reich willkommen geheißen worden waren, war Silba die unbestrittene Herrscherin in dieser Stadt der Götter.

Chaol sah so aus, als würde er glühende Kohlen schlucken, aber es gelang ihm zum Glück, den Kopf zu neigen. »Ich danke Euch für Eure Großzügigkeit, Erhabener Großkhan.«

»Ruht Euch heute Nacht aus – ich werde sie darüber informieren, dass Ihr morgen früh bereit seid. Da Ihr nicht zu ihnen gehen könnt, wird man eine der Heilerinnen zu Euch schicken. Falls sie einverstanden sind.«

Chaol bewegte die Finger auf seinem Schoß, ballte sie aber nicht zu Fäusten. Nesryn wagte kaum zu atmen.

»Ich stehe zu ihrer Verfügung«, antwortete Chaol gepresst.

Der Großkhan schloss die letzte Schatztruhe. »Ihr könnt Eure

Geschenke behalten, rechte Hand des Königs, Botschafter von Aelin Galathynius. Ich habe keine Verwendung für sie – und kein Interesse an ihnen.«

Chaol riss den Kopf hoch, als hätte er etwas Ungewöhnliches im Ton des Großkhans bemerkt. »Warum nicht?«

Nesryn konnte kaum mehr verbergen, wie sehr sie sich innerlich wand. Dem überraschten und verärgerten Ausdruck in den Augen des Großkhans nach zu urteilen oder den Blicken, die seine Kinder sich zuwarfen, wagte es sonst niemand, sich so fordernd an den Herrscher zu wenden.

Aber Nesryn fing in den Augen des Großkhans noch etwas anderes auf – ein Flackern der Erschöpfung.

Ein ungutes Gefühl breitete sich in ihr aus, als ihr die weißen Banner wieder auffielen, die vor den Fenstern flatterten, überall in der Stadt. Als sie zu den sechs Erben hinüberschaute und noch einmal nachzählte.

Nicht sechs.

Fünf. Es waren nur fünf da.

Trauerbanner im Königshaus. In der ganzen Stadt.

Das Volk hier trauerte nicht offen – nicht so, wie die Menschen in Adarlan, die sich ganz in Schwarz kleideten und monatelang Trübsal bliesen. Selbst in der königlichen Familie des Großkhans ging das Leben weiter. Ihre Toten wurden nicht in Katakomben oder Särge aus Stein gesteckt, sondern in weiße Leichentücher gehüllt und unter freiem Himmel auf die eingegrenzten heiligen Areale weit draußen in der Steppe gebettet.

Nesryn ließ ihren Blick noch einmal über die fünf potenziellen Thronfolger schweifen. Es waren die fünf ältesten. Und gerade, als ihr klar wurde, dass Tumelun, die Jüngste – noch keine siebzehn –, fehlte, bemerkte der Großkhan zu Chaol: »Eure Spione sind wirklich nutzlos, wenn Ihr davon nichts gehört habt.«

Mit diesen Worten schritt er zu seinem Thron zurück und überließ es Sartaq vorzutreten. Über den unergründlichen Augen des zweitältesten Prinzen lag ein Schleier der Trauer. Sartaq nickte Nesryn stumm zu. Ja. Ja, sie lag richtig mit ihrer Vermutung ...

Sartaqs kräftige, angenehme Stimme erfüllte den Raum. »Unsere geliebte Schwester Tumelun ist vor drei Wochen unerwartet verstorben.«

Oh Götter. So viele Worte und Rituale waren missachtet worden; gerade jetzt auch nur herzukommen, um ihre Hilfe im Krieg zu erbitten, war ungehobelt, taktlos ...

Chaol brach das angespannte Schweigen, wobei er jedem Prinz und jeder Prinzessin mit ihren ernsten Gesichtern fest in die Augen sah, um schließlich dem ermüdeten Blick des Großkhans zu begegnen: »Ihr habt mein tief empfundenes Mitgefühl.«

Nesryn flüsterte: »Möge der nördliche Wind sie zu schöneren Ebenen tragen.«

Nur Sartaq machte sich die Mühe, zum Dank zu nicken, die anderen wirkten jetzt kühl und steif.

Nesryn sandte Chaol einen warnenden Blick, um ihm klarzumachen, dass er sich nicht nach dem Todesfall erkundigen solle. Er begriff und nickte.

Der Großkhan kratzte an einem Fleckchen auf seinem Elfenbeinthron, während die Stille so schwer über dem Raum lastete wie einer der Mäntel, welche die Pferde-Lords in der Steppe zum Schutz gegen den bitteren Nordwind und gegen ihre gnadenlos harten hölzernen Sättel trugen.

»Wir waren drei Wochen lang auf See«, versuchte Chaol einzulenken, seine Stimme jetzt etwas weicher.

Der Großkhan machte sich nicht die Mühe, so zu tun, als hätte er Verständnis. »Das würde außerdem erklären, warum Ihr nichts von der anderen Neuigkeit mitbekommen habt, und davon, warum diese kalten Juwelen für *Euch* nun vielleicht von größerem Nutzen wären.« Der Großkhan verzog die Lippen zu einem freudlosen Lächeln. »Heute Morgen haben uns Arghuns Kontaktmänner eine weitere Nachricht von einem Schiff zugebracht. Eure königlichen Schatztruhen in Rifthold sind nicht länger zugänglich. Herzog Perrington und seine grausige, fliegende Heerschar haben Rifthold überfallen.«

Ein Gefühl der Ohnmacht, pulsierend und hohl, machte sich in Nesryn breit. Sie war sich nicht sicher, ob Chaol noch atmete.

»Wir haben keine Nachricht über König Dorians Verbleib, aber er hat ihnen Rifthold überlassen. Ist im Schutz der Nacht geflohen, wenn man den Gerüchten Glauben schenken darf. Die Stadt ist gefallen. Alles südlich von Rifthold gehört jetzt Perrington und seinen Hexen.«

Als Erstes sah Nesryn die Gesichter ihrer Neffen und Nichten vor sich.

Dann das Gesicht ihrer Schwester. Ihres Vaters. Sah ihre Küche, die Bäckerei. Die Birnentörtchen, die auf dem langen Holztisch abkühlten.

Dorian hatte sie verlassen. Hatte sie alle zurückgelassen, um ... was zu tun? Hilfe zu suchen? Zu überleben? Zu Aelin zu laufen?

War die königliche Garde geblieben, um zu kämpfen? Hatte irgendwer gekämpft, um die Unschuldigen in der Stadt zu retten?

Ihre Hände zitterten. Es war ihr egal. Egal, ob diese Leute in ihren kostbaren Gewändern höhnisch grinsten.

Die Kinder ihrer Schwester, ihre große Freude im Leben ...

Chaol starrte sie an. Sein Gesicht verriet nichts. Keine Erschütterung, keinen Schock.

Diese rot-goldene Uniform erdrückte sie. Erstickte sie.

Hexen und Wyvern. In ihrer Stadt. Mit eisernen Zähnen und Nägeln. Quälten und zerfetzten die Menschen bis aufs Blut. Ihre Familie – ihre *Familie* ...

»Vater.«

Sartaq war abermals vorgetreten. Seine onyxschwarzen Augen blickten zwischen Nesryn und dem Großkhan hin und her. »Unsere Gäste haben eine lange Reise hinter sich. Bei aller Politik«, sagte er und sah Arghun missbilligend an, der erheitert schien, *erheitert* angesichts dieser Nachricht, die er überbracht hatte und die ihr den Boden unter den Füßen wegzog. »Bei aller Politik sind wir immer noch eine gastfreundliche Nation. Lass sie für ein paar Stunden ausruhen und sich dann zum Abendessen zu uns gesellen.«

Hasar trat neben Sartaq und sah Arghun dabei stirnrunzelnd an. Vielleicht nicht tadelnd wie ihr Bruder, sondern vielmehr ärgerlich, weil Arghun diese Nachricht nicht zuerst *ihr* erzählt hatte. »Möge kein Gast in unserem Hause Rast machen und zu dem Schluss kommen, dass es an Annehmlichkeiten mangelt.« Obwohl die Worte an sich herzlich waren, war Hasars Ton alles andere als das.

Ihr Vater warf ihnen einen geistesabwesenden Blick zu. »In der Tat.« Urus winkte den Dienern an den hinteren Säulen. »Geleitet sie zu ihren Gemächern. Und sendet eine Nachricht an die Torre, die beste Heilerin zu schicken – Hafiza, falls sie bereit ist, von diesem Turm herunterzukommen.«

Nesryn hörte kaum noch zu. Wenn die Hexen die Stadt beherrschten, dann waren auch die Valg, die sie Anfang des Sommers heimgesucht hatten, nicht weit ... Es gab niemanden mehr, der gegen sie kämpfte. Niemanden, der ihre Familie beschützte.

Falls sie überlebt hatte.

Sie konnte kaum atmen. Kaum denken.

Sie hätte nicht fortgehen dürfen. Hätte diesen Posten nicht annehmen dürfen.

Sie konnten tot sein oder leiden. Tot. Tot.

Sie bemerkte die Dienerin nicht, die herbeikam, um Chaols Stuhl zu schieben. Bemerkte kaum die Hand, die Chaol ausstreckte und in ihre legte.

Nesryn verbeugte sich nicht einmal vor dem Großkhan, als sie den Saal verließen.

Sie konnte nicht aufhören, ihre Gesichter vor sich zu sehen.

Die Kinder. Die Kinder ihrer Schwester, lächelnd und mit runden Bäuchlein.

Sie hätte nicht herkommen dürfen.

3

Nesryn stand unter Schock.

Und sosehr Chaol es sich auch gewünscht hätte – er konnte nicht zu ihr. Konnte ihr nicht helfen, konnte sie nicht in die Arme schließen und fest an sich drücken.

Nicht, nachdem sie in dem ihnen im Erdgeschoss des Palasts zugewiesenen prunkvollen Gemach stumm wie ein Gespenst direkt in ihr Schlafzimmer geschlichen war und die Tür hinter sich geschlossen hatte. Als hätte sie vergessen, dass noch irgendwer sonst auf der Welt existierte.

Er machte ihr keinen Vorwurf.

Chaol ließ sich von der Dienerin, einer zierlichen jungen Frau mit kastanienbraunem Haar, das ihr in schweren Locken bis zur schmalen Taille herabfiel, in das zweite Schlafzimmer schieben. Von hier aus blickte er direkt auf einen Garten voller Obstbäume und plätschernder Springbrunnen, während Kaskaden rosafarbener und purpurner Blüten von den Blumentöpfen des Balkons über ihm herunterhingen. Wie lebendige Vorhänge vor seinen hohen Schlafzimmerfenstern – eigentlich Türen, begriff er.

Die Dienerin murmelte irgendetwas darüber, ein Bad einlassen zu wollen. Ihre Kenntnisse seiner Sprache waren unbeholfen im Vergleich zu denen des Großkhans und seiner Kinder. Nicht dass er in der Position gewesen wäre, das zu verurteilen: Er beherrschte keine der anderen Sprachen seines eigenen Kontinents fließend.

Sie schlüpfte hinter einen geschnitzten, hölzernen Wandschirm, hinter dem es zweifellos in sein Badezimmer ging, und Chaol spähte durch seine immer noch offene Schlafzimmertür durch die Eingangshalle mit dem hellen Marmorboden zu den verschlossenen Türen von Nesryns Zimmer.

Sie hätten nicht fortgehen dürfen.

Er hätte zwar nichts tun können, aber ... er wusste, was die Ungewissheit mit Nesryn machen würde. Was sie bereits mit ihm machte.

Dorian war nicht tot, sagte er sich. Er war aus der Stadt entkommen. Geflohen. Wenn er sich in Perringtons Gewalt befunden hätte – in Erawans Gewalt –, hätten sie davon erfahren. Prinz Arghun hätte davon erfahren.

Seine Stadt, von Hexen überfallen. Er fragte sich, ob Manon Blackbeak den Angriff geführt hatte.

Chaol versuchte vergeblich aufzurechnen, wer wem in dieser Konstellation etwas schuldete. Aelin hatte bei Temis' Tempel Manons Leben verschont, aber Manon hatte ihnen entscheidende Informationen über Dorian gegeben, als dieser von dem Valg besessen gewesen war. Waren sie damit nun quitt? Oder vorläufig Verbündete?

Es war Zeitverschwendung zu hoffen, dass Manon sich gegen Morath wenden würde. Aber er sandte ein stummes Gebet, dass welcher Gott auch immer ihm vielleicht gerade zuhörte, Dorian beschützen und seinen König in freundlichere Gefilde leiten möge.

Dorian würde es schaffen. Er war zu clever, zu begabt, um zu scheitern. Es gab keine Alternative für Chaol, keine einzige. Dorian lebte und war in Sicherheit. Oder auf dem Weg in Sicherheit. Und im nächstbesten Moment würde Chaol alle Informationen aus dem ältesten Prinzen herausquetschen. Trauer hin oder her. Alles, was Arghun wusste, musste *er* wissen. Und dann würde er diese Dienerin bitten, jedes Handelsschiff nach weiteren Nachrichten über den Angriff zu durchkämmen.

Kein Wort – er hatte kein Wort über Aelin gehört. Wo sie jetzt war, was sie tat. Aelin, die Person, an der diese Allianz womöglich scheitern konnte.

Er knirschte mit den Zähnen, gerade als sich die Türen zur Eingangshalle des Gemachs öffneten und ein hochgewachsener, breitschultriger Mann hereinstolzierte, als gehöre ihm das Ganze.

Was wohl auch so war, überlegte Chaol. Prinz Kashin kam allein und unbewaffnet, bewegte sich aber so entspannt wie jemand, der auf die unerschütterliche Kraft seines Körpers vertraute.

So, vermutete Chaol, musste er selbst einst durch den Palast von Rifthold geschritten sein.

Chaol neigte zur Begrüßung den Kopf, als der Prinz die Türen hinter sich schloss und ihn musterte. Der abschätzende Blick eines Kriegers, offen und gründlich. Als seine braunen Augen endlich denen Chaols begegnete, sagte der Prinz in der Sprache Adarlans: »Verletzungen wie die Eure sind hier nichts Ungewöhnliches und ich habe schon einige davon gesehen – vor allem unter den Pferde-Clans. Dem Volk meiner Familie.«

Chaol hatte keine besondere Neigung, seine Verletzung mit dem Prinzen oder irgendwem sonst zu erörtern, daher nickte er nur. »Davon bin ich überzeugt.«

Kashin legte den Kopf schief und musterte Chaol abermals, während ihm sein dunkler Zopf über seine muskulöse Schulter fiel. Vielleicht erriet er Chaols Wunsch, dieses spezielle Thema nicht weiter zu vertiefen. »Mein Vater wünscht tatsächlich, dass Ihr beide uns beim Abendessen Gesellschaft leistet. Und mehr noch, dass Ihr Euch auch jeden weiteren Abend, solange Ihr hier seid, zu uns gesellt. Und an der Hohen Tafel sitzt.«

Es war nichts Ungewöhnliches, eine solche Bitte an einen Würdenträger zu richten, der zu Besuch war, und es war auf jeden Fall eine Ehre, am Tisch des Großkhans persönlich zu sitzen, aber seinen Sohn damit zu beauftragen ... Chaol erwog seine nächsten Worte mit Bedacht, um sich dann einfach für das Offensichtlichste zu entscheiden. »Warum?«

Die Familie wollte nach dem Verlust ihres jüngsten Mitglieds doch bestimmt unter sich bleiben. Fremde einzuladen, sich zu ihnen zu gesellen, war ...

Die Züge des Prinzen verhärteten sich. Kein Mann, der es gewohnt war, seine Gefühle zu verstecken, im Gegensatz zu seinen drei älteren Geschwistern. »Arghun behauptet, unser Palast sei vor den Spionen von Herzog Perringtons Streitmächten sicher, seine Handlanger seien noch nicht da. Ich teile diese Ansicht nicht. Und Sartaq ...« Der Prinz hielt inne, als wollte er seinen Bruder – oder potenziellen Verbündeten – nicht ins Spiel bringen. Kashin verzog das Gesicht. »Es gab einen Grund, warum ich mich für ein Leben unter Soldaten entschieden habe. Das doppelzüngige Gerede am Hof ...«

Chaol fühlte sich versucht zu sagen, dass er verstehe. Dass er den überwiegenden Teil seines Lebens genauso empfunden habe. Aber stattdessen fragte er: »Ihr glaubt, Perringtons Kräfte hätten den Hof bereits infiltriert?«

Wie viel wussten Kashin oder Arghun von Perringtons Streitkräften – kannten sie die Wahrheit über den Valg-König, der in Perringtons Haut steckte? Oder über die Armeen, die er befehligte, schlimmer als alles, was ihre Fantasie heraufbeschwören konnte? Aber diese Informationen ... würde er für sich behalten. Und abwarten, ob sie sich irgendwie nutzen ließen, falls Arghun und der Großkhan nichts davon wussten.

Kashin rieb sich den Nacken. »Ich habe keine Ahnung, ob es Perrington ist oder jemand aus Terrasen oder Melisande oder Wendlyn. Ich weiß nur, dass meine Schwester jetzt tot ist.«

Chaols Herz setzte einen Schlag aus. Aber er wagte es zu fragen: »Wie ist es geschehen?«

Trauer flackerte in Kashins Augen auf. »Tumelun war immer ein wenig wild und verwegen. Neigte zu Launenhaftigkeit. Am einen Tag war sie glücklich und lachte, am nächsten in sich gekehrt und hoffnungslos. Man behauptet ...« Er schluckte schwer. »Man behauptet, sie wäre deswegen von ihrem Balkon gesprungen. Duva und ihr Gemahl haben sie später in jener Nacht gefunden.«

Ein Todesfall in der Familie war immer verheerend, aber ein Selbstmord ... »Das tut mir leid«, murmelte Chaol leise.

Kashin schüttelte den Kopf, und das Sonnenlicht, das aus dem Garten hereinfiel, tanzte auf seinem schwarzen Haar. »Ich glaube das nicht. Meine Tumelun wäre nicht gesprungen.«

Meine Tumelun. Die Worte verrieten genug darüber, wie nah der Prinz seiner jüngeren Schwester gestanden hatte.

»Ihr vermutet ein Verbrechen?«

»Ich weiß nur, dass ich sie kannte – ungeachtet ihrer Launen. So wie ich mein eigenes Herz kenne.« Er legte sich eine Hand darauf. »Sie wäre nicht gesprungen.«

Chaol erwog seine Worte noch einmal sorgfältig. »Sosehr ich Euren Verlust bedaure, habt Ihr irgendeinen Grund zu argwöhnen, dass ein fremdes Königreich ihren Tod eingefädelt haben könnte?«

Kashin ging einige Schritte auf und ab. »Kein Land innerhalb *unseres* Reichs wäre dumm genug, so etwas zu tun.«

»Nun, auch in Terrasen oder Adarlan würde niemals jemand etwas Derartiges tun – nicht einmal um Euch zu manipulieren, damit Ihr Euch diesem Krieg anschließt.«

Kashin musterte ihn kurz. »Auch nicht eine Königin, die einst selbst eine Assassinin war?«

Nicht die leiseste Regung verriet Chaols Gefühle. »Sie mag eine Assassinin gewesen sein, aber Aelin hatte strikte Grenzen, die sie nicht überschritt. Eine davon war, keine Kinder zu töten oder ihnen etwas anzutun.«

Kashin blieb vor der Kommode an der Wand zum Garten stehen und rückte auf ihrer dunklen polierten Oberfläche ein vergoldetes Kästchen zurecht. »Ich weiß. Das habe ich auch in den Berichten meines Bruders gelesen. Einzelheiten über ihre Morde.« Chaol hätte schwören können, dass der Prinz schauderte, bevor er hinzufügte: »Ich glaube Euch.«

Zweifellos der Grund, warum der Prinz überhaupt dieses Gespräch mit ihm führte.

Kashin fuhr fort: »Womit nicht mehr viele andere fremdländische Mächte übrig bleiben, die für so etwas infrage kommen – und Perrington steht ganz oben auf dieser Liste.«

»Aber warum sollte er es auf Eure Schwester abgesehen haben?«

»Ich weiß es nicht.« Kashin ging noch einmal einige Schritte auf und ab. »Sie war sehr jung und arglos – sie ist mit mir unter den Darghan geritten, unseren Clans mütterlicherseits. Besaß noch keinen eigenen *Sulde*.«

Als Chaol die Stirn runzelte, klärte der Prinz auf: »Ein Speer, den alle Darghan-Krieger tragen. Wir binden ein paar Strähnen vom Haar unseres Lieblingspferdes an den Schaft, unterhalb der Klinge. Unsere Vorfahren glaubten, dass dort, wohin diese Haare im Wind wehten, unser Schicksal wartet. Einige von uns glauben immer noch an solche Dinge, aber selbst diejenigen, die es für eine bloße Tradition halten ... Nun, wir nehmen ihn überall mit hin. Es gibt einen Hof in diesem Palast, in dem mein *Sulde* und die meiner Geschwister direkt neben dem meines Vaters in der Erde stecken, damit sie den Wind spüren, solange wir in seinem Palast weilen. Aber im Todesfall ...« Wieder dieser Schatten von Trauer. »Im Todesfall sind sie das Einzige, was wir behalten. Sie tragen die Seele des Darghan-Kriegers für alle Ewigkeit und werden in unserem heiligen Reich in den Steppenboden gerammt.« Der

Prinz schloss die Augen. »Nun wird ihre Seele mit dem Wind umherstreifen.«

Nesryn hatte vorhin etwas Ähnliches gesagt. Chaol wiederholte nur: »Das tut mir leid.«

Kashin öffnete die Augen. »Ein paar meiner Geschwister glauben mir nicht, was Tumelun betrifft. Ein paar tun es. Unser Vater ... bleibt unentschieden. Unsere Mutter verlässt nicht einmal mehr ihr Zimmer, so groß ist ihre Trauer, und die Erwähnung meines Verdachts könnte – ich kann mich nicht dazu überwinden, es ihr gegenüber zur Sprache zu bringen.« Er rieb sich sein kräftiges Kinn. »Also habe ich meinen Vater dazu überredet, Euch zu bitten, uns jeden Abend beim Essen Gesellschaft zu leisten, als diplomatische Geste. Aber ich möchte, dass Ihr Euch mit den Augen eines Außenstehenden umschaut. Um mir alles zu berichten, was nicht stimmt. Vielleicht seht Ihr etwas, was wir nicht sehen.«

Ihnen helfen ... und vielleicht im Gegenzug Hilfe bekommen. Chaol sagte unumwunden: »Wenn Ihr mir genug vertraut, um mir all das zu erzählen und mich das tun zu lassen, warum schließt Ihr Euch dann nicht uns in diesem Krieg an?«

»Es ist nicht an mir, etwas dazu zu sagen oder zu vermuten.« Ein ausgebildeter Soldat. Kashin untersuchte die Räumlichkeiten, als schätzte er ab, ob vielleicht irgendwo potenzielle Feinde auf der Lauer lagen. »Ich marschiere nur, wenn mein Vater den Befehl erteilt.«

Wenn Perringtons Kräfte bereits hier waren, wenn die Ermordung der Prinzessin tatsächlich von Morath ausging ... Es wäre zu einfach. Zu einfach, den Großkhan umzustimmen und ihn dazu zu bewegen, sich mit Dorian und Aelin zu verbünden. Perrington – Erawan war viel zu klug dafür.

Aber wenn Chaol den Kommandanten der Bodentruppen des Großkhans für ihre Seite gewinnen könnte ...

»Ich spiele diese Spielchen nicht mit, Lord Westfall«, erklärte Kashin, der richtig deutete, was offenbar in Chaols Augen aufblitzte. »Meine Geschwister sind diejenigen, die Ihr überzeugen müsst.«

Chaol klopfte mit einem Finger auf die Armlehne seines Stuhls. »Irgendwelche Hinweise auf dieser Seite?«

Kashin schnaubte und lächelte schwach. »Es waren schon andere vor Euch da – aus erheblich wohlhabenderen Königreichen als Eurem. Einige hatten Erfolg, andere nicht.« Kashin warf einen Blick auf Chaols Beine und in den Augen des Prinzen flackerte Mitgefühl auf. Als er das sah – dieses Mitgefühl von einem Mann, der den Kriegerkameraden in ihm erkannte –, umklammerte Chaol die Armlehnen seines Stuhls. »Ich kann Euch nur viel Glück wünschen.«

Dann ging der Prinz mit langen Schritten zur Tür.

»Wenn Perrington hier tatsächlich einen Spion hat«, bemerkte Chaol, als Kashin die Türen erreichte, »dann schweben alle in diesem Palast in ernster Gefahr, wie Ihr bereits sehen konntet. Ihr müsst etwas unternehmen.«

Kashin hielt inne, die Hand auf dem geschnitzten Türknauf, und warf einen Blick über seine Schulter. »Was glaubt Ihr, warum ich einen fremdländischen Lord um Unterstützung gebeten habe?«

Dann war der Prinz fort und seine Worte hingen in der süß duftenden Luft. Sein Ton war nicht grausam, nicht beleidigend gewesen, aber diese Unverblümtheit des Kriegers ...

Chaol rang nach Atem, während seine Gedanken sich noch überschlugen. Er hatte keine schwarzen Ringe oder Halsbänder gesehen, aber andererseits hatte er auch nicht danach Ausschau gehalten. Hatte nicht einmal daran gedacht, dass der Schatten Moraths bereits so weit reichen könnte.

Chaol rieb sich die Brust. Vorsicht. Er würde Vorsicht walten lassen müssen. Bei dem, was er an diesem Hof öffentlich sagte – und bei dem, was er hier in diesem Raum sagte.

Chaol starrte noch immer auf die geschlossenen Türen und grübelte über alles nach, was Kashin angedeutet hatte, als die Dienerin zurückkehrte. Statt Tunika und Hose trug sie ein Gewand aus hauchdünner, durchsichtiger Seide, das vorn von einem Bändchen zusammengehalten wurde. Es überließ nichts der Fantasie.

Er kämpfte gegen den Drang, nach Nesryn zu rufen, damit sie ihm behilflich war. »Du sollst mich nur waschen«, sagte er, so deutlich und fest er konnte.

Sie zeigte keinerlei Nervosität, kein bebendes Zögern. Und er wusste, dass sie so etwas schon oft getan hatte, unzählige Male, da sie nur fragte: »Gefalle ich Euch nicht?«

Es war eine nüchterne, ehrliche Frage. Sie wurde gut für ihre Dienste bezahlt – alle Diener wurden gut bezahlt. Sie war freiwillig hier, deshalb würde sich mühelos eine andere finden lassen, ohne dass es ihren Status gefährdete.

»Doch«, antwortete Chaol, was nur halb gelogen war. Er vermied es, den Blick tiefer schweifen zu lassen. »Du bist sehr schön«, verdeutlichter er. »Aber ich will nur ein Bad.« Um ganz sicherzugehen, fügte er hinzu: »Sonst will ich nichts von dir.«

Er hätte Dankbarkeit erwartet, aber die Dienerin nickte nur ungerührt. Selbst ihr gegenüber würde er vorsichtig mit dem sein müssen, was er sagte. Mit dem, was er und Nesryn in diesem Raum vielleicht besprechen würden.

Es war kein Laut durch Nesryns geschlossene Schlafzimmertür gedrungen, kein Anzeichen einer Regung. Und auch jetzt war nichts zu hören.

Also bedeutete er der Dienerin, ihn ins Badezimmer zu schieben, einem weiß und blau gekachelten Raum, aus dem Wolken aus Dampf quollen.

Der Stuhl rollte über Teppiche und Fliesen und fast mühelos um die Möbel herum. Es war Nesryn gewesen, die den Stuhl im Palast von Rifthold in den inzwischen verlassenen Katakomben der Heiler gefunden hatte, unmittelbar bevor sie hierhergesegelt waren. Eins der wenigen Dinge, welche die Heiler auf ihrer Flucht zurückgelassen hatten, wie es schien.

Abgesehen von den unangenehmen Geräuschen seit der Seereise drehten sich die großen Räder zu beiden Seiten der Sitzfläche mühelos, sogar wenn er sie mithilfe des dünnen Handlaufs aus Metall selbst bewegte. Im Gegensatz zu den vielen anderen plumpen Rollstühlen, die er schon gesehen hatte, war dieser hier mit zwei kleinen Vorderrädern gleich neben den hölzernen Fußstützen ausgestattet, die sich in jede beliebige Richtung, die er einschlagen wollte, drehen konnten. Und nun rollten sie problemlos in die Dampfschwaden des Badezimmers hinein.

Ein riesiges, in den Boden eingelassenes Becken nahm den Großteil des Raums ein, die Wasseroberfläche glänzend von Badeöl, durchbrochen nur von einzelnen darauf treibenden Blütenblättern. Ein kleines Fenster hoch oben in der hinteren Wand bot einen Ausblick auf die Pflanzen des Gartens, während der Schein der Kerzen den wogenden Dampf vergoldete.

Luxus. Maßloser Luxus, während seine Stadt litt. Während sie um Hilfe flehten, die nicht kam. Dorian hatte mit Sicherheit bleiben wollen. Nur eine absolute Niederlage ohne jede Chance auf Überleben konnte ihn zum Fortgehen bewegt haben. Chaol fragte sich, ob seine Magie irgendeine Rolle gespielt hatte. Ob sie irgendjemandem geholfen hatte.

Dorian würde seinen Weg finden, in die Sicherheit, zu Verbündeten. Er spürte es in den Knochen, auch wenn sein Magen weiter rebellierte. Er konnte nichts tun, um seinem König von hier aus zu helfen – nur dieses Bündnis schmieden. Obwohl alle seine Instinkte ihm zuschrien, nach Adarlan zurückzukehren und nach Dorian zu suchen, würde er seinen jetzigen Kurs beibehalten.

Chaol nahm kaum wahr, wie die Dienerin ihm mit einem geschickten Ruck die Stiefel auszog. Und obwohl er es selbst hätte tun können, registrierte er auch kaum, wie sie ihm seine blaugrüne Jacke abstreifte, dann das Hemd darunter. Aber als sie sich daran machte, ihm seine Hose auszuziehen, riss er sich endlich aus seinen Gedanken – und beugte sich vor, um zu helfen, zähneknirschend, während sie in befangenem Schweigen zusammenarbeiteten. Erst als sie die Hand nach seiner Unterhose ausstreckte, hielt er ihren Unterarm fest.

Er und Nesryn hatten einander immer noch nicht angerührt. Nach einem unglücklichen Ausrutscher vor drei Tagen auf dem Schiff hatte er auch keinerlei Verlangen kundgetan, diesen Schritt noch einmal zu wagen. Und doch wollte er es. Fast jeden Morgen erwachte er erfüllt von schmerzhaftem Verlangen, vor allem als sie sich in ihrer Kabine das Bett geteilt hatten. Aber der Gedanke, so hilflos dazuliegen, nicht in der Lage zu sein, sie so zu nehmen, wie er es einst getan hatte ... erstickte jede aufkeimende Lust. Obwohl er dankbar war, dass gewisse Teile an ihm noch immer zweifelsfrei funktionierten.

»Ich kann allein einsteigen«, sagte Chaol, und noch bevor die Dienerin sich rühren konnte, nahm er alle Kraft in seinen Armen und in seinem Rücken zusammen und stemmte sich von dem Stuhl hoch. Keine elegante Prozedur, aber er hatte sie sich während der langen Tage auf See erarbeitet.

Zuerst bediente er den Feststellmechanismus an den Rädern, das Klicken hallte von den Kacheln und dem Wasser wider. Mit wenigen Bewegungen manövrierte er sich an die Stuhlkante, dann nahm er die Füße von den Holzplatten und stellte sie auf den Boden, wobei er die Beine nach links neigte. Mit der rechten Hand hielt er sich an der Stuhlkante auf Höhe seiner Knie fest, während er die linke zur Faust ballte und sich nach vorn beugte, um sich damit auf die kühlen, vom Dampf schlüpfrigen Kacheln zu stützen. Glitschig ...

Die Dienerin kam herbei und legte ein dickes, weißes Tuch vor ihn hin, dann zog sie sich wieder zurück. Er bedachte sie mit einem dankbaren, zurückhaltenden Lächeln, stützte die linke Faust wieder auf den Boden, auf das weiche Tuch, und verlagerte sein Gewicht auf diesen Arm. Er holte tief Luft, während er sich mit seiner rechten Hand noch immer an der Stuhlkante festhielt, und ließ sich vorsichtig auf den Boden gleiten, schwang dabei sein Hinterteil aus dem Stuhl, wobei seine Knie ungewollt einknickten.

Er landete mit einem dumpfen Aufprall, aber zumindest saß er auf dem Boden – und war nicht umgekippt, wie die ersten sechs Mal, als er es auf dem Schiff versucht hatte.

Vorsichtig rutschte er an die Kante der Beckenstufen, bis er die Füße ins warme Wasser stellen konnte, auf eine der Stufen. Die Dienerin watete einen Moment später ins Wasser, anmutig wie ein Reiher. Ihr hauchdünnes Gewand sog sich mit Wasser voll und wurde so nichtig wie Tau. Ihre Berührungen waren sanft, aber entschieden, als sie ihm unter den Arm griff und ihm half, sich das letzte Stück ins Becken zu schieben, auf die oberste Stufe. Dann stützte sie ihn, während er eine weitere Stufe hinunterrutschte und noch eine, bis ihm das Wasser zu den Schultern reichte und er auf Augenhöhe mit ihren vollen, spitzen Brüsten war.

Sie schien es nicht zu bemerken. Und er wandte sofort den Blick ab und schaute zum Fenster hoch, als sie nach dem kleinen Tablett mit den Badeutensilien griff, das sie am Beckenrand stehen gelassen hatte. Mit Ölen und Bürsten und weichen Tüchern. Als die Frau sich umdrehte, schlüpfte Chaol aus seiner Unterhose und ließ sie mit einem lauten, feuchten Klatschen auf den Beckenrand fallen.

Von Nesryn war immer noch nichts zu sehen.

Also schloss Chaol die Augen, überließ sich den Händen der Dienerin und fragte sich, was zum Teufel er tun sollte.

4

Von allen Räumen in der Torre Cesme liebte Yrene Towers diesen am meisten.

Vielleicht lag es daran, dass der Raum, der sich in der höchsten Spitze des bleichen steinernen Turms mit dem weitläufigen Gebäudekomplex darunter befand, unvergleichliche Ausblicke auf den Sonnenuntergang über Antica bot.

Vielleicht lag es daran, dass dies der Ort war, an dem sie nach fast zehn Jahren zum ersten Mal einen Hauch von Sicherheit verspürt hatte. Der Ort, an dem sie zum ersten Mal die uralte Frau gesehen hatte, die jetzt auf der anderen Seite des mit Papieren und Büchern überhäuften Schreibtisches saß, und die Worte gehört hatte, die alles verändert hatten: *Du bist hier willkommen, Yrene Towers.*

Seitdem waren mehr als zwei Jahre vergangen.

Zwei Jahre, in denen sie hier gearbeitet und gelebt hatte, in diesem Turm und in dieser Stadt der vielen Völker, der vielen Speisen und Horte des Wissens.

Es war genau so gewesen, wie sie es sich erträumt hatte – und sie hatte jede Chance und jede Herausforderung beherzt beim Schopf gepackt. Hatte studiert und zugehört und geübt und Leben gerettet, Leben verändert, bis sie Klassenbeste geworden war. Bis die Tochter einer unbekannten Heilerin aus Fenharrow von anderen erfahrenen Heilerinnen, alt wie jung, um Rat und Unterstützung gebeten wurde.

Ihre Magie half. Herrliche, wunderbare Magie, die sie atemlos oder so müde machen konnte, dass sie tagelang nicht aus dem Bett kam. Magie hatte ihren Preis – den sowohl die Heilerin als auch der Patient bezahlten. Aber Yrene war bereit, ihn zu bezahlen. Die Nachwirkungen einer schwierigen Heilung hatten ihr noch nie etwas ausgemacht.

Wenn es bedeutete, ein Leben zu retten ... Silba hatte ihr eine Gabe verliehen – und eine junge Fremde hatte ihr ein weiteres Geschenk gemacht, in jener letzten Nacht in Innish vor zwei Jahren. Yrene hatte weder vor, das eine noch das andere zu verschwenden.

Sie wartete schweigend, während die schlanke Frau ihr gegenüber irgendeine Nachricht auf ihrem chronisch unordentlichen Schreibtisch durchlas. Trotz größter Bemühungen der Diener herrschte auf dem uralten Rosenholzschreibtisch stetes Chaos, weil er immer mit Rezepten oder mit Phiolen und Krügen bedeckt war, in denen irgendein Elixier gebraut wurde.

Auch jetzt standen zwei solcher Phiolen auf dem Schreibtisch, durchsichtige Kugeln auf silbernen Füßen, die aussahen wie die Beine eines Ibis. Veredelt von dem endlosen Sonnenschein im Turm.

Hafiza, Hohe Heilerin der Torre Cesme, griff nach einer der Phiolen, schwenkte ihren hellblauen Inhalt, runzelte die Stirn und stellte sie wieder hin. »Das verdammte Ding braucht immer doppelt so lange, wie ich es erwarte.« Beiläufig und in Yrenes Muttersprache fragte sie dann: »Was denkst du, warum ist das so?«

Yrene beugte sich in dem abgenutzten, weichen Sessel zum Schreibtisch vor, um das Elixier zu studieren. Jedes Treffen, jede Begegnung mit Hafiza war eine Lektion – eine Chance zu lernen. Sich herausfordern zu lassen. Yrene nahm die Phiole aus ihrem Ständer, hielt sie ins goldene Licht des Sonnenuntergangs und untersuchte die dicke, himmelblaue Flüssigkeit darin. »Verwendungszweck?«

»Ein zehnjähriges Mädchen hat vor sechs Wochen einen trockenen Husten entwickelt. War bei den Ärzten, die zu Honigtee, Ruhe und frischer Luft geraten haben. Dem Kind ging es für eine Weile besser, aber vor einer Woche ist der Husten mit aller Macht zurückgekommen.«

Die Ärzte der Torre Cesme waren die besten auf der Welt und unterschieden sich von den Heilerinnen der Torre nur durch die Tatsache, dass sie keine Magie besaßen. Sie bildeten den ersten Anlaufpunkt für Untersuchungen noch vor den Heilerinnen im Turm und ihre Quartiere befanden sich in dem weitläufigen Gebäudekomplex zu seinen Füßen.

Magie war kostbar, ihr Preis so hoch, dass immer erst ein Arzt den Patienten inspizieren musste – so hatte es eine Hohe Heilerin der Torre vor Jahrhunderten verfügt. Vielleicht war es ein politischer Schachzug gewesen – ein Knochen, den man den Ärzten hingeworfen hatte, die so oft vom Volk übergangen wurden, wenn es nach dem Allheilmittel der Magie schrie.

Doch die Magie konnte nicht alles heilen. Konnte den Tod nicht aufhalten oder jemanden von den Toten zurückholen. Das hatte Yrene in diesen zwei Jahren und schon in der Zeit davor immer wieder erfahren. Aber trotz der Vereinbarung mit den Ärzten ging sie nach wie vor – wie sie es stets getan hatte – dorthin, wo sie in den schmalen, steilen Straßen Anticas jemanden husten hörte.

Yrene neigte die Phiole in verschiedene Richtungen. »Das Elixier könnte auf die Hitze reagieren. Es ist ungewöhnlich warm für die Jahreszeit gewesen, selbst für unsere Verhältnisse.«

Endlich nahte das Ende des Sommers, aber selbst nach zwei Jahren hatte Yrene sich immer noch nicht ganz an die gnadenlos trockene Hitze in der Stadt der Götter gewöhnt. Zum Glück hatte irgendein Genie vor langer Zeit die *Windfänger* erfunden, Masten, die ganz oben auf den Gebäuden den Wind als frische Luft in die Räume darunter ableiteten; einige davon funktionierten sogar im Verbund mit den wenigen unterirdischen Kanälen, die sich unter Antica hindurchschlängelten, um heiße Winde in kühle Brisen zu verwandeln. Überall in der Stadt waren die kleinen Masten verstreut, ragten wie tausend Speere in den Himmel, angefangen bei den kleinen Hütten aus irdenen Ziegelsteinen bis hin zu den großen, überkuppelten Anwesen voller schattiger Innenhöfe und klarer Gewässer.

Bedauerlicherweise war die Torre noch vor diesem Geniestreich entstanden. Obwohl es in den oberen Stockwerken ein ausgeklügeltes Belüftungssystem gab, das die Räume bis tief unten abkühlte, wünschte Yrene sich an vielen Tagen, dass irgendein kluger Architekt es auf sich nehmen würde, die Torre mit jenen *Windfängern* auszustatten. Dank der zunehmenden Hitze und den zahlreichen Feuern, die überall im Turm brannten, glich Hafizas Zimmer tatsächlich einem Backofen. Was Yrene veranlasste hinzuzufügen: »Du könntest es in ein tiefer gelegenes Gemach bringen lassen – wo es kühler ist.«

»Aber das benötigte Sonnenlicht?«

Yrene dachte nach. »Nimm Spiegel mit. Fang das Sonnenlicht durchs Fenster ein und richte es auf die Phiole. Justiere sie ein paarmal am Tag neu, um dem Pfad der Sonne zu folgen. Die niedrigere Temperatur und das konzentrierte Sonnenlicht lassen das Elixier vielleicht schneller fertig werden.«

Ein kleines, befriedigtes Nicken. Yrene hatte dieses Nicken lieb gewonnen, das Licht in diesen braunen Augen. »Ein schneller Verstand rettet öfter Leben als Magie«, war Hafizas einzige Antwort.

Sie hatte es schon tausendmal gesagt, meist wenn Yrene – zu ihrem unendlichen Stolz – irgendwo beteiligt war, dennoch neigte Yrene dankbar den Kopf und stellte die Phiole in ihren Ständer zurück.

»Also«, begann Hafiza und legte beide Hände übereinander auf den geradezu glühenden Rosenholzschreibtisch, »Eretia hat mir mitgeteilt, dass sie glaube, du wärst so weit, uns zu verlassen.«

Yrene richtete sich auf ihrem Sessel auf, derselbe, auf dem sie auch an jenem Tag gesessen hatte, an dem sie zum ersten Mal die tausend Stufen zur Spitze des Turms erklommen und um Aufnahme gebettelt hatte. Dabei war die Bettelei noch die geringste Demütigung dieser Begegnung gewesen, auf deren Höhepunkt sie das Säckchen Gold auf Hafizas Schreibtisch ausgekippt hatte und damit herausgeplatzt war, dass es sie nicht kümmere, was es koste, und dass Hafiza alles nehmen solle.

Ohne zu begreifen, dass Hafiza kein Geld von ihren Schülern nahm. Denn sie bezahlten auf andere Art für ihre Ausbildung. Obwohl Yrene im Laufe des einen Jahres, in dem sie in dem hinterwäldlerischen Gasthaus zum Weißen Schwein gearbeitet hatte, endlose Beleidigungen und Erniedrigungen ertragen musste, hatte sie sich nie mehr geschämt als in dem Moment, in dem Hafiza ihr befahl, das Geld wieder in ihr braunes Säckchen zu stecken. Yrene hatte das Gold vom Tisch gekratzt wie irgendein Kartenspieler, der hektisch seine Gewinne zusammenraffte, und mit sich gerungen, ob sie nicht auf der Stelle aus den bogenförmigen Fenstern springen sollte, die hinter Hafizas Schreibtisch aufragten.

Seitdem hatte sich viel verändert. Verschwunden waren das schlichte Kleid, der viel zu schlanke Körper. Yrene nahm jedoch an, dass die endlosen Treppen der Torre die Gewichtszunahme regulierten, die sie den regelmäßigen, gesunden Mahlzeiten aus den riesigen Küchen der Torre verdankte sowie den unzähligen Märkten mit ihren vielen Essensständen und all den Läden entlang der geschäftigen Straßen und gewundenen Gassen, in denen man etwas essen konnte.

Yrene schluckte einmal kurz und versuchte erfolglos, im Gesicht der Hohen Heilerin zu lesen. Hafiza war die einzige Person hier, die Yrene nie durchschauen konnte, deren Tun sie nie vorherzusehen vermochte. Sie hatte kein einziges Mal in all der Zeit die Fassung verloren – etwas, das man nicht von vielen Lehrern hier sagen konnte, vor allem nicht von Eretia – und sie hatte nie die Stimme erhoben. Hafiza zeigte nur drei Gesichtsausdrücke: zufrieden, neutral und enttäuscht. Und Yrene lebte in Angst und Schrecken vor den beiden Letzteren.

Nicht wegen irgendeiner Strafe. So etwas gab es hier nicht. Es wurden keine Rationen gekürzt, keine Schmerzen angedroht. Nicht wie im Weißen Schwein, wo Nolan ihr den Lohn gekürzt hatte, wenn sie aus der Reihe getanzt war oder einen Gast zu großzügig behandelt hatte oder wenn er sie dabei ertappt hatte, wie sie den halb verwilderten Straßenkindern, die durch die verdreckten Gassen von Innish streiften, die abendlichen Essensreste überließ.

Bei ihrer Ankunft hier hatte sie geglaubt, dass es genauso laufen würde: dass die Menschen ihr das Geld abnehmen und es ihr so immer schwerer machen würden fortzugehen. Sie hatte deshalb ein Jahr lang im Weißen Schwein gearbeitet, weil Nolan ihre Miete stetig erhöht, ihren Lohn gekürzt und seinen Anteil an ihren mageren Trinkgeldern gefordert hatte, und weil sie sich darüber klar gewesen war, dass die meisten Frauen in Innish sich auf der Straße prostituierten und sein Gasthaus, bei aller Widerwärtigkeit, die weitaus bessere Alternative darstellte.

Nie wieder, hatte sie sich gesagt – bis sie hier angekommen war. Bis sie dieses Gold auf Hafizas Schreibtisch ausgekippt hatte, dazu bereit, alles noch mal zu machen, sich zu verschulden, zu verkaufen – nur für die eine Chance, lernen zu dürfen.

Aber so etwas kam Hafiza nicht einmal annähernd in den Sinn. Ihre Arbeit war genau das Gegenteil von dem, was Leute wie Nolan taten. Yrene konnte sich noch gut an das erste Mal erinnern, als sie Hafiza mit ihrem starken, schönen Akzent fast dieselben Worte hatte sagen hören, die ihre Mutter stets zu ihr gesagt hatte: Sie nahmen kein Geld, weder von Schülern noch von Patienten, für das, was Silba, Göttin der Heilerinnen, ihnen schenkte.

In einem Land mit so vielen Gottheiten, dass Yrene immer noch Mühe hatte, sie sich alle zu merken, war Silba eine feste Größe.

Ein weiterer kluger Schachzug des Großkhanats, als es während seiner Eroberungsjahre die Königreiche und Territorien zusammengeworfen hatte: die Gottheiten *aller* zu behalten und einzugliedern. Darunter auch Silba, die sich in diesen Gegenden schon vor langer Zeit zu der vorherrschenden Göttin der Heilerinnen entwickelt hatte. Geschichte wurde anscheinend von den Siegern geschrieben. So hatte es Eretia, Yrenes Tutorin, ihr jedenfalls einmal erklärt. Selbst die Götter schienen dagegen nicht immun zu sein.

Aber das hinderte Yrene nicht daran, ein stilles Gebet an Silba und alle anderen Gottheiten zu schicken, die vielleicht gerade zuhörten, als sie endlich sagte: »Ich bin bereit, ja.«

»Uns zu verlassen.« Ganz einfache Worte, mit ganz neutralem Gesichtsausdruck – ruhig und geduldig. »Oder hast du die andere Option in Erwägung gezogen, die ich dir vorgestellt hatte?«

Yrene hatte sie in Erwägung gezogen. Hatte endlos darüber nachgedacht, während der letzten zwei Wochen, seit Hafiza sie in dieses Arbeitszimmer gerufen und das eine Wort ausgesprochen hatte, bei dem sich ihr Herz zusammenzog, als hätte sich eine Faust darum geschlossen: *Bleib.*

Bleiben und mehr lernen – bleiben und abwarten, wie sich dieses noch junge Leben, das sie sich hier aufgebaut hatte, weiterentwickeln würde.

Yrene rieb sich das Brustbein, als spürte sie noch immer diesen eisernen Griff. »Es wird wieder Krieg geben in meinem Heimatland – dem nördlichen Kontinent.« So nannten sie das Land hier. Yrene schluckte. »Ich will vor Ort sein, um jenen zu helfen, die gegen die Herrschaft des Reiches ankämpfen.«

Endlich, nach so vielen Jahren, sammelte sich eine Streitmacht. Adarlan selbst war gespalten, wenn man den Gerüchten Glauben schenken durfte, und zwar in einen Teil unter Dorian Havilliard im Norden und einen unter dem Stellvertreter des toten Königs, Herzog Perrington, im Süden. Dorian wurde von Aelin Galathynius unterstützt, der lang verschollenen Königin, die jetzt vor Macht nur so strotzte und nach Rache hungerte, wenn man danach ging, was sie dem gläsernen Palast und seinem König angetan hatte. Und Perrington, so hieß es, bekomme Hilfe von grauenhaften Wesen, die aus irgendeinem dunklen Albtraum stammten.

Aber wenn dies die einzige Chance auf Freiheit für Fenharrow war ... wollte Yrene dort sein, um zu helfen, wie sie nur konnte. Sie roch noch immer den Rauch, spätnachts oder wenn sie nach einer schwierigen Heilung erschöpft war. Rauch von dem Feuer, das die adarlanischen Soldaten entzündet hatten – und auf dem sie ihre Mutter verbrannt hatten. Sie hörte noch immer die Schreie ihrer Mutter, spürte noch immer, wie sich das Holz des Baumstamms unter ihre Fingernägel bohrte, als sie sich am Rande des Oakwald Forest versteckt hatte. Als sie zugesehen hatte, wie sie ihre Mutter bei lebendigem Leib verbrannten. Nachdem ihre Mutter einen Soldaten getötet hatte, um Yrene Zeit zum Wegrennen zu verschaffen.

Seitdem waren zehn Jahre vergangen. Fast elf. Und obwohl sie Berge und Ozeane überquert hatte ... hatte Yrene an manchen Tagen noch immer das Gefühl, als stünde sie in Fenharrow und röche dieses Feuer, als spüre sie die Splitter unter den Nägeln, während sie beobachtete, wie die Soldaten ihre Fackeln ergriffen und auch ihr Häuschen niederbrannten.

Das Häuschen, das Generationen von Heilerinnen der Towers-Familie beherbergt hatte.

Yrene fand es irgendwie passend, dass sie selbst in einem Turm, *dem* Turm, gelandet war. Der Ring an ihrer linken Hand der einzige Beweis dafür, dass einst, über Hunderte von Jahren hinweg, eine Reihe von überaus begabten Heilerinnen im Süden Fenharrows existiert hatte.

Der Ring, mit dem sie jetzt spielte, der letzte Beweis dafür, dass ihre Mutter und die Mutter ihrer Mutter und alle Mütter vor ihnen einst in Frieden gelebt und Menschen geheilt hatten. Es war einer von nur zwei Gegenständen, die Yrene niemals verkaufen würde – eher würde sie ihren Körper verkaufen.

Hafiza hatte nicht geantwortet, und so fuhr Yrene fort, während die Sonne tiefer in die jadegrünen Gewässer des Hafens jenseits der Stadt sank. »Selbst wenn jetzt die Magie auf den nördlichen Kontinent zurückgekehrt ist, fehlt es vielen Heilerinnen wahrscheinlich an Ausbildung, falls überhaupt welche überlebt haben. Ich könnte viele Leben retten.«

»Der Krieg könnte auch *dein* Leben fordern.«

Das wusste sie. Yrene reckte das Kinn vor. »Ich bin mir der Risiken bewusst.«

Hafizas dunkle Augen wurden weicher. »Ja, ja, das bist du.«

Schon während jener ersten, beschämenden Begegnung mit der Hohen Heilerin war ihre weiche Seite zutage getreten.

Yrene hatte jahrelang nicht mehr geweint – seit dem Tag, an dem ihre Mutter zu Asche im Wind geworden war –, doch in dem Moment, als Hafiza nach Yrenes Eltern gefragt hatte ... hatte sie das Gesicht in den Händen vergraben und geschluchzt. Hafiza war um den Schreibtisch herumgegangen, hatte sie in den Arm genommen und ihr in beruhigenden kreisförmigen Bewegungen über den Rücken gestrichen.

Das machte Hafiza häufig. Nicht nur bei Yrene, sondern bei all ihren Heilerinnen, wenn die Arbeitsstunden sich hinzogen und ihre Rücken verspannt waren und wenn die Magie ihnen *alles* abverlangt hatte und es noch immer nicht genügte. Sie war immer da, still und verlässlich, stärkend, tröstend.

Hafiza kam der Mutter, die Yrene verloren hatte, so nah wie niemand anderer in den vergangenen zehn Jahren. Und jetzt, einige Wochen vor ihrem zweiundzwanzigsten Geburtstag, bezweifelte sie, dass sie je noch mal eine wie sie finden würde.

»Ich habe die Prüfungen absolviert«, sagte Yrene, obwohl Hafiza das bereits wusste. Sie hatte sie Yrene selbst abgenommen und die qualvollen Wochen überwacht, in denen Wissen, Fähigkeiten und ihre tatsächliche Anwendung am Menschen geprüft worden waren. Yrene hatte die besten Noten in ihrer Klasse bekommen. Ein nahezu perfekter Abschluss, den kaum jemand hier je erreicht hatte. »Ich bin bereit.«

»In der Tat, das bist du. Und doch frage ich mich, wie viel du in vielleicht fünf oder zehn Jahren noch lernen könntest, wenn du bereits so viel in zwei Jahren gelernt hast.«

Yrene war schon bei ihrer Ankunft hier zu bewandert gewesen, um zusammen mit den jüngsten Schülerinnen ihre Ausbildung zu beginnen.

Sie hatte ihrer Mutter über die Schulter geschaut, seit sie alt genug gewesen war zu laufen und zu reden, und so hatte sie langsam über die Jahre hinweg gelernt, wie alle Heilerinnen ihrer Familie es getan hatten. Mit elf wusste Yrene bereits mehr, als die meisten anderen nach einem weiteren Jahrzehnt. Und selbst im Laufe der folgenden sechs Jahre hatte sie still und leise weitergeübt, während sie so getan hatte, als wäre sie ein gewöhnliches Mädchen, das auf dem Bauernhof der Cousine ihrer Mutter arbeitete – die Familie war unsicher gewesen, was sie mit ihr anfangen sollte, nicht bereit, sie richtig kennenzulernen, wo doch der Krieg und Adarlan sie vielleicht alle vernichten würde.

Sie hatte nicht zu viel getan, nicht zu auffällig. Während dieser Zeit hatten die Menschen ihre Nachbarn selbst für den kleinsten Hauch von Magie verraten. Und obwohl die Magie verschwunden war und Silbas Gabe mitgenommen hatte, war Yrene vorsichtig darauf bedacht gewesen, niemals mehr zu sein als die einfache Verwandte einer Bäuerin, die von ihrer Großmutter höchstens ein paar natürliche Heilmittel gegen Fieber oder Geburtsschmerzen oder verstauchte oder gebrochene Gliedmaßen gelernt hatte.

In Innish hatte sie mehr tun können und ihr spärliches Taschengeld dafür verwendet, Kräuter und Salben zu kaufen. Allerdings nicht allzu oft, da Nolan und Jessa, sein Lieblingsschankmädchen, sie Tag und Nacht beobachtet hatten. Deshalb hatte sie während der vergangenen zwei Jahre hier geradezu danach gelechzt zu lernen. Und es war eine Befreiung gewesen. Nach der erdrückenden Zeit der Lügen, des sich Versteckens.

Und an jenem Tag, an dem sie von Bord des Schiffes gegangen war und *gespürt* hatte, wie ihre Magie sich regte, gespürt hatte, wie ihre Magie sich nach einem Mann ausstreckte, der die Straße entlanghumpelte ... war es wie eine Art Schock für sie gewesen, aus dem sie erst wieder erwacht war, nachdem sie sich drei Stunden später weinend auf diesem Stuhl wiedergefunden hatte.

Yrene atmete hörbar aus. »Ich könnte eines Tages hierher zurückkehren, um meine Studien fortzusetzen. Aber – bei allem schuldigen Respekt, ich *bin* jetzt eine voll ausgebildete Heilerin.« Und sie konnte dahin gehen, wo immer ihre Gabe gebraucht wurde.

Hafiza zog ihre weißen Brauen hoch, die einen starken Kontrast zu ihrer dunklen Haut bildeten. »Und was ist mit Prinz Kashin?«

Yrene rutschte auf ihrem Sessel hin und her. »Was soll mit ihm sein?«

»Ihr beide wart einmal gute Freunde. Er hat dich immer noch gern, und das zu ignorieren ist keine Kleinigkeit.«

Yrene sah die Hohe Heilerin so direkt an, wie nur wenige es wagten. »Hat er etwa vor, sich in meine Abreisepläne einzumischen?«

»Er ist ein Prinz, und ihm ist nie etwas verwehrt worden, bis auf die Krone, die er begehrt. Er könnte zu dem Schluss kommen, dass er deine Abreise nicht tolerieren wird.«

Ein Gefühl des Grauens packte sie, angefangen bei ihrem Rückgrat bis hinein in ihre Magengrube. »Ich habe ihn nicht ermutigt. Ich habe meine Position in dieser Sache im letzten Jahr vollkommen deutlich gemacht.«

Es war eine Katastrophe gewesen. Sie hatte immer wieder darüber nachgedacht, über die Dinge, die sie gesagt hatte, ihre Begegnungen – alles, was zu jener schrecklichen Unterredung in dem großen Darghan-Zelt mitten in der windumtosten Steppe geführt hatte.

Begonnen hatte alles einige Monate nach ihrer Ankunft in Antica, als einer von Kashins bevorzugten Dienern erkrankt war. Zu ihrer Überraschung hatte der Prinz persönlich am Bett des Mannes gesessen, und während der langen Stunden von Yrenes Arbeit waren sie ins Gespräch gekommen und sie hatte sich dabei ertappt, wie sie ... lächelte. Sie hatte den Diener geheilt, und als sie in jener Nacht aufgebrochen war, hatte Kashin sie persönlich zu den Toren der Torre begleitet. Und in den darauffolgenden Monaten entwickelte sich zwischen ihnen eine Freundschaft.

Vielleicht sogar freier und leichter als die Freundschaft, die sie auch mit Hasar verband, die – nachdem sie selbst der Heilung bedurft hatte – Gefallen an Yrene gefunden hatte. Und während es Yrene aufgrund der verschiedenen Unterrichtszeiten schwerfiel, Gefährten innerhalb der Torre zu finden, wurden der Prinz und die Prinzessin zu wahren Freunden. Ebenso wie Hasars Geliebte, Renia, deren süßes Gesicht ihr liebreizendes Wesen widerspiegelte.

Sie waren ein seltsames Gespann gewesen, aber ... Yrene hatte ihre Gesellschaft genossen, die Abendessen, zu denen Kashin und Hasar sie eingeladen hatten, auch wenn Yrene sich darüber im Klaren gewesen war, dass es eigentlich keinen Grund für sie gab, dorthin zu gehen. Kashin saß oft neben ihr oder nah genug bei ihr, um sie in ein Gespräch zu verwickeln. Monatelang war alles in Ordnung gewesen – mehr als in Ordnung. Bis Hafiza Yrene in die Steppe gebracht hatte, ins Heimatland der Familie des Großkhans, um eine aufreibende Heilung zu betreuen. Mit Kashin als ihrem Geleit und Führer.

Die Hohe Heilerin betrachtete Yrene und runzelte leicht die Stirn. »Vielleicht hat dein Mangel an Ermutigung ihn umso entschlossener gemacht.«

Yrene rieb sich mit Daumen und Zeigefinger die Augenbrauen. »Wir haben seither kaum mehr ein Wort miteinander gesprochen.« Das stimmte. Wenn auch größtenteils deshalb, weil Yrene ihn bei den Abendessen, zu denen Hasar und Renia sie immer noch einluden, gemieden hatte.

»Der Prinz scheint mir kein Mann zu sein, der sich leicht von irgendetwas abhalten lässt – schon gar nicht in Herzensangelegenheiten.«

Das wusste sie. Genau das hatte ihr an Kashin gefallen. Bis er etwas gewollt hatte, das sie ihm nicht geben konnte. Yrene stöhnte leise. »Werde ich mich also wie ein Dieb in der Nacht wegschleichen müssen?« Hasar würde ihr das niemals verzeihen, obwohl sie keinen Zweifel daran hatte, dass Renia versuchen würde, die Prinzessin zu trösten und an ihre Vernunft zu appellieren. Wenn Hasar wie eine Flamme war, dann war Renia wie fließendes Wasser.

»Solltest du dich entscheiden hierzubleiben, wirst du dir über solche Dinge nicht die geringsten Sorgen machen müssen.«

Yrene straffte die Schultern. »Würdest du wirklich Kashin als Mittel zum Zweck benutzen, um mich hierzubehalten?«

Hafiza lachte, ein warmes Krächzen. »Nein. Aber verzeih einer alten Frau, dass sie versucht, jede Strategie anzuwenden, die notwendig ist, um dich zu überzeugen.«

Stolz und Schuldgefühle vermischten sich in ihrer Brust. Aber Yrene sagte nichts – hatte keine Antwort.

Eine Rückkehr auf den nördlichen Kontinent ... Sie wusste, dass nichts und niemand mehr dort auf sie wartete. Nichts als ein unversöhnlicher Krieg und niemand außer jenen, die ihre Hilfe brauchten.

Dabei hatte sie keine Ahnung, wohin genau sie eigentlich gehen sollte – wohin segeln, um diese Armeen und ihre Verletzten zu finden. Sie war schon einmal weit gereist, um Feinden auszuweichen, die entschlossen gewesen waren, sie zu ermorden, und der Gedanke, dass sich das alles wiederholte ... Sie wusste, dass manch einer sie für wahnsinnig halten würde. Undankbar gegenüber Hafiza, die ihr dieses Angebot unterbreitet hatte. Sie selbst dachte schon seit Längerem so über sich.

Und doch verstrich kein einziger Tag, an dem Yrene nicht zu dem Meer am Fuße der Stadt schaute – nach Norden schaute.

Auch jetzt wanderte Yrenes Blick von der Hohen Heilerin zu den Fenstern hinter ihr, zu dem fernen, dunkler werdenden Horizont, als wäre er ein Magnet.

Hafiza sagte noch eine Spur sanfter: »Die Entscheidung hat keine Eile. Kriege dauern lange.«

»Aber ich muss ...«

»Es gibt noch eine Aufgabe, die ich dich zuerst noch zu übernehmen bitte, Yrene.«

Dieser Ton mit dem Anflug eines Befehls ließ Yrene verstummen.

Sie blickte auf den Brief, den Hafiza bei ihrer Ankunft gelesen hatte. »Worum handelt es sich?«

»Im Palast hält sich ein Gast auf – ein besonderer Gast des Großkhans. Ich möchte dich bitten, ihn zu behandeln. Bevor du darüber entscheidest, ob es der richtige Zeitpunkt ist, diese Gestade zu verlassen, oder ob es besser wäre zu bleiben.«

Yrene legte den Kopf schief. Es geschah selten – sehr selten –, dass Hafiza einen Auftrag des Großkhans an jemand anderen abgab. »Woran leidet er?« Die übliche Frage, wenn eine Heilerin sich eines Patienten annahm.

»Es ist ein junger Mann, dreiundzwanzig Jahre alt. In jeder Hinsicht gesund, in körperlich guter Verfassung. Aber er hat Anfang des Sommers eine ernsthafte Verletzung an der Wirbelsäule erlitten, sodass er jetzt von der Hüfte abwärts gelähmt ist. Er kann seine Beine weder spüren noch bewegen und sitzt seitdem in einem Rollstuhl. Ich überspringe die Eingangsuntersuchung durch die Ärzte und wende mich direkt an dich.«

Yrenes Gedanken wirbelten durcheinander. Es war eine komplexe, lange Prozedur, diese Art von Verletzung zu heilen. Wirbelsäulen waren fast ebenso kompliziert wie Gehirne. Direkt mit ihnen verbunden. Bei dieser Art von Heilung ging es nicht einfach darum, den Patienten mit ihrer Magie zu berieseln – so funktionierte das nicht.

Es ging darum, die richtigen Stellen und Kanäle zu finden, die korrekte Menge an Magie. Es ging darum, das Gehirn dazu zu bringen, wieder Signale an das Rückgrat zu senden, entlang dieser zerstörten Bahnen; es ging darum, die kleinsten beschädigten Keimzellen des Lebens innerhalb des Körpers durch neue, frische zu ersetzen. Und obendrein ... wieder laufen zu lernen. Wochen. *Monate* vielleicht.

»Er ist ein aktiver junger Mann«, berichtete Hafiza weiter. »Die Verletzung ähnelt der des Kriegers, dem du im letzten Winter in der Steppe geholfen hast.«

Das hatte sie sich bereits gedacht – was wahrscheinlich auch der Grund dafür war, warum Hafiza sich nun an sie wandte. Zwei Monate hatte sie damit verbracht, den Pferde-Lord zu heilen, der sich bei einem schlimmen Sturz von seinem Reittier das Rückgrat verletzt hatte. Keine ungewöhnliche Verletzung unter den Darghan, von denen einige Pferde ritten und einige auf Ruks durch die Lüfte segelten und die sich schon seit Langem auf die Heilerinnen der Torre verließen. Bei jenem Krieger hatte sie zum ersten Mal ihr Gelerntes in diesem Bereich in die Praxis umgesetzt, und genau darum hatte Hafiza sie in die Steppe begleitet. Yrene war ziemlich zuversichtlich, dass sie eine weitere Heilung nun allein hinbekommen würde, aber etwas an der Art, wie Hafiza auf den Brief hinabschaute – nur ein einziges Mal –, ließ Yrene stutzen. Und entlockte ihr die Frage: »Wer ist der Mann?«

»Lord Chaol Westfall.« Kein Name aus dem Großkhanat. Ohne den Blick von Yrene abzuwenden, fügte Hafiza hinzu: »Er ist der ehemalige Captain der Garde und die jetzige rechte Hand des neuen Königs von Adarlan.«

Stille.

Stille in Yrenes Kopf, in Yrenes Herzen. Nur das Geschrei der Möwen, die über die Torre segelten, und die Rufe der Händler, die jenseits der hohen Mauern des Geländes am Abend nach Hause gingen, erfüllten das Turmzimmer.

»Nein.«

Das Wort drang mit einem Atemzug aus Yrenes Mund.

Hafizas schmale Lippen zogen sich zusammen.

»Nein«, wiederholte Yrene. »Ich werde ihn nicht heilen.«

Hafizas Gesicht zeigte nichts Weiches, nichts Mütterliches, als sie sagte: »Du hast einen Eid abgelegt, als du diese Hallen betreten hast.«

»Nein.« Es war das Einzige, was ihr einfiel.

»Ich bin mir durchaus bewusst, wie schwierig das für dich sein mag ...«

Ihre Hände zitterten. »Nein.«

»Warum nicht?«

»Du kennst den Grund.« Die Worte waren ein ersticktes Flüstern. »D-d-du weißt, warum.«

»Wenn du adarlanische Soldaten auf den Schlachtfeldern dort leiden siehst, wirst du dann einfach über sie hinwegstampfen?«

Es waren die grausamsten Worte, die Hafiza je zu ihr gesagt hatte.

Yrene rieb über den Ring an ihrem Finger. »Wenn er Captain der Garde des letzten Königs war, hat er – hat er für den Mann gearbeitet, der ...« Die Worte kamen unbeholfen aus ihrem Mund. »Er hat *Befehle* von ihm entgegengenommen.«

»Und arbeitet jetzt für Dorian Havilliard.«

»Der in den Reichtümern seines Vaters schwelgte – den Reichtümern *meines* Volkes. Selbst wenn Dorian Havilliard keinen Anteil daran hatte, die Tatsache, dass er nichts unternommen hat, als es geschah ...« Die bleichen Steinmauern schienen näher zu kommen, selbst der massive Turm unter ihnen schien sie zu bedrängen. »Ist dir eigentlich klar, was die Männer des Königs in diesen Jahren *getan* haben? Was seine Armeen, seine Soldaten, seine Wachen *getan* haben? Und du bittest mich, einen Mann zu heilen, der sie angeführt hat?«

»Das gehört zur Realität dessen, was du bist – was *wir* sind. Diese Entscheidung müssen alle Heilerinnen treffen.«

»Und du hast sie schon so oft getroffen? In deinem friedlichen Königreich?«

Hafizas Miene verdüsterte sich. Nicht vor Zorn, sondern wegen der Erinnerungen, die in ihr aufstiegen. »Ich bin einmal gebeten worden, einen Mann zu heilen, der bei dem Versuch, seiner Gefangennahme zu entkommen, verletzt wurde. Nachdem er ein unaussprechliches Verbrechen begangen hatte ... Bevor ich in seine Zelle ging, haben mir die Wachen gesagt, was er getan hatte. Sie wollten, dass ich ihn zusammenflicke, damit er weiterlebte und vor Gericht gestellt werden konnte. Er sollte hingerichtet werden – es gab Opfer, die bereit waren auszusagen, und jede Menge Beweise. Eretia selbst hatte das neueste Opfer gesehen. Sein letztes Opfer. Hatte alle Beweise gesammelt, die sie brauchte, und vor diesem Gericht gestanden und ihn mit dem, was sie gesehen hatte, überführt.« Hafiza schluckte schwer. »Sie hatten ihn in seiner Zelle in Ketten gelegt und er war so schwer verletzt, dass ich wusste ... ich wusste, ich konnte meine Magie benutzen, um die inneren Blutungen zu verschlimmern. Man hätte nie davon erfahren. Er wäre am nächsten Morgen tot gewesen und niemand hätte es gewagt, mir Fragen zu stellen.« Sie musterte die Phiole mit dem blauen Elixier. »Nie bin ich einem Mord näher gewesen. Ich *wollte* ihn für das töten, was er getan hatte. Die Welt wäre ein besserer Ort gewesen. Ich hatte die Hände schon auf seiner Brust – ich war bereit, es zu tun. Aber dann habe ich mich erinnert. Ich habe mich an diesen Eid erinnert, den ich abgelegt hatte, und daran, dass man mich gebeten hatte, ihn zu heilen, damit er weiterlebte – damit seinen Opfern und ihren Familien Gerechtigkeit widerfuhr.« Sie sah Yrene in die Augen. »Es war nicht an mir, ihn zu töten.«

»Was geschah dann?« Ihre Stimme zitterte.

»Er hat versucht, sich für unschuldig zu erklären. Trotz der Dinge, die Eretia vorgebracht hatte, der Dinge, über die jenes Opfer zu reden bereit gewesen war. Er war durch und durch ein Monstrum. Man hat ihn verurteilt und er wurde am nächsten Tag bei Sonnenaufgang hingerichtet.«

»Hast du es dir angesehen?«

»Nein. Ich bin wieder hier heraufgekommen. Aber Eretia hat zugesehen. Sie hat ganz vorn in der Menge gestanden und ist geblieben, bis man seinen Leichnam in eine Karre geworfen hatte. Sie ist für die Opfer dageblieben, die es nicht ertragen konnten zuzusehen. Dann ist sie hierher zurückgekehrt und wir haben beide sehr, sehr lange geweint.«

Yrene schwieg für ein paar Atemzüge, so lange, bis ihre Hände ruhiger wurden. »Also soll ich diesen Mann heilen – damit ihm anderswo Gerechtigkeit widerfährt?«

»Du kennst seine Geschichte nicht, Yrene. Ich schlage vor, du hörst sie dir an, bevor du über solche Dinge nachgrübelst.«

Yrene schüttelte den Kopf. »Es wird ihm keine Gerechtigkeit widerfahren – nicht, wenn er dem alten und dem neuen König gedient hat. Nicht, wenn er so schlau ist, dass er an der Macht bleiben konnte. Ich weiß, wie Adarlan funktioniert.«

Hafiza sah sie lange an. »An dem Tag, an dem du diesen Raum betreten hast, so schrecklich dünn, den Staub von hundert Straßen auf der Haut ... Ich hatte noch nie eine solche Gabe gespürt. Ich habe dir in deine schönen Augen geblickt und musste fast nach Luft schnappen, als ich die ungezähmte Macht in dir sah.«

Enttäuschung. Es lag Enttäuschung auf dem Gesicht, in der Stimme der Hohen Heilerin.

»Ich dachte im Stillen«, fuhr Hafiza fort, »*Wo hat diese junge Frau sich versteckt? Welche Götter haben sie großgezogen, sie an meine Türschwelle geführt?* Dein Kleid hing dir in Fetzen um die Knöchel und doch bist du erhobenen Hauptes wie eine edle Dame hereingekommen. Als wärst du die Erbin Kamalas persönlich gewesen.«

Bis Yrene einen Moment später das Gold auf den Schreibtisch gekippt hatte und zusammengebrochen war.

»Selbst dein Familienname: *Towers.* Ein Hinweis auf die lang zurückliegende Verbindung deiner mütterlichen Vorfahren mit der Torre. In diesem Moment damals habe ich mich gefragt, ob ich endlich *meine* Erbin gefunden hätte – meine Nachfolgerin.«

Für Yrene waren diese Worte wie einen Schlag in die Magengrube. Hafiza hatte nie auch nur angedeutet ...

Bleib, hatte die Hohe Heilerin angeboten. Nicht nur um die Ausbildung fortzusetzen, sondern auch um das Amt zu übernehmen, das ihr jetzt vorgeschlagen wurde.

Aber es war nicht Yrenes Ehrgeiz gewesen, diesen Raum eines Tages ihr Eigen zu nennen. Nicht, solange ihre Blicke stets über das Enge Meer gerichtet waren. Und selbst jetzt ... Es war eine unaussprechliche Ehre, ja. Aber eine, die einen schalen Beigeschmack hatte.

»Ich habe dich gefragt, was du mit dem Wissen anfangen wolltest, das ich dir vermitteln würde«, fuhr Hafiza fort. »Erinnerst du dich, was du mir geantwortet hast?«

Yrene erinnerte sich. Sie hatte es keinen Moment vergessen. »Ich sagte, ich wolle das Wissen nutzen, um etwas Gutes für die Welt zu tun. Um etwas mit meinem unnützen, vergeudeten Leben anzufangen.«

Ihr Motto in diesen Jahren – zusammen mit der Notiz, die sie jeden Tag bei sich trug, die sie von einer Tasche in die andere schob, von einem Kleid zum anderen. Worte einer mysteriösen Fremden, vielleicht einer Göttin in der Haut einer zerschundenen jungen Frau, deren Goldgeschenk sie hierhergebracht hatte. Sie gerettet hatte.

»Und das sollst du auch, Yrene«, fuhr Hafiza fort. »Du sollst eines Tages nach Hause zurückkehren und du sollst Gutes tun, du sollst *Wunder* wirken. Aber bevor du das tust, habe ich diese Bitte an dich. Hilf diesem jungen Mann. Du hast die Heilung schon einmal vollbracht – du kannst sie jetzt erneut vollbringen.«

»Warum kannst du es nicht tun?«

Sie hatte noch nie so verdrossen geklungen, so ... undankbar.

Hafiza schenkte ihr ein kleines, trauriges Lächeln. »Nicht meine Heilung ist hier vonnöten.«

Yrene wusste, dass die Hohe Heilerin nicht die Heilung dieses Mannes meinte. Sie schluckte gegen den Kloß in ihrer Kehle an.

»Es ist eine Seelenwunde, Yrene. Und sie all diese Jahre eitern zu lassen ... Ich kann dir keinen Vorwurf daraus machen. Aber ich werde dich zur Rechenschaft ziehen, wenn du es zulässt, dass sie sich in etwas Schlimmeres verwandelt. Und ich werde deshalb um dich trauern.«

Yrenes Lippen zitterten, doch sie presste sie zusammen und blinzelte gegen das Brennen in ihren Augen an.

»Du hast die Prüfungen bestanden, besser als jede andere, die jemals diesen Turm erklommen hat«, sagte Hafiza leise. »Aber lass dies meine persönliche Prüfung für dich sein. Die letzte. Damit ich, wenn du beschließt zu gehen, dir Lebewohl sagen und dich in den Krieg schicken kann mit dem Wissen ...« Hafiza legte sich eine Hand auf die Brust. »Mit dem Wissen, dass du, wo immer dein Weg dich hinführt, wie dunkel er auch sein mag, zurechtkommen wirst.«

Yrene schluckte den leisen Laut herunter, der sich ihr entringen wollte, und schaute stattdessen zur Stadt hin, deren bleiches Gestein im letzten Licht der untergehenden Sonne prächtig anzusehen war. Durch die offenen Fenster hinter der Hohen Heilerin wehte eine abendliche Brise herein, gewürzt mit Lavendel und Nelken, die ihr das Gesicht kühlte und Hafizas Wolke weißen Haares durcheinanderbrachte.

Yrene schob eine Hand in die Tasche ihres hellblauen Kleides und schlang ihre Finger um das vertraute glatte, gefaltete Stückchen Pergament. Sie umklammerte es, wie schon so oft, während sie hierhergesegelt war, während jener ersten paar Wochen der Unsicherheit, selbst nachdem Hafiza sie aufgenommen hatte, während der langen Stunden und der harten Tage und Augenblicke, die sie im Laufe ihrer Ausbildung beinahe gebrochen hatten.

Eine Notiz, von einer Fremden geschrieben, die ihr binnen weniger Stunden das Leben gerettet und die Freiheit geschenkt hatte. Yrene hatte nie ihren Namen erfahren, den Namen dieser jungen Frau, die ihre Narben getragen hatte wie manche Dame ihren feinsten Schmuck. Dieser jungen Frau, die eine ausgebildete Assassinin gewesen war, aber einer Heilerin ihre Ausbildung bezahlt hatte.

So vieles, so viel Gutes war aus dieser Nacht erwachsen. Manchmal fragte sich Yrene, ob es sie tatsächlich gegeben hatte – vielleicht hätte sie geglaubt, das alles nur geträumt zu haben, wäre da nicht der Zettel in ihrer Tasche gewesen und jener zweite Gegenstand, den Yrene nie verkauft hatte, selbst als das Gold immer weniger geworden war.

Die kunstvolle Brosche aus Gold und Rubinen, die mehr wert war als ganze Häuserreihen in Antica.

Adarlans Farben. Yrene hatte nie erfahren, woher die junge Frau gekommen war, wer ihr die Schläge zugefügt hatte, die diese Prellungen auf ihrem hübschen Gesicht hinterlassen hatten, aber sie hatte von Adarlan gesprochen, wie Yrene es tat. Wie alle Kinder es taten, die alles an Adarlan verloren hatten – jene Kinder, deren Königreiche nur noch in Asche und Blut und Ruinen lagen.

Yrene strich mit einem Daumen über den Zettel, über die Worte darauf:

Für deine Reise, wohin auch immer sie dich führen mag – und noch einiges andere. Die Welt braucht mehr Heilerinnen.

Yrene atmete die abendliche Brise ein, diesen ersten Nachthauch, der den Duft von Gewürzen und Salz in die Torre trug.

Schließlich schaute sie wieder Hafiza an. Der Ausdruck der Hohen Heilerin war ruhig. Geduldig.

Yrene würde es bereuen, wenn sie ablehnte. Hafiza würde nachgeben, aber Yrene wusste, dass sie es bereuen würde, egal ob sie von hier fortging oder ob sie doch beschloss zu bleiben. Sie würde an diesen Moment zurückdenken. Sich fragen, ob sie undankbar gewesen war angesichts der außergewöhnlichen Güte, die sie erfahren hatte. Sich fragen, was ihre Mutter davon gehalten hätte.

Und selbst wenn dieser Mann aus Adarlan stammte, selbst wenn er die Befehle dieses Schlächters ausgeführt hatte …

»Ich werde mich mit ihm treffen. Mir ein Bild von ihm machen«, lenkte Yrene mit nur einem Hauch von Zittern in der Stimme ein. Sie umklammerte das Stück Papier in ihrer Tasche. »Und dann entscheide ich, ob ich ihn heilen werde.«

Hafiza überlegte. »Das ist nur recht und billig, Mädchen«, antwortete sie dann leise. »Recht und billig.«

Yrene stieß einen bebenden Atemzug aus. »Wann soll ich ihn treffen?«

»Morgen«, antwortete Hafiza und Yrene zuckte zusammen. »Der Großkhan hat darum gebeten, dass die beste Heilerin der Torre morgen Lord Westfalls Gemächer aufsuchen möge.«

5

Chaol hatte kaum geschlafen. Zum einen wegen der gnadenlosen Hitze, zum anderen wegen der Tatsache, dass sie sich im Haus eines ziemlich angespannten potenziellen Verbündeten befanden, wo alle möglichen Spione und Gefahren lauern konnten – vielleicht sogar aus Morath selbst. Ganz zu schweigen davon, dass das, was über Rifthold und allem, was ihm etwas bedeutete, hereingebrochen war, schwer auf ihm lastete.

Ein weiterer Grund für seinen Schlafmangel war aber das Treffen, das in wenigen Minuten stattfinden würde.

Nesryn ging mit einer für sie untypischen Nervosität in dem Wohnzimmer, das sein Behandlungsraum sein sollte, auf und ab. Niedrige Sofas und haufenweise Kissen füllten den Raum, Teppiche von dichtester und feinster Webart bedeckten den glänzenden Boden – von den geschickten Händen der Teppichknüpferinnen im Westen gefertigt, wie Nesryn erklärt hatte. Kunstwerke und Schätze aus dem ganzen Reich des Großkhans schmückten das Zimmer, dazwischen Topfpalmen, die die Blätter hängen ließen von der Hitze und der Sonne, die durch die Gartenfenster und -türen eindrangen.

Zehn Uhr morgens, hatte die älteste Tochter des Großkhans ihm am Abend zuvor beim Essen eröffnet. Prinzessin Hasar – unscheinbar, bis auf die feurigen Augen. Eine entzückende junge Frau hatte neben ihr gesessen, die einzige Person, für die Hasar ein Lächeln übriggehabt hatte. Ihre Geliebte oder Ehefrau, den regelmäßigen Berührungen und langen Blicken zufolge.

Bei der Mitteilung, wann die Heilerin eintreffen werde, hatte etwas Hinterhältiges in Hasars spöttischem Grinsen gelegen, sodass er sich seither fragen musste, wen genau sie da zu ihm schickten.

Er wusste noch immer nicht, was er von diesen Menschen, von diesem Ort halten sollte. Von dieser Stadt der großen Gelehrsamkeit, dieser Mischung aus so vielen Kulturen und ihrer Geschichte und dem friedlichen Zusammenleben ... Ganz anders als die zornigen und gebrochenen Seelen, die in Adarlans Schatten lebten, die in ständigem Entsetzen einander misstrauten und die schlimmsten Verbrechen ertrugen.

Man hatte ihn beim Abendessen nach dem Abschlachten der Sklaven in Calaculla und Endovier gefragt.

Oder besser gesagt, der aalglatte Arghun hatte gefragt. Wäre der Prinz unter Chaols neuen Rekruten der königlichen Garde gewesen, hätte er ihn spielend in seine Schranken verwiesen, dank seiner Dominanz und der Demonstration seines Könnens zum richtigen Zeitpunkt. Aber hier verfügte er über keinerlei Autorität, um den intriganten, hochmütigen Prinzen zu bändigen.

Auch nicht, als Arghun hatte wissen wollen, warum der ehemalige König von Adarlan es für notwendig erachtet habe, sein Volk zu versklaven. Und es dann wie Tiere abzuschlachten. Warum der Mann nicht mit Blick auf den südlichen Kontinent erkannt habe, welches Grauen und welchen Makel die Sklaverei bedeutete – um dann darauf zu verzichten.

Chaol hatte so knappe Antworten gegeben, dass es an Unhöflichkeit grenzte. Sartaq, neben Kashin der Einzige von ihnen, den Chaol zu mögen geneigt war, hatte die Fragen seines älteren Bruders schließlich sattgehabt und das Gespräch auf andere Themen gelenkt. Welche, das konnte Chaol gar nicht sagen. Er war zu sehr damit beschäftigt gewesen, gegen das Rauschen in seinen Ohren anzukämpfen, das Arghuns messerscharfe Fragen ausgelöst hatten. Zu sehr beschäftigt damit, alle Gesichter in der Haupthalle des Großkhans zu betrachten – der königlichen Familie, der Wesire, der Diener. Kein Hinweis auf schwarze Ringe oder Halsbänder, kein seltsames Benehmen.

Mit einem unauffälligen Kopfschütteln hatte er Kashin davon in Kenntnis gesetzt, während der Prinz so getan hatte, als hätte er es nicht gesehen. Aber die Mahnung flackerte unübersehbar in seinen Augen: *Haltet weiter Ausschau.*

Was Chaol auch tat. Er hatte der Mahlzeit nur seine halbe Aufmerksamkeit geschenkt, um jedes Wort, jeden Blick und jeden Atemzug der Menschen ringsum zu überwachen.

Trotz des Todes ihrer jüngsten Schwester hatten die Erben das Abendessen lebhaft gestaltet, mit zahlreichen Unterhaltungen, überwiegend in Sprachen, die Chaol nicht beherrschte oder nicht einmal erkannte. Eine solche Fülle von Königreichen in dieser Halle, vertreten von Wesiren und Dienern und Geschäftspartnern ... Selbst die jüngste Prinzessin, Duva, war mit einem dunkelhaarigen Prinzen aus einem fernen Land verheiratet, der sich mit traurigen Augen dicht neben seiner schwangeren Frau hielt und nur wenig mit anderen sprach. Aber wann immer Duva ihm ein sanftes Lächeln schenkte ... Chaol glaubte nicht, dass das Leuchten auf dem Gesicht des Prinzen geheuchelt war. Und er fragte sich, ob der Mann wohl weniger aus Verschlossenheit schwieg oder vielmehr, weil er die Sprache seiner Ehefrau noch nicht gut genug verstand, um der Unterhaltung zu folgen.

Nesryn dagegen hatte keine derartige Ausrede gehabt. Sie hatte mitgenommen ausgesehen, während sie das Abendessen still absolvierte. Dass sie zuvor gebadet hatte, war ihm nur aufgrund eines Schreis und des Knallens ihrer Tür aufgefallen, gefolgt von einem verschnupft aussehenden Diener, der aus ihren Räumen floh. Der

Mann war nicht wiedergekommen, noch war ein Ersatz für ihn aufgetaucht.

Kadja, die Chaol zugeteilte Dienerin, hatte ihm sowohl dabei geholfen, sich fürs Abendessen anzukleiden, als auch für die Nacht auszukleiden, und ihm an diesem Morgen gleich nach seinem Erwachen sein Frühstück gebracht.

Der Großkhan wusste jedenfalls gut zu speisen.

Vorzüglich zubereitetes Fleisch, so zart, dass es fast vom Knochen fiel; mit Kräutern gewürzter Reis in verschiedenen Farben; mit Butter und Knoblauch bestrichenes Fladenbrot; kräftige Weine und Schnäpse aus den überall in seinem Reich verteilten Weingärten und Destillerien. Auf Letztere hatte Chaol verzichtet bis auf das Glas, das ihm angeboten worden war, als der Großkhan einen halbherzigen Trinkspruch auf seine neuen Gäste vorbrachte. Ein wärmerer Willkommensgruß, als Chaol es von einem trauernden Vater erwartet hätte.

Nesryn hatte jedoch nur an ihrem Getränk genippt, kaum einen Bissen von ihrer Mahlzeit genommen und dann gerade einmal eine Minute, nachdem das Festmahl abgeräumt worden war, darum gebeten, in ihre Gemächer zurückkehren zu dürfen. Er hatte zugestimmt – natürlich hatte er zugestimmt und sie begleitet, aber als er anbot, dass sie mit ihm reden könne, hatte sie Nein gesagt. Sie wolle schlafen und werde ihn am Morgen sehen.

Er hatte tatsächlich noch die Nerven gehabt, Nesryn zu fragen, ob sie beide bei ihm oder bei ihr schlafen sollten.

Die Tür, die vor seiner Nase ins Schloss fiel, war deutlich genug gewesen.

Also hatte Kadja ihm ins Bett geholfen und er hatte sich unruhig hin und her gewälzt, geschwitzt und sich gewünscht, er könnte die Laken wegtreten, statt sie zurückschlagen zu müssen. Selbst die kühle Brise, die durch das ausgeklügelte Belüftungssystem gedrungen war – die Luft wurde von den Masten zwischen den Kuppeln und Türmchen eingefangen, in den Kanälen unter dem Palast abgekühlt und dann in die Räume und Flure verteilt –, hatte keine Linderung gebracht.

Er und Nesryn hatten noch nie besonders gut miteinander reden können. Sie hatten es versucht, aber das Ergebnis war meist katastrophal gewesen.

Sie hatten alles falsch gemacht und er hatte sich wieder und wieder dafür verflucht, dass er es nicht schaffte, die Sache mit ihr in Ordnung zu bringen. Nicht schaffte, *sich* zu bessern.

In den vergangenen zehn Minuten, in denen sie auf die Ankunft der Heilerin warteten, hatte sie ihn kaum angesehen. Ihr Gesicht war verhärmt, ihr schulterlanges Haar hing schlaff herab. Sie hatte ihre Uniform des Captains der königlichen Garde nicht angelegt, sondern war stattdessen zu ihrer gewohnten nachtblauen Tunika und den schwarzen Hosen zurückgekehrt. Als könnte sie es nicht ertragen, in den Farben Adarlans gekleidet zu sein.

Kadja hatte ihm wieder seine blaugrüne Jacke angezogen und war sogar so weit gegangen, die Schnallen an der Vorderseite zu polieren. Sie verrichtete ihre Arbeit mit stillem Stolz, ganz im Gegensatz zu der Furchtsamkeit und Scheu so vieler Bediensteter im Palast von Rifthold.

»Sie verspätet sich«, murmelte Nesryn. Tatsächlich zeigte die kunstvolle, hölzerne Uhr in der Ecke an, dass die Heilerin schon seit zehn Minuten hätte da sein müssen. »Sollen wir Bescheid geben, damit man in Erfahrung bringt, ob sie überhaupt kommt?«

»Gib ihr Zeit.«

Nesryn blieb vor ihm stehen und zog die Stirn in Falten. »Wir müssen umgehend anfangen. Wir haben keine Zeit zu verlieren.«

Chaol holte Luft. »Ich verstehe, dass du nach Hause zurückkehren willst, zu deiner Familie ...«

»Ich werde dich nicht hetzen. Aber jeder einzelne Tag macht einen Unterschied.«

Er bemerkte ihre angespannten Mundwinkel, die sorgenvollen Fältchen. Und hatte keinen Zweifel, dass ihm der gleiche Ausdruck ins Gesicht geschrieben stand. Er hatte sich an diesem Morgen nur unter größter Anstrengung dazu zwingen können, nicht länger die schlimmsten Befürchtungen zu hegen, wo Dorian sich in diesem Moment vielleicht aufhielt. »Sobald die Heilerin eintrifft, könntest du doch in die Stadt gehen, um nach deinen Verwandten zu suchen. Vielleicht haben sie etwas von deiner Familie in Rifthold gehört.«

Mit einer raschen Bewegung ihrer schlanken Hand winkte sie ab. »Ich kann warten, bis du fertig bist.«

Chaol zog die Brauen hoch. »Um die ganze Zeit auf und ab zu tigern?«

Nesryn ließ sich auf das nächstbeste Sofa fallen und die goldene Seide seufzte unter ihrem schlanken Körper. »Ich bin hier, um dir zu helfen – bei dieser Sache wie bei unserer anderen Angelegenheit. Ich werde nicht einfach wegen meiner eigenen Bedürfnisse abhauen.«

»Und wenn ich dir den Befehl dazu erteilen würde?«

Sie schüttelte nur den Kopf und ihr Haar schwang wie ein dunkler Vorhang hin und her.

Noch bevor er genau diesen Befehl geben konnte, erklang ein forsches Klopfen an den schweren Holztüren.

Nesryn rief ein Wort, von dem er annahm, dass es auf Halha *Herein* bedeutete, und er lauschte auf die sich nähernden Schritte – leise und leichtfüßig.

Eine honigfarbene Hand drückte die Tür zum Wohnzimmer auf.

Aber es waren ihre Augen, die Chaol als Erstes bemerkte.

Augen, deren Anblick die Leute auf der Straße wahrscheinlich unvermittelt innehalten ließ, Augen von einem lebhaften Goldbraun, das von innen zu leuchten schien. Ihr Haar fiel wie ein Wasserfall in satten Brauntönen mit aufblitzenden Strähnen dunklen Goldes herab und lockte sich leicht an den Enden, die ihre schmale Taille streiften.

Sie bewegte sich mit geschmeidiger Anmut – trotz der praktischen schwarzen Latschen, in denen ihre Füße steckten – und durchquerte mit schnellem, sicherem Schritt den Raum, dessen kunstvolle Möbel sie entweder nicht bemerkte oder sie nicht interessierten.

Jung, kaum älter als zwanzig.

Aber diese Augen ... waren weitaus älter.

Sie blieb vor dem geschnitzten Holzstuhl gegenüber dem goldenen Sofa stehen und Nesryn sprang auf die Füße. Die Heilerin – um niemand anderen konnte es sich handeln bei dieser ruhigen Anmut, diesen klaren Augen und diesem schlichten, hellblauen Musselinkleid – schaute zwischen ihnen hin und her. Sie war einige Zentimeter kleiner als Nesryn, ähnlich zart gebaut, aber trotz ihrer schmalen Gestalt ... Er vermied den Blick auf die anderen Attribute, mit denen die Heilerin großzügig gesegnet war.

»Seid Ihr von der Torre Cesme?«, fragte Nesryn in Chaols Muttersprache.

Die Heilerin starrte ihn nur an. Etwas wie Überraschung und Zorn leuchtete in diesen bemerkenswerten Augen auf.

Sie schob eine Hand in die Tasche ihres Gewandes und er erwartete, dass sie etwas herauszog, aber die Hand blieb dort. Als hielte sie irgendeinen Gegenstand fest.

Kein Reh, das kurz davor war zu fliehen, sondern ein Hirsch, der erwog zu kämpfen, seine Stellung zu halten, den Kopf zu senken und anzugreifen.

Chaol hielt ihrem Blick stand. Kühl und fest. Während seiner Jahre als Captain hatte er mit einer Menge junger Hitzköpfe zu tun gehabt – und sie alle gebändigt.

Nesryn fragte etwas auf Halha, zweifellos die Wiederholung ihrer ersten Frage.

Eine dünne Narbe zog sich quer über die Kehle der Heilerin. Vielleicht sieben oder acht Zentimeter lang.

Er wusste, welche Art von Waffe diese Narbe hinterlassen hatte, und überschlug die Möglichkeiten, wie sie dazu gekommen sein mochte. Keine davon war angenehm.

Nesryn verstummte und beobachtete sie beide.

Die Heilerin drehte sich nur auf dem Absatz um, ging zu dem Schreibtisch am Fenster, nahm Platz und zog ein Stück Pergament von dem Stapel in der Ecke zu sich heran.

Wer immer diese Heilerinnen waren, der Großkhan hatte recht: Sie unterstanden gewiss nicht seinem Thron. Oder ließen sich von irgendeiner Form von Adelsstand und Macht beeindrucken.

Sie öffnete eine Schublade, griff nach einer Glasfeder und hielt sie über das Papier.

»Name.«

Sie hatte keinen Akzent – oder keinen Akzent aus dieser Gegend.

»Chaol Westfall.«

»Alter.«

Dieser Akzent. Sie war aus ...

»Fenharrow.«

Ihre Feder verharrte in der Luft. »Alter.«

»Ihr stammt aus Fenharrow?«

Was tut Ihr dann hier, so weit entfernt von zu Hause?

Sie richtete einen kühlen, unbeeindruckten Blick auf ihn.

Er schluckte und sagte: »Dreiundzwanzig.«

Sie kritzelte etwas auf das Blatt. »Beschreibt mir, wo die Verletzung beginnt.«

Jedes Wort war abgehackt, ihre Stimme leise.

War es für sie eine Beleidigung, dass man ihr seinen Fall zugewiesen hatte? Hatte sie andere Dinge zu tun gehabt, als sie hierhergerufen worden war? Er dachte wieder an Hasars hinterhältiges Lächeln vom Vorabend. Vielleicht wusste die Prinzessin, dass diese Frau nicht für ihre Höflichkeit am Krankenbett bekannt war.

»Wie heißt Ihr?«

Die Frage kam von Nesryn, die zunehmend besorgt wirkte.

Die Heilerin hielt inne und betrachtete Nesryn, blinzelte, als hätte sie sie bisher nicht wirklich wahrgenommen. »Ihr – seid von hier?«

»Mein Vater ist von hier«, antwortete Nesryn. »Er ist nach Adarlan gezogen, hat sich mit meiner Mutter vermählt und jetzt habe ich Familie dort – und hier.« Es war beeindruckend, wie es ihr gelang, jede Spur von Grauen bei der Erwähnung ihrer Verwandten zu verbergen, und umgänglich fügte sie hinzu: »Mein Name ist Nesryn Faliq. Ich bin Captain der Königlichen Garde von Adarlan.«

Die Überraschung in den Augen der Heilerin verwandelte sich in Argwohn. Aber sie richtete ihren Blick wieder auf Chaol.

Sie wusste, wer er war. Ihr Blick verriet es – ihre Bestandsaufnahme. Sie wusste, dass er einst selbst diesen Titel getragen und jetzt eine andere Position innehatte. Also waren der Name und das Alter ... Die Fragen danach waren völliger Mist. Oder irgendein bürokratischer Unsinn. Aber er bezweifelte, dass es sich um Letzteres handelte.

Eine Frau aus Fenharrow, die auf zwei Mitglieder des Hofs von Adarlan traf ...

Es brauchte nicht viel, um sie zu durchschauen. Was sie in ihnen sah. Woher dieses Mal an ihrer Kehle wahrscheinlich stammte.

»Wenn Ihr nicht hier sein wollt«, sagte Chaol schroff, »dann schickt jemand anderen.«

Nesryn wirbelte zu ihm herum.

Die Heilerin hielt einfach seinem Blick stand. »Es gibt niemand anderen, der dies tun könnte.« Damit war alles gesagt, auch das Unausgesprochene: *Sie haben ihre beste Heilerin geschickt.*

Angesichts ihrer ruhigen, selbstsicheren Haltung bezweifelte er das nicht. Sie setzte erneut ihre Feder an. »Beschreibt, wo die Verletzung beginnt.«

Ein scharfes Klopfen an der Wohnzimmertür durchbrach die Stille.

Er zuckte zusammen und verfluchte sich dafür, dass er den Besucher nicht hatte kommen hören.

Aber es war Prinzessin Hasar, in Grün und Gold gekleidet und über beide Ohren grinsend. »Guten Morgen, Lord Westfall. Captain Faliq.« Ihr geflochtenes Haar schwang bei jedem ihrer federnden Schritte hin und her, als sie zur Heilerin schlenderte, die sie mit einem Gesichtsausdruck ansah, den Chaol als *genervt* zu bezeichnen wagte. Hasar beugte sich vor, um sie auf beide Wangen zu küssen. »Du bist doch sonst nicht so mürrisch, Yrene.«

Da – ein Name.

»Ich habe heute Morgen meinen *Kahve* vergessen.« Das zähflüssige gewürzte, bittere Getränk, das Chaol beim Frühstück heruntergewürgt hatte. Gewöhnungsbedürftig, war Nesryns einziger Kommentar gewesen, als er sie später darauf angesprochen hatte.

Die Prinzessin hockte sich auf die Kante des Schreibtischs. »Du bist gestern Abend nicht zum Essen gekommen. Kashin hat deswegen geschmollt.«

Yrene straffte die Schultern. »Ich musste mich vorbereiten.«

»Yrene Towers schließt sich in der Torre ein, um zu arbeiten. Wann ist *das* eigentlich nicht der Fall?«

Der Ton der Prinzessin sagte ihm genug. Die beste Heilerin der Torre Cesme war offenbar dank ihrer rigorosen Arbeitsmoral so weit gekommen.

Hasar musterte ihn. »Immer noch im Rollstuhl?«

»Eine solche Heilung braucht Zeit«, bemerkte Yrene milde zu der Prinzessin. Ohne einen Hauch von Unterwürfigkeit oder Respekt in ihrem Ton. »Wir haben gerade erst angefangen.«

»Dann warst du also einverstanden?«

Yrene warf der Prinzessin einen scharfen Blick zu. »Wir sind gerade dabei festzustellen, was genau der Lord benötigt.« Sie wies mit dem Kinn zu den Türen. »Soll ich dich aufsuchen, wenn ich fertig bin?«

Nesryn sah Chaol ebenso beeindruckt wie ungläubig an. Eine Heilerin, die eine Prinzessin des mächtigsten Reichs der Welt entließ.

Hasar beugte sich vor, um Yrenes goldbraunes Haar zu verwuscheln. »Wenn du nicht von den Göttern gesegnet wärst, würde ich dir persönlich die Zunge herausschneiden.« Worte wie honigsüßes Gift. Yrene reagierte nur mit einem schwachen, gedankenverlorenen Lächeln, bevor Hasar vom Tisch hüpfte und Chaol mit einem spöttischen Nicken bedachte. »Keine Sorge, Lord Westfall. Yrene hat schon ganz ähnliche und sogar viel schlimmere Verletzungen geheilt. Sie wird Euch im Handumdrehen wieder auf den Beinen haben, sodass Ihr Eurem Herrn wieder gehorchen könnt.« Mit diesem reizenden Seitenhieb, den Nesryn mit kaltem Blick zur Kenntnis nahm, verschwand die Prinzessin.

Sie warteten einige Sekunden, bis sie hörten, wie auch die äußere Tür ins Schloss fiel.

»Yrene Towers«, sagte Chaol nur.

»Und wenn schon.«

Verschwunden war ihr leicht amüsierter Ton. Na schön.

»Der Mangel an Gefühl und Bewegungsfähigkeit beginnt an meinen Hüften.«

Yrenes Blick schoss direkt dorthin und tanzte über sie hinweg. »Seid Ihr imstande, Eure Manneskraft einzusetzen?«

Er versuchte, nicht zusammenzuzucken. Selbst Nesryn blinzelte bei der unumwundenen Frage.

»Ja«, sagte er gepresst und kämpfte gegen die aufsteigende Hitze in seinen Wangen an.

Sie schaute taxierend zwischen ihnen hin und her. »Ist Euch das vollständig bis zum Ende möglich?«

Er biss die Zähne zusammen. »Inwiefern ist das relevant?« Und woraus hatte sie geschlossen, was zwischen ihnen lief?

Yrene notierte sich lediglich etwas.

»Was schreibt Ihr da?«, verlangte er zu erfahren und verfluchte den verdammten Stuhl dafür, dass er ihn daran hinderte, zum Tisch hinüberzustürmen, um der Heilerin das Pergament aus der Hand zu reißen.

»Ich schreibe ein großes *Nein.*«

Was sie sogleich unterstrich.

Er knurrte: »Ich nehme an, Ihr werdet mich jetzt nach meinen Gewohnheiten auf der Toilette fragen?«

»Das war der nächste Punkt auf meiner Liste.«

»Sie sind unverändert«, stieß er hervor. »Es sei denn, Ihr braucht Nesryns Bestätigung dafür.«

Yrene wandte sich vollkommen ungerührt an Nesryn. »Wisst Ihr, ob er damit Schwierigkeiten hat?«

»Du wirst diese Frage *nicht* beantworten«, fauchte er Nesryn an.

Nesryn war klug genug, sich in einen Stuhl sinken zu lassen und zu schweigen.

Yrene erhob sich, legte die Feder beiseite und kam um den Schreibtisch herum. Die Morgensonne fing sich in ihrem Haar und wurde wie ein Strahlenkranz reflektiert.

Sie kniete sich vor ihn hin. »Zieht Ihr Euch selbst die Stiefel aus oder soll ich es tun?«

»Ich tue es.«

Sie hockte sich auf die Fersen und beobachtete seine Bewegungen. Eine weitere Prüfung. Um festzustellen, wie beweglich und gewandt er war. Das Gewicht seiner Beine, deren Position er ständig korrigieren musste ... Chaol knirschte mit den Zähnen, als er sein Knie umfasste, den Fuß von dem Holzbrett hob und sich vorbeugte, um seinen Stiefel mit einigen heftigen Rucken auszuziehen. Als er mit dem zweiten fertig war, fragte er: »Auch die Hose?«

Chaol wusste, dass er freundlich sein sollte, dass er sie anflehen sollte, ihm zu helfen, und doch ...

»Ich glaube, erst nach einem Drink oder zwei …«, erwiderte Yrene nur. Dann schaute sie über die Schulter zu der verwunderten Nesryn. »Entschuldigung«, fügte sie hinzu – und klang dabei nur unwesentlich weniger scharfzüngig.

»Wieso entschuldigt Ihr Euch bei ihr?«

»Ich nehme an, sie hat dieser Tage das zweifelhafte Vergnügen, mit Euch das Bett zu teilen.«

Es kostete ihn seine ganze Selbstbeherrschung, ihr nicht die Hände auf die Schultern zu legen und sie kräftig zu schütteln. »Habe ich Euch irgendetwas *getan*?«

Das ließ sie offenbar verstummen. Yrene riss nur seine Socken herunter und warf sie auf seine Stiefel. »Nein.«

Eine Lüge. Er konnte sie geradezu riechen.

Aber es brachte sie dazu, sich zu konzentrieren, und Chaol beobachtete, wie Yrene seinen Fuß mit ihren schlanken Händen hochhob. Beobachtete es, da er es nicht spürte – abgesehen von einer leichten Regung seiner Bauchmuskeln. Er konnte nicht spüren, ob sie den Fuß fest drückte oder sanft hielt, ob ihre Nägel sich in sein Fleisch bohrten. Nicht ohne hinzuschauen. Also schaute er hin.

Ein Ring zierte ihren Ringfinger – ein Ehering. »Stammt Euer Ehemann von hier?« Oder ihre Ehefrau, überlegte er.

»Ich bin nicht …« Sie blinzelte und betrachtete stirnrunzelnd den Ring. Ohne ihren Satz zu beenden.

Also nicht verheiratet. Ein schlichter silberner Ring, der Granat darauf kaum mehr als ein Tröpfchen. Sie trug ihn wahrscheinlich, um nicht von Männern belästigt zu werden, wie so viele Frauen in den Straßen Riftholds.

»Spürt Ihr das?«, fragte Yrene. Sie berührte nacheinander alle Zehen.

»Nein.«

Sie tat das Gleiche mit dem anderen Fuß. »Und das?«

»Nein.«

Er hatte solche Untersuchungen bereits mitgemacht – im Palast und mit Rowan.

»Seine anfängliche Verletzung«, schaltete Nesryn sich ein, als erinnerte sie sich ebenfalls an den Prinzen, »betraf die ganze Wirbelsäule. Ein Freund, der über einige Kenntnisse in der Heilkunst verfügt, hat ihn zusammengeflickt, so gut er konnte. Deshalb kann er seinen Oberkörper wieder bewegen, aber von den Hüften abwärts nichts.«

»Wie ist es dazu gekommen – zu der Verletzung?«

Ihre Hände wanderten über seinen Fuß und seinen Knöchel, klopfend, prüfend. Als hätte sie so etwas tatsächlich schon einmal gemacht, wie Prinzessin Hasar es behauptet hatte.

Chaol antwortete nicht sofort, während er jene Momente des Entsetzens, des Schmerzes und des Zorns zu sortieren versuchte.

Nesryn öffnete den Mund, aber er kam ihr zuvor. »Im Kampf. Ich habe im Kampf einen Schlag in den Rücken bekommen. Einen magischen Schlag.«

Yrene bewegte die Finger zentimeterweise an seinen Beinen entlang, massierte, drückte. Er spürte nichts von alledem. Sie zog konzentriert die Stirn in Falten. »Euer Freund muss ein begabter Heiler sein, wenn Ihr so viel Beweglichkeit zurückerlangt habt.«

»Er hat getan, was er konnte. Und mir dann geraten hierherzukommen.«

Sie betastete seine Oberschenkel und er beobachtete mit wachsendem Entsetzen, wie ihre Hände immer höher wanderten. Er wollte gerade fragen, ob sie vorhabe, sich auch noch persönlich von der Regsamkeit seiner *Manneskraft* zu überzeugen, aber da hob Yrene den Kopf und begegnete seinem starren Blick.

Aus dieser Nähe erschienen ihre Augen wie eine goldene Flamme. Anders als der kalte Schimmer von Metall in Manon Blackbeaks Augen, in denen ein Jahrhundert voller Gewalt und raubtierhafter Instinkte mitzuschwingen schien … vielmehr wie eine langsam brennende Flamme an einem Winterabend. »Ich muss mir Euren Rücken ansehen«, war alles, was Yrene schließlich sagte. Dann löste sie sich von ihm. »Legt Euch auf das nächstbeste Bett.«

Bevor Chaol sie daran erinnern konnte, dass das leichter gesagt als getan war, wurde Nesryn auch schon aktiv und schob ihn in sein Zimmer. Kadja hatte sein Bett bereits gemacht und einen Strauß orangefarbener Lilien auf den Tisch daneben gestellt. Yrene schnupperte – als wäre der Duft unangenehm. Er verkniff es sich, sie danach zu fragen.

Als Nesryn versuchte, ihm ins Bett zu helfen, winkte er ab. Das Bett war so niedrig, dass er es allein schaffte.

Yrene blieb an der Tür stehen und schaute zu, wie er sich mit einer Hand auf die Matratze stützte, mit der anderen auf die Armlehne des Rollstuhls und sich mit einem kräftigen Stoß in eine sitzende Position aufs Bett hievte. Er öffnete nacheinander sämtliche der frisch polierten Schnallen an seiner Jacke und streifte sie ab. Zusammen mit dem weißen Hemd darunter.

»Auf den Bauch, nehme ich an?«

Yrene nickte knapp.

Er packte seine Knie, spannte den Bauch an und zog die Beine auf die Matratze, während er sich flach auf den Rücken legte.

Einen Moment lang zuckten seine Beine krampfartig. Es waren keine richtigen, kontrollierten Bewegungen, wie er vor einigen Wochen, als es zum ersten Mal passiert war, begriffen hatte. Er spürte noch immer diese erdrückende Last auf seiner Brust, wie in jenem Augenblick, als ihm klar geworden war, dass es infolge der Verletzung geschah – meist dann, wenn er sich viel bewegte.

»Krämpfe in den Beinen sind bei einer solchen Verletzung normal«, erklärte Yrene, während sie beobachtete, wie sie wieder verebbten. »Mit der Zeit vergehen sie vielleicht.« Sie erinnerte ihn mit einer Handbewegung daran, sich auf den Bauch zu drehen.

Chaol sagte nichts, als er sich aufsetzte, um einen Knöchel über den anderen zu legen, sich dann wieder auf den Rücken fallen ließ und sich herumwarf, wobei seine Beine von allein mitgingen.

Sie ließ sich nicht anmerken, ob sie beeindruckt war, dass er diese Kniffe so schnell herausbekommen hatte. Sie zog nicht einmal eine Augenbraue hoch.

Er faltete die Hände unterm Kinn und spähte über seine Schulter, um zu beobachten, wie sie näher kam und wie sie Nesryn bedeutete, Platz zu nehmen, als diese wieder auf und ab zu tigern begann.

Er musterte Yrene eingehend auf der Suche nach irgendeiner Art von flackernder Magie. Ohne den blassesten Schimmer zu haben, wie diese Magie aussehen könnte. Dorians Magie zeigte sich als Eis und Wind und blitzendes Licht, Aelins Magie war eine tosende, singende Flamme, aber heilende Magie ... War es überhaupt etwas Äußerliches, Greifbares? Oder vielmehr etwas, das nur seine Knochen und sein Blut zu spüren bekamen?

Früher war er vor derartigen Fragen zurückgeschreckt – vielleicht sogar vor dem bloßen Gedanken, sich von Magie berühren zu lassen. Aber genau der Mann, der ebenso empfunden, der diese Dinge gefürchtet hatte ... Chaol war froh, ihn in den zerschmetterten Ruinen des gläsernen Palastes zurückgelassen zu haben.

Yrene beugte sich über ihn und begutachtete seinen Rücken.

Ihre Hände waren so warm wie die Morgensonne, als sie ihm ihre Handflächen auf die Haut zwischen seinen Schulterblättern legte. »Hier seid Ihr getroffen worden«, bemerkte sie leise.

Dort war ein Mal. Der Schlag des Königs hatte eine schwache, sich unregelmäßig ausbreitende Blässe hinterlassen. Dorian hatte es ihm vor seiner Abreise mithilfe zweier Handspiegel gezeigt.

»Ja.«

Ihre Hände wanderten an der Kuhle neben seiner Wirbelsäule entlang nach unten. »Die Wellen des Schlages haben sich hier entlang ausgebreitet und alles zerfetzt und durchtrennt.« Die Worte galten nicht ihm – es war eher so, als spräche sie mit sich selbst, verloren in irgendeiner Trance.

Er kämpfte gegen die Erinnerung an diesen Schmerz an, gegen die Taubheit und das Nichts, die darauf gefolgt waren.

»Ihr könnt – das spüren?«, fragte Nesryn.

»Meine Gabe verrät es mir.« Yrene ließ die Hand in der Mitte seines Rückens verweilen, drückte, klopfte. »Es war eine schreckliche Macht – das, was Euch getroffen hat.«

»Ja«, erwiderte er nur.

Ihre Hände wanderten tiefer und tiefer, bis sie den Bund seiner Hose einige Zentimeter hinunterzogen. Er zischte durch die Zähne und warf ihr einen bösen Blick über seine nackte Schulter zu. »Wie wäre es mit einer kleinen Vorwarnung.«

Yrene ignorierte ihn und berührte den untersten Teil seines Rückens. Er spürte es nicht.

Sie ließ ihre Finger wie Spinnenbeine sein Rückgrat hinaufkrabbeln, als zählte sie die Wirbel. »Hier?«

»Ich kann Euch spüren.«

Einen Spinnenschritt zurück. »Hier?«

»Nichts.«

Sie kniff die Augen zusammen, als prägte sie sich den Punkt genau ein. Dann setzte sie seitlich von seinem Rücken an, arbeitete sich von dort nach oben und fragte, ab wo er nichts mehr spüre. Schließlich nahm sie seinen Hals und seinen Kopf in ihre Hände und drehte sie hierhin und dorthin, prüfte und untersuchte.

Endlich wies sie ihn an, sich zu bewegen. Nicht sich zu erheben, sondern sich wieder umzudrehen.

Chaol starrte zu der gewölbten, bemalten Decke empor, während Yrene in der Muskulatur seiner Brust herumstocherte, entlang seiner Rippen bis zu seinem Bauch. Sie erreichte seinen V-Muskel, der direkt unter seine Hose führte, und tastete einfach weiter hinab, bis er fragte: »Ist das Ihr Ernst?«

Yrene warf ihm einen ungläubigen Blick zu. »Gibt es da etwas, dessen Ihr Euch besonders schämt, wenn ich es sehe?«

Oh, sie hatte wohl wirklich einen Kampf auszufechten, diese Yrene Towers aus Fenharrow. Chaol hielt ihrem Blick stand, der Herausforderung in ihren Augen.

Yrene schnaubte nur. »Ich hatte ganz vergessen, wie anständig und zurückhaltend die Männer des nördlichen Kontinents sind.«

»Anders als hier?«

»Ja. Der Körper wird gefeiert, nicht beschämt versteckt. Das gilt für Männer und Frauen gleichermaßen.«

Was auch die Freizügigkeit der Dienerin von gestern Abend zur Genüge erklärte.

»Beim Abendessen schienen sie durchaus bekleidet gewesen zu sein.«

»Wartet die Feste ab«, konterte Yrene kühl. Aber sie nahm die Hände von dem bereits ziemlich tief sitzenden Hosenbund. »Wenn Ihr weder äußerliche noch innerliche Probleme mit Eurer Manneskraft habt, kann ich mir den Blick darauf sparen.«

Er kämpfte gegen das Gefühl an, wieder dreizehn zu sein und zum ersten Mal ein hübsches Mädchen ansprechen zu wollen, und stieß zwischen zusammengebissenen Zähnen hervor: »Wie schön.«

Yrene trat einen Schritt zurück und reichte ihm sein Hemd. Er setzte sich unter Anspannung seiner Arme und Bauchmuskeln auf und streifte es sich über.

»Nun?«, fragte Nesryn und pirschte sich näher heran.

Yrene spielte mit einer ihrer schweren Locken. »Ich muss nachdenken. Mit meiner Vorgesetzten reden.«

»Ich dachte, Ihr wärt die Beste«, sagte Nesryn vorsichtig.

»Ich bin eine von vielen, die befähigt sind«, gestand Yrene. »Aber die Hohe Heilerin hat mich mit diesem Fall betraut. Ich möchte zuerst mit ihr sprechen.«

»Ist es schlimm?«, hakte Nesryn nach. Und er war dankbar dafür – er selbst hätte nicht den Mut gehabt.

Yrene sah ausschließlich ihn an, ihr Blick offen und furchtlos. »Ihr wisst, dass es schlimm ist.«

»Aber könnt Ihr ihm helfen?«, drängte Nesryn, nun mit schärferem Ton.

»Ich habe solche Verletzungen schon geheilt. Aber diese ... Es bleibt abzuwarten«, antwortete Yrene und sah ihr jetzt fest in die Augen.

»Wann – wann werdet Ihr es wissen?«

»Wenn ich Zeit hatte, darüber nachzudenken.«

Um eine Entscheidung zu treffen, begriff Chaol. Sie wollte *entscheiden,* ob sie ihm half oder nicht.

Wieder hielt er Yrenes Blick stand und signalisierte ihr, dass zumindest er das begriffen hatte. Er war froh, dass Nesryn nicht auf diese Idee gekommen war. Er hatte das dumpfe Gefühl, dass Yrene sich ansonsten mit dem Gesicht voran gegen die Wand geklatscht wiederfinden würde.

Aber für Nesryn waren die Heilerinnen über jeden Zweifel erhaben. So heilig wie eine der Gottheiten hier. Ihre Moral unbestreitbar.

»Wann werdet Ihr wiederkommen?«, fragte Nesryn.

Nie, hätte er beinahe geantwortet.

Yrene schob die Hände in ihre Taschen. »Ich werde Euch benachrichtigen«, sagte sie bloß und ging davon.

Nesryn starrte ihr nach, dann rieb sie sich das Gesicht.

Chaol schwieg.

Schließlich straffte Nesryn die Schultern und eilte geradewegs ins Wohnzimmer. Rascheln von Papier erklang und dann ...

Nesryn erschien in der Tür zu seinem Zimmer, die Stirn gerunzelt, Yrenes Pergament in den Händen.

Sie reichte es ihm. »Was bedeutet das?«

Vier Namen waren darauf geschrieben, besser gesagt gekritzelt, so unordentlich war die Handschrift.

Olgnia.

Marte.

Rosana.

Josefin.

Der letzte Name war mehrfach aufgeschrieben worden.

Und immer wieder unterstrichen.

Josefin. Josefin. Josefin.

»Vielleicht sind das weitere Heilerinnen der Torre, die helfen könnten«, log er. »Vielleicht wollte sie die Namen aus Furcht vor Spionen nicht laut vorschlagen.«

Nesryn verzog den Mund. »Mal sehen, was sie sagt – wenn sie wiederkommt. Zumindest wissen wir, dass Hasar sie falls nötig aufspüren kann.« Oder Kashin, dessen bloße Erwähnung die Heilerin nervös gemacht hatte. Nicht dass er Yrene zwingen wollte, seine Heilung zu übernehmen, aber ... Die Information konnte nützlich sein.

Wieder studierte Chaol das Stück Pergament. Den energisch unterstrichenen letzten Namen.

Als hätte Yrene sie sich ins Gedächtnis rufen wollen, während sie hier war. Hier in seiner Gesellschaft. Als hätte Yrene sich vergewissern wollen, dass sie sich an sie erinnerte – um wen auch immer es sich bei diesen Personen handeln mochte.

Er hatte schon einmal eine talentierte junge Heilerin aus Fenharrow kennengelernt. Sein König hatte sie so sehr geliebt, dass er in Erwägung gezogen hatte, mit ihr zu fliehen, für ein besseres Leben für sie beide. Chaol wusste, was während ihrer Jugend in Fenharrow geschehen war. Wusste, was Sorscha dort erlitten hatte – und was sie in Rifthold erlitten hatte.

Er war jahrelang durch Fenharrows vernarbtes Grasland geritten.

Hatte die niedergebrannten oder verlassenen Steinhäuschen gesehen, deren Strohdächer längst verschwunden waren. Die Besitzer entweder versklavt, tot oder woandershin geflohen. Weit, weit weg.

Nein, begriff Chaol, während er dieses Stück Pergament in Händen hielt, Yrene Towers würde nicht wiederkommen.

6

Sie hatte gewusst, wie alt er war, aber Yrene hatte trotzdem nicht erwartet, dass der ehemalige Captain so ... jung aussah.

Sie hatte erst nachgerechnet, als sie in diesen Raum getreten war und sein hübsches Gesicht gesehen hatte, dessen abgehärtete, breite Züge einen vorsichtig hoffnungsvollen Ausdruck zeigten.

Es war dieser Ausdruck gewesen, bei dem sie rotgesehen hatte. Der sie mit dem schmerzlichen Wunsch erfüllt hatte, ihm eine Narbe zuzufügen, passend zu der dünnen Narbe auf seiner Wange.

Sie war furchtbar unprofessionell gewesen. So unhöflich und unfreundlich wie noch niemals – *niemals* – zuvor zu irgendeinem ihrer Patienten.

Zum Glück war Hasar aufgetaucht und hatte sie etwas heruntergekühlt. Aber diesen Mann zu berühren, Möglichkeiten zu erwägen, ihm zu *helfen* ...

Sie hatte nicht vorgehabt, eine Liste der letzten vier Generationen von Towers-Frauen aufzustellen. Hatte nicht vorgehabt, den Namen ihrer Mutter wieder und wieder zu schreiben, während sie so tat, als nähme sie seine Angaben auf. Und dabei hatte es nichts gegen das überwältigende Brüllen in ihrem Kopf geholfen.

Schwitzend und staubig platzte Yrene knapp eine Stunde später in Hafizas Arbeitszimmer. Der Marsch aus dem Palast durch die verstopften, schmalen Straßen und dann die endlosen Stufen hier herauf hatte eine Ewigkeit gedauert.

Sie war zu spät gekommen – der Auftakt zu ihrem unprofessionellen Verhalten. Sie war noch nie zu spät zu einem Termin gekommen. Um Punkt zehn hatte sie sich bereits in einer Nische im Flur draußen vor seinem Schlafzimmer befunden, jedoch die Hände vors Gesicht geschlagen, um Atem ringend.

Doch er war nicht die Bestie gewesen, die sie erwartet hatte.

Er hatte sich gut ausdrücken können, mehr Lord als Soldat. Obwohl sein Körper auf jeden Fall in letztere Kategorie fiel. Sie hatte bereits genug Krieger des Großkhans, darunter die besten, zusammengeflickt und geheilt, um zu wissen, wie sich Muskeln unter ihren Fingern anfühlten. Die Narben, die Lord Westfalls gebräunte Haut bedeckten, sprachen Bände darüber, dass er sich die Muskeln auf die harte Tour erarbeitet hatte. Und jetzt halfen sie ihm, sich mit dem Rollstuhl durch die Welt zu manövrieren.

Und die Verletzung seines Rückgrats ...

Als Yrene auf der Schwelle zum Arbeitszimmer der Hohen Heilerin innehielt, blickte Hafiza auf, neben ihr eine schniefende Schülerin.

»Auf ein Wort«, sagte Yrene gepresst, während sie sich mit einer Hand am Türknauf festklammerte.

»Das sollst du haben, wenn wir hier fertig sind«, antwortete Hafiza schlicht und reichte dem weinenden Mädchen ein Taschentuch.

Es gab zwar auch männliche Heiler, aber nur wenige, die Mehrheit jener, die Silbas Gabe empfingen, waren weiblichen Geschlechts. Dieses Mädchen hier war wahrscheinlich nicht älter als vierzehn ... In diesem Alter hatte Yrene auf dem Hof der Cousine ihrer Mutter geschuftet. Hatte nur davon *träumen* können, hier zu sein. Weit davon entfernt, irgendjemandem etwas darüber vorzuheulen, was für ein schweres Leben sie hatte.

Aber Yrene ging hinaus, schloss die Tür hinter sich und lehnte sich an die Wand des schmalen Treppenabsatzes, um zu warten.

Hier oben befanden sich noch zwei weitere Türen: eine verschlossene, die in Hafizas privates Laboratorium führte, und eine andere zum Schlafzimmer der Hohen Heilerin; Erstere mit einer geschnitzten Eule, die sich in die Lüfte erhob, Letztere mit einer ruhenden Eule. Silbas Symbol. Es war überall im Turm zu finden - Eulen, in Stein gehauen, in Holz geschnitzt, manchmal an unerwarteten Stellen und mit albernem Gesichtsausdruck, als hätte irgendein Schüler sie vor langer Zeit heimlich zum Scherz gefertigt. Aber die Eule am privaten Laboratorium der Hohen Heilerin ...

Obwohl sie auf einem knorrigen Ast aus Eisen hockte, der sich über die ganze Tür erstreckte, die Flügel weit ausgebreitet, kurz davor, in den Himmel abzuheben, wirkte sie ... wachsam. Sich aller Menschen bewusst, die an dieser Tür vorbeigingen oder sie vielleicht zu lange anstarrten. Niemand außer Hafiza hatte einen Schlüssel dazu, den ihre Vorgängerin an sie weitergereicht hatte. Uraltes, halb vergessenes Wissen und ebensolche Gerätschaften wurden darin aufbewahrt, wie es unter den Schülern hinter vorgehaltener Hand hieß - unnatürliche Dinge, die besser hinter verschlossenen Türen blieben, als auf die Welt losgelassen zu werden.

Yrene lachte stets über den Tratsch, ohne zu verraten, dass sie und einige andere Auserwählte bereits das Vergnügen gehabt hatten, Hafiza in diesem Laboratorium Gesellschaft zu leisten. In dem sich, abgesehen vom schieren *Alter* einiger der Werkzeuge und Möbel, nichts befand, worüber es sich zu tuscheln gelohnt hätte. Doch das Geheimnis um das Labor der Hohen Heilerin hielt sich beharrlich, und das wahrscheinlich schon seit Jahrhunderten - ein weiterer beliebter Mythos der Torre, der von Schüler zu Schüler weitergegeben wurde.

Yrene fächelte sich Luft zu, immer noch außer Atem vom Treppensteigen und der Hitze. Sie lehnte den Kopf nach hinten gegen den kühlen Stein und tastete erneut nach dem Zettelchen in ihrer Tasche. Sie fragte sich, ob dem Lord aufgefallen war, wie oft sie nach der Notiz dieser Fremden gegriffen hatte. Ob er wohl gedacht hatte, dass sie nach einer Waffe griff. Auf jeden Fall hatte er alles gesehen, war sich jedem ihrer Atemzüge bewusst gewesen.

Genau dafür war er ausgebildet worden. Um dem toten König zu dienen. Ebenso wie Nesryn Faliq, die – obwohl sie Kind *dieses* Kontinents hier war – jetzt dem König eines Territoriums diente, das die Menschen über seine Grenzen hinaus alles andere als gut behandelt hatte.

Yrene konnte es sich nicht ganz erklären. Es gab eine romantische Verbindung zwischen ihnen, das konnte sie sowohl aus der Spannung als auch aus der Vertrautheit, die zwischen ihnen herrschte, schließen. Aber wie weit das ging ... Es spielte keine Rolle. Außer hinsichtlich der seelischen Heilung, die der Lord ebenfalls benötigen würde. Ein Mann, der es nicht gewohnt war, seine Gefühle oder seine Ängste, Hoffnungen und Verletzungen in Worte zu fassen – das war offensichtlich.

Endlich öffnete sich die Tür zu Hafizas Arbeitszimmer und die Schülerin kam heraus. Sie lächelte Yrene entschuldigend an, mit roter Nase und glasigen Augen.

Yrene atmete hörbar aus und erwiderte das Lächeln. Sie hatte sich wieder im Griff, anders als vorhin, als sie einfach in das Arbeitszimmer geplatzt war. Denn obwohl sie stets viel zu tun hatte, nahm Yrene sich immer der neuen Schülerinnen an, insbesondere jener, die an Heimweh litten.

Während ihrer ersten Zeit hier war sie so allein gewesen. Niemand hatte im Speisesaal neben ihr gesessen.

Yrene erinnerte sich noch immer an diese einsamen Mahlzeiten. Erinnerte sich daran, wie sie nach zwei Tagen einfach nicht mehr konnte und ihr Essen von da an lieber in die riesige unterirdische Bibliothek der Heilerinnen schmuggelte, was die steifnackigen Bibliothekarinnen, die so etwas untersagten, nicht mitbekommen durften. Damals war ihre einzige Gesellschaft die einer launischen Bastet-Katze und einer geschnitzten Eule gewesen.

Yrene war erst in den Speisesaal zurückgekehrt, als sie durch den Unterricht Vertrauen zu ihren Mitschülern gefasst hatte und die Vorstellung, einen Sitzplatz finden zu müssen, ihr keine Angst mehr machte. Die lächelnden Gesichter hatten sie ermutigt, die Bibliothek und ihre geheimnisvollen Katzen hinter sich zu lassen, außer wenn sie arbeiten musste.

Yrene berührte die Schülerin an der Schulter und flüsterte: »Cook hat heute Morgen Mandelkekse gebacken. Ihr Duft stieg mir auf dem Weg hinaus in die Nase. Sag ihr, dass ich gerne sechs davon haben möchte, und behalte vier davon für dich.« Sie zwinkerte dem Mädchen zu. »Die anderen beiden bringst du bitte in mein Zimmer.«

Das Mädchen strahlte und nickte. Cook war wahrscheinlich Yrenes erste Freundin in der Torre gewesen. Die Köchin hatte Yrene dabei ertappt, wie sie allein aß, und ihr von da an Extraleckerbissen aufs Tablett geschmuggelt. Und in ihr Zimmer gebracht. Sogar an ihren heimlichen Lieblingsplatz in der Bibliothek. Im vergangenen Jahr hatte sich Yrene bei Cook revanchiert, indem sie ihre Enkeltochter von einer abscheulichen Lungenkrankheit geheilt hatte. Die Köchin war immer noch zu Tränen gerührt, wenn sie einander begegneten, und Yrene hatte es sich angewöhnt, das Mädchen einmal im Monat zu Hause zu besuchen, um nach ihr zu sehen.

Wenn sie fortging, würde sie jemand anderen darum bitten müssen. Dieses Leben, das sie sich hier aufgebaut hatte, aufzugeben ... Es würde nicht leicht werden. Und von keinem geringen Maß an Schuldgefühlen begleitet sein.

Yrene sah der immer noch schniefenden Schülerin nach, die die breite Wendeltreppe hinunterhüpfte, dann holte sie tief Luft und betrat Hafizas Zimmer.

»Wird der junge Lord wieder gehen können?«, fragte Hafiza anstelle einer Begrüßung, die weißen Brauen hochgezogen.

Yrene ließ sich auf ihren gewohnten Platz sinken, die Sitzfläche noch warm von dem Mädchen, das sich gerade erst von dem Sessel erhoben hatte.

»Ja, das wird er. Die Verletzung gleicht jener, die ich im letzten Winter geheilt habe, fast bis aufs Haar. Aber es wird heikel werden.«

»In Bezug auf die Heilung oder in Bezug auf dich?«

Yrene errötete. »Ich habe mich ... schlecht benommen.«

»Das war zu erwarten.«

Yrene wischte sich den Schweiß von der Stirn. »Es ist mir peinlich, dir davon zu erzählen.«

»Dann lass es. Mach es beim nächsten Mal besser und wir werden dies als eine weitere Lektion betrachten.«

Yrene sackte auf ihrem Sessel in sich zusammen und streckte ihre schmerzenden Beine auf dem abgetretenen Teppich aus. Ganz gleich, wie sehr Hafizas Diener auch bettelten, sie weigerte sich, den grünroten Teppich auszutauschen. Er war den letzten fünf ihrer Vorgängerinnen gut genug gewesen und so war er auch ihr gut genug.

Yrene lehnte den Kopf an die weiche Rückenlehne und starrte durch die offenen Fenster in den wolkenlosen Tag hinaus. »Ich glaube, ich kann ihn heilen«, sagte sie, mehr zu sich selbst als zu Hafiza. »Wenn er mithilft, könnte ich es schaffen, ihn wieder auf die Beine zu stellen.«

»Und wird er mithelfen?«

»Ich war nicht die Einzige, die sich schlecht benommen hat«, antwortete sie. »Aber da er aus Adarlan stammt – könnte es durchaus in seinem Wesen liegen.«

Hafiza stieß ein schnaubendes Lachen aus. »Wann wirst du ihn wieder aufsuchen?«

Yrene zögerte.

»Du *wirst* ihn doch aufsuchen, oder?«, insistierte Hafiza.

Yrene zupfte an den verblichenen Fäden ihrer Armlehne. »Es war hart – hart ihn anzusehen, seinen Akzent zu hören und ...« Sie hielt inne. »Aber du hast recht. Ich werde es ... versuchen. Und wenn auch nur deshalb, damit Adarlan mir nichts vorwerfen kann.«

»Rechnest du denn damit?«

»Er hat mächtige Freunde, die sich erinnern könnten. Seine Gefährtin ist der *neue* Captain der Garde. Ihre Familie stammt von hier und doch dient sie ihnen.«

»Und was sagt dir das?«

Immer eine Lektion, immer eine Prüfung. »Es sagt mir ...« Yrene stieß einen Seufzer aus. »Es sagt mir, dass ich wohl doch nicht so viel weiß, wie ich angenommen hatte.« Sie richtete sich auf. »Aber das heißt nicht, dass sie damit frei von irgendwelcher Schuld sind.«

Sie hatte in ihrem Leben schon viele schlechte Menschen kennengelernt. Hatte unter ihnen gelebt, ihnen gedient, in Innish. Sie hatte einen einzigen Blick in Lord Westfalls braune Augen geworfen und tief im Inneren gewusst, dass er keiner von ihnen war. Das Gleiche galt für seine Gefährtin.

Und angesichts seines Alters ... Bei vielen der Gräueltaten war er noch ein Junge gewesen. Er konnte später zwar trotzdem noch irgendeine Rolle gespielt haben, schließlich war auch in den letzten Jahren noch genug Grauenhaftes geschehen – bei dem Gedanken wurde ihr übel –, und doch ...

»Die Verletzung seiner Wirbelsäule«, sagte Yrene. »Er hat bestätigt, dass eine böse Magie dahintersteckt.«

Ihre eigene Magie war vor dem blassen, unregelmäßig gesprenkelten Mal zurückgeschreckt. Hatte sich gewunden.

»Ach?«

Sie schauderte. »Ich habe noch nie ... Ich habe noch nie *so etwas* gespürt. Irgendwie verfault und doch leer. Kalt wie die längste Winternacht.«

»Was das betrifft, werde ich dich beim Wort nehmen müssen.«

Yrene schnaubte, dankbar für den trockenen Humor. Tatsächlich hatte Hafiza noch niemals Schnee gesehen. Aufgrund des ganzjährig warmen Klimas in Antica waren sie dem Winter in den zurückliegenden zwei Jahren nicht näher gekommen als mit einer zarten Frostschicht, die eines Morgens auf dem Lavendel und den Zitronenbäumen geglitzert hatte.

»Es war ...« Yrene schob die Erinnerung an den magischen Widerhall in diesem Mal beiseite. »Nun, eine solche Art von magischer Verletzung ist mir noch nicht begegnet.«

»Wird sich das auf die Heilung seines Rückgrats auswirken?«

»Ich weiß es nicht. Ich habe noch nicht versucht, es mit meiner Macht gründlich zu untersuchen, aber ... Ich werde es dich wissen lassen.«

»Ich stehe dir jederzeit zur Verfügung.«

»Auch wenn dies meine letzte Prüfung ist?«

»Eine gute Heilerin«, bemerkte Hafiza mit einem Lächeln, »weiß, wann sie um Hilfe bitten muss.«

Yrene nickte geistesabwesend. Und wenn sie zurück nach Hause segelte, zurück zu Krieg und Blutvergießen, an wen würde sie sich dann wenden?

»Ich werde ihn wieder aufsuchen«, sagte Yrene schließlich. »Morgen. Heute Abend will ich in der Bibliothek noch über spinale Verletzungen und Paralyse nachlesen.«

»Ich werde Cook wissen lassen, wo du zu finden bist.«

Yrene bedachte Hafiza mit einem schiefen Grinsen. »Dir entgeht aber auch gar nichts, oder?«

Hafizas wissender Blick war nicht gerade tröstlich.

An diesem Tag kehrte die Heilerin nicht mehr zurück. Nesryn wartete noch eine Stunde, dann zwei, während Chaol seine Zeit damit verbrachte, im Wohnzimmer zu lesen, bevor sie endlich erklärte, dass sie ihre Familie besuchen werde.

Es waren Jahre vergangen, seit sie ihren Onkel und ihre Tante und deren Kinder das letzte Mal gesehen hatte. Sie betete, dass sie noch immer in demselben Haus lebten.

Sie hatte kaum geschlafen. War kaum in der Lage gewesen, etwas wie Hunger oder Erschöpfung zu fühlen oder daran zu denken, aufgrund der unzähligen anderen Gedanken, die in ihr tobten.

Und die Heilerin mit ihren fehlenden Antworten hatte sie auch nicht gerade beruhigt.

Heute stand kein offizielles Treffen mit dem Großkhan oder seinen Kindern an, also ...

»Ich kann mich selbst beschäftigen, weißt du«, sagte Chaol und legte sein Buch auf den Schoß, als Nesryn einmal mehr zur Tür schaute. »Wenn ich könnte, würde ich dich begleiten.«

»Dazu wirst du bald wieder in der Lage sein«, versprach sie. Die Heilerin hatte durchaus fähig gewirkt, trotz ihrer Weigerung, ihnen auch nur einen Funken Hoffnung zu machen.

Und falls sie ihnen nicht helfen konnte, dann würde Nesryn jemand anderen finden. Und noch jemanden. Und wenn sie die Hohe Heilerin persönlich um Hilfe anbetteln musste.

»Geh, Nesryn«, befahl Chaol. »Du wirst sonst keinen Frieden finden.«

Sie rieb sich den Nacken, dann erhob sie sich von ihrem Platz auf dem goldenen Sofa und kam zu ihm herüber. Sie stützte die Hände auf beide Armlehnen seines Stuhls, der gerade an den offenen Gartentüren stand. Dann senkte sie den Kopf und hielt ihr Gesicht dicht vor seins, so dicht wie schon seit Tagen nicht mehr. Seine Augen wirkten irgendwie strahlender. Einen Hauch besser als gestern. »Ich bin so schnell wie möglich wieder da.«

Er schenkte ihr ein stilles Lächeln. »Lass dir Zeit. Für dich und deine Familie.« Er selbst hatte seine Mutter und seinen Bruder schon seit Jahren nicht mehr gesehen, hatte er ihr erzählt. Sein Vater ... über seinen Vater redete Chaol nicht.

»Vielleicht«, sagte sie leise, »könnten wir eine Antwort für die Heilerin finden.«

Er blinzelte sie an.

Sie murmelte: »Von wegen ›vollständig bis zum Ende‹.«

Von einem Moment auf den anderen erlosch das Strahlen in seinen Augen.

Sie wich schnell zurück. Er hatte sie auf dem Schiff bereits gebremst, als sie sich praktisch auf ihn gestürzt hatte. Und vorhin, bei seinem Anblick, ohne Hemd, mit diesen Muskeln, die sich an seinem Rücken und seinem Bauch spannten ... Beinahe hätte sie die Heilerin angefleht, *sie* die Untersuchung vornehmen zu lassen.

Jämmerlich. Aber sie war noch nie besonders gut darin gewesen, ihren *Gelüsten* zu widerstehen. Seit diesem Sommer schlief sie mit ihm, weil sie keinen Sinn darin sah, der Versuchung zu widerstehen. Auch wenn er ihr zu Beginn noch nicht viel bedeutet hatte, nicht so viel, wie es jetzt der Fall war.

Nesryn fuhr sich mit einer Hand durchs Haar. »Ich werde zum Abendessen zurück sein.«

Chaol winkte ihr zum Abschied zu, und als sie den Raum verließ, war er bereits wieder in sein Buch vertieft.

Sie hatten einander nichts versprochen, rief sie sich ins Gedächtnis. Aber sie wusste, dass er sie glücklich machen wollte, sie ehren wollte, und dann, als im Sommer der gläserne Palast eingestürzt war und sie ihn für tot gehalten hatte ... Sie hatte noch nie solche Ängste ausgestanden. Hatte noch nie so gebetet wie in diesen Momenten – selbst als Aelins Flamme sie vor dem Tod bewahrt hatte, hatte sie weiter gebetet, dass sie auch ihn verschonen möge.

Während Nesryn durch die Palastflure wanderte und sich daran erinnerte, wo die Tore zum eigentlichen Stadtkern zu finden waren, blendete sie die Gedanken an jene Tage aus. Die Gedanken daran, was sie zu wollen geglaubt hatte und was das Wichtigste war – oder gewesen war. Bis der Großkhan diese Nachricht verkündet hatte.

Sie hatte ihre Familie verlassen. Sie hätte dort sein müssen. Um die Kinder zu beschützen, um ihren alternden Vater zu beschützen, ihre quirlige, lachende Schwester.

»Captain Faliq.«

Der Klang der angenehmen Stimme ließ Nesryn innehalten, ebenso wie der Titel, der ihr immer noch fremd war. Sie stand an einer der Palastkreuzungen, und wenn sie weiter geradeaus ging, würde sie direkt zum Haupttor kommen. Auf dem Weg herein hatte sie sich jeden Ausgang eingeprägt.

Am Ende des Flurs, der ihren kreuzte, stand Sartaq.

Verschwunden waren die feinen Kleider vom Vortag. Der Prinz trug jetzt eine eng anliegende Ledermontur, an den Schultern von einer schlichten, aber stabilen Rüstung verstärkt, ebenso wie stählerne Schienen seine Handgelenke, Knie und Schienbeine schützten. Sie bemerkte jedoch das Fehlen eines Brustpanzers. Sein langes, schwarzes Haar war nach hinten geflochten und wurde von einem dünnen Lederriemen zusammengehalten.

Sie verneigte sich tief. Tiefer, als sie sich vor den anderen Kindern des Großkhans verneigt hätte. Aber für den mutmaßlichen Thronfolger, der eines Tages vielleicht Adarlans Verbündeter sein würde ...

Falls sie überlebten.

»Ihr hattet es eilig«, sagte Sartaq, der bemerkte, welchen Flur sie entlanggeschritten war.

»Ich – ich habe Familie in der Stadt. Ich wollte sie besuchen.« Halbherzig fügte sie hinzu: »Es sei denn, Eure Hoheit brauchen mich.«

Ein schiefes Lächeln zierte sein Gesicht. Und ihr fiel auf, dass sie in ihrer Muttersprache geantwortet hatte. Ihrer *beider* Muttersprache. »Ich bin zu einem Ritt auf Kadara unterwegs. Meinem Ruk«, verdeutlichte er und wechselte ebenfalls in seine Muttersprache.

»Ich weiß«, erwiderte sie. »Ich habe schon davon gehört.«

»Sogar in Adarlan?« Er zog eine Augenbraue hoch. Ein Krieger und ein Charmeur. Eine gefährliche Kombination. An die Erwähnung einer Gattin konnte sie sich jedoch nicht erinnern. In der Tat, er trug keinen Ring am Finger.

»Sogar in Adarlan«, bekräftigte Nesryn, wobei sie nicht erwähnte, dass der durchschnittliche Bürger auf der Straße vielleicht keine Kenntnis solcher Geschichten hatte. Aber bei ihr zu Hause ... oh doch. Den Geflügelten Prinzen nannte man ihn.

»Darf ich Euch begleiten? Die Straßen gleichen einem Labyrinth, selbst für mich.«

Es war ein großzügiges Angebot, eine Ehre. »Ich möchte Euch nicht vom Reiten abhalten.« Und sei es auch nur, weil sie nicht wusste, wie sie mit einem solchen Mann reden sollte – zu großer Macht geboren und erzogen, an feine Damen und intrigante Politiker gewöhnt. Und doch stammten seine Ruk-Reiter, so hieß es, von überallher.

»Kadara ist es gewohnt zu warten«, entgegnete Sartaq. »Lasst mich Euch zumindest zu den Toren führen. Heute ist dort eine neue Wache postiert und ich werde den Männern sagen, dass sie sich Euer Gesicht einprägen sollen, damit man Euch wieder hereinlässt.«

Bei dieser Kleidung und dem schmucklosen Haar ... Die Wachen würden sie vielleicht wirklich nicht vorbeilassen. Wie ... demütigend. »Vielen Dank«, sagte sie und setzte ihren Weg an seiner Seite fort.

Sie schwiegen, als sie an den weißen Bannern vorbeikamen, die aus einem der offenen Fenster flatterten. Chaol hatte ihr gestern von Kashins Sorge erzählt, dass der Tod ihrer jüngsten Schwester ein Mord gewesen sein könnte – dass einer von Perringtons Spitzeln dafür verantwortlich sein könnte. Genug, um ein Gefühl des Grauens in ihr aufkeimen zu lassen. Genug, um sich jedes Gesicht, das ihr begegnete, einzuprägen, und in jeden Schatten zu spähen.

Nesryn ging zügig neben Sartaq her und warf ihm einen Blick zu. Doch der Prinz nickte nur einigen Männern und Frauen in den goldenen Roben der Wesire zu, die sich vor ihm verbeugten.

Nesryn fragte unwillkürlich: »Sind es wirklich sechsunddreißig?«

»Wir sind von dieser Zahl fasziniert, also ja.« Er schnaubte, ein höchst unprinzliches Geräusch. »Mein Vater hatte überlegt, ihre Anzahl zu halbieren, fürchtete jedoch den Zorn der Götter mehr als die politischen Nachwirkungen.«

Ihre eigene Sprache zu hören und zu sprechen war so erfrischend wie eine Brise Herbstluft. Völlig normal, ohne angegafft zu werden. Ein gutes Gefühl, wie immer, wenn sie hier war.

»Hat Lord Westfall die Heilerin getroffen?«

Die Wahrheit konnte nicht schaden, beschloss sie, daher antwortete Nesryn: »Ja. Yrene Towers.«

»Ah. Die berühmte Goldene Lady.«

»Ach?«

»Sie ist atemberaubend, nicht wahr?«

Nesryn lächelte schwach. »Wie ich sehe, mögt Ihr sie.«

Sartaq kicherte. »Oh, das würde ich nicht wagen. Mein Bruder Kashin wäre nicht sehr erfreut.«

»Sie sind einander verbunden?« Hasar hatte so etwas angedeutet.

»Sie sind Freunde – oder waren es. Ich habe sie schon seit Monaten nicht mehr miteinander reden sehen, doch wer weiß, was passiert ist? Aber ich bin wahrscheinlich auch nicht besser als die Klatschmäuler des Palastes, da ich mit Euch darüber rede.«

»Es ist nützlich zu wissen, falls wir mit ihr zusammenarbeiten.«

»Ist ihre Prognose für Lord Westfall positiv ausgefallen?«

Nesryn zuckte die Achseln. »Sie war sehr zurückhaltend und wollte sich nicht festlegen.«

»Das tun viele Heilerinnen. Sie machen den Patienten nicht gern Hoffnung, nur um sie ihnen dann wieder zu nehmen.« Er warf sich seinen Zopf über eine Schulter. »Aber ich kann Euch sagen, dass Yrene im vergangenen Winter einen von Kashins Darghan-Reitern von einer ganz ähnlichen Verletzung geheilt hat. Generell kurieren die Heilerinnen solche Verletzungen schon seit langer Zeit unter den Pferde-Clans unseres Volkes und unter meinen eigenen Rukhin. Sie werden wissen, was zu tun ist.«

Nesryn schluckte die in ihr aufkeimende Hoffnung herunter, als es vor ihnen jäh heller wurde – die offenen Türen zum zentralen Innenhof und zu den Palasttoren. »Wie lange seid Ihr schon ein Ruk-Reiter, Prinz?«

»Ich dachte, Ihr hättet davon gehört?« Ein Zwinkern ließ seinen Blick tanzen.

»Nur Klatsch und Tratsch. Ich bevorzuge die Wahrheit.«

Sartaqs dunkle Augen ruhten auf ihr, und in diesem Moment war sie dankbar dafür, nicht allzu oft in seinem Fokus zu stehen. Nicht aus Angst, aber ... Es war beunruhigend, die ganze Last dieses Blickes auf sich zu spüren. Ein Adlerblick – der Blick eines Ruks. Scharf und durchdringend.

»Ich war zwölf, als mein Vater uns alle zum Horst der Ruks in die Berge brachte. Ich schlich mich davon, um auf den Ruk des Hauptmanns persönlich zu klettern und in den Himmel aufzusteigen, sodass sie mich wieder einfangen mussten. Woraufhin mein Vater zu mir sagte, dass ich es verdient hätte, auf den Felsen zu zerschmettern und für meine Dummheit zu sterben. Zur Strafe befahl er mir, unter den Rukhin zu leben, bis ich imstande wäre zu beweisen, dass ich kein kompletter Narr war – ein lebenslanges Unterfangen, wie er meinte.«

Nesryn lachte leise und blinzelte gegen die Sonne an, als sie in den großen Innenhof hinaustraten. In kunstvolle Bögen und Säulen waren

Tiere und Pflanzen gemeißelt, dahinter erhob sich der Palast wie ein Gigant.

»Zum Glück bin ich nicht an Dummheit gestorben und habe stattdessen das Reiten und den Lebensstil der Rukhin lieben gelernt. Zuerst haben sie mir die Hölle heißgemacht, weil ich ein Prinz war, aber schon bald konnte ich zeigen, was in mir steckte. Kadara ist geschlüpft, als ich fünfzehn war, und ich habe sie selbst großgezogen. Seither hatte ich kein anderes Reittier.« Stolz und Zuneigung leuchteten in seinen onyxschwarzen Augen.

Und doch würden Nesryn und Chaol ihn bitten, ihn anflehen, dieses geliebte Reittier in die Schlacht gegen die Wyvern zu führen, die viel schwerer waren und unendlich viel mehr Kraft, brachiale Gewalt besaßen. Ganz zu schweigen von dem Gift in ihren Schwänzen. Nesryn drehte sich der Magen um.

Sie erreichten die hohen Haupttore mit den riesigen, bronzebeschlagenen Torflügeln, in die eine kleine Tür eingelassen war. Sie stand für die Fußgänger offen, die im Palast ein und aus gehen mussten, um alle möglichen Dinge zu erledigen. Nesryn stand ruhig da, während Sartaq sie den schwer bewaffneten diensthabenden Wachen vorstellte und ihnen befahl, ihr ungehindert Zugang zu gewähren. Die Sonne glitzerte auf den Griffen der Schwerter, die sie quer auf den Rücken geschnallt hatten, als die Wachen sich zum Zeichen ihres Gehorsams verneigten, jeder mit einer Faust über dem Herzen.

Sie hatte bemerkt, dass Chaol sie kaum hatte ansehen können – die Palastwachen wie die Wachen am Hafen.

Während Sartaq sie durch die kleine Tür führte, fiel ihr auf, dass der Bronzebeschlag des Tors fast dreißig Zentimeter dick war. Dahinter lag die breite Kopfsteinpflaster-Allee, die geradewegs in das Labyrinth der städtischen Straßen hinabführte. Prächtige Häuser und weitere Wachen säumten die umliegenden Straßen, wo die Wohlhabenden im Schatten des Palasts wohnten. Auf der Straße selbst jedoch wimmelte es von Menschen, die entweder ihren Geschäften nachgingen oder sich ihre Zeit vertrieben. Sogar einige Reisende waren darunter, die den ganzen Weg hier heraufgeklettert waren, um den Palast anzugaffen, und die jetzt versuchten, durch die kleine Tür zu spähen, durch die Nesryn und Sartaq gegangen waren, um einen Blick in den dahinterliegenden Innenhof zu erhaschen. Keiner schien den Prinzen neben ihr zu erkennen – aber sie wusste, dass die Wachen auf der Straße und bei den Toren jeden Atemzug und jedes Wort überwachten.

Ein Blick auf Sartaq genügte, und sie hatte keinen Zweifel daran, dass auch der Prinz seine Umgebung aufmerksam beobachtete, solange er sich jenseits dieser Tore aufhielt, als wäre er ein gewöhnlicher Mann. Sie betrachtete die überfüllten Straßen vor ihnen und lauschte auf den Lärm. Zu Fuß würde sie eine Stunde brauchen, um das Haus ihrer Familie am anderen Ende der Stadt zu erreichen, in einer Kutsche oder zu Pferd jedoch noch länger, dank der verstopften Straßen.

»Seid Ihr Euch sicher, dass Ihr keine Eskorte braucht?«

Ein schwaches Lächeln umspielte Nesryns Mundwinkel, als sie feststellte, dass er sie von der Seite ansah. »Ich komme schon zurecht, Prinz, aber ich danke Euch für die Ehre.«

Sartaq musterte sie, das schnelle Taxieren des Kriegers. Dieser Mann hatte tatsächlich wenig zu befürchten, wenn er die Palastmauern verließ. »Falls Ihr Zeit oder Interesse habt, solltet Ihr mich einmal auf einem Ritt begleiten. Die Luft dort oben ist frei von dem Salz und dem Staub hier unten.«

Und frei von lauschenden Ohren.

Nesryn verneigte sich tief. »Das würde mir sehr gefallen.«

Sie spürte, dass der Prinz ihr mit seinem Blick folgte, als sie die sonnige Allee hinunterging und den vorbeidrängelnden Wagen und Fuhrwerken auswich. Aber sie wagte es nicht, sich umzudrehen. Sie wusste selbst nicht genau, warum.

7

Chaol wartete, bis Nesryn eine gute halbe Stunde fort war, dann rief er nach Kadja. Sie hatte draußen im Flur gestanden und schlüpfte nun in seine Gemächer, kaum dass er ihren Namen ausgesprochen hatte. Er beobachtete vom Eingangsbereich aus, wie das Dienstmädchen näher kam, ihre Schritte leicht und schnell, ihr Blick gesenkt, während sie seinen Befehl erwartete.

»Ich möchte dich um einen Gefallen bitten«, sagte er langsam und deutlich und verfluchte sich dafür, dass er während der Jahre, in denen Dorian die Sprache studiert hatte, kein Halha gelernt hatte.

Ein kleines Nicken war ihre einzige Antwort.

»Ich möchte, dass du zum Hafen hinuntergehst, dorthin, wo die Nachrichten überbracht werden, um herauszufinden, ob es irgendwelche Neuigkeiten über den Angriff auf Rifthold gibt.« Kadja war am Vortag im Thronsaal gewesen – sie hatte zweifellos davon gehört. Er hatte mit sich gerungen, ob er Nesryn bitten sollte, während ihres Ausflugs Nachforschungen anzustellen, aber falls sie etwas Schlimmes erfahren sollte ... Er wollte sie in einer solchen Situation nicht allein lassen. »Könntest du das tun?«

Kadja hob den Blick, hielt den Kopf jedoch weiter gesenkt. »Ja«, sagte sie schlicht.

Er wusste, dass sie höchstwahrscheinlich jemandem aus der königlichen Familie oder einem der Wesire im Palast unterstellt war. Seine Bitte um weitere Informationen war zwar eine erwähnenswerte Einzelheit, aber keine Bedrohung für sein Anliegen. Und falls sie es für schwach oder dumm hielten, dass er sich um sein Land sorgte, dann konnten sie zum Teufel gehen.

»Gut«, sagte Chaol und rollte etwas weiter nach vorn. Er versuchte, nicht die Stirn zu runzeln, bei dem Ächzen seines Rollstuhls, bei dem Gedanken an seinen reglosen Körper. »Und dann möchte ich dich noch um einen weiteren Gefallen bitten.«

Nur weil Nesryn mit ihrer Familie beschäftigt war, bedeutete das nicht, dass er untätig herumsitzen musste.

Aber als Kadja ihn in Arghuns Gemächer gebracht hatte, fragte er sich, ob er mit diesem Treffen nicht doch lieber auf Nesryns Rückkehr hätte warten sollen.

Der Empfangsraum des ältesten Prinzen war so groß wie Chaols sämtliche Zimmer hier zusammen. Ein langer ovaler Raum, dessen hinteres Ende in einen Innenhof mit einem funkelnden Springbrunnen führte, wo zwei weiße Pfauen umherstolzierten. Chaol beobachtete, wie ein Großteil ihrer schneeweißen Federn über die Schieferkacheln schleifte und ihre zarten Federkronen bei jedem Schritt wippten.

»Sie sind wunderschön, nicht wahr?«

Mit diesen Worten trat der schmalgesichtige, kaltäugige Prinz durch die geschnitzte Doppeltür auf der linken Seite, ganz auf die Vögel konzentriert.

»Atemberaubend«, gab Chaol zu, während er den Kopf in den Nacken legen musste, um dem Mann in die Augen zu schauen. Wie er das hasste. Wenn er hätte stehen können, hätte er ihn um gute zehn Zentimeter überragt und seine Körpergröße zu seinem Vorteil nutzen können. Wenn er hätte stehen können ...

Er gestattete es sich nicht, diesem Gedanken nachzuhängen.

»Sie sind mein wertvollstes Pärchen«, sagte Arghun, der Chaols Muttersprache vollkommen fließend beherrschte. »Mein Landhaus ist voll mit ihren Nachkommen.«

Chaol suchte nach einer Antwort, irgendetwas, das Dorian oder Aelin vielleicht mühelos eingefallen wäre, aber er fand nichts. Absolut *nichts*, was nicht geistlos und unaufrichtig geklungen hätte. Also erwiderte er nur: »Das ist sicherlich schön.«

Arghun verzog die Mundwinkel zu einem Lächeln. »Wenn man ihr Geschrei zu gewissen Zeiten des Jahres ignorieren kann.«

Chaol biss die Zähne zusammen. Seine Leute *starben* in Rifthold, wenn sie nicht bereits tot waren, und er unterhielt sich über kreischende, herumstolzierende Vögel ... Sollte das wirklich seine Aufgabe sein?

Er rang noch mit sich, ob er weiter um den heißen Brei herumreden oder zur Sache kommen sollte, als Arghun sagte: »Ich nehme an, Ihr seid hier, um zu fragen, was ich über Eure Stadt weiß.« Endlich wanderte der kühle Blick des Prinzen zu ihm und Chaol erwiderte ihn. Darin, jemanden niederzustarren, war er immer noch gut. Egal ob ungebärdige Wachleute oder Höflinge, er hatte jede Menge Erfahrung damit.

»Ihr habt Eurem Vater die Information zukommen lassen. Ich will wissen, wer Euch über die Details des Angriffs ins Bild gesetzt hat.«

Die dunkelbraunen Augen des Prinzen leuchteten erheitert auf. »Ein Mann, der direkt zum Punkt kommt.«

»Mein Volk leidet. Ich wüsste gern so viel wie möglich.«

»Nun«, entgegnete Arghun und zupfte an einer Fluse, die sich an der Goldstickerei seiner smaragdgrünen Tunika verfangen hatte, »bei aller Aufrichtigkeit – ich kann Euch absolut nichts sagen.«

Chaol blinzelte – langsam und nur ein einziges Mal.

Arghun deutete mit der Hand auf die Türen nach draußen und fuhr fort: »Hier beobachten uns viel zu viele Augen, Lord Westfall, und wenn ich mich mit Euch sehen lasse, ist das ein Signal, im Guten wie im Schlechten, ganz gleich, worüber wir sprechen. Während ich Euren Besuch also durchaus zu schätzen weiß, möchte ich Euch doch bitten zu gehen.« Die Diener, die an der Tür warteten, traten vor, vermutlich um ihn aus dem Raum zu schieben.

Als er sah, wie einer der Männer die Hände nach seinem Stuhl ausstreckte ...

Chaol zeigte Zähne und funkelte den Diener an, der auf der Stelle erstarrte. »Untersteh dich.«

Ob der Mann seine Sprache sprach oder nicht, er verstand auf jeden Fall den Ausdruck auf Chaols Gesicht.

Chaol wandte sich noch einmal an den Prinzen. »Ihr wollt also wirklich dieses Spiel spielen?«

»Es ist kein Spiel«, sagte Arghun schlicht und schritt auf das Arbeitszimmer zu, in dem er zuvor gesessen hatte. »Die Informationen stimmen. Meine Spione erfinden keine Geschichten, um irgendjemanden zu unterhalten. Ich wünsche Euch noch einen guten Tag.«

Und damit fielen die Doppeltüren hinter dem Prinzen ins Schloss.

Chaol überlegte, ob er dagegenhämmern sollte, ob er vielleicht sogar dem Prinzen die Faust ins Gesicht rammen sollte, um ihn zum Sprechen zu bringen, aber ... Die beiden Diener hinter ihm warteten. Und sie beobachteten ihn.

Er kannte aus Rifthold genügend Höflinge, um zu spüren, wann jemand log. Selbst wenn dieses Gespür bei ihm während der letzten Monate so spektakulär versagt hatte. Bei Aelin. Bei den anderen. Bei ... allem.

Aber er glaubte nicht, dass Arghun log. In keinem der Punkte.

Rifthold war überrannt worden. Dorian war nach wie vor verschwunden. Das Schicksal seines Volkes ungewiss.

Er wehrte sich nicht noch einmal gegen den Diener, der vortrat, um ihn zurück in sein Zimmer zu begleiten. Und das regte ihn wahrscheinlich mehr als alles andere auf.

Nesryn war zum Abendessen nicht zurück.

Vor dem Großkhan, seinen Kindern und den sechsunddreißig Wesiren mit ihren Habichtsaugen ließ Chaol sich nichts von der wachsenden Sorge anmerken, als Minute um Minute verstrich, ohne dass Nesryn aus einem der Flure kam, um sich ihnen in der großen Halle anzuschließen. Sie war schon seit Stunden ohne Nachricht fort.

Selbst Kadja war eine Stunde vor dem Abendessen zurückgekehrt und ein einziger Blick auf ihr ruhiges Gesicht hatte ihm alles verraten: Sie hatte am Hafen ebenfalls nichts Neues über den Angriff auf Rifthold erfahren. Sie bestätigte nur, was Arghun behauptet hatte: Die Kapitäne und Kaufleute hatten mit glaubwürdigen Quellen gesprochen, die entweder an Rifthold vorbeigesegelt oder um Haaresbreite entkommen waren. Der Angriff hatte tatsächlich stattgefunden, ohne dass es genaue Angaben über die Verluste oder den Zustand der Stadt gab. Jeglicher Handel des südlichen Kontinents war zum Erliegen gekommen – zumindest mit Rifthold und allen Gebieten nördlich davon, zu denen man nur gelangte, wenn man an der Stadt vorbeisegelte. Dorians Schicksal blieb völlig im Dunkeln.

Das hatte ihn am meisten belastet, war jedoch in den Hintergrund getreten, als er sich fürs Abendessen fertig umgekleidet hatte und feststellte, dass Nesryn noch immer nicht aufgetaucht war. Er hatte sich von Kadja zum Bankett in die Haupthalle des Großkhans bringen lassen, um dort auf Nesryn zu warten, doch mit fortschreitender Zeit fiel es ihm immer schwerer, sich nichts anmerken zu lassen.

Alles Mögliche konnte ihr zugestoßen sein. Alles. Vor allem wenn Kashins Theorie über den Tod seiner Schwester stimmte. Falls Moraths Spione bereits hier waren, zweifelte er nicht daran, dass sie Jagd auf sie beide machen würden, sobald sie von ihrer Ankunft erfuhren.

Das hätte er bedenken müssen, bevor sie heute losgezogen war. Hätte es über seine eigenen verdammten Probleme hinaus bedenken müssen. Aber wenn er nun verlangte, dass eine Wache ausgeschickt wurde, um nach ihr zu suchen, würde das jedem Feind nur verraten, was ihm am teuersten war. Wo er angreifbar war.

Also kämpfte Chaol seine Mahlzeit hinunter und war kaum imstande, sich auf das Gespräch mit seinen Tischnachbarn zu konzentrieren. Rechts von ihm: Duva, schwanger und heiter, die sich nach der Musik und den Tänzen erkundigte, die jetzt in seinen Ländern beliebt waren; zu seiner Linken: Arghun, der seinen Besuch am Nachmittag mit keinem Wort erwähnte und ihn stattdessen über bestehende und geplante Handelsrouten ausfragte. Chaol erfand die Hälfte der Antworten und der Prinz lächelte – als wäre er sich dessen nur allzu bewusst.

Und noch immer keine Spur von Nesryn.

Dafür von Yrene.

Inmitten des Banketts trat sie ein, in einem etwas feineren, aber immer noch schlichten violetten Gewand, das ihre goldbraune Haut zum Leuchten brachte. Hasar und ihre Geliebte erhoben sich, um die Heilerin zu begrüßen. Sie ergriffen Yrenes Hände und küssten sie auf die Wangen, und die Prinzessin warf den Wesir zu ihrer Linken hinaus, um Platz für Yrene zu schaffen.

Yrene verneigte sich vor dem Großkhan, der ihr kaum mehr als einen Blick schenkte und mit der Hand in ihre Richtung wedelte, dann verbeugte sie sich vor den versammelten Edelleuten. Arghun machte sich nicht die Mühe, ihre Existenz überhaupt zur Kenntnis zu nehmen; Duva strahlte Yrene an, während ihr stiller Ehemann ihr ein dezenteres Lächeln schenkte. Sartaq neigte den Kopf, während der letzte der Brüder, Kashin, sie mit einem schmallippigen Lächeln bedachte, das seine Augen nicht erreichte.

Kashins Blick jedoch verweilte lange genug auf ihr, sodass Chaol sich daran erinnerte, womit die Prinzessin die Heilerin am Vormittag aufgezogen hatte.

Aber Yrene erwiderte das Lächeln des Prinzen nicht, sondern

reagierte stattdessen nur mit einem distanzierten Nicken, ehe sie auf dem Stuhl Platz nahm, den Hasar für sie erobert hatte. Sie begann ein Gespräch mit Hasar und Renia und nahm das Fleisch entgegen, das Renia ihr auf den Teller häufte, während die Geliebte der Prinzessin sich sorgte, dass Yrene zu müde aussehe, zu mager, zu blass. Yrene nahm jeden der angebotenen Leckerbissen mit einem abwesenden Lächeln und einem dankenden Nicken an. Sie vermied es bewusst, in Kashins Richtung zu schauen. Oder auch in Chaols Richtung.

»Ich habe gehört«, erklang eine männliche Stimme rechts von Chaol in seiner eigenen Sprache, »dass Yrene beauftragt wurde, mit Euch zu arbeiten, Lord Westfall.«

Er war nicht im Mindesten überrascht festzustellen, dass es Kashin war, der sich vorgebeugt hatte, um mit ihm zu sprechen.

Und ebenso wenig überraschte ihn die kaum verhohlene Warnung in den Augen des Mannes. Chaol kannte diesen Ausdruck gut genug: *Das ist mein Revier.*

Ob es Yrene nun recht war oder nicht.

Chaol nahm an, es sprach für sie, dass sie dem Prinzen keine große Beachtung schenkte. Obwohl er sich durchaus fragte, warum das so war. Kashin war immerhin der attraktivste der Geschwister. Während seiner Jahre im Palast von Rifthold hatte Chaol oft genug beobachtet, wie die Frauen sich buchstäblich überschlugen, um Dorian auf sie aufmerksam zu machen. Und Kashin strahlte eine ähnliche Selbstzufriedenheit aus, wie es auch Dorian getan hatte.

Früher einmal – vor langer Zeit. In einem anderen Leben. Ohne Assassinin und Halsband und all das.

Die Wachen, die überall in der großen Halle postiert waren, wirkten plötzlich bedrohlicher, als wäre eine Flamme in ihnen entfacht worden. Chaol weigerte sich, der ihm am nächsten stehenden Wache auch nur einen Blick zuzuwerfen. Die Position des Mannes hatte er sich aus purer Gewohnheit gemerkt, sechs oder sieben Meter von der

Hohen Tafel entfernt, genau dort, wo er einst gestanden hatte, vor einem anderen König, einem anderen Hof.

»Ja, das ist richtig«, brachte Chaol nur heraus.

»Yrene ist unsere fähigste Heilerin – mit Ausnahme der Hohen Heilerin«, fuhr Kashin mit Blick auf die Frau fort, die ihn noch immer nicht beachtete und sich geradezu demonstrativ noch mehr in das Gespräch mit Renia zu vertiefen schien.

»Das habe ich auch gehört.« *Auf jeden Fall die scharfzüngigste.*

»Sie hat bei ihrer Abschlussprüfung die höchsten Zensuren bekommen, die jemals erzielt wurden«, fuhr Kashin fort, während Yrene ihn weiterhin ignorierte. So etwas wie Schmerz huschte über die Züge des Prinzen.

»Sieh nur, wie er sich fast überschlägt«, raunte Arghun über Duva, ihren Ehemann *und* Chaol hinweg Sartaq zu. Duva schlug nach Arghuns Arm und fuhr ihn an, weil er ihre Gabel aufhielt, die auf dem Weg zu ihrem Mund war.

Kashin schien die Missbilligung seines älteren Bruders nicht zu hören oder sich nicht darum zu scheren. Und man musste es Sartaq zugutehalten, dass er es auch nicht tat und sich stattdessen einem in Gold gekleideten Wesir zuwandte, während Kashin zu Chaol sagte: »Unerhört gute Noten, erst recht für eine Heilerin, die erst seit gut zwei Jahren bei uns ist.«

Ein weiteres Körnchen Information. Yrene lebte also noch nicht lange in Antica.

Chaol ertappte sie dabei, wie sie ihn mit gerunzelter Stirn beobachtete. Eine Warnung, sie nicht ins Gespräch mit einzubeziehen.

Er wog die Vor- und Nachteile ab: einerseits ein wenig Rache für ihren Spott zuvor, andererseits ...

Sie half ihm. Oder zog es zumindest in Erwägung. Es wäre dumm, sie weiter gegen sich aufzubringen.

Also bemerkte er zu Kashin: »Ich habe gehört, Ihr haltet Euch für gewöhnlich unten in Balruhn auf und kümmert Euch um die Bodentruppen.«

Kashin straffte seine Schultern. »Das ist richtig. Die meiste Zeit des Jahres bin ich dort zu Hause und überwache die Ausbildung unserer Truppen. Und wenn nicht, dann bin ich draußen in der Steppe bei dem Volk unserer Mutter – den Pferde-Lords.«

»Den Göttern sei gedankt«, murmelte Hasar von der anderen Seite des Tischs, was ihr einen warnenden Blick von Sartaq eintrug. Hasar verdrehte lediglich die Augen und flüsterte ihrer Geliebten etwas ins Ohr, das Renia zum Lachen brachte, ein heller, silbriger Laut.

Yrene beobachtete Chaol jedoch immer noch mit einem – wie er hätte schwören können – schwelenden Ausdruck von Ärger, als ertrage sie seine bloße Anwesenheit an diesem Tisch nur zähneknirschend. Kashin erzählte unterdessen von seinem Tagesablauf in seiner Stadt an der südwestlichen Küste und von seinem gänzlich anderen Leben unter den Pferde-Clans in der Steppe.

Sobald Kashin innehielt, um an seinem Wein zu nippen, warf Chaol Yrene einen ebenso missvergnügten Blick zu und löcherte den Prinzen dann weiter mit Fragen. Hilfreiche Informationen, begriff er, über ihre Armee.

Aber er war nicht der Einzige, der das begriff. Arghun unterbrach seinen Bruder mitten im Satz über die Schmieden, die sie in der Nähe ihrer nördlichen Landstriche erbaut hatten, mit den Worten: »Lass uns beim Abendessen nicht übers Geschäft reden, Bruder.«

Und Kashin schloss den Mund, ganz der gedrillte Soldat.

Da wusste Chaol mit einem Mal, dass Kashin für die Thronfolge nicht in Betracht gezogen wurde. Nicht unbedingt, weil er seinem ältesten Bruder gehorchte wie jeder andere gewöhnliche Krieger. Sondern vor allem, weil er anständig zu sein schien. Besser als der höhnische, arrogante Arghun oder die wölfische Hasar.

Was allerdings nicht Yrenes dringendes Verlangen erklärte, sich von Kashin fernzuhalten. Nicht, dass es ihn etwas anging oder für ihn von Interesse gewesen wäre. Jedenfalls nicht, solange Yrene den Mund verkniff, wenn sie auch nur den Kopf in Chaols Richtung drehte.

Vielleicht hätte er sie deswegen zur Rede gestellt, hätte zu erfahren verlangt, ob das bedeutete, dass sie sich entschieden habe, ihn *nicht* zu behandeln. Aber wenn sie in Kashins Gunst stand – Zurückweisung hin oder her –, wäre es gewiss kein kluger Schachzug, sich an diesem Tisch mit ihr anzulegen.

Schritte erklangen hinter ihm, aber es war nur der Ehemann einer der Wesire, der gekommen war, um seiner Frau etwas ins Ohr zu flüstern, bevor er wieder verschwand.

Wieder nicht Nesryn.

Chaol betrachtete die über den Tisch verteilten Schüsseln und überschlug, wie viele Gänge noch ausstanden. Das Festbankett am vergangenen Abend hatte eine Ewigkeit gedauert. Und auch heute war bis jetzt noch keiner der köstlichen Nachtische aufgetragen worden.

Er schaute erneut zu den Ausgängen, zu den dort positionierten Wachen, auf der Suche nach ihr.

Als er sich zum Tisch umwandte, stellte er fest, dass Yrene ihn beobachtete. Argwohn und Missfallen verdunkelten noch immer ihre goldenen Augen, und wieder eine Warnung. Doch diesmal ... Sie wusste, nach wem er Ausschau hielt. Wessen Abwesenheit ihn beunruhigte.

Zu seinem Erschrecken schüttelte sie dezent den Kopf. *Zeigt es nicht,* schien sie zu sagen. *Bittet sie nicht, nach ihr zu suchen.*

Zu diesem Schluss war er bereits selbst gekommen, quittierte Yrenes Blick jedoch mit einem knappen Nicken und sah dann weg. Kashin versuchte immer wieder, Yrene in ein Gespräch zu verwickeln, wurde aber prompt jedes einzelne Mal mit höflichen, aber oberflächlichen Antworten abgespeist.

Vielleicht lag die Geringschätzung, mit der sie Chaol am Morgen behandelt hatte, einfach in ihrem Wesen und war gar kein aus Adarlans Eroberung geborener Hass. Oder vielleicht hasste sie einfach Männer. Es war schwer, nicht zu der blassen Narbe an ihrer Kehle zu schauen.

Es gelang Chaol, bis zum Nachtisch durchzuhalten, bevor er unter dem Vorwand der Erschöpfung den Tisch verließ. Kadja war bereits da – sie hatte an den hintersten Säulen der Halle bei den anderen Dienern gewartet – und sagte nichts, als sie seinen Stuhl vor sich herschob, aber er biss bei jedem Knirschen der Räder die Zähne zusammen.

Yrene hatte weder ein Abschiedswort für ihn übrig gehabt noch versprochen, am nächsten Tag wiederzukommen. Sie hatte nicht einmal in seine Richtung gesehen.

Als er im Zimmer ankam, war Nesryn nicht da. Und er konnte nichts tun ... Denn wenn er sie suchte, wenn er auf die Gefahr aufmerksam machte, auf ihre enge Beziehung und wie ihre Feinde das gegen sie verwenden konnten ...

Also wartete er. Lauschte auf den Springbrunnen im Garten, den Gesang der Nachtigall, die in einem Feigenbaum hockte, auf das stetige Ticken der Uhr auf dem Kaminsims im Wohnzimmer.

Elf. Zwölf. Er sagte Kadja, sie solle schlafen gehen – er käme zurecht und würde allein zu Bett gehen. Aber sie ging nicht, sondern lehnte sich nur an die bemalte Wand in der Eingangshalle, um zu warten.

Es war fast ein Uhr, als die Tür geöffnet wurde.

Nesryn schlüpfte herein. Er wusste es sofort, weil er ihre Bewegungen erkannte.

Sie sah die brennenden Kerzen im Wohnzimmer und kam herein.

Völlig unversehrt. Um nicht zu sagen – strahlend. Ihre Wangen waren gerötet, ihre Augen leuchtender als noch am Morgen. »Es tut mir leid, dass ich das Abendessen verpasst habe«, sagte sie nur.

Seine Antwort war leise, heiser. »Hast du irgendeine Ahnung, welche Sorgen ich mir um dich gemacht habe?«

Sie hielt inne und ihr Haar schwang bei der Bewegung hin und her. »Mir war nicht bewusst, dass ich dich über mein Kommen und Gehen hätte benachrichtigen sollen. Du hattest gesagt, ich solle gehen.«

»Du warst in einer fremden Stadt und nicht zu der Zeit zurück, die du angegeben hattest.« Jedes Wort war bissig, schneidend.

»Es ist keine fremde Stadt – nicht für mich.«

Er schlug mit der flachen Hand auf die Armlehne des Rollstuhls. »Vor wenigen Wochen ist eine der Prinzessinnen ermordet worden. Eine *Prinzessin.* In ihrem eigenen Palast – dem Sitz des mächtigsten Reiches der Welt.«

Sie verschränkte die Arme vor der Brust. »Wir wissen nicht, ob es Mord war. Kashin scheint der Einzige zu sein, der das denkt.«

Das war nicht der Punkt. Obwohl er heute Abend kaum daran gedacht hatte, seine Tischnachbarn auf irgendwelche Valg-Hinweise zu untersuchen. »Ich konnte dich nicht einmal suchen gehen. Ich habe es nicht *gewagt*, ihnen zu sagen, dass du verschwunden warst.« Seine Stimme war betont leise.

Sie blinzelte langsam. »Meine Familie hat sich gefreut, mich zu sehen, falls es dich interessiert. Und sie haben gestern einen kurzen Brief von meinem Vater erhalten. Sie sind rausgekommen.« Sie knöpfte ihre Jacke auf. »Sie könnten überall sein.«

»Ich bin froh, das zu hören«, erwiderte Chaol mit zusammengebissenen Zähnen. Auch wenn die Tatsache, *nicht* zu wissen, wo ihre Familie war, jetzt ebenso an ihr nagen würde wie das Entsetzen des vergangenen Tages, als sie nicht gewusst hatte, ob sie überhaupt noch lebten. So ruhig wie möglich fügte er hinzu: »Diese Sache zwischen uns funktioniert nicht, wenn du mir nicht erzählst, wo du bist oder dass deine Pläne sich geändert haben.«

»Ich war bei ihnen zu Hause und habe zu Abend gegessen. Ich

habe die Zeit vergessen. Und sie haben mich angefleht, bei ihnen zu bleiben.«

»Du weißt genau, dass du eine Nachricht hättest schicken sollen. Nach all dem Mist, den wir durchgemacht haben.«

»Ich habe in dieser Stadt – an *diesem* Ort – nichts zu befürchten.«

Der Nachdruck in ihrer Stimme machte ihm klar, was sie damit sagen wollte: In Rifthold ... in Rifthold *hatte* sie etwas zu befürchten gehabt.

Ihre Empfindung versetzte ihm einen Stich. Er hasste es, und doch: »Ist das nicht das, wofür wir kämpfen? Damit unsere eigenen Länder eines Tages genauso sicher sind?«

Ihr Ausdruck wurde verschlossen. »Ja.«

Sie öffnete den letzten Knopf ihrer Jacke, streifte sie von dem Hemd, das sie darunter trug, und warf sie sich über die Schulter. »Ich gehe ins Bett. Wir sehen uns morgen früh.«

Ohne auf seine Antwort zu warten, schritt sie in ihr Zimmer und schloss die Tür.

Chaol saß minutenlang im Wohnzimmer und hoffte, dass sie wieder auftauchte. Und als er sich endlich von Kadja in sein Zimmer bringen und in seinen Schlafanzug helfen ließ, sie die Kerzen ausblies und auf leisen Füßen hinausging, hoffte er immer noch, dass seine Tür sich öffnen würde.

Aber Nesryn kam nicht herein. Und er konnte nicht zu ihr – nicht ohne die arme Kadja aus ihrem Bett zu reißen, wo immer das stehen mochte, obwohl er wusste, dass sie auf jeden Laut lauschte, der ihr sagte, dass sie vielleicht gebraucht wurde.

Selbst als der Schlaf ihn endlich überwältigte, wartete er immer noch auf Nesryn.

8

Yrene sorgte dafür, dass sie am nächsten Morgen pünktlich war. Sie hatte sich nicht vorher angekündigt, aber sie hätte darauf wetten können, dass Lord Westfall und der neue Captain um zehn Uhr auf sie warten würden. Obwohl ... nach den bösen Blicken, die er ihr am Abend zugeworfen hatte, fragte sie sich, ob er glaubte, sie würde gar nicht mehr auftauchen.

Sollte er doch denken, was er wollte.

Sie überlegte, bis elf Uhr zu warten, da Hasar und Renia sie am Abend zuvor noch dazu überredet hatten, etwas trinken zu gehen – oder vielmehr hatte Yrene ihnen beim Trinken zugesehen, während sie selbst nur an ihrem Wein genippt hatte –, sodass sie erst um kurz vor zwei in ihr Bett in der Torre gekrochen war. Hasar hatte ihr für die Nacht ein Zimmer im Palast angeboten, aber das Risiko, Kashin noch einmal über den Weg zu laufen, wollte Yrene nicht eingehen, nachdem sie nur knapp hatten verhindern können, dass Kashin ihnen im ruhigen, eleganten Schankraum des geschäftigen Rosenviertels Gesellschaft leistete.

Wahrhaftig, sie konnte es kaum mehr erwarten, dass der Großkhan seine Kinder endlich zu ihren verschiedenen Außenposten zurückbeorderte. Nach Tumeluns Tod – den Hasar sich immer noch zu erwähnen weigerte – waren sie erst einmal dageblieben. Yrene hatte die jüngste Prinzessin kaum gekannt, da das Mädchen die meiste Zeit mit Kashin unter den Darghan in der Steppe und den umliegenden, von Mauern umgebenen Städten verbracht hatte. In diesen ersten Tagen nach Tumeluns Tod jedoch, nachdem Hafiza persönlich bestätigt hatte, dass das Mädchen vom Balkon gesprungen war, hatte Yrene tatsächlich den Drang verspürt, Kashin aufzusuchen. Um ihr Beileid zum Ausdruck zu bringen, aber auch um zu sehen, wie es ihm ging.

Yrene kannte ihn gut genug, um zu wissen, dass der disziplinierte Soldat, der Mann, der jedem Befehl seines Vaters gehorchte und furchtlos seine Bodentruppen führte, dass dieser Mann der Welt zwar ein lässiges, gefasstes Benehmen präsentierte ... dass unter seinem lächelnden Gesicht aber ein aufgewühltes Meer der Trauer lag. Und dass er sich fragte, was er hätte anders machen können.

Die Sache zwischen Yrene und Kashin hatte sich zwar zu etwas furchtbar Peinlichem und Schrecklichem entwickelt, aber ... Ihr lag noch immer etwas an ihm. Trotzdem war sie nicht auf ihn zugegangen, hatte ihm keine tröstende Hand gereicht. Hatte die Tür nicht wieder geöffnet, die zu schließen sie Monate gebraucht hatte.

Sie hasste sich selbst dafür, dachte mindestens einmal am Tag daran. Vor allem wenn sie die weißen Banner sah, die überall in der Stadt flatterten, überall im Palast. Beim Essen am Abend zuvor hätte sie sich am liebsten vor Scham gewunden, während sie ihn ignoriert und sein Lob hatte über sich ergehen lassen, voller Stolz in seiner Stimme, wie immer, wenn er von ihr sprach.

Närrin, hatte Eretia sie mehr als einmal genannt, nachdem Yrene ihr während einer besonders schwierigen Heilung gestanden hatte, was im vergangenen Winter in der Steppe geschehen war. Yrene wusste, dass Eretia recht hatte – aber sie ... Nun ja, sie hatte andere Pläne für ihr Leben. Träume, die sie weder aufgeben noch ändern wollte oder konnte. Und sobald Kashin und die anderen Prinzen und

Prinzessinnen zu ihren Herrscherposten zurückkehrten ... würde es wieder leichter werden. Besser.

Sie wünschte nur, Lord Westfalls eigene Rückkehr in sein hassenswertes Königreich hinge nicht so stark von ihrer Unterstützung ab.

Yrene verkniff sich ein finsteres Stirnrunzeln, straffte die Schultern und klopfte an seine Türen. Die Dienerin mit dem schönen Gesicht öffnete, noch bevor das Geräusch auch nur im Flur verklungen war.

Im Palast wimmelte es von Dienern, sodass Yrene nur wenige mit Namen kannte, aber dieses Mädchen, ihre Schönheit, war ihr schon aufgefallen. Yrene nickte ihr wiedererkennend zu, als sie eintrat.

Diener wurden anständig bezahlt und so gut behandelt, dass die Stellen im Palast hart umkämpft waren – vor allem, da sie in der Regel innerhalb einer Familie blieben und jede freie Stelle an ein Familienmitglied ging. Der Großkhan und sein Hof behandelten ihre Diener wie Menschen, mit Rechten und Gesetzen, die sie schützten.

Anders als in Adarlan, wo so viele in Fesseln lebten und starben. Anders als die Sklaven in Calaculla und Endovier, die niemals die Sonne sehen oder frische Luft atmen durften und wo ganze Familien auseinandergerissen wurden.

Sie hatte im Frühjahr von den Massakern in den Minen gehört. Dem Gemetzel. Der Gedanke daran genügte, dass jeder neutrale Ausdruck aus ihren Zügen verschwunden war, als sie das luxuriöse Wohnzimmer erreichte. Sie wusste nicht, was diese Leute hier mit dem Großkhan zu schaffen hatten, aber er kümmerte sich wirklich gut um seine Gäste.

Lord Westfall und die junge Frau – der neue Captain – saßen genau dort, wo sie am Morgen zuvor gesessen hatten. Keiner von ihnen wirkte glücklich.

Tatsächlich sahen sie einander nicht einmal an.

Nun, zumindest würde keiner von beiden sich heute die Mühe machen, so zu tun, als wären sie freundlich.

Der Lord musterte Yrene bereits und registrierte zweifellos das blaue Kleid vom Vortag, dieselben Schuhe.

Yrene besaß vier Kleider und das violette, das sie am Abend zum Essen angehabt hatte, war das feinste. Hasar hatte ihr immer wieder versprochen, schönere Kleider zu besorgen, aber es stets am nächsten Tag vergessen. Nicht, dass es Yrene besonders wichtig gewesen wäre. Wenn sie die Kleider bekäme, würde sie sich nur verpflichtet fühlen, den Palast häufiger als bisher zu besuchen, und ... Ja, an manchen einsamen Abenden fragte sie sich, was zum Teufel sie sich eigentlich dabei dachte, Kashin zurückzuweisen, und rief sich ins Gedächtnis, dass die meisten Mädchen auf der Welt ihre Klauen ausfahren und dafür töten würden, um eine Einladung in den Palast zu ergattern, noch dazu eine, die sie dazu befähigte, ein und aus zu gehen, wie sie es wünschte. Aber sie würde nicht mehr lange hier sein. Es hatte keinen Sinn.

»Guten Morgen«, sagte der neue Captain – Nesryn Faliq.

Die Frau wirkte konzentrierter. In sich ruhender. Und doch war da diese neue Anspannung zwischen ihr und Lord Westfall ...

Aber das ging sie nichts an. Nur wenn es ihrer Heilkunst in die Quere kam.

»Ich habe mit meiner Vorgesetzten gesprochen.« Eine Lüge, auch wenn sie es *eigentlich* getan hatte.

»Und?«

Kein Wort von dem Lord bisher. Er hatte dunkle Ringe unter seinen braunen Augen und seine Haut war blasser als gestern. Wenn ihn ihre Rückkehr überraschte, so ließ er es sich nicht anmerken.

Yrene nahm die oberen Strähnen ihres Haares zusammen und steckte sie sich mit einem kleinen, hölzernen Kamm zurück, sodass nur die unteren Haare herabhingen. Ihr bevorzugter Stil, wenn sie arbeitete. »Und ich würde Euch gern wieder auf Eure Beine stellen, Lord Westfall.«

Die Augen des Lords zeigten keinerlei Gefühlsregung. Nesryn dagegen stieß einen bebenden Atemzug aus und lehnte sich in die dicken Kissen des goldenen Sofas zurück. »Wie stehen Eure Chancen auf Erfolg?«

»Ich habe bereits spinale Verletzungen geheilt. Obwohl es ein Reiter war, der einen schweren Sturz von seinem Pferd erlitten hatte – keine Verletzung in der Schlacht. Und erst recht keine magischen Ursprungs. Ich werde mein Bestes tun, aber ich kann nichts versprechen.«

Lord Westfall sagte keinen Ton, rührte keinen Muskel auf seinem Stuhl.

Sagt irgendetwas, forderte sie ihn stumm auf, während sie seinem kalten, erschöpften Blick ohne zu blinzeln standhielt.

Er schaute auf ihre Kehle, zu der Narbe, die zu heilen sie Eretia nicht erlaubt hatte, als diese es ihr letztes Jahr angeboten hatte.

»Wie viel Zeit werdet Ihr für die Arbeit mit ihm aufwenden müssen? Mehrere Stunden täglich?« Nesryns Stimme war fest, beinahe tonlos, und doch ... Diese Frau war kein Geschöpf, das in einen Käfig passte. Nicht einmal in einen vergoldeten wie diesen.

»Ich würde Euch empfehlen«, wandte sich Yrene an Nesryn, »diese Stunden vielleicht dazu zu nutzen, andere Pflichten oder Aufgaben zu erledigen, Captain, falls vorhanden. Falls Ihr hier gebraucht werden solltet, würde ich Euch eine Nachricht zukommen lassen.«

»Was ist, wenn Ihr ihn bewegen müsst?«

Bei diesen Worten blitzten die Augen des Lords auf.

Und obwohl Yrene geneigt war, sie beide den Ruks zum Fraß vorzuwerfen, bemerkte sie die brodelnde Empörung des Lords und seine Selbstverachtung bei den Worten des Captains. Und sie ertappte sich dabei, wie sie sagte: »Damit werde ich sicher fertig, aber ich denke, dass Lord Westfall mehr als in der Lage ist, sich selbst zu bewegen.«

So etwas wie misstrauische Dankbarkeit huschte über seine Züge.

Aber er sagte nur zu Nesryn: »Und ich bin in der Lage, meine eigenen verdammten Fragen zu stellen.«

Nesryns Gesicht zeigte Schuldgefühle und sie versteifte sich. Aber sie nickte, biss sich auf die Unterlippe und murmelte Chaol zu: »Ich habe gestern ein paar Einladungen erhalten.« Seine Augen leuchteten auf, als er begriff. »Ich habe vor, sie anzunehmen.«

Schlau – nicht zu deutlich von ihren Vorhaben zu sprechen.

Chaol nickte ernst. »Aber schick mir diesmal eine Nachricht.«

Gestern Abend beim Essen hatte Yrene seine Sorge bemerkt, als der Captain nicht aufgetaucht war. Ein Mann, der es nicht gewohnt war, Menschen, an denen ihm lag, aus den Augen zu lassen, und dem es jetzt nur schwer möglich war, sie selbst suchen zu gehen. Vielleicht ließ sich diese Information zu einem späteren Zeitpunkt nutzen.

Nesryn verabschiedete sich, dem Lord gegenüber vielleicht etwas angespannter, dann war sie verschwunden.

Yrene wartete, bis sie hörte, dass die Türen geschlossen wurden. »Es war klug von ihr, nicht laut über ihre Pläne zu sprechen.«

»Warum?«

Sein erstes Wort an Yrene.

Sie wies mit dem Kinn in Richtung der offenen Tür zur Eingangshalle. »Die Wände haben Ohren und Münder. Und alle Diener werden von den Kindern des Großkhans bezahlt. Oder von den Wesiren.«

»Ich dachte, der Großkhan bezahlt sie.«

»Oh, das tut er auch«, bestätigte Yrene und ging zu dem kleinen Beutel, den sie an der Tür hatte liegen lassen. »Aber seine Kinder und die Wesire erkaufen sich die Loyalität der Diener auf anderem Wege. Gefälligkeiten und Annehmlichkeiten und Ansehen als Gegenleistung für Informationen. Ich wäre vorsichtig mit der Person, die Euch zugeteilt wurde, ganz gleich, wer es ist.«

So fügsam die Dienerin, die Yrene hereingelassen hatte, auch erscheinen mochte, sie wusste, dass selbst die kleinsten Schlangen das tödlichste Gift besitzen konnten.

Konzentriert durchstöberte Yrene den Beutel und zog zwei gleiche Phiolen mit bernsteinfarbener Flüssigkeit heraus, außerdem einen weißen Kreidestummel und einige Handtücher. Er folgte jeder ihrer Bewegungen. »Habt Ihr in Adarlan Sklaven besessen?« Ihr Ton war leicht, desinteressiert. Müßiges Geplauder, während sie alles vorbereitete.

»Nein. Niemals.«

Sie legte ein schwarzes, ledernes Notizbuch auf den Tisch, bevor sie eine Augenbraue hochzog.

»Keinen einzigen?«

»Ich halte genauso viel davon, Menschen für ihre Arbeit zu bezahlen, wie Ihr es hier tut. Und ich halte viel von dem angeborenen Recht eines menschlichen Wesens auf Freiheit.«

»Es überrascht mich, dass Euer König Euch am Leben gelassen hat, wenn Ihr so denkt.«

»Ich habe derartige Ansichten für mich behalten.«

»Ein weiser Schritt. Besser, man rettet seine eigene Haut durch Schweigen, als für Tausende von Sklaven zu sprechen.«

Daraufhin schwieg er kurz. »Die Arbeitslager und der Sklavenhandel wurden aufgelöst und beendet. Es war einer der ersten Erlasse, die mein König verfügt hat. Ich war dabei, als er das Dokument aufgesetzt hat.«

»Neue Erlasse für eine neue Ära, nehme ich an?« Die Worte waren schneidender als die Messer, die sie bei sich trug – für Operationen, um verfaultes Fleisch wegzukratzen.

Er hielt ihrem Blick stand, ohne mit der Wimper zu zucken. »Dorian Havilliard ist nicht sein Vater. Und *ihm* habe ich in den letzten Jahren gedient.«

»Und doch wart Ihr des früheren Königs geehrter Captain der

Garde. Es überrascht mich, dass die Kinder des Großkhans sich nicht überschlagen, um Eure Geheimnisse zu erfahren, wie Ihr beide Könige so erfolgreich manipuliert habt.«

Auf den Armlehnen des Stuhls ballten sich seine Hände zu Fäusten. »Es gibt Entscheidungen in meiner Vergangenheit«, entgegnete er gepresst, »die ich inzwischen bereue. Aber ich kann sie nur hinter mir lassen – und versuchen, sie wiedergutzumachen. Darum kämpfen, dass sie nie wieder passieren.« Er deutete mit dem Kinn auf die Utensilien, die sie auf den Tisch gelegt hatte. »Was ich nicht tun kann, solange ich in diesem Stuhl sitze.«

»Und wie Ihr solche Dinge von diesem Stuhl aus tun könntet«, sagte sie scharf, und es war ihr voller Ernst. Er reagierte nicht. Na schön. Wenn er nicht darüber reden wollte ... Sie wollte es ganz gewiss auch nicht. Yrene deutete ihrerseits mit dem Kinn auf das lange, goldene Sofa. »Legt Euch dorthin. Ohne Hemd und mit dem Gesicht nach unten.«

»Warum nicht aufs Bett?«

»Gestern war Captain Faliq hier. Ich würde Euer Schlafgemach nicht in ihrer Abwesenheit betreten.«

»Sie ist nicht meine ...« Seine Stimme verlor sich. »Es wäre kein Problem.«

»Und doch habt Ihr gestern Abend erlebt, dass es für *mich* durchaus ein Problem darstellen könnte.«

»Mit ...«

»Ja.« Sie fiel ihm ins Wort und schaute scharf zur Tür hinüber. »Das Sofa reicht völlig.«

Sie hatte gesehen, wie Kashin den Captain beim Abendessen angeschaut hatte. Sie wäre am liebsten von ihrem Stuhl gerutscht, um sich unter dem Tisch zu verstecken.

»Habt Ihr denn diesbezüglich gar kein Interesse?«, fragte er, rollte seinen Stuhl die wenigen Schritte bis zum Sofa und knöpfte seine Jacke auf.

»Ich habe nicht vor, ein solches Leben anzustreben.« Nicht, wenn das Risiko so hoch war.

Falls Kashin den zukünftigen Großkhan herausforderte, falls er Anspruch auf den Thron erhob, würde sie als seine Ehefrau hingerichtet werden, ebenso wie er und ihre Kinder. Oder – bestenfalls – von Hafiza unfruchtbar gemacht werden, sobald der neue Großkhan ausreichend Erben produziert hätte, um den Fortlauf seiner Blutlinie zu gewährleisten.

In jener Nacht in der Steppe hatte Kashin diese Sorgen beiseitegewischt, hatte sich geweigert zu begreifen, welch unüberwindbare Hürde sie immer darstellen würden.

Aber Chaol nickte. Wahrscheinlich war er sich bewusst, was es hieß, jemanden zu heiraten, der nicht der ausersehene Thronerbe war. Was Kashin niemals sein würde – viel eher würden Sartaq, Arghun oder Hasar erwählt werden.

Bevor Chaol weitere Fragen stellen konnte, fügte Yrene hinzu: »Und es geht Euch nichts an.«

Er musterte sie langsam. Nicht auf die Art, wie Männer es manchmal eben taten, wie Kashin es tat, sondern ... als taxiere er einen Gegner.

Yrene verschränkte die Arme vor der Brust und verteilte ihr Gewicht gleichmäßig auf beide Beine, genau wie sie es gelernt hatte und es jetzt anderen beibrachte. Eine ruhige Verteidigungshaltung. Bereit, es mit jedem aufzunehmen.

Selbst mit Lords aus Adarlan. Er schien die Haltung zu bemerken und biss die Zähne zusammen.

»Hemd«, wiederholte sie.

Mit einem wütenden Blick zog er sich das Hemd über den Kopf und legte es ordentlich über seine zusammengefaltete Jacke auf der gerundeten Armlehne des Sofas. Dann riss er sich mit schnellen, brutalen Bewegungen Stiefel und Socken herunter.

»Diesmal auch die Hose«, sagte sie. »Die Unterhose anlassen.«

Seine Hand fuhr zu seinem Gürtel, dann zögerte er.

Er konnte die Hose nicht ohne ein gewisses Maß an Hilfe ausziehen – zumindest nicht, solange er in dem Rollstuhl saß.

Sie zeigte keinen Hauch von Mitleid, als sie mit der Hand auf das Sofa deutete. »Legt Euch hin, dann entkleide ich Euch selbst.«

Er zögerte abermals. Yrene stemmte die Hände in die Hüften. »Ich wünschte, ich könnte sagen, Ihr wärt heute mein einziger Patient«, log sie, »aber ich habe noch andere Termine wahrzunehmen. Das Sofa, wenn Ihr so freundlich wärt.«

In seinem Kiefer zuckte ein Muskel, aber er stützte sich mit einer Hand auf das Sofa und mit der anderen auf die Stuhlkante, dann stemmte er sich hoch.

Allein die Kraft in dieser Bewegung war bewundernswert. Wie er sich mühelos hochzog, dank der Muskeln seiner Arme, seines Rückens und seiner Brust. Als hätte er sein Leben lang nichts anderes getan.

»Ihr habt Euer Training fortgesetzt, seit ... wie lange liegt die Verletzung zurück?«

»Es ist zur Sommersonnenwende passiert.« Seine Stimme war tonlos – hohl, als er die Beine auf das Sofa hievte und unter dem Gewicht ächzte. »Und ja. Ich war nicht gerade müßig, bevor es passiert ist, und ich sehe keinen Grund darin, es jetzt zu sein.«

Ein Mann wie ein Stein – ein Fels. Die Verletzung hatte ihn ein wenig angeknackst, aber nicht gebrochen. Sie fragte sich, ob er das wusste.

»Gut«, sagte sie nur. »Das Training – sowohl Eures Oberkörpers als auch Eurer Beine – wird eine entscheidende Rolle bei dieser Behandlung spielen.«

Er schaute auf seine Beine, die wieder von schwachen Krämpfen geschüttelt wurden. »Ich soll meine Beine trainieren?«

»Ich werde es gleich erklären«, antwortete sie und bedeutete ihm, sich umzudrehen.

Ein weiterer tadelnder Blick seinerseits, aber er gehorchte und legte sich mit dem Gesicht nach unten auf das Sofa.

Yrene nahm sich einen Augenblick Zeit, ihn zu betrachten. Er war so groß, dass er fast die ganze Länge des Sofas einnahm. Weit über einen Meter achtzig. Wenn er wieder stehen konnte, würde er sie um einiges überragen.

Sie ging zu seinen Füßen und zog mit kurzen, routinierten Bewegungen seine Hose herunter. Trotz seiner Unterhose konnte sie, dank des dünnen Stoffs, die Umrisse seines festen Hinterns sehen. Aber seine Oberschenkel ... Gestern noch hatte sie die Muskeln darin gespürt, aber bei näherer Betrachtung ...

Sie begannen zu schrumpfen. Ohne die gesunde Kraft seines restlichen Körpers wirkten die sehnigen Muskeln unter seiner gebräunten Haut schlaffer – schmaler.

Sie legte ihm eine Hand auf die Rückseite eines Oberschenkels und ertastete den Muskel unter seiner behaarten Haut.

Sie ließ ihre Magie von ihrer Haut in seine sickern und sie rauschte durch sein Blut und seine Knochen.

Ja – die Inaktivität zeigte erste Spuren.

Yrene zog die Hand zurück und stellte fest, dass er sie über seine Schulter hinweg beobachtete, das Kinn auf eins der Sofakissen gestützt. »Sie schwinden, nicht wahr?«

Yrene ließ sich nichts anmerken, ihr Gesicht eine steinerne Maske. »Verkümmerte Gliedmaßen können ihre volle Stärke wiedererlangen. Aber ja. Wir werden uns darauf konzentrieren müssen, ihre Kraft so gut es geht zu erhalten, und wir werden sie während dieses Prozesses trainieren müssen, damit Ihr, wenn Ihr wieder auf beiden Beinen steht« – sie sorgte dafür, dass er die leichte Betonung auf dem Wort *wenn* hörte –, »so viel Halt wie möglich haben werdet.«

»Also geht es nicht nur darum, die Verletzung zu heilen, sondern auch die Muskeln zu trainieren.«

»Ihr habt selbst gesagt, dass es keinen Grund zum Müßigsein gibt. Und bei einer spinalen Verletzung wie der Euren gibt es viele Übungen, die dafür sorgen werden, dass Blut in Eure Beine fließt, und die Eure Beine kräftigen werden. Das wird den Heilungsprozess unterstützen. Ich werde Euch anleiten.«

Euch *helfen*. Doch diesen Ausdruck vermied sie.

Lord Chaol Westfall war kein Mann, der sich gern *helfen* ließ. Egal von wem.

Sie machte einige Schritte zu seinem Kopf hin, um seine Wirbelsäule zu betrachten. Dieses blasse, seltsame Mal direkt unter seinem Nacken. Den ersten vorstehenden Wirbel seines Rückgrats.

Und wieder schien die unsichtbare Macht in ihren Handflächen zurückzuschrecken.

»Welche Art von Magie hat Euch das zugefügt?«

»Ist das wichtig?«

Yrene ließ ihre Hand darüber schweben, ohne dass ihre Magie die Stelle streifte. Sie knirschte mit den Zähnen. »Es würde mir helfen herauszufinden, welchen Schaden Eure Nerven und Knochen erlitten haben könnten.«

Er antwortete nicht. Typische adarlanische Halsstarrigkeit.

Yrene drängte: »War es ein Feuer …?«

»Kein Feuer.«

Eine von Magie hervorgerufene Verletzung. Wann war es geschehen …? Zur Sommersonnenwende, hatte er gesagt. Als Gerüchten zufolge die Magie auf den nördlichen Kontinent zurückgekehrt war. Freigesetzt von Aelin Galathynius.

»Habt Ihr gegen die Magiekundigen gekämpft, die an jenem Tag zurückgekommen sind?«

»Habe ich nicht.« Abgehackte, scharfe Worte.

Und sie schaute ihm in die Augen – sein Blick war hart. Sie schaute genauer hin und sah … Was auch immer geschehen war, es war schrecklich gewesen. So schlimm, dass es tiefe Schatten und hartnäckiges Schweigen hinterlassen hatte.

Sie hatte bereits Menschen geheilt, die Gräuel erlitten hatten. Die jene Fragen, die sie gestellt hatte, nicht beantworten konnten. Und er mochte diesem Schlächter vielleicht gedient haben, aber ... Yrene versuchte, nicht das Gesicht zu verziehen, als ihr klar wurde, was ihr bevorstand, was Hafiza wahrscheinlich geahnt hatte, als sie ihn ihr zugewiesen hatte: Heilerinnen heilten häufig nicht nur Wunden, sondern auch das Trauma, das damit einherging. Nicht durch Magie, sondern durch ... Gespräche. Indem sie den Patienten begleiteten, während er auf diesen schweren, dunklen Pfaden wanderte.

Und das ausgerechnet mit *ihm* ... Yrene stieß den Gedanken beiseite. Später. Sie würde später darüber nachdenken.

Sie schloss die Augen, legte eine Hand auf dieses gesprenkelte Mal auf seinem Rückgrat und ließ ihre Magie wie einen sanften, tastenden Strahl durch seine Haut gleiten.

Sie spürte eine klirrende Kälte, deren Stacheln ihr durch Mark und Bein schossen.

Yrene prallte zurück, als hätte sie einen körperlichen Schlag erhalten.

Kälte und Dunkelheit und Zorn und Qual ...

Sie biss die Zähne zusammen, kämpfte sich an diesem Echo in seinen Knochen vorbei und sandte den fadendünnen Machtstrahl ein wenig tiefer in die Dunkelheit.

Der Schmerz musste unerträglich gewesen sein, als es ihn erwischt hatte.

Yrene stemmte sich gegen die Kälte – die Kälte und das dunkle Nichts und diese schmierige, unirdische *Fäulnis* des Ganzen.

Keine Magie von dieser Welt, flüsterte etwas in ihr. Nichts, das natürlich oder gut war. Nichts, das sie kannte, nichts, womit sie es jemals zu tun gehabt hatte.

Ihre Magie wand sich, wollte, dass Yrene den Strahl zurückzog, entfernte …

»Yrene.« Seine Worte klangen wie aus weiter Ferne, während der Wind und die schwarze Dunkelheit und die *Leere* des Ganzen um sie herum tosten …

Und dann dieses Echo des Nichts … Es schien zu erwachen.

Kälte erfüllte sie, kroch in sie hinein, breitete sich an ihren Gliedmaßen entlang aus, umzingelte sie.

Yrene schleuderte ihre Magie in einem blendenden Blitz von sich, das Licht so rein wie Meeresgischt.

Die Schwärze zog sich zurück, wie eine Spinne, die in eine dunkle Ecke huschte. Gerade weit genug – gerade weit genug, dass Yrene die Hand losriss, *sich selbst* losriss und feststellte, dass Chaol sie anstarrte.

Ihre Finger zitterten, als sie hinabschaute. Als sie auf diesen blassen Fleck auf seiner Haut schaute. So blass und doch so *machtvoll* … Sie zog ihre Magie tief in sich selbst zurück, um ihre eigenen Knochen und ihr eigenes Blut zu wärmen, ihr selbst Halt zu geben, während sie ihrerseits der Magie Halt gab – wie mit einer inneren, unsichtbaren Hand, die ihre Macht streichelte, sie tröstete.

»Sagt mir, was das da ist«, forderte Yrene mit rauer Stimme. Etwas Derartiges hatte sie noch niemals zuvor gesehen oder gespürt oder auch nur davon gehört.

»Ist es in mir?« In seinen Augen stand Angst – echte Angst.

Oh, er wusste es. Wusste, welche Art von Macht ihm diese Wunde zugefügt hatte und was vielleicht in ihr lauerte. Wusste genug darüber, um sich zu fürchten. Wenn es in Adarlan eine solche Macht gab …

Yrene schluckte. »Ich glaube … Ich glaube, es ist nur – nur das Echo von etwas Größerem. Wie eine Tätowierung oder ein Brandmal. Es ist nicht lebendig, und doch …« Sie bog die Finger durch. Wenn schon ein bloßes Ertasten ihrer Magie eine solche Reaktion ausgelöst hatte, dann würde ein echter Angriff auf diese Dunkelheit ... »Sagt mir, was das ist. Wenn ich ... *damit* zu tun haben werde, muss ich es wissen. Alles, was Ihr darüber wisst.«

»Ich kann nicht.«

Yrene öffnete den Mund. Aber der Lord schaute schnell zur offenen Tür hinüber. Ein stummes Echo ihrer eigenen Warnung an ihn.

»Dann werden wir versuchen, außen herum zu arbeiten«, erklärte sie. »Setzt Euch hin. Ich will Euren Nacken untersuchen.«

Er gehorchte und sie beobachtete, wie er sich dank seiner starken Bauchmuskeln aufrichtete, bevor er bedächtig die Füße und Beine auf den Boden schwang. Gut. Nicht nur, dass er so beweglich war, sondern auch die Ausdauer und Geduld besaß, um mit seinem Körper zu arbeiten ... gut.

Yrene behielt das für sich, als sie auf immer noch weichen Knien zum Schreibtisch ging, wo sie die Phiolen mit der bernsteinfarbenen Flüssigkeit abgestellt hatte – Massageöle aus Rosmarin und Lavendel von Landgütern gleich vor den Mauern Anticas und Eukalyptus aus dem fernen Süden.

Sie wählte das Eukalyptusöl, und der frische, starke Duft umhüllte sie, als sie den Stöpsel aus der Phiole zog und neben Chaol auf dem Sofa Platz nahm. Beruhigend, dieser Duft. Für sie beide.

Tatsächlich überragte er sie bereits im Sitzen – und angesichts seiner Muskelmasse wurde ihr klar, warum er in seiner Position so gut gewesen war. Direkt neben ihm war es irgendwie etwas anderes, als über ihm zu stehen und ihn zu berühren. Neben einem Lord von Adarlan zu sitzen ...

Yrene schob diesen Gedanken sofort beiseite, während sie eine kleine Menge Öl aus der Phiole zwischen ihren Händen verrieb, um es anzuwärmen. Chaol atmete tief ein, als wollte er den Duft in seine Lungen aufnehmen, und Yrene legte ihm wortlos die Hände in den Nacken.

Sie strich mit weiten, ausladenden Bewegungen um seinen kräftigen Hals herum und an ihm entlang nach unten. Über seine Schultern.

Er stieß ein tiefes Stöhnen aus, als sie zu einem Knoten zwischen seinem Hals und seiner Schulter kam, und der Laut vibrierte in ihren Handflächen. Er versteifte sich. »Tut mir leid.«

Sie ignorierte die Entschuldigung und grub die Daumen tiefer in die Stelle, die sie gerade behandelte. Ein weiteres Ächzen entrang sich seiner Kehle. Vielleicht war es grausam von ihr, keinen Ton über seine leichte Verlegenheit zu verlieren, ihm nicht darüber hinwegzuhelfen. Stattdessen beugte Yrene sich nur vor und ließ die Handflächen an seinem Rücken hinabgleiten, während sie einen großen Bogen um dieses schreckliche Mal machte.

Sie hielt ihre Magie fest, um sie nicht noch einmal darüberstreichen zu lassen.

»Erzählt mir, was Ihr wisst«, murmelte sie ihm ins Ohr, ihre Wange so nah, dass sie über die schwachen Bartstoppeln auf seinem Kinn kratzte. »Jetzt.«

Er wartete einen Moment ab und lauschte, ob jemand in der Nähe war. Und während Yrene seinen Nacken massierte und die Muskeln knetete, die so verspannt waren, dass sie sich innerlich wand, begann Lord Westfall zu flüstern.

Man musste Yrene Towers zugutehalten, dass ihre Hände kein einziges Mal ins Stocken gerieten, während Chaol ihr leise murmelnd von Schreckenswesen erzählte, die nicht einmal ein schwarzer Gott heraufbeschwören konnte.

Wyrdtore und Wyrdsteine und Wyrdhunde. Die Valg und Erawan und seine Prinzen und seine Halsbänder. Sogar in seinen eigenen Ohren klang es eher nach einer gruseligen Geschichte, nach etwas, das seine Mutter ihm vielleicht einst an jenen langen Winterabenden in Anielle vor dem Herdfeuer zugeflüstert haben könnte, während die wilden Winde um die steinerne Festung heulten.

Er erzählte ihr nichts von den Schlüsseln. Von dem König, der über zwei Jahrzehnte lang versklavt gewesen war. Von Dorians eigener Versklavung. Er erzählte ihr nicht, wer ihn angegriffen hatte, und enthüllte auch nicht Perringtons wahre Identität. Nur von der Macht der Valg sprach er, von der Bedrohung. Und dass sie mit Perrington paktierten.

»Also, dieser – Spion von diesen … Dämonen. Es war seine Macht, die Euch hier getroffen hat«, überlegte Yrene und ihre Stimme war nur ein Wispern, als ihre Hand über der Stelle auf seinem Rückgrat schwebte. Sie wagte es nicht mehr, sie zu berühren, hatte diesen Bereich während ihrer Massage komplett ausgespart, als würde sie sich vor dem Kontakt mit diesem dunklen Echo gruseln. Nun legte sie die Hand auf seine linke Schulter und setzte ihre herrliche Massage fort. Er konnte sich nur schwer ein weiteres Stöhnen verkneifen, als sie die Verspannung aus seinen Schultern und seinem Rücken herausknetete, aus seinen Oberarmen, seinem Nacken und dem Übergang zwischen Hinterkopf und Hals.

Er hatte gar nicht gewusst, wie verkrampft seine Muskeln gewesen waren – wie hart er trainiert hatte.

»Ja«, sagte er schließlich, seine Stimme immer noch leise. »Es sollte mich töten, aber … Ich bin verschont worden.«

»Wodurch?« Die Furcht war längst aus ihrer Stimme gewichen, ihre Hände bebten nicht mehr. Aber beides war kaum durch Wärme ersetzt worden.

Chaol legte den Kopf schief und ließ sie einen Muskel bearbeiten, der so verhärtet war, dass er mit den Zähnen knirschte. »Dank eines Talismans, der mich gegen derartig Böses beschützt hat – und einer Prise Glück.« Einer Prise Gnade, von einem König, der versucht hatte, diesen letzten Schlag abzufälschen. Nicht bloß aus Güte ihm gegenüber, sondern auch gegenüber Dorian.

Yrenes wunderbare Hände hielten inne. Sie wich zurück und schaute ihm forschend ins Gesicht. »Aelin Galathynius hat den gläsernen Palast zerstört. Und dies war der Grund dafür – und auch der Grund, warum sie Rifthold eingenommen hat. Um sie zu besiegen?«

Und wo wart Ihr?, lautete ihre unausgesprochene Frage.

»Ja.« Und er flüsterte ihr mit einer Stimme, die kaum mehr war als ein leises Grollen, ins Ohr: »Sie, Nesryn und ich haben zusammengearbeitet. Mit vielen anderen.«

Von denen er nichts gehört hatte, von denen er nicht wusste, wo sie waren. Sie kämpften irgendwo und versuchten verzweifelt, ihre Länder zu retten, ihre Zukunft, während er hier war. Außerstande, auch nur eine Privataudienz bei einem Prinzen zu bekommen, geschweige denn beim Großkhan.

Yrene überlegte. »Also sind es die Schreckenswesen, die sich mit Perrington verbündet haben«, sagte sie leise, »wogegen die Armeen kämpfen werden.«

Die Furcht kehrte zurück und ließ sie erbleichen, aber er bot ihr nur die Wahrheit, so gut er konnte. »Ja.«

»Und Ihr – Ihr werdet auch gegen sie kämpfen?«

Er bedachte sie mit einem bitteren Lächeln. »Wenn Ihr mit mir zusammen das hier in den Griff kriegt.« *Wenn Ihr das Unmögliche schafft.*

Aber sie erwiderte sein Lächeln nicht. Yrene rutschte nur auf dem Sofa nach hinten und musterte ihn, misstrauisch und distanziert. Einen Moment lang dachte er, sie würde etwas sagen, würde ihn etwas fragen, aber sie schüttelte nur den Kopf. »Ich muss viele Dinge in Erfahrung bringen, bevor ich es wagen kann, noch weiterzugehen.« Sie deutete auf seinen Rücken, und erst da wurde ihm bewusst, dass er immer noch in seiner Unterhose dasaß.

Er unterdrückte den Drang, nach seinen Kleidern zu greifen. »Gibt es ein Risiko – für Euch?« Falls ja ...

»Ich weiß es nicht. Ich ... Mir ist ehrlich gesagt noch nie etwas Derartiges begegnet. Ich möchte Näheres wissen, bevor ich anfange, Euch zu behandeln und einen Trainingsplan auszuarbeiten. Ich werde heute Abend in der Bibliothek der Torre Nachforschungen anstellen.«

»Natürlich.« Falls diese verdammte Verletzung ihnen beiden Schaden zufügen würde, im Laufe der Behandlung, würde er ablehnen. Er wusste zwar nicht, was zum Teufel er dann tun würde, aber auf jeden Fall würde er sich weigern, sich von ihr anfassen zu lassen. Und was das Risiko betraf, ihre Mühen ... »Ihr habt nie von Eurem Honorar gesprochen. Für Eure Hilfe.«

Es musste exorbitant sein. Wenn sie ihre beste Heilerin geschickt hatten, wenn sie tatsächlich so fähig war ...

Yrene legte die Stirn in Falten. »Wenn es Euch genehm ist, könnt Ihr nach Belieben spenden, um zum Unterhalt der Torre und ihres Personals beizutragen, aber wir nennen keinen Preis, haben keine Erwartungen.«

»Warum nicht?«

Sie schob die Hand in ihre Tasche und stand auf. »Meine Gabe war ein Geschenk von Silba. Es ist nicht recht, Geld für etwas zu verlangen, das sie kostenlos gegeben hat.«

Silba – die Göttin der Heilerinnen.

Er hatte noch eine andere junge Frau gekannt, die von den Göttern gesegnet gewesen war. Kein Wunder, dass sie beide ein solch unbändiges Feuer in den Augen hatten.

Yrene griff nach der Phiole mit dem wunderbar duftenden Öl und packte sie in ihren Beutel.

»Warum habt Ihr Euch dazu entschlossen, zurückzukommen, um mir zu helfen?«

Yrene hielt inne und ihr schlanker Körper versteifte sich. Dann drehte sie sich zu ihm um.

Ein Windhauch wehte vom Garten herein und blies ihr das Haar, das noch immer halb aufgesteckt war, über Brust und Schultern. »Ich dachte, dass Ihr und Captain Faliq meine Weigerung eines Tages gegen mich verwenden könntet.«

»Wir haben nicht vor, ewig hierzubleiben.« Was sie sonst noch angedeutet hatte, überging er einfach.

Yrene zuckte die Achseln. »Ich auch nicht.«

Sie packte auch noch den Rest in den Beutel und ging zur Tür.

Er hielt sie mit einer weiteren Frage auf. »Ihr plant zurückzugehen?« *Nach Fenharrow? In die Hölle?*

Yrene schaute zur Tür, zu den lauschenden Dienern, die dahinter in der Eingangshalle warteten. »Ja.«

Sie wollte nicht nur nach Fenharrow zurück, wurde ihm klar, sie wollte auch im *Krieg* helfen. Denn in diesem Krieg würden Heiler benötigt werden. Dringend. Kein Wunder, dass sie bei den Gräueln, die er ihr ins Ohr geflüstert hatte, erbleicht war. Nicht nur wegen der Dinge, mit denen sie es während der Heilung zu tun bekommen würden, sondern auch wegen der Dinge, die vielleicht sie selbst töten würden.

Und mit immer noch bleichem Gesicht fügte sie beim Anblick seiner hochgezogenen Augenbrauen hinzu: »Es ist nur richtig, das zu tun. Bei allem, was mir geschenkt wurde – bei all der Güte, die man mir erwiesen hat.«

Er rang mit sich, ob er sie ermahnen sollte hierzubleiben, wo sie sicher und beschützt war. Aber er bemerkte den Argwohn in ihren Augen, als sie auf seine Antwort wartete. Wahrscheinlich hatten andere sie bereits davor gewarnt, von hier fortzugehen, dämmerte ihm. Hatten sie vielleicht sogar dazu gebracht, an sich zu zweifeln, zumindest ein klein wenig.

Also sagte Chaol stattdessen: »Captain Faliq und ich sind nicht die Art Menschen, die einen Groll gegen Euch hegen würden – die versuchen würden, Euch zu bestrafen.«

»Ihr habt einem Mann gedient, der genau das getan hat.« *Und wahrscheinlich habt Ihr in seinem Auftrag gehandelt.*

»Würdet Ihr mir glauben, wenn ich Euch sagte, dass er seine Drecksarbeit anderen überlassen hatte, die nicht meinem Kommando unterstanden, und dass ich oft nichts davon erfuhr?«

Ihr Gesichtsausdruck verriet ihm genug. Sie streckte die Hand nach dem Türknauf aus.

»Ich habe gewusst«, fügte er leise hinzu, »dass er unaussprechliche Dinge getan hatte und immer noch tat. Ich habe gewusst, dass andere Mächte versucht hatten, gegen ihn zu kämpfen, und dass er diese Mächte zerschmettert hat, als ich noch ein Junge war. Ich – um Captain zu werden, musste ich einen Teil meiner ... Ehre aufgeben. Meiner Werte. Aber ich habe es bereitwillig getan, weil ich ganz darauf konzentriert war, die Zukunft zu schützen. Dorian zu schützen. Selbst als wir noch Jungen waren, wusste ich bereits, dass er nicht wie sein Vater war. Ich wusste, dass wir mit ihm einer besseren Zukunft entgegensehen würden, wenn ich nur dafür sorgen konnte, dass Dorian lange genug lebte. Und nicht nur lebte, sondern auch überlebte – seelisch. Wenn er an diesem Hof voller Nattern einen Verbündeten hatte, einen wahren Freund. Keiner von uns war alt genug oder stark genug, um seinen Vater herauszufordern. Wir haben gesehen, was mit jenen geschah, die von Rebellion auch nur flüsterten. Ich wusste, wenn ich, wenn *er* auch nur geringfügig aus der Reihe tanzte, würde sein Vater ihn töten, Thronfolger hin, Thronfolger her. Also habe ich mich an das geklammert, was bereits Bestand hatte, an die Sicherheit des Status quo.«

Yrenes Gesichtsausdruck hatte sich nicht verändert, war weder weicher noch härter geworden. »Was geschah dann?«

Endlich griff er nach seinem Hemd. Wie passend, dachte er, dass er sein Innerstes teilweise entblößt hatte, während er fast nackt gewesen war. »Wir haben jemanden kennengelernt. Der uns alle auf einen Weg gebracht hat, gegen den ich zunächst angekämpft habe, bis es mich und andere zu viel gekostet hat. Viel zu viel. Ihr mögt mich voller Abneigung betrachten, Yrene Towers, und ich werde Euch keinen

Vorwurf daraus machen. Aber glaubt mir, wenn ich sage, dass es niemanden in Erilea gibt, der mich mehr verabscheut als ich selbst.«

»Dafür, dass man Euch diesen Weg aufgezwungen hat?«

Er streifte sich sein Hemd über den Kopf und griff nach seiner Hose. »Dafür, dass ich anfangs überhaupt dagegen angekämpft habe – für die Fehler, die ich dabei gemacht habe.«

»Und auf welchem Weg wandelt Ihr jetzt? Wie will die rechte Hand von Adarlans König die Zukunft des Landes gestalten?«

Diese Frage hatte ihm bisher noch niemand gestellt. Nicht einmal Dorian.

»Ich lerne immer noch – wäge immer noch ab«, gestand er. »Aber den Anfang macht die Vertreibung Perringtons und der Valg aus unserem Heimatland.«

Unserem Heimatland. Es war ihr nicht entgangen. Sie kaute auf ihrer Unterlippe, als könnte sie es schmecken. »Was genau ist zur Sommersonnenwende passiert?« Er hatte sich sehr vage ausgedrückt. Hatte ihr nichts von dem Angriff erzählt, von dem, was in den Tagen und Monaten davor passiert war, was dazu geführt hatte, nichts von den Nachwirkungen.

Vor seinem inneren Auge blitzte das Gemach wieder auf – ein Kopf, der über den Marmor rollte, Dorian, der schrie. Die Szene vermischte sich mit einem anderen Moment: Dorian stand neben seinem Vater, das Gesicht kalt wie der Tod und grausamer als alles in Hellas' Reich. »Ich habe Euch erzählt, was passiert ist«, sagte er nur.

Yrene musterte ihn und spielte mit dem Riemen ihres schweren Lederbeutels. »Es wird ein Teil dieses Heilungsprozesses sein, dass Ihr Euch den seelischen Folgen Eurer Verletzung stellt.«

»Ich muss mich gar nichts stellen. Ich weiß, was passiert ist, vorher, währenddessen und nachher.«

Yrene stand vollkommen reglos da, ihre allzu alten Augen absolut ungerührt. »Das werden wir ja sehen.«

Die Herausforderung lag zwischen ihnen in der Luft und ein Gefühl des Grauens sammelte sich in seinem Magen. Die Worte blieben Chaol im Halse stecken, als Yrene auf dem Absatz kehrtmachte und ging.

9

Zwei Stunden später starrte Yrene in die Dunkelheit hoch über ihr, den Kopf auf den Rand des Beckens gebettet, das neben einem Dutzend weiterer Becken in den steinernen Boden der riesigen Höhle unter der Torre eingelassen war.

Silbas Mutterschoß war nachmittags fast leer. Yrenes einzige Gesellschaft waren das Plätschern des natürlichen heißen Quellwassers, das durch die Becken im Höhlenboden floss, und das Tröpfeln des Wassers, das von den gezackten Stalaktiten auf den zahlreichen Glocken landete, aufgehängt an Ketten, die zwischen den bleichen, sich aus dem uralten Fels erhebenden Steinsäulen gespannt waren.

In den natürlichen Felsnischen sowie zu beiden Enden der Becken leuchteten Kerzen. Der Schein vergoldete den schwefelhaltigen Dampf und verwandelte die in jede Wand und jede glatte Säule gemeißelten Eulen in flackernde Reliefs.

Ein dickes Tuch diente Yrene als Polster für ihren Kopf auf dem unerbittlich harten Steinrand des Beckens, während sie die feuchtheiße Luft einatmete und beobachtete, wie sie aufstieg und in der klaren, frischen Dunkelheit verschwand. Ringsum hallten hohe, süße Glockentöne, gelegentlich unterbrochen von einzelnen, klaren Lauten.

Niemand in der Torre wusste, wer die ersten der zahlreichen Glocken aus Silber, Glas und Bronze in das offene Gewölbe von Silbas

Mutterschoß gebracht hatte. Einige Glocken hingen schon so lange hier, dass ihre Oberflächen von mineralischen Ablagerungen verkrustet waren und ihr Läuten, wenn das Wasser von den Stalaktiten tropfte, kaum mehr als ein schwaches *Plopp* war. Aber es war Tradition – eine Tradition, die auch Yrene fortgesetzt hatte –, dass jede neue Schülerin eine Glocke ihrer Wahl mitbrachte. Dass sie ihren Namen und das Datum ihres Eintritts in die Torre eingravieren ließ und dann einen Platz dafür suchte, bevor sie zum ersten Mal in das blubbernde Wasser im Boden von Silbas Schoß eintauchte. Die Glocken würden für alle Ewigkeit dort hängen bleiben, um allen nachfolgenden Heilerinnen nicht nur Musik zu spenden, sondern auch Halt zu geben mit den Stimmen ihrer geliebten Schwestern, die für immer zu ihnen sangen.

Und wenn man bedachte, wie viele Heilerinnen durch die Hallen der Torre gezogen waren, wie viele Glocken, große wie kleine, jetzt überall in dem Gewölbe hingen ... Die ganze Höhle, die fast die Ausmaße der Haupthalle des Großkhans hatte, war erfüllt vom Widerhall des vielstimmigen Läutens. Ein stetes Summen, das Yrene von Kopf bis Fuß erfüllte, während sie in der köstlichen Hitze badete.

Irgendein Architekt hatte vor Urzeiten die heißen Quellen tief unter der Torre entdeckt und ein Netzwerk von Becken konstruiert, die in den Boden eingelassen worden waren, damit das Wasser zwischen ihnen hin und her fließen konnte. Ein stetiger Strom von Wärme und Bewegung.

Yrene hielt die Hand an eine der Öffnungen in der Mauer des Beckens und ließ das Wasser auf seinem Weg zu der Öffnung auf der anderen Beckenseite durch ihre Finger rinnen, bevor es in den Strom selbst zurückkehrte – und ins schlummernde Herz der Erde.

Yrene atmete erneut tief ein und strich sich das feuchte Haar aus der Stirn. Sie hatte sich gewaschen, bevor sie ins Becken gestiegen war, wie es von ihnen allen verlangt wurde. Sie reinigten sich in einem der kleinen Vorräume draußen vor der Höhle, um sich von Staub, Blut und dem Schmutz der Welt über ihnen zu befreien. Eine Schülerin hatte mit einer leichten, lavendelfarbenen Robe – Silbas Farbe – auf Yrene gewartet, damit sie dieses Gewand auf dem Weg in die eigentliche Höhle anlegen konnte, wo sie es schließlich neben dem Becken abgestreift hatte, um – bis auf den Ring ihrer Mutter – nackt ins Wasser zu steigen.

Yrene hob die Hand und betrachtete den Ring im wabernden Dampf, beobachtete, wie das Licht sich im Gold brach und in dem Granat aufglomm. Um sie herum das Läuten der Glocken, die summten und sangen und zusammen mit dem plätschernden Wasser einen lebendigen Klangteppich bildeten, auf dem Yrene schwebte.

Wasser – Silbas Element. Hier in dem heiligen Wasser zu baden, unberührt von der Welt darüber, war gleichsam, wie in Silbas Lebensblut einzutauchen. Yrene wusste, dass sie nicht die einzige Heilerin war, die während des Badens das Gefühl gehabt hatte, als schmiegte sie sich tatsächlich in die Wärme von Silbas Schoß. Als wäre dieser Raum allein für sie geschaffen worden.

Und die Dunkelheit über ihr ... Sie war anders als das, was sie in Lord Westfalls Körper entdeckt hatte. Das Gegenteil von jener Schwärze. Die Dunkelheit über ihr war die der Schöpfung, der Ruhe, der noch ungeformten Gedanken.

Yrene starrte in sie hinein, in den Schoß Silbas. Und sie hätte schwören können, dass sie spürte, wie etwas zurückstarrte. Ihren Gedanken lauschte, während sie all das, was Lord Westfall ihr erzählt hatte, Revue passieren ließ.

Dinge aus uralten Albträumen. Aus einem anderen Reich. Dämonen. Dunkle Magie. Kurz davor, sich in ihrem Heimatland zu entfesseln. Selbst in dem besänftigenden warmen Wasser gefror Yrene das Blut in den Adern.

Auf jenen nördlichen, weit entfernten Schlachtfeldern hatte sie erwartet, Stichwunden, Pfeilverletzungen und zerschmetterte Knochen zu behandeln. Hatte erwartet, alle Krankheiten zu behandeln, die sich in den Armeelagern ausbreiteten, besonders während der kälteren Monate.

Aber nicht Wunden, zugefügt von Kreaturen, die die Seele ebenso zerstörten wie den Körper. Mit Krallen und Zähnen und Gift. Diese bösartige Macht, die sich um die Verletzung seines Rückgrats schmiegte ... Hier hatte sie es nicht mit irgendeinem gebrochenen Knochen oder durcheinandergeratenen Nervensträngen zu tun. Nun, im Grunde zwar schon, aber diese grausame Magie hing daran. War daran gebunden.

Sie konnte dieses schmierige Etwas nicht mehr abschütteln, dieses Gefühl, dass etwas in dieser Verletzung sich geregt hatte. Erwacht war.

Das Läuten der Glocken schwoll an und verebbte wieder, beruhigte ihren Geist, lud ihn ein, sich zu öffnen.

Sie würde heute Abend in die Bibliothek gehen. Nachforschen, ob es irgendwelche Informationen in Bezug auf das gab, wovon der Lord gesprochen hatte, ob vielleicht schon jemand vor ihr sich Gedanken über magische Verletzungen gemacht hatte.

In jedem Fall würde es keine Verletzung sein, deren Heilung nur von ihr abhing.

So viel hatte sie Lord Westfall gegenüber bereits angedeutet, bevor sie gegangen war. Aber dennoch ... wie sollte sie dieses Ding in ihm bekämpfen ... *Wie?*

Yrene formte das Wort mit den Lippen in den Dampf hinein, in die Dunkelheit, in den läutenden, blubbernden Frieden.

Sie konnte noch immer sehen, wie ihr magischer Strahl zurückgezuckt war, konnte noch immer diese Abscheu vor der dämonischen Macht spüren. Das genaue Gegenteil von ihrer eigenen Macht. Die Dunkelheit über ihr wusste das alles. Die Dunkelheit hoch oben, in Silbas irdischem Schoß ... forderte sie auf.

Als wollte sie sagen: *Geh dorthin, wohin zu gehen du dich fürchtest.*

Yrene schluckte. In diesen eiternden Abgrund der Macht, der sich im Rücken des Lords festgesetzt hatte ...

Du musst hingehen, flüsterte die süße Dunkelheit und das Wasser stimmte säuselnd mit ein, während es um sie herum- und an ihr vorbeifloss. Es war, als würde sie in Silbas Adern schwimmen.

Du musst hingehen, murmelte sie abermals, während die Dunkelheit über ihr sich auszubreiten, näher heranzukriechen schien.

Yrene ließ es zu. Und blickte selbst tiefer hinein, bewegte sich tiefer hinein, hinein in diese Dunkelheit.

Um gegen die eiternde Macht im Inneren des Lords anzukämpfen, um irgendeine Prüfung Hafizas zu bestehen, um für einen Sohn Adarlans ein Risiko einzugehen, während ihr eigenes Volk angegriffen wurde oder in diesem fernen Krieg kämpfte und jeder Tag hier sie länger aufhielt ... *Ich kann nicht.*

Du willst nicht, forderte die süße Dunkelheit sie heraus.

Yrene sträubte sich. Sie hatte Hafiza versprochen zu bleiben, ihn zu heilen, aber was sie heute gespürt hatte ... Es ließ sich unmöglich sagen, wie lange es dauern würde. Wenn sie überhaupt einen Weg fand, ihm zu helfen. Sie hatte ihm versprochen, ihn zu heilen, und sie wusste, dass manche Verletzungen von der Heilerin verlangten, den Weg zusammen mit dem Patienten zu gehen, *diese* Verletzung jedoch ...

Die Dunkelheit schien sich zurückzuziehen.

Ich kann nicht, beharrte Yrene.

Die Dunkelheit antwortete nicht noch einmal. Wie aus weiter Ferne läutete eine Glocke, hell und rein.

Yrene blinzelte, als sie den Laut hörte, und die Welt ringsum schärfte sich jäh. Das Gefühl in ihren Gliedern kehrte zurück und sie spürte ihren Atem wieder, als wäre sie vorher über ihrem Körper geschwebt.

Sie spähte in die Dunkelheit – und fand nur glatte, verschleierte

Schwärze. Hohl und leer, als wäre etwas daraus entschwunden. Als hätte Yrene es von sich gestoßen, es enttäuscht.

Yrene war leicht schwindelig, als sie sich aufsetzte und ihre Glieder streckte, die ein wenig steif geworden waren, trotz des mineralreichen Wassers. Wie lange saß sie schon hier?

Sie rieb sich ihre glitschigen Arme, und ihr Herz klopfte laut, während sie die Dunkelheit weiter absuchte, als hätte diese doch noch eine andere Antwort für sie. Eine Alternative.

Aber da war nichts.

Stattdessen erklang ein Geräusch in der Höhle, das definitiv kein Klingeln oder Plätschern oder Blubbern war. Sondern ein leises, bebendes Schluchzen.

Yrene drehte sich um. Wasser tropfte ihr von den verirrten Haarsträhnen, die sich aus dem Knoten auf ihrem Kopf gelöst hatten. Sie entdeckte eine weitere Heilerin, die offenbar irgendwann Silbas Schoß betreten und sich in eins der Becken am anderen Ende der zu beiden Seiten des Gewölbes parallel angeordneten Reihen gelegt hatte. In dem wabernden Dampf war es fast unmöglich, sie zu erkennen, auch wenn Yrene lange nicht alle Heilerinnen in der Torre mit Namen kannte.

Das Schluchzen drang erneut durch die Höhle. Yrene richtete sich höher auf und stemmte sich mit beiden Händen von dem kühlen, dunklen Boden hoch, um aus dem Wasser zu steigen. Dampf stieg von ihrer Haut auf, als sie nach der dünnen Robe griff und sich darin einhüllte. Der Stoff klebte an ihrer klatschnassen Haut.

Die Regeln, die in Silbas Schoß galten, waren allseits bekannt. Es war ein Ort der Abgeschiedenheit, des Schweigens. Die Heilerinnen stiegen ins Wasser, um ihre Verbindung mit Silba zu erneuern, um sich zu erden. Einige suchten Geleit, andere Absolution, wieder andere Entspannung nach einem harten Tag voller Emotionen, die sie den Patienten nicht zeigen durften, die sie vielleicht niemandem zeigen durften.

Und obwohl Yrene wusste, dass die Heilerin auf der anderen Seite des Gewölbes ein Recht auf ihre Privatsphäre hatte, obwohl sie bereit war zu gehen, um sie in Ruhe weinen zu lassen ...

Die Schultern der Frau bebten. Ein weiteres gedämpftes Schluchzen.

Auf fast lautlosen Füßen näherte Yrene sich der Heilerin. Sah die Tränenspuren auf ihrem jungen Gesicht – ihren hellbraunen Teint und das gold schimmernde braune Haar, das fast identisch mit Yrenes war. Sah die Trostlosigkeit in ihren lohfarbenen Augen, als sie in die Dunkelheit über ihr spähte und Tränen von ihrem schmalen Kinn in das sich kräuselnde Wasser tropften.

Es gab einige Wunden, die sich nicht heilen ließen. Einige Krankheiten, die – wenn sie schon zu tief verwurzelt waren – nicht einmal durch die Macht der Heilerinnen gestoppt werden konnten. Wenn sie zu spät kamen. Wenn sie die Zeichen nicht richtig erkannten.

Die Heilerin sah sie nicht an, als Yrene sich stumm neben ihr Becken hockte und die Knie an die Brust zog, bevor sie nach der Hand der anderen griff und ihre Finger verschränkte.

Und so saß Yrene da und hielt die Hand der Heilerin, während diese lautlos weinte, umhüllt von dem durchs Gewölbe schwebenden Dampf, der von dem klaren, süßen Läuten der Glocken durchdrungen wurde.

Nach schier endlosen Minuten murmelte die Frau im Becken: »Sie war erst drei Jahre alt.«

Yrene drückte die feuchte Hand der Heilerin. Es gab keine Worte, die sie trösten, die es ihr leichter machen würden.

»Ich wünschte ...« Die Stimme der jungen Heilerin brach, sie zitterte am ganzen Körper und das Kerzenlicht flackerte über ihre Haut. »Manchmal wünschte ich, diese Gabe wäre mir nie geschenkt worden.«

Bei diesen Worten versteifte sich Yrene.

Schließlich wandte die Frau den Kopf, sah Yrene direkt an und ein Funke des Wiedererkennens blitzte in ihren Augen auf. »Empfindest du nicht auch manchmal so?« Eine impulsive, unbedachte Frage.

Nein. Tat sie nicht. Kein einziges Mal. Nicht einmal, als ihr der Rauch des Opfers ihrer Mutter in den Augen gebrannt und sie gewusst hatte, dass sie nichts tun konnte, um sie zu retten. Nein, sie hasste diese Gabe, die ihr geschenkt worden war, nicht, denn in all jenen Jahren war sie dank dieser Gabe niemals allein gewesen. Selbst als die Magie ihr Heimatland verlassen hatte, hatte Yrene sie immer noch gespürt, wie eine warme Hand auf ihrer Schulter. Wie eine Erinnerung daran, wer sie war, woher sie kam, ein lebendiges Band zu den zahllosen Generationen von Towers-Frauen, die vor ihr diesen Weg gegangen waren.

Die Heilerin suchte in Yrenes Augen nach der Antwort, die sie sich wünschte. Der Antwort, die Yrene ihr nicht geben konnte. Also drückte Yrene nur erneut die Hand der Frau und starrte in die Dunkelheit.

Geh dorthin, wohin zu gehen du dich fürchtest.

Yrene wusste, was sie tun musste. Und wünschte, sie hätte es nicht gewusst.

»Nun? Hat Yrene Euch schon geheilt?«

Chaol, der an der Hohen Tafel in der Haupthalle des Großkhans saß, wandte sich zu Prinzessin Hasar um, die mehrere Plätze entfernt saß. Eine kühlende Brise, die nach Regen roch, wehte durch die offenen Fenster und fuhr raschelnd durch die weißen Trauerbanner.

Kashin und Sartaq blickten in ihre Richtung – Letzterer bedachte seine Schwester mit einem missbilligenden Stirnrunzeln.

»Yrene mag sehr talentiert sein«, antwortete Chaol zurückhaltend, jedoch ohne zu zeigen, dass er sich der vielen Zuhörer bewusst war, »aber wir befinden uns erst am Anfang eines wahrscheinlich recht langen Prozesses. Als sie heute Nachmittag ging, wollte sie in der Bibliothek der Torre Nachforschungen anstellen.«

Hasar verzog die Lippen zu einem giftigen Lächeln. »Welch Glück für Euch, dass es uns eine Freude ist, Eure Gesellschaft noch ein Weilchen zu genießen.«

Als würde er freiwillig auch nur einen Moment länger als nötig hierbleiben.

Aber Nesryn, immer noch strahlend von den Stunden, die sie am Nachmittag wieder mit ihrer Familie verbracht hatte, antwortete nur: »Jede Gelegenheit unserer beiden Länder, ein Band zu knüpfen, ist eine glückliche.«

»In der Tat«, war alles, was Hasar sagte, bevor sie wieder in ihrem bereits abgekühlten Tomaten-Okra-Gericht herumstocherte. Ihre Geliebte war nirgends zu sehen – ebenso wie Yrene. Die Furcht, die die Heilerin heute befallen hatte ... Er hatte sie beinahe in der Luft spüren können. Es war ihre pure Willenskraft gewesen, die ihr Halt gegeben hatte – Willenskraft und ihr Zorn, vermutete Chaol. Er fragte sich, was davon am Ende die Oberhand behalten würde.

Tatsächlich hoffte er ein kleines bisschen, dass Yrene fortbleiben würde, und sei es auch nur, um das zu vermeiden, was sie offen angedeutet hatte: *Reden.* Dinge ansprechen. Sich selbst aussprechen.

Er würde ihr morgen klarmachen, dass er auch *ohne* ganz wunderbar gesund werden konnte.

Für einige Zeit schwieg Chaol und beobachtete nur die Menschen am Tisch und die Diener, die vorbeihuschten. Die Wachen an den Fenstern und bogenförmigen Durchgängen.

Beim Anblick ihrer Uniformen, ihrer hoch aufgerichteten, stolzen Haltung, lag ihm das gehackte Lammfleisch bleischwer im Magen. Bei wie vielen Mahlzeiten war er selbst an den Türen oder draußen im Innenhof postiert gewesen, um über seinen König zu wachen? Wie oft hatte er seine Männer für ihre hängenden Schultern gescholten oder weil sie miteinander geplaudert hatten, und wie oft hatte er sie auf unwichtigere Wachposten versetzt?

Einer der Männer des Großkhans bemerkte seinen Blick und nickte knapp.

Chaol schaute schnell weg und seine Handflächen wurden klamm. Aber er zwang sich, weiter zu beobachten, was die Leute um ihn herum trugen und wie sie sich bewegten und wie sie lächelten.

Keine Spur – nicht der leiseste Hauch – von irgendeiner bösartigen Macht, weder von Morath noch von sonst wo. Keine Spur, abgesehen von den weißen Bannern zu Ehren der gefallenen Prinzessin.

Aelin hatte behauptet, die Valg hätten einen bestimmten Gestank an sich, und er selbst hatte – öfter, als ihm lieb war – gesehen, wie ihr Blut schwarz aus sterblichen Adern floss. Aber wenn er nicht gerade verlangen wollte, dass alle in dieser Halle sich die Hände aufschnitten ...

Was tatsächlich gar keine schlechte Idee wäre – falls er eine Audienz beim Großkhan bekam und ihn dazu überreden könnte, diesen Befehl zu erteilen. Um dann zu sehen, ob irgendjemand die Flucht ergriff oder Ausreden erfand.

Eine Audienz beim Großkhan, um ihn von der Gefahr zu überzeugen und vielleicht wenigstens *ein paar* Fortschritte bezüglich dieses Bündnisses zu machen. Damit die Prinzen und Prinzessinnen hier niemals ein Halsband der Valg tragen mussten. Damit die Menschen, die sie liebten, niemals erleben mussten, wie es war, in ihre Gesichter zu schauen und darin nichts als das Grinsen uralter Grausamkeit zu sehen.

Chaol atmete tief durch, beugte sich vor und blickte dorthin, wo der Großkhan am anderen Ende der Tafel speiste, ganz vertieft in ein Gespräch mit einem Wesir und Prinzessin Duva.

Die seit Tumeluns Tod Jüngste des Großkhans schien mehr zu beobachten, als sich am Gespräch zu beteiligen, und obwohl ein süßes Lächeln ihr hübsches Gesicht weich umspielte, entging ihren Augen nichts. Erst als der Wesir innehielt, um einen Schluck Wein zu trinken, und Duva sich an ihren stillen Ehemann zu ihrer Linken wandte, räusperte Chaol sich und sprach den Großkhan an: »Ich möchte mich noch einmal bei Euch bedanken, Erhabener Großkhan, dass Ihr mir die Dienste Eurer Heilerinnen angeboten habt.«

Der Großkhan bedachte ihn mit einem überdrüssigen, harten Blick. »Es sind ebenso wenig meine Heilerinnen, wie es Eure sind, Lord Westfall.« Damit wandte er sich wieder dem Wesir zu, der Chaol stirnrunzelnd musterte, weil er ihr Gespräch unterbrochen hatte.

Aber Chaol sagte unbeirrt: »Ich hatte gehofft, dass mir vielleicht die Ehre einer privaten Unterredung mit Euch gewährt werden würde.«

Schweigen breitete sich am Tisch aus und Nesryn stieß ihn warnend mit dem Ellbogen an. Aber Chaol weigerte sich, den Blick vom Großkhan abzuwenden.

Dieser erwiderte nur: »In solchen Fragen wendet Ihr Euch am besten an meinen obersten Wesir, der meinen täglichen Zeitplan verwaltet.« Sein Kinn wies in Richtung eines Mannes mit klugen Augen, der sie von weiter unten an der Tafel beobachtete. Das schmale Lächeln des obersten Wesirs verriet Chaol, dass es zu einer solchen Unterredung mit dem Großkhan nicht kommen würde.

»Mein Augenmerk liegt ganz darauf, meiner trauernden Gemahlin beizustehen.« Der kummervolle Glanz in den Augen des Großkhans war nicht geheuchelt. Von der Gemahlin selbst war bei Tisch tatsächlich nichts zu sehen, es war nicht einmal ein Platz für sie frei gelassen worden.

Angespanntes Schweigen lastete über der Tafel. Nicht die richtige Zeit oder der richtige Ort, um auf sein Anliegen zu beharren. Ein Mann, der um sein verlorenes Kind trauerte ... Chaol wäre ein Narr, wenn er ihn bedrängte. Und unendlich ungehobelt.

Chaol neigte den Kopf. »Vergebt mir meine Aufdringlichkeit in diesen schwierigen Zeiten.« Er ignorierte das hämische Grinsen, das

Arghuns Züge an der Seite seines Vaters verzerrte. Immerhin schenkte Duva ihm ein freundliches, bedauerndes Lächeln, als wollte sie sagen: *Ihr seid nicht der Erste, der abgewiesen wird. Gebt ihm Zeit.*

Chaol nickte der Prinzessin knapp zu, bevor er sich wieder seinem Teller zuwandte. Falls der Großkhan entschlossen war, ihn zu ignorieren, Trauer hin oder her ... gab es vielleicht andere Wege, um Informationen zu übermitteln.

Andere Wege, um Unterstützung zu finden.

Er schaute zu Nesryn. Bei ihrer Rückkehr vor dem Abendessen hatte sie ihn darüber in Kenntnis gesetzt, dass es ihr am Morgen nicht geglückt war, Sartaq aufzusuchen. Also fragte Chaol jetzt, da der Prinz ihnen gegenübersaß und an seinem Wein nippte, ganz beiläufig: »Ich habe gehört, dass Kadara, Euer legendärer Ruk, hier ist, Prinz.«

»Grässliches Vieh«, murmelte Hasar halbherzig in ihr Okra-Gericht, was ihr ein schwaches Lächeln von Sartaq eintrug.

»Hasar ist immer noch verärgert darüber, dass Kadara bei ihrer ersten Begegnung versucht hat, sie zu fressen«, vertraute Sartaq ihm an.

Hasar verdrehte die Augen, nicht ohne ein amüsiertes Blitzen darin.

Kashin, der einige Plätze entfernt saß, bemerkte: »Man konnte sie sogar noch am Hafen kreischen hören.«

Zu Chaols Überraschung fragte Nesryn: »Die Prinzessin oder den Ruk?«

Sartaq lachte auf, ein überraschter, heller Laut, und seine kühlen Augen leuchteten. Hasar bedachte Nesryn mit einem warnenden Blick, ehe sie sich dem Wesir neben ihr zuwandte.

Kashin grinste Nesryn an und flüsterte: »Beide.«

Chaol kicherte unwillkürlich, erstickte den Laut jedoch sofort, als Hasar ihn anfunkelte. Nesryn lächelte und verneigte sich entschuldigend vor der Prinzessin.

Währenddessen beobachtete Sartaq sie beide über den Rand seines goldenen Kelchs hinweg. »Fliegt Ihr oft mit Kadara, wenn Ihr hier seid?«, fragte Chaol.

Sartaq zögerte keine Sekunde und nickte. »Sooft ich kann, für gewöhnlich im Morgengrauen. Ich war heute bereits direkt nach dem Frühstück am Himmel und bin gerade noch rechtzeitig zum Abendessen zurückgekehrt.«

Ohne sich von dem Wesir abzuwenden, der ihre Aufmerksamkeit beanspruchte, murmelte Hasar Nesryn zu: »Er hat noch nie in seinem Leben eine Mahlzeit ausgelassen.«

Kashin lachte so schallend, dass sogar der Großkhan am anderen Ende des Tischs den Blick hob. Arghun runzelte missbilligend die Stirn. Wann hatte die königliche Familie seit dem Dahinscheiden ihrer Jüngsten zuletzt gelacht? Nach dem angespannten Gesichtsausdruck des Großkhans zu urteilen, war es wohl eine Weile her.

Aber Sartaq warf sich nur seinen langen Zopf über die Schulter und klopfte auf den flachen, festen Bauch unter seinem edlen Gewand. »Warum sonst sollte ich wohl so oft nach Hause kommen, Schwester, wenn nicht wegen des guten Essens?«

»Um Intrigen und Ränke zu schmieden?«, fragte Hasar honigsüß.

Sartaqs Lächeln erstarb. »Wenn ich nur Zeit für solche Dinge hätte.«

Ein Schatten schien über Sartaqs Züge zu huschen – und Chaol beobachtete, wohin der Blick des Prinzen driftete. Ein starker Wind, wohl der Vorbote eines Gewitters, peitschte die weißen Banner, die von den hohen Fenstern hingen. Vielleicht wünschte Sartaq, er hätte mehr Zeit für die wichtigeren Dinge in seinem Leben.

Mit sanfter Stimme fragte Nesryn: »Ihr fliegt also jeden Tag, Prinz?«

Sartaq riss seinen starren Blick von den Trauerbannern los, um Nesryn forschend anzusehen. Er war mehr Krieger als Höfling, und doch nickte er, um eine unausgesprochene Bitte zu beantworten. »Das tue ich, Captain.«

Als Sartaq sich abwandte, um auf eine Frage von Duva zu antworten, tauschte Chaol einen Blick mit Nesryn – mehr brauchte es nicht, um seinen Befehl zu übermitteln.

Sei im Morgengrauen im Horst. Finde heraus, wo er in diesem Krieg steht.

10

Um kurz vor Mitternacht brach ein Sommergewitter vom Engen Meer herein.

Selbst in der Geborgenheit der weitläufigen Bibliothek am Fuß der Torre spürte Yrene jedes Donnergrollen. Immer wieder fuhren Blitze durch die engen Korridore zwischen den Bücherregalen und den Lesesälen, gejagt vom Wind, der durch die Ritzen im bleichen Stein fegte und die Kerzen aufflackern ließ. Die meisten Kerzen standen zwar geschützt in gläsernen Laternen, weil die Bücher und Schriftrollen zu kostbar waren, um ein offenes Feuer zu riskieren. Aber der Wind fand sie auch dort – und ließ die vom Deckengewölbe hängenden Laternen hin und her baumeln und ächzen.

Yrene, die an einem Eichenschreibtisch in einer Nische abseits der hellen Lichter und der geschäftigen Bereiche der Bibliothek saß, beobachtete, wie sich die Laterne über ihr im Sturmwind wiegte. In das metallene Gehäuse waren Sterne und Halbmonde geschnitten und mit buntem Glas ausgefüllt, das nun blaue, rote und grüne Kleckse auf die Steinwand vor ihr warf. Die Kleckse hüpften auf und ab, ein lebendiges Meer aus Farben.

Ein lautes Donnergrollen ließ sie zusammenzucken und der uralte Stuhl unter ihr knarrte wie zum Zeichen seines Protestes.

Ein weibliches Kreischen ertönte, dann ein Kichern.

Schülerinnen, die bis spät in die Nacht für ihre Prüfungen nächste Woche lernten.

Yrene stieß ein schnaubendes Lachen aus, das hauptsächlich ihr selbst galt, und schüttelte den Kopf, bevor sie sich wieder auf die Texte konzentrierte, die Nousha vor etlichen Stunden für sie aufgestöbert hatte.

Yrene und die oberste Bibliothekarin hatten sich nie besonders nahegestanden, sodass Yrene sicher nicht unbedingt ihre Gesellschaft suchte, wenn sie sie im Speisesaal sah, aber ... Nousha sprach fließend fünfzehn – darunter auch tote – Sprachen und hatte ihre Ausbildung in der berühmten Parvani-Bibliothek an der Westküste absolviert, zwischen den üppigen und gewürzreichen Ländern außerhalb von Balruhn.

Die Stadt der Bibliotheken, so wurde Balruhn genannt. Was die Torre Cesme für die Heilerinnen war, war die Parvani-Bibliothek für die Gelehrten. Selbst die große Straße, die Balruhn mit der mächtigen Schwesterstraße verband – die Hauptschlagader durch den Kontinent, die sich von Antica bis ganz nach Tigana zog –, war danach benannt worden: die Straße der Gelehrten.

Yrene wusste nicht, was Nousha vor Jahrzehnten hierhergeführt hatte oder was man ihr hier geboten hatte, damit sie blieb, aber sie war eine unschätzbar wertvolle Quelle. Und obwohl ihr nie ein Lächeln auskam, hatte Nousha stets herausgefunden, was Yrene wissen wollte, ganz gleich, wie ausgefallen die Bitte auch gewesen war.

Und heute Abend hatte die Bibliothekarin alles andere als erfreut gewirkt, als Yrene sich im Speisesaal unter vielfachen Entschuldigungen an sie gewandt und sie bei ihrer Mahlzeit gestört hatte. Aber Yrene hätte schlecht bis zum Morgen warten können, da sie am nächsten Tag Unterricht hatte und danach zu Lord Westfall musste.

Trotzdem hatte Nousha sich nach dem Ende ihrer Mahlzeit hier mit Yrene getroffen, ihre langen Finger vor ihrem fließenden, grauen

Gewand verschränkt, und sich Yrenes Geschichte und Wünsche angehört.

Sie brauchte Informationen. Alles, was sie kriegen konnte.

Über Verletzungen durch Dämonen. Verletzungen durch dunkle Magie. Verletzungen von unnatürlicher Herkunft. Verletzungen, deren Nachhall dem Opfer nicht unbedingt weiteren Schaden zufügte. Verletzungen, die zwar ein Mal, aber kein Narbengewebe hinterließen.

Nousha war fündig geworden. Hatte stapelweise Bücher und Bündel von Schriftrollen schweigend auf dem Schreibtisch aufgetürmt. Einige waren in Halha verfasst. Andere in Yrenes eigener Sprache. Wieder andere in Eyllwe. Und einige waren ...

Yrene kratzte sich am Kopf beim Anblick der Schriftrolle, die sie mit glatten Onyxsteinen aus dem Krug beschwert hatte, der auf jedem Schreibtisch in der Bibliothek stand.

Selbst Nousha hatte zugegeben, dass sie die seltsamen Zeichen nicht kannte – irgendeine Art von Runen. Woher, war auch ihr schleierhaft, sie konnte nur sagen, dass die Schriftrolle zwischen den Wälzern aus Eyllwe eingeklemmt gewesen war, in einem Stockwerk der Bibliothek, das so tief unter der Erde lag, dass Yrene sich noch nie dorthin vorgewagt hatte.

Yrene strich mit einem Finger über die Zeichen vor ihr und folgte ihren glatten Linien und gewölbten Bögen.

Das Pergament war so alt, dass Nousha gedroht hatte, Yrene bei lebendigem Leib zu häuten, falls sie es mit irgendwelchem Essen, Wasser oder einem anderen Getränk beschmutzte. Als Yrene gefragt hatte, wie alt es denn sei, hatte Nousha nur den Kopf geschüttelt.

Hundert Jahre?, hatte Yrene nachgehakt.

Nousha hatte die Achseln gezuckt und gesagt, dass es – nach dem Standort, nach der Art des Pergaments und der Tinte zu urteilen – mehr als zehnmal so alt sein müsse.

Yrene wand sich beim Anblick des Papiers und schob die beschwerenden Steine von den Ecken herunter. In keinem der Bücher, die in ihrer eigenen Sprache verfasst waren, stand etwas Brauchbares – nichts als Altweiberwarnungen vor Leuten, die einem Böses wünschten, und Luftgeistern und Fäulnis.

Nichts von dem, was Lord Westfall beschrieben hatte.

Ein schwaches, fernes *Knacken* drang aus der Finsternis zu ihrer Rechten und Yrene hob den Kopf und spähte in die Dunkelheit, bereit, beim ersten Anzeichen einer herumhuschenden Maus auf ihren Stuhl zu springen.

Wie es schien, konnten nicht einmal die heiß geliebten Bastet-Katzen der Bibliothek – sechsunddreißig Weibchen, nicht mehr, nicht weniger – alles Ungeziefer fernhalten, obwohl ursprünglich eine Kriegergöttin ihre Namensvetterin war.

Yrene schaute erneut in die Dunkelheit zu ihrer Rechten, schauderte und wünschte, sie könnte eine der grünäugigen Katzen herbeirufen und auf die Jagd schicken.

Aber man rief eine Bastet-Katze nicht einfach herbei. Niemand tat das. Sie erschienen, wann und wo es ihnen passte, und keinen Moment vorher.

Die Bastet-Katzen lebten schon von Anbeginn in der Bibliothek der Torre, ohne dass irgendjemand wusste, woher sie kamen oder wie sie ersetzt wurden, wenn das hohe Alter ihr Leben forderte. Jede von ihnen hatte eine ganz eigene Persönlichkeit, wie ein Mensch. Allen gemeinsam waren jedoch diese grünen Augen und die Vorliebe dafür, sich entweder auf irgendeinem Schoß zusammenzurollen oder aber sich gänzlich zurückzuziehen. Einige der Heilerinnen, alte wie junge, schworen, dass die Katzen durch Schatten treten konnten, um auf ein anderes Stockwerk der Bibliothek zu gelangen. Andere schworen, die Katzen dabei erwischt zu haben, wie sie mit den Pfoten in aufgeschlagenen Büchern blätterten – und darin *lasen.*

Nun, es wäre sicherlich hilfreicher gewesen, wenn sie weniger gelesen und dafür mehr *gejagt* hätten. Aber die Katzen waren nichts und niemandem Rechenschaft schuldig, vielleicht mit Ausnahme ihrer Namensvetterin, oder welche Göttin auch immer ein stilles Zuhause in der Bibliothek gefunden hatte, in Silbas Schatten. Wie auch immer: Beleidigte man *eine* Bastet-Katze, beleidigte man sie *alle*, und obwohl Yrene die meisten Tiere liebte – bis auf einige Insekten –, hatte sie sich bei den Katzen besondere Mühe gegeben und gelegentlich einen Leckerbissen liegen lassen, den einen Bauch oder das andere Ohr gekrault, wann immer sich die Katzen dazu herabließen, so etwas einzufordern.

Aber jetzt war weder eine Spur von diesen grünen, in der Dunkelheit glitzernden Augen zu sehen noch von einer davonflitzenden Maus, daher atmete Yrene auf und legte die uralte Schriftrolle beiseite, schob sie behutsam an den Rand des Schreibtischs, bevor sie einen der Bände aus Eyllwe zu sich heranzog.

Das Buch war in schwarzes Leder gebunden, ein schwerer Wälzer. Sie verstand ein wenig von der Sprache Eyllwes, weil sie so nahe an seinen Grenzen gelebt und ihre Mutter die Sprache fließend beherrscht hatte. Mit ihrem Vater allerdings, der von dort stammte, hatte es nichts zu tun.

Keine der Towers-Frauen hatte je geheiratet, sondern es vorgezogen, von einem flüchtigen Geliebten ein Geschenk zu erhalten, das neun Monate später das Licht der Welt erblickte. Manchmal blieben die Männer auch ein oder zwei Jahre, bevor sie weiterzogen, aber Yrene hatte ihren Vater nie kennengelernt, nie etwas darüber erfahren, wer er war. Nur dass er ein Reisender gewesen war, der für die Nacht Unterschlupf im Häuschen ihrer Mutter gefunden hatte, zum Schutz vor einem wilden Sturm, der über die Grasebene gefegt war.

Yrene zeichnete mit den Fingern den goldgeprägten Titel nach und formte mit den Lippen die Worte in der Sprache, die sie seit Jahren weder gesprochen noch gehört hatte.

»Das ... Das ...« Sie klopfte mit dem Zeigefinger auf den Titel. Sie hätte Nousha fragen sollen. Die Bibliothekarin hatte bereits versprochen, einige andere Texte zu übersetzen, die ihre Aufmerksamkeit erregt hatten, aber ... Yrene seufzte erneut. »Das ...« Gedicht. Epos. Poem – »*Lied*«, hauchte sie. »*Das Lied von ...*« Beginn. »*Anfang.*«

Das Lied vom Anfang.

Die Dämonen – die Valg – waren uralt, hatte Lord Westfall gesagt. Sie hatten eine Ewigkeit darauf gewartet zuzuschlagen. Teile fast vergessener Mythen; kaum mehr als gruselige Geschichten am Herdfeuer.

Yrene klappte den Einband auf und runzelte die Stirn angesichts des unvertrauten Schriftgewirrs im Inhaltsverzeichnis. Der Schrifttyp selbst war alt, das Buch noch nicht einmal auf einer Presse gedruckt. Handgeschrieben. Mit Wortvarianten, die seit Langem ausgestorben waren.

Wieder zuckte ein Blitz auf und Yrene rieb sich die Schläfe, während sie in den modrigen, gelbstichigen Seiten blätterte.

Ein Geschichtsbuch, mehr nicht.

Da erhaschte sie einen Blick auf eine Seite, die sie innehalten und zurückblättern ließ, bis die Illustration wieder auftauchte.

Sie war in sparsamen Farben gehalten: Schwarz, Weiß, Rottöne, ein wenig Gelb.

Alles von meisterlicher Hand gemalt, zweifellos eine Illustration von dem, was darunter geschrieben stand. Was auch immer die Worte bedeuten mochten.

Die Zeichnung zeigte eine kahle Klippe, vor der eine Armee von Soldaten in dunkler Rüstung kniete.

Sie kniete vor dem, was *auf* der Klippe war.

Ein hohes Tor. Ohne flankierende Mauer, ohne Festung, die sich dahinter erhob. Als hätte jemand die Pforte aus schwarzem Stein aus dem Nichts erbaut.

Der Torbogen wies keine Türen auf. Nur wirbelndes, schwarzes *Nichts.* Und schwarze Strahlen, die von dieser Leere schossen wie von einer verderbten Sonne und auf die davorknienden Soldaten fielen.

Mit zusammengekniffenen Augen betrachtete sie die Gestalten im Vordergrund. Ihre Leiber waren menschlich, aber die Hände, die ihre Schwerter umklammerten ... krallenbewehrt. Verzerrt.

»Valg«, flüsterte Yrene.

Wie zur Antwort krachte ein Donner.

Yrene blickte finster zu der schwankenden Laterne empor, als der Nachhall des Donners unter ihren Füßen und in ihren Beinen grollte.

Dann blätterte sie weiter, bis die nächste Illustration erschien. Dasselbe Tor, diesmal mit drei Gestalten, die davorstanden, jedoch von zu weit weg gezeichnet, um irgendwelche Züge jenseits ihrer männlichen Körper auszumachen, hochgewachsen und stark.

Sie fuhr mit einem Finger über die Bildunterschrift und übersetzte:

Orcus. Mantyx. Erawan.

Drei Valg-Könige.

Der Schlüssel mächtig.

Yrene kaute auf ihrer Unterlippe. Lord Westfall hatte nichts dergleichen erwähnt.

Aber wenn es ein Tor gab ... Dann *brauchte* man einen Schlüssel, um es zu öffnen. Oder mehrere Schlüssel.

Falls das Buch die Ereignisse wahrheitsgemäß darstellte.

Die große Uhr im Hauptsaal der Bibliothek schlug Mitternacht.

Yrene blätterte zur nächsten Illustration. Sie war in drei Teilbilder untergliedert.

Alles, was der Lord gesagt hatte – sie hatte ihm natürlich geglaubt, aber ... es war tatsächlich wahr. Falls die Verletzung nicht schon Beweis genug gewesen war, ließ *das hier* keine andere Deutung zu.

Auf dem ersten Bild war auf einem Altar aus dunklem Stein ein junger Mann gefesselt ... der sich verzweifelt abmühte, sich zu befreien, bevor eine dunkle, gekrönte Gestalt ihn erreichte. Um die Hand dieser Gestalt wirbelte etwas herum – eine Natter aus schwarzem Nebel, aus boshaften Gedanken. Keine echte Kreatur.

Auf dem zweiten Bild ... Yrene schreckte davor zurück.

Denn darauf war zu sehen, wie dem jungen Mann, die Augen flehend und vor Entsetzen geweitet, der Mund mit Gewalt geöffnet wurde, während diese Kreatur aus schwarzem Nebel seine Kehle hinunterschlüpfte.

Aber es war das letzte Bild, von einem aufzuckenden Blitz grell erleuchtet, bei dem ihr das Blut in den Adern gefror.

Das Gesicht des jungen Mannes war erstarrt. Gefühllos. Seine Augen ... Yrene schaute zwischen den vorherigen Zeichnungen und dieser hin und her. Auf den beiden ersten waren seine Augen silbern gewesen.

Auf der letzten ... waren sie schwarz. Sie konnten zwar als menschliche Augen durchgehen, aber das Silber war von unheiligem Obsidian ausgelöscht worden.

Nicht tot. Denn man konnte auch sehen, dass sich der Mann erhob, dass man ihm seine Ketten abnahm. Keine Bedrohung mehr, nein, denn ...

Was auch immer sie in ihn hineingezwungen hatten ...

Wieder krachte Donner, gefolgt von weiterem Kreischen und Kichern. Zusammen mit den polternden und klappernden Geräuschen der Schülerinnen, die schließlich zu Bett gingen.

Yrene betrachtete das Buch vor ihr, dann die anderen Stapel, die Nousha aufgetürmt hatte.

Lord Westfall hatte Hals- und Fingerringe beschrieben, mithilfe derer sich die Valg-Dämonen in einem menschlichen Wirt hielten. Aber selbst nach der Entfernung der Ringe, hatte er gesagt, konnte es sein, dass sie im Menschen verweilten, handelte es sich doch um bloße Instrumente, um sie einzupflanzen, und wenn sich die Dämonen zu lange von ihrem Wirt nährten ...

Yrene schüttelte den Kopf. Der Mann in der Zeichnung war nicht versklavt worden – er war befallen worden. Die Magie war von jemandem gekommen, der diese Art von Macht in sich trug. Die Macht von einem Dämonen in seinem Inneren.

Ein Blitzschlag, dann unmittelbar darauf der Donner.

Und dann erklang ein weiteres *Knacken* – schwach und dumpf – zu ihrer Rechten. Näher als beim vorigen Mal.

Yrene spähte wieder in die Dunkelheit und die Härchen auf ihren Armen stellten sich auf.

Das war keine Maus. Waren keine Katzenkrallen auf dem Steinboden oder einem Bücherregal.

Sie hatte sich noch nie unsicher gefühlt, seit sie zum ersten Mal einen Fuß über die Schwelle der Torre gesetzt hatte, aber jetzt erstarrte Yrene, als sie in die Finsternis zu ihrer Rechten lugte. Und dann langsam über ihre Schulter schaute.

Der von Regalen gesäumte Flur führte zu einem größeren Flur, über den sie binnen drei Minuten in den hell erleuchteten, ständig überwachten Hauptsaal gelangen würde. Allerhöchstens fünf Minuten.

Aber hier war sie von nichts als Schatten und Leder und Staub umgeben, und von baumelnden Laternen, die das Licht an den Wänden auf und ab hüpfen ließen.

Heilende Magie bot keinerlei Verteidigungsstrategie. Die hatte sie auf die harte Tour gelernt.

Während des einen Jahres im Gasthaus zum Weißen Schwein hatte sie gelernt hinzuhören. Gelernt, die Stimmung in einem Raum zu deuten, zu *spüren,* wenn die Atmosphäre sich veränderte. Auch Menschen konnten Stürme entfesseln.

Das grollende Echo des Donners verklang, und alles, was darauf folgte, war Schweigen.

Schweigen und das Knarren der uralten Laternen im Wind. Kein weiteres Knacken.

Töricht – es war töricht, so spät am Abend solche Dinge zu lesen. Noch dazu während eines Unwetters.

Yrene schluckte. Bibliothekare sahen es nicht gern, wenn die Bücher das Innere der Bibliothek verließen, aber ...

Sie knallte *Das Lied vom Anfang* zu und stopfte es in ihren Beutel. Die meisten anderen Bücher hatte sie bereits als unbrauchbar verworfen, bis auf vielleicht sechs weitere, teils in Eyllwe und teils in anderen Sprachen verfasst, die Yrene nun ebenfalls hastig in ihrem Beutel verstaute. Und die Schriftrollen steckte sie vorsichtig in die Taschen ihres Umhangs, wo man sie nicht sehen konnte.

Die ganze Zeit über blickte sie sich aus dem Augenwinkel um – in den Flur hinter sich, zu den Bücherregalen rechts von sich.

Du wärst mir gar nichts schuldig, wenn du einen Funken gesunden Menschenverstand gehabt hättest. Mit diesen Worten hatte die junge Fremde sie in jener schicksalsträchtigen Nacht angefahren – nachdem sie Yrene das Leben gerettet hatte. Worte, die hängen geblieben waren, sich tief eingebrannt hatten. Genau wie die anderen Lektionen, die dieses Mädchen ihr erteilt hatte.

Und obwohl Yrene wusste, dass sie am Morgen über sich selbst lachen würde, obwohl es vielleicht tatsächlich eine der Bastet-Katzen war, die sich an irgendetwas in den Schatten heranpirschte, beschloss Yrene, auf die Furcht, die an ihr zerrte und über ihren Rücken kribbelte, zu hören.

Und obwohl sie sich zwischen dunklen Bücherregalen hätte durchzwängen können, um den Hauptflur schneller zu erreichen, blieb sie dort, wo es hell war, die Schultern gestrafft, den Kopf hoch erhoben. Genau wie das Mädchen es ihr gesagt hatte. *Menschen – für gewöhnlich Männer – gehen nicht auf Frauen los, die den Eindruck machen, als würden sie sich zur Wehr setzen.*

Ihr Herz hämmerte so wild, dass sie es in den Armen, in der Kehle spürte. Aber Yrene kniff den Mund zu einer harten Linie zusammen, die Augen leuchtend und kalt. Sie sah so wild entschlossen aus, ihr Schritt so zackig und schnell, als hätte sie etwas vergessen oder als hätte irgendjemand es versäumt, ihr ein Buch zu holen.

Näher und näher rückte der breite Hauptflur. Wo die Schülerinnen zu ihrem behaglichen Schlafsaal trotten würden.

Sie räusperte sich, machte sich bereit zu schreien.

Du solltest unbedingt möglichst laut schreien, nicht dass du vergewaltigt oder ausgeraubt wirst, nichts wovor Feiglinge eher davonlaufen würden. Schrei, dass es brennt, hatte die Fremde ihr gesagt. *Mach so viel Lärm, wie du kannst.*

Wie oft hatte Yrene diese Anweisungen in den letzten zweieinhalb Jahren wiederholt. Um sie an unzählige Frauen weiterzugeben. Genau wie die Fremde es ihr aufgetragen hatte. Aber dass sie sich sie jemals wieder selbst würde vorsagen müssen, hätte Yrene nicht gedacht.

Sie beschleunigte ihre Schritte und biss die Zähne zusammen. Sie hatte keine Waffen, bis auf ein kleines Messer, das sie benutzte, um Wunden zu reinigen oder Verbände zurechtzuschneiden – und das jetzt ganz unten in ihrem Beutel lag.

Aber dieser mit Büchern vollgepackte Beutel ... Sie schlang sich die Lederriemen ums Handgelenk und hielt sie gut fest.

Ein gezielter Schlag damit und ihr Gegner würde zu Boden gehen.

Näher und näher rückte die Sicherheit dieses Flures ...

Und dann sah sie es aus dem Augenwinkel. Spürte es.

Im Gang hinter dem Bücherregal war jemand. Lief parallel zu ihr.

Sie wagte es nicht hinzusehen. Es bestätigt zu sehen.

Yrenes Augen brannten, während sie gegen das Grauen ankämpfte, das ihren Körper erfasste.

Flüchtige Schatten und Dunkelheit. Pirschten sich an sie heran. Jagten sie.

Beschleunigten, um sie zu packen – ihr den Weg in diesen Flur abzuschneiden und sie in die Dunkelheit zu zerren.

Gesunder Menschenverstand. Gesunder Menschenverstand.

Wenn sie losrannte, würden *sie* – würde *es* – Bescheid wissen. Wissen, dass sie es bemerkt hatte. Und vielleicht zuschlagen. Wer immer es war.

Gesunder Menschenverstand.

Noch hundert Schritte bis zu diesem Flur. Schatten sammelten sich zwischen den fahlen Laternen, die Lichter erschienen ihr jetzt wie kostbare Inseln in einem Meer aus Dunkelheit.

Sie hätte schwören können, dass jemand seine Finger leise klopfend über die Bücher auf der anderen Seite des Regals gleiten ließ.

Also reckte Yrene das Kinn noch weiter vor und lächelte, lachte strahlend, während sie zum Flur schaute. »Maddya! Was machst du noch so spät hier?«

Sie beschleunigte ihr Tempo, vor allem, da ihr Verfolger, wer auch immer es war, überrascht langsamer wurde. Zögerte.

Yrenes Fuß trat gegen etwas Weiches – weich und trotzdem fest – und sie unterdrückte einen Aufschrei ...

Sie hatte die Heilerin nicht gesehen, die zusammengerollt auf der Seite im Schatten des Bücherregals lag.

Yrene bückte sich und tastete nach den dünnen Armen der Frau, ihre Gestalt schlank genug, dass sie ...

Die Schritte setzten wieder ein, gerade als sie die Heilerin umgedreht hatte. Als sie den Schrei, der sich ihr entringen wollte, erstickte.

Die hellbraunen Wangen leer und eingefallen, rot geränderte Augen, die Lippen bleich und rissig. Das schlichte Heilerinnengewand, das ihr am Morgen wahrscheinlich noch gepasst hatte, saß jetzt lose an ihr, der schlanke Leib so ausgemergelt, als wäre alles Leben aus ihr herausgesaugt worden ...

Doch so ausgezehrt es auch war, sie erkannte dieses Gesicht. Erkannte das goldbraune Haar, das beinahe genau wie ihres war. Die Heilerin aus Silbas Mutterschoß, die sie nur Stunden zuvor getröstet hatte ...

Yrenes Finger zitterten, als sie nach einem Puls tastete, die Haut ledrig und trocken.

Nichts. Und ihre Magie ... Da war kein Leben, zu dem die Magie hätte hinwirbeln können. Kein Hauch von Leben.

Die Schritte auf der anderen Seite des Bücherregals kamen näher. Yrene erhob sich mit zitternden Knien und holte tief Luft, während sie sich zwang, wieder loszugehen. Sich zwang, die tote Heilerin in der Dunkelheit zurückzulassen. Sich zwang, ihren Beutel hochzuheben, als wäre nichts vorgefallen, als wollte sie den Beutel nur irgendwem weiter vorn zeigen.

Aber wer auch immer hinter dem Bücherregal war, konnte das nicht erkennen.

»Ich habe gerade meine Abendlektüre beendet«, rief sie ihrer unsichtbaren Rettung zu. Sie sandte ein stilles Dankgebet an Silba, dass ihre Stimme fest und fröhlich klang. »Cook wartet mit einer letzten Tasse Tee auf mich. Willst du mitkommen?«

So zu tun, als würde sie von jemandem erwartet: noch ein Trick, den sie aufgeschnappt hatte.

Nach weiteren fünf Schritten begriff Yrene, dass der Verfolger wieder angehalten hatte.

Ihr den Trick abkaufte.

Die letzten paar Schritte in Richtung des Flurs legte Yrene im Eiltempo zurück und stürzte auf eine Gruppe von Schülerinnen zu, die gerade aus einem anderen Labyrinth von Bücherregalen auftauchten.

Sie rissen erstaunt die Augen auf, als Yrene näher kam und nur flüsterte: »*Geht einfach weiter.*«

Die drei Mädchen, kaum älter als vierzehn, bemerkten die Tränen des Entsetzens in Yrenes Augen, ihr kreideweißes Gesicht, und blickten gar nicht erst in die Richtung, aus der Yrene gekommen war. Sondern gehorchten.

Sie besuchten ihren Unterricht. Wurden bereits seit einigen Monaten von ihr ausgebildet.

Sie sahen, dass sie sich die Riemen ihres Beutels fest um ihre Faust geschlungen hatte, und drängten sich dicht um sie herum. Ein breites Lächeln, kein Grund zur Aufregung. »Kommt mit zu Cook, wir trinken noch eine Tasse Tee«, sagte Yrene und hatte Mühe, den Schrei zu unterdrücken, der aus ihr herauswollte. Tot. Eine Heilerin war *tot* ... »Sie erwartet mich.«

Und wird Alarm schlagen, wenn ich nicht erscheine.

Es war den Mädchen hoch anzurechnen, dass sie nicht zitterten, dass sie keinen Hauch von Entsetzen zeigten, als sie den Flur entlangschritten. Und sich dem Hauptsaal mit seinem prasselnden Feuer, seinen sechsunddreißig Kronleuchtern und sechsunddreißig Sofas und Sesseln näherten.

Eine elegante, schwarze Bastet-Katze lümmelte sich in einem dieser bestickten Sessel am Feuer. Und als sie näher kamen, sprang sie auf und fauchte so wild wie ihre katzenköpfige Namensvetterin. Aber das Fauchen galt nicht Yrene oder den Mädchen ... Nein, die grünen Augen waren mit Blick auf die Bibliothek *hinter* ihnen schmal geworden.

Eins der Mädchen verstärkte den Griff um Yrenes Arm. Aber keines von ihnen wich von Yrenes Seite, während sie sich dem wuchtigen Pult der obersten Bibliothekarin und deren Stellvertreterin näherten. Die Bastet-Katze hinter ihnen rührte sich nicht vom Fleck – hielt ihre Stellung –, als die nachtdiensthabende Stellvertreterin, eine in graue Gewänder gekleidete Frau mittleren Alters, bei der Unruhe von ihrem Buch aufschaute.

Mit leiser Stimme sagte Yrene: »Eine Heilerin liegt zwischen den Bücherregalen abseits des Hauptflurs. Sie ist überfallen und getötet worden. Schafft alle aus der Bibliothek und ruft die königliche Garde. *Sofort.*«

Die Bibliothekarin stellte keine Fragen, zögerte nicht, zitterte nicht.

Sie nickte nur, bevor sie nach der Glocke griff, die am Rand des Pults befestigt war.

Sie klingelte dreimal. Für einen Außenstehenden war es nicht mehr als eine letzte Aufforderung zu gehen. Für jene aber, die hier lebten, die wussten, dass die Bibliothek Tag und Nacht geöffnet war ...

Erstes Läuten: Achtung!

Zweites: *Achtung!!*

Die Stellvertreterin läutete ein drittes Mal, laut und deutlich, und das Klingeln hallte durch die Bibliothek, in jede dunkle Ecke und jeden Flur.

Drittes Läuten: *Alle raus hier!*

Gleich an ihrem ersten Tag in der Torre hatte Yrene ein Gelübde abgelegt, die Funktion der Warnglocke niemals einem Außenstehenden zu verraten. Sie alle hatten dieses Gelübde abgelegt. Erst danach hatte Eretia ihnen die Bedeutung dieses Signals erklärt. Und Yrene hatte gefragt, warum es notwendig sei, wer es eingerichtet habe.

Vor langer Zeit, bevor das Großkhanat Antica erobert hatte, war diese Stadt von einer Hand zur nächsten gewandert, Opfer Dutzender Eroberungen und Herrscher. Einige Invasoren waren gut gewesen. Andere nicht.

Unter der Bibliothek existierten noch immer jene Tunnel aus dieser Zeit, die man benutzt hatte, um ihnen zu entkommen – und die seit Langem verbarrikadiert waren.

Auch die Warnglocke war geblieben. Und diente über tausend Jahre hinweg nur gelegentlichen Übungen. Für den Fall des Falles. Sollte jemals etwas passieren.

Das dritte Läuten hallte von Stein, Leder und Holz wider. Und Yrene hätte schwören können, dass sie hörte, wie unzählige, in Bücher vertiefte Köpfe von den Schreibtischen auffuhren. Wie Stühle über den Boden scharrten, wie Bücher fallen gelassen wurden.

Lauft, flehte sie. *Dorthin, wo es hell ist.*

Yrene und die anderen verharrten schweigend und zählten die Sekunden. Die Minuten. Die Bastet-Katze hörte auf zu fauchen und überwachte den Flur, wobei ihr schwarzer Schwanz über das Stuhlkissen peitschte. Eins der Mädchen neben Yrene rannte den Wachen an den Toren der Torre entgegen, die das Läuten der Glocke wahrscheinlich gehört hatten und bereits auf dem Weg zu ihnen waren.

Yrene zitterte, als sie endlich das Geräusch von schnellen Schritten und raschelnder Kleidung hörte. Sie und die Stellvertreterin der obersten Bibliothekarin überprüften jedes Gesicht, das aus der Bibliothek auftauchte – jeden, der mit weit aufgerissenen Augen hinauseilte.

Schülerinnen, Heilerinnen, Bibliothekarinnen. Niemand, der nicht hierhergehörte. Die Bastet-Katze schien sie ebenfalls alle genau unter die Lupe zu nehmen – vielleicht sahen ihre grünen Augen Dinge, die Yrenes Wahrnehmung entgingen.

Rüstungen und stampfende Schritte – Yrene kämpfte gegen die Tränen der Erleichterung an, als ein halbes Dutzend Wachen der Torre durch die offenen Türen der Bibliothek stapften, dicht gefolgt von der Schülerin, die zu ihnen gelaufen war.

Yrene erklärte den Wachen alles, die sofort Verstärkung holten, während die Stellvertreterin Nousha, Eretia und Hafiza herbeirief. Und die ganze Zeit über wichen die Schülerinnen nicht von Yrenes Seite, zwei von ihnen hielten Yrenes zitternde Hände.

Sie ließen sie nicht los.

II

Yrene verspätete sich.

Chaol rechnete inzwischen um zehn Uhr mit ihr, obwohl sie keinerlei Andeutungen gemacht hatte, wann sie eintreffen würde. Nesryn war fortgegangen, lange bevor er erwacht war, um Sartaq und seinen Ruk aufzusuchen. Und Chaol wartete hier, nahm ein Bad und ... wartete.

Und wartete weiter.

Nach einer Stunde ertrug er die Stille nicht länger, die drückende Hitze, das endlose Plätschern von Wasser in dem Springbrunnen draußen. Die Gedanken, die immer wieder zu Dorian zurückkehrten und zu der Frage, wohin sein König jetzt unterwegs war. Um sich abzulenken, begann er mit dem Training, sofern er es allein schaffte.

Sie selbst hatte von Training gesprochen – auch davon, seine Beine zu trainieren, wie auch immer sie das bewerkstelligen wollte –, aber wenn Yrene sich nicht die Mühe machte, pünktlich zu erscheinen, dann würde er sich auch nicht die Mühe machen, auf sie zu warten.

Seine Arme zitterten, als die hölzerne Uhr auf der Kommode Mittag schlug, kleine, silberne Glöckchen, die den Raum mit klaren, hellen Tönen erfüllten. Schweiß lief ihm über Brust und Rücken und über sein Gesicht, als es ihm gelang, sich in seinen Stuhl zu hieven. Er wollte gerade nach Kadja rufen, damit sie ihm einen Krug voll Wasser brachte und ein kühles Tuch, als Yrene erschien.

Vom Wohnzimmer aus hörte er, wie sie durch den Haupteingang kam und dann innehielt.

Und zu Kadja, die in der Eingangshalle wartete, sagte: »Du müsstest für mich eine höchst vertrauliche Angelegenheit erledigen.«

Gehorsames Schweigen.

»Lord Westfall benötigt ein Elixier gegen den Ausschlag, der sich auf seinen Beinen ausbreitet. Wahrscheinlich von irgendeinem Öl, das du in sein Bad gegeben hast.« Ihr Ton war ruhig und entbehrte doch nicht einer gewissen Schärfe. Stirnrunzelnd schaute er auf seine Beine hinab. Er hatte heute Morgen nichts Derartiges gesehen, aber andererseits konnte er natürlich auch kein Jucken oder Brennen spüren. »Ich brauche Weidenborke, Honig und Minze. Du wirst alles in den Küchenräumen finden. Aber erzähl niemandem, warum du es holen sollst. Ich will nicht, dass es sich herumspricht.«

Wieder Stille – dann fiel eine Tür ins Schloss.

Durch die offenen Wohnzimmertüren lauschte er darauf, wie *sie* darauf lauschte, dass Kadja ging. Und wie sie schwer seufzte. Einen Moment später erschien Yrene.

Sie sah furchtbar aus.

»Was ist passiert?«

Die Worte waren heraus, bevor er sich der Tatsache bewusst wurde, dass er kein Recht hatte, danach zu fragen.

Aber Yrenes goldener Teint war aschfahl, unter ihren Augen lagen purpurne Ringe und das Haar hing schlaff herunter.

»Ihr habt trainiert«, war alles, was sie antwortete.

Chaol blickte auf sein schweißnasses Hemd herab. »Es erschien mir ein sinnvoller Zeitvertreib zu sein.« Ihre Schritte zum Schreibtisch waren langsam – schwer. Er wiederholte: »Was ist passiert?«

Aber als sie den Schreibtisch erreichte, wandte sie ihm nur schweigend den Rücken zu. Er knirschte mit den Zähnen und erwog, seinen Rollstuhl um sie herumzulenken, damit er ihr ins Gesicht sehen konnte, so wie er früher vielleicht zu ihr hingestürmt wäre – um sie physisch zu bedrängen, bis sie ihm erzählte, was zum Teufel passiert war.

Mit einem dumpfen Aufprall ließ Yrene ihren Beutel auf den Schreibtisch fallen. »Wenn Ihr trainieren wollt, wäre die Kaserne wahrscheinlich besser geeignet.« Ein schiefer Blick in Richtung des Teppichs. »Statt die unbezahlbaren Teppiche des Großkhans mit Eurem Schweiß vollzutropfen.«

Er ballte die Hände zu Fäusten. »Nein«, war alles, was er sagte. Alles, was er sagen *konnte*.

»Ihr wart Captain der Garde, nicht wahr? Vielleicht würdet Ihr vom Training mit der Palastgarde profitieren ...«

»*Nein*.«

Sie spähte über ihre Schulter, musterte ihn mit ihren goldenen Augen und zog eine Braue hoch. Aber er zuckte nicht zusammen, auch als sein noch immer zerrissenes Herz sich in seiner Brust zu winden, sich noch weiter selbst zu zerfleischen schien.

Er zweifelte nicht daran, dass sie es bemerkt hatte, dass sie sich diese Information einprägen würde. Ein Teil von ihm hasste sie dafür, hasste sich selbst dafür, dass er durch seine Sturheit diese Wunde offenbart hatte, aber Yrene wandte sich nur vom Schreibtisch ab und schritt mit undurchschaubarer Miene auf ihn zu.

»Ich entschuldige mich, falls es sich jetzt herumspricht, dass Ihr einen unangenehmen Ausschlag auf den Beinen habt.« Ihr Gang war schleppend, ohne die gewöhnliche Anmut. »Aber wenn Kadja so klug ist, wie ich sie einschätze, wird sie sich Sorgen machen, dass der Ausschlag ein Ergebnis *ihrer* Behandlung ist und sie in Schwierigkeiten bringen könnte, sodass sie niemandem davon erzählt. Oder zumindest wird sie begreifen, dass wir, wenn es sich herumspricht, wissen, wer es ausgeplaudert hat.«

Na schön. Sie wollte seine Frage immer noch nicht beantworten. Also erkundigte er sich stattdessen: »Warum wolltet Ihr Kadja loswerden?«

Yrene ließ sich auf das goldene Sofa fallen und rieb sich die Schläfen. »Weil jemand gestern Nacht in der Bibliothek eine Heilerin getötet hat – und auch mich verfolgt hat.«

Chaol erstarrte. »Was?«

Er schaute zu den Fenstern, zu den offenen Gartentüren, den Ausgängen. Nichts als Hitze und gurgelndes Wasser und Vogelgezwitscher.

»Ich habe Nachforschungen angestellt – über die Dinge, die Ihr mir erzählt habt«, sagte Yrene, und die Sommersprossen in ihrem Gesicht bildeten einen starken Kontrast zu ihrer fahlen Haut. »Und währenddessen habe ich gespürt, wie jemand näher kam.«

»Wer?«

»Ich weiß es nicht. Ich habe nichts gesehen. Die Heilerin ... Ich wollte so schnell wie möglich weg, und da habe ich sie gefunden.« Sie schluckte schwer. »Wir haben die Bibliothek von oben bis unten abgesucht, nachdem sie ... weggebracht worden war, aber ... nichts, keine Spur von irgendjemandem.« Mit zusammengebissenen Zähnen schüttelte sie den Kopf.

»Das tut mir leid«, sagte er und meinte es auch so. Nicht nur der Verlust eines Lebens, sondern auch, wie ihm schien, der Verlust eines idyllischen Friedens, der lange gehalten hatte. Aber weil er ebenso wenig die Luft anhalten konnte, wie er es sich verkneifen konnte, nach Antworten zu suchen und Risiken abzuschätzen, fragte er: »Welche Verletzungen hatte sie?« Obwohl ein Teil von ihm es lieber nicht wissen wollte.

Yrene ließ sich nach hinten in die Sofakissen sinken und zerknautschte die weiche Daunenfüllung, als sie zur vergoldeten Decke emporstarrte. »Ich hatte sie davor nur einmal flüchtig gesehen. Sie war jung, kaum älter als ich. Doch als ich sie auf dem Boden fand, sah sie aus wie eine längst verdorrte Leiche. Kein Blut, keine Anzeichen einer Verletzung. Wie ... ausgesaugt.«

Sein Herz setzte für einen Schlag aus bei der allzu vertrauten Beschreibung. Valg. Er hätte alles, was ihm geblieben war, darauf verwettet, er hätte überhaupt *alles* darauf verwettet. »Und wer auch immer das war, hat ihren Leichnam einfach dort liegen lassen?«

Ein Nicken. Mit zitternden Händen fuhr sie sich durchs Haar und schloss die Augen. »Ich glaube, dieser Jemand hat gemerkt, dass er die Falsche erwischt hat – und hat die Flucht ergriffen.«

»Warum?«

Sie drehte den Kopf und öffnete die Augen wieder. Ihr Blick voller Erschöpfung. Und voller Furcht. »Sie sieht – *sah* aus wie ich«, krächzte Yrene. »Größe, Teint. Wer immer es war ... Ich glaube, er hat es auf *mich* abgesehen.«

»Warum?«, wiederholte er und versuchte hektisch, alle Informationen zu verarbeiten, einzuordnen.

»Wegen meiner Lektüre gestern Nacht über die wahrscheinliche Quelle der Macht, die Euch verletzt hat ... Ich habe einige der Bücher auf dem Tisch liegen lassen. Und als die Wachen diesen Bereich abgesucht haben, waren die Bücher verschwunden.« Sie schluckte erneut. »Wer hat gewusst, dass Ihr hierherkommen würdet?«

Trotz der Hitze gefror Chaol das Blut in den Adern.

»Wir haben kein Geheimnis daraus gemacht.« Instinktiv wollte er die Hand auf das Schwert legen, das nicht mehr da war – das Schwert, das er vor Monaten in den Avery geworfen hatte. »Es ist zwar nicht offiziell bekannt gegeben worden, aber jeder hätte es herausfinden können. Lange bevor wir einen Fuß in dieses Land gesetzt haben.«

Schon wieder. Es geschah wieder. Hier. Ein Valg-Dämon war nach Antica gekommen – bestenfalls ein Untergebener, schlimmstenfalls ein Prinz. Vielleicht beides.

Der Angriff, den Yrene beschrieben hatte, passte zu Aelins Bericht über die Überreste von den Opfern des Valg-Prinzen, die sie und Rowan in Wendlyn gefunden hatten. Einst vor Lebenskraft strotzende

Menschen waren nur noch leere Hülsen, als hätten die Valg ihnen die Seele ausgesaugt.

Leise sagte er: »Prinz Kashin hegt den Verdacht, dass Tumelun ermordet wurde.«

Yrene richtete sich auf und der letzte Rest Farbe wich aus ihrem Gesicht. »Aber Tumeluns Leichnam war nicht ausgesaugt. Hafiza – die Hohe Heilerin persönlich – hat erklärt, dass es sich um Selbstmord handelte.«

Natürlich war es möglich, dass die beiden Todesfälle nicht zusammenhingen, möglich, dass Kashin sich in Bezug auf Tumelun irrte. Chaol betete halb darum. Aber selbst wenn die beiden Fälle nichts miteinander zu tun hatten, war das, was letzte Nacht geschehen war ...

»Ihr müsst den Großkhan warnen«, sagte Yrene, die seine Gedanken zu lesen schien.

Er nickte. »Natürlich. Natürlich werde ich das tun.« So furchtbar das alles auch war ... Vielleicht verschaffte es ihm endlich den Zugang zum Großkhan, auf den er gewartet hatte. Er betrachtete ihr abgekämpftes Gesicht, die Furcht, die darin stand. »Es tut mir leid – dass ich Euch da mit hineingezogen habe. Hat man die Wachen um die Torre herum verstärkt?«

»Ja.« Ein kaum wahrnehmbares Hauchen. Sie rieb sich das Gesicht.

»Und was ist mit Euch? Seid Ihr unter Bewachung hierhergekommen?«

Sie sah ihn stirnrunzelnd an. »Am helllichten Tag? Mitten in der Stadt?«

Chaol verschränkte die Arme vor der Brust. »Ich würde den Valg alles zutrauen.«

Sie machte eine wegwerfende Handbewegung. »Ich werde in nächster Zeit keine dunklen Flure mehr allein betreten. Wie auch alle anderen in der Torre. Die Wachen sind herbeigerufen worden – und in jedem Flur positioniert sowie alle paar Schritte innerhalb der Bibliothek. Ich weiß nicht einmal, woher Hafiza so viele zusammentrommeln konnte.«

Valg der unteren Ränge nahmen jeden Körper, den sie kriegen konnten, aber ihre Prinzen waren so eitel, dass Chaol bezweifelte, dass sie sich die Mühe machen würden, in die Gestalt eines niederen Wachpostens zu schlüpfen. Nicht, solange sie schöne junge Männer bevorzugten.

Ein Halsband und ein totes, kaltes Lächeln blitzten vor seinem inneren Auge auf.

Chaol stieß den Atem aus. »Es tut mir wirklich leid – um diese Heilerin.« Umso mehr, falls seine Anwesenheit hier irgendwie dafür verantwortlich war, falls sie es nur deshalb auf Yrene abgesehen hatten, weil sie ihm half. »Ihr solltet auf der Hut sein. Immer und überall«, fügte er hinzu.

Sie ignorierte die Warnung und ließ ihren Blick durch den Raum schweifen, über die Teppiche, die üppigen Palmen. »Die Mädchen – die jungen Schülerinnen ... Sie haben Angst.«

Und Ihr?

Früher hätte er angeboten, sie zu bewachen und die Soldaten zu instruieren, weil er *wusste,* wie diese Dinge funktionierten. Aber er war kein Captain mehr und er bezweifelte, dass der Großkhan oder seine Männer geneigt waren, auf einen fremden Lord zu hören.

Dennoch konnte er diesen Teil von sich nicht unterdrücken und fragte: »Was kann ich tun, um zu helfen?«

Yrene richtete einen abwägenden Blick auf ihn. Abschätzend. Nicht ihn, sondern – so hatte er das Gefühl – etwas in sich selbst. Also verhielt er sich still, erwiderte ruhig ihren Blick, während sie in sich selbst hineinhörte. Und schließlich tief Luft holte und sagte: »Ich unterrichte eine Klasse. Einmal die Woche. Nach der gestrigen Nacht waren sie alle so müde, dass ich sie stattdessen habe ausschlafen lassen. Und heute Nacht findet eine Totenwache für die Heilerin statt, die ... die gestorben ist. Aber morgen ...« Sie kaute auf ihrer Lippe und rang einen Moment lang mit sich, bevor sie hinzufügte: »Ich würde mich freuen, wenn Ihr kommen würdet.«

»Welche Art von Unterricht?«

Yrene spielte mit einer ihrer schweren Locken. »Man verlangt hier kein Schulgeld von den Schülerinnen – wir bezahlen auf andere Weise für unsere Ausbildung. Einige der Mädchen helfen in der Küche, in der Wäscherei, beim Putzen. Aber als ich hierherkam, hat Hafiza ... Ich habe ihr gesagt, dass ich mich auf all diese Dinge gut verstehe. Ich hatte das alles schon gemacht – eine Zeit lang. Sie fragte mich, was ich außerdem noch beherrschte, und da sagte ich ihr ...« Sie biss sich auf die Unterlippe. »Jemand hat mir früher einmal die Kunst der Selbstverteidigung beigebracht. Was man gegen einen Angreifer tun kann. Einen männlichen, für gewöhnlich.«

Es fiel ihm schwer, nicht die Narbe an ihrer Kehle zu betrachten. Sich nicht zu fragen, ob sie es erst danach gelernt hatte – oder ob es nicht ausgereicht hatte.

Yrene seufzte. »Ich sagte Hafiza, dass ich ein wenig darüber wisse und dass ... ich jemandem versprochen hätte, der Person, die es *mir* beigebracht hatte, es an so viele Frauen wie möglich weiterzugeben. Also habe ich das getan. Seitdem unterrichte ich einmal die Woche die jüngsten Schülerinnen, aber auch jene älteren Schülerinnen, Heilerinnen, Dienerinnen oder Bibliothekarinnen, die Interesse daran haben.«

Diese zierliche Frau mit den sanften Händen ... Und er dachte, er hätte bereits gelernt, dass auch dort eine große Kraft verborgen sein konnte, wo man es am wenigsten erwartete.

»Die Mädchen sind zutiefst erschüttert. Es hat schon seit Langem keinen Eindringling mehr in der Torre gegeben. Ich glaube, es würde sehr helfen, wenn Ihr morgen mitkommt – um ihnen beizubringen, was Ihr wisst.«

Er starrte sie lange an. Blinzelte.

»Euch ist aber schon klar, dass ich in diesem Rollstuhl sitze.«

»Und? Euer Mund funktioniert doch noch.« Herbe, spröde Worte.

Er blinzelte erneut. »Sie werden in mir aber vielleicht nicht gerade den vertrauenerweckenden Lehrer sehen ...«

»Nein, sie werden Euch wahrscheinlich so sehr anhimmeln und anseufzen, dass sie ihre Angst völlig *vergessen*.«

Sein drittes und letztes Blinzeln entlockte ihr ein schwaches Lächeln. Ein grimmiges Lächeln. Er fragte sich, wie ihr Lächeln wohl aussah, wenn sie jemals etwas wirklich erheiterte – glücklich machte.

»Die Narbe verleiht Euch etwas Geheimnisvolles«, sagte sie, noch bevor er überhaupt an den Schnitt auf seiner Wange gedacht hatte.

Er sah sie forschend an, als sie sich vom Sofa erhob, um zurück zum Schreibtisch zu gehen und ihren Beutel auszupacken. »Ihr möchtet also wirklich, dass ich morgen dabei bin?«

»Wir werden uns noch überlegen müssen, wie wir Euch dort *hinbringen*, aber das sollte nicht allzu schwierig werden.«

»Man könnte mich einfach in eine Kutsche stecken.«

Sie versteifte sich und warf einen Blick über ihre Schulter. »Spart Euch diesen Zorn für *unser* Training, Lord Westfall.« Sie fischte eine Phiole mit Öl aus dem Beutel und stellte sie auf den Tisch. »Und Ihr werdet keine Kutsche nehmen.«

»Dann eine von Dienern getragene Sänfte?« Eher würde er kriechen.

»Ein Pferd. Von so was schon mal gehört?«

Er umklammerte die Armlehnen seines Stuhls. »Man braucht Beine, um zu reiten.«

»Umso besser, dass Ihr immer noch zwei davon habt.« Sie konzentrierte sich wieder auf die Phiolen in ihrem Beutel. »Ich habe heute Morgen mit meiner Vorgesetzten gesprochen. Sie hat Menschen mit ähnlichen Verletzungen schon reiten sehen, bevor sie sich mit uns treffen konnten – mithilfe spezieller Gurte und Halterungen.

Entsprechendes wird zur Stunde in den Werkstätten für Euch angefertigt.«

Er musste diese Worte erst verdauen. »Also seid Ihr einfach davon ausgegangen, dass ich morgen mit Euch kommen würde.«

Endlich drehte Yrene sich um, den Beutel in der einen, die Phiole in der anderen Hand. »Ich bin davon ausgegangen, dass Ihr so oder so reiten wollt.«

Er konnte sie nur anstarren, als sie näher kam. Immerhin lag nur ein spröder Anflug von Ärger auf ihrem Gesicht. Besser als die nackte Angst. Mit leicht belegter Stimme fragte er: »Und Ihr denkt, so etwas wäre möglich?«

»Exakt. Ich werde im Morgengrauen hier sein, damit wir genug Zeit haben, es auszutüfteln. Der Unterricht beginnt um neun.«

Reiten – auch wenn er nicht gehen konnte, *reiten* ... »Bitte, macht mir nicht diese Hoffnung, nur um sie mir dann wieder zu nehmen«, sagte er heiser.

Yrene legte den Beutel und die Phiole auf den niedrigen Tisch vor dem Sofa und bedeutete ihm, näher zu kommen. »Gute Heilerinnen tun so etwas nicht, Lord Westfall.«

Er hatte sich heute nicht die Mühe gemacht, eine Jacke anzuziehen, und auch seinen Gürtel im Schlafzimmer gelassen. Nachdem er sich sein schweißnasses Hemd über den Kopf gezogen hatte, knöpfte er auch kurzerhand seine Hose auf. »Chaol«, sagte er einen Moment später. »Mein Name – er lautet Chaol. Nicht Lord Westfall.« Er ächzte, als er sich vom Stuhl aufs Sofa hievte. »Lord Westfall ist mein Vater.«

»Nun, Ihr seid ebenfalls ein Lord.«

»Nur Chaol.«

»Lord Chaol.«

Er warf ihr einen schnellen Blick zu, während er seine Beine zurechtrückte. Sie machte keine Anstalten, ihm zu helfen. »Und ich dachte, Ihr hättet immer noch nichts für mich übrig.«

»Wenn Ihr mir morgen mit meinen Schülerinnen helft, überlege ich es mir noch mal.«

Angesichts des Funkelns in ihren goldenen Augen hatte er Grund genug, daran zu zweifeln, dennoch umspielte ein schwaches Lächeln seine Mundwinkel. »Eine weitere Massage heute?« *Bitte,* hätte er beinahe hinzugefügt. Seine Muskeln schmerzten nach den Übungen und dem ganzen Hin und Her zwischen Bett und Sofa und Stuhl und Bad ...

»Nein.« Yrene bedeutete ihm, sich mit dem Gesicht nach unten aufs Sofa zu legen. »Ich fange heute an.«

»Habt Ihr denn etwas darüber gefunden?«

»Nein«, wiederholte sie und zog ihm schnell und effizient die Hose herunter. »Aber nach gestern Nacht ... will ich es nicht länger hinausschieben.«

»Ich werde – ich kann ...« Er knirschte mit den Zähnen. »Wir werden eine Möglichkeit finden, Euch während Eurer Nachforschungen zu schützen.« Er hasste die Worte, sie schmeckten wie ranzige Milch auf seiner Zunge, in seiner Kehle.

»Ich glaube, das wissen die«, sagte sie leise und verteilte das Öl entlang seines Rückgrats. »Aber ich bin mir nicht sicher, ob es überhaupt um die Informationen geht. Darum, ob ich sie finde oder nicht.«

Er verkrampfte innerlich, obwohl ihre Hände wohltuend über seinen Rücken strichen. Bis sie in der Nähe dieses Mals verharrten. »Was glaubt Ihr, worum es dann geht?«

Er hatte bereits einen Verdacht, aber er wollte es von ihr hören – wollte wissen, ob sie das Gleiche vermutete, ob sie die Risiken ebenso erkannte wie er selbst.

»Ich frage mich«, sagte sie schließlich, »ob es gar nicht nur darum geht, was ich in Erfahrung bringe, sondern auch darum, dass ich *Euch* heile.«

Die Worte hingen im Raum und er reckte den Kopf, um sie über seine Schulter hinweg anzusehen. Sie starrte nur auf das Mal auf seiner Wirbelsäule, ihr Gesicht müde und abgespannt. Er bezweifelte, dass sie in der vergangenen Nacht Schlaf gefunden hatte. »Wenn Ihr zu erschöpft seid ...«

»Bin ich nicht.«

Er biss die Zähne zusammen. »Ihr könnt hier ein Nickerchen machen. Ich werde aufpassen.« So nutzlos das auch sein würde. »Dann könnt Ihr mich später behandeln ...«

»Ich werde Euch jetzt behandeln. Ich werde niemandem gestatten, mich davon abzuschrecken.«

Da war kein Zittern oder Zaudern in ihrer Stimme.

Leiser, aber nicht weniger erbittert fügte sie hinzu: »Früher habe ich in Furcht vor anderen Menschen gelebt. Ich habe anderen erlaubt, auf mir herumzutrampeln, nur weil ich mich zu sehr vor den Konsequenzen gefürchtet habe, mich zu wehren. Ich wusste nicht einmal, *wie* ich mich wehren sollte.« Sie drückte mit der Hand auf seine Wirbelsäule, eine stille Aufforderung, den Kopf wieder hinzulegen. »Aber am Tag meiner Ankunft hier habe ich jenes Mädchen abgeschüttelt. Und ich will verdammt sein, wenn ich ihr erlaube, wieder aufzutauchen. Oder wenn ich jemandem erlaube, mir je wieder Vorschriften zu machen, über mein Leben, meine Entscheidungen.«

Bei der kochenden Wut in ihrer Stimme stellten sich die Härchen auf seinen Armen auf. Eine Frau wie eiskalter Stahl und knisternde Glut. Tatsächlich loderte Hitze unter ihrer Handfläche auf, als sie sie weiter an seiner Wirbelsäule entlang hinaufschob, in Richtung dieses weißen Mals.

»Mal sehen, ob es zur Abwechslung einmal selbst herumgeschubst werden will«, hauchte sie.

Yrene legte die Hand direkt auf das Mal. Chaol öffnete den Mund, um etwas zu erwidern ...

Aber stattdessen entfuhr ihm ein Schrei.

12

Ein brutaler Schmerz, brennend und messerscharf wie eine Krallenhand, schoss ihm den Rücken hinunter.

Chaol bäumte sich auf und schrie vor Qual.

Im nächsten Moment war Yrenes Hand verschwunden und ein lautes Krachen ertönte.

Chaol keuchte und schnappte nach Luft, als er sich auf die Ellbogen stemmte und Yrene auf dem niedrigen Tisch sitzen sah, die Phiole umgekippt, sodass das Öl sich über das Holz ergoss. Sie starrte auf seinen Rücken, auf die Stelle, an der ihre Hand gewesen war.

Ihm fehlten die Worte – von dem nachhallenden Schmerz.

Yrene betrachtete ihre Hände, drehte und wendete sie, als hätte sie sie noch nie zuvor gesehen.

»Nicht nur, dass es meine Magie ablehnt«, wisperte sie.

Seine Arme gaben nach und er lag wieder auf den Kissen, ohne jedoch seinen Blick von ihr abzuwenden, während sie erklärte: »Es *hasst* meine Magie.«

»Ihr habt gesagt, es sei nur ein Echo – wie ein Brandmal oder eine Tätowierung.«

»Vielleicht habe ich mich geirrt.«

»Rowan hat mich ohne diese Probleme geheilt.«

Bei dem Namen runzelte sie die Stirn und er verfluchte sich im Stillen dafür, hier im Palast der Ohren und Münder diesen Teil seiner Geschichte preisgegeben zu haben. »Wart Ihr bei Bewusstsein?«

Er dachte nach. »Nein. Ich war – fast tot.«

Dann bemerkte sie das vergossene Öl und fluchte leise – milde, im Vergleich zu anderen Leuten und ihrer dreckigen Ausdrucksweise, denen zu begegnen er das besondere Vergnügen gehabt hatte.

Yrene griff nach ihrem Beutel, aber er war schneller, riss sein immer noch schweißfeuchtes Hemd von der Armlehne des Sofas und warf es über die sich ausbreitende Pfütze, bevor das Öl auf den – wie Yrene bereits festgestellt hatte – unbezahlbar teuren Teppich tropfen konnte.

Yrene musterte das Hemd, dann seinen ausgestreckten Arm, der jetzt fast quer über ihrem Schoß lag. »Entweder konntet Ihr während dieser anfänglichen Heilung aufgrund Eurer Bewusstlosigkeit keinen Schmerz dieser Art spüren oder vielleicht hatte sich dieses *Etwas*, was immer es ist, noch nicht ... eingenistet.«

Seine Kehle schnürte sich zusammen. »Ihr denkt, ich wäre besessen?« Von diesem *Ding* aus dem Inneren des Königs, das solch unaussprechliche Sachen getan hatte ...

»Nein. Aber Schmerz kann sich *lebendig* anfühlen. Vielleicht handelt es sich um nichts anderes. Und vielleicht will er einfach nicht loslassen.«

»Ist meine Wirbelsäule überhaupt verletzt?« Er brachte die Frage kaum über die Lippen.

»Ja, das ist sie«, sagte sie, und ihm sank das Herz. »Ich habe die Brüche gespürt – die verhedderten, abgetrennten Nerven. Aber um diese Dinge zu heilen, damit sie wieder mit Eurem Gehirn kommunizieren ... muss ich an diesem Echo vorbeikommen. Oder es so weit zurückdrängen, um Raum zu haben, an Euch zu arbeiten.« Sie presste die Lippen zu einer grimmigen Linie zusammen. »Dieser Schatten, dieses Ding, das in Euch – das in Eurem Körper herumspukt. Es wird jeden meiner Schritte bekämpfen, wird mithilfe des Schmerzes darum kämpfen, dass *Ihr* mir befehlt, damit aufzuhören.« Sie sah ihn direkt an – schonungslos. »Versteht Ihr, was ich Euch sagen will?«

Seine Stimme war leise, rau. »Dass ich, wenn Ihr Erfolg haben wollt, diese Art von Schmerz ertragen muss. Immer wieder.«

»Ich habe Kräuter, die Euch in Schlaf versetzen könnten, aber bei einer solchen Verletzung ... Ich glaube, hier werde ich nicht die Einzige sein, die dagegen ankämpfen muss. Und wenn Ihr bewusstlos seid ... Ich fürchte mich vor dem, was es Euch antun könnte, wenn Ihr dort gefangen seid. In Eurer Traumlandschaft – Eurer Psyche.« Ihr Gesicht schien noch bleicher zu werden.

Chaol zog die Hand von seinem Hemd, jetzt nur mehr ein Wischlappen, zurück und drückte ihre Hand. »Tut, was Ihr tun müsst.«

»Es wird wehtun. So wie eben. Ständig. Wahrscheinlich noch schlimmer. Ich werde mich von oben nach unten vorarbeiten müssen, Wirbel um Wirbel, bevor ich auch nur das untere Ende Eures Rückgrats erreiche. Um es zu bekämpfen und Euch gleichzeitig zu heilen.«

Er drückte ihre Hand fester, die so klein in seiner lag. »Tut, was Ihr tun müsst«, wiederholte er nur.

»Und Ihr«, sagte sie leise, »Ihr werdet ebenfalls dagegen ankämpfen müssen.«

Daraufhin schwieg er.

Yrene fuhr fort: »Wenn dieses Etwas sich von Natur aus von uns ernährt ... Wenn es sich von uns ernährt und Ihr trotzdem gesund seid ...« Sie deutete auf seinen Körper. »Dann muss die Kreatur sich von etwas anderem nähren. Von etwas in Eurem Inneren.«

»Ich spüre nichts.«

Sie musterte ihre ineinander verschränkten Hände – dann zog sie die Finger weg. Nicht so heftig, als würde sie seine Hand abwehren, aber die Geste war vielsagend genug. »Vielleicht sollten wir darüber reden.«

»Worüber reden?«

Sie schob sich das Haar über die Schulter. »Darüber, was damals passiert ist – womit Ihr dieses Ding füttert.«

Seine Handflächen wurden feucht von Schweiß. »Da gibt es nichts zu reden.«

Yrene sah ihn für einen langen Moment an. Und er hielt diesem offenen Blick nur mit Mühe stand. »Nach allem, was ich in Erfahrung gebracht habe, gibt es in Bezug auf die vergangenen Monate einiges zu bereden. Wie es scheint, habt Ihr … stürmische Zeiten erlebt. Ihr habt selbst gesagt, dass es niemanden gebe, der Euch mehr verabscheue als Ihr selbst.«

Milde ausgedrückt. »Und plötzlich wollt Ihr mehr darüber hören?«

Sie zuckte mit keiner Wimper. »Wenn es erforderlich ist, damit Ihr gesund werdet und wieder verschwindet.«

Er zog die Brauen hoch. »Aha, jetzt kommt es also raus.«

Yrenes Gesicht war eine undurchschaubare Maske. In diesem Punkt stand sie Dorian in nichts nach. »Ich gehe davon aus, dass Ihr nicht wünscht, für immer hierzubleiben, jetzt, da der Krieg in *unserem* Heimatland, wie Ihr es genannt habt, ausbricht.«

»Ist es denn nicht unser Heimatland?«

Yrene erhob sich stumm, um nach ihrem Beutel zu greifen. »Mir liegt nichts daran, irgendetwas mit Adarlan zu teilen.«

Er verstand. Er verstand wirklich. Vielleicht war das der Grund, warum er ihr noch immer nicht verraten hatte, woher genau diese lauernde Dunkelheit in ihm stammte.

»Aber«, fuhr Yrene fort, »Ihr weicht vom Thema ab.« Sie stöberte in ihrem Beutel. »Früher oder später werdet Ihr darüber sprechen müssen, was passiert ist.«

»Bei allem schuldigen Respekt, es geht Euch nichts an.«

Bei diesen Worten warf sie ihm einen schnellen Blick zu. »Ihr könnt Euch wahrscheinlich kaum vorstellen, wie wichtig die Heilung emotionaler Wunden für die Heilung eines versehrten Körpers ist.«

»Ich habe mich dem gestellt, was geschehen ist.«

»Wovon nährt sich dann dieses Etwas in Eurer Wirbelsäule?«

»Ich weiß es nicht.« Es kümmerte ihn auch nicht.

Sie fischte etwas aus dem Beutel, bei dessen Anblick sich ihm der Magen zusammenkrampfte.

Ein Beißholz. Aus dunklem, neuem Leder gearbeitet. Unbenutzt.

Sie hielt es ihm hin, ohne zu zögern. Wie oft hatte sie so was wohl schon ihren Patienten gereicht, um Verletzungen zu heilen, die viel schlimmer waren als seine?

»Noch habt Ihr die Wahl«, sagte Yrene mit grimmiger Miene. »Wollt Ihr nicht doch lieber darüber sprechen, was in diesen vergangenen Monaten passiert ist?«

Aber Chaol legte sich nur auf den Bauch und schob sich das Beißholz in den Mund.

Nesryn hatte den Sonnenaufgang vom Himmel aus beobachtet.

Eine Stunde vor Tagesanbruch hatte Prinz Sartaq sie in seinem Horst auf einem der Minarette des Palasts erwartet. Der Prinz war ganz in Leder gekleidet und hinter ihm ... Nesryn hatte sich mit einer Hand am Torbogen zum Treppenhaus abgestützt und – atemlos von den unzähligen Treppen – innegehalten.

Kadara war wunderschön.

Die goldenen Federn des Ruks glänzten wie poliertes Metall und seine Brust war so hell wie frischer Schnee. Die goldenen Augen hatten Nesryn sofort gemustert, noch bevor Sartaq, der den Sattel auf seinen breiten Rücken schnallte, sich auch nur umdrehte.

»Captain Faliq«, hatte der Prinz zur Begrüßung gesagt. »Ihr seid früh auf.«

Zwanglose Worte für die Ohren, die möglicherweise lauschten.

»Der Sturm letzte Nacht hat mir den Schlaf geraubt. Ich hoffe, ich störe Euch nicht.«

»Ganz im Gegenteil.« In dem fahlen Licht hatte er seinen Mund zu einem Lächeln verzogen. »Ich wollte gerade ausreiten – damit dieser fette Vielfraß hier ausnahmsweise einmal sein Frühstück selbst jagt.«

Kadara plusterte entrüstet die Federn und klapperte mit ihrem riesigen Schnabel – mit dem sie durchaus imstande war, einem Mann den Kopf mit einem einzigen Biss abzutrennen. Kein Wunder, dass Prinzessin Hasar dem Vogel mit Argwohn begegnete.

Sartaq lachte leise und tätschelte Kadara die Federn. »Habt Ihr Lust, Euch uns anzuschließen?«

Bei diesen Worten wurde Nesryn wieder bewusst, wie ungeheuer hoch das Minarett war. Und um wie viel höher Kadara noch in die Lüfte steigen würde. Und nichts würde Nesryn vor dem Tod bewahren, außer dem Reiter und dem jetzt angebrachten Sattel.

Aber einen Ruk zu reiten ...

Noch dazu einen Ruk mit einem Prinzen, der ihr vielleicht das eine oder andere erzählen würde ...

»Mit großen Höhen habe ich keine Erfahrung, aber es wäre mir eine Ehre, Prinz.«

Es war eine Angelegenheit von wenigen Minuten. Sartaq befahl ihr, ihre dunkelblaue Jacke gegen die lederne einzutauschen, die er ihr reichte. Auch die Hose wechselte sie, wobei er ihr höflich den Rücken zukehrte. Da ihr das Haar nur bis zu den Schultern reichte, hatte sie Mühe, es zurückzuflechten, aber der Prinz griff in seine Tasche und reichte ihr ein Lederband, womit sie ihr Haar zu einem Knoten bändigen konnte.

»Tragt stets ein Ersatzband bei Euch«, hatte er ihr erklärt. Nach einem Ritt mit offenem Haar hätte sie sonst wochenlang damit zu tun, es wieder zu entwirren.

Er stieg als Erster auf den scharfäugigen Ruk, während Kadara sich dabei auf dem Boden niederließ wie eine übergroße Henne. Mit flinken Bewegungen kletterte er an ihrer Seite hinauf, dann hielt er Nesryn eine Hand hin. Zaghaft legte sie die Finger auf Kadaras Rippen und staunte angesichts der kühlen Federn, die sich so glatt anfühlten wie feinste Seide.

Nesryn hatte erwartet, dass der Ruk unruhig werden und sie anfunkeln würde, als Sartaq sie vor sich in den Sattel zog, aber das Reittier des Prinzen blieb fügsam. Geduldig.

Sartaq schnallte sie beide im Sattel an und unterzog die Ledergurte einer dreifachen Prüfung. Dann schnalzte er einmal mit der Zunge, und ...

Nesryn wusste, dass es sich nicht gehörte, die Arme eines Prinzen so fest zu drücken, dass sie ihm wahrscheinlich die Knochen brach. Aber sie tat es trotzdem, als Kadara ihre glänzenden goldenen Flügel ausbreitete und – sprang.

Hinabsprang.

Ihr drehte sich der Magen um. Die Augen tränten, ihr Blick verschwamm.

Der Wind zerrte an ihr, versuchte, sie aus dem Sattel zu reißen, und sie presste die Oberschenkel so fest an Kadaras Seiten, dass sie schmerzten, und krallte sich in Sartaqs Arme, mit denen er die Zügel hielt, bis er dicht an ihrem Ohr lachte.

Aber die blassen Gebäude Anticas, beinahe blau in der frühen Morgendämmerung, kamen immer näher, rasten ihnen entgegen, als Kadara tiefer und tiefer schoss, wie ein Stern, der vom Himmel fiel ...

Dann breitete sie ihre Flügel weit aus und schnellte in die Höhe.

Nesryn war froh, aufs Frühstück verzichtet zu haben, denn bei diesen heftigen Bewegungen, die ihren Magen durchschüttelten, hätte sie es garantiert im hohen Bogen erbrochen.

Nach wenigen Flügelschlägen legte Kadara sich nach rechts in die Kurve – in Richtung des Horizonts, der sich gerade rosa färbte.

Während sie in den Himmel emporstiegen, breitete sich Antica weitläufig vor ihnen aus und wurde immer kleiner und kleiner, bis es kaum mehr war als ein Muster aus Kopfsteinpflaster, das in alle Richtungen reichte. Sie erspähte die Olivenhaine und Weizenfelder gleich außerhalb der Stadt. Die verstreuten Landsitze und kleineren Städte. Die sandverwehten Dünen der nördlichen Wüste zu ihrer Linken. Das funkelnde, sich schlängelnde Band von Flüssen, die sich im Licht der über den Bergen zu ihrer Rechten aufgehenden Sonne golden färbten.

Sartaq sagte nichts. Kein Hinweis auf die Landmarken. Nicht einmal auf die bleiche Linie der Schwesterstraße, die zum südlichen Horizont führte.

Nein, im Licht der Morgendämmerung ließ er einfach Kadara ihren Willen. Der Ruk trug sie immer höher hinauf, die Luft wurde noch frischer – und mit jedem mächtigen Schlag ihrer Flügel leuchtete der erwachende, blaue Himmel heller.

Frei. So frei.

Ganz anders als auf dem beengten Schiff im endlosen Meer mit seinen öden Wellen.

Das hier war ... Das hier war *Aufatmen.* Das hier war ...

Sie konnte gar nicht genug kriegen, wollte alles in sich aufsaugen. Wie klein doch alles war, wie hübsch und ordentlich. Ein Land, von einer Siegernation erobert, und doch geliebt und genährt.

Ihr Land. Ihre Heimat.

Die Sonne und das Buschland und die hügelige Grasebene, die in der Ferne lockte. Die üppigen Dschungel und Reisfelder im Westen. Die blassen Sanddünen der Wüste im Nordosten. Mehr als sie in einem ganzen Leben sehen konnte – weiter weg, als Kadara an einem einzigen Tag fliegen konnte. Dieses Land – eine ganze Welt. Die ganze Welt war hier umfasst.

Sie verstand nicht, warum ihr Vater fortgegangen war.

Warum er in Adarlan geblieben war, wo sich eine solche Dunkelheit eingeschlichen hatte. Warum er sie in dieser eiternden Stadt festgehalten hatte, wo sie kaum zum Himmel emporschaute, kaum einen

Windhauch spürte, der nicht nach dem salzigen Avery stank oder nach dem Müll, der auf den Straßen verfaulte.

»Ihr seid sehr still«, bemerkte der Prinz, und es war eher eine Frage als eine Feststellung.

»Mir fehlen die Worte, um das hier zu beschreiben«, gestand Nesryn auf Halha.

Sie spürte, dass Sartaq an ihrer Schulter lächelte. »So habe ich auch empfunden – auf jenem ersten Ritt. Und auf jedem Ritt seither.«

»Ich kann verstehen, warum Ihr all die Jahre über bei den Rukhin geblieben seid. Warum Ihr so erpicht darauf seid, wieder zurückzukehren.«

Ein Moment der Stille. »Bin ich so leicht zu durchschauen?«

»Wie könntet Ihr *nicht* wieder zurückkehren wollen?«

»Manch einer hält den Palast meines Vaters für den prächtigsten der Welt.«

»Das ist er auch.«

Sein Schweigen war Frage genug.

»Der Palast in Rifthold war nicht annähernd so prächtig – so schön und so sehr ein Teil des Landes.«

Sartaq brummte und der Laut vibrierte an ihrem Rücken. Dann sagte er leise: »Der Tod meiner Schwester war sehr hart für meine Mutter. Ihretwegen bleibe ich noch.«

Nesryn zuckte innerlich ein wenig zusammen. »Das tut mir furchtbar leid.«

Für eine Weile sprach nur der rauschende Wind.

Bis Sartaq bemerkte: »Ihr sagtet, *war.* In Bezug auf Riftholds königlichen Palast. Warum?«

»Ihr habt davon gehört, was geschehen ist – mit den gläsernen Teilen.«

»Ah.« Ein weiterer Moment der Stille. »Zerschmettert von der Königin von Terrasen. Eurer ... Verbündeten.«

»Meiner Freundin.«

Er beugte sich zu ihr vor, um ihr ins Gesicht zu spähen. »Ist sie das wirklich?«

»Sie ist ein guter Mensch«, antwortete Nesryn, und es war ihr ernst. »Schwierig, ja, aber ... das könnte man wahrscheinlich von allen königlichen Häuptern sagen.«

»Anscheinend fand sie den ehemaligen König von Adarlan so schwierig, dass sie ihn getötet hat.«

Vorsichtige Worte.

»Der Mann war ein Monstrum – und eine Bedrohung für alle. Sein Stellvertreter, Perrington, ist es noch immer. Sie hat Erilea einen Gefallen getan.«

Sartaq hob die Zügel an, als Kadara zu einem langsamen, aber stetigen Sinkflug in Richtung eines funkelnden Flusstals ansetzte. »Ist sie wirklich so mächtig?«

Nesryn rang mit sich, ob sie die Wahrheit sagen oder Aelins Kräfte herunterspielen sollte. »Sie und Dorian verfügen beide über beträchtliche Magie. Aber ich würde sagen, die Intelligenz der beiden ist die stärkere Waffe. Ohne Intelligenz ist rohe Kraft nutzlos.«

»Sogar gefährlich.«

»Ja«, stimmte Nesryn zu und schluckte. »Sind ...« Sie stockte, denn in der Sprache des Hofes, undurchschaubar, geradezu labyrinthisch, war sie nicht geübt. »Gibt es eine Bedrohung an Eurem Hof, die es erforderlich gemacht hat, dass wir hoch in den Lüften miteinander sprechen?«

Er konnte sehr gut selbst diese Bedrohung sein, rief sie sich ins Gedächtnis.

»Ihr habt mit meinen Geschwistern gespeist. Habt selbst gesehen, wie sie sind. Ein mit Euch arrangiertes Treffen wäre ein Signal für sie. Das Signal, dass ich bereit bin, mir Euer Anliegen anzuhören – bereit, es vielleicht unserem Vater zu unterbreiten. Und sie würden die Vor-

und Nachteile abwägen, meine Pläne zu untergraben. Und überlegen, ob sie besser dastehen würden, wenn sie versuchten, sich ... mir anzuschließen.«

»Und seid Ihr es? Seid Ihr bereit, uns anzuhören?«

Sartaq antwortete nicht und lange Zeit füllte nur der tosende Wind die Stille.

»Ich würde zuhören. Euch und Lord Westfall. Ich würde mir anhören, was Ihr zu sagen habt, was geschehen ist. Ich habe nicht so viel Einfluss auf meinen Vater wie andere, aber er weiß, dass die Ruk-Reiter mir treu ergeben sind.«

»Ich dachte ...«

»Dass ich sein Liebling wäre?« Ein leises, bitteres Lachen. »Vielleicht habe ich eine Chance, zum Thronfolger ernannt zu werden, aber der Großkhan wählt seinen Erben nicht danach aus, wen er am meisten liebt. Und selbst dann, diese spezielle Ehre gebührt Duva und Kashin.«

Duva mit ihrem süßen Gesicht, das konnte sie verstehen, aber ... »Kashin?«

»Er ist meinem Vater gegenüber bedingungslos ergeben. Hat nie Ränke geschmiedet, ist niemals jemandem in den Rücken gefallen. Im Gegensatz zu mir – ich habe gegen sie alle intrigiert und gearbeitet, um zu bekommen, was ich will. Aber Kashin ... Er mag die Bodentruppen anführen und die Pferde-Lords, er mag – wenn nötig – brutal sein, aber meinem Vater gegenüber ist er arglos. Ein liebevoller, treuer Sohn, wie man ihn sich nur wünschen kann. Wenn unser Vater stirbt ... Ich mache mir Sorgen. Was die anderen tun werden, falls Kashin sich nicht unterordnet, oder schlimmer noch: was sein Tod bei Kashin selbst anrichten wird.«

Sie wagte zu fragen: »Was würdet *Ihr* tun?« *Ihn vernichten, wenn er Euch seine Gefolgschaft verweigert?*

»Es bleibt abzuwarten, welche Art von Bedrohung oder Allianz er darstellen könnte. Bis jetzt sind nur Duva und Arghun verheiratet und Arghun hat noch keine Nachkommen. Aber wahrscheinlich würde Kashin, wenn es nur nach ihm ginge, alles daran setzen, diese junge Heilerin im Sturm zu erobern.«

»Seltsam, dass sie gar kein Interesse an ihm hat.«

»Das spricht für sie. Es ist nicht gerade leicht, den Sohn oder die Tochter eines Großkhans zu lieben.«

Das saftige grüne Gras, noch von Tau benetzt unter der frühen Sonne, wogte, als Kadara sich einem schnell dahinfließenden Gewässer näherte. Mit ihren riesigen Klauen konnte sie mühelos Dutzende Fische aus dem Wasser reißen.

Aber es war nicht diese Art von Beute, die Kadara suchte, als sie über den Fluss hinwegflog und nach irgendetwas Ausschau hielt ...

»Gestern Nacht ist jemand in die Bibliothek der Torre eingebrochen«, berichtete Sartaq, während er die Jagd des Ruks über dem dunkelblauen Wasser im Auge behielt. Der Nebel auf der Wasseroberfläche küsste Nesryns Gesicht, doch es waren Sartaqs Worte, die sie bis tief ins Innere mit Kälte erfüllten. »Eine Heilerin wurde getötet – durch irgendeine verderbte Macht, die nur eine leere Hülle von ihr übrig gelassen hat. Etwas Derartiges haben wir in Antica noch nie erlebt.«

Nesryn drehte sich der Magen um. Diese Beschreibung ... »Wer? Warum?«

»Yrene Towers hat Alarm geschlagen. Die Wache hat stundenlang gesucht und keine Spur gefunden. Abgesehen von fehlenden Büchern dort, wo sie gearbeitet und wo der Eindringling sich an sie herangepirscht hatte. Yrene war ziemlich mitgenommen, aber unversehrt.«

Sie hatte Nachforschungen angestellt – gestern Abend hatte Chaol Nesryn erzählt, dass Yrene vorhabe, Informationen über Verletzungen zu sammeln, die von Magie herrührten, von Dämonen.

»Wisst Ihr vielleicht, womit Yrene sich beschäftigt haben könnte, was ein solch dunkles Interesse geweckt und zum Diebstahl ihrer Bücher geführt hat?«, fragte Sartaq beiläufig.

Nesryn dachte nach. Es konnte ein Trick sein – ihr etwas Persönliches von seiner Familie, von seinem Leben zu erzählen, um sie in Sicherheit zu wiegen, damit sie ihm ihre Geheimnisse anvertraute. Nesryn und Chaol hatten gegenüber dem Großkhan oder seinen Kindern nichts von den Schlüsseln preisgegeben, den Valg oder Erawan. Sie hatten abgewartet – um abzuschätzen, wem sie trauen konnten. Denn wenn ihre Feinde mitbekamen, dass sie Jagd auf die Schlüssel machten, um das Wyrdtor zu versiegeln ...

»Nein«, log sie. »Aber vielleicht handelt es sich um unerklärte Feinde von uns, die ihr und den anderen Heilerinnen Angst machen wollen, damit sie dem Captain nicht helfen. Ich meine – Lord Westfall.«

Schweigen. Sie rechnete damit, wartete darauf, dass er sie drängen würde, während Kadara knapp über der Wasseroberfläche entlangflog, als steuerte sie direkt auf etwas zu. »Es muss seltsam sein, einen neuen Titel zu tragen, mit dem ehemaligen Träger dieses Titels an Eurer Seite.«

»Ich war erst seit wenigen Wochen Captain, als wir aufbrachen. Ich werde mich wohl erst noch daran gewöhnen müssen, wenn wir wieder zurück sind.«

»Falls Yrene Erfolg hat. Neben den anderen möglichen Erfolgen.«

Wie dem Erfolg, diese Armee von hier mitzubringen.

»Ja«, war alles, was sie herausbrachte.

Kadara schoss in die Tiefe, eine scharfe, schnelle Bewegung, bei der Sartaq die Arme fester um Nesryn schloss und ihre Schenkel mit seinen fixierte.

Sie ließ sich von ihm leiten und aufrecht im Sattel halten, während Kadara ins Wasser eintauchte, zuschlug und etwas ans Flussufer schleuderte. Nur einen Moment später stürzte sie sich darauf, riss es mit den Klauen und spießte es mit dem Schnabel auf. Das Ding unter ihr kämpfte, wand sich, peitschte ...

Ein Knirschen. Dann Stille.

Der Ruk beruhigte sich, die aufgeplusterten Federn glätteten sich wieder unter dem Blut, das auf Brust und Hals gespritzt war. Und auf Nesryns Stiefel.

»Seid vorsichtig, Captain Faliq«, sagte Sartaq, als Nesryn einen Blick auf die Kreatur erhaschte, die Kadara sich jetzt einverleibte.

Ein riesiges Geschöpf, fast fünf Meter lang und von Schuppen bedeckt, so dick wie eine Rüstung. Wie die Sumpfbestien Eyllwes, aber massiger – fetter, zweifellos von dem Vieh, das entlang dieser Flüsse weidete und von der Kreatur ins Wasser gezerrt wurde.

»Es gibt viel Schönes in den Ländern meines Vaters«, fuhr der Prinz fort, während Kadara den monströsen Kadaver zerfetzte, »aber auch vieles, was unter der Oberfläche lauert.«

13

Yrene keuchte. Sie ließ sich auf den Boden fallen, die Beine von sich gestreckt, und lehnte sich ans Sofa, wo Lord Chaol jetzt ebenfalls nach Luft schnappte.

Ihr Mund war so trocken wie Sand und ihre Glieder zitterten so heftig, dass sie ihre Hände auf dem Schoß kaum still zu halten vermochte.

Ein Würgen und ein dumpfes Plumpsen verrieten ihr, dass er das Beißholz entfernt hatte.

Doch selbst mit diesem Ding im Mund hatte er geschrien. Sein Brüllen war fast so schlimm gewesen wie die Magie selbst.

Ein Nichts. Eine neue, dunkle Hölle.

Ihre Magie ein pulsierender Stern, ein Flackern gegen die Wand aus Dunkelheit zwischen dem oberen Teil seiner Wirbelsäule und dem Rest davon. Sie wusste – wusste es, ohne es ausprobieren zu müssen –, dass die Dunkelheit, selbst wenn sie sie umging und direkt zum unteren Teil seiner Wirbelsäule sprang ... ihre Magie auch dort finden würde.

Und sie hatte dagegengehalten. Druck ausgeübt ... so lange, bis sie schluchzend nach Atem gerungen hatte.

Aber diese Wand hatte sich immer noch nicht bewegt.

Stattdessen schien sie nur zu lachen, leise und zischend, ein Laut, in dem uraltes Eis und Bosheit mitschwangen.

Sie hatte ihre Magie gegen diese Wand *geschleudert* und ihre brennenden, weißen Lichter ausschwärmen, attackieren lassen, immer wieder, Welle um Welle, aber – nichts.

Und erst ganz am Ende, als ihre Magie keinen Riss, keine Spalte hatte finden können, um sich hindurchzuschieben ... Erst als sie schon dabei war, sich zurückzuziehen, schien diese dunkle Wand sich zu verwandeln.

In etwas anderes ...

Aber die Wand hatte Yrenes Magie mürbe gemacht. Und nach dem Tod dieser Heilerin war jeder Funke des Aufbegehrens erloschen. Sie hatte nicht sehen können – hatte nicht gewagt hinzusehen –, was sich dort sammelte, was die Dunkelheit mit Stimmen erfüllte, als würden sie durch einen langen Flur hallen.

Es hatte dort gelauert und schließlich hatte sie doch einen Blick über ihre Schulter gewagt.

Die dunkle Wand war lebendig geworden, ein stetiger Fluss von Bildern. Es war, als betrachtete Yrene sie mit den Augen eines anderen. Und sie hatte instinktiv gewusst, dass es nicht die von Lord Chaol waren.

Eine Festung aus dunklem Stein ragte inmitten aschfarbener, kahler Berge auf, ihre Türme scharf wie Lanzen, ihre Kanten und Zinnen hart und schneidend. Dahinter, durch die Täler und Ebenen inmitten der Berge hindurch, erstreckte sich eine Armee bis in die Ferne, mit mehr Lagerfeuern, als sie zählen konnte.

Und sie kannte den Namen dieses Ortes, kannte die versammelte Heerschar. Hörte den Namen durch ihren Geist donnern wie einen Hammerschlag auf einem Amboss.

Morath.

Sie war zurückgeschreckt. Zurück ins Licht und in die drückende Hitze.

Morath – vielleicht eine echte Erinnerung an diese Macht – welche auch immer es war –, die ihn getroffen hatte; vielleicht auch etwas aus Yrenes eigenen dunkelsten Albträumen, das die Finsternis heraufbeschworen hatte …

Auf jeden Fall aber nicht real. Zumindest nicht hier in diesem Raum, wo die Sonne hereinflutete und das Plätschern des Springbrunnens aus dem Garten dahinter zu hören war. Doch wenn es sich tatsächlich um ein wahres Abbild der Armeen handelte, die Lord Chaol gestern erwähnt hatte …

Das war es also, was sie erwartete. Die Opfer dieser Heerschar, wahrscheinlich sogar die Soldaten selbst, sollte alles schiefgehen.

Das war es, was sie daheim erwartete.

Nicht jetzt – sie würde nicht jetzt darüber nachdenken, nicht in seiner Gegenwart. Ihre Sorge würde ihn nur daran erinnern, welcher Macht er ins Auge sehen musste, was vielleicht auf seine Freunde einprasselte, während sie hier saßen … Nicht hilfreich. Für keinen von ihnen.

Also blieb Yrene einfach dort auf dem Teppich sitzen, atmete tief durch und schaffte es, ihr Zittern mit jedem Atemzug ein wenig mehr verebben zu lassen, ihren Geist zu beruhigen, während ihre Magie begann, sich wieder aufzufüllen. Lord Chaol ließ sie auf dem Sofa hinter sich weiterkeuchen. Keiner von ihnen sagte ein Wort.

Nein, das hier war keine gewöhnliche Heilung.

Der Heilungsprozess würde ihre Rückkehr hinauszögern, aber wenn sie es schaffte, ihn zu heilen, wie lange es auch dauern mochte … Auf den Schlachtfeldern dort gab es vielleicht noch andere wie ihn – die an ähnlichen Verletzungen litten. Wenn sie jetzt lernte, sich dem zu stellen, und sei es auch noch so quälend … Ja, diese Verzögerung konnte sich als nützlich erweisen. Wenn sie es schaffte, diese Dunkelheit erneut zu verkraften, sie erneut zu ertragen. Wenn sie einen Weg fand, sie zu zerschmettern.

Geh dorthin, wohin zu gehen du dich fürchtest.

In der Tat.

Ihr fielen die Augen zu. Irgendwann kehrte die Dienerin mit den Zutaten zurück, die Yrene ihr aufgetragen hatte. Sie warf nur einen einzigen Blick auf Yrene und Lord Westfall und verschwand wieder.

Es schien Stunden her zu sein. Tage.

Ihr Bauch verknotete sich vor Hunger – ein seltsam sterbliches Gefühl verglichen mit der Zeit, die sie damit verbracht hatte, gegen diese Schwärze anzukämpfen, ohne wirklich wahrzunehmen, wie sie ihm die Hand auf den Rücken gelegt hatte, wie er geschrien hatte, immer dann, wenn ihre Magie gegen diese Wand stieß.

Er hatte sie kein einziges Mal gebeten aufzuhören. Hatte um keine Atempause gefleht.

Zitternde Finger streiften ihre Schulter. »Seid ... Ihr ...« Seine Worte waren nur ein heiseres Krächzen. »... in Ordnung?« Er brauchte Pfefferminztee mit Honig. Sie sollte die Dienerin rufen – falls sie ihre Sprache wiederfand. Es schaffte, sich verständlich zu machen.

Yrene öffnete die Lider einen Spaltbreit, als seine Hand auf ihrer Schulter liegen blieb. Nicht aus Zuneigung oder Sorge, sondern – so hatte sie das Gefühl – weil die Erschöpfung so schwer auf ihm lastete, dass er sie nicht noch einmal bewegen konnte.

Sie war selbst so ausgelaugt, dass sie nicht die Kraft aufbrachte, diese Berührung abzuschütteln, wie sie es zuvor getan hatte. »Ich sollte *Euch* fragen, ob mit Euch alles in Ordnung ist«, gelang es ihr schließlich, mit rauer Stimme zu erwidern. »Fühlt Ihr ... irgendetwas?«

»Nein.« Allein die Emotionslosigkeit seiner Antwort verriet ihr genug über seine Gedanken, seine Enttäuschung. Er hielt für einige Sekunden inne, bevor er wiederholte: »Nein.«

Sie schloss die Augen wieder. Das hier konnte Wochen dauern. Monate. Vor allem wenn sie keinen Weg fand, diese Mauer aus Dunkelheit zurückzudrängen.

Erfolglos versuchte sie, die Beine zu bewegen. »Ihr braucht ...«

»Ruhe.«

Die Hand schloss sich fester um ihre Schulter.

»Ruhe«, wiederholte er.

»Ihr seid für heute fertig«, entgegnete sie. »Keine weiteren Übungen ...«

»Ich meinte – Euch. *Ihr braucht – Ruhe*«, stieß er mühevoll hervor.

Yrene hob erneut ihre schweren Lider und ließ den Blick zu der großen Uhr in der Ecke schweifen. Blinzelte. Blinzelte noch mal. Ein drittes Mal.

Fünf.

Sie waren seit *fünf* Stunden hier ...

Und er hatte es die ganze Zeit ertragen. *Fünf Stunden* dieser Qual ...

Allein dieser Gedanke veranlasste sie, die Beine ein wenig anzuwinkeln und sich stöhnend auf den niedrigen Tisch zu stützen. Dann sammelte sie ihre Kräfte und stemmte sich Stück für Stück hoch, bis sie stand. Taumelnd – aber sie stand.

Er schob die Arme unter sich, und die Muskeln seines nackten Rückens traten hervor, als er versuchte, sich ebenfalls hochzustemmen.

»Tut es nicht«, sagte sie.

Er tat es trotzdem. Seine massiven Arm- und Brustmuskeln ließen ihn nicht im Stich, bis er saß. Und sie mit glasigen Augen anstarrte.

Yrene krächzte: »Ihr braucht – Tee.«

»Kadja.«

Der Name war kaum mehr als ein Atemhauch.

Die Dienerin erschien sofort. Zu schnell.

Yrene musterte sie eingehend. Sie hatte gelauscht. Gewartet.

Yrene machte sich nicht die Mühe zu lächeln, als sie sagte: »Pfefferminztee. Ganz viel Honig.«

»Zweimal«, ergänzte Chaol.

Yrene warf ihm einen Blick zu, ließ sich dann aber neben ihm aufs

Sofa sinken. Die Kissen waren leicht feucht – von seinem Schweiß, wie sie beim Anblick seiner glänzenden gebräunten Brust begriff.

Sie schloss die Augen – nur für einen Moment.

Dass es viel länger gewesen war, wurde ihr erst bewusst, als Kadja zwei zarte Teetassen und einen kleinen, dampfenden Eisenkessel in der Mitte des Tisches abstellte. Dann verteilte sie den Honig großzügig in beide Tassen und Yrenes Mund war zu trocken, ihre Zunge zu schwer, um sie zu bremsen und sie darauf aufmerksam zu machen, dass ihnen von all der Süße übel werden würde.

Die Dienerin rührte schweigend in beiden Tassen, dann reichte sie die erste Tasse Chaol. Der sie lediglich an Yrene weitergab.

Sie war zu müde, um zu protestieren, also legte sie nur die Hände um das Porzellan und versuchte, die Kraft aufzubringen, die Tasse an die Lippen zu führen.

Er schien es zu spüren.

Er bat Kadja, seine Tasse auf dem Tisch stehen zu lassen. Und schickte sie weg.

Wie aus weiter Ferne beobachtete Yrene, wie Chaol ihr die Tasse abnahm und sie an ihre Lippen hob.

Sie erwog, seine Hand von ihrem Gesicht wegzustoßen.

Ja, sie arbeitete mit ihm. Nein, er war nicht das Monstrum, das sie ursprünglich erwartet hatte, jedenfalls nicht auf die Art und Weise, wie sie es bei anderen Männern erlebt hatte, aber ihn so nah an sich heranzulassen, es zuzulassen, dass er sich so um sie *kümmerte* ...

»Ihr könnt den Tee entweder trinken«, sagte er, seine Stimme ein tiefes Knurren, »oder wir können noch die nächsten paar Stunden so dasitzen.«

Sie hob den Blick und stellte fest, dass *sein* Blick offen war – klar, trotz der Erschöpfung.

Sie erwiderte nichts.

»Hier ist also die Grenze«, murmelte Chaol, mehr zu sich selbst als zu ihr. »Ihr könnt es ertragen, mir zu helfen, aber ich darf die Freundlichkeit nicht erwidern. Darf nichts tun, was über das hinausgeht, was – *wen* Ihr in mir seht.«

Er war scharfsichtiger, als die meisten Menschen es ihm wahrscheinlich zutrauten.

Sie hatte das Gefühl, dass die Härte in seinen dunkelbraunen Augen nur ein Spiegelbild ihrer eigenen war.

»Trinkt.« Ein Befehl. Ein Mann, der Gehorsam gewohnt war, der es gewohnt war, das Kommando zu erteilen. »Nehmt es mir so übel, wie Ihr wollt, aber trinkt diesen verdammten Tee.«

Aber in seinen Augen lag auch ein kleines Fünkchen Sorge ...

Ein Mann, der Gehorsam gewohnt war, ja, aber auch ein Mann, der geneigt war, für andere zu sorgen. Sich um andere zu kümmern. Dazu getrieben von einem inneren Zwang, den er nicht unter Kontrolle bekam. Den er sich nicht abgewöhnen konnte. Den er sich nicht hatte herausreißen können.

Yrene öffnete die Lippen, eine stumme Kapitulation.

Sanft hielt er ihr die Porzellantasse an den Mund.

Sie nahm einen Schluck. Er murmelte einige ermutigende Worte. Sie nahm noch einmal einen.

So müde. In ihrem *ganzen Leben* war sie noch nie so müde gewesen ...

Chaol drückte ihr die Tasse ein drittes Mal an die Lippen und sie trank einen großen Schluck.

Genug. Er brauchte den Tee mehr als sie ...

Er schien zu spüren, dass sie ihn wahrscheinlich anschnauzen würde, nahm die Tasse von ihrem Mund und nippte daran. Einen Schluck. Zwei.

Dann leerte er die Tasse und griff nach der anderen, doch er bot wiederum ihr die ersten Schlucke an, bevor er den Rest trank.

Unerträglicher Mann.

Yrene musste etwas Derartiges geäußert haben, denn er verzog einen Mundwinkel zu einem schwachen Lächeln. »Ihr seid nicht die Erste, die mich so nennt«, sagte er, und seine Stimme klang weicher. Weniger heiser.

»Ich bin mir sicher, dass ich auch nicht die Letzte sein werde«, murmelte sie.

Chaol schenkte ihr erneut dieses schwache Lächeln und streckte sich, um beide Tassen wieder aufzufüllen. Diesmal fügte er den Honig selbst hinzu – weniger als Kadja. Die richtige Menge. Er rührte mit ruhiger Hand in den Tassen.

»Ich kann das machen«, versuchte Yrene anzubieten.

»Ich auch«, sagte er nur.

Es gelang ihr diesmal, die Tasse selbst zu halten. Er überzeugte sich davon, dass sie einen großen Teil ihres Tees getrunken hatte, bevor er seine eigene Tasse an die Lippen hob.

»Ich sollte gehen.« Der Gedanke, den Palast zu verlassen, der Marsch zur Torre und dann auch noch all die Treppen zu ihrem Zimmer ...

»Ruht Euch aus. Esst etwas – Ihr müsst halb verhungert sein.«

Sie beäugte ihn. »Ihr nicht?« Noch vor ihrem Eintreffen hatte er ausgiebig trainiert; allein davon musste er schrecklichen Hunger haben.

»Doch. Und ich glaube nicht, dass ich bis zum Abendessen warten kann.« Er fügte hinzu: »Ihr könntet mir Gesellschaft leisten.«

Es war eine Sache, ihn zu heilen, mit ihm zu arbeiten, ihm zu erlauben, ihr Tee zu verabreichen. Aber mit ihm zu essen, mit dem Mann, der diesem Schlächter gedient hatte, für ihn gearbeitet hatte, während die dunkle Armee sich in Morath versammelte ... Da war es wieder. Dieser Rauch in ihrer Nase, das Knistern von Flammen und die Schreie.

Yrene beugte sich vor, um ihre Tasse auf den Tisch zu stellen. Dann erhob sie sich. Jede ihrer Bewegungen war steif. Schmerzhaft. »Ich muss in die Torre zurück«, erklärte sie mit weichen Knien. »Die Totenwache beginnt bei Sonnenuntergang.« Zum Glück hatte sie bis dahin noch eine Stunde Zeit.

Er bemerkte, dass sie taumelte, und streckte die Hand nach ihr aus, aber sie trat aus seiner Reichweite. »Ich lasse meine Sachen hier.« Der Gedanke, diesen schweren Beutel mitzuschleppen …

»Lasst mich eine Kutsche für Euch anfordern.«

»Ich kann am vorderen Tor um eine bitten«, lehnte sie ab. Falls jemand hinter ihr her war, würde sie sich für die Sicherheit einer Kutsche entscheiden.

Sie musste sich an den Möbeln festhalten, um aufrecht gehen zu können. Der Weg zur Tür schien endlos.

»Yrene.«

Sie konnte sich kaum auf den Beinen halten, dennoch hielt sie an der Tür inne, um sich umzudrehen.

»Der Unterricht morgen.« Er sah sie fragend an. »Wo soll ich Euch treffen?«

Sie überlegte, ob sie absagen sollte. Fragte sich, was sie sich eigentlich dabei gedacht hatte, ausgerechnet ihn darum zu bitten.

Aber … fünf Stunden. Fünf Stunden voller Qual. Und er war nicht zusammengebrochen.

Vielleicht war allein das der Grund, warum sie das Abendessen abgelehnt hatte. Wenn er nicht zusammengebrochen war, dann würde auch sie nicht zusammenbrechen – indem sie etwas anderes in ihm sah als das, was er war. Wem er gedient hatte.

»Wir treffen uns bei Sonnenaufgang im zentralen Innenhof.«

Es war schwer, die Kraft aufzubringen, sich wieder in Bewegung zu setzen, aber sie schaffte es. Setzte einen Fuß vor den anderen.

Ließ ihn allein zurück, während er ihr nachstarrte.

Fünf Stunden voller Qual, und sie wusste, dass es nicht nur körperliche Qualen gewesen waren.

Als sie sich gegen diese Mauer gestemmt hatte, hatte sie gespürt, dass die Dunkelheit auch ihm Dinge gezeigt hatte, die dahinterlagen.

Kleine Fünkchen, nichts, was sie klar hatte erkennen können, aber es fühlte sich an ... wie Erinnerungen. Albträume. Vielleicht beides.

Trotzdem hatte er sie nicht gebeten aufzuhören.

Und während sich Yrene durch den Palast schleppte, fragte sie sich, ob Lord Chaol sie nicht nur nicht gebeten hatte aufzuhören, weil er gelernt hatte, Schmerzen zu ertragen, sondern auch, weil er irgendwie das Gefühl hatte, sie verdient zu haben.

Alles tat weh.

Aber Chaol gestattete sich nicht, darüber nachzudenken, was er gesehen hatte. Was ihm durch den Kopf geschossen war, als der Schmerz ihn geschüttelt hatte, ihn verbrannt und gepeitscht und zerschmettert hatte. Was – und wen er gesehen hatte. Den Leichnam auf dem Bett. Das Halsband an einer Kehle. Den Kopf, der gerollt war.

Er konnte nicht entfliehen. Nicht, solange Yrene daran arbeitete.

Also schoss der Schmerz weiter durch ihn hindurch, also sah er es wieder, immer wieder.

Also brüllte er und schrie und bellte.

Erst als sie sich selbst nicht mehr auf den Beinen halten konnte, hatte sie innegehalten.

Hatte ihn hohl und leer zurückgelassen.

Keinen Augenblick länger als nötig hatte sie bei ihm verbringen wollen.

Er machte ihr keinen Vorwurf.

Es spielte auch keine Rolle. Obwohl sie ihn gebeten hatte, morgen zu helfen, rief er sich ins Gedächtnis.

Wie auch immer er das würde tun können.

So, wie Yrene ihn zurückgelassen hatte, so verzehrte Chaol auch seine Mahlzeit, immer noch in Unterhosen. Kadja schien es nicht zu bemerken oder es war ihr egal, und er hatte viel zu große Schmerzen, war viel zu müde, um sich um Anstand zu scheren.

Aelin hätte gewiss gelacht, hätte sie ihn so gesehen. Der Mann, der aus ihrem Zimmer gestolpert war, nachdem sie ihm erklärt hatte, dass ihre Monatsregel gekommen sei. Dieser Mann saß jetzt in diesem prächtigen Zimmer, fast nackt, und es kümmerte ihn einen Scheißdreck.

Nesryn kehrte kurz vor Sonnenuntergang zurück, ihr Gesicht gerötet, ihr Haar vom Wind zerzaust. Ein einziger Blick auf ihr zaghaftes Lächeln verriet, dass sie bei Sartaq zumindest einigermaßen Erfolg gehabt hatte. Vielleicht würde ihr das gelingen, was ihm selbst offenbar nicht vergönnt war: eine Armee zu mobilisieren, die sie zurück nach Hause begleiten würde.

Er hatte vorgehabt, heute mit dem Großkhan zu sprechen – über die Bedrohung, die der Angriff der vergangenen Nacht darstellte. Aber jetzt war es so spät, dass ein solches Treffen nicht mehr arrangiert werden konnte.

Er hörte Nesryn kaum, als sie ihm etwas über Sartaqs mögliche Sympathie für sie beide zuflüsterte. Über ihren Ritt auf seinem wunderbaren Ruk. Die Erschöpfung lastete so schwer auf ihm, dass er kaum die Augen offen halten konnte, selbst bei der Vorstellung, wie diese Ruks sich in Angriffsposition gegen die Ironteeth und Wyvern brachten, selbst bei der Frage, wer solche Schlachten überleben würde.

Aber es gelang ihm, den Befehl auszusprechen, der ihm auf der Zunge lag: *Geh auf die Jagd, Nesryn.*

Die Zeit war nicht auf ihrer Seite, falls tatsächlich einer von Erawans Valg-Handlangern nach Antica gekommen war. Jeder Schritt, jedes Ersuchen konnte Erawan zugetragen werden. Und falls sie Yrene verfolgten, weil sie Informationen über die Valg eingeholt hatte oder weil sie die rechte Hand des Königs von Adarlan heilte ... Es gab hier niemanden, dem er vertrauen konnte. Niemanden, der die Sache übernehmen konnte. Außer Nesryn.

Und Nesryn nickte nur. Verstand, warum er sein Anliegen förmlich ausgespien hatte. Sie in diese Gefahr zu bringen, diese Art von Gefahr *jagen* zu lassen, war ...

Aber sie wusste, was zu tun war, hatte es schon in Rifthold getan, woran sie ihn jetzt sanft erinnerte. Der Schlaf übermannte ihn beinah, machte seinen Körper schwer, aber es gelang ihm trotzdem, seine letzte Bitte vorzubringen: *Pass auf dich auf.*

Chaol widersetzte sich nicht, als sie ihm in den Rollstuhl half und ihn dann in sein Schlafzimmer schob. Erfolglos versuchte er, sich ins Bett zu hieven, und nahm nur vage wahr, wie sie und Kadja ihn schließlich auf die Matratze wuchteten wie ein Stück Fleisch.

Yrene – sie tat so etwas nie. Schob ihn nie irgendwohin, wenn er es selbst tun konnte. Sagte ihm stattdessen ständig, dass er sich bewegen solle.

Er fragte sich, warum. Und war doch viel zu müde, um sich diese Frage zu stellen.

Nesryn sagte noch, dass sie ihn beim Abendessen entschuldigen werde, dann verließ sie den Raum, um sich umzuziehen. Der Gedanke, ob die Diener draußen vor ihrer Schlafzimmertür wohl hörten, wie der Wetzstein über Nesryns Klingen schleifte, war sein letzter, bevor ihm die Augen zufielen.

Als sie aufbrach, schlief er bereits und die Uhr im Wohnzimmer schlug siebenmal.

Beim Abendessen schenkte niemand Nesryn große Beachtung. Und auch später nicht, als sie ihre Kampfmesser, ihr Schwert, ihren Bogen und ihren Köcher anlegte, um in die Straßen der Stadt hinauszuschlüpfen.

Auch die Gemahlin des Großkhans nicht.

Als Nesryn auf dem Weg aus dem Palast an einem großen Steingarten vorbeischlich, erregte etwas Weißes ihre Aufmerksamkeit – und ließ sie sich hinter eine der Säulen ducken, die den Innenhof flankierten.

Eine Sekunde später nahm sie die Hand von dem langen Messer an ihrer Seite.

Ganz in weiße Seide gekleidet, ihr langes dunkles Haar offen, schritt die Erhabene Gebieterin stumm und ernst wie ein Gespenst einen Weg entlang, der sich zwischen den Felsgebilden des Gartens hindurchschlängelte. Nur Mondlicht erfüllte den Garten – Mondlicht und Schatten, während die Gebieterin allein und unbemerkt dahinschritt. Ihr schlichtes Gewand flatterte hinter ihr her wie in einem Geisterwind.

Weiß für Trauer – für Tod.

Das Gesicht der Erhabenen Gebieterin war ungeschminkt, ihr Teint viel bleicher als der ihrer Kinder. Keinerlei Freude stand in ihren Zügen, kein Leben. Kein Interesse weder an dem einen noch an dem anderen.

Nesryn hielt sich im Schatten der Säule und beobachtete, wie die Gebieterin weiterschwebte, als wanderte sie über die Pfade irgendeiner Traumlandschaft. Oder vielleicht die Pfade einer leeren, kahlen Hölle.

Nesryn fragte sich, ob sie auch nur entfernt den Höllenpfaden ähnelten, über die sie selbst in jenen ersten Monaten nach dem Tod ihrer Mutter gewandelt war. Fragte sich, ob auch für die Erhabene Gebieterin die Tage verschwommen dahinglitten, ob Nahrung auf ihrer Zunge zu Asche wurde und sie den Schlaf gleichzeitig ersehnte und doch kaum erhielt.

Erst als die Gemahlin des Großkhans hinter einen großen Steinbrocken trat und außer Sicht blieb, ging Nesryn weiter, ihre Schritte eine Spur schwerer.

Antica im Vollmond war ein Spiel von Blau- und Silbertönen, durchbrochen vom goldenen Schein der Laternen, die von den öffentlichen Lokalen und den Wagen der Verkäufer hingen, die *Kahve* und irgendwelche Leckereien anboten. Vereinzelt spielten Straßenkünstler auf Lauten und Trommeln, und einige von ihnen waren so begabt, dass Nesryn wünschte, innehalten zu können, aber heute Nacht waren ihre List und Schnelligkeit gefragt.

Sie pirschte sich durch die Schatten, lauschte auf die Geräusche der Stadt und versuchte, sie zuzuordnen.

Entlang der Hauptverkehrswege tauchten immer wieder verschiedene Tempel auf: einige aus Marmorpfeilern errichtet, andere unter spitzen Holzdächern und bemalten Säulen gelegen, wieder andere waren bloße Innenhöfe voller Teiche oder Steingärten oder schlafender Tiere. Sechsunddreißig Gottheiten wachten über diese Stadt – mit dreimal so vielen Tempeln.

Und bei jedem Tempel, an dem Nesryn vorbeikam, fragte sie sich, ob die Gottheiten wohl zwischen den Säulen oder hinter den behauenen Felsen hervorspähten; ob sie von den Traufen jenes tief hängenden Dachs oder durch die gefleckten Katzenaugen zuschauten, dort, wo das Tier im Halbschlaf auf den Stufen des Tempels lag.

Sie flehte sie alle an, ihre Füße schnell und lautlos dorthin zu leiten, wo sie hinmusste, während sie durch die Straßen schlich.

Falls ein Spion der Valg auf diesen Kontinent gekommen war – oder schlimmer noch, womöglich ein Valg-Fürst ... Nesryns Blick schweifte suchend über die Dächer und die riesige Säule der Torre. Der Turm glänzte knochenweiß im Mondlicht, wie ein Leuchtturm, der über die Stadt und die Heilerinnen darin wachte.

Chaol und Yrene hatten heute keinerlei Fortschritte gemacht, aber – es war in Ordnung. Nesryn ermahnte sich immer wieder selbst, dass es in Ordnung war. Diese Dinge brauchten Zeit, selbst wenn Yrene ... Es war offensichtlich, dass sie in Bezug auf Chaols Herkunft einige persönliche Vorbehalte hatte. In Bezug auf seine frühere Rolle in Adarlans Reich.

In der Nähe des Eingangs zu einer Gasse hielt Nesryn inne, als eine Gruppe junger, lautstark feiernder Männer und Frauen vorbeistolperte. Sie sangen derbe Lieder, wegen derer ihre Tante sie gewiss ausgeschimpft hätte. Um sie später selbst vor sich hin zu summen.

Während sie die Gasse im Auge behielt, die angrenzenden flachen Dächer, blieb Nesryns Blick an einem grob in eine Ziegelsteinmauer gehauenen Bild hängen. Eine ruhende Eule, die Flügel angelegt, diese unheimlichen, großen Augen, die niemals blinzelten, weit aufgerissen. Sie strich mit einer behandschuhten Hand darüber und zeichnete die Linien nach.

Anticas Eulen. Sie waren überall in dieser Stadt, als Tribut an jene Göttin, die vielleicht mehr angebetet wurde als jede andere der sechsunddreißig Gottheiten. Es gab keinen obersten Gott, der über den südlichen Kontinent regierte, und doch war Silba ... Nesryn begutachtete noch einmal den mächtigen Turm, der heller schimmerte als der Palast am anderen Ende der Stadt. Silba war hier die unbestrittene Herrscherin. Wenn jemand in die Torre einbrach, um eine der Heilerinnen zu *töten,* musste der Betreffende wirklich verzweifelt sein. Oder vollkommen wahnsinnig.

Oder ein Valg-Dämon, der keine Angst vor den Göttern kannte – nur vor dem Zorn seines Herrn, sollte er scheitern.

Aber wenn ein Valg in dieser Stadt war, wo würde er sich verstecken? Wo würde er lauern?

Unter einigen der Häuser verliefen Kanäle, aber nicht vergleichbar mit dem gewaltigen Kanalisationsnetzwerk von Rifthold. Vielleicht sollte sie noch einmal die Mauern der Torre unter die Lupe nehmen ...

Nesryn lenkte ihre Schritte auf den glänzenden Turm zu, mit jedem Schritt, den sie näher kam, ragte die Torre höher über ihr auf. Sie hielt sich im Schatten eines der Häuser gegenüber der massiven Mauer, die das gesamte Gelände der Torre Cesme umgab.

In den in das bleiche Gemäuer eingelassenen Halterungen flackerten Fackeln und alle paar Schritte waren Wachen positioniert. Ebenso wie oben auf der Mauer. Königliche Gardisten, ihren Farben nach zu urteilen, sowie Gardisten der Torre in ihren kornblumenblauen und gelben Uniformen - so viele, dass niemand unbemerkt an ihnen vorbeikommen würde. Nesryn betrachtete die eisernen Tore, die jetzt zur Nacht geschlossen waren.

»Ob sie gestern Nacht geöffnet waren, das ist die Frage, die keiner der Wachleute zu beantworten vermag.«

Nesryn wirbelte mit gezücktem Messer herum.

Prinz Sartaq lehnte einige Schritte hinter ihr an der Mauer des Gebäudes, in dessen Schatten sie sich hielt, den Blick auf den hoch aufragenden Turm gerichtet. Zwillingsschwerter spähten über seine breiten Schultern und lange Messer hingen von seinem Gürtel. Er hatte die prunkvollen Gewänder vom Abendessen wieder gegen seine Ledermontur eingetauscht - mit einer Rüstung um die Schultern, stählernen Arm- und Beinschienen und einem schwarzen Schal um den Hals.

Nein, kein Schal - sondern ein Tuch, um es sich über Mund und Nase zu ziehen, wenn er sich die schwere Kapuze seines Umhangs überstülpte. Um anonym zu bleiben, unbemerkt.

Sie schob ihr Messer in die Scheide zurück. »Seid Ihr mir gefolgt?«

Der Prinz richtete den Blick seiner dunklen, ruhigen Augen auf sie. »Es war nicht gerade unauffällig, wie Ihr bis an die Zähne bewaffnet durch das Haupttor gegangen seid.«

Nesryn wandte sich den Mauern der Torre zu. »Ich habe keinen Grund, etwas zu verheimlichen.«

»Ihr glaubt also, wer auch immer die Heilerinnen angegriffen hat, spaziert einfach so herum?« Seine Stiefel waren kaum mehr als ein Kratzen auf dem uralten Stein, als er auf sie zukam.

»Ich wollte nachforschen, wie sie vielleicht hineingelangt sind. Mir einen besseren Überblick über das gesamte Areal verschaffen und darüber, wo sie sich vielleicht verstecken könnten.«

Eine Pause. »Ihr hört Euch an, als wüsstet Ihr genau, mit wem Ihr es zu tun habt.« *Ohne mir davon während unseres Ritts heute Morgen erzählt zu haben.*

Nesryn überging Sartaqs unausgesprochenen Vorwurf und warf ihm einen Seitenblick zu. »Ich wünschte, ich könnte etwas anderes sagen, aber genauso ist es. Wenn der Angriff von denjenigen kam, die wir verdächtigen ... Ich habe einen Großteil des Frühlings und Sommers damit verbracht, sie in Rifthold zu jagen.«

Sartaq fixierte eingehend die Mauer. Dann sagte er leise: »Wie schlimm war es?«

Nesryn schluckte, als die Bilder in ihr aufflackerten: die Leichen und die Abwasserkanäle und der explodierende gläserne Palast, eine Wand aus Tod, die auf sie zuraste ...

»Captain Faliq.«

Ein sanfter Anstoß. Ein weicherer Ton, als sie von einem Kriegerprinzen erwartet hätte.

»Was haben Eure Spione Euch erzählt?«

Sartaq biss die Zähne zusammen und ein Schatten glitt über seine Züge, bevor er antwortete: »Sie haben berichtet, dass Rifthold voller Schreckenswesen sei. Menschen, die keine *Menschen* sind. Bestien aus Vanths dunkelsten Träumen.«

Vanth – die Göttin der Toten. Ihre Anwesenheit in dieser Stadt ging selbst der Silbas voraus, ihre Gläubigen eine verschwiegene Sekte, die sogar der Großkhan und seine Vorgänger fürchteten und respektierten, obwohl ihre Rituale vollkommen andere waren als die des Ewigen Himmels, in den der Großkhan und die Darghan zurückzukehren glaubten. Nesryn war kurz zuvor an dem aus dunklem Stein erbauten Tempel Vanths vorbeigeeilt, dessen Eingang nur an den Stufen aus

Onyx erkennbar war, die in ein von knochenweißen Kerzen erleuchtetes, unterirdisches Gewölbe hinabführten.

»Wie ich sehe, überrascht Euch nichts von alldem«, bemerkte Sartaq.

»Vor einem Jahr hätte es das vielleicht noch getan.«

Sartaq ließ den Blick über ihre Waffen wandern. »Also habt Ihr Euch tatsächlich solchen Schreckenswesen gestellt.«

»Ja«, gab Nesryn zu. »Was nichts genützt hat, angesichts der Tatsache, dass sie die Stadt jetzt beherrschen.« Worte voll jener Bitterkeit, die in ihr war.

Sartaq dachte nach. »Die meisten wären geflohen, statt sich dem überhaupt zu stellen.«

Eine Bemerkung, die sie zweifellos trösten sollte, aber ihr war nicht danach zumute, irgendetwas darauf zu erwidern. Eine freundliche Bemühung eines Mannes, der so etwas eigentlich nicht nötig hatte. Stattdessen ertappte sie sich dabei, wie sie sagte: »Ich – ich habe vorhin Eure Mutter gesehen. Allein in einem der Gärten.«

Sartaq senkte den Blick. »Ach?«

Eine vorsichtige Frage.

Nesryn überlegte, ob sie vielleicht besser den Mund hätte halten sollen, aber sie fuhr fort: »Ich erwähne es nur für den Fall ... für den Fall, dass es etwas ist, das Ihr vielleicht wissen müsstet, wissen wollt.«

»War eine Wache bei ihr? Eine Zofe?«

»Nicht, soweit ich es sehen konnte.«

Seine Züge verspannten sich sorgenvoll und er lehnte sich gegen die Mauer des Gebäudes. »Vielen Dank dafür.«

Es stand ihr nicht zu, in einer solchen Situation nachzufragen – niemandem gegenüber, aber schon gar nicht gegenüber einem Mitglied der mächtigsten Familie der Welt. Nesryn erwiderte stattdessen leise: »Meine Mutter starb, als ich dreizehn war.« Sie schaute zu dem geradezu leuchtenden Turm hinüber. »Der alte König ... Ihr wisst, was er den Magiekundigen angetan hat. Den Heilern, die mit Magie gesegnet waren. Also gab es niemanden, der meine Mutter vor der auszehrenden Krankheit retten konnte, die sie befallen hatte. Die Heilerin, die wir finden konnten, hat uns erklärt, dass die Ursache wahrscheinlich ein Geschwür in der Brust meiner Mutter sei. Dass sie sie vielleicht hätte heilen können, bevor die Magie verschwunden war. Bevor sie verboten worden war.«

Sie hatte diese Geschichte noch nie jemandem außerhalb ihrer Familie erzählt. Und sie wusste auch nicht genau, warum sie ihm das jetzt erzählte, aber sie fuhr fort: »Mein Vater wollte sie auf ein Boot bringen, um hierherzusegeln. Er war verzweifelt. Aber der Krieg war bereits überall in unserem Land ausgebrochen. Schiffe waren für den Dienst an Adarlan beschlagnahmt worden und sie war zu krank, das Risiko zu groß für eine Reise über Land den ganzen Weg bis hinunter nach Eyllwe, um hierher überzusetzen. Mein Vater hat jede Karte studiert, jede Handelsroute. Als er endlich einen Kaufmann fand, der mit ihnen segeln würde – nur mit ihnen beiden –, um sie nach Antica zu bringen ... war meine Mutter schon so krank, dass sie nicht mehr transportiert werden konnte. Sie hätte es nicht bis hierher geschafft, selbst wenn es gelungen wäre, sie auf das Schiff zu bringen.«

Sartaq beobachtete sie mit undurchschaubarer Miene, während sie sprach.

Nesryn schob die Hände in ihre Taschen. »Also ist sie geblieben. Und wir waren alle da, als sie ... als es zu Ende ging.« Die alte Trauer ergriff sie, brannte in ihren Augen. »Ich habe Jahre gebraucht, um ihren Verlust zu verkraften«, fügte sie nach einer kurzen Pause hinzu. »Zwei Jahre, bis ich wieder etwas wahrnahm, wie die Sonne auf meinem Gesicht oder den Geschmack von Speisen – bis ich wieder anfing, so etwas genießen zu können. Mein Vater ... Er hat uns aufgefangen. Meine Schwester und mich. Er hat sich seine Trauer nicht anmerken lassen. Hat unser Haus mit so viel Freude gefüllt, wie er nur konnte.«

Sie verstummte, unsicher, wie sie erklären sollte, warum sie dieses Thema angeschnitten hatte.

Sartaq fragte schließlich: »Wo sind sie jetzt? Nach dem Angriff auf Rifthold?«

»Ich weiß es nicht«, flüsterte sie und stieß einen Seufzer aus. »Sie sind rausgekommen, aber ... Ich weiß nicht, wohin sie geflohen sind oder ob sie in der Lage sein werden, es bis hierher zu schaffen, bei so vielen Gräueln in dieser Welt.«

Sartaq schwieg für eine endlose Minute und Nesryn wünschte sich in jeder Sekunde davon, sie hätte einfach den Mund gehalten. Dann sagte der Prinz: »Ich werde eine Nachricht senden – diskret.« Er stieß sich von der Wand ab. »Dass meine Spione nach Familie Faliq Ausschau halten sollen und – sollte sie ihnen über den Weg laufen – alles in ihrer Macht Stehende tun sollen, damit sie sichere Gefilde erreichen.«

Ihre Brust schnürte sich so fest zusammen, dass es beinahe schmerzte, aber sie brachte immerhin ein »Danke« heraus. Es war ein großzügiges Angebot. Mehr als großzügig.

»Es tut mir leid – Euer Verlust«, fügte Sartaq hinzu. »Auch wenn er schon lange zurückliegt. Ich ... Als Krieger bin ich damit groß geworden, Hand in Hand mit dem Tod zu gehen. Und doch ist der Tod meiner Schwester ... schwerer zu ertragen als in anderen Fällen. Und mich der Trauer meiner Mutter zu stellen ist vielleicht noch schwerer, als mich meiner eigenen zu stellen.« Er schüttelte den Kopf und das Mondlicht tanzte auf seinem schwarzen Haar. Dann sagte er mit erzwungener Unbeschwertheit: »Was denkt Ihr, warum ich so erpicht darauf war, hinter Euch her durch die Nacht zu laufen?«

Unwillkürlich schenkte Nesryn ihm ein kleines Lächeln.

Sartaq zog eine Augenbraue hoch. »Es wäre natürlich noch hilfreich zu wissen, wonach genau ich Ausschau halten soll.«

Nesryn rang mit sich, ob sie es ihm erzählen sollte – rang mit seiner bloßen Anwesenheit hier.

Ein leises, sanftes Lachen seinerseits machte ihr klar, dass ihr Zögern einen Moment zu lange andauerte. »Ihr denkt, ich wäre derjenige, der diese Heilerin angegriffen hat? Nachdem *ich* Euch heute Morgen davon erzählt habe?«

Nesryn neigte den Kopf. »Ich will nicht respektlos sein.« Auch wenn sie im Frühjahr einen anderen Prinzen versklavt gesehen hatte – und einen Pfeil auf eine Königin abgefeuert hatte, um sein Leben zu retten. »Eure Spione hatten recht. Rifthold war ... Ich will nicht, dass Antica etwas Ähnliches widerfährt.«

»Und Ihr seid davon überzeugt, dass der Angriff in der Torre erst der Anfang war?«

»Nun, dass ich hier draußen stehe, sagt alles, oder?«

Schweigen.

Nesryn fügte hinzu: »Wenn irgendjemand, sei es ein Bekannter oder ein Fremder, Euch einen schwarzen Ring oder ein schwarzes Halsband anbietet, wenn Ihr jemanden mit so etwas seht ... zögert nicht. Keine Sekunde lang. Schlagt schnell zu. Schnell und effektiv. Eine Enthauptung ist das Einzige, was diese Schreckenswesen für immer zur Strecke bringt. Es handelt sich ohnehin nicht mehr um den Menschen, den Ihr einst gekannt habt. Versucht also nicht, ihn zu retten – sonst werdet Ihr der Nächste sein, der versklavt wird.«

Sartaqs Blick wanderte zu dem Schwert an ihrer Seite, dem Bogen und dem Köcher, die sie sich auf den Rücken geschnallt hatte. Leise sagte er: »Erzählt mir alles, was Ihr wisst.«

»Das kann ich nicht.«

Allein diese Weigerung konnte sie das Leben kosten, aber Sartaq nickte nur nachdenklich. »Dann erzählt mir, was Ihr mir erzählen könnt.«

Und das tat sie. Sie blieben im Schatten außerhalb der Mauern der Torre und sie erzählte ihm alles, bis auf die Schlüssel und die Tore und Dorians Versklavung oder die des ehemaligen Königs.

Als sie fertig war, blieb Sartaqs Gesicht unverändert. Er rieb sich nur das Kinn und fragte: »Wann wolltet Ihr meinem Vater davon erzählen?«

»Sobald er uns eine private Audienz gewährt.«

Sartaq fluchte, leise und erstaunlich originell. »Mit dem Tod meiner Schwester ... Die Rückkehr in den gewohnten Alltag fiel ihm schwerer, als er jemals zugeben wird. Er hört nicht auf meinen Rat. Oder auf den von irgendwem sonst.«

Die Sorge im Ton des Prinzen – und der Kummer – veranlassten Nesryn dazu, ihr Bedauern auszudrücken.

Sartaq schüttelte den Kopf. »Ich muss über alles, was Ihr mir erzählt habt, nachdenken. Es gibt Orte auf diesem Kontinent, nahe dem Heimatland meines Volkes ...« Er massierte sich den Nacken. »Als ich ein Junge war, hat man sich in den Horsten ähnliche Schreckensgeschichten erzählt.« Dann fügte er hinzu, mehr an sich selbst gewandt: »Vielleicht ist es an der Zeit, meiner Clan-Mutter einen Besuch abzustatten. Mir ihre Geschichten noch einmal anzuhören. Und zu hören, wie man bereits vor langer Zeit mit dieser uralten Bedrohung umgegangen ist. Vor allem wenn sie sich jetzt wieder regt.«

Ein Hinweis auf die Valg ... hier? Ihre Familie hatte ihr nie solche Geschichten erzählt, aber andererseits stammte ihr eigenes Volk aus fernen Ecken dieses Kontinents. Wenn die Ruk-Reiter irgendwie von den Valg gewusst oder sich ihnen sogar entgegengestellt hatten ...

Schlurfende Schritte auf der Straße hinter ihnen. Sie verbargen sich in der Gasse, die Hände auf ihren Schwertgriffen. Es war jedoch nur ein Betrunkener, der für die Nacht heimwärts stolperte und im Vorbeigehen den Wachen der Torre salutierte, was ihm ein paar Lacher eintrug.

»Gibt es unter dieser Straße Kanäle – Abwasserkanäle, die vielleicht mit der Torre verbunden sind?« Ihre Frage war kaum mehr als ein Hauch.

»Das weiß ich nicht«, gestand Sartaq genauso leise. Er lächelte grimmig und zeigte auf ein uraltes Gitterrost inmitten der Pflastersteine der abschüssigen Gasse. »Aber es wäre mir eine Ehre, Euch auf der Suche danach zu begleiten.«

14

Es kümmerte Yrene nicht, ob jemand kam, um sie im Schlaf zu ermorden.

Nichts kümmerte sie mehr, als die feierliche, im Schein der Kerzen abgehaltene Totenwache im Innenhof der Torre zu Ende war und sie sich – nachdem sie am Fuß der Treppe zusammengebrochen war – in ihr Zimmer fast ganz oben im Turm geschleppt hatte, gestützt von zwei Schülerinnen.

Cook brachte ihr das Abendessen ans Bett. Yrene schaffte einen einzigen Bissen, bevor sie das Bewusstsein verlor.

Irgendwann nach Mitternacht erwachte sie, auf der Brust noch ihre Gabel mitsamt des gewürzten, saftig gegarten Hühnchenfleischs, das ihr blaues Lieblingsgewand befleckte.

Sie stöhnte, fühlte sich aber immerhin eine Spur lebendiger. Lebendig genug, um sich in der fast völligen Dunkelheit ihres Turmzimmers aufzusetzen, sich zu erheben, nur um ihre Notdurft zu verrichten und ihren winzigen Schreibtisch vor die Tür zu schieben. Sie stapelte Bücher und alle möglichen Gegenstände, die sie finden konnte, darauf, überprüfte zweimal, ob sie auch wirklich abgeschlossen hatte, und stolperte, immer noch voll bekleidet, zurück ins Bett.

Bei Sonnenaufgang erwachte sie.

Genau zu der Zeit, zu der sie mit Lord Chaol verabredet war.

Fluchend zerrte Yrene den Schreibtisch samt Büchern von der Tür weg, schloss auf und rannte die Turmtreppe hinunter.

Sie hatte die Gurtvorrichtung für sein Pferd direkt in den Innenhof des Palastes bringen lassen und ihre eigenen Sachen hatte sie gestern in seinem Zimmer zurückgelassen. Daher brauchte sie nichts mitzunehmen, als sie jetzt die endlose Wendeltreppe der Torre hinunterjagte und den geschnitzten Eulen, die sie stumm und missbilligend anstarrten, einen funkelnden Blick zuwarf. Sie flog an den Türen vorbei, die sich nach und nach öffneten und verschlafene Heilerinnen und Schülerinnen offenbarten, die sie trübe anblinzelten.

Yrene dankte Silba für die stärkenden Kräfte eines tiefen, traumlosen Schlafes, als sie über das Gelände sprintete, an den lavendelgesäumten Pfaden vorbei und durch die gerade erst geöffneten Tore hindurch.

Antica erwachte allmählich, aber die Straßen waren zum Glück noch angenehm ruhig, als Yrene in Richtung Palast rannte, der sich am anderen Ende der Stadt befand. Sie erreichte den Innenhof dreißig Minuten zu spät, nach Atem ringend und schweißgebadet.

Lord Westfall hatte bereits ohne sie angefangen.

Keuchend blieb Yrene neben den hohen Bronzetoren stehen und beobachtete die Prozedur des Aufsitzens. Die Sonne stand erst so knapp über dem Horizont, dass der Hof noch in tiefen Schatten lag.

Wie von ihr angeordnet, war die geduldige stichelhaarige Schimmelstute bereitgestellt worden, ein eher kleineres Exemplar ihrer Art – die perfekte Größe, damit er das Sattelhorn mit einer hochgereckten Hand erreichen konnte. Was er gegenwärtig auch tat, wie Yrene mit nicht geringer Befriedigung feststellte. Aber der Rest ...

Nun, wie es schien, hatte er beschlossen, die hölzerne Rampe *nicht* zu benutzen, die sie anstelle eines Aufsitzblocks mit Stufen ebenfalls zu bauen angeordnet hatte. Die Rampe stand neben den immer noch im Schatten liegenden Pferdeställen an der östlichen Mauer des Innenhofs – als hätte er sich schlichtweg geweigert, sich auch nur in ihrer Nähe aufzuhalten. Stattdessen hatte er das Pferd zu sich bringen lassen. Um aus eigener Kraft aufzusitzen.

Es überraschte sie nicht im Mindesten.

Chaol sah keinen der Gardisten an, die sich um ihn scharten – zumindest nicht mehr als nötig. Sie standen mit dem Rücken zu ihr, sodass sie nur ein oder zwei von ihnen mit Namen identifizieren konnte, aber ...

Einer von ihnen trat schweigend vor, damit Chaol seine andere Hand auf dessen gepanzerte Schulter stützen konnte, um sich mit einem kräftigen Schub nach oben zu stemmen. Die Stute stand geduldig da, als er jetzt mit der rechten Hand das Sattelhorn fester packte, um das Gleichgewicht zu halten ...

Im nächsten Moment stieß Lord Westfall sich von der Schulter des Gardisten ab und rutschte in den Sattel. Der Gardist trat dabei dicht an ihn heran, sodass Chaol sicher im Seitsitz landete, aber der Lord hatte nicht viel Dank für den Gardisten übrig, abgesehen von einem knappen Nicken.

Stattdessen studierte er stumm den Sattel, um abzuschätzen, wie er das eine Bein auf die andere Seite des Pferdes bekommen konnte. Er hatte rote Flecken im Gesicht, sein Kiefer war angespannt. Die Gardisten blieben in seiner Nähe, aber er versteifte sich immer mehr ...

Bis er sich plötzlich wieder bewegte, sich im Sattel nach hinten lehnte und sein rechtes Bein über das Horn hievte. Der Wachmann, der ihm beim Aufsitzen geholfen hatte, sprang herbei, um seinen Rücken zu stützen, und ein anderer stürzte auf die andere Seite, um zu verhindern, dass er herunterfiel. Aber Chaols Oberkörper blieb vollkommen aufrecht. Schwankte nicht.

Seine Muskelbeherrschung war außergewöhnlich. Ein Mann, der seinen Körper darauf trainiert hatte, ihm zu gehorchen, in jeder Situation, selbst jetzt.

Und – er saß im Sattel.

Chaol murmelte den Gardisten etwas zu, worauf sie zurückwichen, während er sich nacheinander zu beiden Seiten vorbeugte, um die Gurte um seine Beine zu schließen. Die Halterung war in den Sattel eingearbeitet worden – und passte perfekt, nachdem Yrene der Frau in der Werkstatt die geschätzten Maße genannt hatte. Sie diente dazu, seine Beine zu stabilisieren und ihm Halt zu geben, nachdem er die Oberschenkel nicht mehr an die Flanken des Pferdes drücken konnte. Es war zwar sehr gut möglich, dass er sie gar nicht brauchte, wenn er sich erst mal an diese Art zu reiten gewöhnt hatte, aber ... für diesen ersten Ritt war es besser, Vorsicht walten zu lassen.

Yrene wischte sich den Schweiß von der Stirn und trat jetzt näher, um den Gardisten – die nun langsam wieder ihre Posten bezogen – ihren Dank auszusprechen. Der Mann, der Lord Westfall direkt geholfen hatte, drehte sich zu ihr um und Yrene schenkte ihm ein breites Lächeln, als sie auf Halha sagte: »Guten Morgen, Shen.«

Der junge Gardist erwiderte ihr Lächeln, während er seinen Weg zu dem kleinen, in den Schatten des Innenhofs liegenden Stallgebäude fortsetzte und ihr dabei zuzwinkerte. »Morgen, Yrene.«

Als sie wieder nach vorn schaute, sah ihr ein aufrecht im Sattel sitzender Lord Chaol entschlossen entgegen – die steife Haltung war verschwunden, die Zähne nicht länger zusammengebissen.

Yrene zupfte ihr Kleid zurecht und begriff, gerade als sie ihn erreichte, dass sie immer noch im Gewand vom Vortag steckte. Jetzt mit einem riesigen, roten Klecks auf der Brust.

Chaol betrachtete den Fleck, dann ihr Haar – oh, Götter, ihr *Haar* – und sagte nur: »Guten Morgen.«

Yrene schluckte, immer noch keuchend vom Laufen. »Es tut mir leid, dass ich mich verspätet habe.« Aus der Nähe betrachtet fiel die Gurtvorrichtung tatsächlich kaum auf, sodass die meisten Menschen sie gar nicht bemerken würden. Vor allem bei seiner Haltung.

Stolz und hoch aufgerichtet saß er auf diesem Pferd, die Schultern gestrafft, das Haar noch nass von seinem morgendlichen Bad. Yrene schluckte erneut und wies mit dem Kopf auf die unbenutzte Aufsitzrampe auf der anderen Seite des Innenhofs. »Das da war ebenfalls für Euch gedacht, wisst Ihr.«

Er zog die Augenbrauen hoch. »Ich bezweifle, dass so etwas auf dem Schlachtfeld schnell zur Hand ist.« Sein Mundwinkel deutete ein Lächeln an. »Also lerne ich am besten gleich, allein aufzusitzen.«

In der Tat. Aber selbst jetzt in dieser frischen, goldenen Morgendämmerung blitzte vor ihrem inneren Auge wieder auf, was sie in seiner Wunde gesehen hatte, die Armee, der sie vielleicht beide gegenüberstehen würden ... und die Schatten um sie herum wurden länger.

Eine Bewegung erregte ihre Aufmerksamkeit und Yrene war sofort wieder im Hier und Jetzt, als Shen aus ebendiesen Schatten eine kleine, weiße Stute herbeiführte. Gesattelt und für sie bereit. Sie betrachtete stirnrunzelnd ihr Kleid.

»Wenn ich reite«, erklärte Chaol schlicht, »tut ihr es auch.« Vielleicht war es *das*, was er den Gardisten zugeflüstert hatte, bevor sie von ihm weggetreten waren.

»Ich bin nicht – es ist schon eine Weile her, seit ich das letzte Mal geritten bin«, platzte Yrene heraus.

»Wenn ich mir von vier Männern auf dieses verdammte Pferd helfen lassen kann«, stellte er fest, und seine Wangen wurden immer rosiger, »dann könnt Ihr ebenfalls aufsitzen.«

Sein Ton verriet ihr, dass es ihm peinlich gewesen sein musste. Sie hatte seinen Gesichtsausdruck selbst gesehen. Aber er hatte es geschafft. Hatte die Zähne zusammengebissen und es geschafft.

Ausgerechnet mithilfe der Gardisten ... Sie wusste, dass es etliche Gründe gab, warum er die Männer kaum anschauen konnte. Warum er sich in ihrer Gegenwart so verkrampfte und schon den bloßen Gedanken daran, mit ihnen zu trainieren, abwehrte. Dahinter steckte mehr als die Tatsache, dass sie ihn daran erinnerten, was er einst gewesen war.

Aber dafür war hier nicht der richtige Ort, jetzt nicht der richtige Zeitpunkt, da seine Augen gerade erst wieder zu leuchten begonnen hatten.

Also raffte Yrene ihr Gewand und ließ sich von Shen auf das Pferd helfen.

Die Röcke ihres Kleides rutschten so hoch, dass der größte Teil ihrer Beine entblößt war, aber sie hatte hier schon ganz anderes entblößt gesehen. In ebendiesem Innenhof. Weder Shen noch irgendeiner der anderen Gardisten schaute auch nur in ihre Richtung. Sie wandte sich an Chaol, um ihm das Signal zum Losreiten zu geben, stellte aber fest, dass *sein* Blick durchaus auf ihr ruhte.

Auf dem vom Knöchel bis zur Mitte des Oberschenkels nackten Bein, bleicher als der Rest ihres goldenen Teints. In der Sonne wurde sie schnell braun, aber es waren Monate vergangen, seit sie schwimmen gewesen war und in der Sonne gelegen hatte.

Chaol bemerkte ihren Blick und sah ihr schnell in die Augen. »Ihr sitzt gut im Sattel«, sagte er ebenso sachlich wie sie, wenn sie den körperlichen Zustand ihrer Patienten bewertete.

Yrene sah ihn entnervt an, bevor sie Shen dankbar zunickte und ihr Pferd anstieß, damit es sich in Bewegung setzte. Chaol ließ die Zügel schnalzen und tat es ihr nach.

Sie behielt ihn im Auge, während sie auf die Tore des Innenhofs zuritten.

Die Gurtvorrichtung hielt. Der Sattel hielt.

Er spähte darauf hinab – dann zu den Toren, zu der Stadt, die dahinter erwachte, dem Turm, der alles überragte, als wäre er eine Hand, zu einem kühnen Willkommensgruß erhoben.

Die Sonne brach durch den offenen Torbogen herein und tauchte sie beide in einen goldenen Schein, aber Yrene hätte schwören können, dass noch weit mehr als die Morgendämmerung in den braunen Augen des ehemaligen Captains leuchtete, als sie in die Stadt hineinritten.

Es war nicht so, als könnte er wieder gehen, aber es war besser als der Rollstuhl.

Viel besser.

Die Gurte waren zwar lästig und verletzten seine Reiterehre, aber ... sie verschafften ihm Halt. Erlaubten ihm, Yrene durch die Tore zu führen, während die Heilerin immer wieder den Sattelknauf umklammerte und die Zügel gänzlich vergaß.

Und er hatte eine Sache gefunden, bei der sie nicht ganz so selbstsicher war.

Bei diesem Gedanken verzogen seine Lippen sich zu einem kleinen Lächeln. Vor allem da sie immer wieder ihre Röcke ordnete. Sosehr sie seine Sittsamkeit auch zu belächeln schien – dass ihre Beine immer wieder aufblitzten, brachte sie offenbar doch in Verlegenheit.

Die Männer auf den Straßen – Arbeiter und Hausierer und Stadtwachen – sahen zweimal hin. Sahen sich satt.

Bis sie seinen Blick bemerkten und wegschauten.

Und Chaol *sorgte* dafür, dass sie wegschauten.

Ebenso wie er im Innenhof dafür gesorgt hatte, dass die Wachen diskret geblieben waren, als sie schnaufend und keuchend, mit vom Laufen gerötetem Gesicht im ersten Licht der Sonne hereingeplatzt war. Obwohl der Fleck auf ihrem Kleid unübersehbar gewesen war, das Kleid selbst noch von gestern und nass geschwitzt.

Es war demütigend gewesen, sich – nach seiner Weigerung, diese Aufsitzrampe zu benutzen – in den Sattel helfen zu lassen, als wäre er ein sperriges Gepäckstück. Demütigend, diese Gardisten in ihren makellosen Uniformen zu sehen, wie die Rüstung an ihren Schultern und die Griffe ihrer Schwerter im Licht der frühen Morgensonne glitzerten. Demütigend, wie sie alle zugeschaut hatten, während er sich abmühte. Aber er hatte es geschafft. Und dann hatte er das alles vergessen, als er die Blicke wahrnahm, mit denen die Gardisten sie bedachten. Keine Dame, egal ob schön oder gewöhnlich, jung oder alt, verdiente es, angegafft zu werden. Und Yrene ...

Chaol hielt seine Stute dicht neben ihrer. Erwiderte den Blick eines jeden Mannes, der in ihre Richtung schaute, während sie sich dem hohen Turm der Torre näherten, dessen Steine hell wie Sahne im Morgenlicht leuchteten. Und jeder der Männer fand schnell etwas anderes, das er anstarren konnte. Ein paar wirkten sogar zerknirscht.

Ob Yrene es bemerkte – er hatte keinen Schimmer. Wahrscheinlich war sie zu beschäftigt damit, sich bei jeder unerwarteten Bewegung des Pferdes an das Sattelhorn zu klammern und zusammenzuzucken, wenn die Stute auf einer besonders steilen Straße ihr Tempo beschleunigte, sodass Yrene im Sattel hin- und herschaukelte und nach hinten rutschte.

»Lehnt Euch nach vorn«, instruierte er sie, »um das Gleichgewicht zu halten.« Er tat das Gleiche – soweit es seine Gurte erlaubten.

Ihre Pferde pflügten jetzt gemächlich die Straßen hinauf, während ihre Köpfe auf und ab nickten.

Yrene warf ihm einen scharfen Blick zu. »Ich *weiß* Bescheid.«

Er zog die Brauen zu einem Ausdruck hoch, der sagte: *Wer hätte das gedacht ...*

Sie runzelte finster die Stirn, schaute aber geradeaus. Und lehnte sich nach vorn, wie er es ihr geraten hatte.

An diesem Morgen schien die Bedrohung durch die Valg weit weg. Nesryn war gestern Nacht spät zurückgekehrt und er hatte wie ein Toter geschlafen – aber sie hatte nicht lockergelassen, bis er wach war, um von ihrem Streifzug durch die Stadt zu berichten. In Bezug auf eine potenzielle Gefahr durch die Valg habe sie nichts entdecken können. Es seien keine Abwasserkanäle mit der Torre verbunden und aufgrund der schweren Bewachung der Mauern könne auch über diesem Wege niemand eindringen. Immerhin war es ihm gelungen, lange genug wach zu bleiben, um ihr zu danken und ihr das Versprechen abzunehmen, heute weiterzujagen.

Aber dieser wolkenlose, helle Tag ... bot definitiv nicht die Dunkelheit, die die Valg bevorzugten. Aelin hatte ihm jedoch erzählt, dass die Valg-Fürsten für ihre Zwecke eine Dunkelheit heraufbeschwören konnten – eine Dunkelheit, die jede lebende Kreatur auf ihrem Pfad niederstreckte und aussaugte. Und selbst wenn sich nur ein einziger Valg in dieser Stadt befand, ganz egal ob Prinz oder gewöhnlicher Fußsoldat ...

Chaol schob den Gedanken beiseite und betrachtete stirnrunzelnd das Mammutbauwerk, das mit jeder Straße, die sie überquerten, imposanter vor ihnen aufragte.

»Towers«, überlegte er laut und schaute Yrene an. »Ist es Zufall, dass Ihr diesen Namen tragt, oder hatten Eure Vorfahren bereits mit der Torre zu tun?«

Ihre Knöchel wurden weiß, als sie den Sattelknauf so fest umklammerte, als würde sie herunterfallen, wenn sie sich zu ihm umdrehte. »Ich weiß es nicht«, gestand sie. »Meine – darüber habe ich nie etwas erfahren.«

Ihre Worte und die Art, wie sie die helle Säule des Turms vor ihnen anblinzelte, statt seinem Blick zu begegnen ... Ein Kind Fenharrows. Aber er wagte nicht nachzufragen, warum sie die Antwort nicht kannte. Wo ihre Familie war.

Stattdessen deutete er mit dem Kinn auf den Ring an ihrem Finger. »Braucht Ihr diesen falschen Ehering wirklich?«

Sie betrachtete den uralten, verkratzten Ring. »Ich wünschte, ich könnte etwas anderes sagen, aber ja, ich brauche ihn.«

»Selbst hier?« *In dieser wunderbaren Stadt?*

»Sehr, sehr selten.« Sie wackelte mit den Fingern, bevor sie sie wieder an den Sattelknauf legte. »Mehr eine alte Gewohnheit von daheim.«

Für einen Moment blitzte die Erinnerung an eine Assassinin in einem blutverschmierten, weißen Gewand vor ihm auf, die am Eingang zur Kaserne zusammenbrach. Die Erinnerung an die vergiftete Klinge, mit welcher der Mann sie verletzt hatte – wie unzählige andere.

»Es freut mich«, sagte er einen Augenblick später. »Dass Ihr so etwas hier nicht zu fürchten braucht.« Selbst die Gardisten waren, trotz der Glotzerei, respektvoll gewesen. Einen von ihnen hatte sie sogar mit Namen angesprochen – und die Freundlichkeit, mit der er darauf reagiert hatte, war aufrichtig gewesen.

Yrene umklammerte erneut das Sattelhorn. »Der Großkhan sieht alle Menschen in der Verantwortung, sich an die Gesetze zu halten, ganz gleich, ob sie nun Diener oder Prinzen sind.«

Was eigentlich kein revolutionärer Gedanke hätte sein sollen, und doch ... Chaol blinzelte. »Wirklich?«

Yrene zuckte die Achseln. »Soweit ich es gehört und beobachtet habe. Lords können sich weder von begangenen Straftaten freikaufen, noch können sie sich darauf verlassen, dass ihr Familienname ihnen aus der Klemme hilft. Und potenzielle Verbrecher auf den Straßen wissen um das scharfe Auge der Gerechtigkeit und wagen es selten, es herauszufordern.« Eine Pause. »Habt Ihr ...«

Er wusste, was sie nicht zu fragen wagte. »Ich hatte den Befehl, bei Adligen, die Verbrechen begangen hatten, wegzuschauen oder sie freizulassen. Zumindest, wenn sie am Hof oder in den Armeen des Königs von Wert waren.«

Sie wandte den Blick nicht von dem Sattelknauf. »Und Euer neuer König?«

»Ist anders.«

Falls er noch lebte. Falls er es aus Rifthold herausgeschafft hatte. Aber Chaol zwang sich hinzuzufügen: »Dorian ist ein Bewunderer des

Großkhanats und hat es lange studiert. Vielleicht wird er einige seiner Gesetze einführen.«

Jetzt hob sie den Blick, eingehend und abschätzend. »Glaubt Ihr, der Großkhan wird sich mit Euch verbünden?«

Er hatte ihr nichts davon erzählt, aber er nahm an, dass der Grund seines Kommens ziemlich offensichtlich war. »Ich kann es nur hoffen.«

»Würden seine Streitkräfte denn einen solchen Unterschied machen gegen ... jene Mächte, die Ihr erwähnt habt?«

»Ich kann es nur hoffen«, wiederholte Chaol. Er konnte sich nicht dazu überwinden, die Wahrheit auszusprechen – dass sie nur über wenige und weit verstreute Armeen verfügten, wenn sie überhaupt noch existierten. Verglichen mit der sich sammelnden Macht Moraths ...

»Was ist in diesen letzten Monaten passiert?« Eine leise, vorsichtige Frage.

»Ihr versucht, mich auszuhorchen?«

»Ich will es einfach wissen.«

»Nicht der Rede wert.« Seine Geschichte war es nicht im Mindesten. Kein einziger Teil davon.

Sie verstummte und bis zur nächsten Straßenkreuzung war das Klappern der Pferdehufe das einzige Geräusch. Dann fuhr sie fort: »Ihr werdet darüber sprechen müssen. Irgendwann. Ich ... habe gestern in Euch einen Blick darauf erhascht.«

»Und das reicht nicht aus?« Die Frage war so scharf wie das Messer an seiner Seite.

»Nicht, wenn es das ist, wovon sich dieses Etwas in Euch nährt. Nicht, wenn Euer Bekenntnis dazu bei der Heilung helfen würde.«

»Was macht Euch dessen so sicher?« Er sollte aufpassen, was er sagte, das wusste er, aber ...

Yrene richtete sich höher in ihrem Sattel auf. »Jedes Verletzungstrauma verlangt nach einer gewissen inneren Reflexion, während der Heilung und während der Zeit danach.«

»Aber ich will das nicht. Ich brauche es auch nicht. Ich will nur wieder stehen – wieder laufen können.«

Sie schüttelte den Kopf.

Dann preschte er vor: »Und was ist mit Euch? Wie wäre es, wenn wir einen Handel schließen: Ihr verratet mir all Eure verborgenen, dunklen Geheimnisse, Yrene Towers, und ich verrate Euch meine.«

Ihre bemerkenswerten Augen leuchteten vor Entrüstung, als sie ihn anfunkelte. Er funkelte zurück.

Schließlich schnaubte Yrene und lächelte schwach. »Ihr seid stur wie ein Esel.«

»Man hat mich schon Schlimmeres genannt«, konterte er, und ein kleines Lächeln umspielte seinen Mund.

»Das überrascht mich nicht.«

Chaol gluckste und erhaschte den Anflug eines Grinsens auf ihrem Gesicht, bevor sie den Kopf senkte, um es zu verbergen. Als wäre es ein Verbrechen, einen Sohn Adarlans anzulächeln.

Trotzdem wandte er den Blick nicht ab – betrachtete eingehend die Erheiterung auf ihrem Gesicht, das schwere, sanft gelockte Haar, das gelegentlich in der morgendlichen Meeresbrise flatterte. Und ertappte sich dabei, dass er immer noch lächelte, während sich ein schwerer Knoten in seiner Brust zu lösen begann.

Den Rest des Weges zur Torre ritten sie schweigend dahin, und Chaol legte den Kopf in den Nacken, als sie sich dem Turm näherten und eine breite, sonnige Allee entlangritten, die zur Hügelanlage hinaufführte.

Aus der Nähe war die Torre Cesme noch imposanter.

So ausladend, dass sie mehr einer Festung als irgendetwas anderem glich, trotz ihrer Rundung. Die Gebäude, die den Turm flankierten, waren in den unteren Stockwerken miteinander verbunden. Hohe, weiße Mauern umschlossen alles und die darin eingelassenen eisernen Tore – so gefertigt, dass sie aussahen wie eine Eule, die ihre Flügel ausbreitete – waren weit aufgerissen, sodass man die dahinterliegenden Lavendelbüsche und Blumenbeete sehen konnte, welche die sandfarbenen, geschotterten Gehwege säumten. Nein, keine Blumenbeete. Kräuterbeete.

Der Duft dieser Kräuter, der sich in der Morgensonne entfaltete, stieg ihm in die Nase: Basilikum und Minze und Salbei und noch mehr Lavendel. Selbst ihre Pferde, deren Hufe auf den Gehwegen knirschten, schienen einen Seufzer von sich zu geben, als sie näher kamen.

Wachen in den – wie er annahm – Farben der Torre, Kornblumenblau und Gelb, ließen sie passieren, ohne Fragen zu stellen, und Yrene neigte zum Dank den Kopf. Sie sahen nicht auf ihre Beine. Wagten es entweder nicht oder hatten keinen Hang zu Respektlosigkeit. Chaol schaute weg, bevor er ihrem fragenden Blick begegnen konnte.

Yrene übernahm die Führung und leitete ihn durch einen Torbogen in einen Innenhof der Anlage. Die Fenster des dreistöckigen Gebäudes, das den Hof umgab, glänzten im Licht der aufgehenden Sonne und im Innenhof selbst ...

Abgesehen vom Murmeln der außerhalb des Geländes gelegenen erwachenden Stadt, abgesehen von den Hufen ihrer Pferde auf dem hellen Schotter war nur das Gurgeln der beiden baugleichen Springbrunnen zu hören, die parallel zueinander an den Mauern des Innenhofs verankert waren – ihre Speirohre wie die Schnäbel kreischender Eulen geformt, die das Wasser in die tiefen Becken darunter spien. Hellrosafarbene und purpurne Blumen säumten neben Zitronenbäumen die Mauern, die Beete hübsch und ordentlich, obwohl man den Pflanzen darin ihren Willen ließ.

Es war einer der heitersten Orte, die er je gesehen hatte. Und dann sah er sie näher kommen ... zwei Dutzend Frauen in Kleidern aller Farben – die meisten davon ebenso einfach gehalten wie Yrenes Gewand.

Sie stellten sich in ordentlichen Reihen auf dem Kies auf, einige kaum mehr als Kinder, andere in der Blüte ihrer Jahre. Ein paar von ihnen waren älter.

Einschließlich einer Frau mit dunkler Haut und weißem Haar, die aus der ersten Reihe nach vorn trat und Yrene ein breites Lächeln schenkte. Kein Gesicht, das jemals Schönheit besessen hätte, aber in den Augen dieser Frau strahlte ein Licht – eine Güte und eine Heiterkeit, bei der Chaol vor Staunen blinzelte.

Aller Augen waren auf sie gerichtet, als wäre sie ihr Mittelpunkt. Selbst Yrene, die das Lächeln der Frau erwiderte, schien ganz auf sie fixiert zu sein – und dankbar dafür, endlich von der Stute herunterzukommen. Einer der Wachposten, der ihnen gefolgt war, eilte herbei, um das Pferd in seine Obhut zu nehmen, zögerte aber, als Chaol im Sattel blieb.

Chaol ignorierte den Mann, während Yrene ihr verheddertes Haar mit den Fingern durchkämmte und in Chaols Sprache zu der betagten Frau sagte: »Ich nehme an, wir verdanken diese große Ansammlung heute Morgen Euch?« Unbeschwerte Worte – vielleicht ein Versuch, Normalität herzustellen, nach dem, was in der Bibliothek passiert war.

Die alte Frau lächelte – eine solche Wärme. Sie strahlte heller als die Sonne, die über die Mauern des Geländes lugte. »Unter den Mädchen ging das Gerücht um, dass ein gut aussehender Lord hierher unterwegs sei, um sie zu unterrichten. Ich wurde auf dem Weg die Treppe hinunter fast niedergetrampelt, bei dem Ansturm.«

Sie grinste drei rotgesichtige Mädchen an, nicht älter als fünfzehn, die schuldbewusst auf ihre Schuhe starrten. Um ihm dann unter ihren Wimpern hinweg Blicke zuzuwerfen, die alles andere als das waren.

Chaol unterdrückte ein Lachen.

Yrene drehte sich zu ihm um und musterte die Gurte und den Sattel, als das Knirschen herannahender Räder den Innenhof erfüllte.

Seine Erheiterung verebbte. Vor diesen Frauen abzusitzen ...

Schluss jetzt!

Die Worte hallten durch ihn hindurch.

Wenn er das vor einer Gruppe der besten Heilerinnen der Welt nicht verkraftete, dann verdiente er es zu leiden. Er hatte seine Hilfe angeboten. Also *half* er.

Und tatsächlich, weiter hinten standen einige jüngere Mädchen, die sehr blass waren. Die von einem Fuß auf den anderen traten. Nervös.

Diese Zufluchtsstätte, dieser wunderschöne Ort ... Ein Schatten war darauf gefallen.

Er würde tun, was er konnte, um ihn zurückzudrängen.

»Lord Chaol Westfall«, sagte Yrene zu ihm und deutete auf die uralte Frau. »Darf ich Euch Hafiza vorstellen, die Hohe Heilerin der Torre Cesme.«

Eins der errötenden Mädchen seufzte beim Klang seines Namens.

Yrene verdrehte die Augen. Aber Chaol neigte nur den Kopf vor der alten Frau, welche die Hände nach ihm ausstreckte. Ihre Haut war ledrig – und so warm wie ihr Lächeln. Sie drückte seine Finger. »Genauso gut aussehend, wie Yrene gesagt hat.«

»Ich habe nichts dergleichen gesagt«, zischte Yrene.

Eins der Mädchen kicherte.

Yrene warf ihr einen warnenden Blick zu und Chaol zog die Brauen hoch, bevor er sich wieder an Hafiza wandte: »Es ist mir eine Ehre und ein Vergnügen, Mylady.«

»So schneidig«, murmelte eins der Mädchen hinter ihm.

Warte, bis du mich absitzen siehst, hätte er beinahe gesagt.

Hafiza drückte noch einmal seine Hände, ließ sie dann los und drehte sich zu Yrene um. Abwartend.

Yrene klatschte in die Hände und richtete das Wort an die versammelten Mädchen: »Lord Westfall hat eine schwere Verletzung an seinem unteren Rückgrat erlitten und kann seither nicht mehr gehen. Gestern hat Sindra in der Werkstatt diese Halterung für ihn angefertigt, basierend auf den Entwürfen der Pferde-Clans in der Steppe, deren Reiter schon lange mit solchen Verletzungen zu tun haben.« Sie deutete auf seine Beine, auf die Gurte.

Mit jedem Wort verkrampften sich seine Schultern mehr.

»Wenn ihr es mit einem Patienten in einer ähnlichen Situation zu tun habt«, fuhr Yrene fort, »kann die Freiheit des Reitens eine angenehme Alternative zu einer Kutsche oder Sänfte darstellen. Vor allem wenn der Patient zuvor ein gewisses Maß an Unabhängigkeit gewohnt war.« Nach einer kurzen Pause fügte sie hinzu: »Aber auch dann, wenn er bereits sein ganzes Leben lang ein Problem mit seiner Beweglichkeit hatte – es könnte sich positiv auf die Heilung Eures Patienten auswirken.«

Es war also kaum mehr als ein Experiment. Selbst den errötenden Mädchen war das Lächeln vergangen, als sie die Halterung und seine *Beine* studierten.

»Wer von Euch möchte Lord Westfall beim Absitzen und in seinen Stuhl helfen?«, fragte Yrene in die Runde.

Ein Dutzend Hände schossen hoch.

Er versuchte zu lächeln. Und scheiterte.

Yrene deutete auf einige der Mädchen, die sofort herbeigeeilt kamen. Keine von ihnen schaute ihm in die Augen oder wünschte ihm auch nur einen guten Morgen.

Yrene hob die Stimme, als die Mädchen sie belagerten, sodass die im Innenhof versammelten Schülerinnen sie ebenfalls weiterhin hören konnten. »Für vollkommen unbeweglich gewordene Patienten ist dies vielleicht keine Lösung, aber Lord Westfall besitzt die Fähigkeit, sich oberhalb der Taille zu bewegen, und er kann das Pferd mit den Zügeln lenken. Gleichgewicht und Sicherheit sind ein Punkt, auf den geachtet werden muss, ein anderer der Erhalt von Funktion und Empfindungsfähigkeit seiner Manneskraft – was ein paar Problemchen hinsichtlich des Tragekomforts der Halterung darstellt.«

Eins der jüngeren Mädchen brach daraufhin in Kichern aus, aber die meisten nickten nur und schauten direkt auf die fragliche Stelle seines Körpers, als hätte er keinen Fetzen Kleidung am Leib. Mit heißem Gesicht bekämpfte Chaol den Drang, sich zu bedecken.

Zwei junge Heilerinnen lösten die Gurte und einige andere untersuchten die Schnallen und verstärkenden Streben. Noch immer sahen sie ihm nicht in die Augen. Als wäre er ein neues Spielzeug – eine neue Lektion. Eine Kuriosität.

Yrene fügte lediglich hinzu: »Passt auf, dass ihr ihn nicht zu sehr herumschubst, wenn ihr – *Vorsicht!*«

Er rang um einen distanzierten Gesichtsausdruck und vermisste plötzlich die Gardisten des Palasts. Yrene erteilte den Mädchen strenge, klare Anweisungen, als sie ihn aus dem Sattel zogen.

Er versuchte weder, den Schülerinnen zu helfen, noch, sich gegen sie zur Wehr zu setzen, als sie an seinen Armen zerrten, ihn an seiner Taille zu stützen versuchten – und plötzlich die Welt kippte, als sie ihn nach unten zogen. Aber er war zu schwer und spürte, wie er langsam aus dem Sattel glitt und der Sturz auf den Boden drohte, während die Sonne sich in seine Haut einbrannte.

Die Mädchen ächzten, und eine von ihnen ging auf die andere Seite, um sein Bein über das Pferd zu hieven – oder zumindest dachte er das, als er ihren Lockenkopf sah, der gerade noch über die Seite des Pferdes lugte. Sie schob sein Bein hoch, er hing da, die drei anderen Mädchen knirschten mit den Zähnen und versuchten, ihn herunterzulassen. Der Rest beobachtete das Ganze schweigend ...

Plötzlich stieß eines der Mädchen ein *Uff* aus und verlor den Halt an seiner Schulter. Die Welt um ihn herum versank ...

Starke, beherzte Hände fingen ihn auf, seine Nase kaum fünfzehn Zentimeter vom hellen Schotter entfernt, während die anderen Mädchen schnauften und ächzten und versuchten, ihn wieder hochzuhieven. Er war vom Pferd losgekommen, aber seine Beine waren jetzt ausgestreckt, so weit von ihm entfernt wie die Spitze der Torre hoch über ihm.

Tosen erfüllte seinen Kopf.

Ein Gefühl der Nacktheit beschlich ihn. Das hier war schlimmer, als stundenlang in seiner Unterhose dazusitzen. Schlimmer als das Bad mit der Dienerin.

Yrene hielt seine Schulter fest, die sie gerade noch rechtzeitig zu fassen bekommen hatte, und sagte zu den Heilerinnen: »Das hätte besser laufen können, Mädchen. Erheblich besser, aus vielerlei Gründen.« Ein Seufzen. »Wir können später darüber sprechen, was schiefgegangen ist, aber jetzt setzt ihn erst einmal in den Rollstuhl.«

Er konnte es kaum ertragen, ihr zuzuhören, während er zwischen diesen Mädchen hing, von denen die meisten nur halb so schwer waren wie er. Yrene trat beiseite, um das Mädchen wieder vorzulassen, das den Halt an ihm verloren hatte, und stieß einen scharfen Pfiff aus.

In der Nähe ratterten Räder über den Kies. Er machte sich nicht die Mühe, den Rollstuhl anzusehen, den eine Schülerin zu ihm herüberschob. Machte sich nicht die Mühe, etwas zu sagen, als sie ihm hineinhalfen und der Stuhl unter seinem Gewicht erbebte.

»*Vorsicht*«, warnte Yrene wieder.

Die Mädchen blieben um ihn herum stehen und der Rest schaute immer noch zu. Waren es Sekunden oder Minuten gewesen, seit dieses Martyrium begonnen hatte? Er umklammerte die Armlehnen des Stuhls, während Yrene noch ein paar Anweisungen und Beobachtungen herunterrasselte. Krallte sich noch fester in die Armlehnen, als eins der Mädchen sich bückte, um seine Stiefel zu nehmen und seine Füße für ihn *zurechtzurücken*.

Er wusste, dass die Worte, die in seiner Kehle hochstiegen, jeden Moment aus ihm herausplatzen würden, wusste, dass er ein gebrülltes *Finger weg!* kaum aufzuhalten vermochte, während die Hand dieser Schülerin sich dem staubigen, schwarzen Leder näherte ...

Plötzlich umfassten runzlige, braune Hände die Handgelenke des

Mädchens und hielten sie nur wenige Zentimeter vor seinen Stiefeln auf.

Hafiza sagte ruhig: »Lass mich das machen.«

Die Mädchen zogen sich zurück, als nun Hafiza sich bückte, um ihm zu helfen.

»Sieh zu, dass die Damen gleich bereit sind, Yrene«, sagte Hafiza über eine schmale Schulter hinweg, und Yrene gehorchte und ließ sie sich erneut in Reihen aufstellen.

Die Hände der hochbetagten Frau verweilten auf seinen Stiefeln – seinen Füßen, die gegenwärtig in verschiedene Richtungen zeigten. »Soll ich es tun, Lord, oder würdet Ihr es lieber selbst machen?«

Ihm fehlten die Worte und er war sich nicht sicher, ob er seine Hände benutzen konnte, ohne dass sie zitterten, daher nickte er der Frau zustimmend zu.

Hafiza zog einen Fuß in die richtige Richtung und wartete, bis Yrene sich einige Schritte entfernt hatte, um die Damen zu Dehnübungen anzuleiten.

»Dies ist ein Ort des Lernens«, murmelte Hafiza. »Ältere Schülerinnen unterrichten die jüngeren.« Trotz ihres Akzents verstand er sie bestens. »Yrene wollte den Mädchen zeigen, Lord Westfall, was eine solche Gurtvorrichtung bewirken kann – damit sie lernen, wie es ist, einen Patienten mit ähnlichen Schwierigkeiten zu behandeln. Yrene selbst musste sich dafür in die Steppe hinauswagen. Aber viele dieser Mädchen werden eine solche Chance vielleicht nie haben. Zumindest nicht in den nächsten Jahren.«

Chaol sah Hafiza endlich in die Augen und fand das Verständnis in ihnen noch vernichtender, als von einer Gruppe von Mädchen, die nur halb so viel wogen wie er, von einem Pferd gezerrt zu werden.

»Sie meint es gut, meine Yrene.«

Er antwortete nicht. Er war sich nicht sicher, ob er dafür Worte hatte.

Hafiza richtete den anderen Fuß. »Da sind noch viele weitere Narben, Mylord. Abgesehen von der an ihrem Hals.«

Er wollte der alten Frau sagen, dass er das verdammt noch mal nur zu gut wisse.

Aber er rang mit sich, sich eine solche Blöße nicht zu geben, kämpfte das kochende Gebrüll in seinem Kopf nieder.

Er hatte das Versprechen gegeben, diese Damen zu unterrichten, ihnen zu helfen.

Hafiza schien es zu spüren – es in ihm zu lesen. Sie tätschelte nur kurz seine Schulter, bevor sie sich – ein wenig ächzend – zu ihrer vollen Größe aufrichtete, dann ging sie zurück an den Platz, den die Schülerinnen in der Reihe für sie frei gelassen hatten.

Yrene hatte die Dehnübungen beendet und sich ihm zugewandt. Sie musterte ihn, als wäre ihr Hafizas Verweilen ein Fingerzeig auf etwas gewesen, das sie vorher übersehen hatte. Sie sah ihm in die Augen und runzelte die Stirn. *Was ist los?*

Er ignorierte die Frage in ihrem Blick – ignorierte die leichte Sorge. Schob, was auch immer er empfand, beiseite und rollte seinen Stuhl zu ihr hinüber. Zentimeter für Zentimeter. Auf dem Schotter funktionierte das nicht gerade ideal, aber er biss die Zähne zusammen. Er hatte sein Wort gegeben. Er würde es nicht zurücknehmen.

»Wo waren wir in der letzten Stunde stehen geblieben?«, fragte Yrene ein Mädchen in der vorderen Reihe.

»Augen eindrücken«, antwortete es mit breitem Lächeln.

Chaol verschluckte sich beinahe.

»Richtig«, bestätigte Yrene und rieb sich die Hände. »Eine Freiwillige, die uns das demonstriert.«

Er beobachtete schweigend, wie etliche Hände in die Höhe schossen und Yrene eine Schülerin aussuchte – ein schmales Mädchen. Yrene nahm die Haltung eines Angreifers ein und packte es überraschend kräftig von vorn.

Aber die schlanken Hände des Mädchens fuhren direkt zu Yrenes Gesicht, die Daumen in ihre Augenwinkel.

Chaol fuhr aus seinem Stuhl hoch – oder *wäre* hochgefahren, hätte das Mädchen sich nicht zurückgezogen.

»Und dann?«, fragte Yrene nur.

»Ich hake die Daumen so ein« – das Mädchen führte die Bewegung in der Luft vor, damit alle es sehen konnten –, »und *plopp*.«

Einige lachten leise über das *Plopp*-Geräusch des Mädchens.

Aelin wäre außer sich gewesen vor Freude.

»Gut«, lobte Yrene, und die Schülerin kehrte in ihre Reihe zurück. Yrene wandte sich zu ihm um und diese Sorge blitzte wieder auf, als sie – was auch immer – in seinen Augen sah. »Dies ist unsere dritte Stunde in diesem Quartal. Wir haben bisher nur Angriffe von vorn geübt. Normalerweise lasse ich die Wachen als willige Opfer auftreten« – Gekicher wurde laut –, »aber heute möchte ich, dass Ihr uns erzählt, was Frauen, jung und alt, stark und schwach, *Eurer* Meinung nach gegen jegliche Form von Angriff tun könnten. Eine Zusammenfassung der besten Manöver und Tipps, wenn Ihr so wollt.«

Er hatte junge Männer trainiert, die bereit gewesen waren, Blut zu vergießen – nicht Menschen zu heilen.

Aber Verteidigung war die erste Lektion gewesen, die er gelernt hatte, und die erste, die er seine jungen Wachen gelehrt hatte.

Bevor sie von den Palasttoren gebaumelt waren.

Ress' zerschmettertes, blickloses Gesicht blitzte vor seinem inneren Auge auf.

Was hatte es irgendeinem von ihnen genützt, als es wirklich darauf angekommen war?

Nichts. Nicht einer von seiner Kerntruppe, der er vertraut, die er trainiert und mit der er jahrelang zusammengearbeitet hatte ... kein Einziger hatte überlebt. Brullo, sein Mentor und Vorgänger, hatte ihm alles gezeigt, was er wissen, was er können musste – und was hatte es gebracht? Alle, denen er begegnet war, mit denen er in Berührung gekommen war … Sie hatten gelitten. Das Leben der Menschen, die er zu beschützen geschworen hatte …

Der Schein der Sonne wurde immer sengender, das Blubbern der beiden Springbrunnen nur eine ferne Melodie.

Was hatte *irgendetwas* von alledem seiner Stadt gebracht, seinem Volk, als es überfallen worden war?

Er schaute auf und blickte in die Gesichter der Frauen, die ihn neugierig beobachteten.

Warteten.

Da war dieser Moment, als er sein Schwert in den Avery geworfen hatte. Als er außerstande gewesen war, das Gewicht der Waffe an seiner Seite, in seiner Hand zu ertragen, und er hatte es mitsamt der Bedeutung, die ein Captain der Garde hatte, in die dunklen, strudelnden Fluten geschleudert.

Seitdem sank er immer tiefer, seitdem war er am Ertrinken. Lange vor seiner Wirbelsäulenverletzung.

Er war sich nicht sicher, ob er überhaupt versucht hatte zu schwimmen. Nicht, seit dieses Schwert im Fluss versunken war. Nicht, seit er Dorian in diesem Raum zusammen mit seinem Vater zurückgelassen hatte und seinem Freund – seinem *Bruder* – gesagt hatte, dass er ihn liebe, wohl wissend, dass es Lebewohl bedeutete. Er hatte alles … hinter sich gelassen. Buchstäblich.

Chaol zwang sich, Luft zu holen. Es zu versuchen.

Yrene trat neben ihn, als sein Schweigen sich in die Länge zog, und wieder wirkte sie verwirrt und besorgt. Als wäre es ihr ein Rätsel, warum er auch nur das kleinste bisschen zögerte … *Warum* … Er schob den Gedanken beiseite. Ebenso wie die anderen.

Schob sie auf den schlammigen Grund des Avery, wo dieses Schwert mit dem Adlerknauf jetzt lag, vergessen und vor sich hin rostend.

Chaol hob das Kinn und sah jedem Mädchen, jeder Frau, jung und alt, ins Gesicht. Heilerinnen und Dienerinnen und Bibliothekarinnen und Köchinnen, hatte Yrene gesagt.

»Wenn ein Angreifer sich auf Euch stürzt«, begann er schließlich, »wird er wahrscheinlich versuchen, Euch irgendwo anders hinzubringen. Das dürft Ihr *niemals* zulassen. Ansonsten wird der Ort, an den er Euch bringt, Euer letzter sein.« Er hatte in Rifthold genug Mordschauplätze gesehen, hatte genug Fälle studiert und untersucht, um zu wissen, wovon er sprach. »Wenn der Angreifer versucht, Euch von Eurem gegenwärtigen Standort wegzubringen, macht Ihr ihn zu Eurem Schlachtfeld.«

»Das wissen wir bereits«, erwiderte eins der errötenden Mädchen. »Es war Yrenes erste Lektion.«

Yrene nickte ihm ernst zu. Und wieder wandte er den Blick bewusst von ihrem Hals ab.

»Auf seinen Fußrücken stampfen?« Er brachte es kaum über sich, das Wort an Yrene zu richten.

»Auch die erste Lektion«, antwortete dasselbe Mädchen anstelle von Yrene.

»Und was ist mit der Wirkung eines ordentlichen Schlags in die Lenden?«

Alle nickten. Yrene kannte sich wirklich aus.

Chaol lächelte grimmig. »Und wisst Ihr auch, wie man einen Mann von meiner Größe oder noch größer mit weniger als zwei Handgriffen auf den Rücken wirft?«

Einige der Mädchen lächelten, als sie den Kopf schüttelten. Aber es war nicht gerade beruhigend.

15

Yrene spürte den Ärger, der in Chaol brodelte, wie heißen Dampf, der aus einem Kessel drang.

Sein Ärger galt nicht den Mädchen und Frauen. Die ihn anhimmelten. Die grinsten und lachten, obwohl sie sich auf seinen gründlichen, präzisen Unterricht konzentrierten und obwohl die Ereignisse in der Bibliothek wie ein grauer Schleier über ihnen, über der Torre hing. Während der Totenwache letzte Nacht waren viele Tränen geflossen – und am Morgen waren immer noch einige Augen gerötet gewesen, als sie an ihnen vorbeigeprescht war.

Davon war zum Glück keine Spur mehr zu sehen, als Lord Chaol drei Wachen rief, die sich freiwillig von den Mädchen in den Kies werfen lassen sollten. Immer und immer wieder.

Die Männer hatten zugestimmt, vielleicht weil sie wussten, dass eine Verletzung für großen Wirbel sorgen würde – und dass sie bezüglich der Heilung hier in der Torre in besten Händen waren.

Chaol erwiderte sogar ihr Lächeln, nicht nur das der Damen, sondern auch, wie Yrene überrascht feststellte, das der Wachen.

Nur Yrene ... wurde kein Lächeln zuteil. Kein einziges.

Chaols Gesicht verhärtete sich und seine Augen glitzerten frostig, wann immer sie eine Frage stellte oder ihn dabei beobachtete, wie er eine Schülerin durch die einzelnen Schritte führte. Er war souverän und unermüdlich, und seinem konzentrierten Blick entging nichts. Wenn eines der Mädchen auch nur einen Fuß falsch positioniert hatte, wies er sie sofort darauf hin.

Der einstündige Unterricht endete schließlich damit, dass jede von ihnen einen Wachposten auf den Rücken warf. Die armen Männer humpelten davon, aber mit einem breiten Lächeln auf dem Gesicht. Vor allem weil Hafiza ihnen jeweils ein Fass Bier versprochen hatte – und ihren stärksten Heiltrunk. Der besser war als jeder Alkohol.

Die Frauen zerstreuten sich, als die Glocken zehn schlugen. Einige gingen zum Unterricht, andere kamen ihrer Hausarbeit nach und wieder andere kümmerten sich um ihre Patienten. Ein paar von der törichten Sorte verweilten jedoch, um Lord Westfall mit den Wimpern klimpernd anzuschmachten, während eine sogar so aussah, als würde sie sich am liebsten auf seinen Schoß setzen – bis Hafiza sie trocken an einen Haufen Schmutzwäsche erinnerte, der laut nach ihr rief.

Bevor die Hohe Heilerin hinter der Schülerin herhumpelte, warf sie Yrene einen Blick zu, von dem sie hätte schwören können, dass er sie warnen sollte.

»Nun«, bemerkte Yrene zu Chaol, als sie wieder allein waren – abgesehen von der Schar von Mädchen, die aus den Fenstern der Torre spähten. Als sie Yrenes kalten Blick bemerkten, zogen sie die Köpfe ein und schlugen die Fenster mit ausgelassenem Gelächter zu.

Sie sandte ein Stoßgebet an Silba, sie möge sie vor halbwüchsigen Mädchen retten.

Sie selbst war nie eines gewesen – war nie so gewesen wie sie. So sorglos. Bis zum letzten Herbst hatte sie noch nie einen Mann geküsst. Und ganz sicher hatte sie noch nie wegen eines Mannes gekichert. Sie wünschte, sie hätte es. Sie wünschte sich so viele Dinge, die mit dem Scheiterhaufen und den Fackeln zu Ende gewesen waren.

»Es ist besser gelaufen als erwartet«, sagte Yrene zu Chaol, der stirnrunzelnd zu dem hohen Turm aufsah. »Ich bin mir sicher, sie werden mich darum anbetteln, dass Ihr nächste Woche wiederkommt. Nur falls Ihr Interesse habt, natürlich.«

Er erwiderte nichts.

Sie schluckte. »Ich würde es heute gern noch einmal versuchen, falls Ihr dazu bereit seid. Soll ich hier ein Zimmer zurechtmachen oder sollen wir in den Palast zurückreiten?«

Jetzt schaute er sie an. Seine Augen dunkel. »Zum Palast.«

Bei dem eisigen Ton krampfte sich ihr Magen zusammen. »In Ordnung«, brachte sie nur noch heraus, dann machte sie sich auf die Suche nach den Wachen und ihren Pferden.

Sie ritten schweigend zurück. Sie hatten zwar auch während des Hinwegs manchmal geschwiegen, aber dieses Schweigen war ... absichtlich. Lastend.

Yrene zermarterte sich das Gedächtnis, was sie vielleicht während des Unterrichts gesagt hatte – was sie vielleicht vergessen hatte. Möglicherweise hatte die Aktivität der Wachen ihn an das erinnert, was er gegenwärtig nicht konnte. Möglicherweise schon ihr bloßer Anblick.

Sie grübelte immer noch darüber nach, als sie in den Palast zurückkehrten, als Shen und ein anderer Gardist ihm in den bereitgestellten Rollstuhl halfen. Sein Dank war nur ein knappes Lächeln.

Lord Chaol blickte über eine Schulter zu ihr auf, und die morgendliche Hitze war bereits so stark, dass die Luft im Innenhof drückte. »Schiebt Ihr oder soll ich es tun?«

Yrene blinzelte.

»Das könnt Ihr hervorragend selbst«, antwortete sie und signalisierte mit ihrem Ton, dass sie sich – was auch immer los war – auf die sprichwörtlichen Hinterbeine stellen würde.

»Vielleicht solltet Ihr eine Eurer Schülerinnen darum bitten. Oder fünf davon. Oder welche Anzahl Ihr auch immer für geeignet erachtet, um sich um einen adarlanischen Lord zu kümmern.«

Sie blinzelte erneut. Langsam. Und schritt dann ohne Vorwarnung davon. Ohne sich noch einmal umzudrehen, um festzustellen, ob er ihr folgte oder wie schnell er es tat.

Die Säulen und Hallen und Gärten des Palastes zogen wie im Nebel an ihr vorbei. Yrene war so darauf konzentriert, Chaols Gemächer zu erreichen, dass sie kaum bemerkte, wie jemand ihren Namen rief.

Erst als dieser Jemand ihn ein zweites Mal rief, nahm sie es bewusst wahr – und wand sich innerlich.

Als sie sich endlich umdrehte, war Kashin bereits an ihrer Seite – in seiner Rüstung und so verschwitzt, dass er wahrscheinlich gerade mit der Palastgarde trainiert hatte.

»Ich habe nach dir gesucht«, erklärte er, und der Blick seiner braunen Augen wanderte prompt zu ihrer Brust. Nein – zu dem Fleck, der immer noch auf ihrem Kleid prangte. Kashin hob die Augenbrauen. »Ich bin mir sicher, dass Hasar dir etwas zum Anziehen leihen kann, wenn du das hier reinigen lassen willst.«

Sie hatte ganz vergessen, dass sie noch immer dieses Kleid trug – das beschmutzte, zerknitterte Kleid. Bis jetzt war ihr gar nicht bewusst gewesen, wie schlimm sie aussehen musste. Wie aus irgendeinem Stall.

»Danke für das Angebot, aber ich komme damit klar.«

Sie machte einen Schritt von ihm weg, aber Kashin ließ nicht locker: »Ich habe von dem Angreifer in der Bibliothek gehört. Und für zusätzliche Wachen gesorgt, die jeden Abend bei Sonnenuntergang in die Torre kommen und bis zum Morgengrauen bleiben. Niemand wird hineingelangen, ohne dass wir davon erfahren.«

Das war großzügig – und freundlich. So wie er sich ihr gegenüber immer verhalten hatte. »Danke.«

Er schluckte und sah sie ernst an. Yrene wappnete sich bereits gegen die Worte, die er gleich aussprechen würde, doch ... »Bitte, sei vorsichtig«, bat Kashin nur. »Ich weiß, du hast deine Meinung deutlich gemacht, aber ...«

»Kashin.«

»... das ändert nichts an der Tatsache, dass wir Freunde sind – oder waren, Yrene.«

Yrene zwang sich, ihm in die Augen zu sehen. Zwang sich zu sagen: »Lord Westfall hat deine ... Gedanken wegen Tumelun erwähnt.«

Einen Moment lang betrachtete Kashin die weißen Banner, die von einem der Fenster in der Nähe flatterten. Sie öffnete den Mund, vielleicht um ihm endlich ihr Beileid auszusprechen, um den Versuch zu wagen, das, was zwischen ihnen zerbrochen war, wieder zusammenzufügen, doch der Prinz kam ihr zuvor: »Dann verstehst du, wie ernst diese Bedrohung sein könnte.«

Sie nickte. »Ja. Und ich werde vorsichtig sein.«

»Gut«, antwortete er schlicht. Sein Ausdruck wechselte zu einem unbefangenen Lächeln und für einen Moment wünschte Yrene, sie hätte etwas über bloße Freundschaft hinaus empfinden können. Aber so war es nie gewesen, zumindest nicht von ihrer Seite aus. »Wie geht es mit der Heilung von Lord Westfall voran? Hast du Fortschritte gemacht?«

»Ein bisschen«, meinte sie ausweichend. Es war nicht klug, einen Prinzen – selbst einen, der ein ehemaliger Freund war – zu beleidigen, indem sie einfach davonging, aber je länger dieses Gespräch andauerte ... Sie holte Luft. »Ich würde ja gern noch bleiben und mich mit dir unterhalten, aber ...«

»Dann bleib.« Sein Lächeln wurde breiter. Attraktiv – Kashin war ein wirklich attraktiver Mann. Wenn er jemand anders gewesen wäre, einen anderen Titel getragen hätte ...

Sie schüttelte den Kopf und lächelte gezwungen. »Lord Westfall erwartet mich.«

»Ich habe gehört, dass du heute Morgen mit ihm zur Torre geritten bist. Ist er nicht mit dir zusammen zurückgekehrt?«

Sie versuchte, einen flehenden Ausdruck auf ihrem Gesicht zu vermeiden, als sie einen Knicks machte und sagte: »Ich muss gehen. Ich danke dir noch einmal für deine Sorge – und für die Wachen, Prinz.«

Der Titel hallte durch den Raum zwischen ihnen wie ein dumpfer Glockenschlag.

Aber Yrene ging davon, ohne sich noch einmal umzusehen, obwohl sie Kashins Blick spürte, bis sie endlich um eine Ecke gebogen war.

Sie lehnte sich an die Mauer, schloss die Augen und atmete tief aus. Närrin. So viele andere würden sie eine Närrin nennen, und doch ...

»Der Mann tut mir beinahe leid.«

Sie öffnete die Augen wieder und Chaol, atemlos und mit noch immer schwelendem Blick, bog in seinem Rollstuhl um die Ecke.

»Natürlich«, fuhr er fort, »war ich so weit entfernt, dass ich Euch nicht hören konnte, aber sein Gesicht konnte ich sehen, als er gegangen ist.«

»Ihr habt doch keine Ahnung«, antwortete Yrene und setzte sich wieder in Richtung seiner Gemächer in Bewegung. Langsamer diesmal.

»Ihr braucht meinetwegen Euer Tempo nicht zu zügeln. Ihr seid beeindruckend schnell vorangekommen.«

Sie sah ihn bohrend an. »Habe ich heute *irgendetwas* getan, das Euch gekränkt hat?«

Er blickte stur geradeaus, während er mit seinen kräftigen Armen weiter die Räder seines Rollstuhls bewegte.

»Nun?«

»Warum stoßt Ihr den Prinzen von Euch? Es scheint, als hättet Ihr Euch einst nahegestanden.«

Es war weder die richtige Zeit noch der richtige Ort für ein solches Gespräch. »Das geht Euch nichts an.«

»Bitte.«

»Nein.«

Er hielt mühelos ihr Tempo, als sie ihre Schritte beschleunigte. Den ganzen Weg bis zu den Türen seiner Gemächer.

Kadja wartete davor und Yrene gab ihr einen unsinnigen Auftrag – »Ich brauche getrockneten Thymian, Zitronen und Knoblauch« –, der sich vielmehr nach einem alten Rezept ihrer Mutter für frische Forelle anhörte.

Die Dienerin verschwand mit einer Verbeugung und Yrene öffnete schwungvoll die Türen und hielt ihm eine davon auf, damit er hindurchfahren konnte.

»Nur damit Ihr Bescheid wisst«, zischte Yrene und schlug die Türen lautstark hinter ihm zu, »Euer jämmerliches Benehmen hilft nichts und niemandem.«

Mitten in der Eingangshalle bremste Chaol so scharf ab, dass sie innerlich zusammenzuckte bei dem Gedanken daran, wie sich das unter seinen Händen angefühlt haben musste. Er öffnete den Mund, schloss ihn dann aber wieder.

Genau in dem Moment, als sich die Tür des anderen Schlafzimmers öffnete und Nesryn erschien, ihr Haar feucht und glänzend.

»Ich habe mich schon gewundert, wo du bist«, sagte sie zu ihm, dann nickte sie Yrene zur Begrüßung zu. »Früh aufgestanden?«

Yrene brauchte ein paar Sekunden, um sich zu sammeln, jetzt, da mit Nesryns Erscheinen eine neue Dynamik im Raum herrschte. Yrene spielte hier nicht ... die Hauptrolle. Sie war die Helferin, zweitrangig ... was auch immer.

Chaol schüttelte die Hände aus – tatsächlich wiesen sie rote Flecken auf – und sagte zu Nesryn: »Ich war in der Torre, um Yrene bei ihrem Selbstverteidigungsunterricht zu helfen.«

Nesryn blickte auf den Rollstuhl.

»Zu Pferd«, erklärte er.

Woraufhin ihr Blick zu Yrene flog, die Augen groß und leuchtend. »Ihr ... wie?«

»Mithilfe einer Gurtvorrichtung«, erklärte Yrene knapp. »Und jetzt wollten wir gerade mit dem zweiten Heilungsversuch beginnen.«

»Und du konntest wirklich und wahrhaftig reiten?«

Yrene spürte, wie Chaol innerlich zusammenzuckte – vor allem da sie selbst zusammenzuckte. Angesichts des ungläubigen Tons in Nesryns Stimme.

»Es war kaum mehr als ein schnelles Schritttempo, aber ja«, erwiderte er ruhig. Gemessen. Als wären solche Fragen von Nesryn zu erwarten. Als hätte er sich daran gewöhnt. »Morgen werde ich vielleicht versuchen zu traben.«

Ohne die Hilfe seiner Beine ... Yrene ging im Geiste alles über Verletzungen der Leistengegend durch, schwieg aber.

»Ich werde dich begleiten«, sagte Nesryn und ihre dunklen Augen leuchteten. »Ich kann dir die Stadt zeigen – vielleicht das Haus meines Onkels.«

»Das wäre schön«, erwiderte Chaol nur, bevor Nesryn ihm einen Kuss auf die Wange drückte.

»Ich besuche sie jetzt für ein oder zwei Stunden«, sagte Nesryn. »Dann treffe ich mich mit – du weißt schon. Ich werde am Nachmittag zurück sein. Und anschließend meine ... Pflichten wieder aufnehmen.«

Vorsichtige Worte. Yrene machte ihr keinen Vorwurf. Erst recht nicht beim Anblick der Waffen, die sich auf dem Schreibtisch in Nesryns Schlafzimmer stapelten – gerade eben sichtbar durch die leicht offen stehende Tür. Messer, Schwerter, zahlreiche Bögen und Köcher ... Der Captain hatte da ein hübsches kleines Waffenarsenal im Zimmer.

Chaol brummte nur zustimmend und lächelte schwach, als Nesryn zu den Türen der Eingangshalle ging. Auf der Schwelle hielt sie inne, mit einem breiten Grinsen im Gesicht, wie Yrene es noch nie bei ihr gesehen hatte.

Hoffnung. Voller Hoffnung.

Nesryn zog die Tür mit einem Klicken zu.

Wieder allein in der Stille verschränkte Yrene, die sich immer noch wie ein Eindringling vorkam, die Arme vor der Brust. »Kann ich Euch irgendetwas bringen, bevor wir anfangen?«

Er rollte nur seinen Stuhl vorwärts – in sein Schlafzimmer.

»Ich würde das Wohnzimmer bevorzugen«, bemerkte sie und griff nach ihrem Beutel, den Kadja auf den Tisch in der Eingangshalle gelegt hatte. Wahrscheinlich nicht, ohne ihn vorher durchwühlt zu haben.

»Ich würde es bevorzugen, im Bett zu liegen, wenn ich Schmerzen habe.« Und über seine breite Schulter gewandt fügte er hinzu: »Hoffentlich werdet Ihr diesmal nicht auf dem Fußboden ohnmächtig.«

Dann hob er sich mühelos aus dem Stuhl und aufs Bett und begann, seine Jacke zu öffnen.

Yrene blieb an der Schwelle stehen. »Verratet Ihr mir jetzt bitte, womit ich Euch verärgert habe?«

Er schälte sich aus seiner Jacke. »Ihr meint, abgesehen davon, dass Ihr mich vor Euren Schülerinnen zur Schau gestellt habt wie eine kaputte Puppe und es zugelassen habt, dass sie mich wie einen toten Fisch von diesem Pferd zerren?«

Sie versteifte sich und zog das Beißholz aus dem Beutel, bevor sie ihn zu Boden sinken ließ. »Hier im Palast helfen Euch doch auch jede Menge Menschen.«

»Nicht so viele, wie Ihr denkt.«

»Die Torre ist ein Ort des Lernens, an dem die Schülerinnen kaum Patienten mit Eurer Verletzung zu Gesicht bekommen – normalerweise müssen wir den Weg zu ihnen auf uns nehmen. Ich wollte den Schülerinnen nur Dinge zeigen, die in Zukunft vielleicht unzähligen Patienten helfen könnten.«

»Ja, Euer bestes, zerschmettertes Pferd im Stall. Seht nur her, wie kaputt ich bin. Und wie fügsam.«

»So habe ich das nicht gemeint, und das wisst Ihr auch.«

Er zerrte sich das Hemd so heftig über den Kopf, dass er es beinah an den Nähten zerfetzte. »War es eine Art Strafe? Dafür, dass ich dem König diene? Dafür, dass ich aus Adarlan komme?«

»*Nein.*« Dass er tatsächlich glaubte, sie könnte so grausam sein, so unprofessionell ... »Es war genau das, was ich gerade gesagt habe: Ich wollte es ihnen *zeigen.*«

»*Ich* wollte nicht, dass Ihr es ihnen zeigt!«

Yrene richtete sich höher auf.

»*Ich* wollte nicht, dass Ihr mich vorführt«, zischte Chaol mit zusammengebissenen Zähnen. »Dass Ihr ihnen erlaubt, mich zu *begrapschen.*« Seine muskulöse Brust hob und senkte sich hektisch, seine Lunge musste wie ein Blasebalg arbeiten. »Habt Ihr *irgendeine* Vorstellung davon, wie das ist? Von *dem da*« – er deutete auf sie, auf ihren Körper, ihre Beine, ihre Wirbelsäule – »zu *dem hier* zu werden?«

Yrene hatte das Gefühl, den Boden unter ihren Füßen zu verlieren. »Ich weiß, dass es schwer ist ...«

»Das ist es. Aber Ihr habt es heute *noch schwerer* gemacht. Ich sitze hier fast nackt vor Euch und doch habe ich mich noch *niemals* entblößter gefühlt als heute Morgen.« Er blinzelte, als überraschte es ihn selbst, es ausgesprochen zu haben – es zugegeben zu haben.

»Ich ... Es tut mir leid.« Das war alles, was ihr einfiel.

Er schluckte heftig. »Alles, woran ich geglaubt habe, alle Pläne, alle Wünsche ... Das alles existiert nicht mehr. Alles, was mir noch bleibt, sind mein König und dieser lächerliche, winzige Fetzen Hoffnung, dass wir diesen Krieg überleben und ich eine Möglichkeit finde, irgendetwas daraus zu *machen.*«

»Woraus?«

»Aus *allem,* was mir zwischen den Fingern zerronnen ist. *Aus allem.*« Zuletzt brach seine Stimme.

Ihre Augen brannten. Ob vor Scham oder vor Kummer, Yrene wusste es nicht.

Und sie wollte es auch gar nicht wissen. Wollte nichts davon hören, was ihm widerfahren war. Was diesen Schmerz in seinen Augen aufflackern ließ. Sie wusste, dass er sich dem stellen musste, dass er darüber reden musste, aber ...

»Es tut mir leid«, wiederholte sie. Und fügte steif hinzu: »Ich hätte bei dieser Sache auf Eure Gefühle Rücksicht nehmen müssen.«

Er warf ihr einen langen Blick zu, dann entfernte er den Gürtel aus seiner Hose. Zog seine Stiefel aus. Die Socken.

»Ihr könnt die Hose anlassen, falls – falls Ihr das wünscht.«

Er zog sie aus. Dann wartete er.

Immer noch kochend vor Wut. Immer noch mit solcher Verbitterung in den Augen.

Yrene schluckte einmal. Zweimal. Vielleicht hätte sie sich etwas zum Frühstück holen sollen.

Aber jetzt wegzugehen, und sei es nur aus diesem Grund ... Yrene hatte das unbestimmte Gefühl, dass, wenn sie jetzt ging, wenn sie ihm den Rücken zukehrte ...

Das Wichtigste zwischen Heilerin und Patient war Vertrauen. Ein Band.

Wenn sie ihm jetzt den Rücken zukehrte und ging, hatte sie das Gefühl, einen Bruch zu riskieren, der nicht wieder repariert werden konnte.

Also bedeutete sie ihm, in die Mitte des Bettes zu rücken und sich auf den Bauch zu legen, während sie auf der Bettkante Platz nahm.

Yrene ließ eine Hand über seiner Wirbelsäule schweben, über seiner ausgeprägten Rückenmuskulatur.

Sie hatte – nicht an seine Gefühle gedacht. Nicht darüber nachgedacht, dass er überhaupt welche haben würde. Die Dinge, die ihn verfolgten ...

Seine Atmung ging flach und schnell. Dann sagte er: »Nur um eins klarzustellen – gilt Euer Groll nur mir oder Adarlan im Allgemeinen?«

Er starrte auf den geschnitzten, hölzernen Wandschirm, hinter dem der Eingang zum Badezimmer versteckt war. Yrenes Hand über seinem Rücken blieb ruhig, obwohl sie sich innerlich vor Scham wand.

Nein, sie war in den letzten Tagen nicht gerade in Bestform gewesen. Nicht einmal ansatzweise.

Dieses Mal oben an seiner Wirbelsäule leuchtete geradezu im Vormittagslicht und der Schatten, den ihre Hand auf seine Haut warf, erschien wie ein Zwillingsmal.

Dieses Etwas, das darunter lauerte ... Ihre Magie prallte sofort wieder davon zurück. Gestern Abend war sie zu müde gewesen und heute Morgen zu beschäftigt, um auch nur darüber nachzudenken, dass sie dem wieder gegenübertreten würde. Darüber nachzudenken, was sie vielleicht sehen, vielleicht bekämpfen würde – und was auch er erdulden würde.

Er hatte Wort gehalten, hatte die Mädchen trotz ihres dummen, gefühllosen Fehltritts unterrichtet. Und sie konnte ihm das wahrscheinlich nur zurückgeben, indem sie ebenfalls ihr Versprechen hielt.

Yrene holte tief Luft. Obwohl sie wusste, dass sie sich nicht darauf vorbereiten konnte. Dass es keinen noch so kräftigen Atemzug gab, der sie stählen, der es weniger qualvoll machen würde. Für sie beide.

Wortlos hielt Yrene Chaol das Beißholz hin.

Er schob es sich in den Mund und biss leicht darauf.

Sie sah ihn an, sein Ausdruck undurchdringlich, als er das Gesicht zur Tür drehte, sein Körper angespannt in Erwartung der Schmerzen.

Leise sagte Yrene: »Als ich elf war, haben Soldaten aus Adarlan meine Mutter bei lebendigem Leib verbrannt.«

Noch bevor Chaol antworten konnte, legte sie die Hand auf das Mal an seinem Rückgrat.

16

Da waren nur Leere, Dunkelheit und Schmerz.

Er brüllte dagegen an und spürte nur vage seine raue Kehle, das Beißholz in seinem Mund.

Bei lebendigem Leib verbrannt bei lebendigem Leib verbrannt bei lebendigem Leib verbrannt

In der Leere ein Feuer. Eine Frau mit goldbraunem Haar und ebensolcher Haut, eine Frau, die unter Todesqualen zum Himmel schrie.

Ein übel zugerichteter Körper und ein blutiges Bett. Ein Kopf, der über einen Marmorboden rollte.

Du hast das getan du hast das getan du hast das getan

Eine Frau mit Augen wie blaue Flammen und Haaren wie pures Gold, und sie beugte sich über ihn, das Messer erhoben und kurz davor, es in sein Herz zu rammen.

Er wünschte es. Er wünschte manchmal, man hätte sie nicht aufgehalten.

Die Narbe auf seinem Gesicht – von ihren hineingekrallten Fingernägeln, als sie ihn geschlagen hatte ... Wenn er in den Spiegel schaute, dann dachte er an diesen hassenswerten Wunsch. An den Leichnam auf dem Bett und an diesen kalten Raum und diesen Schrei.

An das Halsband an einer gebräunten Kehle und an ein Lächeln, das nicht mehr zu dem geliebten Gesicht gehörte. An das Herz, das er verschenkt hatte und das er auf den Holzplanken am Hafen hatte zurücklassen müssen. An eine Assassinin, die davongesegelt, und eine Königin, die zurückgekehrt war. An eine Reihe prächtiger Männer, die von den Palasttoren baumelten.

Alles festgehalten in dieser schmalen Narbe. Alles, was er nicht vergeben oder vergessen konnte.

Und die Leere zeigte es ihm, immer wieder und wieder.

Schlug ihn mit rot glühenden, gezinkten Peitschen. Und zeigte ihm alles, ein ums andere Mal.

Zeigte ihm seine Mutter. Und seinen Bruder. Und seinen Vater.

Alles, was er zurückgelassen hatte. Was er im Stich gelassen hatte. Was er gehasst hatte und zu was er geworden war.

Wobei die Grenze zwischen Letzteren verschwamm.

Er hatte es versucht. Hatte es in all diesen Wochen und Monaten versucht.

Aber die Leere wollte nichts davon hören.

Schwarzes Feuer raste durch sein Blut, seine Adern und versuchte, solche Gedanken zu übertönen.

Die goldene Flammenrose auf seinem Nachttisch. Die letzte Umarmung seines Königs.

Er hatte es versucht. Versucht zu *hoffen*, und doch ...

Frauen, die fast noch Kinder waren, zerrten ihn von einem Pferd. Stocherten an ihm herum.

Der Schmerz schlug zu, tief im Inneren seiner Wirbelsäule, und er konnte ihn nicht wegatmen, konnte ihn nicht überschreien ...

Weißes Licht loderte auf.

Ein Flackern. In weiter Ferne.

Nicht golden oder rot oder blau wie eine Flamme. Sondern weiß wie die Sonne, klar und rein.

Ein Flackern durch die Dunkelheit, wie ein Blitz, der durch die Nacht sauste ...

Und dann sammelte sich der Schmerz wieder.

Die Augen seines Vaters – die zürnenden Augen seines Vaters, als Chaol verkündete, dass er fortgehen werde, um der Garde beizutreten. Die Fäuste. Das Flehen seiner Mutter. Der Kummer auf ihrem Gesicht, als er von Anielle fortgeritten war und sie zum letzten Mal gesehen hatte. Als er zum letzten Mal seine Stadt gesehen hatte, sein Zuhause. Seinen Bruder, klein in dem langen Schatten des Vaters kauernd.

Ein Bruder, den er gegen einen anderen eingetauscht hatte. Ein Bruder, den er zurückgelassen hatte.

Die Dunkelheit umschlang ihn, zerquetschte seine Knochen zu Staub.

Es würde ihn umbringen.

Es würde ihn umbringen, dieser Schmerz, dieser ... dieser endlose, brodelnde Abgrund des *Nichts.*

Vielleicht wäre es eine Gnade. Er war sich nicht ganz sicher, ob seine Gegenwart – seine Gegenwart *jenseits* des Nichts irgendeine Rolle spielte. Wenn, dann war sie nicht groß genug, um überhaupt den bloßen Versuch zu rechtfertigen. Um überhaupt zurückzukommen.

Der Dunkelheit gefiel das. Schien daran erst recht zu gedeihen.

Als sie den Schraubstock um seine Knochen fester spannte. Als sie das Blut in seinen Adern kochen ließ und er brüllte und brüllte ...

Weißes Licht krachte in ihn hinein. Blendete ihn.

Füllte diese Leere.

Die Dunkelheit schwappte kreischend zurück, dann erhob sie sich wie eine Gezeitenwelle ...

Nur um von einem Panzer dieses weißen Lichts abzuprallen, einem Panzer, der ihn umhüllte, ein Fels, an dem diese Schwärze zerbrach.

Ein Licht im Abgrund.

Warm und still und freundlich. Und es schreckte nicht vor der Dunkelheit zurück.

Als hätte es selbst lange, lange Zeit in solcher Dunkelheit ausgeharrt – um nun zu verstehen, wie die Dunkelheit funktionierte ...

Chaol öffnete die Augen.

Yrenes Hand war von seiner Wirbelsäule gerutscht.

Sie drehte sich bereits von ihm weg und angelte nach dem Hemd, das er auf den Schlafzimmerteppich geworfen hatte.

Aber er sah das Blut, bevor sie es verbergen konnte.

Er spuckte das Beißholz aus und packte ihr Handgelenk, und sein Keuchen dröhnte laut in seinen eigenen Ohren. »Ihr seid verletzt.«

Yrene wischte sich schnell über Nase, Mund und Kinn, bevor sie sich zu ihm umwandte.

Aber das Blut auf ihrer Brust, das den Ausschnitt ihres Kleides durchtränkte, konnte sie nicht verbergen.

Chaol schoss hoch. »Heilige Götter, Yrene ...«

»Es geht mir gut.«

Erstickte Worte, verzerrt von dem Blut, das ihr aus der Nase rann.

»Ist ... ist das normal?«, fragte er und holte bereits Luft, um nach jemandem zu rufen, der eine *andere* Heilerin herbringen sollte ...

»Ja.«

»Lügnerin.« Ihr kurzes Zögern verriet ihm die Unwahrheit. Ihre Weigerung, seinem Blick zu begegnen. Chaol öffnete den Mund, aber sie legte ihm eine Hand auf den Arm und ließ das blutbefleckte Hemd sinken.

»Es geht mir gut. Ich brauche nur ... Ruhe.«

Es schien ihr alles andere als gut zu gehen angesichts des Bluts, das über Kinn und Mund verschmiert war und langsam eintrocknete.

Yrene drückte sich sein Hemd wieder an die Nase, als ein neues Rinnsal heraussickerte. »Zumindest«, sagte sie durch Stoff und Blut hindurch, »fällt der Fleck von vorhin jetzt nicht mehr auf.«

Ein trauriger Versuch, witzig zu sein, aber er schenkte ihr ein grimmiges Lächeln. »Ich dachte, er gehörte zum Muster.«

Sie warf ihm einen erschöpften, aber amüsierten Blick zu. »Gebt mir fünf Minuten, dann kann ich wieder ...«

»Legt Euch hin. Auf der Stelle.« Er rutschte einen Meter beiseite, um seinen Worten Nachdruck zu verleihen.

Yrene betrachtete die Kissen, das Bett – groß genug, dass darin vier Personen ungestört nebeneinander schlafen konnten. Stöhnend drückte sie sich das Hemd aufs Gesicht, sackte auf die Kissen, schleuderte ihre Schuhe von den Füßen und zog die Beine an. Sie neigte den Kopf nach hinten, um die Blutung zu stoppen.

»Was kann ich Euch holen?«, fragte er und beobachtete, wie sie mit leerem Blick die Decke anstarrte. Sie hatte das hier getan – das hier auf sich genommen, um ihm zu helfen, wahrscheinlich wegen der beschissenen Laune, die er zuvor an den Tag gelegt hatte.

Yrene schüttelte nur den Kopf.

Schweigend beobachtete er, wie sie sich das Hemd an die Nase drückte. Wie immer wieder neues Blut den Stoff durchtränkte. Wie sich der Blutfluss endlich verlangsamte. Und versiegte.

Ihre Nase, ihr Mund und ihr Kinn waren rot, ihre Augen getrübt vor Schmerz oder vor Erschöpfung. Wahrscheinlich beides.

»Wie?«, fragte er nur.

Sie wusste, was er meinte. Yrene tupfte das Blut an ihrer Brust ab. »Ich bin dorthin gegangen, an den Ort des Mals, und wieder war da eine Mauer, die von meiner Magie einfach nicht zum Einsturz gebracht werden konnte. Ich glaube, sie hat mir ...« Ihre Finger krampften sich um das Hemd, das sie sich gegen ihre Brust presste.

»Was?«

»Morath gezeigt«, hauchte sie, und er hätte schwören können, dass selbst das Vogelgezwitscher im Garten erstarb. »Sie hat mir Erinnerungen gezeigt, die in *Euch* liegen. Eine große, schwarze Festung voller Schreckensgestalten. Eine Armee, die in den umliegenden Bergen wartet.«

Sein Blut gefror zu Eis, als er begriff, wem die Erinnerung vielleicht gehörte. »Eine *echte* Erinnerung oder etwas, um Euch – zu manipulieren?« So, wie seine eigenen Erinnerungen gegen ihn verwendet wurden.

»Ich weiß es nicht«, gestand Yrene. »Aber dann habe ich Euch schreien hören. Nicht hier draußen, sondern ... dort drin.« Sie wischte sich erneut die Nase ab. »Und ich habe begriffen, dass mein Angriff auf diese Mauer ... Ich glaube, er war einem Täuschungsmanöver geschuldet. Also bin ich Euren Schreien gefolgt. *Zu Euch.*« An diesen Ort tief in ihm. »Die Dunkelheit war so darauf konzentriert, Euch in Stücke zu reißen, dass sie mich nicht bemerkt hat.« Sie schauderte. »Ich weiß nicht, ob es etwas gebracht hat, aber ... Ich konnte es nicht ertragen ... Ich konnte nicht einfach zusehen und lauschen. Mein Dazwischenfunken hat die Dunkelheit erschüttert, aber ich weiß nicht, ob sie mir beim nächsten Mal auflauern wird. Ob sie sich erinnern wird. Da ist ... irgendeine Art von Empfindungsvermögen. Nicht das einer lebenden Kreatur, sondern ... Es ist, als wäre eine Erinnerung in der Welt freigesetzt worden.«

Chaol nickte und Schweigen breitete sich zwischen ihnen aus. Sie wischte sich noch einmal über die Nase, sein Hemd jetzt blutdurchtränkt, dann legte sie es auf den Tisch neben dem Bett.

Unzählige Minuten lang ließ die Sonne den Boden erstrahlen und der Wind raschelte in den Palmen.

Dann sagte Chaol: »Es tut mir leid – das mit Eurer Mutter.«

Er rechnete zurück ... Es war wahrscheinlich wenige Monate vor oder nach Aelins eigenem entsetzlichen Erlebnis, ihrem eigenen schrecklichen Verlust geschehen.

Es gab so viele von ihnen – Kinder, bei denen Adarlan solch tiefe Narben hinterlassen hatte. Wenn sie überhaupt am Leben gelassen worden waren.

»Sie war alles, was ich hatte auf der Welt«, antwortete Yrene und rollte sich zusammen, um aus den Gartenfenstern hinter dem Fußende des Bettes zu schauen. »Sie ... Ich konnte entkommen, weil sie ...« Yrene sprach nicht weiter.

»Weil sie getan hat, was jede Mutter tun würde«, beendete er den Satz für sie.

Ein Nicken.

Als Heilerinnen hatten sie zu den ersten Opfern gehört. Und waren selbst dann noch hingerichtet worden, nachdem die Magie längst verschwunden war. Adarlan hatte gnadenlos Jagd auf magiekundige Heiler gemacht. Ihre eigenen Mitbürger hatten sie teilweise an Adarlan verraten, um an schnelles, billiges Geld zu kommen.

Chaol schluckte. Einen Moment später sagte er: »Ich habe mit angesehen, wie der König von Adarlan vor meinen Augen die Frau abgeschlachtet hat, die Dorian liebte, und ich konnte nichts tun, um es zu verhindern. Um sie zu retten. Und als der König mich töten wollte, weil ich geplant hatte, ihn zu stürzen ... Da hat Dorian eingegriffen. Er hat es mit seinem Vater aufgenommen und mir Zeit verschafft zu fliehen. Und ich bin geflohen – geflohen, weil ... es niemanden sonst gab, der die Rebellion hätte fortführen können. Der andere davon in Kenntnis hätte setzen und um ihre Allianz hätte bitten können. Ich habe ihn mit seinem Vater allein gelassen, ihn die Konsequenzen tragen lassen, und bin *geflohen*.«

Sie beobachtete ihn ruhig. »Doch jetzt geht es ihm gut?«

»Ich weiß es nicht. Er ist frei – er lebt. Aber ob es ihm gut geht? Er hat gelitten. Sehr. Auf eine Art, die ich mir nicht einmal ansatzweise ...« Seine Kehle schnürte sich schmerzhaft zusammen. »Es hätte mich treffen sollen. Ich hatte stets darauf hingearbeitet, dass es mich an seiner Stelle trifft.«

Eine Träne lief ihr über den Nasenrücken.

Chaol fing sie mit dem Finger auf, bevor sie auf der anderen Seite herunterrollen konnte.

Yrene blickte ihm lange in die Augen und ihr tränenverschleierter Blick leuchtete fast in der Sonne. Er wusste nicht, wie viel Zeit verstrichen war. Wie lange sie gebraucht hatte, um die Dunkelheit auch nur ansatzweise – nur ein kleines bisschen – zu verscheuchen.

Die Tür zu seinen Gemächern wurde geöffnet und wieder geschlossen, so leise, dass er wusste, es war Kadja. Aber ihr Erscheinen lenkte Yrenes Blick von ihm ab. Und ohne ihn – war da plötzlich ein Gefühl der Kälte. Der Stille und der Kälte.

Chaol ballte die Faust, in der die Träne in seine Haut sickerte, um sich selbst daran zu hindern, ihr Gesicht wieder zu seinem hinzudrehen. In ihren Augen zu lesen.

Aber dann ruckte ihr Kopf so schnell nach oben, dass sie ihm beinahe gegen die Nase schlug.

Das Gold in ihren Augen loderte auf.

»Chaol«, hauchte Yrene und ihm wurde bewusst, dass sie ihn zum ersten Mal so genannt hatte.

Aber sie starrte zum Fußende des Bettes und zog auch seinen Blick dorthin.

Über seinen nackten Oberkörper hinweg, über seine nackten Beine.

Zu seinen Zehen.

Zu seinen Zehen, die sich langsam bogen und streckten. Als versuchten sie, sich daran zu erinnern, was Bewegung war.

17

Nesryns Vettern und Cousinen waren in der Schule, als sie an das Außentor des hübschen Hauses ihres Onkels und ihrer Tante im Runniviertel klopfte. Alles, was man von der staubigen Straße aus von dem Haus jenseits der hohen, dicken Mauern sah, war das geschnitzte Eichentor, verstärkt mit einem schmiedeeisernen Gitter.

Sobald es aber unter den Händen der beiden Wachen – die sie sofort hereinwinkten – aufschwang, gab es den Blick auf einen schattigen, weiten Innenhof aus blassem Gestein frei, flankiert von Säulen, an denen sich violette Bougainvillea entlangrankten, und mit einem fröhlich gurgelnden Springbrunnen mit Meerglasintarsien in der Mitte.

Das Haus war typisch für Antica – und für das Volk der Balruhni, zu dem Nesryn und ihre Familie gehörten. Dem Wüstenklima angepasst, war das Gebäude gleichsam um Sonne und Wind herumgebaut worden: Keines der Fenster wies nach Süden, um die stärkste Hitze abzuhalten; die schmalen Masten, die ganz oben auf dem Gebäude den Wind einfingen, um die Räume im Inneren zu kühlen, waren so platziert, dass der sandreiche Ostwind daran vorbeizog. Ihre Familie hatte nicht das Glück, dass ein Kanal unter dem Haus entlangführte, wie unter den Häusern vieler anderer wohlhabender Bürger Anticas, aber die hohen Pflanzen und die geschnitzten, hölzernen Vordächer spendeten genug Schatten, um die unteren Stockwerke rund um den Innenhof tagsüber kühl zu halten.

In der Tat. Nesryn atmete tief ein, als sie durch den hübschen Innenhof schritt und ihre Tante sie auf halbem Wege mit der Frage »Hast du schon gegessen?« begrüßte.

Sie *hatte*, aber Nesryn antwortete: »Ich habe mir meinen Appetit für deinen Tisch aufgespart, Tante.« Es war innerhalb einer Familie eine der üblichen Begrüßungsformeln auf Halha – *niemand* betrat ein Haus, erst recht nicht eins der Familie Faliq, ohne etwas zu essen. Wenigstens eine Mahlzeit.

Ihre Tante – eine noch immer schöne, üppig gebaute Frau, deren vier Kinder sie kein bisschen träge gemacht hatten – nickte wohlwollend. »Ich habe erst heute Morgen zu Brahim gesagt, dass unsere Köchin besser sei als die da oben in diesem Palast.«

Hinter einem der hölzernen Fensterläden des oberen Stockwerks ertönte ein amüsiertes Schnauben. Das Arbeitszimmer ihres Onkels, mit Blick auf den Innenhof. Einer der wenigen Gesellschaftsräume in dem ansonsten privaten ersten Stock. »Vorsicht, Zahida, sonst hört dich der Großkhan und verschleppt unsere liebe alte Köchin in seinen Palast.«

Ihre Tante erblickte die Gestalt, kaum sichtbar durch die kunstvollen Schnitzereien des Fensterladens, verdrehte die Augen und hakte Nesryn unter. »Schnüffler. Immer belauscht er unsere Gespräche hier unten.«

Ihr Onkel kicherte nur.

Nesryn grinste und ließ sich von ihrer Tante in das geräumige Haus führen, vorbei an der kurvigen Statue Innas, Göttin der Friedlichen Haushalte und des Volkes der Balruhni, die Arme grüßend und zugleich wie zur Verteidigung erhoben. »Vielleicht ist die schlechte Palastköchin der Grund, warum die Königsfamilie so mager ist.«

Ihre Tante schnaubte und tätschelte sich den Bauch. »Und unsere wunderbare Köchin ist zweifellos der Grund, warum ich in all den Jahren so viele Pölsterchen angesetzt habe.« Sie zwinkerte Nesryn zu. »Dann sollte ich die Köchin vielleicht *doch* loswerden.«

Nesryn küsste ihre Tante auf die Wange, weich wie ein Blütenblatt. »Du bist jetzt noch schöner als damals in meiner Kindheit.« Und sie meinte es ernst.

Ihre Tante winkte ab, strahlte aber trotzdem, als sie in der dunklen Kühle des eigentlichen Hauses ankamen. Die hohen Decken des langen Flures wurden von Säulen gestützt, die Holzbalken und Möbel waren voller Schnitzereien, dem Vorbild der üppigen Pflanzen- und Tierwelt ihres fernen, früheren Heimatlandes nachempfunden. Ihre Tante führte sie tiefer in das Haus hinein als die meisten Gäste, direkt in den zweiten, kleineren Innenhof im hinteren Bereich. Der nur der Familie vorbehalten war, bestückt mit einem langen Tisch und tiefen Stühlen im Schatten einer großen Markise. Zu dieser Stunde war die Sonne auf der anderen Seite des Hauses – genau der Grund, warum ihre Tante diesen Ort gewählt hatte.

Ihre Tante führte sie zu einem Platz neben dem am Kopfende des Tisches, dem Ehrenplatz, und eilte davon, um die Köchin um Erfrischungen zu bitten.

In der Stille lauschte Nesryn auf den Wind, der durch die Jasminsträucher fuhr, die sich an der Mauer zum Balkon emporschlängelten. Ein so ruhiges, heiteres Haus, wie man es sich nur vorstellen konnte – vor allem verglichen mit dem Chaos im Haus ihrer Familie in Rifthold.

Ihre Brust zog sich zusammen und Nesryn legte eine Hand auf die schmerzende Stelle. Sie lebten noch; sie waren rausgekommen.

Aber das beantwortete nicht die Frage, wo sie jetzt waren. Oder was ihnen auf jenem Kontinent blühte, auf dem so viel Schrecken herrschte.

»Dein Vater sieht genauso aus, wenn er zu angestrengt nachdenkt«, bemerkte ihr Onkel hinter ihr.

Nesryn drehte sich auf ihrem Stuhl um und lächelte schwach, als Brahim Faliq den Innenhof betrat. Ihr Onkel war kleiner als ihr Vater, aber schlanker – was er größtenteils dem Umstand verdankte, dass er *keine* Kuchen backte, um seinen Lebensunterhalt zu bestreiten. Nein, für einen Mann seines Alters war ihr Onkel immer noch gut in Form, das dunkle Haar mit silbernen Strähnen durchsetzt, was vielleicht am Leben als Kaufmann lag, das ihn auf Trab hielt.

Aber Brahims Gesicht ... war Sayed Faliqs Gesicht. Das Gesicht ihres Vaters. Da kaum zwei Jahre zwischen ihnen lagen, waren sie in ihrer Kindheit und Jugend manchmal sogar für Zwillinge gehalten worden. Und es war der Anblick dieses gütigen, immer noch gut aussehenden Gesichts, bei dem es Nesryn die Kehle zuschnürte. »Eine der wenigen Eigenschaften, die ich anscheinend von ihm geerbt habe.«

Denn während Nesryn eher still und nachdenklich war, war das dröhnende Gelächter ihres Vaters ebenso regelmäßig durchs Haus geschallt wie das fröhliche Singen und Kichern ihrer Schwester.

Sie spürte, dass ihr Onkel sie musterte, als er ihr gegenüber Platz nahm und den Stuhl an der Stirnseite des Tisches für Zahida frei ließ. Männer und Frauen führten den Haushalt zusammen und ihre gemeinsamen Entscheidungen galten den Kindern als ungeschriebenes Gesetz. Nesryn hatte sich stets gefügt, aber ihre Schwester ... Sie konnte noch immer die lautstarken Auseinandersetzungen zwischen ihrem Vater und ihrer Schwester hören, als Delara älter geworden war und sich nach Unabhängigkeit gesehnt hatte.

»Es überrascht mich«, überlegte ihr Onkel laut, »dass du als Captain der Königlichen Garde so oft Zeit hast, uns zu besuchen.«

Ihre Tante kam herbeigewuselt, in den Händen ein Tablett mit gekühltem Pfefferminztee und Gläsern. »Pst, beklag dich nicht, Brahim, sonst kommt sie nicht mehr.«

Nesryn lächelte und schaute zwischen den beiden hin und her, während ihre Tante jedem von ihnen ein Glas Tee gab, das Tablett zwischen sie auf den Tisch stellte und den Platz am Kopfende einnahm. »Ich bin absichtlich jetzt vorbeigekommen – solange die Kinder in der Schule sind.«

Ein weiterer von vielen wunderbaren Erlassen des Großkhanats: Jedes Kind, ganz gleich, wie arm oder reich es war, hatte das Recht, die Schule zu besuchen. Kostenlos. Infolgedessen konnten fast alle im Reich lesen und schreiben – viel mehr als in Adarlan, wie Nesryn wusste.

»Und ich hatte schon gehofft«, sagte ihr Onkel mit einem schiefen Lächeln, »du wärst wieder hier, um noch mal für uns zu singen. Denn nachdem du weg warst, haben die Kinder deine Lieder gejault wie streunende Katzen. Ich hab es nicht übers Herz gebracht, ihnen zu sagen, dass ihre Stimmen nicht ganz so schön klingen wie die ihrer geschätzten Cousine.«

Nesryn kicherte, obwohl ihr Gesicht heiß wurde. Sie sang nur für sehr wenige Menschen – ausschließlich für ihre Familie. Für Chaol oder die anderen hatte sie noch nie gesungen oder ihnen gegenüber auch nur erwähnt, dass ihre Stimme ... mehr als gut war. So etwas ließ man nicht einfach in ein Gespräch einfließen und die letzten Monate waren dem Singen – bei allen Göttern – nicht gerade förderlich gewesen. Aber neulich Abend hatte sie sich selbst dabei ertappt, wie sie für ihre Vettern und Cousinen gesungen hatte – eins der Lieder, das sie von ihrem Vater kannte. Ein Schlaflied aus Antica. Am Ende hatten ihre Tante und ihr Onkel sich ebenfalls um sie geschart, ihre Tante hatte sich die Augen getupft und ... jetzt gab es offenbar kein Zurück mehr.

Wahrscheinlich zog man sie ab jetzt damit auf, bis sie zu dem Schluss kam, dass es besser war, den Mund überhaupt nie mehr zu öffnen.

Sie wünschte jedoch, es wäre das Singen, weshalb sie hergekommen war. Sie seufzte ein wenig und räusperte sich.

In der Stille tauschten ihre Tante und ihr Onkel einen Blick. Dann fragte ihre Tante leise: »Was gibt es?«

Nesryn nippte an ihrem Tee und legte sich die Worte zurecht. Ihre Tante und ihr Onkel taten ihr wenigstens den Gefallen zu warten, bis sie sprach. Ihre Schwester hätte sie schon längst an den Schultern gepackt und geschüttelt und eine Antwort verlangt. »Vorgestern Abend gab es in der Torre Cesme einen Angriff. Eine junge Heilerin wurde von einem Eindringling getötet. Den Mörder hat man noch nicht gefunden.«

Obwohl sie und Sartaq in der vergangenen Nacht alle Abwasserrohre und Kanäle unter Antica durchkämmt hatten, waren sie auf keine einzige Verbindung zur Torre gestoßen und auf keine einzige Spur vom Versteck eines Valgs. Mehr als den typischen abscheulichen Stadtgeruch und die Ratten, die zwischen ihren Füßen herumgehuscht waren, hatten sie nicht entdecken können.

Ihr Onkel fluchte, was ihm einen mahnenden Blick ihrer Tante eintrug. Aber auch ihre Tante fasste sich sorgenvoll an die Brust, bevor sie fragte: »Wir hatten Gerüchte gehört, aber ... Du bist jetzt gekommen, um uns zu warnen?«

Nesryn nickte. »Der Angriff weist das gleiche Muster auf wie die Attacken unserer Feinde in Adarlan. Wenn sie hier sind, in dieser Stadt, fürchte ich, dass es in Verbindung mit meiner eigenen Ankunft stehen könnte.«

Sie hatte es nicht gewagt, ihrer Tante und ihrem Onkel allzu viel zu erzählen. Nicht, weil sie ihnen nicht vertraute, sondern weil sie Angst vor möglichen Lauschern hatte. Also wussten die beiden nichts von den Valg oder von Erawan oder den Schlüsseln.

Sie wussten von ihrer Mission, eine militärische Allianz zu schmieden, denn das war kein Geheimnis, doch ... Sie riskierte es nicht, ihnen von Sartaq zu erzählen. Davon, dass er und seine Rukhin vielleicht den Weg zur Unterstützung des Großkhans ebnen konnten oder dass sein

Volk vielleicht etwas über die Valg wusste, das selbst sie und Chaol noch nicht entdeckt hatten. Sie riskierte es noch nicht einmal, ihnen von ihrem Ritt auf dem Ruk des Prinzen zu erzählen. Nicht, dass sie ihr wirklich Glauben schenken würden. So wohlhabend ihre Familie auch sein mochte, es gab Reichtum – und es gab den königlichen Hof.

»Werden sie unsere Familie ins Visier nehmen – um an dich heranzukommen?«, fragte ihr Onkel.

Nesryn schluckte. »Das glaube ich zwar nicht, aber ihnen ist alles zuzutrauen. Ich – es steht noch nicht fest, ob dieser Angriff tatsächlich etwas mit meiner Ankunft hier zu tun hat oder ob wir voreilige Schlüsse ziehen, doch für den Fall, dass es so ist ... Ich bin hergekommen, um euch zu sagen, dass ihr – wenn möglich – unbedingt mehr Wachen einstellen solltet.« Sie schaute zwischen den beiden hin und her und legte die Hände mit den Handflächen nach oben auf den Tisch. »Es tut mir leid, dass ich so etwas über euer Haus bringe.«

Ihre Tante und ihr Onkel tauschten einen weiteren Blick, dann ergriff jeder von ihnen eine ihrer Hände. »Es gibt nichts, was dir leidtun müsste«, sagte ihre Tante. Genau in dem Moment, als ihr Onkel hinzufügte: »Es war ein unermesslicher Segen, dich so überraschend zu sehen.«

Ihre Kehle schnürte sich zusammen. Das hier – war Erawan im Begriff zu zerstören.

Sie würde einen Weg finden, die Armee des Großkhanats zu mobilisieren. Um ihre Familie vor dem Krieg zu retten, um zu verhindern, dass er hierher überschwappte.

»Wir werden weitere Wachen einstellen«, erklärte ihre Tante, »und eine Eskorte für die Kinder, die sie zur Schule bringt und von dort abholt.« Sie nickte ihrem Mann zu. »Und diese Eskorte wird auch uns auf Schritt und Tritt durch die Stadt begleiten.«

»Und was ist mit dir?«, fragte Nesryns Onkel. »Du streifst einfach so allein durch die Stadt.« Nesryn winkte ab, obwohl seine Sorge ihr ein Gefühl von Geborgenheit gab. Sie sah davon ab zu erzählen, dass sie vergangene Nacht Anticas Abwassersystem durchforstet hatte, geschweige denn, dass sie bereits in Rifthold wochenlang die Kanalisation nach Valg abgesucht hatte. Und erst recht wahrte sie Stillschweigen darüber, wie tief sie selbst in den Niedergang des gläsernen Palasts verwickelt gewesen war. Sie verspürte nicht den Wunsch, ihren Onkel von seinem Stuhl kippen zu sehen oder zu beobachten, wie das dicke, wunderschöne Haar ihrer Tante weiß wurde. »Ich passe schon auf mich auf.«

Ihre Tante und ihr Onkel wirkten nicht gerade überzeugt, nickten aber trotzdem. Genau in dem Moment erschien die Köchin mit kleinen Schälchen gekühlter Salate in ihren runzligen Händen und schenkte Nesryn ein breites Lächeln.

Einen Augenblick später war Nesryn bereits damit beschäftigt, alles, was ihre Tante und ihr Onkel ihr auf den Teller häuften, zu verspeisen, und es war tatsächlich mindestens so gut wie die Mahlzeiten, die man im Palast servierte. Als sie so satt war, dass sie kurz vor dem Explodieren stand, und auch den letzten Tropfen ihres Tees getrunken hatte, sagte ihre Tante mit einem leicht durchtriebenen Lächeln: »Ich hatte gehofft, du würdest einen Gast mitbringen.«

Nesryn schnaubte und strich sich das Haar aus dem Gesicht. »Lord Westfall ist ziemlich beschäftigt, Tante.« Aber wenn Yrene ihn heute Morgen auf ein Pferd bekommen hatte ... Vielleicht würde sie ihn morgen tatsächlich mit hierhernehmen. Ihn ihrer Familie vorstellen – den vier Kindern, die dieses Haus mit Chaos und Glück erfüllten.

Ihre Tante nippte anmutig an ihrem Tee. »Oh, den meinte ich gar nicht.« Zahida und Brahim grinsten einander an. »Ich meinte Prinz Sartaq.«

Nesryn war froh, ihren Tee bereits ausgetrunken zu haben. »Was soll mit ihm sein?«

Das durchtriebene Lächeln blieb. »Gerüchten zufolge wurde gestern im Morgengrauen *jemand*« – ein vielsagender Blick auf Nesryn – »bei einem Ausritt mit dem Prinzen gesehen. Auf seinem Ruk.«

Nesryn schaffte es, *nicht* zusammenzuzucken. »Das ... war tatsächlich ich.« Sie betete, dass sie wenigstens gestern Nacht nicht mit ihm gesehen worden war – dass niemandem, schon gar nicht dem Valg-Spion, zu Ohren kam, dass man Jagd auf ihn machte.

Ihr Onkel kicherte. »Und wann hattest du vor, uns davon zu erzählen? Die Kinder waren außer sich vor Aufregung, dass ihre geliebte Cousine auf Kadara geritten ist.«

»Ich wollte nicht prahlen.« Eine jämmerliche Ausrede.

»Mmmh«, war alles, was ihr Onkel antwortete, während seine Augen vor Übermut blitzten.

Aber Nesryns Tante sah sie wissend an, ihr Blick stahlhart, als hätte auch sie keinen Moment lang die Familie vergessen, die in Adarlan zurückgeblieben und nun vielleicht auf der Flucht hierher war. Ihre Tante sagte nur: »Die Ruks werden keine Angst vor den Wyvern haben.«

18

Yrenes Herz donnerte, als sie neben Chaol auf dem Bett kniete und beobachtete, wie seine Zehen sich bewegten.

»Könnt Ihr – das spüren?«

Chaol starrte noch immer ungläubig auf seine Füße.

»Ich …« Die Worte blieben ihm im Halse stecken.

»Könnt Ihr die Bewegungen kontrollieren?«

Er schien sich zu konzentrieren.

Dann hielten seine Zehen still.

»Gut«, sagte sie und setzte sich aufrecht hin, um seine Füße eingehend zu studieren. »Jetzt bewegt sie.«

Wieder schien er sich zu konzentrieren … und zu konzentrieren …

Zwei Zehen krümmten sich. Dann drei am anderen Fuß.

Yrene lächelte – breit, bis über beide Wangen. Lächelte immer noch, als sie den Kopf in seine Richtung drehte.

Er starrte sie an. Starrte ihr Lächeln an. So eindringlich, dass sie beinahe den Blick gesenkt hätte.

»Wie kann das sein?«, fragte er.

»Vielleicht … als ich zu Euch vorgedrungen bin … als meine Magie die Dunkelheit ein wenig zurückgedrängt hat …« Es war schrecklich gewesen. Ihn in dieser Dunkelheit vorzufinden. In der Leere, der Kälte, dem kreischenden Schmerz und dem Grauen.

Sie hatte sich geweigert, zur Kenntnis zu nehmen, was ihr an dieser Mauer gezeigt wurde, immer und immer wieder: diese schreckliche Festung, das Schicksal, das sie erwartete, wenn sie dorthin zurückkehrte. Sie hatte sich geweigert, es zur Kenntnis zu nehmen, als sie gegen die Mauer gekämpft und ihre Magie sie angefleht hatte aufzuhören, angefleht hatte, sich zurückzuziehen.

Bis ... Bis sie *ihn* gehört hatte. Weit entfernt, tief im Inneren.

Sie war blind losgestürzt, immer tiefer in Richtung dieses Geräuschs. Und da war er – oder irgendetwas *von* ihm. Der eigentliche *Kern* der Verbindung, wie es schien, zwischen dem Mann und der Verletzung – nicht mehr diese Mauer zwischen den Nerven, die sich viel näher an der Oberfläche befand.

Sie hatte sich um diesen Kern geschlungen, ihn fest gepackt, und als die Dunkelheit sie immer und immer wieder attackierte, hatte sie ihr zur Antwort ihre Magie entgegengeschleudert, ein Lichtblitz gegen die Dunkelheit. Eine Fackel, die gerade so gebrannt hatte.

Gerade genug, wie es schien.

»Das ist gut«, erklärte Yrene – was wahrscheinlich überflüssig war. »Das ist wunderbar.«

Chaol starrte sie immer noch an, als er sagte: »Das ist es.«

Erst in diesem Moment wurde ihr wieder bewusst, dass sie voller Blut war – bewusst, in welchem Zustand sie war.

»Lasst uns noch ein paar Übungen machen«, schlug sie vor, »bevor wir für heute zum Schluss kommen.«

Was sie ihm über ihre Mutter anvertraut hatte ... Das hatte sie bisher nur Hafiza erzählt, bei ihrem Eintritt in die Torre. Niemandem sonst. *Niemandem,* seit sie auf den Hof der Cousine ihrer Mutter gestolpert war und um Zuflucht und Schutz gebettelt hatte.

Und sie fragte sich, wie lange seine eigene Geschichte schon in seinem Herzen eingeschlossen gewesen war.

»Aber am besten lasse ich uns zuerst einen Tee kommen«, beschloss

Yrene. Sie schaute zu dem hölzernen Wandschirm, hinter dem das Badezimmer verborgen lag, dann auf ihre blutverkrustete Brust und ihr Kleid. »Während wir warten ... möchte ich Euch bitten, Euer Bad benutzen zu dürfen. Und mir ein paar Kleider von Euch zu leihen.«

Chaol beobachtete sie noch immer mit diesem intensiven, ruhigen Ausdruck. Ein Ausdruck, den sie noch nie bei ihm gesehen hatte. Als hätte ihre Attacke auf die Dunkelheit, die Wunde, die sie ihr zugefügt hatte, eine ganz andere Seite von ihm freigelegt.

Und *diesen* Mann hatte sie noch nicht kennengelernt.

Sie war sich nicht ganz sicher, was sie damit anfangen sollte. Mit ihm.

»Nehmt Euch, was immer Ihr wollt«, sagte Chaol zu ihr, seine Stimme leise – rau.

Yrene war etwas schwindelig, als sie vom Bett kroch, sein ruiniertes Hemd nahm und ins Bad eilte. *Der Blutverlust,* redete sie sich ein.

Selbst dann noch, als sie während ihres ganzen Bades vor sich hin lächelte.

»Ich kann nicht umhin, mich vernachlässigt zu fühlen«, bemerkte Hasar etwas affektiert, während sie über einigen Karten brütete. Vom anderen Ende des prunkvollen Empfangsraums der Prinzessin konnte Yrene die Karten nicht richtig sehen und sie wollte auch nicht näher nachfragen – also blieb ihr nichts anderes übrig, als zu beobachten, wie Hasar mit konzentriertem Blick mehrere Figürchen hierhin und dorthin rückte.

»Renia«, fuhr Hasar fort und schob stirnrunzelnd eine Figur fünf Zentimeter nach rechts, »sagt natürlich, ich dürfe nicht erwarten, dass du so viel Zeit für mich hast, aber wahrscheinlich bin ich etwas verwöhnt von den letzten beiden Jahren.«

Yrene nippte an ihrem Pfefferminztee und äußerte sich in keiner Weise. Hasar hatte sie herbeigerufen, nachdem sie davon erfahren hatte, dass Yrene mit der Heilung Lord Westfalls beschäftigt war. Eine Dienerin hatte sie in die Räume der Prinzessin geholt, mit dem Versprechen auf einige dringend benötigte Erfrischungen. Und tatsächlich, die Johannisbrotkekse und der Tee hatten die Welle der Erschöpfung wenigstens ein winziges bisschen zurückgedrängt.

Ihre Freundschaft mit der Prinzessin war rein zufällig entstanden. Im Rahmen von Yrenes ersten praktischen Lektionen hatte Hafiza sie zur Behandlung der Prinzessin mitgenommen, die von ihrem Palast am Meer im Nordosten zurückgekehrt war, weil sie unter bestialischen Bauchschmerzen gelitten hatte. Yrene und Hasar waren beide ungefähr im gleichen Alter, und während der Stunden, in denen Hafiza damit beschäftigt gewesen war, einen wahrhaft schauerlichen Bandwurm aus den Gedärmen der Prinzessin zu entfernen, hatte Hasar Yrene befohlen zu reden.

Also hatte Yrene geredet, über ihren Unterricht, aber auch über das Jahr, als sie im Weißen Schwein gearbeitet hatte. Ihre Geschichten über die schmutzigen Raufereien im Schankraum hatte die Prinzessin ganz besonders genossen. Eine Geschichte jedoch hatte sie am liebsten gehört und Yrene befohlen, sie ganze dreimal zu erzählen, während der Tage, an denen Hafiza den mithilfe ihrer Magie getöteten Bandwurm durch ihren Mund entfernt hatte – entweder durch die eine oder die andere Körperöffnung, hatte die Hohe Heilerin der Prinzessin gesagt. Es war die Geschichte einer jungen Fremden, die Yrene nicht nur das Leben gerettet und ihr beigebracht hatte, sich selbst zu verteidigen, sondern ihr auch noch ein kleines Vermögen an Gold und Juwelen hinterlassen hatte.

Yrene hatte es für müßiges Geplauder gehalten und nicht erwartet, dass die Prinzessin sich an ihren Namen erinnern würde, sobald Hafiza die letzten Zentimeter des Bandwurms aus ihrem Körper gezogen hatte. Aber bereits zwei Tage später war sie erneut in die Gemächer der Prinzessin gerufen worden, wo Hasar damit beschäftigt gewesen war, sich mit allen möglichen Delikatessen vollzustopfen, um das abgenommene Gewicht wettzumachen.

Zu dünn, hatte sie anstelle einer Begrüßung zu Yrene gesagt. Sie brauche einen dickeren Hintern, damit ihre Geliebte ihn nachts besser packen könne.

Yrene war in Gelächter ausgebrochen – das erste echte Lachen seit sehr, sehr langer Zeit.

Hasar hatte nur gegrinst und Yrene ein Stück geräucherten Fisch aus den flussreichen Tiefebenen angeboten, und das war's gewesen. Vielleicht keine Freundschaft auf Augenhöhe, aber Hasar schien ihre Gesellschaft zu genießen, und Yrene war nicht in der Position, ihr etwas abzuschlagen.

Seither ließ die Prinzessin Yrene stets holen, wenn sie sich in Antica aufhielt – und hatte schließlich Renia in den Palast eingeführt, nicht nur um sie ihrem Vater vorzustellen, sondern auch Yrene. Wenn Yrene ehrlich war, dann war Renia der anspruchsvollen und scharfzüngigen Prinzessin bei Weitem vorzuziehen, aber da Hasar zu Eifersucht neigte und gern ihr Revier absteckte, sorgte sie oft dafür, dass sich Renia weit weg vom Hof und von irgendwelchen möglichen Rivalen aufhielt.

Nicht, dass Renia jemals Anlass zu so etwas gegeben hätte. Nein, die Frau – nur einen Monat älter als Yrene – hatte nur Augen für die Prinzessin. Liebte sie mit unerschütterlicher Hingabe.

Hasar hatte sie zur Hofdame ernannt und ihr Ländereien innerhalb ihres eigenen Gebietes geschenkt. Allerdings hatte Yrene ein paar andere Heilerinnen darüber tuscheln hören, dass Hafiza, bald nachdem Renia Hasars Welt betreten hatte, diskret darum gebeten worden war, sie von ... gewissen Unerfreulichkeiten aus ihrem früheren Leben – ihrer früheren *Tätigkeit*, wie es schien – zu heilen. Yrene hatte Hasar nie nach Einzelheiten gefragt, aber angesichts Renias bedingungsloser Loyalität fragte sie sich selbst oft, ob die Prinzessin Yrenes Geschichte über ihre mysteriöse Retterin deshalb so gern hörte, weil auch sie einst einer Frau begegnet war, die gelitten und der sie geholfen hatte. Um dann in ihren Armen zu liegen.

»Mir fällt auf, dass du heute mehr als sonst lächelst«, sagte Hasar und legte ihre Glasfeder beiseite. »Trotz dieser grässlichen Kleider.«

»Meine sind der Heilung Lord Westfalls zum Opfer gefallen«, antwortete Yrene und rieb sich ihre dumpf pochende Schläfe. Nicht einmal der Tee und die Johannisbrotkekse hatten den Schmerz vertreiben können. »Er war so freundlich, mir einige seiner Kleider zu leihen.«

Hasar grinste. »Manch einer könnte bei deinem Anblick auf den Gedanken kommen, du hättest deine Kleider aus einem weitaus vergnüglicheren Grund verloren.«

Yrenes Wangen wurden heiß. »Ich will doch hoffen, dass man sich daran erinnert, dass ich eine professionelle Heilerin bin.«

»Was den Klatsch nur noch pikanter machen würde.«

»Es wird weitaus Interessanteres geben, als über eine gewöhnliche Heilerin zu tuscheln.«

»Du bist Hafizas inoffizielle Nachfolgerin. Und das macht dich durchaus interessant.«

Yrene machten die offenen Worte Hasars nichts aus. Stattdessen verschwieg sie ihr, dass sie wahrscheinlich fortgehen würde und Hafiza sich eine andere Nachfolgerin suchen musste. Sie bezweifelte, dass die Prinzessin ihre Entscheidung billigen würde – und war sich nicht einmal sicher, ob Hasar sie überhaupt gehen lassen würde. Die ganze Zeit über hatte sie sich wegen Kashin Sorgen gemacht, dabei war Hasar ...

»Nun, wie auch immer, ich habe keine Absichten in Bezug auf Lord Westfall.«

»Solltest du aber. Er sieht verblüffend gut aus. Selbst *ich* fühle mich versucht.«

»Wirklich?«

Hasar lachte. »Nicht wirklich. Aber ich könnte verstehen, wenn *du* es vielleicht wärst.«

»Er ist mit Captain Faliq zusammen.«

»Und wenn dem nicht so wäre?«

Yrene nahm einen großen Schluck von ihrem Tee. »Er ist mein Patient und ich bin seine Heilerin. Es gibt noch jede Menge anderer gut aussehender Männer.«

»Wie Kashin.«

Yrene sah die Prinzessin über den schwarz-goldenen Rand ihrer Teetasse hinweg finster an. »Immer wieder versuchst du, mir deinen Bruder aufzudrängen. Ermutigst *du* ihn etwa?«

Hasar legte sich eine Hand aufs Herz und ihre manikürten Fingernägel glänzten im Sonnenlicht. »Bis zu deinem Auftauchen hatte Kashin keine Probleme mit Frauen. Ihr zwei wart so eng befreundet. Warum sollte ich mir nicht wünschen, dass meine liebe Freundin und mein Bruder eine tiefere Bindung eingehen?«

»Weil du, falls du zur Khatum ernannt werden solltest, uns vielleicht töten würdest, wenn er sich dir nicht unterwirft.«

»Ihn wahrscheinlich, wenn er nicht spurt. Aber wenn du beweist, dass du kein Kind von ihm in dir trägst, würde ich dich eventuell sterilisieren lassen und dein Vermögen behalten, sobald meine eigenen Nachkommen gesichert sind.«

Unverblümte, beiläufige Worte. Über solch schreckliche Methoden, die dazu dienten, dieses wunderbare, ausgedehnte Reich vor dem Zersplittern zu bewahren. Sie wünschte, Kashin wäre hier, um das zu hören, um *sie* zu verstehen.

»Und was würdest du tun – um Nachfahren zu produzieren?«, fragte Yrene.

Falls Renia die zukünftige Erhabene Gebieterin sein sollte, würde Hasar sich *irgendetwas* einfallen lassen müssen, um einen Bluterben hervorzubringen.

Hasar bewegte erneut ihre Figuren auf der Landkarte. »Ich habe meinen Vater schon davon in Kenntnis gesetzt, aber dich geht das nichts an.«

Richtig. Falls sie bereits irgendeinen Mann ausgewählt hatte, der diese Aufgabe übernehmen sollte ... Gefährliches Wissen. Gut möglich, dass ihre Geschwister versuchen würden, denjenigen zu vernichten, dem Hasar und Renia so vertrauten, dass er ihnen in dieser Hinsicht behilflich sein durfte. Wahrscheinlich würden sie schon ein hübsches Sümmchen allein dafür bezahlen zu erfahren, dass Hasar und Renia zu diesem Zeitpunkt überhaupt an Nachkommen *dachten*.

Aber dann sagte Hasar: »Ich habe gehört, dass dieser Mörder in der Bibliothek Jagd auf dich gemacht hat.« Ihr Gesicht nahm einen unerbittlichen Ausdruck an. »Warum bist du nicht zuerst zu mir gekommen?«

Bevor Yrene antworten konnte, fuhr Hasar in gnädigerem Ton fort: »Es heißt, es sei ein seltsamer Todesfall gewesen – ganz und gar untypisch.«

Yrene versuchte erfolglos, die Erinnerung an das ausgezehrte, ledrige Gesicht beiseitezuschieben. »Das stimmt.«

Hasar nippte an ihrem Tee. »Ganz egal, ob der Angriff ein gezieltes Attentat auf dich war oder nur ein jämmerlicher Zufall.« Sie stellte ihre Tasse mit anmutiger Präzision ab. »Wenn ich denjenigen – wer auch immer es war – finde, werde ich ihn selbst enthaupten.« Die Prinzessin klopfte mit einer Hand auf die in der Scheide steckende Klinge, die sie auf den Rand ihres Eichenschreibtischs geworfen hatte.

Yrene hegte daran keinen Zweifel. Aber sie sagte: »Wie ich gehört habe, soll die Gefahr ... ganz beträchtlich sein.«

»Ich nehme es nicht einfach so hin, dass man meine Freunde jagt, als wären sie Tiere.« Nicht die Stimme einer Prinzessin – sondern die einer Kriegerkönigin. »Und ich nehme es nicht einfach so hin, dass Heilerinnen der Torre terrorisiert und getötet werden.«

Hasar mochte vieles sein, aber sie war loyal. Bis ins Mark. Den wenigen, sehr wenigen Menschen gegenüber, die sie mochte. Das hatte Yrene irgendwie immer ein gutes Gefühl gegeben. Jemanden zu haben, der tatsächlich das meinte, was er sagte. Hasar *würde* den Mörder enthaupten, wenn er das Pech hatte, ihr zu begegnen. Und Yrene würde sicherlich keine Fragen stellen.

Yrene ließ sich alles, was sie über den potenziellen Mörder wusste, noch einmal durch den Kopf gehen und musste dagegen ankämpfen, der Prinzessin zu erzählen, dass eine Enthauptung tatsächlich das richtige Mittel gegen einen Valg-Dämon war.

Es sei denn, man hatte es mit dämonischen Überresten im Inneren eines anderen Menschen zu tun. In diesem Fall ... So schrecklich, so anstrengend die heutige Sitzung mit Lord Westfall auch gewesen war, hatte sie bereits die kleinsten Fitzelchen an Information, die sie in Erfahrung bringen konnte, geordnet und gespeichert. Nicht nur in Hinblick auf seine Heilung, sondern auch für den Fall, dass ihr eine solche Verletzung jemals wieder begegnete – auf jenen Schlachtfeldern. Aber die Aussicht darauf, einen *echten* Valg-Dämon zu sehen ...

Zur Beruhigung nahm sie noch einen Schluck Tee und fragte dann: »Machst du dir gar keine Sorgen darüber, dass es vielleicht kein Zufall ist, dass der Krieg auf dem nördlichen Kontinent tobt und wir jetzt Feinde in unserer Mitte haben?« Sie wagte es nicht, Tumeluns Tod zu erwähnen.

»Vielleicht haben Lord Westfall und Captain Faliq ihre eigenen Spione mitgebracht, die dir auf den Fersen sind.«

»Unmöglich.«

»Was macht dich so sicher? Sie sind verzweifelt. Und Verzweiflung treibt Menschen dazu, alles zu tun, um das zu bekommen, was sie brauchen.«

»Und was sollten sie von mir brauchen, abgesehen von dem, was ich ihnen bereits gebe?«

Mit einem Fingerschnippen rief Hasar Yrene zu sich. Yrene stellte ihre Teetasse ab und schritt über den dunkelblauen Teppich zum Schreibtisch, der genau vor den Fenstern platziert war. Hasars Gemächer boten einen Ausblick über die blaugrüne Bucht – die Schiffe und die Möwen und das glitzernde Enge Meer dahinter.

Hasar deutete auf die Landkarte. »Was siehst du hier?«

Yrenes Kehle schnürte sich zusammen, als sie den nördlichen Kontinent erkannte – ihre eigene Heimat. Und die Figuren darauf, in Rot und Grün und Schwarz ...

»Sind das – Armeen?«

»Das da ist Herzog Perringtons Streitmacht«, erklärte Hasar und deutete auf die Reihe der schwarzen Figuren, die sich wie eine Mauer durch die Mitte des Kontinents zog. Weitere Gruppen befanden sich im Süden.

Und im Norden: eine einzige kleine Ansammlung von grünen Figuren. Und eine einsame, rote Figur direkt vor den Ufern Riftholds.

»Und die anderen?«

»Es gibt eine kleine Armee in Terrasen.« Hasar betrachtete kichernd die grünen, um Orynth gescharten Figürchen.

»Und in Adarlan?«

Hasar griff nach dem roten Figürchen und zwirbelte es zwischen zwei Fingern. »Keine nennenswerte Armee. Über Dorian Havilliards Verbleib ist weiterhin nichts bekannt. Wird er nach Norden oder nach Süden fliehen? Oder vielleicht landeinwärts – obwohl es dort jenseits der Berge mit Sicherheit nichts gibt bis auf ein paar halbwilde Stämme.«

»Was ist das für eine Figur?«, fragte Yrene und deutete auf die goldene, die Hasar ganz von der Karte geschoben hatte.

Hasar griff danach. »Das ist Aelin Galathynius. Über ihren Verbleib ist *ebenfalls* nichts bekannt.«

»Ist sie nicht in Terrasen? Bei ihrer Armee?«

»Nein.« Hasar klopfte auf die Dokumente, die sie für die Ausrichtung ihrer Figuren auf den Karten zurate gezogen hatte. Berichte, begriff Yrene. »Den jüngsten Nachrichten zufolge ist die Königin von Terrasen in ihrem eigenen Königreich nicht auffindbar. Und auch in keinem anderen.« Ein schwaches Lächeln. »Vielleicht solltest du deinen Lord danach fragen.«

»Ich bezweifle, dass er es mir erzählen würde.« Sie verkniff sich die Bemerkung, dass er nicht *ihr* Lord sei.

»Dann solltest du ihn vielleicht dazu zwingen.«

»Und warum?«, fragte Yrene vorsichtig.

»Weil ich es gern wüsste.«

Yrene las zwischen den Zeilen. Hasar wollte Informationen – vor ihrem Vater und ihren Geschwistern.

»Zu welchem Zweck?«

»Wenn der Machthaber eines Reichs spurlos verschwindet, ist das kein Grund zum Feiern. Erst recht nicht, wenn es sich dabei um jemanden handelt, der aus einer Laune heraus Paläste zerstört und Städte einnimmt.«

Furcht. Gut verborgen zwar, aber Hasar zog es zumindest in Erwägung, dass Aelin Galathynius den Blick über ihr eigenes Land hinausschweifen lassen könnte.

Doch die Spionin für Hasar spielen ... »Denkst du, der Angriff in der Bibliothek könnte etwas damit zu tun haben?«

»Ich glaube, dass Lord Westfall und Captain Faliq ganz gut wissen, wie man diese Spielchen spielt. Wie man es so aussehen lässt, als wäre die Bedrohung durch Perrington bereits mitten unter uns. Denn welchen Grund sollte es dann noch für uns geben, uns *nicht* mit ihnen zu verbünden?«

Yrene glaubte nicht, dass sie diese Art von Spielchen überhaupt jemals spielten. »Und du denkst, sie machen das, um Aelin Galathynius zu helfen? Oder weil sie verschwunden ist und sie Angst haben, selbst eine mächtige Verbündete zu verlieren?«

»Genau das wüsste ich gern. Zusammen mit dem Aufenthaltsort der Königin. Oder dem, was sie dafür halten.«

Yrene zwang sich, dem Blick der Prinzessin standzuhalten. »Und warum sollte ich dir helfen?«

»Abgesehen von der Tatsache, dass wir gute Freundinnen sind?«, fragte sie mit dem Lächeln einer Bastet-Katze. »Gibt es denn nichts, womit ich dir eine Freude machen könnte, um dir das Angebot zu versüßen, liebe Yrene?«

»Ich habe alles, was ich brauche.«

»Ja, aber du erinnerst dich doch gewiss daran, dass mir die Armadas unterstehen. Dass das Enge Meer mir gehört. Und die Überquerung dieses Meeres könnte für jene, die das vergessen, sehr, sehr schwierig werden.«

Yrene wagte es nicht, klein beizugeben. Wagte es nicht, dem düsteren Blick der Prinzessin auszuweichen.

Hasar wusste es. Wusste oder hatte erraten, dass Yrene fortgehen wollte. Und wenn sie der Prinzessin nicht half ... Yrene zweifelte nicht daran, dass Hasar nicht nur leidenschaftlich liebte, sondern auch ebenso leidenschaftlich Rache übte. Und Yrenes Abreise für immer verhindern würde.

»Ich werde sehen, was ich herausfinden kann«, versprach Yrene, ohne ihrer Stimme einen sanfteren Klang zu geben.

»Gut«, erklärte Hasar und fegte die Figürchen mit einer einzigen Handbewegung von der Karte, um sie in einer Schublade zu verstauen. »Wie wäre es für den Anfang damit, dass du mit mir zusammen an den Feierlichkeiten zu Ehren Tehomes übermorgen Abend teilnimmst? Ich kann Kashin beschäftigen, wenn es dir dann leichter fällt.«

Yrene drehte sich der Magen um. Sie hatte ganz vergessen, dass in zwei Tagen die Meeresgöttin geehrt wurde. Offen gesagt gab es fast jede zweite Woche einen Feiertag, den Yrene auch beging, wenn sie konnte, aber dieser ... Da Hasar die Flotte, das Enge Meer und mehrere andere Gewässer unterstanden, war es selbstverständlich, dass sie Tehome ehren würde. Ebenso wie das gesamte Großkhanat, da die Herrin der Großen Tiefe und ihre Ozeane dem Reich über Jahrhunderte hinweg gewogen gewesen waren.

Also wagte Yrene keine Einwände. Gestattete sich nicht das kleinste Zögern vor Hasars durchdringendem Blick. »Solange du nichts dagegen hast, dass ich dasselbe Kleid wie neulich trage«, sagte sie, so beiläufig sie konnte, und zupfte an ihrem übergroßen Hemd.

»Nicht nötig«, konterte Hasar mit einem breiten Lächeln. »Ich habe bereits etwas für dich ausgesucht.«

19

Yrene war längst gegangen, als Chaol immer noch die Zehen bewegte. Er ließ sie in seinen Stiefeln wackeln, ohne sie wirklich zu *spüren*, aber er empfand doch genug, um zu *wissen*, dass sie sich tatsächlich bewegten.

Wie auch immer Yrene das geschafft hatte ...

Er erzählte Nesryn nichts davon, als sie vor dem Abendessen zurückkehrte – ohne eine Spur der Valg entdeckt zu haben –, und erklärte nur leise, dass er aufgrund der Fortschritte mit Yrene den morgigen Besuch bei ihrer Familie gern auf einen anderen Tag verschieben würde.

Sie wirkte eine Spur enttäuscht, bis sich binnen weniger Sekunden wieder dieser kühle, undurchdringliche Ausdruck auf ihrem Gesicht zeigte und sie zustimmte.

Als sie vorbeiging, um sich zum Abendessen umzuziehen, küsste er sie.

Er packte sie an den Handgelenken, zog sie zu sich herunter und küsste sie. Kurz – aber intensiv.

Sie war so überrascht, dass sie ihn, als er sich wieder zurückzog, noch nicht einmal berührt hatte.

»Mach dich fertig«, sagte er und wies mit dem Kopf auf ihr Zimmer.

Nesryn warf ihm noch einen Blick über die Schulter zu, ein schiefes Lächeln auf den Lippen.

Chaol sah ihr minutenlang nach und bewegte die Zehen in seinen Stiefeln.

Da war keine Leidenschaft gewesen – in diesem Kuss. Kein echtes Gefühl.

Was zu erwarten gewesen war. Er hatte sie in den letzten Wochen praktisch von sich gestoßen. Er machte ihr nicht den geringsten Vorwurf.

Er wackelte noch immer mit den Zehen in seinen Stiefeln, als sie zum Abendessen erschienen. Heute Abend würde er den Großkhan um eine Audienz bitten. Wieder einmal. Trauer hin oder her, Protokoll hin oder her. Er würde dem Mann sagen, was er wusste, und ihn warnen.

Er würde darum bitten, dass die Audienz vor Yrenes üblicher Ankunftszeit bei ihm stattfand – für den Fall, dass sie erneut die Zeit aus den Augen verloren. Was offenbar vorkommen konnte. Heute waren es drei Stunden gewesen. Drei.

Seine Kehle fühlte sich noch immer wund an, trotz des mit Honig gesüßten Tees, den Yrene ihn hatte trinken lassen, bis ihm beinahe schlecht geworden war. Und dann – nach ihrer Rückkehr von einem Besuch bei Hasar, da die Prinzessin sie hatte zu sich rufen lassen – hatten sie trainiert. Zusammen, denn bei den meisten Übungen hatte sie ihm behilflich sein müssen: die Hüften kreisen lassen, die Beine von einer Seite zur anderen drehen, die Knöchel und Füße im Kreis bewegen. Alles, um seine schwindenden Muskeln neu zu durchbluten, die Bahnen zwischen seiner Wirbelsäule und seinem Gehirn neu zu erschaffen, hatte sie gesagt.

Sie hatte die Übungen ein ums andere Mal wiederholt, bis eine weitere Stunde verstrichen war. Bis sie wieder im Stehen getaumelt und dieser glasige Ausdruck in ihre Augen getreten war.

Pure Erschöpfung. Denn während sie seine Beine hatte kreisen lassen und ihm befahl, ab und zu die Zehen zu bewegen, hatte sie Wellen ihrer Magie durch sie hindurchgesandt – allerdings ohne sein Rückgrat dabei auch nur zu streifen. Kleine Nadelstiche in seinen Zehen – als wäre ein Schwarm von Glühwürmchen darauf gelandet – das war alles, was er gespürt hatte, während ihres Versuchs, die Nervenbahnen in seinem Körper wieder zu kitten. Das war wenig, aber immerhin etwas, dank der kleinen Fortschritte, die sie in den Stunden davor bewirkt hatte.

Aber diese Magie ... Als Yrene am Ende des Trainings erneut wankte, hatte er nach Kadja gerufen. Und eine Kutsche mit bewaffneter Begleitung für die Heilerin angefordert.

Zu seiner Überraschung hatte Yrene keine Einwände erhoben. Wahrscheinlich vor Erschöpfung, war sie doch beinahe schon im Stehen eingeschlafen, als sie ihn auf Kadja gestützt verließ. Yrene hatte nur noch etwas darüber gemurmelt, dass er sie nach dem Frühstück wieder auf seinem Pferd erwarten solle, dann war sie verschwunden.

Vielleicht war das Glück, das er am Nachmittag gehabt hatte, nun erschöpft.

Denn jetzt, Stunden später, erschien der Großkhan nicht zum Abendessen. Er speise privat mit seiner geliebten Gemahlin, hieß es. Die eigentliche Botschaft blieb unausgesprochen: Die Politik musste der Trauer weichen, die ihren natürlichen Raum beanspruchte. Und Chaol versuchte, so verständnisvoll wie möglich dreinzublicken.

Wenigstens schien Nesryn mit Sartaq voranzukommen, während die anderen Geschwister ihrer beider Gesellschaft allmählich überdrüssig wurden.

Also nahm er die Mahlzeit größtenteils schweigend zu sich, während er weiter die Zehen in seinen Stiefeln bewegte, ohne ein Wort darüber zu verlieren. Selbst nachdem sie wieder in ihre Gemächer zurückgekehrt waren, erzählte er Nesryn immer noch nichts davon und ließ sich stattdessen erschöpft aufs Bett fallen.

Er erwachte im Morgengrauen und verspürte sofort den Drang ...

sich zu waschen und anzukleiden. Den Drang, so schnell wie möglich zu frühstücken, während Nesryn ihn nur neugierig ansah.

Aber auch sie machte sich früh auf den Weg, um sich mit Sartaq auf einem der sechsunddreißig Minarette des Palastes zu treffen.

Morgen war irgendein Feiertag, zu Ehren einer der sechsunddreißig Gottheiten, die von diesen Minaretten repräsentiert wurden. Die Meeresgöttin Tehome. Es würde mit einer Zeremonie bei Sonnenaufgang unten am Hafen beginnen, bei der die gesamte königliche Familie, einschließlich des Großkhans selbst, teilnahm, um Kränze ins Wasser zu legen. Geschenke für die Herrin der Großen Tiefe, hatte Nesryn erzählt. Bei Sonnenuntergang würde es dann ein großes Festmahl im Palast geben.

Seine eigenen Feiertage daheim in Adarlan hatten ihn nie interessiert, da es sich seiner Meinung nach um veraltete Riten handelte, mit denen man Kräfte und Elemente ehrte, die seine Vorfahren sich nicht hatten erklären können. Und doch – das Summen der Betriebsamkeit, die Kränze aus Blumen und Meeresmuscheln, die im Palast aufgehängt wurden und endlich die weißen Banner ersetzten, der Duft von Meeresfrüchten, die in Butter und Gewürzen brutzelten ... Das alles faszinierte ihn. Ließ ihn etwas klarer sehen und erhellte seinen Blick ein wenig, als er seinen Rollstuhl durch den geschäftigen Palast Richtung Innenhof bewegte.

Im Innenhof selbst herrschte ein buntes Durcheinander von ankommenden und abfahrenden Händlern, die Speisen und Dekorationen brachten. Auch Schausteller schienen darunter zu sein. Alles, um die Meeresgöttin um Gnade anzuflehen, wenn der Spätsommer den alljährlichen heftigen Stürmen wich, die Schiffe und ganze Küstenstädte in Stücke reißen konnten.

Chaol suchte den Innenhof nach Yrene ab und bewegte dabei wieder die Zehen. Er entdeckte sein Pferd und daneben ihre Stute im Stallgebäude an der Ostmauer, aber ... von ihr selbst keine Spur.

Sie war bereits gestern spät dran gewesen, daher wartete er, bis die Flut an Lieferungen etwas abflaute, bevor er den Stallknechten ein Zeichen gab, ihm beim Aufsitzen zu helfen. Aber es war der Gardist vom Vortag – derjenige, der ihm am meisten behilflich gewesen war –, der nun zu ihm trat, als die Stute gebracht wurde. Shen, hatte Yrene ihn genannt, und den Gardisten begrüßt, als kenne sie ihn gut.

Shen sagte nichts, sondern nickte nur zum Gruß, obwohl Chaol wusste, dass jeder Gardist in diesem Palast außer Halha eine ganze Reihe weiterer Sprachen beherrschte. Chaol erwiderte die Geste, bevor er wortlos mit der Prozedur des Aufsitzens begann. Seine Armmuskulatur spannte sich vor Anstrengung an, während er sich hochstemmte. Aber er schaffte es, vielleicht sogar etwas leichter als am vergangenen Tag, und er hätte schwören können, dass Shen ihm anerkennend zuzwinkerte, bevor der Gardist zu seinem Posten zurückschlenderte.

Chaol blendete aus, was das mit seinem Herzen machte, schnallte seine Beine in der Halterung fest und ließ seinen Blick über den chaotischen Innenhof und die offenen Tore dahinter schweifen. Die Garde inspizierte jeden Wagen, überprüfte jedes Stück Papier, ob die mitgeführten Waren auch tatsächlich auf königlichen Befehl hin geliefert wurden.

Gut. Obwohl er noch nicht mit dem Großkhan persönlich hatte sprechen können, waren die Wachen offenbar angewiesen worden, vorsichtig zu sein – vielleicht von Kashin.

Die Sonne wanderte höher und zugleich wurde auch die Hitze stärker. Aber Yrene war immer noch nicht aufgetaucht.

Irgendwo im Inneren des Palasts läutete eine Uhr. Eine Stunde zu spät.

Die Stute wurde nervös, ungeduldig und er klopfte ihren dicken, verschwitzten Hals und murmelte besänftigende Worte.

Weitere fünfzehn Minuten verstrichen. Chaol suchte mit den Augen die Tore und die Straße dahinter ab.

In der Torre war zwar kein Alarm geschlagen worden, aber einfach nur hier zu warten ...

Ohne weiter nachzudenken, ließ er die Zügel schnalzen und klopfte auf die Flanke des Pferdes, um es in Schritttempo zu versetzen.

Er hatte sich den Weg gemerkt, den Yrene am Tag zuvor eingeschlagen hatte. Vielleicht würde er ihr unterwegs begegnen.

In Antica wimmelte es nur so von Straßenverkäufern und Menschen, die sich auf den Feiertag vorbereiteten. Oder bereits auf die Herrin der Großen Tiefe anstießen, Tavernen und Lokale füllten, während überall Straßenmusikanten spielten.

Er brauchte doppelt so lang, um zu den mit Eulen verzierten Toren der Torre Cesme zu gelangen, auch wenn seine Langsamkeit zum Teil daher rührte, dass er in jeder überfüllten Straße und jeder Gasse, an der er vorbeigekommen war, nach Yrene Ausschau gehalten hatte. Ohne eine Spur von der Heilerin zu entdecken.

Sein Pferd schwitzte ebenso wie er, als sie durch die Tore ritten. Die Wachen lächelten ihn an – und er hatte sich ihre Gesichter von der gestrigen Unterrichtsstunde ebenfalls eingeprägt.

Wie viele Male war er so in Adarlan begrüßt worden? Und hatte es für selbstverständlich gehalten?

Er war stets ohne Zögern durch die schwarzen Eisentore des gläsernen Palasts geritten, ohne recht viel mehr zu tun, als zu bemerken, wer dort positioniert war und wer vielleicht nicht ganz in Form war. Er hatte mit diesen Männern trainiert, hatte über ihre Familien und ihr Leben Bescheid gewusst.

Seine Männer. Es waren *seine* Männer gewesen.

Daher war sein eigenes Lächeln, mit dem Chaol diesen Wachen hier begegnete, angespannt und er konnte kaum mehr als einen flüchtigen Blick in ihre leuchtenden Augen ertragen, während er in den Innenhof der Torre ritt und vom Duft des Lavendels eingehüllt wurde.

Doch nach einigen Schritten hielt er inne, wendete seine Stute und fragte den nächstbesten Wachposten: »Hat Yrene Towers die Torre heute schon verlassen?«

Wie die Männer im Palast des Großkhans beherrschte auch jeder Gardist hier mindestens drei Sprachen fließend: Halha, die Sprache des nördlichen Kontinents und die der Länder des Ostens. Mit Besuchern aus ganz Erilea blieb den Männern, die die Tore der Torre Cesme bewachten, auch gar nichts anderes übrig, als diese drei weitverbreiteten Sprachen fließend zu sprechen.

Der Gardist vor ihm schüttelte den Kopf und in der sengenden Hitze rann ihm der Schweiß über seine dunkle Haut. »Noch nicht, Lord Westfall.«

Vielleicht war es unhöflich, sie aufzusuchen, wenn sie anscheinend mit anderen Dingen so beschäftigt war, dass sie sich noch nicht um ihn kümmern konnte. Schließlich hatte sie noch weitere Patienten erwähnt.

Er dankte mit einem Nicken und wendete die Schimmelstute wieder in Richtung der Torre. Gerade als er in den Innenhof zu seiner Linken reiten wollte, hörte er eine uralte Stimme von unten herauf sagen: »Lord Westfall. Wie schön, Euch hier zu sehen.«

Hafiza. Die Hohe Heilerin stand einige Schritte entfernt, mit einem Korb an ihrem dünnen Arm und begleitet von zwei Heilerinnen mittleren Alters rechts und links von ihr. Die Wachen verbeugten sich und Chaol neigte den Kopf.

»Ich suche Yrene«, sagte er.

Hafiza zog ihre weißen Brauen hoch. »Ist sie heute Morgen nicht zu Euch gekommen?«

Ihm zog sich vor Sorge der Magen zusammen. »Nein, obwohl ich sie vielleicht verpasst haben könnte ...«

Eine der Heilerinnen an Hafizas Seite trat vor und flüsterte der Hohen Heilerin zu: »Sie liegt im Bett, Hohe Heilerin.«

Jetzt sah Hafiza die Frau stirnrunzelnd an. »Immer noch?«

Ein Kopfschütteln. »Erschöpft. Eretia hat vor einer Stunde nach ihr gesehen – da schlief sie noch.«

Hafiza presste die Lippen zusammen und Chaol glaubte bereits zu wissen, was sie gleich sagen würde. Er fühlte sich schuldig, noch bevor die alte Frau sprach. »Unsere Kräfte können Großes bewirken, Lord Westfall, aber sie haben auch einen hohen Preis. Yrene war ...« Sie suchte nach Worten, entweder weil sie nicht ihre Muttersprache benutzte oder um ihm weitere Schuldgefühle zu ersparen. »Sie schlief bereits in der Kutsche, als sie gestern eintraf. Man musste sie in ihr Zimmer tragen.«

Er wand sich innerlich.

Hafiza tätschelte seinen Stiefel, und er hätte schwören können, dass er es in den Zehen spürte. »Kein Grund zur Besorgnis, Mylord. Einen Tag ausschlafen und morgen früh ist sie wieder im Palast.«

»Da morgen ein Feiertag ist«, bot er freiwillig an, »kann sie den Tag natürlich freihaben.«

Hafiza kicherte. »Ihr kennt Yrene wirklich nicht sehr gut, wenn Ihr denkt, sie würde diese Feiertage als *freie Tage* betrachten.« Sie deutete auf ihn. »Allerdings, wenn *Ihr* den Tag freihaben wollt, solltet Ihr gewiss Bescheid geben, denn sie wird sonst wahrscheinlich bei Sonnenaufgang an Eure Tür klopfen.«

Chaol lächelte, auch dann noch, als er zu dem Turm schaute, der über ihm aufragte.

»Es ist ein erholsamer Schlaf«, erklärte Hafiza. »Vollkommen natürlich. Nichts, was Euch belasten sollte.«

Mit einem letzten Blick auf den bleichen Turm nickte er und lenkte sein Pferd in Richtung der Tore. »Darf ich Euch irgendwohin begleiten?«

Hafizas Lächeln war so strahlend wie die Mittagssonne. »Das dürft Ihr allerdings, Lord Westfall.«

Die Hohe Heilerin wurde an jeder Straßenecke von Menschen aufgehalten, die ihre Hand berühren oder von *ihr* berührt werden wollten.

Sie wurde verehrt. Geliebt. Wie eine Heilige.

Es dauerte eine halbe Stunde, bis sie sich auch nur ein halbes Dutzend Straßen von der Torre entfernt hatten. Als sie endlich eine stille Straße erreichten, in der Hafiza und ihre Gefährtinnen ein bescheidenes Haus betraten, bot er an, auf sie zu warten, aber sie winkten ab.

Tatsächlich waren die Straßen so überfüllt, dass sich Chaol schon bald auf den Rückweg zum Palast machte, anstatt sie weiter zu erkunden.

Aber selbst als er sein Pferd durch die Menschenmenge lenkte, ertappte er sich dabei, wie er zu diesem bleichen Turm zurückspähte – einem Riesen am Horizont – und zu der Heilerin, die darin schlief.

Yrene schlief anderthalb Tage lang.

Auch wenn das nicht ihre Absicht gewesen war. Aber sie war so müde gewesen, dass sie es kaum geschafft hatte, sich zu erheben, um ihre Notdurft zu verrichten und Eretia zu verscheuchen, als diese hereinkam, um sie anzustupsen und sich davon zu überzeugen, dass sie noch lebte.

Die Heilung gestern – *vor*gestern, begriff sie, als sie sich im grauen Licht vor der Morgendämmerung ankleidete – hatte sie alle Kraft gekostet. Dieser kleine Fortschritt hatte seinen Tribut gefordert.

Aber seine Zehen hatten sich bewegt. Und die Nervenbahnen, durch die sie ihre Magie gesandt hatte – Lichtpunkte, die durch ihn hindurchgeschnellt waren –, sie waren beschädigt, ja, aber wenn sie diese winzigen ausgefransten Kommunikatoren in ihm ersetzte ... Es würde ein langer und harter Weg werden, doch ...

Yrene wusste, dass es nicht allein Schuldgefühle waren, die sie dazu trieben, am Tag der Tehome so früh aufzustehen.

Er stammte aus Adarlan – es würde ihn kaum interessieren, ob er diesen Tag freibekam oder nicht.

Die Morgendämmerung hatte gerade eingesetzt, als Yrene in den Hof der Torre hinaustrat – und innehielt. Die Sonne sandte ihre ersten Strahlen in die purpurnen Schatten.

Und einer dieser Lichtstrahlen ließ die feinen goldenen Strähnen in seinem braunen Haar erglänzen ...

»Sie ist erwacht«, sagte Lord Chaol.

Yrene schritt auf ihn zu und der Kies knirschte laut in der verschlafenen Dämmerung. »Ihr seid hierhergeritten?«

»Ganz allein.«

Sie zog eine Augenbraue hoch und betrachtete die weiße Stute neben seiner. »Und Ihr habt das andere Pferd mitgebracht?«

»Ein Gentleman durch und durch.«

Sie verschränkte die Arme und schaute stirnrunzelnd zu ihm auf. »Irgendwelche weiteren Bewegungen?«

Seine Augen strahlten in der Morgensonne, die das Braun beinahe in Gold verwandelte. »Wie geht es Euch?«

»Beantwortet bitte meine Frage.«

»Beantwortet meine.«

Für eine Weile starrte sie ihn nur an. Überlegte, ob sie ihn finster anfunkeln sollte. »Es geht mir gut«, antwortete sie schließlich und wedelte mit einer Hand. »Aber habt Ihr weitere Bewegungen ...«

»Habt Ihr ausreichend Ruhe bekommen?«

Jetzt funkelte Yrene ihn wirklich an. »*Ja.*« Ihr Blick verfinsterte sich. »Aber es geht Euch nichts an ...«

»Das tut es sehr wohl.«

Er sagte es so *gelassen*, als hätte er als *Mann* ein natürliches Anrecht darauf, es zu erfahren. »Ich weiß, dass sich Frauen in Adarlan allem beugen, was Männer sagen, aber hier nicht. Wenn ich sage, *es geht Euch nichts an*, dann *geht* es Euch nichts an.«

Chaol schenkte ihr ein schwaches Lächeln. »Also sind wir heute wieder bei den alten Feindseligkeiten.«

Sie hätte am liebsten laut geschrien, beherrschte sich aber. »*Wir* sind bei gar nichts. Ich bin Eure Heilerin und Ihr seid mein Patient, und ich habe mich nach dem Status Eures …«

»Wenn Ihr nicht ausgeruht seid«, unterbrach er sie, als wäre es das Vernünftigste auf der Welt, »dann lasse ich Euch nicht in meine Nähe.«

Yrene öffnete den Mund und schloss ihn wieder. »Und *wie* wollt Ihr das entscheiden?«, fragte sie schließlich.

Er ließ seinen Blick über sie schweifen. Über jeden Zentimeter von ihr. Ganz langsam.

Ihr Herz hämmerte unter diesem intensiven Blick. Dieser gnadenlosen Aufmerksamkeit. »Ordentlicher Teint«, murmelte er. »Ordentliche Haltung. Ordentlich frech allemal.«

»Ich bin kein Pferd, wie *Ihr* gestern sagtet.«

»Vorgestern.«

Sie stemmte die Hände in die Hüften. »Mir geht es *gut*. Also, wie geht es *Euch*?«

Chaols Augen blitzten. »Ich fühle mich ziemlich gut, Yrene. Danke der Nachfrage.«

Yrene. Wenn sie nicht am liebsten auf sein Pferd gesprungen wäre, um ihn zu erwürgen, hätte sie vielleicht darüber nachgedacht, wie seine Art, ihren Namen zu sagen, ihr durch Mark und Bein ging.

Aber sie zischte: »Verwechselt meine Freundlichkeit nicht mit Dummheit. Wenn Ihr irgendwelche Fortschritte oder Rückschritte gemacht habt, *werde* ich es herausfinden.«

»Wenn das Freundlichkeit ist, dann würde ich nur sehr ungern erfahren, wie Unfreundlichkeit bei Euch aussieht.«

Sie wusste, dass die Worte nicht ernst gemeint waren, aber … Ihr Rücken versteifte sich.

Er schien es zu bemerken und beugte sich in seinem Sattel nach unten. »Das war ein Scherz, Yrene. Ihr seid großzügiger gewesen als ... Es war ein Scherz.«

Sie zuckte die Achseln und ging zu dem weißen Pferd. Vielleicht um das Gespräch wieder in neutrale Gefilde zu steuern, fragte er: »Wie geht es den anderen Heilerinnen – seit dem Angriff?«

Ein Schauer lief ihr über den Rücken, als sie die Zügel der Stute nahm, ohne jedoch aufzusitzen. Yrene hatte sich erboten, bei der Beerdigung zu helfen, aber Hafiza hatte es abgelehnt und ihr erklärt, sie solle ihre Kräfte für Lord Westfall aufsparen. Was sie aber nicht daran gehindert hatte, die Totenkammer unter der Torre aufzusuchen – und sich den vertrockneten Leichnam anzusehen, der auf der steinernen Tafel in der Mitte der groben Felskammer aufgebahrt war, das ledrige, ausgelaugte Gesicht, die Knochen, über die sich papierdünne Haut spannte. Bevor sie gegangen war, hatte sie ein Gebet an Silba gesandt, doch als gestern die Tote in den Katakomben tief unter dem Turm beerdigt worden war, hatte sie fest geschlafen.

Jetzt blickte Yrene besorgt zu dem Turm hinauf, der ihr stets ein Gefühl der Geborgenheit gegeben hatte, doch ... Seit jener Nacht in der Bibliothek herrschte trotz aller Bemühungen Hafizas und Eretias Stille in den Fluren, im gesamten Turm. Als wäre das Licht, das diesen Ort erfüllt hatte, erloschen.

»Sie kämpfen darum, den Anschein von Normalität zu wahren«, berichtete Yrene schließlich. »Ich glaube, aus Trotz gegen ... wer auch immer das war. Hafiza und Eretia sind mit gutem Beispiel vorangegangen, sind ruhig und besonnen geblieben – und lächeln, so viel sie können. Und das, glaube ich, hilft den Mädchen über ihre Schockstarre hinweg.«

»Wenn Ihr denkt, dass ihnen eine weitere Unterrichtsstunde mit mir helfen würde«, erbot er sich, »stehe ich Euch zur Verfügung.«

Sie nickte geistesabwesend und strich mit dem Daumen über das Zaumzeug.

Für einige Zeit herrschte Stille, die den Duft des wogenden Lavendels und der Zitronenbäume noch intensiver erscheinen ließ. Bis Lord Chaol unvermittelt fragte: »Hattet Ihr wirklich vor, im Morgengrauen in mein Zimmer zu stürmen?«

Yrene wandte sich von der geduldigen weißen Stute ab. »Ihr scheint mir nicht der Typ zu sein, der lange faul im Bett herumliegt.« Sie zog die Brauen hoch. »Obwohl, wenn Ihr und Captain Faliq gerade miteinander beschäftigt seid ...«

»Ihr könnt im Morgengrauen gern kommen, wenn Ihr es wünscht.«

Sie nickte. Obwohl sie selbst für gewöhnlich liebend gern ausschlief. »Ich hatte vor, nach einem Patienten zu sehen, bevor ich Euch besuche. Da wir stets ... mehr Zeit brauchen.« Als er nichts erwiderte, fuhr sie fort: »Ich kann Euch in zwei Stunden im Palast treffen, falls Ihr ...«

»Ich kann Euch begleiten. Es macht mir nichts aus.«

Sie ließ die Zügel fallen. Musterte ihn. Seine Beine. »Bevor wir losreiten, möchte ich gern ein paar Übungen mit Euch machen.«

»Auf dem Pferd?«

Yrene ging auf ihn zu. »Es ist tatsächlich eine ziemlich erfolgreiche Form der Behandlung – nicht nur für Patienten mit Verletzungen des Rückgrats. Die Bewegungen, die ein Pferd während des Reitens macht, können unter anderem die Sinnesverarbeitung verbessern.« Sie öffnete die Haltegurte und schob seinen Fuß aus dem Steigbügel. »Als ich letzten Winter in der Steppe war, habe ich einen jungen Krieger geheilt, der bei einer schrecklichen Jagd vom Pferd gefallen war – er hatte fast die gleiche Verletzung wie Ihr. Sein Clan hatte diese Gurtvorrichtung bereits für ihn konstruiert, als ich dort ankam, da er noch weniger geneigt war, im Haus zu bleiben, als Ihr.«

Lord Chaol schnaubte und fuhr sich mit der Hand durchs Haar.

Yrene hob seinen Fuß an und drehte ihn – mit Bedacht auf das Pferd – hin und her. »Es war eine Tortur, ihn zum Training zu bewegen.

In seinem *Gir* hatte er das Gefühl, ihm falle die Decke auf den Kopf, er wollte unbedingt die frische Luft auf seinem Gesicht spüren. Also habe ich, um wenigstens einen Moment Frieden zu haben, ihm erlaubt, in den Sattel zu steigen und ein wenig zu reiten, und danach haben wir mit dem Training begonnen – noch während er im Sattel saß. Im Gegenzug dafür, dass wir im Anschluss die *umfangreicheren* Übungen im Zelt durchführen würden. Aber dann hat er solche Fortschritte im Sattel gemacht, dass das Training zu Pferd zum Hauptbestandteil der Therapie wurde.« Yrene beugte und streckte sanft sein Bein. »Ich weiß, Ihr spürt nicht viel oberhalb Eurer Zehen ...«

»Gar nichts.«

»... aber ich will, dass Ihr Euch darauf konzentriert, sie zu bewegen. *So viel Ihr könnt.* Zusammen mit dem Rest Eures Beins, aber konzentriert Euch vor allem auf Eure Füße, während ich das hier tue.«

Er sagte nichts mehr und sie machte sich auch nicht die Mühe aufzuschauen, während sie sein Bein bewegte und alle Übungen, die auf dem Pferd möglich waren, durchging. Schon das Gewicht seines Beins reichte aus, um sie ins Schwitzen zu bringen, aber sie machte weiter, winkelte es an und ab, ließ es kreisen und rollte es zwischen ihren Händen. Während sich das dicke, schwarze Leder seiner Stiefel tatsächlich sichtbar wölbte, als er mit den Zehen wackelte.

»Gut«, sagte Yrene. »Macht weiter so.«

Seine Zehen stemmten sich wieder gegen das Leder. »Die Steppe – von dort stammt ursprünglich die Familie des Großkhans?«

Bevor sie antwortete, konzentrierte sie sich auf einen weiteren Übungssatz und passte auf, dass seine Zehen sich dabei die ganze Zeit bewegten. Schließlich sicherte sie sein Bein wieder in der Halterung und stellte den Fuß in den Steigbügel. Nachdem sie in weitem Bogen um das Pferd geschritten war, um sein anderes Bein abzuschnallen, sagte sie endlich: »Ja. Ein wunderschönes, unberührtes Land. Die Grashügel scheinen sich bis ins Unendliche zu ziehen, nur von spärlichen

Kiefernwäldern und einigen kahlen Bergen durchbrochen.« Yrene ächzte unter dem Gewicht seines Beins, als sie nun mit denselben Übungen begann. »Habt Ihr gewusst, dass der erste Großkhan den Kontinent mit nur hunderttausend Mann erobert hat? Und das innerhalb von vier Jahren?« Sie betrachtete die erwachende Stadt ringsum. »Ich kannte die Geschichte seines Volkes, der Darghan, aber auf dem Weg in die Steppe erzählte Kashin ...« Sie verstummte und wünschte, sie hätte die letzten Worte zurücknehmen können.

»Der Prinz hat Euch begleitet?« Eine ruhige, beiläufige Frage. Sie klopfte in stummem Befehl auf seinen Fuß, dass er weiter mit den Zehen wackeln solle. Chaol gehorchte und stieß ein lachendes Schnauben aus.

»Kashin und Hafiza sind mit mir gekommen. Wir waren über einen Monat lang dort.« Yrene bewegte seinen Fuß nach oben und unten und führte die monotonen Bewegungen mit langsamer, bewusster Sorgfalt aus. Die Magie half zwar bei der Heilung, ja, aber das pure körperliche Training spielte dabei eine ebenso wichtige Rolle. »Bewegt Ihr Eure Zehen auch wirklich, so viel Ihr könnt?«

Ein weiteres Schnauben. »Ja, Herrin.«

Sie verbarg ihr Lächeln und streckte sein Bein, so weit seine Hüfte es zuließ, um es dann in kleinen Kreisen rotieren zu lassen.

»Ich nehme an, dass es diese Reise in die Steppe war, bei der Prinz Kashin Euch sein Herz ausgeschüttet hat.«

Yrene hätte beinahe sein Bein losgelassen, doch stattdessen funkelte sie ihn nur an, während er schalkhaft zurückfunkelte. »Das geht Euch nichts an.«

»Das sagt Ihr schrecklich gern für jemanden, der so darauf pocht, dass *ich* alles erzähle.«

Sie verdrehte die Augen und setzte das Training fort. »Kashin war einer der ersten Freunde, die ich hier gewonnen habe«, antwortete sie nach einer Weile. »Einer meiner ersten Freunde überhaupt.«

»Ah.« Eine Pause. »Und als er mehr wollte als Freundschaft ...«

Schließlich ließ Yrene Chaols Bein sinken, schnallte es wieder fest und wischte sich den Staub seiner Stiefel von den Händen. Dann stemmte sie die Hände in die Hüften und blinzelte ins Licht der aufgehenden Sonne. »*Ich* wollte *nicht* mehr. Das habe ich ihm gesagt. Und damit ist der Fall erledigt.«

Chaols Lippen deuteten ein Lächeln an, während Yrene endlich auf ihre wartende Stute zuging und sich in den Sattel zog. Als sie sich aufrichtete, um die Röcke ihres Kleides über den Beinen zu ordnen, bemerkte sie zu ihm: »Mein Ziel ist es, nach Fenharrow zurückzukehren und dort zu helfen, wo ich am dringendsten gebraucht werde. Meine Empfindung für Kashin war nicht stark genug, um diesen Traum aufzugeben.«

Sein Blick war verständnisvoll und er öffnete den Mund, als wollte er etwas dazu sagen. Aber dann nickte er nur, lächelte wieder – und bemerkte schließlich: »Ich bin sehr froh darüber.« Sie zog fragend eine Augenbraue hoch und sein Lächeln wurde noch breiter. »Was würde aus mir, wenn Ihr nicht hier wäret, um mich anzuherrschen?«

Yrene warf ihm einen finsteren Blick zu, nahm die Zügel auf und lenkte ihr Pferd zu den Toren, bevor sie in scharfem Ton erwiderte: »Lasst es mich wissen, wenn Ihr Unwohlsein oder ein Kribbeln verspürt – und versucht weiter, die Zehen so viel wie möglich zu bewegen.«

Immerhin erhob er keinen Einspruch. Sondern bemerkte nur mit diesem schiefen Lächeln: »Ihr reitet voraus, Yrene Towers.«

Und obwohl sie es sich selbst untersagte ... umspielte ein kleines Lächeln Yrenes Lippen, während sie in die erwachende Stadt ritten.

20

Auf den Straßen herrschte Ruhe, da sich der Großteil der Bevölkerung zu Ehren Tehomes unten am Hafen befand, wo die Sonnenaufgangszeremonie abgehalten wurde. Chaol nahm an, dass nur die wirklich Kranken heute im Bett bleiben würden, und war deshalb nicht im Mindesten überrascht, von heftigem Husten begrüßt zu werden, noch bevor sie auch nur die Tür des schmalen Hauses erreichten, das in einer sonnigen, staubigen Straße lag.

Nun, bevor *Yrene* die Tür erreichte. Ohne Rollstuhl würde er auf dem Pferd sitzen bleiben. Yrene verlor kein einziges Wort darüber, saß ab, band ihre Stute an dem Pfosten unten an der Straße fest und schritt auf das Haus zu. Chaol bewegte immer wieder die Zehen in seinen Stiefeln. Er wusste, dass allein diese Bewegung schon ein Geschenk war, aber sie erforderte auch Konzentration und Energie, mehr, als er erwartet hatte.

Chaol bog noch immer die Zehen durch, als eine ältere Frau die Haustür öffnete, bei Yrenes Anblick seufzte und begann, sehr langsam etwas auf Halha zu sagen. Anscheinend, damit Yrene sie verstand, denn die Heilerin antwortete recht zögernd und unbeholfen in dieser Sprache, während sie das Haus betrat und die Tür einen Spaltbreit offen stehen ließ. Aber immerhin beherrschte sie Halha besser als er.

Von der Straße aus konnte er durch die offenen Fenster und die Tür des Hauses ein kleines Bett sehen, das direkt unter einem bemalten Fenstersims stand – als sollte der Patient mit frischer Luft versorgt werden.

Ein alter Mann lag darin – die Quelle des Hustens.

Yrene wechselte noch ein paar Worte mit der betagten Frau, bevor sie zu dem Mann ging und sich einen kleinen dreibeinigen Hocker ans Bett zog.

Chaol streichelte den Hals seines Pferdes und wackelte erneut mit den Zehen, während Yrene die runzlige Hand des Mannes nahm und ihm ihre andere auf die Stirn legte.

Jede Bewegung war sanft, ruhig. Und ihr Gesicht ...

Es lag ein weiches Lächeln darauf. Eins, das er noch nie zuvor gesehen hatte.

Yrene sagte etwas zu der alten Frau, die händeringend hinter ihnen stand, aber Chaol konnte nicht hören, was es war. Dann schlug sie die dünne Decke zurück, unter welcher der Mann lag.

Chaol zuckte innerlich zusammen beim Anblick der verkrusteten Wunden auf seiner Brust und seinem Bauch. Selbst die alte Frau zuckte zusammen.

Aber Yrene blinzelte nicht einmal und ihre gelassene Heiterkeit kam keine Sekunde lang ins Wanken, als sie ihre Hand hob, an deren Fingern und Handfläche ein weißes Licht schimmerte.

Der alte Mann lag da wie ohnmächtig, tat dann aber einen tiefen Atemzug, als sie ihm die Hand auf die Brust legte. Direkt über die schlimmste Wundstelle.

Minutenlang ließ sie einfach die Hand dort liegen, hoch konzentriert, während das Licht aus ihren Fingern in die Brust des Mannes floss.

Und als sie die Hand wieder hob ... begann die alte Frau zu weinen und küsste Yrene die Hand – und dann auch die andere. Yrene lächelte nur, gab der Frau einen Kuss auf ihre eingefallene Wange und verabschiedete sich von ihr, wahrscheinlich nicht ohne klare Anweisungen für die weitere Pflege des Mannes, vermutete Chaol.

Erst als Yrene die Tür hinter sich schloss, erstarb dieses wunderschöne Lächeln. Sie musterte die staubigen Pflastersteine und presste die Lippen aufeinander. Als hätte sie seine eigene Anwesenheit ganz vergessen.

Sein Pferd wieherte und ihr Kopf fuhr hoch.

»Geht es Euch gut?«, fragte er.

Sie machte jedoch nur ihr Pferd los, saß auf und kaute wortlos auf der Unterlippe, während sie langsam im Schritt losritten. »Er hat eine Krankheit, die einfach nicht verschwinden will«, erklärte sie nach einer Weile. »Wir kämpfen jetzt seit fünf Monaten dagegen an. Dass sie jetzt wieder so schlimm aufgeflackert ist ...« Sie schüttelte den Kopf – enttäuscht. Von sich selbst.

»Unheilbar?«

»Andere Patienten haben diese Krankheit besiegt, aber in diesem Fall ist der Patient ... sehr alt. Und immer wenn ich glaube, die Krankheit aus ihm vertrieben zu haben, kommt sie wieder zurück.« Sie stieß einen Seufzer aus. »Momentan habe ich das Gefühl, ihm nur etwas mehr Zeit zu verschaffen, statt einen wirklichen Fortschritt zu machen.«

Er musterte ihren angespannten Kiefer. Eine Frau, die sich selbst stets Spitzenleistungen abverlangte – während sie das von anderen nicht unbedingt erwartete. Oder auch nur erhoffte.

»Gibt es noch andere Patienten, um die Ihr Euch heute kümmern müsst?«, fragte er unvermittelt.

Sie betrachtete nachdenklich seine Beine. Den großen Zeh, den er gegen seinen Stiefel drückte, sodass sich das Leder leicht wölbte. »Wir können in den Palast zurückkehren ...«

»Ich bin gern hier draußen«, platzte er heraus. »Jetzt, da die Straßen verlassen sind. Erlaubt mir ...« Er konnte seinen Satz nicht beenden.

Doch Yrene schien zu verstehen. »Es gibt eine junge Mutter am anderen Ende der Stadt.« Einen sehr, sehr langen Ritt entfernt. »Sie erholt sich gerade von einer schweren Geburt vor zwei Wochen. Ich würde sie gern besuchen.«

Chaol versuchte, nicht allzu erleichtert zu wirken. »Dann lasst uns hinreiten.«

Und so ritten sie hin. Die Straßen waren nach wie vor verlassen und die Zeremonie würde, so erklärte Yrene, bis weit in den Vormittag hinein dauern. Obwohl es so viele verschiedene Gottheiten im Großkhanat gab, begingen die meisten Menschen *alle* ihre Feiertage.

Religiöse Toleranz, hatte sie erzählt, habe schon der allererste Großkhan befürwortet – und keiner seiner Nachfolger sei davon abgewichen. Die Unterdrückung verschiedener Glaubensrichtungen führe nur zu Querelen innerhalb eines Reiches, daher habe er einfach *alle* übernommen. Auch wenn er teilweise mehrere Götter zu einem einzigen zusammengewürfelt hatte, so hatte er doch stets allen ihre religiöse Freiheit gelassen.

Chaol fügte hinzu, dass er bei seinem Studium der Geschichte des Großkhanats noch von einem weiteren Nutzen gelesen hatte: In anderen Königreichen, wo religiöse Minderheiten unterdrückt wurden, fanden sich stets *viele* willige Spione.

Yrene nickte wissend – und fragte ihn, ob er jemals Spione eingesetzt habe, um ... seine eigene Position zu stärken.

Er verneinte. Verschwieg jedoch, dass einige seiner Männer einst im Geheimen gearbeitet hatten, wenn auch nicht als die Art von Spionen, die von Aedion und Ren Allsbrook angeheuert wurden. Verschwieg seine eigene Arbeit innerhalb Riftholds im vergangenen Frühling und Sommer. Über seine ehemalige Garde zu sprechen war ... Also schwieg er.

Auch Yrene sagte nichts mehr, als habe sie gespürt, dass sein Schweigen nichts mit einem Mangel an Gesprächsstoff zu tun hatte.

Schließlich erreichten sie ein Stadtviertel voller kleiner Gärten und Parks, die Häuser bescheiden, aber gut gepflegt. Hier lebte eindeutig die Mittelschicht. Es erinnerte ihn ein wenig an Rifthold und doch ... war es sauberer. Heller. Obwohl es an diesem Morgen so still auf den Straßen war, war dieser Stadtteil erfüllt von Leben.

Vor allem das elegante kleine Haus, vor dem sie jetzt haltmachten, wo eine junge Frau mit fröhlichen Augen aus dem Fenster im oberen Stockwerk spähte. Sie begrüßte Yrene auf Halha und verschwand dann wieder im Haus.

»Nun, damit wäre *diese* Frage beantwortet«, murmelte Yrene, gerade als die Haustür geöffnet wurde und die Frau mit einem drallen Baby auf dem Arm auftauchte.

Die Mutter hielt inne, als sie Chaol sah, aber er nickte ihr höflich zu.

Sie schenkte ihm ein hübsches Lächeln, das regelrecht durchtrieben wurde, als sie sich Yrene zuwandte und mit den Augenbrauen zuckte.

Yrene lachte und dieser Laut ... So schön er auch war, er war doch nichts im Vergleich zu dem Lächeln auf ihrem Gesicht. Dem Entzücken.

Er hatte noch nie ein so liebliches Gesicht gesehen.

Yrene saß ab und nahm das pausbäckige Baby – der Inbegriff eines Wonneproppens – von den ausgestreckten Armen der Mutter entgegen. »Oh, sie ist wunderschön«, gurrte sie und strich mit dem Finger über eine runde Wange.

Die Mutter strahlte. »Fett wie eine Made im Speck«, sagte sie in Chaols Muttersprache, entweder weil Yrene sie benutzte oder weil sie aufgrund seiner Gesichtszüge – die sich so sehr von denen hier in Antica unterschieden – bemerkt hatte, dass er nicht von hier war. »Und so hungrig wie ein Ferkel.«

Yrene wippte und wiegte das Baby auf dem Arm. »Das Stillen läuft gut?«

»Wenn ich sie ließe, würde sie Tag und Nacht an meiner Brust hängen«, beschwerte sich die Mutter, der es offenbar ganz und gar nicht peinlich war, solche Dinge in seiner Anwesenheit zu erörtern.

Yrene kicherte und ihr Lächeln wurde noch breiter, als sich eine winzige Hand um ihren Finger schloss. »Sie sieht so gesund aus, wie man es sich nur wünschen kann.« Dann schaute sie die Mutter an. »Und was ist mit dir?«

»Ich habe alles befolgt, was du mir aufgetragen hast – die Bäder haben geholfen.«

»Keine Blutungen mehr?«

Ein Kopfschütteln. Dann schien sie sich seiner Gegenwart wieder bewusst zu werden und senkte ein wenig die Stimme, und plötzlich fand Chaol die Gebäude entlang der Straße *sehr* interessant. »Wie lange noch, bis ich ... Du weißt schon? Mit meinem Ehemann.«

Yrene schnaubte. »Lasst euch noch sieben Wochen Zeit.«

Die Frau kreischte entrüstet auf. »Aber du hast mich doch *geheilt*.«

»Ja, nachdem du fast verblutet wärst.« Worte, die keine Widerrede duldeten. »Gib deinem Körper Zeit, sich zu erholen. Andere Heilerinnen würden dir zu mindestens acht Wochen raten, aber ... Versuch es nach sieben. Aber falls es auch nur *im Mindesten* unangenehm ist ...«

»Ich weiß, ich weiß«, winkte die Frau ab. »Es ist bloß ... schon ein Weilchen her.«

Yrene stieß ein weiteres Lachen aus und Chaol schaute zu ihr hin, als sie sagte: »Nun, dann macht es jetzt auch nichts mehr aus, noch etwas länger zu warten.«

Die Frau bedachte Yrene mit einem schiefen Lächeln, als sie ihr das glucksende Baby wieder abnahm. »Na, hoffentlich amüsierst *du* dich wenigstens.«

Chaol bemerkte den vielsagenden Blick, den sie in seine Richtung warf.

Und stellte mit nicht geringer Genugtuung fest, dass Yrene verlegen blinzelte, sich versteifte und dann rot anlief. »Was – oh. Oh, *nein*.«

Die Art allerdings, wie sie dieses *Nein* ausspie ... verpasste seiner Genugtuung einen Dämpfer.

Die Frau lachte nur und hob das Baby ein wenig höher, als sie in ihr entzückendes Haus zurückkehrte. »*Ich* würde mich auf jeden Fall amüsieren.«

Und mit diesen Worten fiel die Tür ins Schloss.

Immer noch rot im Gesicht, drehte Yrene sich zu ihm um, mied jedoch bewusst seinen Blick. »Sie ist ganz schön von sich selbst überzeugt.«

Chaol grinste. »Mir war gar nicht bewusst, dass ich ein so entschiedenes *Nein* bin.«

Sie funkelte ihn an, während sie aufsaß. »Ich teile das Bett nicht mit Patienten. Und Ihr seid mit Captain Faliq zusammen«, fügte sie schnell hinzu. »*Und* Ihr seid ...«

»Nicht in der Lage, eine Frau zu beglücken?«

Seine Worte schockierten ihn selbst. Doch dass ihre Augen aufloderten, bereitete ihm erneut Genugtuung.

»Nein«, sagte Yrene und errötete noch mehr. »Das sicher nicht. Aber Ihr seid ... Ihr.«

»Ich versuche, mich nicht beleidigt zu fühlen.«

Sie winkte ab und schaute überallhin, nur nicht in seine Richtung. »Ihr wisst, was ich meine.«

Dass er ein Mann aus Adarlan war, dass er dem König gedient hatte? Sicherlich. Aber er beschloss, Gnade walten zu lassen, und erwiderte: »Es war nur ein Scherz, Yrene. Wie Ihr selbst sagtet, ich ... bin mit Nesryn zusammen.«

Sie schluckte und errötete immer noch wie wild. »Wo ist sie heute?«

»Sie wollte zusammen mit ihrer Familie der Zeremonie beiwohnen.« Nesryn hatte ihn gar nicht erst eingeladen mitzukommen, nachdem er behauptet hatte, ihren gemeinsamen Ritt durch die Stadt verschieben zu wollen. Und doch war er jetzt hier.

Yrene nickte geistesabwesend. »Geht Ihr heute Abend zu dem Fest – im Palast?«

»Ja. Ihr auch?«

Ein weiteres Nicken. Gefolgt von verlegenem Schweigen. Dann sagte sie: »Ich habe etwas Angst davor, heute mit Euch zu arbeiten – denn falls wir diesmal wieder jedes Zeitgefühl verlieren, versäumen wir vielleicht die Feierlichkeiten.«

»Wäre das denn so schlimm?«

Sie beäugte ihn, als sie um eine Ecke ritten. »Es würde einige vor den Kopf stoßen. Wenn nicht sogar die Herrin der Großen Tiefe selbst. Ich weiß nicht genau, was mir mehr Angst macht.« Er lachte leise und Yrene fuhr fort: »Hasar hat mir ein Kleid geliehen, also muss ich hingehen. Oder ich riskiere ihren Zorn.«

Ein Schatten fiel über ihre Züge. Er wollte gerade danach fragen, als sie unvermittelt vorschlug: »Soll ich Euch ein wenig herumführen?«

Er sah sie an, erstaunt über das unverhoffte Angebot.

»Ich gebe zu, ich weiß nicht allzu viel über die Geschichte der Stadt, aber meine Arbeit hat mich bereits in jedes Viertel geführt, sodass wir uns zumindest nicht verirren werden ...«

»Ja«, sagte er atemlos. »Ja.«

Yrene lächelte. Still und zurückhaltend.

Allmählich füllten sich die Straßen und das Feiern begann. Die Zeremonie war zu Ende, die Menschen strömten lachend durch die Gassen und von überallher drangen Musik und der Duft von Speisen und Gewürzen herüber.

Er vergaß die Hitze, die brennende Sonne, vergaß zwischendurch immer wieder, die Zehen zu bewegen, während sie durch die verwinkelten Stadtviertel ritten und er über die Tempel mit den hohen Kuppeln und die frei zugänglichen Bibliotheken staunte und Yrene ihm das Papiergeld zeigte – mit Seide verstärkte Maulbeerbaumrinde –, das sie statt der schweren Münzen benutzten.

Sie kaufte ihre Lieblingssüßigkeit, ein Konfekt aus Johannisbrot, und lächelte jeden an, der ihr über den Weg lief. Ihn jedoch kaum.

Es gab keine Straße, vor der sie zurückschreckte, keinen Bezirk und keine Gasse, die sie zu fürchten schien. Eine Stadt der Götter, ja – aber auch eine Stadt der Gelehrsamkeit, des Lichtes, des Komforts und des Wohlstands.

Als die Sonne ihren Zenit erreichte, führte Yrene ihn in eine üppige, öffentliche Grünanlage, deren ausladende Bäume und Ranken angenehmen Schatten spendeten. Sie ritten durch das Labyrinth der Wege, nahezu allein, weil die meisten Menschen gerade zu Mittag aßen.

Die Blumenbeete quollen über von Blüten, Farne wiegten sich in der kühlen Meeresbrise und die Vögel sangen einander im Schutz der herabhängenden Palmwedel zu.

»Meint Ihr ...«, sagte Yrene nach einer langen Zeit des Schweigens, »dass wir eines Tages ...« Sie nagte an ihrer Unterlippe. »Dass wir eines Tages auch einen solchen Ort haben könnten?«

»In Adarlan?«

»Wo auch immer«, antwortete sie. »Aber ja – in Adarlan, in Fenharrow. Ich habe gehört, Eyllwes Städte seien einst so prächtig gewesen wie diese, bevor ...«

Bevor ein Schatten auf sie gefallen war. Bevor ein Schatten in sein Herz geschlichen war.

»Das waren sie tatsächlich«, entgegnete Chaol und schob den Gedanken an die Prinzessin, die in diesen Städten gelebt und sie geliebt hatte, von sich. Selbst als die Narbe auf seinem Gesicht zu ziepen schien. Aber er dachte über Yrenes Frage nach. Und aus den Schatten seiner Erinnerung hörte er Aedion Ashryvers Stimme.

Was meinst du, was denken die Leute auf den anderen Kontinenten, jenseits der Meere, über uns? Meinst du, sie hassen uns für das, was wir uns gegenseitig antun? Oder haben sie Mitleid mit uns? Vielleicht geht es dort genauso schlimm zu, vielleicht noch schlimmer. Aber ... Ich muss mir sagen, dass es anderswo besser ist. Irgendwo ist es besser als hier.

Er fragte sich, ob er jemals Gelegenheit haben würde, Aedion zu erzählen, dass er einen solchen Ort gefunden hatte. Vielleicht würde er Dorian davon erzählen. Und ihm dabei helfen, die Trümmer Rifthholds, die Trümmer seines Königreichs zu etwas wie dem hier wiederaufzubauen.

Er bemerkte, dass er nicht zu Ende gesprochen hatte. Dass Yrene immer noch wartete, während sie eine im Wind wehende Ranke, besetzt mit kleinen, purpurnen Blüten, beiseiteschob. »Ja«, antwortete er endlich angesichts des Schattens, der sich in dem winzigen, glühenden Fünkchen Hoffnung in ihren Augen verbarg. »Ich glaube, eines Tages können wir so etwas für uns selbst erschaffen.« Dann fügte er hinzu: »Falls wir diesen Krieg überleben.« Falls er von hier mit einer Armee im Rücken zurückkehren würde, um Erawan herauszufordern.

Die Zeit drängte, erstickte ihn. Schneller. Es musste *schneller* gehen, in jeder Hinsicht ...

Yrene musterte sein Gesicht. »Ihr liebt Eurer Volk sehr.«

Chaol nickte, außerstande, Worte zu finden.

Sie öffnete den Mund, als wollte sie etwas sagen, schloss ihn dann aber wieder. Schließlich bemerkte sie: »Selbst die Bewohner Fenharrows haben sich in diesem vergangenen Jahrzehnt schuldig gemacht.«

Chaol versuchte, seinen Blick nicht zu der schwachen Narbe an ihrer Kehle schweifen zu lassen. War es einer ihrer eigenen Landsleute gewesen, der ...

Sie betrachtete seufzend den Rosengarten, der in der sengenden Hitze vor sich hin welkte. »Wir sollten umkehren. Bevor die Menschenmassen unerträglich werden.«

Er überlegte, was sie wohl eigentlich hatte sagen wollen, entschied sich aber, nicht danach zu fragen. Warum dieser Schatten in ihren Augen lauerte.

Chaol folgte ihr, und all diese Worte – die gesprochenen wie die unausgesprochenen – hingen zwischen ihnen.

Im Palast, in dessen Fluren es von Dienern wimmelte, die mit den Festvorbereitungen beschäftigt waren, trennten sich ihre Wege. Yrene machte sich direkt auf die Suche nach Hasar und dem Kleid – sowie einem Bad –, das ihr versprochen worden war, und Chaol kehrte in seine eigenen Gemächer zurück, um Staub und Schweiß abzuwaschen und sich angemessen umzukleiden.

Von Nesryn keine Spur – bis sie inmitten seines Bades zurückkam, ihm zurief, dass sie ebenfalls eines nehmen wolle, und die Tür zu ihren Gemächern schloss.

Anschließend entschied er sich für seine blaugrüne Jacke und wartete im Flur auf Nesryn. Als sie schließlich auftauchte, blinzelte er beim Anblick ihrer gut sitzenden amethystfarbenen Jacke und der dazu passenden Hose. Ihre Uniform hatte er schon tagelang nicht mehr an ihr gesehen und er hatte auch nicht die Absicht, sie danach zu fragen. »Du bist wunderschön«, sagte er stattdessen.

Nesryn lächelte, ihr glänzendes Haar noch feucht vom Bad. »Du siehst aber auch nicht übel aus.« Sie schien die Farbe in seinem Gesicht zu bemerken und fragte: »Warst du heute draußen in der Sonne?« Ihr leichter Akzent hatte sich verstärkt und verlieh manchen Lauten eine zusätzliche kleine Betonung.

»Ich habe Yrene zu einigen Patienten in der Stadt begleitet.«

Nesryn lächelte und sie machten sich auf den Weg in die Eingangshalle. »Freut mich, das zu hören.«

Kein Wort über den gemeinsamen Ausritt, den er hinausgezögert hatte. Ob sie sich überhaupt noch an ihre Verabredung erinnerte?

Er hatte ihr immer noch nichts von seinen Zehen erzählt. Später. Sie würden über all das später reden. Denn als sie jetzt die große Halle des Palasts erreichten ...

Es war ein Wunder.

Das einzig treffende Wort dafür.

Die Festgesellschaft war nicht so groß, wie er es erwartet hatte, nur ein paar Menschen mehr als die üblichen Wesire und Edelleute, aber ansonsten hatte man keine Kosten und Mühen gescheut. Weder bei der Dekoration noch beim Festmahl.

Er riss die Augen auf, ebenso wie Nesryn, als man sie zu ihren Plätzen an der Hohen Tafel führte – dass ihnen diese Ehre zuteilwurde, überraschte ihn immer noch. Der Großkhan und seine Gemahlin jedoch würden sich nicht zu ihnen gesellen, erfuhr er von Duva. Ihre Mutter habe sich während der letzten Tage nicht wohlgefühlt und wünsche, mit ihrem Ehemann allein zu feiern.

Zweifellos musste es schwer gewesen sein zu sehen, wie diese Trauerbanner schließlich abgenommen worden waren. Und der heutige Abend war wahrscheinlich ohnehin nicht der richtige Zeitpunkt, um den Großkhan wegen ihrer Allianz zu bedrängen.

Einige weitere Gäste strömten in die Halle, darunter Hasar und Renia, Arm in Arm mit Yrene.

Als Yrene sich in den Fluren des Palastes von ihm verabschiedet hatte, hatte ihre Haut von Schweiß und Staub geglänzt, die Wangen waren gerötet gewesen und ihr Haar hatte sich leicht um ihre Ohren gelockt. Ihr Kleid war vom Sattel zerknittert gewesen, der Saum staubig.

Ganz anders jetzt.

Er spürte, wie sich die Aufmerksamkeit von mindestens der Hälfte der Männer bei Tisch auf Hasar richtete – auf Yrene –, als sie eintraten, gefolgt von zwei jungen Dienerinnen der Prinzessin. Hasar grinste, Renia war absolut umwerfend in Rubinrot, Yrene jedoch ...

Sie war wunderschön, doch trotz der feinsten Stoffe und Juwelen, die es in diesem Reich nur gab, wirkte sie ... resigniert. Ihre Schultern waren zwar gestrafft, ihr Rücken gerade, aber das Lächeln, das ihm heute Vormittag unter die Haut gegangen war, war längst erloschen.

Hasar hatte Yrene in Kobaltblau gekleidet, was ihren Teint betonte und ihr braunes Haar wie vergoldet schimmern ließ. Sie schien sogar leicht geschminkt – oder vielleicht rührte der Anflug von Farbe auf ihren sommersprossigen Wangen auch von der Tatsache her, dass das Gewand ihre Kurven voll zur Geltung brachte. Tiefer Ausschnitt, enges Mieder.

Auch Yrenes Alltagskleider verbargen keineswegs ihren Körper, aber dieses Gewand ... Dass ihre Taille *so* schmal war, ihre Hüften *so* rund, fiel ihm erst jetzt ins Auge. Ebenso wie ihre anderen weiblichen Attribute.

Er war nicht der Einzige, der einen zweiten Blick riskierte. Sartaq und Arghun hatten sich auf ihren Stühlen nach vorn gebeugt, als ihre Schwester Yrene zur Hohen Tafel führte.

Ihr Haar war nur an den Seiten nach hinten gerafft und mit Kämmen aus Gold und Rubinen festgesteckt und fiel ihr ansonsten offen über Schultern und Rücken. Passende Ohrringe baumelten herab und strichen über ihren schlanken, langen Hals.

»Sie sieht majestätisch aus«, murmelte Nesryn ihm zu.

In der Tat sah Yrene wie eine Prinzessin aus – wenn auch eine, die zum Galgen geführt wurde, angesichts ihres ernsten Ausdrucks. Die innere Ruhe und Zufriedenheit, die sie bei ihrem Abschied ausgestrahlt hatte, war innerhalb der zwei Stunden mit Hasar verschwunden.

Als sie den Tisch erreichten, erhoben sich die Prinzen, um Yrene zu begrüßen, und Kashin stand als Erster auf.

Die inoffizielle Nachfolgerin der Hohen Heilerin; die Frau, die in diesem Reich wahrscheinlich einmal beträchtliche Macht besitzen würde. Das schien ihnen mehr als bewusst. Insbesondere Arghun, nach dem durchtriebenen Blick zu urteilen, mit dem er Yrene bedachte. Eine Frau von beträchtlicher Macht – und Schönheit.

Er konnte es in Arghuns Augen lesen: *Beute.*

Chaol biss die Zähne zusammen. Wenn Yrene schon die Aufmerksamkeit des attraktivsten Prinzen ablehnte – konnte er sich nicht vorstellen, dass sie sich ausgerechnet die Zuneigung der beiden anderen wünschte.

Arghun öffnete den Mund, um etwas zu Hasar zu sagen, aber die Prinzessin stolzierte direkt auf Chaol und Nesryn zu und flüsterte Nesryn ins Ohr: »Bewegt Euch.«

21

Nesryn blinzelte Hasar verblüfft an.

Die Prinzessin lächelte, kalt wie eine Schlange, während sie erklärte: »Es ist unhöflich, nur mit Eurem Gefährten zusammenzusitzen. Wir hätten Euch beiden schon längst andere Tischnachbarn zuweisen sollen.«

Nesryn blickte Chaol an. Alle beobachteten sie. Aber Chaol hatte keine Ahnung - nicht die geringste -, wie er darauf reagieren sollte. Yrene schien im grünen Marmorboden versinken zu wollen.

Sartaq räusperte sich. »Wenn Ihr neben mir Platz nehmen möchtet, Captain Faliq.«

Nesryn beeilte sich aufzustehen und Hasar strahlte sie an. Dann klopfte die Prinzessin auf die Rückenlehne des Stuhls, den Nesryn frei gemacht hatte, und gurrte der einige Schritte entfernt stehenden Yrene zu: »Du sitzt hier. Für den Fall, dass du gebraucht wirst.«

Yrene warf Chaol einen Blick zu, den man als flehentlich hätte bezeichnen können, aber er wahrte einen neutralen Gesichtsausdruck und reagierte nur mit einem schmallippigen Lächeln.

Nesryn nahm ihren Platz neben Sartaq ein, der dafür einen Wesir gebeten hatte, ein Stück weiterzurücken. Hasar, zufrieden mit den Korrekturen, die sie vorgenommen hatte, erachtete nun jedoch auch ihre eigenen gewohnten Plätze für unzulänglich und verscheuchte daher zwei Wesire, die weiter unten neben Arghun gesessen hatten. Der zweite Platz war für Renia gedacht, die ihrer Geliebten einen leicht missbilligenden Blick zuwarf, zugleich aber vor sich hin lächelte – als wäre das einfach typisch für Hasar.

Während des Mahls wandte Chaol seine Aufmerksamkeit vorsichtig Yrene zu. Der Wesir auf ihrer anderen Seite beachtete sie nicht und während die Diener Platten herumreichten, Speisen auftürmten und Getränke nachschenkten, murmelte Chaol leise: »Ich nehme an, ich will es gar nicht wissen?«

Yrene schnitt ein Stück von ihrem saftig gegarten Lamm in Safranreis ab, das sich auf ihrem goldenen Teller türmte. »Nein.«

Er hätte wetten können, dass die Schatten in ihren Augen, die er heute bemerkt hatte, und das, was sie sich zu sagen verkniffen hatte ... Hand in Hand mit dem ging, was auch immer sich hier abspielte.

Er spähte den Tisch entlang, dorthin, wo Nesryn saß und ihn und Yrene beobachtete, während sie Sartaq – der über irgendetwas redete, das Chaol vor lauter Besteckgeklapper und Stimmengewirr nicht hören konnte – nur mit halbem Ohr zuhörte.

Er warf ihr einen entschuldigenden Blick zu.

Woraufhin Nesryn ihn mit einem warnenden Blick bedachte – in Richtung Hasar. *Sei vorsichtig.*

»Was machen Eure Zehen?«, erkundigte Yrene sich und nahm winzige Bissen von ihrem Essen. Er hatte sie zu Pferd die Schachtel mit Johannisbrotkonfekt verschlingen sehen, die sie für sie beide besorgt hatte. Ihre gezierte Art hier – reines Theater.

»Sie sind in Bewegung«, antwortete er mit einem kleinen Lächeln, obwohl es erst zwei Stunden her war, dass sie einander zuletzt gesprochen hatten.

»Wahrnehmung?«

»Ein Kribbeln.«

»Gut.« Sie schluckte schwer und jene Narbe zuckte auf ihrer Kehle auf und ab.

Er wusste, dass sie beobachtet, belauscht wurden. Sie wusste es ebenfalls.

Yrene umklammerte ihr Besteck so fest, dass ihre Knöchel weiß waren. Sie saß stocksteif da. Kein Lächeln. Kaum ein Leuchten in ihren mit Kajal umrandeten Augen.

Was wollte die Prinzessin damit bezwecken? Dass Chaol und sie miteinander redeten? Oder dass Kashin irgendetwas unternahm? Der Prinz behielt sie beide tatsächlich im Auge, trotz seines Gesprächs mit zwei in Gold gewandeten Wesiren.

Chaol flüsterte Yrene zu: »Die Rolle der Schachfigur passt nicht zu Euch.«

Ihre goldbraunen Augen flackerten. »Ich weiß nicht, wovon Ihr redet.«

Sie wusste es sehr wohl. Aber die Worte waren nicht für ihn bestimmt.

Er zermarterte sich den Kopf auf der Suche nach einem geeigneten Gesprächsthema, um das Abendessen irgendwie zu überstehen. »Wann findet Eure nächste Unterrichtsstunde statt?«

Yrenes Schultern entspannten sich ein wenig, als sie antwortete: »In zwei Wochen. Normalerweise wäre der Unterricht bereits nächste Woche, aber da haben viele ihre Prüfungen und werden aufs Lernen konzentriert sein.«

»Allerdings könnten ein wenig Bewegung und frische Luft nicht schaden.«

»Das würde ich eigentlich auch sagen, aber bei diesen Prüfungen geht es für sie um Leben und Tod, zumindest fast. Für mich jedenfalls war es so.«

»Habt Ihr noch irgendwelche Prüfungen abzulegen?«

Sie schüttelte den Kopf und ihre juwelenbesetzten Ohrringe glitzerten im Licht. »Ich hatte meine Abschlussprüfung vor zwei Wochen. Jetzt bin ich eine offizielle Heilerin der Torre.« Ein Hauch von Belustigung tanzte in ihren Augen.

Er prostete ihr mit seinem Kelch zu. »Herzlichen Glückwunsch.«

Sie zuckte nur mit den Achseln, nickte dann aber dankbar. »Allerdings hat Hafiza vor, mich noch ein allerletztes Mal zu prüfen.«

Ah. »Also bin ich tatsächlich ein Experiment.«

Der jämmerliche Versuch, ihre kürzliche Auseinandersetzung auf die leichte Schulter zu nehmen, seine eigene Verletzlichkeit, die ihn fast zerrissen hatte.

»Nein«, widersprach Yrene schnell, leise. »Ihr habt damit wenig zu tun. Bei dieser letzten inoffiziellen Prüfung ... geht es um mich.«

Er wollte nachhaken, aber es ruhten zu viele Augen auf ihnen. »Dann wünsche ich Euch viel Glück«, sagte er stattdessen förmlich, was so gar nicht zu der Art ihrer Unterhaltung passte, die sie während des Ritts durch die Stadt geführt hatten.

Das Festmahl verging langsam und schleppend, ihre Konversation lief stockend und gestelzt.

Erst als das Dessert und der *Kahve* serviert wurden, klatschte Arghun in die Hände und kündigte Unterhaltungen an.

Chaol hörte, wie Sartaq zu Nesryn sagte: »Wenn unser Vater in seinen Gemächern weilt, sind unsere Feiern eher ... zwangloser Art.«

Tatsächlich tauchten zwischen den Säulen hinter der Tafel festlich gekleidete Musiker auf, mit zum Teil vertrauten, zum Teil fremden Instrumenten. Trommelwirbel, Flöten und Hörner kündigten die Hauptattraktion an: Tänzer.

Eine Gruppe von acht Tänzern – eine heilige Zahl, wie Sartaq der verhalten lächelnden Nesryn erklärte – erschien hinter den Vorhängen neben den Säulen.

Chaol verschluckte sich beinahe.

Die Tänzer, Männer wie Frauen, trugen Goldbemalung und Juwelen und hauchdünne, durchsichtige Gewänder aus feinster Seide, darüber ein Gürtel, der sich um ihre Taille schlang, aber darunter ... nichts.

Geschmeidig und jung, auf dem Gipfel ihrer Jugend und Fruchtbarkeit, reckten sie anmutig die Hände in die Luft und ließen ihre Hüften kreisen, während sie sich umeinander herum bewegten.

»Ich glaube, Dorian hätte hier seinen Spaß«, flüsterte er Yrene zu und stellte zu seiner eigenen Überraschung fest, dass seine Mundwinkel sich bei diesem Gedanken zu einem Lächeln verzogen.

Yrene warf ihm einen neugierigen Blick zu und ein kleines Leuchten kehrte in ihre Augen zurück. Die meisten Gäste hatten sich auf ihren Stühlen den Tänzern zugewandt, um ihre wie gemeißelten Körper und ihre flinken, nackten Füße besser beobachten zu können.

Jede ihrer Bewegungen war präzise, perfekt, ihre Körper bloße Instrumente der Musik. Wunderschön – ätherisch und doch ... greifbar. Aelin, wurde ihm klar, hätte dies ebenfalls genossen. Sehr sogar.

Während des Auftritts zogen die Diener Sessel und Sofas herbei und arrangierten Kissen und Tische. Von den Kräuterschalen auf den Tischen stieg Rauch auf, der Duft süß und klebrig.

»Geht nicht zu nah heran, wenn Ihr bei Sinnen bleiben wollt«, warnte Yrene ihn, als ein Diener eine der rauchenden Metallschalen zu einem geschnitzten Holztisch trug. »Es handelt sich um ein mildes Opiat.«

»Sie lassen wirklich nichts aus, sobald ihre Eltern nicht da sind.«

Ein paar der Wesire brachen auf, aber viele verließen die Tafel nur, um es sich bequemer zu machen, nachdem die gesamte große Halle binnen Minuten zu ebendiesem Zweck – und noch zu einem anderen – umgestaltet worden war ...

Hinter den Vorhängen kamen Diener hervor, Männer wie Frauen, attraktiv und in hauchdünne, kostbare Seidenstoffe gekleidet, und nahmen auf Schößen und Armlehnen Platz oder hockten sich zu Füßen der Wesire und Edelleute.

Auch im gläsernen Palast hatten einigermaßen ungezwungene Feste stattgefunden, jedoch immer mit einem gewissen Maß an Förmlichkeit und Gespür dafür, dass solche Dinge besser hinter verschlossenen Türen verborgen blieben. Dorian hatte sich so etwas stets für sein eigenes - oder zumindest *irgendein* - Schlafzimmer aufgespart. Oder er hatte Chaol einfach mit nach Rifthold oder hinunter nach Bellhaven geschleppt, wo die Adligen hemmungsloser feiern konnten als bei Königin Georgina.

Sartaq blieb neben Nesryn am Tisch sitzen, die die begabten Tänzer mit großen Augen bewunderte, während die anderen königlichen Kinder ... Duva verabschiedete sich, eine Hand auf dem Bauch, ihren - wie immer stillen - Ehemann an ihrer Seite. Der Rauch sei nicht gut für das Baby, behauptete Duva und Yrene nickte zustimmend, auch wenn niemand sie beachtete.

Am Rand der Tanzfläche lehnte Arghun sich auf einem Sofa, das er ganz für sich allein beanspruchte, zurück und atmete den Rauch ein, der von diesen kleinen Metallschalen aufstieg. Höflinge und Wesire konkurrierten um die Plätze in der Nähe des ältesten Prinzen.

Hasar und ihre Geliebte nahmen ein kleines Sofa in Beschlag, und die Prinzessin begann, mit dem dicken, schwarzen Haar Renias zu spielen. Einen Moment später fanden ihre Lippen den Hals ihrer Geliebten und Renia reagierte mit einem trägen, breiten Lächeln darauf - ihre Lider schlossen sich flatternd, als Hasar ihr dicht an ihrer Haut etwas zuflüsterte.

Kashin schien bereits minutenlang auf etwas zu warten, während Yrene und Chaol weiterhin an der sich leerenden Festtafel saßen und das dekadente Treiben beobachteten, das sich vor ihren Augen entfaltete.

Zweifellos wartete Kashin darauf, dass Yrene sich erhob.

Sie errötete, ihren Blick fest auf ihr Tässchen *Kahve* gerichtet, über dem sich eine Dampfwolke kräuselte.

»Habt Ihr so etwas schon öfter erlebt?«, fragte Chaol.

»In ein oder zwei Stunden werden sie alle in ihre Gemächer verschwinden – natürlich nicht allein.«

Prinz Kashin schien sein Gespräch mit dem Wesir neben ihm so lange wie möglich rausgezögert zu haben. Aber jetzt öffnete er den Mund und schaute direkt zu Yrene hinüber. Chaol las die Aufforderung in seinen Augen, noch bevor er etwas sagen konnte.

Innerhalb von einer Sekunde traf Chaol eine Entscheidung. Er sah, wie Sartaq Nesryn einlud, sich zu ihm zu setzen – nicht auf eins der Sofas, sondern in zwei Sessel weiter hinten im Raum, wo kein Rauch war und die Fenster offen standen und von wo aus sie trotzdem alles verfolgen konnten. Sie nickte Chaol beruhigend zu, als sie gemessenen Schrittes mit dem Prinzen hinüberging.

Als Kashin sich nun vorbeugte, um Yrene auf eines der Sofas einzuladen, kam Chaol ihm zuvor: »Ich würde gern mit Euch zusammensitzen.«

Ihre Augen weiteten sich leicht. »Wo?«

Kashin schloss den Mund wieder und Chaol hatte das Gefühl, dass gerade eine Zielscheibe auf seine Brust gepinselt wurde.

Aber er wandte seinen Blick nicht von Yrene ab und antwortete nur: »Wo es etwas ruhiger ist.«

Es waren nur noch wenige Sofas frei – alle in der Nähe der Tänzer und umgeben von dichtem Rauch. Eines jedoch stand halb verborgen in der Nähe eines Alkovens auf der anderen Seite des Raums, davor ein Tischchen mit der unvermeidlichen kleinen Feuerschale und diesen schwelenden Kräutern darin. »Da wir den heutigen Abend offenbar zusammen verbringen sollen«, sagte er so leise, dass nur Yrene es hören konnte, »ist es wohl besser, wir bleiben noch für eine Weile hier, statt zusammen aufzubrechen.« Welches Signal sie *damit* aussenden würden, angesichts dieser Wendung, die die Feier genommen hatte ... »Und allein möchte ich Euch nicht gehen lassen.«

Yrene erhob sich, ein entschlossenes Lächeln auf den Lippen. »Dann entspannen wir uns, Lord Westfall.«

Sie deutete auf das Sofa im Halbdunkel und setzte sich hoch erhobenen Hauptes in Bewegung. Die Röcke ihres Gewandes schleiften hinter ihr über den Boden, während er seinen Rollstuhl zur Nische hinüberlenkte. Ihr Kleid entblößte ihren Rücken fast gänzlich – und gab den Blick auf glatte, makellose Haut und die feinen Kuhlen entlang ihrer Wirbelsäule frei. Es war so tief ausgeschnitten, dass er die Zwillingsgrübchen in ihrem Kreuz ausmachen konnte, als hätte irgendein Gott dort seine Daumenabdrücke hinterlassen.

Er spürte die Blicke, *zu viele* Blicke, auf ihnen ruhen, als Yrene sich auf dem Sofa niederließ, während die Röcke ihres Kleides sich auf dem Boden um ihre Knöchel schlangen und sie ihren nackten Arm auf die dick gepolsterte Rückenlehne legte.

Chaol erwiderte den Blick ihrer halb geschlossenen Augen, als er das Sofa erreichte – schneller als einer der Diener – und sich von seinem Rollstuhl auf die Kissen hob. Es bedurfte nur ein paar Bewegungen, um sich ihr zuzuwenden. Mit einem Nicken dankte er dem Diener, der seinen Stuhl wegschob. Von diesem Platz aus hatten sie uneingeschränkte Sicht auf die Tänzer, die Sitzbereiche, die Diener und Adeligen, deren Hände und Münder jetzt über Haut und Stoff strichen, noch während sie die beispiellose Darbietung verfolgten.

Er selbst verspürte bei diesem Anblick ein – nicht unangenehmes – Ziehen in seinem Inneren.

»Sie zwingen die Diener hier zu nichts«, erklärte Yrene leise. »Das war meine erste Frage, als ich das erste Mal bei dieser Art von Zusammenkünften dabei war. Die Diener wollen unbedingt in ihren Positionen aufsteigen und wissen genau, welche Privilegien es mit sich bringen könnte, wenn sie heute Nacht mit jemandem von hier fortgehen.«

»Aber wenn sie dafür bezahlt werden«, konterte er, »und wenn sie sich um ihre Stellung sorgen, falls sie doch ablehnen sollten, was hat das dann mit freiem Willen zu tun?«

»Gar nichts. Nicht wenn Ihr es so ausdrückt. Aber das Großkhanat hat dafür gesorgt, dass andere Grenzen gewahrt bleiben. Altersbeschränkungen. Mündliche Zusagen. Strafen für jene - selbst Adlige –, die sich nicht daran halten.« Etwas Ähnliches hatte sie schon einmal erwähnt.

Ein junges Pärchen hatte sich inzwischen zu Arghun gesellt, sie knabberte an seinem Hals, er ließ seinen Finger sanft über den Oberschenkel des Prinzen gleiten. Und währenddessen setzte der Prinz sein Gespräch mit einem Wesir fort, der ungerührt in einem Sessel zu seiner Linken saß.

»Ich dachte, er hätte eine Ehefrau«, sagte Chaol.

Yrene folgte seinem Blick. »Hat er auch. Sie weilt auf seinem Landsitz. Und da Diener nicht als Affären angesehen werden ... Die Bedürfnisse, die sie befriedigen ... Es ist, als würden sie ein Bad bereiten.« Ihre Augen blitzten, als sie hinzufügte: »Ich bin mir sicher, das habt Ihr bereits selbst an Eurem ersten Tag herausgefunden.«

Sein Gesicht wurde heiß. »Ich war überrascht von ... der Liebe zum Detail. Und dem persönlichen Einsatz.«

»Kadja wurde wahrscheinlich ausgewählt, um Euch zu beglücken.«

»Aber ich bin nicht geneigt fremdzugehen. Auch nicht mit einer willigen Dienerin.«

Yrene schaute zu Nesryn hinüber, die in ihr Gespräch mit Sartaq vertieft war. »Dann kann sie sich glücklich schätzen, einen so treuen Partner zu haben.«

Er wartete auf ein Gefühl der Eifersucht, als er sah, wie Nesryn den Prinzen anlächelte, der ein Inbegriff von Entspannung war, einen Arm über die Rückenlehne des Sessels drapiert, den Knöchel über ein Knie gelegt.

Vielleicht war es Chaols Vertrauen in Nesryn, dass sich bei diesem Anblick nichts in ihm regte.

Chaol ertappte Yrene dabei, wie sie ihn beobachtete, und in dem rauchigen Schatten wirkten ihre Augen wie Topase.

»Ich habe mich neulich mit meiner Freundin getroffen«, berichtete sie mit flatternden Lidern, als wäre sie nur eine von vielen Frauen, die vom Rauch der Opiate eingelullt wurde. Aber auch ihm wurde langsam schwummrig im Kopf. Wohlig. Warm.

»Und dann noch einmal heute Abend vor dem Essen.«

Sie meinte Hasar.

»Und?« Gedankenverloren studierte er die leicht gelockten Spitzen von Yrenes langem Haar. Und ertappte sich dabei, wie seine Finger zuckten, als malte er sich aus, wie sich das Haar zwischen ihnen anfühlen würde.

Yrene wartete, bis ein Diener mit einem Tablett voll kandierter Früchte vorbeigegangen war. »Sie hat mir erzählt, *Euer Freund* sei immer noch verschollen. Und jemand habe ein Netz über die Mitte des Tisches gespannt.«

Er blinzelte und arbeitete sich durch den Rauch und die Worte.

Armeen. Perrington hatte seine Armeen quer über den Kontinent gezogen. Kein Wunder, dass sie vorhin auf der Straße nicht darüber hatte sprechen wollen. Kein Wunder, dass sich solche Schatten über ihre Augen gelegt hatten. »Wo?«

»Berge bis zu ... Eurem Lieblingsort.«

Er sah im Geiste eine Karte des Landes vor sich. Von der Ferianschlucht bis nach Rifthold. Heilige Götter.

»Seid Ihr Euch sicher?«

Ein Nicken.

Er spürte immer wieder die Blicke, die zu ihnen hinüberwanderten.

Ebenso wie Yrene. Er versuchte, nicht zusammenzuzucken, als sie ihm eine Hand auf den Arm legte. Als sie ihn unter gesenkten Wimpern anschaute, die Augen schläfrig – einladend. »Man hat mich neulich und auch heute wieder um etwas gebeten, auf eine Art ... die es mir unmöglich gemacht hat abzulehnen.«

Sie wurde bedroht. Er biss die Zähne zusammen.

»Ich brauche einen Ort. Eine Richtung«, murmelte sie. »Wohin *Eure Freundin* vielleicht gehen wird.«

Aelin. »Sie ist ... Wo ist sie?«

»Das weiß man nicht.«

Aelin war – verschwunden. Unauffindbar selbst für die Spione des Großkhanats.

»Nicht ... zu Hause?«

Ein Kopfschütteln, bei dem Chaols Herz wild zu hämmern begann. Aelin und Dorian – beide verschollen. Wenn Perrington jetzt zuschlagen würde ... »Ich weiß nicht, wohin sie gehen würde. Was sie vorhatte.« Er legte seine Hand auf ihre. Verdrängte das Gefühl ihrer weichen Haut. »Ich weiß nur, dass sie ein Heer zusammenscharen wollte.«

»Das hat sie nicht getan. Und ich habe keinen Zweifel an dem klaren Blick der *Augen* hier. Und dort.«

Hasars Spione. Und andere.

Aelin war nicht in Terrasen. Hatte Orynth niemals erreicht.

»Setzt ein anderes Gesicht auf«, schnurrte Yrene, und obwohl ihre Hand seinen Arm streifte, waren ihre Augen hart.

Es fiel ihm schwer, aber er schaffte es, ihr ein sinnliches Lächeln zu schenken. »Denkt Eure Freundin, sie wären jemand anderem in die Hände gefallen?«

»Sie weiß es nicht.« Yrene ließ ihre Finger – einen davon zierte ihr schlichter Ring – an seinem Arm entlangwandern. »Sie will, dass ich Euch frage. Es Euch entlocke.«

»Ah.« Ihre schmale, schöne Hand glitt weiter an seinem Arm hoch. »Das erklärt die neue Sitzordnung.« Und warum Yrene heute so oft drauf und dran gewesen war, etwas zu sagen, und sich dann entschieden hatte zu schweigen.

»Sie wird mir das Leben sehr schwer machen, wenn ich nicht den Eindruck erwecke, als würde ich Eure Gunst erringen.«

Er hielt ihre Hand auf seinem Bizeps fest und spürte, dass ihre Finger leicht zitterten. Vielleicht lag es an dem süßen, klebrigen Rauch um sie herum, vielleicht lag es an der Musik und den Tänzern mit ihrer nackten Haut und ihren Juwelen, dass Chaol sagte: »Ich möchte meinen, dass Ihr das bereits geschafft habt, Yrene Towers.«

Röte schoss ihr ins Gesicht. Das Gold in ihren Augen leuchtete auf.

Gefährlich. Gefährlich und dumm und ...

Er wusste, dass andere sie beobachteten. Wusste, dass Nesryn bei dem Prinzen saß.

Sie würde verstehen, dass es nur gespielt war. Nesryns Nähe zu Sartaq war auch nur ein weiterer Teil dieser Vorstellung.

Genau das sagte er sich, während er Yrene weiter in die Augen sah, weiter ihre Hand auf seinen Oberarm drückte. Weiter beobachtete, wie sich ihre Wangen röteten. Wie ihre Zungenspitze ihre Lippen befeuchtete.

Und eine beruhigende Wärme breitete sich tief und schwer in ihm aus.

»Ich brauche einen Ort. Irgendeinen Ort.«

Es kostete ihn einige Sekunden, bis er verstand, was sie meinte. Die Drohung der Prinzessin, wenn sie keine Informationen aus ihm herausholte.

»Warum sollte ich lügen? Ich würde Euch immer die Wahrheit sagen.« Sein Mund fühlte sich meilenweit entfernt von ihm an.

»Nach dem Unterricht mit den Mädchen«, murmelte sie, »hattet Ihr etwas gut bei mir.«

Und dass sie ihm Hasars Interessen verriet ... »Wird sie sich für unsere Sache gewinnen lassen?«

Yrene sah sich im Raum um und Chaol ertappte sich dabei, wie er ihre Hand losließ, um seine an ihrer nackten Schulter hinaufgleiten zu lassen, bis zu ihrem Nacken.

Ihre Haut war weich wie von der Sonne geküsster Samt. Er strich mit dem Daumen seitlich über ihre Kehle, ganz dicht an dieser schmalen Narbe vorbei, und ihr Blick schoss zu ihm.

In ihren Augen lag eine Warnung – eine Warnung, und doch … wusste er, dass die Warnung nicht ihm galt, sondern ihr selbst. Yrene hauchte: »Sie …« Er konnte nicht anders, als ihren Hals ein zweites Mal zu streicheln. Sie schluckte erneut und ihre Kehle streifte seine Hand. »Sie macht sich Sorgen wegen einer möglichen Bedrohung durch Feuer.«

Und Angst konnte beides sein: die Antriebsfeder für oder gegen ein Bündnis.

»Sie glaubt … dass möglicherweise Ihr selbst hinter dem Angriff in der Bibliothek steckt. Als eine Art Manipulation.«

Er schnaubte, aber sein Daumen verharrte dort direkt über ihrem flatternden Puls. »Das ist zu viel der Ehre.« Yrenes Augen loderten erschrocken auf. »Was glaubt Ihr, Yrene Towers?«

Sie legte ihre Hand auf seine, machte aber keine Anstalten, seine Finger von ihrem Hals zu lösen.

»Ich glaube, Eure Anwesenheit könnte andere Kräfte zum Handeln getrieben haben, aber ich glaube nicht, dass Ihr der Typ Mann seid, der Spielchen spielt.«

Auch wenn die gegenwärtige Situation dem widersprach.

»Ihr bemüht Euch um das, was Ihr haben wollt«, fuhr Yrene fort, »und geht dabei direkt vor. Ehrlich.«

»So war ich früher«, konterte Chaol. Er konnte den Blick nicht von ihr abwenden.

»Und jetzt?« Ihre Worte waren atemlos und ihr Puls hämmerte unter seiner Hand.

»Und jetzt«, wiederholte Chaol und beugte sich dicht zu ihr vor, so dicht, dass ihr Atem seinen Mund streifte, »frage ich mich, ob ich auf meinen Vater hätte hören sollen, als er versucht hat, mich zu unterweisen.«

Yrenes Blick fiel auf seinen Mund und alle Instinkte, alles in ihm konzentrierte sich nur noch darauf. Jeder Teil von ihm war sehnsuchtsvoll angespannt.

Seine Jacke beiläufig über seinen Schoß zu ziehen war noch wirkungsvoller als ein Eisbad.

Der Rauch – die Opiate. Es musste eine Art Aphrodisiakum sein, das den gesunden Menschenverstand einlullte.

Yrene beobachtete immer noch seinen Mund, als wäre er ein Stück Obst, und mit jedem ihrer unregelmäßigen Atemzüge hoben sich ihre üppigen, hohen Brüste in ihrem engen Kleid.

Er zwang sich, die Hand von ihrem Hals zu nehmen. Zwang sich, sich zurückzulehnen.

Nesryn musste sie beobachten. Musste sich fragen, was zum Teufel er hier tat.

Er war ihr etwas anderes als das hier schuldig. Er war Yrene etwas anderes als das hier schuldig, was auch immer er gerade getan hatte, welcher Wahnsinn auch immer ...

»Skull's Bay«, stieß er hervor. »Sagt ihr, dass man in Skull's Bay Feuer finden kann.«

Der vielleicht einzige Ort, an den Aelin niemals gehen würde – das Reich des Piratenlords. Er hatte einmal ihre Geschichte von ihrem »Missgeschick« mit Rolfe gehört. Als wären die Zerstörung seiner Stadt und seiner kostbaren Schiffe nur irgendein Spaß gewesen. Dorthin zu gehen wäre also das Letzte, was Aelin tun würde, zumal der Piratenlord geschworen hatte, sie niederzumetzeln, falls sie ihm je wieder unter die Augen käme.

Yrene blinzelte, als wäre sie erst jetzt wieder zu sich gekommen, als erinnerte sie sich erst jetzt wieder an die Situation, die sie eigentlich hierhergeführt hatte, zu diesem Sofa, Knie an Knie und fast Nase an Nase mit ihm.

»Ja«, sagte sie, zog sich zurück und blinzelte wieder angestrengt. Stirnrunzelnd betrachtete sie die schwelende Glut in der Feuerschale auf dem Tisch. »Das wird reichen.«

Sie wedelte eine aufsteigende Rauchschwade weg, die sich zwischen ihnen hindurchzuschlängeln versuchte. »Ich sollte gehen.«

Eine wilde, heftige Panik glitzerte plötzlich in ihren Augen. Als hätte auch sie begriffen, als hätte auch sie *gespürt* ...

Sie stand auf und glättete die Röcke ihres Kleides. Verschwunden war die erotische, selbstsichere Frau, die zu diesem Sofa stolziert war. Das hier – war ein Mädchen von ungefähr zweiundzwanzig Jahren, allein in einer fremden Stadt, den Launen der königlichen Sprösslinge dieses Reiches ausgesetzt. »Ich hoffe ...«, sagte sie und schaute zu Nesryn hinüber. Voller Scham. Es waren Scham und Schuldgefühle, die jetzt auf ihren Schultern lasteten. »Ich hoffe, Ihr lernt niemals, diese Art von Spielchen zu spielen.«

Nesryn war weiterhin in das Gespräch mit Sartaq versunken und zeigte keinen Hauch von Kummer oder dass sie überhaupt wusste, was ... was auch immer hier passiert war.

Er war ein Mistkerl. Ein gottverdammter Mistkerl.

»Wir sehen uns morgen«, war alles, was ihm an Abschiedsworten für Yrene einfiel. Aber als sie davonging, platzte er heraus: »Lasst mich Euch eine Eskorte besorgen.«

Denn Kashins Blick von der anderen Seite des Raums – während die Dienerin auf seinem Schoß ihm mit einer Hand durchs Haar fuhr – war ... oh, war voller kalter Mordlust angesichts Chaols Zuwendung.

Mochten andere vielleicht denken, dass das zwischen ihm und Yrene gespielt gewesen war, aber Kashin ... Kashin war keineswegs so tölpelhaft ergeben, wie viele vielleicht glaubten. Nein, er war sich der

Menschen um ihn herum deutlich bewusst. Er vermochte sie zu durchschauen. Sie einzuschätzen.

Es war nicht einmal die Erregung an sich gewesen, die der Prinz als echt erkannt hatte. Sondern das schlechte Gewissen, von dem Chaol zu spät begriff, dass er und Yrene es sich hatten anmerken lassen.

»Ich werde Hasar fragen«, sagte Yrene und ging auf das Sofa zu, auf dem die Prinzessin und ihre Geliebte saßen und einander mit den Lippen erkundeten, langsam und sorgfältig.

Chaol blieb auf dem Sofa sitzen und beobachtete, wie Yrene sich den Frauen näherte. Hasar blinzelte sie mit verschleiertem Blick an.

Doch die Lust, die eben noch das Gesicht der Prinzessin benebelt hatte, verflog beim Anblick des knappen Nickens, mit dem Yrene sie begrüßte. Mission erfüllt. Yrene beugte sich vor und flüsterte Hasar etwas ins Ohr, bevor sie sie zum Abschied auf die Wangen küsste. Chaol konnte die Worte selbst quer durch den Raum von ihren Lippen lesen. *Skull's Bay.*

Auf Hasars Gesicht breitete sich langsam ein Lächeln aus, dann schnippte sie mit den Fingern, um einen wartenden Gardisten herbeizurufen. Der Mann schritt sofort auf sie zu und Chaol sah, wie sie ihm einen Befehl gab, wie sie ihm zweifellos Tod und Schlimmeres androhte, falls Yrene nicht wohlbehalten in die Torre zurückkehrte.

Yrene bedachte die Prinzessin nur mit einem gereizten Lächeln, bevor sie ihr und Renia eine gute Nacht wünschte und dem Gardisten hinausfolgte. Am Bogengang drehte sie sich noch einmal um.

Und der Raum zwischen ihnen, selbst über die fast fünfzig Meter polierten Marmors und die hohen Säulen hinweg, schien sich zusammenzuziehen.

Als wäre das weiße Licht, das er vor zwei Tagen in sich selbst erspäht hatte, ein lebendiges Seil. Als hätte sie sich an jenem Nachmittag irgendwie in ihm eingenistet.

Yrene nickte nicht einmal, bevor sie ging, und ihre Röcke wirbelten um sie herum.

Als Chaol wieder zu Nesryn schaute, stellte er fest, dass sie ihn aufmerksam ansah.

Ausdruckslos – *bewusst* ausdruckslos – nickte sie ihm kaum merklich zu, verständnisvoll, wie er annahm. Das Spiel des heutigen Abends war vorüber. Sie wartete darauf, die Ergebnisse zu hören.

Als er und Nesryn eine Stunde später ihre Gemächer betraten, haftete der Rauch noch immer in Chaols Nasenlöchern, seinem Haar, seiner Jacke. Er hatte sich zu Nesryn und Sartaq in ihre stille kleine Ecke gesellt und beobachtet, wie die Gäste nach und nach zu ihren – oder *irgendjemandes* – Gemächern gestolpert waren. Ja, Dorian wäre mit Sicherheit begeistert gewesen von diesem Hof.

Sartaq hatte sie beide noch zu ihren Räumen begleitet und wünschte ihnen ein wenig steif eine gute Nacht. Seine Worte und sein Lächeln waren zurückhaltender als noch früher am Abend. Aber Chaol machte ihm keinen Vorwurf. Wahrscheinlich lauerten an jeder Ecke Augen und Ohren.

Die Augen des Prinzen allerdings verweilten überwiegend auf Nesryn, als sie Sartaq Lebewohl sagte und sie und Chaol die Türen hinter sich schlossen.

Ihre Gemächer lagen größtenteils im Dunkeln, abgesehen von einer bunten Glaslaterne, die Kadja auf dem Tisch in der Eingangshalle hatte brennen lassen. Ihre Schlafzimmertüren gähnten ihnen wie dunkle Höhleneingänge entgegen.

Die Stille in dem schummrigen Eingangsbereich hielt einen Moment zu lange an.

Nesryn machte schweigend einen Schritt auf ihr Schlafzimmer zu.

Chaol hielt sie an der Hand fest.

Langsam drehte sie den Kopf und warf ihm einen Blick über ihre Schulter zu, und ihr dunkles Haar wogte wie nachtschwarze Seide.

Er wusste, dass Nesryn selbst in dem fahlen Licht in seinen Augen lesen konnte.

Angespannt und mit donnerndem Herzen wartete er ab.

Schließlich sagte sie: »Ich glaube, ich werde jetzt anderswo als in diesem Palast gebraucht.«

Er ließ ihre Hand nicht los. »Wir sollten das nicht hier im Flur besprechen.«

Nesryn schluckte und nickte knapp. Als sie Anstalten machte, seinen Rollstuhl zu schieben, kam er ihr zuvor und bewegte ihn selbst in sein Schlafzimmer. Ließ sie folgen.

Ließ sie die Tür hinter ihnen schließen.

Mondlicht sickerte durch die Fenster und ergoss sich über das Bett.

Kadja hatte keine Kerzen entzündet, entweder in der Annahme, dass dieser Raum nach dem Fest für andere Zwecke als zum Schlafen genutzt werden würde oder dass er vielleicht gar nicht erst zurückkäme. Aber die Dunkelheit, das Zirpen der Zikaden in den Bäumen ...

»Ich brauche dich hier«, sagte Chaol.

»Tust du das?« Eine direkte, ehrliche Frage.

Die eine ehrliche Antwort verdiente. »Ich ... Wir waren dazu bestimmt, diesen Weg gemeinsam zu gehen. *Jeden* Weg.«

Sie schüttelte den Kopf und ihr Haar wippte. »Wege können sich ändern. Das weißt du besser als jeder andere.«

Er wusste es. Verdammt, und wie er es wusste. Aber es war trotzdem ... »Wohin willst du gehen?«

»Sartaq hat erwähnt, dass er bei seinem Volk nach Antworten suchen möchte, Antworten auf die Frage, ob die Valg früher schon einmal auf diesem Kontinent waren. Ich ... ich würde ihn begleiten, wenn er mich lässt. Um zu sehen, ob er wirklich etwas herausfindet und ob ich ihn vielleicht dazu überreden kann, gegen die Befehle seines Vaters zu verstoßen. Oder zumindest zu unseren Gunsten zu sprechen.«

»Und wohin willst du mit ihm gehen? Zu den Ruk-Reitern im Süden?«

»Vielleicht. Auf dem Fest heute Abend hat er erwähnt, dass er in einigen Tagen aufbrechen werde. Du und ich, wir haben ohnehin nur eine magere Chance. Aber vielleicht kann ich unsere Chance mithilfe des Prinzen verbessern, indem ich wertvolle Informationen unter den Rukhin finde. Falls einer von Erawans Spionen in Antica ist ... Ich vertraue darauf, dass die Garde des Großkhans diesen Palast und die Torre schützen kann, aber du und ich, wir müssen so schnell wie möglich handeln und alles an Streitkräften sammeln, was wir sammeln können, bevor Erawan weitere Truppen gegen uns aussendet.« Sie hielt inne. »Und du ... du machst gute Fortschritte. Da möchte ich nicht stören.«

Ihr eigentliches Angebot dahinter blieb unausgesprochen.

Chaol rieb sich das Gesicht. Es so einfach zu akzeptieren, dass sie fortging, dass ihre Wege sich trennten ... Er stieß einen Seufzer aus. »Lass uns mit dieser Entscheidung bis morgen früh warten. Spätnachts etwas zu überstürzen führt zu nichts Gutem.«

Nesryn verstummte und er hievte sich auf die Matratze, bevor er seine Jacke und seine Stiefel abstreifte. »Setzt du dich noch ein Weilchen zu mir? Erzähl mir von deiner Familie – von der Zeremonie mit ihnen.« Bis jetzt hatte er kaum etwas erfahren, und vielleicht waren es Schuldgefühle, die ihn nun antrieben, aber ...

Ihre Blicke begegneten sich in der Dunkelheit und das Lied einer Nachtigall drang durch die geschlossenen Türen. Er hätte schwören können, dass Verständnis in ihren Augen aufleuchtete – und nicht mehr verschwand, sondern sich tief in ihrem Innern manifestierte. Wie ein Stein, der in einen Teich fiel.

Nesryn näherte sich auf lautlosen Füßen dem Bett, knöpfte ihre Jacke auf und hängte sie über einen Stuhl, bevor sie sich ihre Stiefel auszog. Sie kletterte auf die Matratze und lehnte sich in die Kissen.

Ich habe Euch gesehen. Er hätte schwören können, das in ihrem flackernden Blick zu lesen. *Ich weiß Bescheid.*

Aber Nesryn erzählte von der Zeremonie am Hafen, wie ihre vier kleinen Cousins und Cousinen Blumenkränze ins Meer geworfen hatten, um dann kreischend vor den Möwen davonzulaufen, die sie umschwärmten, um die kleinen Mandelkuchen aus ihren Händen zu stehlen. Sie berichtete von ihrem Onkel Brahim und ihrer Tante Zahida und ihrem wunderschönen Haus mit seinen vielen Innenhöfen und Blumen und schattigen Plätzen.

Doch in jedem Blick schwangen diese unausgesprochenen Worte mit. *Ich habe Euch gesehen. Ich weiß Bescheid.*

Chaol ließ Nesryn erzählen und hörte ihr zu, bis ihre Stimme ihn in den Schlaf lullte – denn auch er wusste Bescheid.

22

Am nächsten Tag überlegte Yrene, gar nicht erst aufzutauchen.

Was da am Abend auf dem Sofa passiert war ...

Völlig überhitzt und hektisch war sie in ihr Zimmer zurückgekehrt, außerstande, zur Ruhe zu kommen. Sie hatte Hasars Gewand und die Juwelen abgestreift und mit zitternden Händen säuberlich auf ihrem Stuhl zusammengelegt. Dann hatte sie wieder ihren Schreibtisch vor die Tür geschoben, nur für den Fall, dass dieser mörderische Dämon sie beobachtet hatte, während sie gottlose Mengen von diesem Rauch inhalierte, und nun dachte, sie in benebeltem Zustand erwischen zu können.

Denn das war sie gewesen. Benebelt. Und vollkommen von Sinnen. Sie hatte nur noch die Hitze und seinen Duft und die beruhigende Gegenwart seines Körpers wahrgenommen – seine Schwielen auf ihrer Haut und das Verlangen, sie auch an anderen Stellen zu spüren. Sie hatte nur noch Augen für seinen Mund gehabt und sich nur mit Mühe davon abhalten können, ihn mit den Fingern nachzuzeichnen. Mit den Lippen.

Sie hasste diese Feste. Den Rauch, der einen vergessen ließ, was gesunder Menschenverstand war. Der einen alle Hemmungen über Bord werfen ließ. Genau der Grund, warum die Adeligen und Wohlhabenden diesen Rauch so liebten.

Yrene war in ihrem Turmzimmer auf und ab getigert, hatte sich immer wieder das Gesicht gerieben, bis die – von Hasar persönlich aufgetragene – Schminke völlig verschmiert war.

Dreimal hatte sie sich das Gesicht gewaschen. War in ihr leichtestes Nachtgewand geschlüpft, um sich dann im Bett hin und her zu wälzen. Der Stoff hatte an ihrer verschwitzten, brennenden Haut geklebt und gekratzt.

Sie hatte die Stunden gezählt, die Minuten, bis die Macht dieses Rauches sich endlich auflöste. Endlich verschwand.

Aber das tat sie nicht. Bis Yrene in den stillsten, schwärzesten Stunden der Nacht die Dinge selbst in die Hand genommen hatte.

Es war eine stärkere Dosis als gewöhnlich gewesen. Der Rauch kroch an ihr entlang, strich mit seinen Krallen über ihre Haut. Und das Gesicht, das er heraufbeschwor, die Hände, von denen sie sich vorstellte, sie würden sie streicheln ...

Danach fühlte sie sich leer – unbefriedigt.

Als die Dämmerung hereinbrach, betrachtete Yrene finster ihr abgespanntes Gesicht in dem schmalen Spiegel über dem Waschbecken.

Die Wirkung des Opiats war während der wenigen Stunden Schlaf, die sie schließlich hatte ergattern können, verschwunden, aber ... irgendetwas zog sich tief in ihrem Inneren zusammen.

Sie wusch sich, kleidete sich an und packte Hasars Gewand und die Juwelen in eine Tasche. Es war am besten, das Ganze hinter sich zu bringen. Und danach der Prinzessin ihre Sachen zurückzugeben. Hasar war so selbstgefällig wie eine Bastet-Katze gewesen, nachdem sie von Yrene die gewünschte Information bekommen hatte – jene Lüge, die Chaol ihr eingeflüstert hatte, damit sie sie an die Prinzessin weitergab.

Sie hatte überlegt, ihm nichts davon zu erzählen, aber schon vor dem Rauch, vor diesem Wahnsinn ... Als er sich erboten hatte, sich zu ihr zu setzen, um sie davor zu bewahren, Kashin zurückweisen zu müssen, nach einem gemeinsam in der Stadt verbrachten Tag voller Leichtigkeit – hatte sie sich bereits entschieden. Ihm zu vertrauen. Und dann hatte sie vollkommen den Verstand verloren.

Yrene konnte die Gardisten, die Diener, die Wesire und Edelleute kaum ansehen, als sie den Palast betrat und den Weg zu Lord Westfalls Gemächern einschlug. Es bestand kein Zweifel, dass einige von ihnen sie auf dem Sofa beobachtet hatten. Einige auch nicht – aber die hatten vielleicht davon gehört.

So etwas hatte sie sich im Palast noch nie geleistet. Sie sollte Hafiza davon erzählen. Die Hohe Heilerin von ihrer Schamlosigkeit wissen lassen, bevor andere Münder es der Torre zutrugen.

Nicht, dass Hafiza sie schelten würde, aber ... Yrene wurde das Gefühl nicht los, beichten zu müssen. Um es in Ordnung zu bringen.

Die heutige Sitzung würde sie kurz halten. Oder so kurz wie möglich, wenn sie in dieser dunklen, tobenden Hölle seiner Verletzung wieder jedes Gefühl für Zeit und Raum verlor.

Auf jeden Fall professionell.

Yrene betrat die Gemächer und sagte zu Kadja: »Ingwer, Gelbwurz und Zitrone«, bevor sie zu Chaols Schlafzimmer schritt. Kadja schien Einspruch erheben zu wollen, aber Yrene ignorierte sie, drückte die Schlafzimmertür auf – und blieb so abrupt stehen, dass sie beinahe stolperte.

Die zerwühlten Laken und Kissen fielen ihr als Erstes auf. Dann seine nackte Brust, die Hüften kaum bedeckt von einem weißen Seidentuch.

Dann ein dunkler Kopf, mit dem Gesicht nach unten auf dem Kissen neben seinem. Noch schlafend. Erschöpft.

Chaol riss sofort die Augen auf. Alles, was Yrene herausbrachte, war ein leises »Oh«.

Schreck – und noch etwas anderes flammte in seinen Augen auf und er öffnete den Mund.

Nesryn regte sich neben ihm, ihre Brauen bewegten sich, das Hemd völlig zerknittert.

Chaol krallte sich in den Laken fest und seine Brust- und Bauchmuskeln spannten sich an, als er sich auf die Ellbogen hochstemmte.

Yrene ging einfach hinaus.

Sie wartete auf dem goldenen Sofa im Wohnzimmer und ihr Knie wippte auf und ab, während sie den Garten betrachtete, die Kletterpflanzen an den Säulen draußen vor den Glastüren, deren Blüten sich gerade eben öffneten.

Nicht einmal der gurgelnde Springbrunnen überdeckte die Geräusche, als Nesryn nach dem Erwachen etwas murmelte – dann das Tappen weicher Füße von seinem Schlafzimmer in ihr eigenes, gefolgt vom Schließen ihrer Tür.

Einen Moment später das Knarren von Rädern und Chaol tauchte auf. In Hemd und Hose. Das Haar immer noch zerzaust. Als wäre er sich mit den Händen durchgefahren. Oder als hätte Nesryn es getan. Mehrmals.

Yrene schlang sich die Arme um den Leib und plötzlich erschien ihr das Zimmer sehr groß. Der Raum zwischen ihnen viel zu offen. Sie hätte etwas frühstücken sollen. Hätte etwas tun sollen, um dieses Schwindelgefühl zu verhindern. Dieses hohle Gefühl in ihrem Magen.

»Mir war nicht klar, dass Ihr so früh hier sein würdet«, sagte er sanft. Sie hätte schwören können, dass in seiner Stimme Schuldgefühle mitschwangen.

»Ihr hattet gesagt, ich könne bei Sonnenaufgang kommen«, antwortete sie ebenso leise, doch als sie selbst ihren anklagenden Ton bemerkte, fügte sie schnell hinzu: »Ich hätte eine Nachricht schicken sollen.«

»Nein. Ich ...«

»Ich kann später wiederkommen«, sagte sie und stand in Windeseile auf. »Damit Ihr beide frühstücken könnt.«

Zusammen. Allein.

»Nein«, widersprach er scharf. »Jetzt passt es mir gut.«

Sie konnte ihn nicht ansehen. Nicht seinem Blick begegnen. Oder auch nur erklären, warum nicht.

»Yrene.«

Sie ignorierte den Appell in seiner Stimme, ging zum Schreibtisch und nahm dahinter Platz, dankbar für die geschnitzte Holzfläche zwischen ihnen, die ihr Halt gab, als sie nun ihren Beutel öffnete, den sie darauf hatte liegen lassen. Mit größter Sorgfalt begann sie, ihre Sachen auszupacken. Phiolen mit Ölen, die sie nicht brauchte. Notizhefte.

Bücher – die sie aus der Bibliothek geholt hatte, darunter *Das Lied vom Anfang.* Zusammen mit diesen uralten, kostbaren Schriftrollen. Ihr war kein sichererer Ort für sie eingefallen als hier. Bei ihm.

Yrene sagte sehr leise: »Ich könnte ein Elixier herstellen. Für sie. Falls so etwas benötigt wird. Falls etwas nicht gewünscht ist, meine ich.«

Ein Kind, waren die Worte, die zu sagen sie sich nicht überwinden konnte. Wie das pummelige Baby, das er gestern – wie sie heimlich beobachten konnte – so breit angelächelt hatte. Als wäre es ein Segen, ein Glück, das er sich eines Tages vielleicht wünschen würde ...

»Und ich könnte auch einen täglichen Trunk für Euch zubereiten«, fügte sie unbeholfen hinzu, jedes Wort schien geradezu aus ihrem Mund zu stolpern.

»Sie nimmt bereits eines zu sich«, antwortete er. »Seit ihrem vierzehnten Lebensjahr.«

Wahrscheinlich seit ihrer ersten Blutung. Für eine Frau in einer Stadt wie Rifthold eine weise Entscheidung. Vor allem, wenn sie vorhatte, sich ebenfalls zu amüsieren.

»Gut«, war alles, was Yrene dazu einfiel, während sie immer noch ihre Bücher aufeinanderstapelte. »Klug.«

Er näherte sich dem Schreibtisch, bis er seine Knie unter das andere Ende geschoben hatte. »Yrene.«

Sie knallte ein Buch nach dem anderen auf den Stapel.

»Bitte.«

Bei diesem Wort hob sie den Blick. Sah ihm in die Augen – Augen wie sonnenwarme Erde.

Und es waren jene vier Worte, die sie darin las – *Es tut mir leid* –, bei denen sie wieder vom Schreibtisch aufsprang. Durchs Zimmer schritt. Die Türen zum Garten aufriss.

Es gab nichts, was ihm leidtun musste. Gar nichts.

Die beiden waren ein Liebespaar, und sie selbst ...

Yrene blieb an den Gartentüren stehen, als die Tür zu Nesryns Schlafzimmer geöffnet und wieder geschlossen wurde. Als sie hörte, wie Nesryn den Kopf ins Wohnzimmer steckte, Chaol ein paar Abschiedsworte zuflüsterte und ging.

Yrene wünschte, sie hätte sich zu einem Blick über die Schulter durchringen können, um Captain Faliq ein höfliches Lächeln zu schenken, aber stattdessen tat sie so, als hätte sie das kurze Gespräch gar nicht mitbekommen. Als wäre sie zu beschäftigt damit, die blassen, purpurnen Blumen zu studieren, die sich im morgendlichen Sonnenlicht öffneten.

Sie kämpfte gegen das Gefühl der inneren Leere an. Seit langer, langer Zeit schon hatte sie sich nicht mehr so klein gefühlt, so ... unbedeutend.

Du bist Hafizas designierte Nachfolgerin, die Nachfolgerin der Hohen Heilerin. Du bedeutest diesem Mann nichts und er bedeutet dir nichts. Bleib auf Kurs. Denk an Fenharrow – dein Zuhause. Denk an jene, die dort sind – die deine Hilfe brauchen.

Erinnere dich an alles, was du versprochen hast zu tun. Was du versprochen hast zu sein.

Sie schob die Hand in ihre Tasche und schloss sie um den Zettel dort.

Die Welt braucht mehr Heilerinnen.

»Es ist nicht so, wie Ihr denkt«, sagte Chaol hinter ihr.

Yrene schloss für einen Moment die Augen.

Kämpfe – kämpfe um dein erbärmliches, nutzloses, vergeudetes Leben.

Sie drehte sich um und zwang sich zu einem höflichen Lächeln. »Es ist ganz natürlich. Gesund. Ich bin froh, dass Ihr Euch dem ... gewachsen fühlt.«

Angesichts des Zorns, der in seinen Augen aufblitzte, und seines verspannten Kiefers, tat er das vielleicht gar nicht.

Die Welt braucht mehr Heilerinnen. Die Welt braucht mehr Heilerinnen. Die Welt braucht mehr Heilerinnen.

Wenn sie mit ihm fertig war, ihn geheilt hatte, dann konnte sie Hafiza, konnte sie die Torre verlassen, und zwar hoch erhobenen Hauptes. Sie konnte nach Hause zurückkehren, zu Krieg und Blutvergießen, und ihr Versprechen einlösen. Das Geschenk der Freiheit vergelten, das diese Fremde ihr in jener Nacht damals in Innish gemacht hatte.

»Wollen wir anfangen?«

Sie würden heute hier im Wohnzimmer arbeiten. Denn die Aussicht darauf, auf diesem zerwühlten Bett zu sitzen, das wahrscheinlich noch nach ihnen roch ...

Sie spürte eine Enge in ihrer Kehle, in ihrer Stimme, die sie nicht abschütteln konnte, ganz gleich, wie oft sie durchatmete.

Chaol musterte sie. Schätzte ihren Ton ab. Ihre Worte. Ihren Gesichtsausdruck.

Er sah es – hörte es. Sah diese Enge, hörte diese Brüchigkeit.

Ich habe nichts *erwartet,* wollte sie am liebsten sagen. *Ich – ich bin* nichts.

Bitte, fragt nicht. Bitte, drängt mich nicht. Bitte.

Chaol schien auch das in ihren Augen zu lesen. »Ich bin nicht mit ihr ins Bett gegangen«, sagte er leise.

Sie verkniff sich die Bemerkung, dass die Beweise gegen ihn zu sprechen schienen.

Chaol fuhr fort: »Wir haben bis tief in die Nacht geredet und sind dann eingeschlafen. Es ist nichts passiert.«

Yrene ignorierte das Gefühl in ihrer Brust, die sich gleichzeitig zu leeren und mit seinen Worten zu füllen schien. Traute sich selbst nicht zu, etwas zu sagen, während seine Worte sich setzten.

Chaol schien zu spüren, dass sie Zeit brauchte, und wollte sich gerade dem Sofa zuwenden, als ihm die Bücher auffielen, die sie auf dem Tisch gestapelt hatte. Die Schriftrollen.

Alle Farbe wich aus seinem Gesicht.

»Was ist das?«, knurrte er.

Yrene ging wieder zum Schreibtisch, griff nach dem Pergament, das sie bereits in der Bibliothek studiert hatte, und entrollte es behutsam, um ihm die seltsamen Symbole zu zeigen. »Nousha, die oberste Bibliothekarin, hat das in jener Nacht für mich gefunden, als ich sie um Informationen über ... das gebeten habe, was Euch verletzt hat. Bei all der ... Aufregung hatte ich es ganz vergessen. Es lag in einem Regal in der Nähe der Bücher aus Eyllwe, deshalb hatte sie es mir mitgebracht, für alle Fälle. Ich glaube, es ist uralt. Mindestens tausend Jahre.« Sie plapperte drauflos und konnte kaum mehr damit aufhören, dankbar für jedes andere Thema als das eine, das er fast angeschnitten hätte. »Ich glaube, es sind Runen, aber solche habe ich noch nie zuvor gesehen. Nousha auch nicht.«

»Es sind keine Runen«, antwortete Chaol heiser. »Es sind Wyrdzeichen.«

Und nach allem, was er ihr erzählt hatte, wusste Yrene, dass noch viel mehr dahinterstecken musste. So viel mehr, was er nicht preisgegeben hatte. Sie strich mit einer Hand über den dunklen Einband von *Das Lied vom Anfang.* »Dieses Buch ... Darin wird ein Tor erwähnt. Und Schlüssel. Und drei Könige, die ihrer mächtig sind.«

Sie war sich nicht sicher, ob er noch atmete. Dann sagte Chaol: »Das habt Ihr gelesen. In diesem Buch.« Seine Stimme war leise, ungläubig.

Yrene schlug die Seiten auf und blätterte zu der Illustration der drei Gestalten vor dem außerweltlichen Tor. Sie kam näher und hielt ihm das Buch aufgeschlagen hin. »Ich konnte nicht viel davon lesen – es ist eine uralte Form von Eyllwe – aber …« Sie blätterte zu der anderen Illustration weiter, zu dem jungen Mann, der von dieser dunklen Macht auf dem Altar befallen wurde. »Ist das … Ist es das, was sie tun?«

Er ließ seine Hände schlaff zu beiden Seiten des Rollstuhls herabhängen, während er die drei Teilbilder der Illustration anstarrte, deren letztes die kalten, dunklen Augen des jungen Mannes zeigte. »Ja.«

Ein Wort, in dem mehr Schmerz und Furcht lagen, als sie erwartet hatte.

Sie öffnete den Mund, aber er richtete einen warnenden Blick auf sie. »Versteckt es, Yrene. Versteckt das *alles.* Sofort.«

Ihr donnernder Herzschlag ging ihr durch Mark und Bein, aber sie riss die Bücher an sich. Die Schriftrollen. Chaol behielt die Türen und Fenster im Blick, während sie sich daran machte, die Bücher unter den Polstern und die Schriftrollen in einigen der größeren Vasen zu verstecken. Aber diese *eine* Schriftrolle … Sie war zu kostbar, zu alt, um sie so achtlos irgendwo zu verstauen. Selbst wenn Yrene sie flach ausbreitete, würde das vielleicht die Unversehrtheit des Papiers und der Tinte gefährden.

Er bemerkte, wie sie sich mit der letzten Schriftrolle in den Händen hilflos umsah. »Meine Stiefel, wenn Ihr so freundlich sein wollt, Yrene«, schlug er beiläufig vor. »Ich habe ein zweites Paar, das ich heute lieber tragen würde.«

Genau. Richtig.

Yrene eilte in sein Schlafzimmer und wand sich beim Anblick des zerwühlten Betts, aus dem sie so törichte Schlüsse gezogen und sich dabei so sehr zum Narren gemacht hatte.

Sie schritt zügig in das kleine Ankleidezimmer, entdeckte seine Stiefel und schob das Pergament in die Öffnung des einen. Dann nahm sie das Stiefelpaar, legte es vorsichtig in eine Schublade und bedeckte es mit einem Stapel Leinentücher.

Einen Moment später kehrte sie ins Wohnzimmer zurück. »Ich konnte sie nicht finden. Vielleicht hat Kadja sie zum Putzen gebracht.«

»Wie schade«, erwiderte er in leichtem Ton. Inzwischen hatte er seine eigenen Stiefel ausgezogen. Ebenso wie sein Hemd.

Ihr Herz tobte noch immer, als er sich auf das goldene Sofa niederließ, sich aber nicht hinlegte.

»Könnt Ihr lesen?«, fragte sie, kniete sich vor ihn hin und nahm seinen nackten Fuß in ihre Hände. *Die Wyrdzeichen?*

»Nein.« Er bewegte die Zehen, als sie mit vorsichtigen Drehungen seines Knöchels begann. »Aber ich kenne jemanden, der das für mich erledigt, wenn es wichtig ist.« Vorsichtige, verschleierte Worte, falls irgendjemand lauschte.

Yrene bearbeitete seine Beine, streckte sie, winkelte sie an und wiederholte die Bewegungen ein ums andere Mal, während er so oft mit den Zehen wackelte, wie er konnte. »Ich sollte Euch einmal die Bibliothek zeigen«, bot sie an. »Vielleicht findet Ihr etwas, das Euch anspricht – das Ihr Euch vorlesen lassen könnt.«

»Gibt es dort denn noch viele ähnlich interessante Texte?«

Sie stellte sein linkes Bein ab und begann mit dem anderen. »Ich könnte mich erkundigen – Nousha weiß alles.«

»Wenn wir fertig sind. Und Ihr Euch ausgeruht habt. Es ist schon eine Weile her, dass ich ein Buch hatte, das mich ... fasziniert hat.«

»Es wäre mir eine Ehre, Euch zu begleiten, Mylord.« Bei dem förmlichen Titel verzog er das Gesicht, aber Yrene bearbeitete ungerührt sein rechtes Bein mit den gleichen Bewegungen wie zuvor sein linkes. Dann bat sie ihn, sich aufs Sofa zu legen. Schweigend drehte sie seine Hüften und drängte ihn dazu, sie aus eigener Kraft zu bewegen, während sie sein Bein bog und streckte.

Schließlich sagte sie mit kaum hörbarer Stimme: »Ihr redet nur von

Erawan.« Bei diesem Namen blitzten seine Augen warnend auf und Yrene wisperte noch eine Spur leiser: »Aber was ist mit Orcus und Mantyx?«

»Mit wem?«

Yrene begann mit einem weiteren Übungssatz an seinen Beinen und Hüften und seinem Kreuz. »Die beiden anderen Könige, die in diesem Buch erwähnt werden.«

Als Chaol aufhörte, seine Zehen zu bewegen, schnippte sie zur Erinnerung dagegen. Er atmete hörbar aus und sagte: »Sie wurden im ersten Krieg besiegt und in ihr Reich zurückgeschickt oder erschlagen, ich weiß es nicht mehr genau.«

Yrene dachte nach, als sie sein Bein auf das Sofa sinken ließ und ihn anstupste, damit er sich auf den Bauch drehte. »Ich bin mir sicher, dass Ihr und Eure Gefährten Euch gut auf diese ganze Sache des Weltrettens versteht«, überlegte sie laut, was ihr ein Schnauben von ihm eintrug, »aber ich an Eurer Stelle würde dafür sorgen, dass Ihr *ganz genau* Bescheid wisst. Was mit ihnen passiert ist.«

Sie hockte sich auf die Kante des goldenen Sofapolsters.

Chaol drehte den Kopf zu ihr und seine Rückenmuskeln zogen sich zusammen. »Warum?«

»Wenn sie lediglich in ihr Reich verbannt worden sind, wer kann dann mit Sicherheit sagen, dass sie nicht immer noch darauf warten, zurück in unsere Welt gelassen zu werden?«

23

Chaols Blick wurde starr, während Yrenes Frage im Raum hing, und alle Farbe wich aus seinem Gesicht. »Scheiße«, murmelte er. »*Scheiße.*«

»Ihr könnt Euch wirklich nicht daran erinnern, was mit den beiden anderen Königen geschah?«

»Nein – nein, ich ging davon aus, dass sie vernichtet wurden, aber ... Warum werden sie ausgerechnet *hier* erwähnt?«

Sie schüttelte den Kopf. »Wir könnten der Sache auf den Grund gehen ...«

Ein Muskel zuckte in seinem Kinn und er seufzte tief. »Dann werden wir das tun.«

Er streckte eine Hand nach ihr aus. Eine stumme Bitte. Nach dem Beißholz, begriff sie.

Yrene betrachtete noch einmal seinen Kiefer und seine Wange, angespannt vor Zorn und Furcht. Kein guter Ausgangspunkt für eine heilende Sitzung. Also versuchte sie es damit: »Wer hat Euch diese Narbe zugefügt?«

Falsche Frage.

Sein Rücken versteifte sich und er grub die Finger in das Zierkissen unter seinem Kinn. »Jemand, der es verdiente, sie mir zuzufügen.«

Das war keine Antwort. »Was ist passiert?«

Aber er streckte nur erneut die Hand nach dem Beißholz aus.

»Nein, ich werde es Euch nicht geben«, entschied sie und hielt seinem unheilvollen Blick völlig ungerührt stand. »Und ich werde diese Sitzung nicht beginnen, solange Ihr zornig seid.«

»Wenn ich wirklich zornig wäre, Yrene, sähe das anders aus.«

Sie verdrehte die Augen. »Erzählt mir, was los ist.«

»Los ist, dass ich kaum in der Lage bin, die Zehen zu bewegen, und dass ich vielleicht nicht nur einem Valg-König gegenüberstehe, sondern *dreien.* Wenn wir scheitern, wenn es uns nicht gelingt ...« Er musste sich zusammenreißen, bevor er weitersprechen konnte. Das, was Yrene vorhatte, war zweifellos so geheim, dass er kaum daran zu denken wagte.

»Sie zerstören alles – und jeden –, dem sie begegnen«, beendete Chaol schließlich seine Ausführungen und starrte auf die Armlehne des Sofas.

»Ist diese Narbe von ihnen?« Sie ballte die Finger zur Faust, um sich daran zu hindern, sie zu berühren.

»Nein.«

Stattdessen beugte sie sich vor und strich mit einem Finger über eine weitere Narbe, so klein, dass sie gerade noch von dem Haar an seiner Schläfe verborgen wurde. »Und die hier? Von wem habt Ihr die?«

Sein Gesicht wurde hart und unnahbar. Aber der Zorn, der ungeduldige, hektische Impuls ... Das alles beruhigte sich. Eine Kälte schien sich in ihm auszubreiten, die ihn zugleich erdete. Was auch immer der Grund für diesen alten Ärger sein mochte, er brachte ihn wieder auf den Boden der Tatsachen.

»Diese Narbe habe ich von meinem Vater«, antwortete Chaol schließlich leise. »Da war ich noch ein Junge.«

Entsetzen durchzuckte sie, aber es war immerhin eine Antwort. Ein Eingeständnis.

Sie drang nicht weiter in ihn. Fragte nicht nach. Sagte nur: »Wenn ich jetzt wieder in die Verletzung hineingehe …« Sie schluckte, als sie seinen Rücken untersuchte. »Dann werde ich wieder versuchen, Euch zu finden. Falls dieses Etwas auf mich wartet, werde ich vielleicht irgendeinen anderen Weg gehen müssen, um Euch zu erreichen.« Sie dachte nach. »Und vielleicht muss ich mir auch etwas anderes überlegen als einen Angriff aus dem Hinterhalt. Aber das werden wir sehen.«

Und obwohl sie den Mundwinkel zu dem, wie er wusste, beruhigenden Lächeln einer Heilerin verzog, entging ihm nicht, dass ihre Atmung sich beschleunigte.

»Seid vorsichtig«, sagte er nur.

Yrene hielt ihm einfach das Beißholz hin und führte es an seine Lippen.

Er streifte mit dem Mund ihre Finger, als sie es ihm zwischen die Zähne schob.

Einige Sekunden lang betrachtete er ihr Gesicht.

»Seid Ihr so weit?«, hauchte sie bei der Aussicht, sich wieder dieser lauernden Dunkelheit zu stellen.

Er hob die Hand, um als wortlose Antwort ihre Finger zu drücken.

Aber Yrene zog ihre Finger zurück und ließ seine auf das Polster fallen.

Er musterte sie weiter, wie sie tief einatmete und dann die Hand auf das Mal an seinem Rücken legte.

Es hatte geschneit an dem Tag, an dem er seinem Vater sagte, dass er Anielle verlassen werde. Dass er auf seinen Titel als Erbe verzichten und sich der Palastgarde in Rifthold anschließen werde.

Sein Vater hatte ihn hinausgeworfen.

Die Treppe der Festung hinuntergeworfen.

Er hatte sich an dem grauen Stein die Schläfe aufgeschlagen und sich in die Lippe gebissen. Die flehenden Schreie seiner Mutter waren vom Felsen widergehallt, als er beim Aufprall über das Eis geschlittert war. Den Schmerz in seinem Kopf hatte er gar nicht gespürt. Nur, wie das Eis ihm rasierklingenscharf in seine nackten Handflächen schnitt, seine Hosen aufriss und seine Knie aufschürfte.

Er hörte nur das Flehen seiner Mutter und das Kreischen des Windes, das niemals – nicht einmal im Sommer – aufhörte, um die Festung auf dem Berggipfel mit Blick auf den Silver Lake zu fegen.

Dieser Wind zerrte jetzt an ihm und zerzauste ihm das Haar – das er damals noch länger getragen hatte. Der Wind peitschte ihm Schneeflocken ins Gesicht, die vereinzelt aus dem grauen Himmel über ihm wirbelten, und fegte sie zu der düsteren Stadt hinunter, die sich rund um das Ufer des riesigen Sees erstreckte. Fegte sie zu den mächtigen Wasserfällen im Westen. Oder deren Geist. Denn der Damm hatte sie schon vor langer Zeit zum Schweigen gebracht, zusammen mit dem Fluss, der direkt von den White Fangs hierhergeströmt war.

Es war immer kalt in Anielle. Selbst im Sommer.

Immer kalt in dieser Festung, die in den gekrümmten Berghang hineingehauen worden war.

»Jämmerlich«, zischte sein Vater, und keiner der wie versteinerten Wachposten wagte es, ihm beim Aufstehen zu helfen.

Sein Kopf pochte, um ihn herum drehte sich alles. Warmes Blut lief ihm übers Gesicht und gefror dort.

»Den Weg nach Rifthold musst du dir schon allein suchen.«

»Bitte«, flüsterte seine Mutter. »*Bitte.*«

Das Letzte, was Chaol von ihr sah, war, wie sein Vater sie über dem Ellbogen packte und in die Festung aus bemaltem Holz und Stein zerrte. Ihr Gesicht bleich und gequält, ihre Augen – *seine Augen* – mit silbrigen Tränen gefüllt, so hell wie der See tief unter ihnen.

In der offenen Tür zur Festung lauerte ein kleiner Schatten.

Terrin.

Sein jüngerer Bruder wagte einen mutigen Schritt auf ihn zu. Wollte das Risiko dieser gefährlich vereisten Treppe eingehen, um ihm zu helfen.

Doch ein scharf gebelltes Wort seines Vaters aus der Dunkelheit der Eingangshalle hielt Terrin auf.

Chaol wischte sich das Blut vom Mund und sah seinen Bruder mit einem stummen Kopfschütteln an.

Entsetzen stand auf Terrins Gesicht – pures Entsetzen –, als Chaol sich mühsam hochrappelte. Obwohl er wusste, dass der Titel gerade auf ihn übergegangen war ...

Chaol ertrug es nicht. Die Furcht in Terrins jungem Gesicht.

Also drehte er sich um und biss die Zähne zusammen gegen den Schmerz in seinem Knie, das bereits angeschwollen und steif war. Eisiges Blut tropfte von seinen Handflächen.

Er schaffte es irgendwie, über den Treppenabsatz zu humpeln. Weiter die Stufen hinunter.

Unten angekommen, gab ihm einer der Wachmänner seinen grauen Wollumhang. Ein Schwert und ein Messer.

Ein anderer gab ihm ein Pferd und wies ihm die Richtung, in die er reiten sollte.

Ein Dritter gab ihm einen Sack mit Vorräten, einem Zelt, Verbandszeug und Salben.

Sie sagten kein Wort. Hielten ihn nicht länger auf als notwendig.

Er kannte ihre Namen nicht. Und erfuhr Jahre später, dass sein Vater sie von einem der drei Türme der Festung beobachtet hatte. Sie gesehen hatte.

Nach all den Jahren war es sein Vater selbst gewesen, der Chaol erzählt hatte, was aus diesen drei Männern geworden war.

Er hatte sie entlassen. Mitten im tiefsten Winter. Hatte sie und ihre Familien in die Fangs verbannt.

Drei Familien in der Wildnis. Und nur von zweien hatte man im Sommer noch gehört.

Das war der Beweis gewesen. Der Beweis dafür – wie er begriff, nachdem er sich hatte zwingen müssen, seinen Vater *nicht* zu ermorden –, dass sein Königreich voller Korruption war, voller schlechter Menschen, die die guten für ihren Anstand bestraften. Der Beweis dafür, dass er recht daran getan hatte, Anielle zu verlassen. Sich an Dorian zu halten – und Dorian zu beschützen.

Das Versprechen auf eine bessere Zukunft zu beschützen.

Es kümmerte ihn nicht, wie viele Jahre verstrichen waren, er hatte trotzdem einen Boten ausgesandt, seinen diskretesten, um diese verbliebenen Familien zu finden. Hatte ihn mit Gold ausgesandt.

Monate später war der Bote nach Rifthold zurückgekehrt, mitsamt dem Gold, denn seine Suche war erfolglos geblieben.

Chaol hatte seine Entscheidung getroffen und dafür bezahlt. Eine folgenreiche Entscheidung.

Ein Leichnam auf einem Bett. Ein Dolch, der über seinem Herzen schwebte. Ein Kopf, der über Stein rollte. Ein Band um einen Hals. Ein Schwert, das auf den Grund des Avery sank.

Dagegen war der Schmerz in seinem Körper nichts.

Wertlos. Nutzlos. Er hatte zu helfen versucht ... und die Sache nur noch schlimmer gemacht.

Der Leichnam auf dem Bett ... Nehemia.

Sie hatte ihr Leben verloren. Vielleicht hatte sie es tatsächlich so eingefädelt, aber ... Er hatte Celaena – Aelin – nicht gesagt, dass sie auf der Hut sein solle. Hatte Nehemias Wachen nicht vor der Aufmerksamkeit des Königs gewarnt. Er hatte sie auf dem Gewissen. Aelin mochte ihm verziehen haben, in der Annahme, dass ihn keine Schuld traf, aber er wusste es besser. Er hätte mehr tun können. Besser sein können. Besser sehen können.

Und als Nehemia gestorben war, hatten diese Sklaven sich trotzig erhoben. Ein vereinter Schrei, als das Licht Eyllwes ausgelöscht worden war.

Aber der König hatte auch die Sklaven ausgelöscht.

Calaculla. Endovier. Männer und Frauen und Kinder.

Und als er selbst gehandelt hatte, als er sich für eine Seite entschieden hatte ...

Blut und schwarzer Stein und schreiende Magie.

Du wusstest es du wusstest es du wusstest es

Du wirst niemals mein Freund sein mein Freund mein Freund

Die Dunkelheit rammte sich ihm in die Kehle, erstickte ihn, würgte ihn.

Er ließ es zu.

Spürte, wie er den Mund weit öffnete, um sie noch tiefer hineinzulassen.

Nimm es dir, sagte er zur Dunkelheit.

Ja, schnurrte sie ihm entgegen. *Ja.*

Sie zeigte ihm Morath mit seinen unvergleichbaren Gräueln; zeigte ihm den Kerker unter dem gläsernen Palast, wo Gesichter, die er kannte, um Gnade flehten, die sie nie bekommen würden; zeigte ihm die jungen, goldenen Hände, die ihnen diese Schmerzen zufügten, und es war, als hätten sie beide – Dorian unter der Macht des Valg-Fürsten und Chaol – dabei Seite an Seite gestanden.

Aber er *wusste* es. Hatte erraten, wer gezwungen worden war, seine Männer zu foltern, sie zu töten. Sie wussten es beide.

Er spürte, wie die Dunkelheit anschwoll, bereit zuzustoßen. Um ihn zum Schreien zu bringen.

Aber dann war sie verschwunden.

Wogende, goldene Felder erstreckten sich unter einem wolkenlosen, blauen Himmel. Kleine, funkelnde Bäche schlängelten sich hindurch, umströmten vereinzelte Eichenbäume. Ableger des dichten Oakwald Forest, der sich zu seiner Rechten auftat.

Hinter ihm ein strohgedecktes Häuschen, dessen graue Steinmauern von grünen und orangefarbenen Flechten bewachsen waren. Einige

Schritte entfernt ein uralter Brunnen mit einem wackeligen Eimer auf dem steinernen Rand.

Dahinter, mit dem Haus selbst verbunden, ein kleiner Pferch mit Hühnern, die darin herumpickten – fett und ganz auf den Boden vor ihnen konzentriert.

Und wenn man daran vorbeiging ...

Ein Garten.

Nicht besonders angelegt, nicht schön. Hinter einer niedrigen Steinmauer gelegen, das hölzerne Gartentor geöffnet.

Zwei Gestalten bückten sich zwischen den sorgfältig bepflanzten Beeten. Chaol kam näher.

Er erkannte sie an dem goldbraunen Haar, das in der Sommersonne so viel heller war. Ihre Haut hatte einen herrlichen, tiefen Braunton angenommen und ihre Augen ...

Es war das Gesicht eines Kindes, das vor Freude leuchtete, während es die Frau ansah, die auf der Erde kniete und auf eine hellgrüne Pflanze mit schmalen, purpurnen Blütenkegeln zeigte, die sich in der warmen Brise wiegte. Die Frau fragte: »Und die hier?«

»Salbei«, antwortete das Kind, kaum neun Jahre alt.

»Und was bewirkt Salbei?«

Das Kind strahlte, hob das Kinn und trug auswendig vor: »Er verbessert das Gedächtnis, die Aufmerksamkeit, die Laune und die Fruchtbarkeit. Hilft außerdem bei der Verdauung. Und in einer Salbe kann er helfen, die Haut zu betäuben.«

»Ausgezeichnet.«

Das breite Lächeln des kleinen Mädchens ließ erkennen, dass ihr drei Zähne fehlten.

Die Frau – ihre Mutter – nahm das rundliche Gesicht des Mädchens in beide Hände. Ihre Haut war dunkler als die ihrer Tochter, ihr Haar voller und lockiger. Aber ihr Körper ... Es war der Körper dieser Frau, in den das Mädchen eines Tages hineinwachsen würde.

Es waren diese Sommersprossen, die sie erben würde. Diese Nase, dieser Mund.

»Du warst fleißig, mein kluges Kind.«

Die Frau küsste ihre Tochter auf die verschwitzte Stirn.

Es war, als spürte er den Kuss – diese Liebe darin – trotz seiner geisterhaften Körperlosigkeit.

Denn es war Liebe, die diese Welt hier umhüllte, sie vergoldete. Liebe und Freude.

Glück.

Die Art Glück, die er mit seiner eigenen Familie nie erlebt hatte. Und auch mit niemandem sonst.

Das Mädchen war geliebt worden. Innig. Bedingungslos.

Eine glückliche Erinnerung – eine von wenigen.

»Und was ist das für ein Strauch da an der Mauer?«, fragte die Frau das Mädchen.

Sie kräuselte hoch konzentriert die Stirn. »Stachelbeeren?«

»Ja. Und was machen wir mit Stachelbeeren?«

Das Mädchen stemmte die Hände in die Hüften und ihr schlichtes Kleid wehte in dem trockenen, warmen Windhauch. »Wir ...« Sie klopfte ungeduldig mit dem Fuß auf – ungeduldig mit sich selbst, weil sie sich nicht erinnerte. Der gleiche Ärger, den er draußen vor dem Haus dieses alten Mannes in Antica beobachtet hatte.

Ihre Mutter schlich sich von hinten an sie heran, riss das Mädchen in ihre Arme und küsste sie auf die Wange. »Wir machen Stachelbeerkuchen.«

Das entzückte Kreischen des Mädchens hallte über die bernsteinfarbenen Gräser und klaren Bäche bis in das verschlungene, uralte Herz des Oakwald Forest.

Vielleicht sogar bis zu den White Fangs und der kalten Stadt, die sie umgab.

Er öffnete die Augen.

Und stellte fest, dass er seinen ganzen Fuß in die Sofakissen drückte.

Spürte die Seide und die Stickerei, die an der nackten Fußwölbung, an seinen Zehen kratzten.

Spürte es.

Er fuhr hoch und sah, dass Yrene nicht an seiner Seite war.

Auch nicht irgendwo in der Nähe.

Er starrte auf seine Füße. Unterhalb des Knöchels ... Er drehte den Fuß. *Spürte* die Muskeln.

Er brachte keinen Ton heraus. Sein Herz hämmerte. »Yrene«, krächzte er schließlich, während er sich suchend umsah.

Sie war nicht im Zimmer, aber ...

Etwas Braungoldenes erregte seine Aufmerksamkeit. Im Sonnenlicht. Im Garten.

Dort draußen saß sie. Still. Allein.

Es war ihm egal, dass er nur halb bekleidet war. Chaol hievte sich in den Rollstuhl und staunte über das Gefühl der glatten, hölzernen Fußstützen. Er hätte schwören können, dass selbst seine Beine ... Aber es war bestimmt nur ein Phantomkribbeln.

Er rollte sich in den kleinen, quadratischen Garten hinaus, atemlos und mit weit aufgerissenen Augen. Sie hatte wieder ein Stück repariert, wieder ...

Yrene saß auf einem verschnörkelten kleinen Stuhl vor dem runden Teich, in dem sie sich spiegelte, den Kopf auf die Faust gestützt.

Zuerst dachte er, sie schliefe in der Sonne.

Aber als er sich näher heranschob, bemerkte er den hellen Glanz auf ihrem Gesicht. Den Glanz von Feuchtigkeit.

Kein Blut – sondern Tränen.

Sie strömten ihr lautlos, endlos über die Wangen, während sie in diesen Teich starrte, auf die rosafarbenen Lilien und smaragdgrünen Blütenblätter, welche die Oberfläche größtenteils bedeckten.

Aber sie schien sie gar nicht zu sehen. Schien ihn nicht zu hören.

»Yrene.«

Eine weitere Träne rann ihr übers Gesicht und tropfte auf ihr helles, purpurnes Kleid. Und noch eine.

»Seid Ihr verletzt?«, fragte Chaol heiser, und sein Stuhl knirschte über den bleichen, weißen Kies des Gartenwegs.

»Ich hatte es vergessen«, flüsterte sie mit zitternden Lippen, während sie reglos auf den Teich starrte. »Wie sie ausgesehen hat. Wie sie gerochen hat. Ich hatte ... ihre Stimme vergessen.«

Seine Brust schnürte sich zusammen, als er diese Trauer auf ihrem Gesicht sah. Er schob seinen Stuhl neben ihren, berührte sie jedoch nicht.

Yrene sprach leise weiter: »Wir legen ein Gelübde ab – niemals ein Leben zu nehmen. An dem Tag, an dem die Soldaten kamen, hat sie dieses Gelübde gebrochen. Sie hatte ein Messer in ihrem Kleid versteckt. Als sie sah, wie der Soldat mich packte, hat sie sich ... auf ihn gestürzt.« Sie schloss die Augen. »Sie hat ihn getötet. Um mir Zeit zum Weglaufen zu geben. Und das habe ich getan. Ich habe sie verlassen. Ich bin weggelaufen und habe sie verlassen, und ich habe zugesehen ... Ich habe vom Wald aus zugesehen, wie sie diesen Scheiterhaufen errichtet haben. Und ich konnte sie schreien hören, immer weiter schreien hören ...«

Sie zitterte am ganzen Leib.

»Sie war ein guter Mensch«, flüsterte Yrene. »Sie war gut und sie war freundlich und sie liebte mich.« Sie hatte sich noch kein einziges Mal die Tränen abgewischt. »Und sie haben sie mir weggenommen.«

Der Mann, dem er gedient hatte ... *Er* hatte sie ihr weggenommen.

Chaol fragte leise: »Wohin seid Ihr danach gegangen?«

Ihr Zittern verebbte ein wenig und sie wischte sich über die Nase. »Meine Mutter hatte eine Cousine im Norden von Fenharrow. Dorthin bin ich geflüchtet. Es hat zwei Wochen gedauert, aber ich habe es geschafft.«

Mit elf. Fenharrow war gerade von einem feindlichen Heer überrannt worden und sie hatte es geschafft – mit *elf.*

»Sie hatten einen Bauernhof und ich habe sechs Jahre lang dort gearbeitet. So getan, als wäre ich normal. Mich unauffällig verhalten. Habe mit Kräutern geheilt, weil das keinen Verdacht erregte. Aber es hat nicht gereicht. Es ... Da war ein Loch. In mir. Ich habe mich unvollkommen gefühlt.«

»Also seid Ihr hierhergekommen?«

»Ich bin aufgebrochen, um hierherzukommen. Quer durch Fenharrow. Oakwald Forest. Dann über die ... die Berge ...« Ihre Stimme brach und war jetzt nur mehr ein Flüstern. »Ich habe sechs Monate gebraucht, aber ich habe es geschafft – bis zum Hafen von Innish.«

Er hatte noch nie von Innish gehört. Wahrscheinlich lag es in Melisande, wenn sie die Berge ...

Sie hatte die Berge überquert.

Diese zierliche Frau neben ihm ... hatte Berge überquert, um hierherzukommen. Allein.

»Inzwischen war mir das Geld für die Überfahrt ausgegangen. Also blieb ich in Innish. Suchte mir Arbeit.«

Er widerstand dem Drang, die Narbe an ihrer Kehle zu betrachten. Zu fragen, was für eine Art von Arbeit ...

»Die meisten Mädchen arbeiteten auf der Straße. Innish war – ist kein guter Ort. Aber ich habe ein Gasthaus am Hafen gefunden und der Wirt hat mich eingestellt. Ich habe als Schankmädchen und Dienerin gearbeitet und ... ich bin geblieben. Eigentlich hatte ich vor, nur einen Monat dort zu arbeiten, aber dann wurde ein Jahr daraus. Ich habe es zugelassen, dass er mir meinen Lohn wieder abknöpfte, mein Trinkgeld. Dass er stetig meine Miete erhöhte. Mich in ein Zimmer unter der Treppe steckte. Ich hatte kein Geld für die Überfahrt und ich dachte ... Ich dachte, ich müsste für meine Ausbildung hier bezahlen. Ich wollte nicht ohne das Geld für die Akademie gehen, also ... bin ich geblieben.«

Er betrachtete ihre Hände, die sich jetzt in ihrem Schoß verkrampften, und stellte sich vor, wie sie einen Eimer und einen Schrubber hielten, einen Lappen und schmutziges Geschirr. Stellte sie sich vor, wie sie wund gearbeitet waren und schmerzten. Stellte sich dieses Gasthaus und seine Gäste vor – und was sie bei ihrem Anblick begehrt haben mussten.

»Wie habt Ihr es hierhergeschafft?«

Sie presste die Lippen aufeinander und ihre Tränen versiegten. Dann stieß sie einen Seufzer aus. »Das ist eine lange Geschichte.«

»Ich habe Zeit.«

Aber sie schüttelte nur den Kopf und sah ihn endlich an. Mit einer solchen ... Klarheit in den Zügen. In diesen Augen. Und die Klarheit verschwand auch nicht, als Yrene sagte: »Ich weiß, wer Euch diese Wunde zugefügt hat.«

Chaol verstummte.

Der Mann, der ihr die geliebte Mutter genommen hatte; der Mann, wegen dem sie durch die halbe Welt geflohen war.

Er brachte nur ein Nicken zustande.

»Der alte König«, hauchte Yrene und studierte erneut den Teich. »Er war ebenfalls – besessen?«

Die Worte waren kaum mehr als ein Wispern, kaum hörbar selbst für ihn.

»Ja«, stieß er hervor. »Jahrzehntelang. Ich – es tut mir leid, dass ich es Euch nicht erzählt habe. Wir wollten diese Sache streng geheim halten.«

»Weil sie sich vielleicht negativ auf den Ruf Eures neuen Königs ausgewirkt hätte.«

»Ja, und sie hätte Fragen aufgeworfen, die am besten ungefragt bleiben.«

Yrene hob die Hand zum Herzen und rieb über ihre Brust, ihr Gesichtsausdruck gequält und trostlos. »Kein Wunder, dass meine Magie derart zurückschreckt.«

»Es tut mir leid«, wiederholte er noch einmal, denn das war alles, was ihm einfiel.

Ihr Blick wanderte zu ihm und die trüben Schatten in ihren Augen lösten sich auf. »Nur ein weiterer Grund für mich, dagegen anzukämpfen. Diesen letzten Schmutzfleck des Königs, dieses *Etwas* fortzuwischen – für immer. Vorhin hatte es wieder auf mich gewartet. Hat mich wieder ausgelacht. Es ist mir gelungen, zu Euch vorzudringen, aber dann war die Dunkelheit zu dicht. Sie hatte Euch ... eingehüllt. Aber ich konnte es sehen – alles, was sie Euch gezeigt hat. Eure Erinnerungen und seine.« Sie wischte sich übers Gesicht. »Da wusste ich, was es war – wer Euch die Wunde zugefügt hat. Und ich sah, was es Euch antat, und das Einzige, was mir einfiel, um es zu stoppen, um es wegzusprengen, war ...« Sie biss sich auf die Lippen, als wollte sie verhindern, dass sie wieder zu zittern begannen.

»Ein wenig Güte«, beendete er ihre Ausführungen für sie. »Eine Erinnerung an Licht und Güte.« Ihm fehlten die Worte, um seine Dankbarkeit auszudrücken. Was es wohl für sie bedeutet haben musste, diese Erinnerung an ihre Mutter gegen jenen Dämon einzusetzen, der sie vernichtet hatte.

Yrene schien seine Gedanken zu lesen und sagte: »Ich bin froh, dass es eine Erinnerung an sie war, die die Dunkelheit ein klein wenig weiter zurückdrängen konnte.«

Seine Kehle schnürte sich zusammen und er schluckte hörbar.

»Ich habe Eure Erinnerung gesehen«, fuhr Yrene leise fort. »An diesen Mann. Euren Vater.«

»Ein Bastard allererster Güte.«

»Es war nicht Eure Schuld. Nichts davon.«

Er verzichtete darauf zu widersprechen.

»Ihr hattet Glück, dass Ihr Euch nicht den Schädel gebrochen habt«, bemerkte sie und betrachtete seine Stirn, die kaum mehr sichtbare Narbe unter seinem Haaransatz.

»Ich bin mir sicher, mein Vater sieht das anders.«

Ihr Blick verfinsterte sich jäh. »Ihr hättet Besseres verdient«, erwiderte sie.

Die Worte trafen genau die Wunde, die schon lange tief in ihm vor sich hin eiterte, während er die ganze Zeit über versucht hatte, sie zu ignorieren. »Danke«, brachte er heraus.

Sie saßen minutenlang schweigend da. »Wie spät ist es?«, fragte er nach einer Weile.

»Drei«, antwortete sie.

Chaol zuckte zusammen.

Yrenes Blick wanderte direkt zu seinen Beinen. Seinen Füßen. Die mit ihm gezuckt hatten.

Sie öffnete den Mund.

»Ein weiterer Fortschritt«, erklärte er.

Sie lächelte – zurückhaltend, aber ... Es war ein echtes Lächeln. Nicht wie das Lächeln, das sie aufgesetzt hatte, als sie in sein Schlafzimmer gekommen war und ihn dort mit Nesryn angetroffen hatte. Beim Anblick ihres Gesichtsausdrucks hatte er das Gefühl gehabt, jeglichen Halt zu verlieren. Und als sie sich geweigert hatte, ihm in die Augen zu sehen, als sie sich die Arme um den Leib geschlungen hatte ...

Er wünschte, er hätte gehen können. Dann hätte sie sehen können, wie er zu ihr kroch.

Er hatte keine Ahnung, warum. Warum er sich wie der mieseste aller Mistkerle fühlte. Warum er Nesryn kaum hatte ansehen können. Obwohl er doch wusste, dass sie viel zu aufmerksam war, um es nicht mitzubekommen. Der beste Beweis dafür war die unausgesprochene

Vereinbarung zwischen ihnen letzte Nacht, zu diesem Thema zu schweigen ...

Yrene stupste seinen nackten Fuß an. »Spürt Ihr das?«

Chaol rollte die Zehen ein. »Ja.«

Sie runzelte die Stirn. »Drücke ich fest oder sanft?«

Sie bohrte einen Finger hinein.

»Fest«, ächzte er.

Der Druck ihres Fingers ließ nach. »Und jetzt?«

»Sanft.«

Sie wiederholte die Untersuchung am anderen Fuß. Berührte jede seiner Zehen.

»Ich glaube«, bemerkte sie, »ich habe es weiter nach unten gedrückt – irgendwo in die Mitte Eures Rückens. Das Mal sieht immer noch genauso aus, aber es fühlt sich an wie ...« Sie schüttelte den Kopf. »Ich kann es nicht erklären.«

»Ihr braucht es nicht zu erklären.«

Es war ihre Freude gewesen – die ungetrübte Freude dieser Erinnerung –, die ihm das kleine bisschen mehr an Bewegung beschert hatte. Sie hatte ihm diese Erinnerung eröffnet, geopfert, um seinen wunden Schmutzfleck – wie sie es genannt hatte – weiter fortzuwischen.

»Ich bin halb verhungert«, stellte Chaol fest und stieß sie mit dem Ellbogen an. »Wollt Ihr mit mir essen?«

Und zu seiner Überraschung sagte sie Ja.

24

Nesryn wusste es.

Sie wusste, dass Chaol sie gestern Abend weniger aus Interesse um ein Gespräch gebeten hatte als vielmehr wegen seiner Gewissensbisse.

Es machte ihr nichts aus, redete sie sich ein. Sie war nicht nur der Ersatz für eine, sondern für zwei Frauen in seinem Leben gewesen. Eine dritte ... Es machte ihr nichts aus, wiederholte sie im Stillen, während sie von ihrer Pirsch durch Anticas Straßen – von Valg keine Spur – zum Palastgelände zurückkehrte.

Nesryn spähte zum Palast hoch, noch nicht bereit, in ihre Gemächer zurückzukehren, um die brutale Hitze des Spätnachmittags auszusitzen.

Eine massive Gestalt auf einem der Minarette erregte ihre Aufmerksamkeit und sie lächelte entschlossen.

Sie war außer Atem, als sie oben ankam, aber zum Glück gab es außer Kadara keine Zeugen.

Das Ruk-Weibchen klapperte mit dem Schnabel, um Nesryn zu begrüßen, und machte sich dann wieder über etwas her, bei dem es sich um eine ganze Rinderhälfte zu handeln schien. Mit Rippen und allem Drum und Dran.

»Mir ist zu Ohren gekommen, dass Ihr auf dem Weg hier herauf seid«, bemerkte Sartaq auf der Treppe hinter ihr.

Nesryn wirbelte herum. »Ich – wie?«

Der Prinz bedachte sie mit einem wissenden Lächeln, als er den Horst betrat. Kadara plusterte vor Aufregung ihre Federn und stürzte sich wieder auf ihre Mahlzeit, als wollte sie diese so schnell wie möglich beenden, um in den Himmel aufzusteigen. »In diesem Palast wimmelt es von Spionen. Ein paar davon sind meine. Wolltet Ihr irgendetwas Bestimmtes?«

Er musterte sie, ihr Gesicht, das – laut ihrem Onkel und ihrer Tante gestern – müde aussah. Ausgelaugt. Unglücklich. Sie hatten sie mit Leckereien vollgestopft und dann darauf bestanden, dass sie mit den vier Kindern zurück zum Hafen ging, um Fisch für das Abendessen auszusuchen – bei dem sie Nesryn erneut mit Essen vollgestopft hatten, bevor sie schließlich zum Festmahl in den Palast zurückgekehrt war. *Immer noch ganz spitz im Gesicht,* hatte Tante Zahida bemängelt. *Und ganz müde Augen.*

»Ich …« Nesryn ließ ihren Blick über die Stadt schweifen, die in der spätnachmittäglichen Hitze brodelte. »Ich wollte einfach ein wenig Ruhe haben.«

»Dann werde ich sie Euch lassen«, antwortete Sartaq und wandte sich dem offenen Torbogen zu, der ins Treppenhaus führte.

»Nein«, platzte sie heraus und streckte die Hand nach ihm aus. Um sie schnell wieder sinken zu lassen, als sie fast seine Lederjacke berührte. Niemand fasste einen Prinzen einfach so an. Niemand. »So habe ich das nicht gemeint. Ich … Ich habe nichts gegen Eure Gesellschaft.« Hastig fügte sie hinzu: »Euer Hoheit.«

Sartaqs Mundwinkel zuckten in die Höhe. »Ein bisschen spät, um noch meinen schicken Titel ins Spiel zu bringen, oder?«

Sie sah ihn flehentlich an. Aber sie hatte ihre Worte ernst gemeint.

Während ihrer gestrigen Unterhaltung auf dem Fest und sogar an jenem Abend, als sie in der Gasse draußen vor der Torre mit ihm geredet hatte … da hatte sie sich keineswegs in sich gekehrt oder unnahbar oder irgendwie seltsam gefühlt. Sie war nicht kalt oder distanziert gewesen. Im Gegenteil, sie hatte nichts gegen Gesellschaft einzuwenden – und er hatte ihr mit seiner Aufmerksamkeit eine Ehre erwiesen, und auch damit, dass er sie und Chaol gestern zu ihren Gemächern zurückbegleitet hatte. So schweigsam sie gelegentlich auch sein konnte, sie *genoss* es doch, mit anderen zusammen zu sein. Aber manchmal ...

»Ich habe den größten Teil des gestrigen Tages mit meiner Familie verbracht. Und die kann ... anstrengend sein. Anspruchsvoll.«

»Ich weiß, was Ihr meint«, entgegnete der Prinz trocken.

Sie musste lächeln. »Das kann ich mir vorstellen.«

»Aber Ihr liebt Eure Familie.«

»Ihr Eure nicht?« Eine direkte, forsche Frage.

Sartaq zuckte die Achseln. »Kadara ist meine Familie. Die Rukhin sind meine Familie. Doch meine Blutsverwandten ... Es ist schwer, jemanden zu lieben, wenn man eines Tages gegeneinander antreten muss. Ohne Vertrauen kann keine Liebe existieren.« Er lächelte seinen Ruk an. »Kadara dagegen vertraue ich blind. Ich würde für sie sterben und sie für mich. Aber kann ich das von meinen Geschwistern behaupten? Von meinen eigenen Eltern?«

»Das ist schade«, gab Nesryn zu.

»Aber zumindest *habe* ich sie«, sagte er und wies mit dem Kopf auf Kadara. »Und meine Reiter. Meine armen Geschwister dagegen sind mit nichts davon gesegnet.«

Er gehörte zu den Guten. Der Prinz ... war ein guter Mensch.

Sie schritt zu der Brüstung mit dem Ausblick auf die Stadt tief, tief unter ihnen. Auf den tödlichen Abgrund.

»Ich werde bald aufbrechen – in die Berge der Rukhin«, sagte Sartaq leise. »Um die Antworten zu suchen, über die wir neulich Abend in der Stadt gesprochen haben.«

Nesryn spähte über ihre Schulter zu ihm und versuchte, die richtigen Worte zu finden, den Mut dafür.

Sein Gesicht zeigte keine Regung, selbst als er hinzufügte: »Ich bin mir sicher, Eure Familie wird meinen Kopf fordern, wenn ich es Euch anbiete, aber ... Würdet Ihr mich gern begleiten?«

Ja, wollte sie flüstern. Aber sie zwang sich zu fragen: »Für wie lange?«

Denn die Zeit lief ihr davon. Lief *ihnen* davon. Und nach Antworten zu suchen, während so viele Bedrohungen näher kamen ...

»Ein paar Wochen. Nicht mehr als drei. Aber ich habe die Reiter gern unter Kontrolle, und wenn ich zu lange fort bin, tanzen sie aus der Reihe. Also werde ich mit dieser Reise wohl zwei Fliegen mit einer Klappe schlagen.«

»Ich ... Ich müsste das besprechen. Mit Lord Westfall.« Das hatte sie ihm letzte Nacht versprochen. Genau diesen Weg gemeinsam mit ihm zu überdenken, die Vor- und Nachteile abzuwägen. In dieser Hinsicht arbeiteten sie immer noch eng zusammen, vereint unter derselben Flagge.

Sartaq nickte ernst, als könnte er das alles von ihrem Gesicht ablesen. »Natürlich. Aber ich breche schon bald auf.«

Da hörte sie es – das Ächzen der Diener, die die Treppe heraufkamen. Und Vorräte brachten.

»Ihr brecht *jetzt* auf«, stellte Nesryn klar, als sie den Speer bemerkte, der an der gegenüberliegenden Wand in der Nähe der Vorratsregale lehnte. Sein *Sulde*. Das rostfarbene Pferdehaar, das unterhalb der Klinge verknotet war, driftete im Wind, der durch den Horst wehte, und der dunkle Holzschaft war glatt poliert.

Sartaqs onyxschwarze Augen schienen sich noch weiter zu verdüstern, als er zu seinem *Sulde* hinüberging und das Seelenbanner in den Händen wog, bevor er den Speer neben sich stellte. Das Holz klackte auf dem steinernen Boden. »Ich ...« Es war das erste Mal, dass sie ihn um Worte ringen sah.

»Ihr wolltet nicht Lebewohl sagen?«

Sie hatte kein Recht, solche Forderungen zu stellen, solche Dinge zu erwarten, ob sie nun vorsichtige Verbündete waren oder nicht.

Sartaq lehnte seinen *Sulde* wieder an die Mauer und machte sich daran, sein schwarzes Haar nach hinten zu flechten. »Nach dem Fest gestern Abend hatte ich gedacht, Ihr wärt ... beschäftigt.«

Mit Chaol. Sie zog die Augenbrauen hoch. »Den ganzen Tag lang?«

Der Prinz warf ihr ein schurkisches Lächeln zu, als er mit seinem langen Zopf fertig war und wieder nach seinem Speer griff. »Ich würde mir ganz bestimmt den ganzen Tag Zeit lassen.«

Durch die Gnade irgendeiner Gottheit blieb Nesryn eine Antwort erspart, weil endlich die Diener erschienen. Keuchend und rotgesichtig schleppten sie die Bündel mit glitzernden Waffen, Nahrungsmitteln und Decken.

»Wie weit ist es?«

»Einige Stunden bis zum Einbruch der Nacht, dann morgen den ganzen Tag und noch einen weiteren halben Tag, bis ich den ersten der Horste im Tavan-Gebirge erreiche«, sagte Sartaq und reichte einem vorbeigehenden Diener seinen *Sulde.* Kadara erlaubte ihnen geduldig, sie mit den verschiedenen Bündeln zu beladen.

»Ihr fliegt nicht bei Nacht?«

»Ich werde müde. Kadara nicht. Ein paar dumme Reiter haben diesen Fehler gemacht – und sind in ihren Träumen durch die Wolken gepurzelt.«

Sie biss sich auf die Unterlippe. »Wie lange noch bis zu Eurem Aufbruch?«

»Eine Stunde.«

Eine Stunde, um nachzudenken ...

Sie hatte Chaol nichts davon erzählt. Dass sie gestern Nacht beobachtet hatte, wie sich seine Zehen bewegten. Sie hatte gesehen, wie sie sich kringelten und streckten, während er schlief.

Und sie hatte geweint, stumme Tränen des Glücks, die ins Kissen gesickert waren. Sie hatte ihm nichts davon erzählt. Und als er aufgewacht war ...

Das wird ein Abenteuer, Nesryn Faliq, hatte er ihr in Rifthold versprochen. Auch damals hatte sie geweint.

Aber vielleicht ... Weder sie noch er hatten ihn vorhergesehen. Den Weg, der vor ihnen lag. Die Abzweigungen darin.

Aber den *einen* Weg sah sie jetzt deutlich vor sich.

Seine Ehre und Loyalität waren immer noch ungebrochen. Selbst wenn sie ihn erstickten. Wenn sie *sie* erstickten. Nesryn wollte kein Trostpreis, keine Zerstreuung sein. Wollte nicht bemitleidet werden.

Und dann war da dieser andere Weg, die Abzweigung aufgetaucht, die sich über Grasebenen und Dschungel und Flüsse und Berge schlängelte ... Dieser Weg zu den Antworten, die ihnen vielleicht helfen oder vielleicht auch nichts bedeuten würden, die vielleicht aber den Kurs dieses Krieges ändern konnten, getragen auf den goldenen Schwingen eines Ruks ...

Das würde ein Abenteuer werden. *Ihr* Abenteuer. Dieses eine Mal. Sie würde ihr Heimatland sehen und riechen und einatmen. Von hoch oben, dahinrasend, schnell wie der Wind.

Das war sie sich selbst schuldig. Und auch Chaol.

Vielleicht fanden sie und dieser dunkeläugige Prinz nur einen rettenden Strohhalm gegen Morath. Aber vielleicht würde sie auch mit einer Armee zurückkehren.

Sartaq beobachtete sie noch immer, das Gesicht noch immer regungslos, als die letzten Diener sich verneigten und verschwanden. Sein *Sulde* war direkt unter dem Sattel befestigt worden, leicht zu erreichen, falls nötig, und das rötliche Pferdehaar flatterte im Wind. Flatterte Richtung Süden.

In Richtung dieses fernen, wilden Landes des Tavan-Gebirges. Winkte einem unbekannten Horizont zu, wie alle Seelenbanner es taten, was auch immer dort wartete.

Nesryn sagte leise: »Ja.«

Der Prinz blinzelte.

»Ich werde mit Euch gehen«, verdeutlichte sie.

Seine Mundwinkel verzogen sich zu einem kleinen Lächeln. »Gut.« Sartaq deutete mit dem Kopf auf den Torbogen, durch den die Diener die Treppe hinunter verschwunden waren. »Aber Ihr reist mit leichtem Gepäck – Kadara ist schon fast bis an die Grenze ihrer Belastbarkeit bepackt.«

Nesryn schüttelte den Kopf und bemerkte dabei den Bogen und den Köcher mit Pfeilen auf Kadaras Rücken. »Es gibt nichts, was ich mitnehmen möchte.«

Sartaq beobachtete sie einen Moment lang. »Ihr möchtet sicher noch Lebewohl sagen ...«

»Es gibt nichts zu sagen.« Bei diesen Worten flackerte sein Blick und sie fügte hinzu: »Ich – ich werde eine Nachricht hinterlassen.«

Der Prinz nickte ernst. »Bei unserer Ankunft kann ich Euch mit Kleidern ausstatten. Und hier, im Schrank an der gegenüberliegenden Wand findet Ihr Papier und Tinte. Lasst die Nachricht einfach in dem Kasten an der Treppe zurück – einer der Boten wird ihn bei Einbruch der Nacht leeren.«

Ihre Hände zitterten leicht, als sie seinen Anweisungen folgte. Nicht vor Angst, sondern ... Es war die Freiheit, die sie erzittern ließ.

Sie schrieb zwei Briefe.

Der erste, an ihre Tante und ihren Onkel, war voller Liebe und guter Wünsche und gut gemeinter Warnungen. Der zweite ... war kurz und direkt:

Ich bin mit Sartaq unterwegs zu den Rukhin. Wahrscheinlich werde ich für drei Wochen fort sein. Du brauchst dich an kein Versprechen mehr zu halten. Denn auch ich werde mich an keines mehr halten.

Nesryn steckte beide Nachrichten in den Kasten und schlüpfte in die Ledermontur, die noch von ihrem letzten Flug dort lag.

Sartaq wartete bereits auf Kadaras Rücken.

Der Prinz streckte eine schwielige Hand aus, um ihr in den Sattel zu helfen.

Sie zögerte nicht, seine Hand zu ergreifen. Seine starken Finger schlangen sich um ihre und sie ließ sich von ihm in den Sattel ziehen.

Er schnallte sie beide an und unterzog die Gurte wieder einer dreifachen Prüfung. Doch als Kadara zum Absprung ansetzte, zügelte er sie.

»Ich habe zum Ewigen Himmel und zu allen sechsunddreißig Gottheiten gebetet«, flüsterte Sartaq Nesryn ins Ohr, »dass Ihr Ja sagen würdet.«

Sie lächelte, auch wenn er es nicht sehen konnte.

»Ich auch«, hauchte Nesryn, und sie sprangen in den Himmel hinein.

25

Am späten Nachmittag eilten Yrene und Chaol in die Bibliothek der Torre. Chaol saß nahezu mühelos auf sein Pferd auf und Shen klopfte ihm anerkennend auf den Rücken. Irgendetwas in Yrene begann zu strahlen, als sie beobachtete, wie Chaol dem Mann in die Augen sah und ihm ein gepresstes Dankeslächeln schenkte.

Und als sie durch das Tor in dieser weißen Mauer ritten, als sich die massive Torre über ihnen erhob und der Duft von Zitronen und Lavendel Yrenes Nase füllte, entspannte sich etwas in ihr. Genau wie beim ersten Mal, als sie den Turm hoch über der Stadt erblickt hatte, an deren Ufer ihr Schiff endlich anlegte.

Wie ein bleicher Arm, der ihr grüßend zuwinkte, als wollte er sagen: *Willkommen, Tochter. Wir haben auf dich gewartet.*

Die Bibliothek befand sich am Fuß der Torre und die meisten ihrer Flure waren mit Rampen für die Rollwagen ausgestattet, welche die Bibliothekarinnen zum Transport der Bücher benutzten. Es gab immer Schülerinnen, die ihre Bücherstapel einfach liegen ließen.

Ein paar wenige Treppen gab es dennoch, bei denen Yrene gezwungen war, die Zähne zusammenzubeißen und seinen Rollstuhl hinaufzuhieven.

Er starrte sie an. Denn es war das erste Mal, dass sie seinen Stuhl angerührt hatte. Ihn *bewegt* hatte.

Allerdings warnte sie ihn davor, sich gar nicht erst daran zu gewöhnen, und ließ ihn prompt allein durch die hell erleuchteten Korridore der Torre rollen.

Einige Mädchen aus ihrem Verteidigungskurs entdeckten sie und umschwärmten sofort den Lord, dessen schiefes Lächeln sie zum Kichern brachte. Yrene sah ihnen kopfschüttelnd nach, als sie sich zum Gehen wandten, musste jedoch selbst lächeln.

Vielleicht rührte ihre gute Laune aber auch von der Tatsache, dass sein ganzer Fuß vom Knöchel abwärts Gefühl *und* Bewegung zurückgewann. Noch vor ihrem Aufbruch hierher hatte sie ihm weitere Übungen aufgebrummt, hatte ihm dabei geholfen, den Fuß hin und her zu bewegen, zu strecken, zu drehen, um die Durchblutung zu fördern und hoffentlich noch mehr von seinen Beinen zu erwecken.

Yrene lächelte immer noch, als sie Noushas wuchtiges Pult erreichten, wo die Bibliothekarin gerade einige dicke Bände in ihre schwere Tasche stopfte. Für den Tag zusammenpackte.

Yrene warf einen Blick auf die Glocke, die nur wenige Abende zuvor geläutet worden war, weigerte sich aber zu erbleichen. Chaol hatte schließlich nicht umsonst ein Schwert und einen Dolch dabei. Wie gebannt hatte sie zugeschaut, als er sich geschickt und fast ohne hinzusehen den Schwertgürtel umgeschnallt hatte. Sie konnte sich vorstellen, wie er ihn einst jeden Morgen und jeden Abend umgelegt und wieder abgenommen hatte.

Yrene beugte sich über das Pult, während Nousha Chaol ebenso musterte, wie er sie taxierte. »Ich würde gern sehen, wo du diese Bücher aus Eyllwe gefunden hast. Und die Schriftrollen.«

Nousha zog ihre weißen Brauen zusammen. »Wird es Ärger geben?« Ihr Blick wanderte zu dem Schwert, das Chaol sich über den Schoß gelegt hatte, damit es nicht gegen seinen Rollstuhl klirrte.

»Nicht wenn ich es verhindern kann«, beteuerte Yrene leise.

Hinter ihnen, in dem großen Sitzbereich vor dem knisternden

Kamin, lag eine schneeweiße Bastet-Katze zusammengerollt auf einem Sessel, halb schlummernd, während ihr langer Schwanz über dem Rand des Polsters wie ein Pendel hin und her schwang. Zweifellos lauschte sie auf jedes Wort – wahrscheinlich, um es ihren Schwestern zu berichten.

Nousha seufzte scharf – ein Laut, den Yrene schon hundertmal gehört hatte –, bedeutete ihnen dann aber, in den Hauptflur zu treten. Sie blaffte einer Bibliothekarin in der Nähe noch einen Befehl auf Halha zu, damit diese sich um das Pult kümmerte, und ging voran.

Als sie ihr folgten, öffnete die weiße Bastet-Katze schläfrig eines ihrer grünen Augen. Yrene grüßte sie mit einer respektvollen Neigung des Kopfes und die Katze schlief zufrieden wieder ein.

Minutenlang beobachtete Yrene, wie Chaol die bunten Laternen betrachtete, die Steinwände und endlosen Regale. »Das hier kann glatt mit der königlichen Bibliothek in Rifthold mithalten«, bemerkte er.

»Ist sie so groß?«

»Ja, aber diese hier ist wahrscheinlich noch größer. Definitiv älter.« In seinen Augen tanzten Schatten – und sie fragte sich, ob sie einen Blick auf diese Erinnerungsfetzen erhaschen würde, wenn sie das nächste Mal mit ihm arbeitete.

Die heutige Sitzung ... war aufreibend gewesen.

Aber ihre salzigen Tränen hatten etwas Reinigendes gehabt, von dem sie nicht einmal gewusst hatte, dass sie es brauchte.

Nousha führte sie über die Hauptrampe, die sich durch die Stockwerke schlängelte, immer tiefer und tiefer nach unten. Vorbei an Bibliothekarinnen, die Bücher in die Regale räumten, Schülerinnen, die allein oder in Gruppen an den Tischen lernten, Heilerinnen, die über staubigen Wälzern brüteten – und auch an der einen oder anderen Bastet-Katze vorbei, die sich oben auf den Regalen fläzte oder in den Schatten herumtappte oder einfach an einer Flurgabelung hockte, als würde sie auf etwas warten.

Und Nousha führte sie immer noch tiefer hinab.

»Woher wusstest du, dass die hier unten sind?«, fragte Yrene an Noushas Rücken gewandt.

»Wir führen ordentlich Buch«, erwiderte die oberste Bibliothekarin knapp.

Chaol warf Yrene einen Blick zu, der sagte: *Auch in Rifthold gibt es verschrobene Bibliothekarinnen.*

Yrene biss sich auf die Unterlippe, um nicht zu grinsen. Nousha witterte jede Form von Erheiterung wie ein Bluthund eine Fährte. Und unterband sie auch ebenso rigoros.

Endlich erreichten sie einen dunklen Gang, der nach Stein und Staub müffelte.

»Zweites Regal, da runter. Aber nichts beschädigen«, sagte Nousha zum Abschied und verschwand ohne einen Blick zurück.

Chaol zog ungläubig die Augenbrauen hoch und Yrene unterdrückte ein Kichern.

Auf dem Regal, auf das die Bibliothekarin gewiesen hatte, lagen Stapel von Schriftrollen und Büchern, auf deren Rücken Buchstaben in der Sprache Eyllwes glitzerten.

Chaol stieß einen leisen Pfiff aus, als sie näher kamen. »Wie alt ist die Torre eigentlich?«

»Fünfzehnhundert Jahre.«

Ehrfurchtsvolles Schweigen.

»Und so lange gibt es auch schon diese Bibliothek?«

Sie nickte. »Es wurde alles auf einmal erbaut. Das Geschenk einer uralten Königin an jene Heilerin, die ihrem Kind das Leben gerettet hatte. Ein Ort, um zu studieren und – in der Nähe des Palastes – zu leben, und auch eine Einladung an alle, die ebenfalls den Heilberuf ergreifen wollen.«

»Also ist sie viel älter als das Großkhanat.«

»Die Großkhane sind die letzten in der langen Reihe von Eroberern. Und die wohlwollendsten seit dieser ersten Königin, so viel steht fest. Deren Palast hat es nicht so gut überstanden wie die Torre. Dieser Teil hier, in dem Ihr Euch jetzt befindet ... wurde auf den Trümmern des Palastes der Königin erbaut. Dem Erdboden gleichgemacht von den Eroberern, die eine Generation vor dem Großkhanat da waren.«

Er fluchte, leise und einfallsreich.

»Heilerinnen«, bemerkte Yrene, während sie den Blick über die Regale wandern ließ, »sind immer gefragt, ganz gleich, ob es sich um den gegenwärtigen Herrscher handelt oder um den Eroberer. Im Vergleich dazu sind alle anderen Positionen ... nahezu überflüssig. Ein Turm voller Frauen jedoch, die Euch vor dem Tod bewahren können, selbst wenn Euer Leben am seidenen Faden hängt ...«

»Wertvoller als Gold.«

»Das wirft die Frage auf, warum Adarlans letzter König ...« Sie hätte beinahe *Euer* König gesagt, aber dieser Zusammenhang erschien ihr jetzt seltsam. »Warum er das Bedürfnis verspürt hat, jene mit dieser Gabe auf seinem eigenen Kontinent zu vernichten.« *Warum dieses Ding in ihm das Bedürfnis verspürt hat,* waren die Worte, die sie nicht aussprach.

Chaol sah ihr nicht in die Augen. Aber nicht vor Scham.

Er wusste etwas. Noch etwas anderes.

»Was?«, fragte sie.

Chaol betrachtete die dunklen Regale, lauschte, ob jemand in der Nähe war. Dann nahm er ein Buch aus dem Regal und blätterte es durch, ohne wirklich etwas zu lesen. Sie war sich ziemlich sicher, dass er kein Eyllwe lesen konnte. »Er war sich die ganze Zeit über seiner Besessenheit bewusst. Sein eigentliches Ich kämpfte, so gut es konnte, dagegen an. Er wusste, dass ihresgleichen ...« Die Valg. »Dass sie Leute mit der *Gabe* ...« – Magiekundige – »... verführerisch fanden. Dass sie die Begabten erobern wollten. Um ihrer Macht willen.«

Sie heimsuchen wollten, wie sie den König heimgesucht hatten. Wie in dieser Illustration im *Lied vom Anfang*.

Yrene drehte sich der Magen um.

»Also hat sein eigentliches Ich so lange um Kontrolle gerungen, bis er den Befehl zur Tötung aller Magiekundigen erteilt hatte. Sie sollten hingerichtet statt gegen ihn eingesetzt werden. Gegen uns.«

Statt als Wirte für die Dämonen zu dienen und zur Waffe zu werden.

Yrene lehnte sich an das Regal hinter ihnen und griff sich an die Kehle. Ihr Puls hämmerte unter ihren Fingern.

»Es war eine Entscheidung, für die er sich selbst gehasst hat. Aber er sah es als notwendig an. Ebenso wie seine Entscheidung, dafür zu sorgen, dass jene, die die Kontrolle besaßen, keine Magie *benutzen* konnten. Oder diejenigen fanden, die das konnten. Zumindest nicht ohne Listen mit deren Namen. Oder ohne Leute, die bereit waren, sie gegen Bares zu verraten – an jene Männer, denen er befohlen hatte, Jagd auf sie zu machen.«

Das Verschwinden der Magie war also ganz und gar nicht natürlich gewesen. »Er hat dafür gesorgt, dass … Er hat einen Weg gefunden, die Magie zu bannen?«

Ein scharfes Nicken. »Das ist eine lange Geschichte, aber er hat die Magie aufgehalten. Sie eingedämmt. Um diese Art von Eroberern daran zu hindern, sie sich zu eigen zu machen. Und dann hat er Jagd auf den Rest der Magiekundigen gemacht, um sicherzustellen, dass sich ihre Anzahl noch weiter verringerte.«

Der König von Adarlan hatte die Magie gestoppt, die Magiekundigen getötet und seine Streitkräfte ausgesandt, um ihre Mutter und zahllose andere hinzurichten … Nicht einfach aus Ignoranz und blindem Hass, sondern in dem irren Versuch, ihre Art zu *retten*?

Ihr Herzschlag pulsierte durch ihren ganzen Körper. »Aber Heilerinnen – wir verfügen über keine Macht, die man in einer Schlacht benutzen könnte. Nichts über das hinaus, was Ihr bei mir seht.«

Chaol war vollkommen reglos, als er sie ansah. »Ich glaube, Ihr habt vielleicht etwas, auf das sie es unbedingt abgesehen haben.«

Die Härchen auf ihren Armen stellten sich auf.

»Oder zumindest wollen sie verhindern, dass Ihr zu viel darüber wisst.«

Sie schluckte und spürte, wie ihr alle Farbe aus dem Gesicht wich. »Mein Wissen über – Eure Verletzung.«

Ein Nicken.

Sie stieß einen zittrigen Atemzug aus und ging zu dem Regal vor sich. Zu den Schriftrollen.

Er streifte ihre Finger. »Ich werde nicht zulassen, dass Euch irgendetwas zustößt.«

Yrene spürte, dass er auf ihren Widerspruch wartete. Aber sie glaubte ihm.

»Und das, was ich Euch vorhin gezeigt habe?«, fragte sie und deutete mit dem Kopf auf die Schriftrollen. Wyrdzeichen hatte er es genannt.

»Teil der gleichen Sache. Eine frühere und andersartige Macht. Außerhalb von Magie.«

Und er kannte jemanden, der sie lesen konnte. Anwenden konnte.

»Wir sollten uns besser beeilen«, sagte sie, immer noch auf der Hut vor möglichen Lauschern. »Ich bin mir sicher, dass der Band, den ich für Euren chronischen Zehenpilz benötige, irgendwo hier unten ist, und ich kriege langsam Hunger.«

Chaol warf ihr einen ungläubigen Blick zu. Woraufhin sie entschuldigend das Gesicht verzog.

Aber als er sich daran machte, Bücher auf seinen Schoß zu ziehen, tanzte ein Lachen in seinen Augen.

Nesryns Gesicht und Ohren waren taub vor Kälte, als Kadara auf einem Felsvorsprung hoch oben auf einem kleinen Gebirgszug landete. Ihren Gliedmaßen ging es kaum besser, trotz der Ledermontur schmerzten sie so sehr, dass sie sich wand, als Sartaq ihr herunterhalf.

Der Prinz verzog das Gesicht. »Ich hatte vergessen, dass Ihr es nicht gewohnt seid, so lange zu reiten.«

Noch schlimmer jedoch als die Steifheit in ihren Gliedern war der Druck in ihrer Blase ...

Sie presste die Beine zusammen und sah sich suchend auf dem Lagerplatz um, den der Ruk für seinen Herren ausgesucht hatte. Er wurde auf drei Seiten von Felsbrocken und Säulen aus grauem Gestein abgeschirmt, mit einem breiten Überhang als schützendes Dach, aber ohne jegliche Möglichkeit, sich zu verbergen. Und einen Prinzen zu fragen, wo sie ihre Notdurft erledigen konnte ...

Sartaq zeigte ungerührt auf einen Haufen Steinbrocken. »Dort seid Ihr ungestört, falls nötig.«

Nesryn nickte mit heißem Gesicht und wich seinem Blick aus, als sie davoneilte und zwischen zwei Steinbrocken verschwand. Dahinter befand sich ein weiterer kleiner Überhang, von dem aus es erbarmungslos steil in die Tiefe ging, zu Felsen und Bächen weit, weit unter ihnen. Sie wählte einen Gesteinsbrocken aus, hinter dem sie windgeschützt war, und öffnete hastig ihre Hose.

Als sie wieder auftauchte, mied sie immer noch peinlich berührt Sartaqs Blick. Der Prinz hatte inzwischen die meisten Gepäckstücke von Kadaras Rücken geladen, nicht aber den Sattel. Deshalb näherte Nesryn sich dem mächtigen Vogel, der sie genau beäugte, und hob eine Hand zu der ersten Schnalle ...

»Nicht«, sagte Sartaq ruhig, während er die letzten Bündel unter den Überhang räumte und seinen *Sulde* an die Wand hinter ihnen lehnte. »Wenn wir unterwegs sind, lassen wir die Sättel stets auf.«

Nesryn ließ die Hand sinken und betrachtete den riesigen Vogel. »Warum?«

Sartaq holte zwei Schlafsäcke hervor und breitete sie vor der Felswand aus, bevor er einen davon für sich beanspruchte. »Falls wir in einen Hinterhalt geraten, falls irgendeine Gefahr droht, müssen wir in der Lage sein, uns in den Himmel aufzuschwingen.«

Nesryn ließ ihren Blick über das umliegende Gebirge schweifen, über den im Licht der untergehenden Sonne rosa- und orangefarbenen Himmel. Das Asimil-Gebirge – ein kleiner, einsamer Gebirgszug, wenn sie sich recht erinnerte. Immer noch weit, weit nördlich vom Tavan-Gebirge der Rukhin. Sie waren seit über einer Stunde an keinem Dorf oder irgendeinem Zeichen von Zivilisation vorbeigekommen und oben zwischen diesen trostlosen Gipfeln sah man nur Erdrutsche und Überschwemmungen ... Sie nahm an, dass hier jede Menge Gefahren drohten.

Und dass die Einzigen, die sie hier oben erreichen konnten, andere Ruks waren. Oder Wyvern.

Sartaq packte mehrere Dosen mit gepökeltem Fleisch und Obst aus sowie zwei kleine Brotlaibe und fragte beiläufig: »Habt Ihr sie schon einmal zu Gesicht bekommen – die Reittiere aus Morath?« Wie er wissen konnte, wohin ihre Gedanken geschweift waren – sie hatte keine Ahnung.

Kadara ließ sich dicht an einer der drei sie umgebenden Felswände nieder, die Flügel eng am Leib. Sie hatten bereits einmal haltgemacht – um Kadara fressen zu lassen und ihren eigenen Bedürfnissen nachzugehen –, sodass sich der Ruk in diesen kahlen Bergen kein Abendessen suchen musste. Mit immer noch vollem Bauch schien Kadara jetzt zufrieden vor sich hin zu dösen.

»Ja«, gestand Nesryn, zog das Lederband aus ihrem Haar und kämmte es mit ihren immer noch eisigen Fingern durch. Sie blieb in den verhedderten Locken hängen und war dankbar, dass diese Aufgabe sie davon abhielt, bei der Erinnerung an die Hexen und ihre Reittiere zu schaudern. »Kadara ist wahrscheinlich zwei Drittel bis halb so groß wie ein Wyvern. Ist sie eigentlich groß oder klein für einen Ruk?«

»Ich dachte, Ihr hättet Geschichten über mich gehört?«

Nesryn schnaubte und schüttelte ein letztes Mal das Haar aus, bevor sie zu ihrem Schlafsack und der Mahlzeit ging, die er für sie ausgebreitet hatte. »Wisst Ihr, dass man Euch den Geflügelten Prinzen nennt?«

Ein kaum merkliches Lächeln. »Ja.«

»Gefällt Euch der Titel?« Sie setzte sich auf das Bettzeug und schlug die Beine unter.

Sartaq reichte ihr die Dose mit Früchten und forderte sie mit einer knappen Handbewegung auf, davon zu essen. Sie machte sich nicht die Mühe, auf ihn zu warten, und fiel über die – dank des stundenlangen Ritts – gekühlten Trauben her.

»Ob mir der Titel gefällt?«, überlegte er laut, brach ein Stück Brot ab und reichte es ihr. Sie nahm es mit einem dankenden Nicken entgegen. »Nun, es ist irgendwie seltsam, noch zu Lebzeiten zu einer Geschichte zu werden, die herumerzählt wird.« Mit einem Seitenblick auf sie nahm er selbst einen Bissen Brot und fragte dann: »Ihr selbst seid von einigen lebenden Legenden umgeben. Wie stehen *die* dazu?«

»Aelin genießt es auf jeden Fall.« Sie war noch nie jemandem mit so vielen Namen und Titeln begegnet – der noch dazu ihre Verbreitung so sehr genoss. »Die anderen ... Ich glaube, ich kenne sie zu wenig, um darüber zu mutmaßen. Obwohl Aedion Ashryver ... Er schlägt nach Aelin.« Sie steckte sich die nächste Traube in den Mund und ihr Haar schwang hin und her, als sie sich vorbeugte, um sich noch weitere abzupflücken. »Sie sind Cousin und Cousine, benehmen sich aber eher wie Geschwister.«

Ein nachdenklicher Blick. »Der Wolf des Nordens.«

»Ihr habt von ihm gehört?«

Sartaq reichte ihr die Blechdose mit dem gepökelten Fleisch und ließ sie auswählen, welche Scheiben sie haben wollte. »Ich habe es Euch doch bereits gesagt, Captain Faliq, meine Spione leisten gute Arbeit.«

Es war eine Gratwanderung – ihn zu einem möglichen Bündnis zu ermuntern. Wenn sie ihre Leute zu eifrig lobte, war ihre Absicht allzu offensichtlich. Aber gar nichts tun ... war gegen ihre Natur. Sogar als Stadtwache hatte sie an ihrem freien Tag für gewöhnlich nach *irgendetwas* gesucht, das sie tun konnte, egal ob es ein Spaziergang durch Rifthold war oder ihrem Vater und ihrer Schwester dabei zu helfen, die Waren für den nächsten Tag vorzubereiten.

Windsucherin, hatte ihre Mutter sie einmal genannt. *Du sitzt nie still, bist stets auf den Spuren des Winds unterwegs. Auf welche Reise er dich eines Tages wohl locken wird, meine Rose?*

Die Reise, die sie jetzt unternahm ...

Schließlich erwiderte Nesryn: »Dann hoffe ich, dass Eure Spione Euch über Aedions Fluch in Kenntnis gesetzt haben – darüber, dass es sich bei Aedions Bane um eine überaus fähige Legion handelt.«

Ein unbestimmtes Nicken war seine Antwort, aber sie wusste, dass Sartaq alle ihre Pläne durchschaute. Er aß ungerührt sein Brot auf und fragte dann: »Und was erzählt man sich über Euch, Nesryn Faliq?«

Sie kaute auf dem gesalzenen Schweinefleisch herum. »Über mich kursieren keine Geschichten.«

Ruhm, berüchtigt sein ... das alles interessierte sie nicht. Andere Dinge waren ihr wichtiger.

»Nicht einmal jene über den Pfeil, der einer Gestaltwandlerin das Leben gerettet hat? Dieser *unglaubliche Treffer*, von einem Dach herunter?«

Sie riss den Kopf zu ihm herum. Aber Sartaq trank nur von seinem Wasser, während sein Blick verriet: *Ich habe Euch doch gesagt, dass meine Spione gut sind.*

»Ich dachte, Arghun wäre der Spezialist in Sachen Geheiminformationen«, erwiderte Nesryn vorsichtig.

Er reichte ihr den Trinkschlauch. »Arghun ist derjenige, der damit prahlt. Das lässt sich kaum als *geheim* bezeichnen.«

Nesryn trank einige Schlucke Wasser und zog eine Braue hoch. »Aber das hier schon?«

Sartaq lachte leise. »Ich denke, da liegt Ihr richtig.«

Die Schatten wurden dunkler und länger, der Wind frischte auf. Sie betrachtete die Felsen ringsum, das Gepäck. »Ihr werdet wohl kein Feuer riskieren.«

Er schüttelte den Kopf und sein dunkler Zopf schwang hin und her. »Es wäre das reinste Leuchtsignal.« Nachdenklich musterte er ihre Lederkluft, dann die Gepäckbündel. »Ich habe schwere Decken – irgendwo dort drin.«

Sie aßen schweigend weiter, während die Sonne verschwand und die Sterne in dem letzten, leuchtend blauen Band am Horizont aufblitzten. Als der Mond aufging, tauchte er den Lagerplatz in ausreichend Licht, sodass sie ihr Mahl in Ruhe beenden und der Prinz die Dosen verschließen und wieder verstauen konnte.

Auf der anderen Seite des Lagerplatzes begann Kadara zu schnarchen, ein tiefer Laut, der durch das Gestein grollte.

Sartaq grinste. »Bitte entschuldigt, falls Euch das wach hält.«

Nesryn schüttelte nur den Kopf. Dass sie hier ein Lager mit einem Ruk teilte, in den Bergen hoch über den Grasebenen, mit dem Geflügelten Prinzen an ihrer Seite ... Nein, ihre Familie würde es nicht glauben.

Schweigend beobachteten sie die Sterne, und weder sie noch der Prinz machten Anstalten, schlafen zu gehen. Immer mehr Sterne tauchten auf, so leuchtend und klar, wie sie es seit den Wochen auf dem Schiff hierher nicht mehr gesehen hatte. Andere Sterne, durchzuckte es sie, als die im Norden.

Anders, und doch hatten diese Sterne jahrhundertelang über ihren Vorfahren geleuchtet, selbst über ihrem Vater. War es seltsam für ihn gewesen, sie zurückzulassen? Hatte er sie vermisst? Er hatte nie darüber gesprochen, wie es gewesen war, in ein Land mit fremden Sternen zu ziehen – ob er sich des Nachts einsam gefühlt hatte.

»Neith' Pfeil«, bemerkte Sartaq nach unzähligen Minuten und lehnte sich an den Felsen.

Nesryn riss sich von den Sternen los und blickte in sein in Mondlicht getauchtes Gesicht. Silber tanzte über das Onyxschwarz seines Zopfes.

Er stützte die Unterarme auf die Knie. »So haben meine Spione Euch genannt, so habe ich Euch bis zu Eurer Ankunft genannt. Neith' Pfeil.« Die Göttin des Bogenschießens – und der Jagd. Ursprünglich stammte sie aus einem uralten, sandverwehten Königreich im Westen und gehörte jetzt zu dem gewaltigen Pantheon des Großkhanats. Einer seiner Mundwinkel zuckte nach oben. »Ihr dürft also nicht überrascht sein, wenn bereits ein oder zwei Geschichten über Euch in der Welt kursieren.«

Nesryn beobachtete ihn lange, während sich der heulende Gebirgswind mit Kadaras Schnarchen vermischte. Sie war stets eine herausragende Bogenschützin gewesen, stolz auf ihre unvergleichliche Treffsicherheit, aber nicht, weil sie nach Ruhm lechzte. Sondern weil es ihr Freude machte, weil es ihrer Suche nach dem Wind eine Richtung gab. Und doch ...

Sartaq unterzog das Lager einer schnellen Sicherheitsprüfung und verschwand dann selbst zwischen den Steinbrocken.

Nesryn lächelte und diese fremden Sterne waren ihre einzigen Zeugen.

26

Chaol speiste in den Küchenräumen der Torre, oder besser gesagt: wurde dort von einer spindeldürren Frau mit gebratenem Fisch, knusprigem Brot und gerösteten Tomaten samt mildem Käse und Estragon vollgestopft, bevor es ihr gelang, ihn noch zu einem leichten Blätterteiggebäck zu überreden, mit Honig beträufelt und mit Pistazien bestreut.

Yrene saß neben ihm und unterdrückte ein Lächeln, als die Köchin immer noch mehr Speisen auf seinen Teller häufte, bis er sie buchstäblich *anflehte,* damit aufzuhören.

Er war so satt, dass er sich kaum vorstellen konnte, auch nur einen Finger zu rühren, und selbst Yrene hatte Cook – wie sie die Frau nannte – schließlich angebettelt, Gnade mit ihnen walten zu lassen.

Was sie auch getan hatte – um ihre ganze Konzentration auf die Küchenkräfte zu richten. Beim Servieren der Abendmahlzeit in der Halle im Stockwerk über ihnen führte sie ein strenges Regiment, von dem Chaol sich unwillkürlich etwas abguckte.

Während sich das Chaos rings um sie herum entfaltete, saßen er und Yrene in behaglichem Schweigen da, bis die Sonne hinter den breiten Küchenfenstern längst versunken war.

Als er davon anfing, sein Pferd satteln lassen zu müssen, erklärten Yrene *und* die Köchin prompt, dass er die Nacht in der Torre verbringen werde und sich gar nicht erst die Mühe machen solle, dagegen zu protestieren.

Also blieb er, allerdings nicht ohne eine Nachricht in den Palast zu schicken – eine Heilerin war sowieso auf dem Weg dorthin, um einen Patienten in den Quartieren der Diener aufzusuchen – und Nesryn mitzuteilen, wo er war und dass sie nicht auf ihn warten solle.

Nachdem er und Yrene es endlich geschafft hatten, ihre übervollen Mägen zu beruhigen, folgte er ihr in das für ihn bestimmte Zimmer. Der Turm bestehe größtenteils aus Treppen, sagte Yrene ohne das geringste Mitleid, und besitze ohnehin keine Gästezimmer. Sie deutete auf einen Teil der Anlage, der im Gegensatz zum Turm komplett rechtwinklig und quadratisch war – der Ärztekomplex, erklärte sie, in dessen Erdgeschoss es immer einige verfügbare Zimmer für die Nacht gebe, die größtenteils von den Angehörigen kranker Patienten genutzt würden.

Sie öffnete die Tür zu einem Zimmer mit Blick auf einen Innenhof mit Garten. Der Raum war klein, aber sauber, seine hellen Wände einladend und warm vom Sonnenlicht des Tages. An einer Wand befand sich ein schmales Bett, vor dem Fenster standen ein Stuhl und ein kleiner Tisch. Gerade genug Platz für ihn, um sich zu bewegen.

»Lasst mich noch mal nachsehen«, sagte Yrene und deutete auf seine Füße.

Chaol hob das Bein mit den Händen an und streckte es aus. Dann drehte er den Knöchel und ächzte unter dem beträchtlichen Gewicht seines Beins.

Sie zog ihm Stiefel und Socken aus und kniete sich vor ihn hin. »Gut. So müssen wir weitermachen.«

Er betrachtete den Beutel, der jetzt an der Tür lag, voller Bücher und Schriftrollen, die sie aus der Bibliothek mitgenommen hatten. Auch wenn er keine Ahnung hatte, was überhaupt darin stand, hatten sie so viel wie nur möglich davon eingepackt. Denn der Eindringling in die

Bibliothek – wer oder was auch immer es gewesen sein mochte – sollte keine Gelegenheit bekommen, noch mehr von diesen Schriften in die Finger zu kriegen, für den Fall, dass er es noch einmal in die Bibliothek schaffte.

Yrene hatte die Schriftrolle, die sie in seinen Gemächern versteckt hatte, auf tausend Jahre geschätzt. Aber so tief unten in der Bibliothek, und wenn man das Alter der Torre bedachte ...

Er verriet ihr nichts davon, dass er sie noch viel, viel älter einschätzte. Voller Informationen, die in ihren eigenen Ländern vielleicht längst verloren gegangen waren.

»Ich kann Euch etwas zum Anziehen besorgen«, sagte Yrene, während sie sich in dem kleinen Raum umsah.

»Ich komme schon zurecht mit dem, was ich habe.« Ohne sie anzusehen, fügte Chaol hinzu: »Ich schlafe – ohne.«

»Ah.«

Schweigen erfüllte den Raum, während sie sich zweifellos daran erinnerte, wie sie ihn am Morgen vorgefunden hatte.

An *diesem* Morgen. War das wirklich erst vor einigen Stunden gewesen? Sie musste erschöpft sein.

Yrene deutete auf die Kerze, die auf dem Tisch brannte. »Braucht Ihr noch mehr Licht?«

»Das hier reicht völlig.«

»Ich kann Euch noch etwas Wasser holen.«

»Danke, ich brauche nichts«, sagte er, und seine Mundwinkel zuckten in die Höhe.

Sie deutete auf den Porzellantopf in der Ecke. »Dann erlaubt mir zumindest, Euch diesen zu bringen ...«

»Auch damit komme ich klar. Alles eine Frage des Zielens.«

Röte stieg ihr in die Wangen. »Richtig.« Sie kaute auf der Unterlippe. »Nun ... dann gute Nacht.«

Er hätte schwören können, dass sie zögerte. Und er hätte sie gelassen, aber ... »Es ist schon spät«, sagte er. »Ihr solltet auf Euer Zimmer gehen, solange noch Leute unterwegs sind.«

Denn obwohl Nesryn in ganz Antica keine Spur von den Valg gefunden hatte und seit dem Angriff auf die Bibliothek der Torre bereits einige Tage verstrichen waren, würde er kein Risiko eingehen.

»Ja«, pflichtete Yrene ihm bei und stützte sich mit der Hand am Türrahmen ab. Dann griff sie nach dem Knauf, um die Tür hinter sich zuzuziehen.

»Yrene.«

Sie hielt inne und legte den Kopf schief.

Chaol sah ihr fest in die Augen, ein kleines Lächeln auf den Lippen. »Danke.« Er schluckte. »Für alles.«

Sie nickte nur, verließ rückwärts den Raum und schloss die Tür hinter sich. Doch währenddessen erhaschte er einen Schimmer des Lichts, das in ihren Augen tanzte.

Am folgenden Morgen erschien eine streng dreinblickende Frau namens Eretia an seiner Tür, um ihn darüber zu unterrichten, dass Yrene ein Treffen mit Hafiza habe und ihn am Mittag im Palast erwarte.

Also hatte Yrene Eretia gebeten, ihn zum Palast zurückzubegleiten – ausgerechnet diese alte Frau, die ungeduldig mit dem Fuß auf den Boden tappte, als er seine Waffen und den schweren Beutel voller Bücher einsammelte. Bei jeder kleinen Verzögerung schnalzte sie mit der Zunge.

Aber der Ritt mit Eretia durch die steilen Straßen Anticas war keineswegs so schrecklich wie erwartet. Die Frau erwies sich als überraschend gute Reiterin, die ihr Pferd im Griff hatte. Wenn auch ohne höfliches Geplänkel und mit kaum mehr als einem gebrummten Abschiedsgruß, bevor sie ihn im Innenhof des Palastes verließ.

Die Garde hatte gerade Schichtwechsel und die Wache der Morgenschicht verweilte noch ein wenig, um zu plaudern. Er kannte inzwischen so viele von ihnen, dass ihm einige zur Begrüßung zunickten, und er schaffte es sogar, die Geste zu erwidern, während einer der Stallburschen seinen Rollstuhl herbeibrachte.

Kaum hatte er die Füße aus den Steigbügeln gezogen, die immer noch beängstigende Aufgabe des Absitzens vor Augen, als sich leichte, schnelle Schritte näherten. Er schaute auf und sah Shen herbeikommen, der im Gehen mit einer Hand an seinem Unterarm herumnestelte.

Chaol blinzelte. Als Shen vor ihm stehen blieb, hatte er sich seinen Handschuh bereits wieder über die Hand gestreift ...

Oder über das, was Chaol bisher für seine Hand gehalten hatte. Denn was unter diesem Handschuh und dem Ärmel von Shens Uniform steckte, bis hoch zum Ellbogen ... war ein Meisterwerk. Ein Unterarm und eine Hand aus Metall.

Erst jetzt, da er bewusst und lange genug hinsah, fielen ihm die erhöhten Umrisse an Shens Bizeps auf, von den Gurten, mit denen der Metallarm befestigt war.

Shen bemerkte seinen Blick. Bemerkte ihn genau in dem Moment, in dem Chaol zögerte, Shens Arm und Schulter als Absitzhilfe zu benutzen.

Der Gardist sagte in Chaols Muttersprache: »Bevor Ihr Bescheid wusstet, war ich Euch eine große Hilfe, Lord Westfall.«

So etwas wie Scham, vielleicht sogar etwas noch tiefer Gehendes durchzuckte ihn.

Chaol zwang sich dazu, sich auf Shens Schulter zu stützen – die Schulter, an dem der Metallarm hing –, und spürte die unerschütterliche Kraft darin, als ihm der Gardist in den Rollstuhl half.

Während der Stallbursche Chaols Pferd wegführte, erklärte Shen: »Das ist vor eineinhalb Jahren passiert. Eine skrupellose Bande aus einem unzufriedenen Königreich hat einen Anschlag auf Prinz Arghun verübt, während er einen Wesir auf dessen Landsitz besuchte. Ich habe den Arm im Kampf verloren. Nach meiner Rückkehr hat Yrene mit mir gearbeitet – ich war einer ihrer ersten Patienten, an denen sich ihr beachtenswertes Können zeigte. Sie hat es geschafft, von hier bis da oben so viel wie möglich zu reparieren.« Er deutete auf die Stelle direkt unterhalb seines Ellbogens und dann hinauf zu seiner Schulter.

Chaol studierte die behandschuhte Hand, die so echt aussah, dass er keinen Unterschied erkennen konnte, bis auf die Tatsache, dass sie sich überhaupt nicht bewegte.

»Heilerinnen können viele Wunder wirken«, sprach Shen weiter, »aber Gliedmaßen aus dem Nichts nachwachsen zu lassen ...« Ein leises Lachen. »Das übersteigt ihre Fähigkeiten – selbst bei einer Heilerin wie Yrene.«

Chaol wusste nicht, was er sagen sollte. Eine Entschuldigung schien nicht das Richtige zu sein, aber ...

Shen lächelte zu ihm hinunter – aber keineswegs mitleidig. »Ich habe lange gebraucht, um an diesen Punkt zu gelangen«, sagte er leise.

Und Chaol wusste, dass er damit nicht den geschickten Umgang mit seinem künstlichen Arm meinte.

»Aber Ihr solltet wissen, dass ich nicht allein dorthin gelangt bin«, fügte Shen hinzu.

In seinen braunen Augen leuchtete ein unausgesprochenes Angebot. Ungebrochen, dieser Mann vor Chaol. Und keineswegs weniger wertvoll aufgrund seiner Verletzung oder des neuen Wegs, den er durch die Welt gefunden hatte.

Und vor allem – Shen war bei der Garde geblieben. Bei einer *der* Elitewachen dieser Welt. Nicht weil andere ihn bemitleidet hatten, sondern aufgrund seiner eigenen Fähigkeiten und seines starken Willens.

Chaol fand noch immer nicht die richtigen Worte, um auszudrücken, was in ihm vorging.

Shen nickte, als könne er auch das verstehen.

Es war ein langer Weg zurück in seine Gemächer. Chaol achtete nicht auf die Gesichter, an denen er vorbeikam, nicht auf die Geräusche und Gerüche und den Luftzug, der durch die Flure wehte.

Bei seiner Ankunft fand er auf dem Tisch in der Eingangshalle seine Nachricht an Nesryn vor. Ungelesen.

Genug, um alle anderen Gedanken aus seinem Kopf zu fegen.

Mit hämmerndem Herzen und zitternden Fingern griff er nach seinem unbeachteten Brief.

Und entdeckte darunter einen weiteren Brief. Mit seinem Namen in ihrer Handschrift darauf.

Er riss ihn auf und las die wenigen Zeilen.

Las ihn ein zweites Mal. Ein drittes.

Legte ihn zurück auf den Tisch und starrte auf ihre offene Schlafzimmertür. Schweigen starrte ihm entgegen.

Er war ein Mistkerl.

Er hatte sie hierhergeschleppt. Nachdem sie in Rifthold so viele Male fast getötet worden wäre. Hatte der Sache zwischen ihnen beiden so viel Bedeutung gegeben, und doch ...

Er gestattete sich nicht, den Gedanken zu beenden. Er hätte besser sein müssen. Hätte sie besser behandeln müssen. Kein Wunder, dass sie zu den Ruks aufgebrochen war, um zusammen mit Sartaq etwas über die Geschichte der Valg in diesem Land – oder in ihrem eigenen – herauszufinden.

Scheiße. *Scheiße.*

Sie mochte ihn vielleicht von seinen Versprechen entbunden haben, aber *er* ... Er tat es nicht.

Er hatte diese Sache zwischen ihnen weiterlaufen lassen, hatte Nesryn benutzt wie eine Art Krücke ...

Chaol stieß den Atem aus und zerknüllte beide Briefe in seiner Faust.

Vielleicht hatte er in diesem winzigen Zimmer des Ärztekomplexes nicht gut geschlafen, da er an erheblich größere und feinere Quartiere gewöhnt war, sagte Yrene sich am Nachmittag. Was seine Schweigsamkeit erklären würde. Das fehlende Lächeln.

Sie hatte gelächelt, als sie nach dem Mittagessen Chaols Gemächer betrat. Nachdem sie Hafiza von ihren Fortschritten berichtet und die Hohe Heilerin sich sehr erfreut gezeigt hatte. Hafiza hatte ihr sogar einen Kuss auf die Stirn gedrückt, bevor Yrene gegangen war. Bevor sie praktisch hierher *gehüpft* war.

Bevor ihr beim Betreten seiner Gemächer völlige Stille entgegengeschlagen war.

Chaol selbst war die Stille in Person.

»Geht es Euch gut?«, fragte Yrene beiläufig, während sie die Bücher versteckte, die er am Morgen mitgenommen hatte.

»Ja.«

Sie lehnte sich an den Schreibtisch, um Chaol zu mustern, der auf dem goldenen Sofa saß.

»Ihr habt schon seit einigen Tagen nicht mehr trainiert.« Sie legte den Kopf schief. »Den restlichen Körper, meine ich. Deshalb sollten wir das jetzt tun.«

Auf körperlich aktive Menschen konnte sich eine längere Trainingspause ebenso auswirken wie der Drogenverzicht auf einen Süchtigen. Innere Unruhe und Zerrissenheit waren oftmals die Folgen. Er hatte zwar seine Beine trainiert, aber der Rest ... Vielleicht war es das, was an ihm nagte.

»In Ordnung.« Sein Blick war trüb, distanziert.

»Hier oder auf einem der Übungsplätze der Garde?« Sie rechnete damit, dass er sie anfahren würde.

Aber Chaol erwiderte nur tonlos: »Hier ist es in Ordnung.«

Sie versuchte es noch einmal. »Vielleicht täte es Euch gut, zusammen mit den anderen Gardisten zu ...«

»Hier ist es in Ordnung«, wiederholte er und ließ sich auf den Boden gleiten, weg vom Sofa und dem niedrigen Tisch und auf die freie Fläche des Teppichs. »Ihr müsst meine Füße festhalten.«

Yrene schluckte ihren Ärger über seinen Ton, über die glatte Abfuhr hinunter. Aber als sie sich vor ihn hinkniete, sagte sie: »Sind wir wirklich wieder an diesem Punkt angekommen?«

Er ignorierte ihre Frage und begann mit Sit-ups. Sein mächtiger Oberkörper schoss hoch, dann wieder runter, hoch, runter. Einmal, zweimal, dreimal ... Bei sechzig hörte sie auf zu zählen.

Er sah sie nie an, wenn sein Kopf über seinem gebeugten Knie auftauchte.

Dass die emotionale Heilung genauso schwierig war wie die körperliche, war normal. Es gab schwierige Tage – sogar schwierige *Wochen.* Aber als sie ihn gestern Nacht verlassen hatte, hatte er gelächelt, und ...

»Erzählt mir, was passiert ist. Irgendetwas ist heute passiert.« Ihr Ton war dabei vielleicht nicht *ganz so* sanft, wie der einer Heilerin es sein sollte.

»Nichts ist passiert«, stieß er hervor, während er sein Training fortsetzte. Schweiß rann ihm am Hals entlang und in den Kragen seines weißen Hemds.

Yrene biss die Zähne zusammen. Wenn sie die Beherrschung verlor, würde das erst recht nichts nützen.

Schließlich drehte Chaol sich auf den Bauch und begann mit einer anderen Übung, die es erforderlich machte, dass sie seine Füße in einer leicht erhöhten Position festhielt.

Rauf und runter, rauf und runter. Das Zusammenspiel seiner Rücken- und Armmuskulatur war faszinierend.

Nach weiteren sechs Übungen begann er den Trainingssatz von vorn.

Yrene stützte und hielt und beobachtete ihn schweigend, während es in ihr brodelte.

Lass ihm seinen Freiraum. Lass ihn erst mal nachdenken, wenn es das ist, was er will.

Zur Hölle mit dem, was er will.

Chaol beendete seinen Trainingssatz, sein Atem ging stoßweise, seine Brust hob und senkte sich und er starrte zur Decke.

Etwas Scharfes, Getriebenes flackerte über sein Gesicht, wie eine stumme Antwort auf irgendetwas. Er ruckte wieder nach oben, um mit der nächsten Übung zu beginnen ...

»Das reicht.«

Seine Augen blitzten auf und endlich sah er sie an.

Yrene machte sich gar nicht erst die Mühe, freundlich oder verständnisvoll zu wirken. »Ihr werdet Euch eine Verletzung zuziehen.«

Er fixierte die Stelle, wo sie seine gebeugten Knie stabilisierte. »Ich kenne meine Grenzen.«

»Ich auch«, blaffte sie und wies mit dem Kinn auf seine Beine. »Wenn Ihr so weitermacht, könnt Ihr Euch den Rücken verletzen.«

Er verzog das Gesicht – so feindselig, dass sie prompt seine Beine losließ. Er kippte nach hinten, und seine Arme schossen zurück, um sich abzustützen, aber sie bekam gerade noch rechtzeitig seine Schultern zu fassen und verhinderte, dass er zu Boden krachte.

Sein schweißnasses Hemd klebte an ihren Fingern und sein Atem rasselte an ihrem Ohr, als sie sicherstellte, dass er nicht mehr umfallen konnte. »Es geht schon«, hörte sie ihn knurren.

»Entschuldigt bitte, wenn ich mich nicht auf Euer Wort verlasse«, fauchte sie zurück und ließ ihn erst los, nachdem sie sich davon überzeugt hatte, dass er sich tatsächlich aus eigener Kraft halten konnte. Dann setzte sie sich einige Schritte entfernt auf den Teppich.

Schweigend funkelten sie einander an. »Es ist wichtig, dass Ihr trainiert«, erklärte Yrene abgehackt, »aber Ihr werdet Euch mehr schaden als nutzen, wenn Ihr Euch zu hart antreibt.«

»Es geht mir gut.«

»Glaubt Ihr, ich wüsste nicht, was Ihr da tut?«

Chaols Gesicht war hart und undurchdringlich, und Schweiß rann ihm über die Schläfen.

»Das hier war Eure Zuflucht«, sagte sie und deutete auf seinen muskulösen Körper, auf seinen Schweiß. »Wenn etwas schwierig wurde, etwas falsch lief, wenn Ihr zornig oder traurig wart, habt Ihr trainiert, Euch beim Training verausgabt. Bis Euch der Schweiß in den Augen brannte, bis Eure Muskeln gezittert und Euch angefleht haben aufzuhören. Und jetzt könnt Ihr das nicht mehr – nicht so wie früher.«

Bei diesen Worten kochte er sichtlich vor Wut.

Sie zeigte sich von ihrer kühlen, harten Seite, als sie fragte: »Wie fühlt Ihr Euch dabei?«

Seine Nasenflügel bebten. »Glaubt bloß nicht, Ihr könntet mich provozieren und auf diese Art zum Reden bringen.«

»Wie fühlt es sich an, *Lord* Westfall?«

»Ihr wisst genau, wie es sich anfühlt, *Yrene.*«

»Sagt es mir.«

Als er eine Antwort verweigerte, brummte sie mehr zu sich selbst als zu ihm: »Nun, da Ihr zu einem kompletten Training entschlossen scheint, können wir ebenso gut noch ein wenig Beinarbeit anschließen.«

Sein Blick brannte wie Feuer. Sie fragte sich, ob er spüren konnte, wie eng ihr um die Brust war, welcher Abgrund sich in ihrem Innern auftat, als er weiter schwieg.

Trotzdem erhob Yrene sich auf die Knie und arbeitete sich an seinem Körper nach unten, beginnend mit der Übungsabfolge, die dazu bestimmt war, die Verbindungspfade zwischen seinem Gehirn und seinem Rückgrat zu aktivieren.

Dann folgten die Knöchel- und Fußdrehungen, die er allein durchführen konnte, bis er nach dem zehnten Satz mit den Zähnen knirschte.

Aber Yrene drängte ihn erbarmungslos weiter. Und ignorierte mit einem zuckersüßen Lächeln seinen schäumenden Ärger, während sie ihn anleitete.

Erst als sie seine Oberschenkel erreichte, hielt Chaol sie mit einer Hand auf ihrem Arm auf.

Sie starrte ihn an, er starrte zurück – dann schaute er weg und sagte mit zusammengebissenen Zähnen: »Ich bin müde. Es ist spät. Lasst uns morgen früh weitermachen.«

»Mir macht es nichts aus, jetzt mit der Heilung zu beginnen.« Vielleicht würden diese verflixten Nervenbahnen zwischen Gehirn und Rückgrat nach diesem Training etwas mehr ansprechen als gewöhnlich.

»Ich brauche Ruhe.«

Was eine Lüge war. Denn trotz des Trainings hatte er eine gute Gesichtsfarbe und seine Augen leuchteten noch immer hell vor Zorn.

»Ausruhen scheint mir ganz und gar nicht Euer Stil zu sein.«

Seine Lippen wurden schmal. »Hinaus.«

Yrene quittierte den Befehl mit einem Schnauben. »Ihr mögt das Kommando über Eure Männer und Diener haben, Lord Westfall, aber ich bin Euch nicht unterstellt.« Trotzdem erhob sie sich auf die Füße, denn sie hatte endgültig die Nase voll von seinem Benehmen. Sie stemmte die Hände in die Hüften und schaute auf ihn hinab, während er auf dem Teppich liegen blieb. »Ich werde Euch etwas zu essen bringen lassen. Etwas, das Euch beim Muskelaufbau hilft.«

»Ich weiß, was ich essen soll.«

Natürlich. Er hatte diesen prachtvollen Körper schließlich über Jahre hinweg vervollkommnet. Aber sie strich nur die Röcke ihres Kleides glatt. »Ja, aber ich habe das Thema tatsächlich studiert.«

Sein Ärger war Chaol anzusehen, auch wenn er nur schweigend das in den Teppich eingewobene Pflanzenmuster anstarrte.

Yrene schenkte ihm noch ein honigsüßes Lächeln. »Ich werde Euch morgen in aller Frühe aufsuchen, Lord ...«

»Nennt mich nicht so.«

Sie zuckte die Achseln. »Ich denke, ich nenne Euch, wie immer es mir beliebt.«

Er riss den Kopf hoch, fuchsteufelswild. Sie machte sich auf eine Tirade gefasst, aber er schien sich zu beherrschen, versteifte die Schultern und wiederholte nur ein weiteres Mal: »*Hinaus.*«

Dabei deutete er mit einem ausgestreckten Arm auf die Tür.

»Ich sollte nach diesem gottverdammten Arm treten«, fauchte Yrene und stolzierte zur Tür. »Aber ein gebrochener Arm würde Euch nur noch länger hier festhalten.«

Chaol verzog erneut feindselig das Gesicht und sprühte geradezu vor Zorn. Die Narbe auf seiner Wange bildete einen scharfen Kontrast zu seiner geröteten Haut. »*Hinaus.*«

Yrene ließ nur ein weiteres widerlich süßes Lächeln aufblitzen und schloss die Tür hinter sich.

Mit langen Schritten eilte sie durch den Palast, die Hände zu Fäusten geballt, während sie ein Brüllen unterdrückte.

Patienten hatten durchaus mal einen schlechten Tag. Es war ihr gutes Recht. Etwas ganz Natürliches und Teil des Heilungsprozesses.

Aber ... Sie hatten schon so vieles durchgemacht. Er hatte endlich zu erzählen angefangen, und *sie* hatte *ihm* erzählt, was nur wenige Menschen wussten, und gestern hatte sie sich in seiner Gegenwart so wohlgefühlt ...

Sie grübelte über jedes Wort nach, das sie am Abend zuvor gewechselt hatten. Aber vielleicht war er auch wegen irgendetwas wütend, das Eretia auf ihrem Ritt hierher gesagt hatte. Die Frau war nicht gerade für ihren sensiblen Umgang mit Patienten bekannt. Yrene war überrascht, dass sie überhaupt mit irgendwem auskam, ganz zu schweigen davon, dass sie jemandem *helfen* wollte. Sie könnte ihn irritiert haben. Oder beleidigt.

Oder vielleicht hatte er sich inzwischen so an Yrenes ständige Gegenwart gewöhnt, dass ihn die Unterbrechung heute Morgen verstört hatte. Sie hatte von so etwas zwischen Patienten und ihren Heilern schon gehört.

Andererseits zeigte er keinerlei Anzeichen einer Abhängigkeit. Nein, das Gegenteil war bei ihm der Fall, sein stolzer Charakter strebte nach Unabhängigkeit, die ihm ebenso viel schadete, wie sie ihm nützte.

Seine Laune kratzte an der ihren und sie atmete hektisch ein und aus, während sie nach Hasar Ausschau hielt.

Die Prinzessin kehrte gerade von ihrem Unterricht im Schwertkampf zurück. Renia sei beim Einkaufen in der Stadt, erklärte Hasar, als sie ihren schweißfeuchten Arm unter Yrenes hakte und sie zu ihren Gemächern führte.

»Alle sind heute *furchtbar* beschäftigt«, nörgelte Hasar und warf sich ihren verschwitzten Zopf über die Schulter. »Selbst Kashin ist zusammen mit meinem Vater zu irgendeinem Treffen unterwegs – wegen seiner Truppen.«

»Gibt es dafür irgendeinen Grund?« Eine vorsichtige Frage.

Hasar zuckte die Achseln. »Hat er mir nicht verraten. Aber wahrscheinlich fühlt er sich dazu verpflichtet, jetzt, da Sartaq uns alle dumm dastehen lässt, nachdem er für einige Wochen zu seinem Nest in den Bergen geflogen ist.«

»Er ist abgereist?«

»Und hat Captain Faliq mitgenommen.« Ein schiefes Grinsen. »Es überrascht mich, dass du nicht damit beschäftigt bist, Lord Westfall zu trösten.«

Oh. *Oh.* »Wann sind sie denn aufgebrochen?«

»Gestern Nachmittag. Anscheinend hat sie kein Wort darüber verloren. Und nichts mitgenommen. Sie hat nur eine Nachricht hinterlassen und ist mit Sartaq in den Sonnenuntergang verschwunden. Ich hätte gar nicht gedacht, dass er ein solcher Charmeur ist.«

Yrene erwiderte das Lächeln nicht. Sie hätte alles darauf gewettet, dass Chaol bei seiner Rückkehr heute Morgen diese Nachricht gefunden hatte. Und erfahren hatte, dass Nesryn fort war.

»Woher weißt du eigentlich von der Nachricht?«

»Oh, der Bote hat es allen erzählt. Er wusste zwar nichts vom Inhalt, aber dass sie einen Brief mit Lord Westfalls Namen darauf im Horst zurückgelassen hatte. Zusammen mit einem Brief an ihre Familie in der Stadt. Die einzige Spur von ihr.«

Im Stillen nahm Yrene sich vor, nie wieder Nachrichten zum Palast zu schicken. Zumindest keine, die wichtig waren.

Bei dieser Art des Verschwindens war es kein Wunder, dass Chaol so rastlos und zornig gewesen war.

»Witterst du ein falsches Spiel?«

»Von *Sartaq*?« Hasar kicherte. Das war Antwort genug.

Als sie die Türen zu den Gemächern der Prinzessin erreichten, öffneten die Diener ihnen schweigend und traten dann lautlos beiseite. Kaum mehr als fleischgewordene Schatten.

An der Schwelle hielt Yrene jedoch inne und sträubte sich gegen Hasars Versuch, sie hineinzuziehen. »Ich habe seinen Tee ganz vergessen«, log sie und befreite ihren Arm von Hasar.

Die Prinzessin bedachte sie nur mit einem wissenden Lächeln. »Wenn du irgendwas Interessantes hörst, weißt du ja, wo ich zu finden bin.«

Yrene brachte noch ein Nicken zustande, bevor sie auf dem Absatz kehrtmachte.

Aber sie ging nicht zu seinen Gemächern zurück. Sie bezweifelte, dass Chaols Laune sich innerhalb der zehn Minuten, die sie durch die Palastflure gestürmt war, verbessert hatte. Und sie wusste, dass sie sich Fragen nach Nesryn nicht würde verkneifen können. Sie würde ihn bedrängen, bis er endgültig seine Selbstbeherrschung verlor. Und wohin das führen würde, wollte sie sich gar nicht erst ausmalen. Vielleicht zu etwas, für das keiner von ihnen bereit war.

Aber sie hatte eine Gabe. Und dank Chaol dröhnte und brodelte ihr Blut jetzt unerbittlich. Trieb sie an.

Sie konnte nicht still sitzen. Wollte nicht in die Torre zurück, um zu lesen oder den anderen bei der Arbeit zu helfen.

Yrene verließ den Palast und ging durch die staubigen Straßen Anticas. Sie kannte den Weg. Elendsviertel gab es immer. Sie wuchsen nur oder schrumpften, je nach Herrscher.

Im strahlenden Licht der Sonne hatte sie kaum etwas zu befürchten. Die Menschen dort waren nicht schlecht. Sie waren nur arm – manche verzweifelt. Viele vergessen und entmutigt.

Also tat sie, was sie immer getan hatte, selbst in Innish.

Yrene folgte dem Geräusch von Husten.

27

Yrene heilte sechs Menschen und verließ das Elendsviertel erst, als die Sonne unterging.

Eine Frau wäre beinahe an einem gefährlichen Geschwür auf der Lunge gestorben, weil sie zu viel Arbeit gehabt hatte, um zu einer Heilerin oder einem Arzt zu gehen. Dann waren da drei Kinder gewesen, in einem viel zu engen Haus, glühend vor Fieber, und die Mutter hatte vor Panik geweint. Und dann aus Dankbarkeit, nachdem Yrenes Magie besänftigend, beruhigend und reinigend gewirkt hatte. In der Woche zuvor hatte ein Mann sich das Bein gebrochen und einen erbärmlichen Arzt im Elendsviertel aufgesucht, weil er sich die Kutsche zur Torre nicht hatte leisten können. Und die sechste Patientin ...

Das Mädchen war kaum älter als sechzehn. Sie war Yrene wegen eines blauen Auges aufgefallen. Und dann wegen der aufgeplatzten Lippe.

Ihre Magie hatte ebenso gezittert wie ihre Knie, aber Yrene hatte das Mädchen in einen Hauseingang geführt und ihr Auge geheilt. Die Lippe. Die angebrochenen Rippen. Die riesigen Prellungen an ihrem Unterarm, die eindeutig von anderen Händen herrührten.

Yrene hatte keine Fragen gestellt. In den ängstlichen Augen des jungen Mädchens war ohnehin jede Antwort zu lesen gewesen. Sie hatte ihr angesehen, dass sie darüber nachdachte, ob es ihr noch schlimmere Verletzungen eintragen würde, wenn sie geheilt nach Hause zurückkehrte.

Also hatte Yrene die Farben der Blutergüsse gelassen. Den Anschein der Prellungen auf der oberen Hautschicht aufrechterhalten, aber alles darunter geheilt.

Yrene versuchte erst gar nicht, dem Mädchen zur Flucht zu raten. Egal, ob es ihre Familie war oder ein Geliebter oder jemand ganz anderes, Yrene wusste, dass niemand außer dem Mädchen selbst entscheiden würde, ob sie blieb oder fortging. Sie sagte ihr nur, dass die Tür zur Torre jederzeit offen stehe, solle sie jemals Hilfe brauchen. Ohne Fragen. Ohne Kosten. Und man würde dafür sorgen, dass niemand sie von dort fortholen durfte, es sei denn, sie selbst wünsche es.

Das Mädchen hatte dankbar Yrenes Fingerknöchel geküsst und war in der hereinbrechenden Dunkelheit davongehuscht.

Da hatte Yrene sich ebenfalls beeilt, in Richtung der schimmernden Säule der Torre zu gehen, die ihr wie ein Leuchtturm den Weg nach Hause wies.

Ihr Magen knurrte und ihr Kopf pochte vor Müdigkeit und Hunger.

Erschöpft. Es fühlte sich gut an, erschöpft zu sein. Geholfen zu haben.

Und doch ... Diese sie jagende, rastlose Energie summte noch immer in ihr. Trieb sie immer noch an. *Mehr mehr mehr.*

Sie wusste, warum. Was noch unerledigt war. Was sie immer noch so wütend machte.

Also änderte sie die Richtung und ging stattdessen auf den leuchtenden Palast zu.

An einem ihrer bevorzugten Essensstände hielt sie an und gönnte sich ein Abendessen aus langsam gegartem Lamm, das sie binnen Minuten verschlang. Aufgrund der vielen Arbeit kam es selten vor, dass sie außerhalb der Palastmauern oder der Torre aß, aber wenn, dann ... Yrene rieb sich zufrieden den Bauch und machte sich wieder auf den Weg zum Palast. Bis sie einen offenen *Kahve*-Laden entdeckte und in ihrem Bauch tatsächlich noch Platz für eine Tasse davon fand. Ebenso wie für ein vor Honig triefendes Gebäck.

Sie trödelte. Rastlos und zornig.

Dumm.

Angewidert von sich selbst stapfte Yrene endlich zum Palast hinauf. Da die Sommersonne so spät unterging, war es deutlich nach elf, als sie durch die dunklen Flure eilte.

Vielleicht schlief er schon. Was wahrscheinlich ein Segen wäre. Sie wusste nicht mehr, warum sie sich eigentlich die Mühe gemacht hatte herzukommen. Ihm den Kopf abzureißen hätte auch bis morgen warten können.

Bestimmt schlief er schon.

Hoffentlich. Denn dass eine Heilerin ins Zimmer platzte und den Patienten wie verrückt durchschüttelte, war definitiv kein Verhalten, das die Torre guthieß. Oder Hafiza.

Und doch ging sie weiter und beschleunigte ihre Schritte sogar noch, sodass sie fast schon stampfte. Wenn er unbedingt Rückschritte machen wollte, bitte sehr. Aber sie würde ihm das nicht so einfach durchgehen lassen. Zumindest würde sie es versuchen.

Yrene stürmte einen langen, dunklen Flur entlang. Sie war kein Feigling, sie würde vor dieser Auseinandersetzung nicht zurückschrecken. *Dieses* Mädchen hatte sie in jener Gasse in Innish zurückgelassen. Wenn er wegen Nesryn schmollen wollte, bitte sehr. Aber deswegen ihre *Sitzung* abzublasen ...

Das war absolut inakzeptabel.

Genau das würde sie ihm sagen und dann einfach wieder gehen. Ruhig. Vernünftig.

Mit jedem Schritt blickte Yrene noch finsterer drein und murmelte leise vor sich hin. *Inakzeptabel.*

Sie hatte es *zugelassen,* dass er sie hinauswarf, ganz gleich, was sie sich auch einzureden versucht hatte.

Und das war *noch* inakzeptabler.

Idiotisch. Sie murmelte auch diese Worte.

Laut genug, dass ihr das Geräusch beinahe entgangen wäre.

Der Schritt – das Kratzen von Schuhen auf dem Marmorboden – ein Stück hinter ihr.

Zu so später Stunde waren die Diener wahrscheinlich auf dem Weg zu den Zimmern ihrer Herren, aber ...

Da war es wieder. Dieses Gefühl, dieses Kribbeln.

Nur Schatten und die Strahlen des Mondlichts erfüllten den von Säulen gesäumten Flur.

Yrene ging schneller.

Und hörte es wieder – die Schritte hinter ihr. Ein lässiger, pirschender Gang.

Ihr Mund wurde trocken und ihr Herz donnerte. Sie hatte keinen Beutel bei sich, nicht einmal ihr kleines Messer. Nichts in ihren Taschen außer diesem Zettel.

Beeil dich, hörte sie eine leise, sanfte Stimme in ihrem Ohr flüstern. In ihrem *Kopf.*

Auch wenn sie diese Stimme noch nie zuvor gehört hatte, erkannte sie ihre Wärme wieder. Sie durchströmte sie jedes Mal, wenn sie ihre Magie einsetzte. Sie war ihr so vertraut wie ihre eigene Stimme, ihr eigener Herzschlag.

Beeil dich, Mädchen.

Drängend, eindringlich.

Yrene ging noch schneller, rannte jetzt beinahe.

Die Ecke da vorne – sie brauchte nur abzubiegen, dann waren es noch zehn Meter den Flur entlang, bis sie vor seinen Gemächern stehen würde.

Hatten die Türen ein Schloss? Würden sie verschlossen sein?

Waren sie mächtig genug, um auszusperren, wer oder was auch immer hinter ihr her war?

Lauf, Yrene!

Und diese Stimme ...

Es war die Stimme ihrer Mutter, die in ihrem Kopf brüllte, in ihrem Herzen.

Aber sie hatte keine Zeit nachzudenken. Sich zu wundern.

Yrene rannte los.

Ihre Schuhe klatschten auf den Marmor, und derjenige, das *Ding* hinter ihr – rannte nun ebenfalls.

Yrene bog um die Ecke und schlitterte so heftig gegen die Wand gegenüber, dass ihre Schulter vor Schmerz brüllte. Sie kämpfte darum, das Gleichgewicht zu halten, wieder zu beschleunigen, und wagte es nicht, sich umzudrehen ...

Schneller!

Die Tür da vorne. Licht schimmerte darunter hervor.

Ein Schluchzen entrang sich ihrer Kehle.

Die schnellen Schritte hinter ihr holten auf. Sie wagte es immer noch nicht, sich umzudrehen.

Sieben Meter. Drei. Eineinhalb.

Yrene stürzte sich auf den Türknauf und packte ihn mit aller Kraft, um nicht erneut auf dem Marmor auszurutschen und vorbeizuschlittern.

Die Tür flog auf, sie wirbelte hindurch und verlor beinahe den Halt, als sie sich mit dem ganzen Körper dagegenwarf und an dem Schloss herumfummelte. Es gab zwei Schlösser.

Sie hatte gerade das erste verriegelt, als derjenige auf der anderen Seite gegen die Tür krachte.

Das ganze Ding erbebte.

Yrenes Finger zitterten, sie atmete schluchzend, als sie mit dem zweiten, schwereren Schloss kämpfte.

Sie verriegelte es gerade in dem Moment, als die Tür erneut wankte.

»Was zum *Teufel* …«

»In Euer Zimmer«, flüsterte sie Chaol zu und wagte es nicht, den Blick von der bebenden Tür zu lösen. Der Knauf bewegte sich klackernd. »Rein da – *sofort.*«

Schließlich wandte Yrene sich zu ihm um und fand ihn auf der Schwelle zu seinem Schlafzimmer, das Schwert in der Hand, den Blick auf die Tür gerichtet.

»Wer zum Teufel ist das?«

»Ins Zimmer«, sagte sie mit brechender Stimme. »*Bitte.*«

Er sah das Entsetzen auf ihrem Gesicht. Deutete es und verstand.

Er rollte zurück in den Raum, hielt die Tür für sie offen und verriegelte sie dann hinter ihr.

Nur ein einziges Schloss.

Die vordere Tür barst.

»Die Kommode«, sagte Chaol mit fester Stimme. »Könnt Ihr sie bewegen?«

Yrene wirbelte zu der Kommode neben der Tür herum. Statt einer Antwort warf sie sich dagegen und verlor erneut beinahe den Halt auf dem polierten Marmor. Also schleuderte sie ihre Schuhe von sich und krallte ihre nackten Füße in den Steinboden, während sie hievte und ächzte und stieß …

Die Kommode rutschte vor die Schlafzimmertür.

»Die Gartentüren«, befahl Chaol jetzt, während er ihr half, sie zu verschließen. Sie bestanden aus massivem Glas.

Grauen und Panik stiegen in ihr auf und raubten ihr den Atem.

»Yrene«, sagte Chaol gemessen. Ruhig. Er hielt ihren Blick fest. Gab ihr Halt. »Wie weit ist die nächste Tür zum Garten vom Flur entfernt?«

»Zwei Minuten«, antwortete sie mechanisch. Der Garten war nur über die Gemächer zu erreichen, und da die meisten davon bewohnt waren … Ihr Verfolger würde bis ganz ans Ende des Flurs gehen müssen. Oder durch die benachbarten Zimmer … »Oder eine.«

»Nutzt sie.«

Sie sah sich suchend im Schlafzimmer um. Neben den Glastüren stand ein Kleiderschrank, der hoch aufragte. Viel zu hoch, viel zu schwer …

Aber der hölzerne Wandschirm vor dem Badezimmer …

Yrene stürzte durch den Raum und Chaol griff blitzschnell nach ein paar Dolchen auf seinem Nachttisch.

Sie packte den schweren Wandschirm und zerrte und zog daran und fluchte, als er am Teppich hängen blieb. Aber er bewegte sich – *sie* bewegte ihn dorthin, wo sie ihn haben wollte. Sie riss die Türen des Kleiderschranks auf und verkeilte den Wandschirm zwischen dem Schrank und der Wand, bevor sie ein paarmal daran rüttelte. Er hielt.

Dann eilte sie zum Schreibtisch und fegte dabei Bücher und Vasen hinunter, die auf dem Boden zersplitterten.

Bleib ruhig, bleib konzentriert.

Yrene zerrte den Schreibtisch zum Wandschirm hinüber und kippte ihn mit einem klirrenden Krachen auf die Seite, um ihn gegen die Barrikade zu schieben, die sie errichtet hatte.

Aber das Fenster …

Da war eins auf der anderen Seite des Zimmers. Hoch und klein, aber …

»Lasst es«, befahl Chaol und rollte mit seinem Stuhl vor die Glastüren. Das Schwert schräg nach oben gerichtet, in seiner anderen Hand den Dolch. »Wenn sie es tatsächlich über das kleine Fenster versuchen, müssen sie langsamer machen.«

Langsam genug, dass er es töten könnte – was immer es war.

»Kommt hier herüber«, sagte er leise.

Sie gehorchte und ihr Blick huschte zwischen der Schlafzimmertür und den Gartentüren hin und her.

»Tief durchatmen«, riet er ihr. »Sammelt Euch. Furcht ist ebenso tödlich wie eine Waffe.«

Yrene gehorchte.

»Nehmt den Dolch vom Bett.«

Yrene schreckte davor zurück.

»Nehmt ihn.«

Sie ergriff den Dolch, das Metall kühl und schwer in ihrer Hand. Sperrig.

Er atmete ruhig, behielt konzentriert die Türen im Auge. Das Fenster.

»Das Badezimmer«, flüsterte sie.

»Die Fenster sind zu hoch und zu schmal.«

»Was, wenn es keinen menschlichen Körper hat?«

Die Worte waren nur ein heiseres Flüstern. Die Illustrationen, die sie in diesem Buch gesehen hatte ...

»Dann werde ich es in Schach halten, während Ihr weglauft.«

Mit den Möbeln vor den Ausgängen ...

Die Bedeutung seiner Worte drang zu ihr durch.

»Ihr werdet nichts dergleichen ...«

In diesem Moment erbebte die Schlafzimmertür unter einem Schlag. Und noch einem. Der Knauf bewegte sich rüttelnd.

Oh, bei allen Göttern.

Das *Ding* hatte sich keine Mühe mit dem Garten gemacht. Es war einfach durch die vordere Tür gekommen.

Ein weiterer Knall, bei dem sie sich duckte. Und noch einer.

»Ganz ruhig«, murmelte Chaol.

Yrenes Dolch bebte, als Chaol sich vor der Schlafzimmertür positionierte, seine Klingen fest in der Hand.

Ein weiterer Schlag, zornig, rasend.

Dann – eine Stimme.

Leise und zischend, nicht männlich, nicht weiblich.

»Yrene«. Ein Flüstern durch den Spalt in der Tür. Sie konnte das Lächeln in der Stimme hören. »Yrene.«

Das Blut gefror in ihren Adern. Keine menschliche Stimme.

»Was willst du?«, fragte Chaol, und seine eigene Stimme war hart wie Stahl.

»*Yrene.*«

Ihre Knie zitterten so heftig, dass sie kaum stehen konnte. Und plötzlich war alles, was sie über Selbstverteidigung wusste, was sie trainiert hatte, wie weggeblasen.

»*Verschwinde*«, fauchte Chaol in Richtung Tür. »Bevor du es bereust.«

»Yrene«, zischte es und lachte ein wenig. »*Yrene.*«

Valg. In jener Nacht in der Bibliothek hatte tatsächlich eine dieser Kreaturen Jagd auf sie gemacht. Und heute Nacht versuchte sie es wieder ...

Yrene schlug sich ihre freie Hand vor den Mund und ließ sich auf die Bettkante sinken.

»Ihr werdet Euch doch nicht vor einem Feigling fürchten, der im Dunkeln Jagd auf Frauen macht«, fuhr Chaol sie an.

Das Ding auf der anderen Seite der Tür knurrte. Der Türknauf klapperte. »Yrene«, wiederholte die Kreatur.

Chaol wandte seinen Blick nicht von ihr ab. »Eure Furcht gibt ihm Macht über Euch.«

»*Yrene.*«

Er rollte zu ihr herüber und ließ seinen Dolch und sein Schwert auf seinen Schoß sinken. Yrene zuckte zusammen, wollte ihn warnen, das nicht zu tun. Aber Chaol hielt dicht vor ihr an. Nahm ihr Gesicht in beide Hände und wandte der Tür jetzt gänzlich den Rücken zu. Auch wenn er – wie sie wusste – jedes Geräusch und jede Bewegung hinter sich überwachte. »Ich habe keine Angst«, sagte er sanft und zugleich voller Nachdruck. »Und Ihr solltet auch keine haben.«

»*Yrene*«, keifte das Ding wieder und warf sich gegen die Tür.

Sie prallte zurück, aber Chaol hielt ihren Kopf fest. Wandte den Blick nicht von ihr ab.

»Wir werden uns dem stellen«, sagte er. »Zusammen.«

Zusammen. Leben oder hier sterben – zusammen.

Ihr Atem beruhigte sich, ihre Gesichter waren sich jetzt so nah, dass sein eigener Atem ihren Mund streifte.

Zusammen.

Wie lange schon hatte sie ein solches Wort nicht mehr benutzt, nicht mehr daran gedacht, nicht mehr *gespürt,* was es bedeutete ... Sie hatte es nicht mehr gespürt seit ...

Zusammen.

Yrene nickte. Einmal. Zweimal.

Chaol sah ihr forschend in die Augen und sein Atem strich ihr über die Lippen.

Er hob ihre Hand, in der sie noch immer den Dolch hielt, und korrigierte ihren Griff. »Neigt die Klinge schräg nach oben, nicht gerade nach vorn. Ihr wisst, wo sie hinmuss.« Er legte sich eine Hand auf die Brust. Über sein Herz. »Und die anderen Stellen.«

Gehirn. Durch die Augenhöhle. Ein schneller Hieb gegen die Kehle, um das Lebensblut zu vergießen. Alle möglichen Arterien, um ein schnelles Ausbluten zu gewährleisten.

Sie kannte all diese Stellen, um Leben zu retten. Nicht – zu zerstören.

Aber diese Kreatur ...

»Enthaupten funktioniert am besten, aber versucht zuerst, es auf den Boden zu bekommen. Lange genug, um den Kopf abzutrennen.«

Er hatte das schon gemacht, begriff sie. Er hatte diese Dinger getötet. Über sie triumphiert. Hatte sie ohne irgendeine Magie, sondern mit seinem bloßen eisernen Willen und seinem Mut besiegt.

Und sie ... hatte Berge und Meere überquert. Ganz allein.

Ihre Hand hörte auf zu zittern. Ihr Atem ging ruhig und gleichmäßig.

Chaol schloss seine Finger um ihre und das feine Metall des Griffs drückte sich gegen ihre Handfläche. »Zusammen«, sagte er ein letztes Mal und ließ sie los, um seine eigenen Waffen wieder aufzunehmen.

Um sich der Tür zuzuwenden.

Dahinter Stille.

Er wartete. Berechnend. Spürend. Ein Raubtier, das sich zum Angriff bereit machte.

Yrenes Dolch zitterte nicht, als sie sich hinter ihm erhob.

Plötzlich ein Krachen im Eingangsbereich – gefolgt von Schreien.

Sie fuhr zusammen und Chaol stieß einen bebenden Seufzer aus. Einen Seufzer der Erleichterung.

Er erkannte die Geräusche noch vor ihr.

Die Rufe der Garde.

Sie sprachen Halha – riefen durch die Schlafzimmertür, um sich nach ihrem Befinden zu erkundigen. In Sicherheit? Verletzt?

Yrene antwortete in ihrem gebrochenen Halha, dass sie unversehrt seien. Die Wachen erzählten, dass die Dienerin die zerstörten Türen zu den Gemächern gesehen habe und losgerannt sei, um sie zu holen.

Aber niemand sonst war in den Räumen.

28

Bevor Yrene oder Chaol es wagten, die Möbel vor ihrer Tür auch nur anzufassen, ließ Yrene Prinz Kashin herbeirufen. Jedem anderen Mitglied der königlichen Familie hätten sie viel zu viel erklären müssen, aber Kashin ... Er verstand die Bedrohung.

Kurz darauf betrat Kashin die Eingangshalle.

Chaol erkannte die Stimme des Prinzen sofort und nickte Yrene zu, dass sie die Möbel von der Tür wegschieben könne.

Für einen kurzen Augenblick war Chaol dankbar für seinen Rollstuhl. Womöglich hätten seine Beine vor Erleichterung gezittert.

Er hatte keinen wirklichen Ausweg gesehen. In seinem Rollstuhl wäre er im Kampf gegen einen Valg-Dämon leichte Beute gewesen, auch wenn er sich ausgerechnet hatte, mit dem im richtigen Moment geworfenen Dolch und dem Schwert Yrene retten zu können. Seine größte Chance: *werfen.*

Was das für ihn bedeutete, war ihm ziemlich egal gewesen. Ihn hatte nur die Frage interessiert, wie viel Zeit ein solcher Wurf ihr vielleicht verschaffen würde.

Jemand hatte *Jagd* auf sie gemacht. Um sie zu töten. Zu terrorisieren und zu quälen. Vielleicht sogar noch Schlimmeres, falls es sich tatsächlich um einen Valg-Spion Moraths handelte. Und genau danach hatte es sich verdammt angehört.

Er hatte die Stimme nicht erkennen können. Ob männlich oder weiblich. Aber es war einer von ihnen gewesen.

Yrene hatte völlig ruhig die Tür frei geräumt. Als sie sie jetzt öffnete, stand ein wildäugiger, heftig atmender Kashin vor ihr. Der Prinz musterte sie von Kopf bis Fuß, bedachte Chaol mit einem flüchtigen Blick und konzentrierte sich dann wieder auf die Heilerin. »Was ist passiert?«

Yrene stellte sich hinter Chaols Stuhl und sagte überraschend gefasst: »Ich bin noch einmal hierher zurückgekehrt, um mich davon zu überzeugen, dass Lord Westfall sein Stärkungsmittel bekommen hatte.«

Eine glatte Lüge. Wahrscheinlich war sie zurückgekehrt, um ihm die zweite Strafpredigt zu halten, auf die Chaol den ganzen Abend gewartet hatte.

Jetzt ging Yrene um den Rollstuhl herum und stellte sich neben Chaol, so nah, dass sie seine Schulter wärmte. »Und als ich fast schon hier war, habe ich jemanden hinter mir gespürt.« Dann erzählte Yrene den Rest, während sie sich ab und zu im Raum umsah, als könnte, wer auch immer es gewesen war, jeden Moment aus den Schatten springen. Als Kashin fragte, ob sie einen Verdacht habe, wechselten Yrene und Chaol einen stummen Blick, der besagte, dass dahinter wahrscheinlich irgendein bösartiger Plan Moraths steckte, um sie von seiner Heilung abzuhalten. Aber dem Prinzen sagte sie nur, dass sie es nicht wisse.

Beim Anblick der zerstörten Türen zu Chaols Gemächern verzerrte sich Kashins Gesicht vor Zorn. Über die Schulter gewandt sagte er zu den Wachen, die alles durchkämmten: »Vier von euch positionieren sich draußen vor der Eingangshalle. Weitere vier am Ende des Flurs. Ein Dutzend von euch im Garten. Sechs weitere an verschiedenen Abzweigungen in den Gängen, die hierherführen.«

Yrene stieß einen Seufzer aus, der nach Erleichterung klang.

Daraufhin legte Kashin eine Hand auf den Griff seines Schwertes und erklärte: »Der Palast wird bereits durchsucht und ich habe vor, mich dem Suchtrupp anzuschließen.«

Chaol wusste, dass er es nicht allein für Yrene tat. Dass es *noch* einen guten Grund für ihn gab, die Verfolgung aufzunehmen, und dass wahrscheinlich immer noch ein weißes Banner von seinen Fenstern hing.

Galant, hingebungsvoll. So, wie vielleicht alle Prinzen sein sollten. Und vielleicht wäre er Dorian ein guter Freund. Falls sich alles zu ihren Gunsten fügte.

Kashin holte tief Luft, bevor er Yrene leise fragte: »Aber bevor ich gehe ... könnte ich dich doch zur Torre zurückbegleiten? Natürlich mit einer bewaffneten Eskorte.«

In den Augen des Prinzen lag so viel Sorge und zugleich so viel Hoffnung, dass Chaol seine ganze Aufmerksamkeit demonstrativ auf die Wachen richtete, die immer noch jeden Zentimeter der Räume untersuchten.

Doch Yrene schlang sich die Arme um den Leib und antwortete: »Hier fühle ich mich sicherer.«

Chaol versuchte, nicht zu blinzeln. Wegen ihrer Worte.

Hier. Bei ihm. Fühlte sie sich sicherer. Bei *ihm.*

Er unterdrückte den Impuls, sie daran zu erinnern, dass er in diesem Rollstuhl saß.

In diesem Moment fiel Kashins Blick auf ihn. Ein harter Blick voller Enttäuschung. Und er sandte Chaol eine Warnung.

Chaol wiederum verkniff sich *seine* Warnung an Kashin, damit aufzuhören, ihn so anzustarren, und stattdessen lieber den Palast zu durchsuchen.

Er würde Yrene nicht anfassen. Den ganzen Tag über hatte er an nichts anderes denken können als an Nesryns Brief. Wenn er nicht gerade damit beschäftigt gewesen war, über das nachzugrübeln, was

Shen ihm gezeigt hatte – und darüber, wie er sich selbst fühlte, jetzt, nachdem er wusste, was sich unter dem Ärmel des stolzen Gardisten befand.

Der Prinz neigte den Kopf und drückte sich eine Hand auf die Brust. »Gib Bescheid, wenn du irgendetwas brauchst.«

Yrene brachte kaum ein Nicken in Kashins Richtung zustande. Es wirkte so desinteressiert, dass der Mann Chaol beinahe leidtat.

Mit einem langen Blick auf Yrene verließ der Prinz den Raum. Ein paar Wachen schlossen sich ihm an, die übrigen blieben zurück. Chaol beobachtete, wie sie direkt hinter den Türen zum Garten in Stellung gingen.

»Nesryns Schlafzimmer ist leer«, sagte er, als sie endlich allein im Zimmer waren.

Er wartete auf die Frage nach dem Warum – bis ihm dämmerte, dass sie Nesryn bisher mit keinem Wort erwähnt hatte. Bei ihrer Flucht hier herein hatte sie nicht einmal versucht, sie zu wecken. Sie war direkt zu ihm gekommen.

Es war also keine Überraschung, als Yrene antwortete: »Ich weiß.«

Palastspione oder Tratsch, es kümmerte ihn nicht. Erst recht nicht, als Yrene sagte: »Ich – darf ich hierbleiben? Ich werde auf dem Boden schlafen ...«

»Ihr könnt das Bett haben. Ich bezweifle, dass ich heute Nacht Ruhe finden werde.«

Trotz der Wachen ... Aber er wusste, was ein einziger Valg gegen zahlreiche Männer ausrichten konnte. Wusste, wie Aelin sich bewegte, eine einzige Assassinin durch ein ganzes Heer von Männern, das sie in Sekundenschnelle niedergemetzelt hatte.

Nein, er würde heute Nacht nicht schlafen.

»Ihr könnt nicht die ganze Nacht hier sitzen ...«

Chaol warf ihr einen Blick zu, der etwas anderes sagte.

Yrene schluckte und entschuldigte sich, um ins Bad zu gehen. Während sie sich wusch, nahm er die Wachen draußen in Augenschein, überprüfte das Schloss an seiner Schlafzimmertür. Als sie wieder auftauchte, steckte sie noch immer in ihrem Kleid, aber der Halsausschnitt war feucht, ihr Gesicht wieder bleich. Zögernd blieb sie vor dem Bett stehen.

»Die Laken wurden gewechselt«, bemerkte Chaol leise.

Ohne ihn anzusehen, kletterte sie ins Bett. Jede ihrer Bewegungen war verhaltener als gewöhnlich – wirkte zerbrechlich.

Sie stand immer noch unter Schock. Obwohl sie sich so wunderbar gehalten hatte. Er war sich nicht sicher, ob es *ihm* gelungen wäre, diese Kommode vor die Tür zu schieben, aber das blanke Entsetzen hatte zusätzliche Kräfte mobilisiert. Er erinnerte sich an Geschichten von Müttern, die ganze Wagen von ihren darunter eingequetschten Kindern gehievt hatten.

Yrene schlüpfte unter die Decken, machte aber keine Anstalten, den Kopf aufs Kissen zu betten. »Wie ist das eigentlich – jemanden zu töten?«

Cains Gesicht blitzte vor seinem inneren Auge auf.

»Ich – es ist noch neu für mich«, gestand Chaol.

Sie legte den Kopf schief.

»Es war ... kurz nach dem Julfest letztes Jahr, dass ich zum ersten Mal jemanden getötet habe.«

Sie runzelte die Stirn. »Aber Ihr ...«

»Ich bin dazu ausgebildet worden. Hatte auch davor schon gekämpft. Aber niemals jemanden getötet.«

»Ihr wart der Captain der Garde.«

»Wie schon gesagt«, entgegnete er mit einem bitteren Lächeln, »es war kompliziert.«

Endlich legte sie sich hin. »Aber seitdem habt Ihr es wieder getan.«

»Ja. Aber nicht oft genug, um mich daran zu gewöhnen. Die Valg, ja, aber die Menschen, die sie in Besitz nehmen ... Einige sind für immer verloren. Andere sind noch da, hinter dem Dämon. Herauszufinden, wer getötet werden muss, wer verschont werden kann – ich weiß immer noch nicht, welche Entscheidungen die falschen waren. Tote sprechen nicht.«

Sie schmiegte den Kopf ins Kissen. »Ich habe meiner Mutter einen Eid geschworen. Als ich sieben war. Niemals ein menschliches Wesen zu töten. Einige Heilungen ... Sie erklärte mir, es könne eine Gnade sein, jemandem den Tod anzubieten. Aber dass es etwas anderes sei, als jemanden abzuschlachten.«

»Das ist es.«

»Ich glaube – heute Abend hätte ich vielleicht versucht zu töten ... wen auch immer. Ich war so ...« Er wartete darauf, dass sie *verängstigt* sagte. *Verängstigt, weil mein einziger Beschützer im Rollstuhl sitzt.* »Ich war fest entschlossen, nicht wegzulaufen. Ihr habt mir gesagt, dass Ihr mir Zeit verschaffen würdet, aber ... Ich kann das nicht. Nicht noch einmal.«

Seine Brust schnürte sich zusammen. »Ich verstehe.«

»Ich bin froh, dass ich gar nicht erst in die Situation kam. Aber – wer immer es war, er ist entkommen. Ich sollte vielleicht nicht allzu erleichtert sein.«

»Möglicherweise hat ja Kashin bei seiner Suche Glück.«

»Ich bezweifle es. Die Kreatur war bereits fort, als die Wachen eingetroffen sind.«

Er schwieg. Einen Moment später sagte er: »Ich hoffe, Ihr braucht diesen Dolch niemals zu benutzen – oder irgendeinen anderen, Yrene. Nicht einmal für einen Gnadenstoß.«

Der Kummer in ihren Augen verschlug ihm den Atem. »Danke«, sagte sie leise. »Dass Ihr bereit wart, das Töten zu übernehmen.«

So etwas hatte noch nie jemand zu ihm gesagt. Nicht einmal Dorian. Was nicht verwunderte. Celaena – *Aelin* war dankbar gewesen, als er Cain getötet hatte, um sie zu retten, aber auch sie war natürlich davon ausgegangen, dass er früher oder später jemanden töten würde.

Zu diesem Zeitpunkt hatte Aelin schon mehr Menschen auf dem Gewissen, als er zählen konnte, und sein eigener Mangel diesbezüglich war … irgendwie peinlich gewesen. Soweit das überhaupt möglich war.

Seitdem hatte er schon viele getötet. In Rifthold. Zusammen mit den Rebellen gegen die Valg. Aber Yrene … Sie hatte verhindert, dass sich diese Zahl noch vergrößerte. So hatte er die Sache noch nie betrachtet. Mit Stolz. Erleichterung.

»Es tut mir leid, dass Nesryn fort ist«, flüsterte Yrene ins Halbdunkel.

Du brauchst dich an kein Versprechen mehr zu halten. Denn auch ich werde mich an keines mehr halten.

»Ich hatte ihr ein Abenteuer versprochen«, gestand Chaol. »Sie hat es verdient, eins zu erleben.«

Yrene war so still, dass er seinen Blick von den Türen zum Garten abwandte. Sie hatte sich tief in sein Bett gekuschelt und ihre ganze Aufmerksamkeit auf ihn gerichtet. »Was ist mit Euch? Was verdient Ihr?«

»Nichts. Ich verdiene gar nichts.«

Yrene musterte ihn. »Dieser Meinung bin ich ganz und gar nicht«, murmelte sie. Die Augen fielen ihr langsam zu.

Er prüfte erneut die Ausgänge. Nach einigen Minuten antwortete er: »Ich hatte genug – und habe es vergeudet.«

Als Chaol zu ihr hinschaute, waren Yrenes Züge weich, ihre Atmung ruhig. Sie war eingeschlafen.

Er sah sie noch lange an.

Yrene schlief noch, als die Morgendämmerung hereinbrach.

Chaol hatte immer wieder für einige Minuten gedöst, aber mehr hatte er sich nicht erlaubt.

Als die ersten Sonnenstrahlen über den Boden des Schlafzimmers krochen, wusch er sich das Gesicht. Rieb sich den Schlaf aus den Augen.

Yrene regte sich nicht, als er seine Gemächer verließ und in den Flur hinausrollte. Die Wachen waren genau dort, wo Kashin es ihnen befohlen hatte. Und sie erklärten ihm präzise den Weg, nach dem er sie fragte, während er jedem Einzelnen in die Augen sah.

Und dann gab er ihnen zu verstehen, dass er ihnen alle Knochen im Leib zerschmettern würde, falls Yrene während seiner Abwesenheit irgendetwas passierte.

Ein paar Minuten später fand er den Übungsplatz, den Yrene am Vortag erwähnt hatte.

Der Hof war bereits voller Gardisten, von denen einige ihn beäugten, andere ihn gänzlich ignorierten. Ein paar von ihnen erkannte er aus Shens Schicht und sie nickten ihm zu.

Einer der Gardisten, die er nicht kannte, kam auf ihn zu, älter und grauer als die anderen.

Wie Brullo, sein ehemaliger Lehrer und Waffenmeister.

Tot – an den Palasttoren aufgehängt.

Chaol schob das Bild beiseite. Ersetzte es durch das der Heilerin, wie sie noch immer in seinem Bett schlief. Wie sie dem Prinzen, der *Welt*, erklärt hatte, dass sie sich dort sicherer fühle. Bei ihm.

Beim Anblick der trainierenden Wachen auf diesem gesonderten Übungsplatz, der dem so sehr ähnelte, auf dem er selbst viele Stunden seines Lebens verbracht hatte, durchfuhr ihn ein Schmerz. Aber auch diesen ersetzte er durch das Bild von Shens künstlichem Arm, durch das Gefühl der verlässlichen, stillen Kraft, die ihn gestützt hatte, als er auf sein Pferd gestiegen war. Nicht weniger wertvoll ohne diesen Arm – und immer noch ein Gardist.

»Lord Westfall«, sagte der grauhaarige Wachmann in Chaols Sprache. »Was kann ich zu dieser frühen Stunde für Euch tun?« Der Mann schien scharfsinnig genug zu sein, um die Situation richtig zu deuten –

dass Chaol nicht wegen des Angriffs hier war, zumal dies nicht der richtige Ort wäre, um darüber zu sprechen. Nein, er wusste, dass Chaol aus einem anderen Grund hergekommen war und dass die Anspannung in seinem Körper nichts mit Beunruhigung, sondern mit Neugier zu tun hatte.

»Ich habe jahrelang mit den Männern meines Kontinents trainiert«, sagte Chaol und hob das Schwert und den Dolch an, die er mitgebracht hatte. »Ich habe alles von ihnen gelernt.«

Der ältere Gardist hob die Augenbrauen.

Chaol sah den Mann fest an. »Und jetzt würde ich gern alles von *Euch* lernen.«

Trotz seines Alters trainierte der Gardist – Hashim – mit ihm, bis Chaol kaum noch Luft bekam. Sowohl mit Rollstuhl. Als auch ohne.

Hashim, der einen Rang unter dem des Captains stand und das Training der Garde beaufsichtigte, ermöglichte es Chaol, alle ihre Übungen auszuführen – entweder mithilfe eines anderen Gardisten, der seine Füße festhielt, oder indem er die Übungen ein wenig modifizierte, damit sie auch im Rollstuhl funktionierten.

Vor einem Jahr hatte er tatsächlich mit Shen trainiert – wie viele andere Wachen auch. Sie hatten sich zusammengetan, um Shen während der monatelangen Genesungszeit in jeder erdenklichen Weise dabei zu helfen, seinen Körper, seine Art zu kämpfen neu auszurichten.

Daher starrte niemand ihn an oder lachte. Niemand tuschelte.

Sie alle waren ohnehin viel zu beschäftigt, zu müde.

Als die Sonne über dem Innenhof aufstieg, trainierten sie immer noch. Hashim zeigte ihm immer neue Wege, wie er mit einer Klinge angreifen konnte. Wie er seinen Gegner entwaffnen konnte.

Neue Wege zu denken, zu töten. Sich zu verteidigen. Eine andere Sprache des Todes.

Als sie zum Frühstück aufbrachen, zitterten alle beinahe vor Erschöpfung.

Aber obwohl er nach Atem rang, hätte Chaol noch weitermachen können. Nicht, weil er noch Kraftreserven besessen hätte, sondern weil er es *wollte.*

Yrene erwartete ihn bereits, als er in die Gemächer zurückkehrte und ein Bad nahm.

Darauf folgten sechs Stunden, in denen sie sich in dieser kalten Dunkelheit tief in seinem Inneren verloren. Am Ende zermürbte ihn der Schmerz und Yrene zitterte vor Erschöpfung, aber in seinen Füßen war eine feinere Wahrnehmung erwacht, die nach oben über seine Knöchel hinausführte. Als wäre die Taubheit eine zurückweichende Flut.

An diesem Abend kehrte Yrene wieder in die Torre zurück, schwer bewacht, und er versank in den tiefsten Schlaf seines Lebens.

Und noch vor dem Morgengrauen wartete Chaol wieder auf dem Übungsplatz auf Hashim.

Und am nächsten Morgen wieder.

Und am übernächsten.

II

Berge und Seen

29

Auf ihrem Weg aus dem nördlichen Asimil-Gebirge lauerten Unwetter auf Nesryn und Sartaq.

Beim Erwachen hatte der Prinz nach nur einem Blick auf die dunklen blaulilafarbenen Wolken Nesryn angewiesen, sich so gut wie möglich auf ihrem Felsvorsprung zu sichern. Kadara trat unruhig von einem Krallenfuß auf den anderen und raschelte mit den Flügeln, während ihre goldenen Augen das im Sturm herannahende Gewitter beobachteten.

In dieser Höhe hallte das Krachen des Donners von jedem Stein und aus jeder Felsspalte wider, und während Nesryn und Sartaq sich vor dem peitschenden Wind an die Felswand unter dem Überhang pressten, hätte sie schwören können, dass selbst der Berg unter ihr schauderte. Aber Kadara trotzte dem Sturm und ließ sich vor ihnen nieder wie eine Wand aus weißen und goldenen Federn.

Dennoch fand der eisige Regen sie, und Nesryn fror bis auf die Knochen, trotz der dicken Ledermontur, die sie trug, und der schweren Wolldecke, in die sie sich auf Sartaqs Beharren hin gewickelt hatte. Ihre Zähne klapperten so heftig, dass ihr der Kiefer schmerzte, und ihre Hände waren so taub und wund, dass sie sie unter die Achseln schob, um jedes bisschen Wärme zu nutzen.

Schon vor dem Verschwinden der Magie hatte Nesryn sich nie

nach magischen Gaben gesehnt. Und nach ihrem Verschwinden, nach den Erlassen, die sie verboten, und der schrecklichen Jagd auf jene, die sie einst besessen hatten, hatte Nesryn es nicht mehr gewagt, auch nur daran zu *denken*. Sie war damit zufrieden gewesen, sich im Bogenschießen zu üben, den Umgang mit Messern und Schwertern zu erlernen und ihren Körper zu beherrschen, bis auch er eine Waffe war. Wenn ihr Vater und ihre Schwester sie danach fragten, hatte sie stets erklärt, dass die Magie versagt habe – was bei Stahl nie passieren würde.

Doch als sie nun auf diesem Felsen saß und Wind und Regen um sie herumfegten, bis sie kaum mehr wusste, wie sich Wärme anfühlte, wünschte Nesryn sich einen Funken Feuer in den Adern. Oder wenigstens eine gewisse Feuerbringerin, die stolz um die Ecke marschiert kam, um sie zu wärmen.

Aber Aelin war weit weg – und niemand wusste, wo, wenn man Hasars Bericht Glauben schenken wollte, was Nesryn tat. Die eigentliche Frage war vielmehr, ob das Verschwinden von Aelin und ihrem Hof die Folge irgendeines schrecklichen Schachzugs von Morath war oder auf einem Plan der Königin selbst beruhte.

Nachdem sie in Rifthold gesehen hatte, wozu Aelin fähig war – welche Pläne sie geschmiedet und in die Tat umgesetzt hatte, ohne dass irgendeiner von ihnen etwas davon mitbekam –, setzte Nesryn auf Aelin. Die Königin würde auftauchen, wann und wo sie es wünschte – genau in dem Moment, in dem sie es beabsichtigte. Wahrscheinlich war genau das der Grund, warum Nesryn die Königin mochte: Vieles musste so lange im Voraus geplant werden, dass Aelin – die die Welt in dem Glauben ließ, sie wäre unbeherrscht und impulsiv – dabei eine enorme Selbstbeherrschung an den Tag legte, um alles geheim zu halten.

Und während der Sturm um Nesryn und Sartaq tobte, fragte sie sich, ob Aelin Galathynius vielleicht noch ein Ass im Ärmel hatte, von dem nicht einmal ihr Hof etwas wusste. Sie betete darum, dass es so war. Ihnen allen zuliebe.

Aber die Magie hatte schon einmal versagt, rief Nesryn sich ins Gedächtnis, während ihre Zähne klapperten. Und sie würde alles tun, um einen Weg zu finden, auch ohne Magie gegen Morath zu kämpfen.

Erst Stunden später zog der Sturm endlich weiter, um andere Teile der Welt zu terrorisieren, aber Sartaq erhob sich erst, als Kadara die Federn spreizte, um den Regen abzuschütteln - und dabei ihre menschlichen Gefährten zu bespritzen. Nesryn beklagte sich jedoch nicht, da der Ruk den Zorn des Sturms größtenteils für sie abgefangen hatte.

Allerdings war dadurch jetzt auch der Sattel feucht, was den darauffolgenden Ritt ziemlich ungemütlich machte, als sie auf den frischen, reinen Winden von den Bergen auf das weitläufige Grasland unter ihnen zusegelten.

Durch die Verzögerung waren sie gezwungen, für eine weitere Nacht ein Lager aufzuschlagen, diesmal in einem kleinen Wäldchen und wiederum ohne auch nur einen Funken wärmender Glut. Nesryn verlor kein Wort darüber - über die Kälte, die ihr in den Knochen steckte, über die Wurzeln, die sich durch den Schlafsack in ihren Rücken bohrten, über das Loch in ihrem Magen, das Obst, getrocknetes Fleisch und altes Brot nicht füllen konnten.

Es sprach für Sartaq, dass er ihr seine Decken gab und ihr seine Kleider zum Wechseln anbot. Aber da wurde ihr wieder bewusst, dass sie ihn kaum kannte. Dieser Mann, mit dem sie davongeflogen war, dieser Prinz mit seinem *Sulde* und seinem scharfäugigen Ruk ... war kaum mehr als ein Fremder.

Normalerweise störte sie so etwas nicht. Als Stadtwache hatte sie täglich mit Fremden zu tun gehabt und in den wenigsten Fällen waren die Begegnungen angenehm gewesen - vor allem in den vergangenen sechs Monaten, als die Dunkelheit über die Stadt gekrochen war.

Aber Sartaq ... Während Nesryn die ganze Nacht lang zitterte, fragte sie sich, ob es vielleicht – Bündnis hin oder her – eine Spur zu voreilig gewesen war, mit ihm zu fliegen.

Ihre Glieder schmerzten und ihre Augen brannten, als das graue Licht der Morgendämmerung durch die schlanken Kiefern fiel. Kadara regte sich bereits ungeduldig und Nesryn und Sartaq tauschten weniger als ein halbes Dutzend Sätze, bevor sie zur letzten Etappe ihrer Reise in die Luft emporstiegen.

Nach zwei Stunden – der Wind wurde immer frischer, je weiter südlich sie segelten – sagte Sartaq dicht an ihrem Ohr: »Dort drüben.« Er zeigte nach Osten. »Wenn man einen halben Tag in diese Richtung fliegt, erreicht man den nördlichen Rand der Steppe. Das Kerngebiet der Darghan.«

»Seid Ihr oft dort?«

Nach einer Pause erwiderte er laut, um den Wind zu übertönen: »Ihre Loyalität gilt Kashin. Und – Tumelun.« Die Art, wie er den Namen seiner Schwester aussprach, verriet genug. »Aber die Rukhin und die Darghan waren einst ein Volk. Wir haben auf unseren Muniqi-Pferden die Ruks gejagt und sie bis tief ins Tavan-Gebirge verfolgt.« Er deutete nach Südosten, während Kadara leicht das Gewicht verlagerte, zu den hoch aufragenden, gezackten Bergen, die am Himmel zu kratzen schienen. Sie waren mit Wäldern übersät und auf einigen Gipfeln lag Schnee. »Und als wir die Ruks gezähmt hatten, trafen einige der Pferde-Lords die Entscheidung, nicht mehr in die Steppe zurückzukehren.«

»Deshalb gleichen sich auch so viele Eurer Traditionen«, bemerkte Nesryn und schaute auf den an den Sattel gegurteten *Sulde* hinab. Und auf den Abgrund tief, tief unter ihnen, wo trockene Gräser wogten wie ein goldenes Meer, durch das sich schmale Flüsse wanden.

Schnell wandte sie sich wieder den Bergen zu. Inzwischen hatte sie sich zwar an die Vorstellung gewöhnt, wie furchtbar wenig mit dem

Rücken des Ruks eigentlich zwischen ihr und dem Tod stand, aber es direkt zu *sehen*, trug nicht gerade dazu bei, ihren Magen zu beruhigen.

»Ja«, bestätigte Sartaq. »Und deshalb verbünden sich unsere Reiter im Krieg auch oft mit den Darghan. Wir haben verschiedene Kampftechniken, aber im Wesentlichen arbeiten wir gut zusammen.«

»Eine Kavallerie mit Deckung aus der Luft«, sagte Nesryn und versuchte, nicht allzu interessiert zu klingen. »Seid Ihr jemals in den Krieg gezogen?«

Der Prinz schwieg für einen Moment. »Nicht verglichen mit dem, was in Eurem Land gerade entfesselt wird«, antwortete er dann. »Unser Vater sorgt dafür, dass die Gebiete innerhalb unseres Reiches sich darüber im Klaren sind, was Loyalität bedeutet. Dass Loyalität belohnt wird – und Widerstand Tod bringt.«

Ein eisiger Schauer lief ihr über die Wirbelsäule.

Sartaq fuhr fort: »Also bin ich inzwischen zweimal ausgesandt worden, um bestimmte Unruheherde an diese kalte Wahrheit zu erinnern.« Ein heißer Atemzug an ihrem Ohr. »Und dann gibt es noch die Clans innerhalb der Rukhin selbst. Ich habe gelernt, uralte Rivalitäten zu umschiffen und Konflikte zu schlichten.«

Auf die harte Tour – was er nicht hinzufügte. Stattdessen sagte er: »Als Stadtwache müsstet Ihr ebenfalls mit solchen Dingen zu tun gehabt haben.«

Sie schnaubte bei dem Gedanken. »Ich war meistens auf Patrouille – bin kaum befördert worden.«

»Angesichts Eurer Fähigkeiten mit dem Bogen hätte ich erwartet, dass Ihr den ganzen Laden geschmissen hättet.«

Nesryn lächelte. Charmeur. Er trat nicht nur absolut selbstsicher auf, sondern flirtete auch noch schamlos. Trotzdem dachte sie über seine angedeutete Frage nach, obwohl sie die Antwort schon seit Jahren kannte. »Adarlan ist nicht so ... offen wie das Großkhanat, wenn es um die Rolle der Frauen in der Garde oder der Armee geht«, gab sie zu. »Auch wenn ich gewisse Fähigkeiten habe – befördert wurden Männer. Ich durfte auf Patrouille an den Mauern oder in den belebten Straßen vor mich hin dümpeln. Der Umgang mit der Unterwelt oder dem Adel blieb wichtigeren Wachen vorbehalten. Und solchen, deren Familien aus Adarlan stammten.«

Ihre Schwester hatte jedes Mal aufs Neue getobt, wenn sie übergangen worden war, aber Nesryn hatte gewusst, wenn sie gegenüber ihren Vorgesetzten explodiert wäre, wenn sie sie zur Rede gestellt hätte ... Sie waren die Sorte Männer, die ihr gesagt hätten, sie könne dankbar dafür sein, dass man sie überhaupt aufgenommen hatte, und dann hätten sie von ihr verlangt, ihr Schwert und ihre Uniform abzugeben. Also hatte sie entschieden, dass es besser war, zu bleiben und übergangen zu werden, nicht bloß wegen der Bezahlung, sondern weil es so wenige andere Wachen gab, die jenen halfen, die es am nötigsten hatten. Um ihretwillen war sie geblieben, hatte den Kopf eingezogen und mit angesehen, wie Männer mit geringeren Fähigkeiten aufgestiegen waren.

»Ah.« Der Prinz schwieg wieder für einen Moment. »Ich habe schon davon gehört, dass man dort Menschen aus anderen Ländern nicht ganz so herzlich gegenübertritt.«

»Gelinde gesagt.« Die Worte klangen härter als beabsichtigt. Und doch hatte ihr Vater darauf bestanden, dort zu bleiben, in der Hoffnung auf ein besseres Leben. Selbst als Adarlan sich in Kriege gestürzt hatte, um den nördlichen Kontinent zu erobern, wollte er bleiben – obwohl ihre Mutter versucht hatte, ihn zu einer Rückkehr nach Antica zu überreden, der Stadt ihres Herzens. Aber aus welchem Grund auch immer – vielleicht aus Sturheit, vielleicht aus Trotz gegenüber den Menschen, die ihn wieder loshaben wollten –, er war geblieben.

Nesryn versuchte, ihm keinen Vorwurf daraus zu machen, sie versuchte es wirklich. Ihre Schwester dagegen konnte Nesryns Gedanken – ihren gelegentlichen Zorn – nicht nachvollziehen. Nein, Delara hatte Rifthold immer geliebt, hatte sich im bunten Treiben der Stadt wohlgefühlt und es genossen, die hartherzigen Einwohner für sich zu gewinnen. Es war keine Überraschung gewesen, dass sie einen Mann geheiratet hatte, der in der Stadt geboren und aufgewachsen war. Ein echtes Kind Adarlans – das war ihre Schwester. Adarlan, wie es früher einmal gewesen war und wie es vielleicht eines Tages wieder werden würde.

Kadara nutzte die Strömung des Windes und ließ sich dahintreiben, während die Welt unter ihnen verschwamm und diese turmhohen Berge immer näher und näher kamen. Leise fragte Sartaq: »Wurdet Ihr jemals …«

»Nicht der Rede wert.« Obwohl sie immer noch manchmal diesen Stein spürte, der an ihren Kopf geprallt war, und den Spott dieser Kinder hörte. Sie schluckte und fügte hinzu: »Euer Hoheit.«

Ein kehliges Lachen erklang. »Da ist er also wieder, mein Titel.« Aber er fragte nicht weiter nach, sondern sagte nur: »Ich werde Euch anflehen, mich nicht Prinz oder Euer Hoheit zu nennen, wenn wir mit den anderen Reitern zusammen sind.«

»Ihr werdet mich anflehen oder fleht Ihr mich bereits an?«

In gespielter Warnung schloss er die Arme fester um sie. »Es hat Jahre gedauert, bis ich sie so weit hatte, dass sie nicht mehr fragten, ob ich meine silbernen Pantoffel brauche oder einen Diener, der mir das Haar bürstet.« Nesryn kicherte. »Bei ihnen bin ich einfach Sartaq.« Er fügte hinzu: »Oder Captain.«

»Captain?«

»Noch etwas, das wir beide gemeinsam haben, wie es scheint.«

Er flirtete wirklich schamlos. »Aber Ihr herrscht über alle sechs Ruk-Clans. Sie sind Euch unterstellt.«

»Richtig, und wenn wir alle zusammenkommen, bin ich Prinz. Aber beim Clan meiner eigenen Familie, den Eridun, bin ich Captain der Streitkräfte. Und gehorche dem Befehl meiner Clan-Mutter.« Um seinen Worten Nachdruck zu verleihen, schloss er die Arme noch einmal fester um sie. »Was ich Euch ebenfalls raten würde, wenn Ihr nicht wollt, dass man Euch entkleidet und inmitten eines Sturms an einen Felsvorsprung fesselt.«

»Heilige Götter.«

»In der Tat.«

»Hat sie …«

»Ja. Und um es mit Euren Worten zu sagen – es ist nicht der Rede wert.«

Nesryn kicherte wieder und stellte überrascht fest, dass ihr Gesicht bereits schmerzte, weil sie in den letzten Minuten so viel gelächelt hatte. »Ich weiß die Warnung zu schätzen, Captain.«

Das Tavan-Gebirge wurde immer größer, eine Wand aus dunkelgrauem Stein, höher als alles, was sie aus ihren eigenen Ländern kannte. Nicht, dass sie viele Berge aus der Nähe gesehen hätte. Ihre Familie hatte sich selten landeinwärts oder in die umliegenden Königreiche Adarlans gewagt – größtenteils deshalb, weil ihr Vater so beschäftigt gewesen war, aber auch, weil die Landbevölkerung in diesen Gebieten nicht allzu nett mit Leuten von auswärts umging. Selbst wenn ihre Kinder auf adarlanischem Boden geboren waren und eine adarlanische Mutter hatten. Manchmal hatte Letzteres sie sogar noch mehr aufgebracht.

Nesryn konnte nur beten, dass die Rukhin etwas freundlicher waren.

Ihr Vater hatte ihr stets Geschichten von den Horsten der Rukhin erzählt, aber das, was da in die Wände und oben auf die drei turmhohen Gipfel gebaut worden war, die sich im Herzen des Tavan-Gebirges zusammendrängten, grenzte an ein Ding der Unmöglichkeit.

Es war nicht etwa eine Ansammlung von *Gir* – den breiten Zelten mit einem Stützgerüst im Innern –, welche die Pferde-Clans durch die Steppe transportierten. Nein, der Horst der Eridun war in den Stein selbst gehauen worden, ganze Häuser und Hallen und Kammern, viele davon waren ursprünglich Ruk-Nester gewesen.

Einige dieser Nester existierten noch, meist in der Nähe eines Ruk-Reiters und seiner Familie, damit die Vögel von einem Moment auf den anderen herbeigerufen werden konnten. Entweder mithilfe eines gepfiffenen Kommandos oder indem man die unzähligen, im Stein verankerten Strickleitern erklomm, die das Hin und Her zwischen den verschiedenen Häusern und Höhlen ermöglichten – auch wenn es im Innern der Gipfel sogar Treppenhäuser gab, die hauptsächlich für die Älteren und die Kinder eingebaut worden waren.

Alle Behausungen waren mit einem breiten Höhleneingang ausgestattet, in dem die Ruks landen konnten und von dem aus man in den Fels hinein zum Wohnquartier gelangte. Hier und da sprenkelten Fenster die Felswände, die einen Hinweis auf die dahinterliegenden Räume gaben, für deren Belüftung sie sorgten.

Nicht, dass man hier frische Luft gebraucht hätte. Der Wind war wie ein steter Fluss zwischen den drei eng nebeneinander aufragenden Gipfeln, die Sartaqs Clan beherbergten und von wo aus Ruks verschiedener Größen durch die Luft segelten, mit den Flügeln schlugen oder in die Tiefe schossen. Nesryn versuchte vergeblich, die in die Berge gehauenen Unterkünfte zu zählen. Es mussten Hunderte sein. Wenn nicht sogar noch mehr.

»Und hier – hier lebt nur *ein einziger* Clan?« Ihre ersten Worte seit Stunden.

Kadara schwebte dicht am Felsen zum zentralen Gipfel empor. Nesryn rutschte im Sattel nach hinten und spürte Sartaqs Körper wie eine warme Wand, als er sich vorbeugte und ihr deutlich machte, das Gleiche zu tun. Seine Schenkel umfingen ihre und sie spürte das Spiel seiner Muskeln, während er mithilfe der Steigbügel das Gleichgewicht hielt. »Der Clan der Eridun ist einer der größten – und der älteste, wenn man uns Glauben schenken darf.«

»Tut Ihr das denn nicht?« Der Horst ringsum schien tatsächlich schon unermesslich lange zu existieren.

»Jeder Clan behauptet, er sei der erste und älteste.« Er stieß ein Lachen aus, das in ihrem Körper weiterbebte. »Ihr solltet mal bei einer unserer Zusammenkünfte die Streitereien darüber hören. Besser, Ihr beleidigt die Ehefrau eines Mannes, als ihm ins Gesicht zu sagen, dass Euer Clan der älteste sei.«

Nesryn schloss fest die Augen, um nicht in den steilen Abgrund hinuntersehen zu müssen. Kadara peilte sicher den breitesten der Überhänge an – wie ein Balkon, begriff Nesryn, als der Ruk sich in die Kurve legte und darauf zusegelte. Direkt unter dem gewaltigen Bogen des Höhleneingangs standen bereits Leute und winkten ihnen zu.

Sie spürte Sartaqs Lächeln an ihrem Ohr. »Dort liegt Altun, die Berghalle meiner Clan-Mutter und meiner Familie.« Altun – *Windhafen*, grob übersetzt. Altun war in der Tat größer als jede andere Behausung in den drei Gipfeln – den Dorgos oder den Drei Sängern, wie sie genannt wurden –, mindestens zwölf Meter hoch und dreimal so breit. Und tief in ihrem Innern konnte Nesryn gerade noch Säulen in einer tatsächlich gewaltigen Halle erkennen.

»Die Empfangshalle – wo wir unsere Versammlungen und Feste veranstalten«, erklärte Sartaq und schloss die Arme fester um sie, gerade als Kadara flügelschlagend abbremste. Wenn sie vor den Leuten hier die Augen zusammenkniff, würde ihr das bestimmt keine Bewunderung eintragen, aber ...

Nesryn packte mit einer Hand das Sattelhorn und umklammerte mit der anderen Sartaqs Knie – so fest, dass er wahrscheinlich blaue Flecken bekommen würde.

Der Prinz lachte nur leise. »Also hat die berühmte Bogenschützin doch eine Schwäche.«

»Eure Schwäche werde ich auch noch herauskriegen«, konterte Nesryn, was ihr ein weiteres leises Lachen eintrug.

Zum Glück brachte der Ruk eine sanfte Landung auf dem polierten, dunklen Stein des balkonartigen Felsvorsprungs zustande, und jene, die am Eingang warteten, wappneten sich gegen den Wind von Kadaras Flügelschlägen.

Als Kadara endlich still stand, richtete Nesryn sich schnell auf, löste den Todesgriff, mit dem sie sich sowohl am Sattel als auch am Prinzen festgeklammert hatte – und blickte direkt in die Halle voller Säulen aus geschnitztem, bemaltem Holz, deren Gold-, Grün- und Rottöne vom Licht der überall brennenden Feuerschalen zum Leuchten gebracht wurden. Dicke, auffallend gemusterte Teppiche bedeckten einen großen Teil des Steinbodens, auf dem ansonsten nur ein großer runder Tisch und eine Art kleines Podest an einer der hinteren Wände stand. Dahinter, erhellt von Fackeln an den Wänden, führte ein Flur direkt in den Berg hinein. Gesäumt von zahlreichen Türen.

Den Mittelpunkt der Berghalle bildete jedoch: ein Feuer.

In den Boden war eine Grube gehauen worden, so tief und breit, dass ausladende Stufen hinunterführten. Wie ein kleines Amphitheater – in dem die Hauptunterhaltung nicht auf einer Bühne stattfand, sondern die Flamme selbst war. Das Herdfeuer.

Eine dem Geflügelten Prinzen absolut würdige Wirkungsstätte.

Nesryn straffte die Schultern, als sich die Leute, jung und alt, mit einem breiten Lächeln vorwärtsdrängten. Einige trugen die vertraute Ledermontur, andere dicke Wollmäntel in wunderschönen Farben, die ihnen bis zu den Knien reichten. Die meisten hatten wie Sartaq seidiges, onyxschwarzes Haar und ihre Haut war ebenso wie seine goldbraun und vom Wind spröde.

»Soso«, sagte eine junge Frau in einem kobaltblauen und rubinfarbenen Mantel gedehnt und klopfte mit ihrem Stiefel auf den glatten Felsboden, während sie zu ihnen hochspähte. Nesryn zwang sich, ruhig zu bleiben und diesem forschenden Blick standzuhalten. Die beiden mit Bändern aus rotem Leder geflochtenen Zöpfe der jungen Frau fielen ihr bis weit über die Brüste und sie schob sich einen davon über die Schulter. »Sieh mal einer an, wer hat denn da beschlossen, seinen Pelzmuff und seine Ölbäder zurückzulassen, um uns mal wieder zu besuchen?«

Nesryn musste sich beherrschen, um ihre undurchdringliche Miene zu wahren. Aber Sartaq ließ einfach Kadaras Zügel fallen und warf Nesryn einen unmissverständlichen *Wie ich's Euch gesagt habe*-Blick zu, bevor er dem Mädchen antwortete: »Jetzt tu nicht so, als hättest du nicht inständig dafür gebetet, dass ich dir diese hübschen Seidenpantoffeln mitbringe, Borte.«

Nesryn biss sich auf die Unterlippe, um sich ein Lächeln zu verkneifen, auch wenn die anderen keineswegs eine solche Zurückhaltung zeigten und ihr Gekicher von den dunklen Steinen widerhallte.

Borte verschränkte die Arme vor der Brust. »Ich nehme an, du weißt, wo man sie herkriegt, da du sie selbst so gern trägst.«

Sartaq lachte aus vollem Halse, laut und fröhlich.

Nesryn blieb vor Erstaunen beinahe der Mund offen stehen. Im Palast hatte Sartaq nie so gelacht, kein einziges Mal.

Und wann hatte sie selbst zuletzt einen so glücklichen Laut von sich gegeben? Auch bei ihrer Tante und ihrem Onkel war ihr Lachen zurückhaltend gewesen, gedämpft, als lastete irgendetwas auf ihr. Vielleicht sogar schon seit den Tagen, als sie nur eine Stadtwache gewesen war und noch gar keine Vorstellung davon gehabt hatte, was durch die Abwasserkanäle Riftholds kroch.

Sartaq saß geschickt ab und bot Nesryn eine Hand, um ihr aus Kadaras Sattel zu helfen.

Es war diese Hand, welche die Aufmerksamkeit der Dutzend oder mehr Leute auf Nesryn lenkte. Alle musterten sie. Aber niemand eingehender als Borte.

Ein scharfer, abschätzender Blick, der die Ledermontur registrierte, aber keins der Merkmale, das Nesryn als eine der ihren ausgewiesen hätte.

Das war nichts Neues für Nesryn. Sie hatte schon lange vor dem heutigen Tag gelernt, mit dem Urteil von Fremden fertigzuwerden. Auch wenn sie jetzt in der vergoldeten Berghalle Altun stand, inmitten der Rukhin.

Ohne Sartaqs Hand zu beachten, zwang Nesryn sich mit steifen Gliedern, allein abzusitzen. Tatsächlich schaffte sie es, anmutig ein Bein über den Sattel zu heben und leichtfüßig zu landen, auch wenn ihre Knie beim Aufprall auf den Boden knackten. Sie unterdrückte den Impuls, ihr Haar zu berühren – das bestimmt trotz ihres kurzen Zopfes das reinste Rattennest war.

Ein schwacher, anerkennender Glanz trat in Bortes dunkle Augen, bevor sie ruckartig mit dem Kinn auf Nesryn wies. »Eine Balruhni in der Ledermontur einer Rukhin. Also, das nenne ich mal einen hübschen Anblick.«

Sartaq antwortete nicht. Er schaute nur in Nesryns Richtung. Eine Einladung. Und eine Herausforderung.

Also schob Nesryn die Hände in die Taschen ihrer eng sitzenden Hose und schlenderte an die Seite des Prinzen. »Vielleicht macht es die Sache ja besser, wenn ich Euch verrate, dass ich Sartaq heute Morgen beim Nägelfeilen erwischt habe.«

Borte starrte Nesryn an und blinzelte einmal.

Dann warf sie den Kopf in den Nacken und jaulte vor Lachen.

Sartaq warf Nesryn einen anerkennenden und zugleich gequälten Blick zu und sagte: »Darf ich Euch Borte vorstellen, meine Clan-Schwester. Enkeltochter und Erbin meiner Clan-Mutter, Houlun.« Er angelte nach einem von Bortes Zöpfen, um daran zu ziehen, und sie schlug seine Hand weg. »Borte, das ist Captain Nesryn Faliq.« Er hielt inne, um Luft zu holen, dann fügte er hinzu: »Von der königlichen Garde Adarlans.«

Schweigen. Borte zog ihre geschwungenen, dunklen Brauen hoch.

Ein betagter Mann im Leder der Rukhin drängte sich nach vorn. »Was ist ungewöhnlicher: dass eine Balruhni ihr Captain ist oder dass ein Captain Adarlans sich so weit fortgewagt hat?«

Borte winkte ab. »Du immer mit deinem nutzlosen Geplapper und den Fragen«, schalt sie ihn. Und zu Nesryns Überraschung zuckte der Mann zusammen und hielt den Mund. »Die eigentliche Frage ist …« Ein hinterhältiges Grinsen in Sartaqs Richtung. »Kommt sie als Gesandte oder als Braut?«

In diesem Moment entgleisten Nesryns Gesichtszüge und sie glotzte das Mädchen nur entgeistert an. Während Sartaq sie anschnauzte: »*Borte.*«

Borte zeigte ein geradezu boshaftes Grinsen. »Sartaq hat noch nie so was Hübsches mit nach Hause gebracht – weder aus Adarlan *noch* aus Antica. Seid also lieber vorsichtig, wenn Ihr am Rand der Felsen entlanggeht, Captain Faliq, sonst könnte es sein, dass das eine oder andere Mädchen hier Euch einen Stoß versetzt.«

»Seid Ihr vielleicht eins davon?«, fragte Nesryn kühl, auch wenn ihre Wangen heiß geworden waren.

Borte runzelte finster die Stirn. »Das denke ich nicht.« Einige der anderen lachten erneut.

»Als meine Clan-Schwester«, erklärte Sartaq und führte Nesryn zum Rand der Feuergrube, wo sich eine Gruppe von Stühlen mit niedrigen Rückenlehnen befand, »sehe ich Borte wie eine Blutsverwandte. Wie meine eigene Schwester.«

Bortes teuflisches Grinsen verschwand, als sie neben Sartaq herging. »Wie geht es deiner Familie?«

Sartaqs Miene war kaum zu deuten, bis auf das schwache Flackern in seinen dunklen Augen. »Sie sind alle ziemlich beschäftigt«, sagte er bloß. Keine richtige Antwort.

Aber Borte nickte nur schweigend, als kenne sie seine Launen, während Sartaq Nesryn zu einem der geschnitzten, bunten Holzstühle geleitete. Die Hitze des tosenden Feuers war herrlich, und sie stieß beinahe einen Seufzer aus, als sie ihre halb erfrorenen Füße davor ausstreckte.

»Konntest du deinem Schatz nicht mal ein ordentliches Paar Stiefel besorgen, Sartaq?«, zischte Borte.

Sartaq knurrte eine Warnung, während Nesryn stirnrunzelnd ihre geschmeidigen Lederstiefel betrachtete. Teurer als alle anderen, die sie selbst je gekauft hatte, aber Dorian Havilliard hatte darauf bestanden. Teil der Uniform, hatte er ihr augenzwinkernd erklärt.

Sie fragte sich, ob er immer noch so ungezwungen lächelte oder so großzügig mit Geld um sich warf, wo immer er jetzt war.

Dann sah sie zu Bortes Stiefeln hin, die ebenfalls aus Leder waren, wenn auch aus dickerem – und gefüttert mit etwas, das aussah wie flauschiges Schaffell. Auf jeden Fall besser geeignet für diese kühlen Höhenlagen.

»Ich bin mir sicher, du kannst irgendwo ein Paar ausgraben«, bemerkte Sartaq zu seiner Clan-Schwester und Nesryn drehte sich auf ihrem Stuhl zu ihnen um, als die beiden zu der wartenden Kadara zurückschlenderten.

Sofort war Sartaq umringt von den anderen, die so leise murmelten, dass Nesryn sie nicht verstehen konnte. Aber der Prinz antwortete mit unbefangenem Lächeln, während er seine Bündel ablud und sie einfach an den Nächstbesten weiterreichte, bevor er Kadara absattelte.

Er streichelte dem goldenen Ruk über den Hals, versetzte ihm einen festen Klaps auf die Seite – und dann flatterte Kadara fort, hoch in die Lüfte jenseits des Höhleneingangs.

Nesryn überlegte, zu ihm hinüberzugehen, um ihre Hilfe bei den Bündeln anzubieten, die jetzt durch die Halle und in den dahinterliegenden Flur geschleppt wurden, aber die Hitze, die sich in ihr ausbreitete, hatte alle Kraft aus ihren Beinen gesogen.

Gerade als Sartaq und Borte sich wieder zu ihr gesellten und der Rest sich zerstreute, entdeckte Nesryn den Mann auf der anderen Seite der Halle, der in der Nähe einer Feuerschale saß. Auf dem kleinen Holztisch neben seinem Stuhl stand eine dampfende Tasse, und obwohl auf seinem Schoß eine offene Schriftrolle zu liegen schien, war sein Blick starr auf sie gerichtet.

Sie wusste nicht, was ihr als Erstes auffiel: dass er trotz seines dunklen Teints nicht vom südlichen Kontinent stammte; dass sein Haar, kurz und braun, ganz anders war als das zu langen, seidigen Zöpfen geflochtene der Ruk-Reiter; oder dass seine Kleidung den Jacken und Hosen ähnelte, die man in Adarlan trug.

Ein Dolch hing an seiner Seite, doch trotz seiner breitschultrigen, kräftigen Statur fehlte ihm die selbstsichere, großspurige, harte Ausstrahlung eines Kriegers. Er war vielleicht Ende vierzig, und die bleichen, weißen Falten rings um seine Augen zeugten davon, dass er sie oft gegen die Sonne oder den Wind zugekniffen haben musste.

Borte führte Sartaq um die Feuerstelle herum, an verschiedenen Säulen vorbei und direkt zu dem Mann, der jetzt aufstand – er war ungefähr so groß wie Sartaq – und sich verneigte. Selbst von der anderen Seite der Halle aus, trotz des knisternden Feuers und des stöhnenden Windes, konnte Nesryn sein miserables Halha verstehen: »Es ist mir eine Ehre, Prinz.«

Borte schnaubte.

Sartaq nickte nur knapp und erwiderte in der Sprache des Nordens: »Man hat mir erzählt, Ihr wärt seit einigen Wochen ein Gast unserer Clan-Mutter.«

»Sie war so gnädig, mich hier willkommen zu heißen, ja.« Der Mann schien eine Spur erleichtert zu sein, seine Muttersprache benutzen zu können. Er warf einen Blick in Nesryns Richtung. Sie machte sich gar nicht erst die Mühe, so zu tun, als würde sie nicht lauschen. »Es war nicht zu überhören, dass vorhin von einem Captain aus Adarlan die Rede war.«

»Captain Faliq führt die königliche Garde an.«

Ohne den Blick von Nesryn abzuwenden, murmelte der Mann: »So, tut sie das.«

Nesryn hielt seinem Blick quer durch den Raum stand. *Mach nur so weiter. Glotz, solange du willst.*

»Und Euer Name?«, fragte Sartaq scharf.

Der Mann riss sich endlich los und wandte sich rasch dem Prinzen zu. »Falkan Ennar.«

Borte sagte auf Halha zu Sartaq: »Er ist Händler.«

Und wenn er vom nördlichen Kontinent kam ... Nesryn erhob sich geschmeidig, ihre Schritte fast lautlos, als sie sich näherte. Und sie sorgte dafür, dass sie auch lautlos blieben, während Falkan sie die ganze Zeit über beobachtete, sie von Kopf bis Fuß musterte. Und sie machte deutlich, dass die Anmut ihrer Bewegungen nichts mit ihrer Weiblichkeit, sondern mit ihrem Training zu tun hatte, dank dessen sie sich unbemerkt an andere heranschleichen konnte.

Falkan versteifte sich, als er endlich begriff – und verstand, dass der Dolch an seiner Seite wenig gegen sie ausrichten würde, falls er dumm genug wäre, irgendetwas zu wagen.

Gut. Immerhin schien er schlauer zu sein als ein Großteil der Männer in Rifthold. Als Nesryn in unwesentlicher Entfernung stehen blieb, fragte sie ihn: »Habt Ihr irgendwelche Neuigkeiten?«

Aus der Nähe betrachtet waren die Augen, die sie irrtümlich für dunkel gehalten hatte, von einem tiefen Saphirblau. In seiner Jugend hatte er wahrscheinlich nicht schlecht ausgesehen. »Neuigkeiten worüber?«

»Über Adarlan. Über ... alles Mögliche.«

Falkan stand bemerkenswert ruhig da – vielleicht ein Mann, der es gewohnt war, bei einem Handel seine Stellung zu behaupten. »Ich wünschte, ich könnte Euch irgendetwas berichten, Captain, aber ich befinde mich jetzt seit über zwei Jahren auf dem südlichen Kontinent. Ihr habt wahrscheinlich mehr Neuigkeiten als ich.« Eine versteckte Frage.

Und eine, die unbeantwortet bleiben würde. Sie hatte nicht die Absicht, hier, wo alle es hören konnten, über die Angelegenheiten ihres Königreichs zu plaudern. Also zuckte Nesryn nur die Achseln und wandte sich wieder in Richtung der Feuerstelle um.

»Bevor ich den nördlichen Kontinent verlassen habe«, bemerkte Falkan, als sie davonschritt, »war ein junger Mann namens Westfall der Captain der königlichen Garde. Seid Ihr sein Nachfolger?«

Vorsicht. Sie musste wirklich vorsichtig sein, um nicht allzu viel preiszugeben. Ihm gegenüber, jedem gegenüber. »Lord Westfall ist jetzt die rechte Hand des Königs Dorian Havilliard.«

Dem Händler blieb der Mund offen stehen. Sie nahm jede Regung seines Gesichts zur Kenntnis – jedes Zucken, jedes Flackern. Aber es lag weder Freude noch Erleichterung in seinen Zügen, auch kein Zorn. Nur ... Überraschung. Ehrliche, unverhohlene Überraschung. »Dorian Havilliard ist König?«

Als er Nesryns hochgezogene Brauen sah, erklärte Falkan: »Ich bin seit Monaten in der tiefsten Wildnis. Da erfährt man weder schnell noch oft etwas Neues.«

»Ein eigenartiger Ort, um Handel zu treiben«, murmelte Sartaq, und Nesryn stimmte ihm im Stillen zu.

Falkan bedachte den Prinzen nur mit einem schmalen Lächeln. Ein Mann mit seinen eigenen Geheimnissen also.

»Ihr hattet eine lange Reise«, schaltete Borte sich ein, hakte Nesryn unter und wandte sich zum Flur um. »Captain Faliq braucht eine Stärkung. Und ein Bad.«

Nesryn war sich nicht sicher, ob sie es der jungen Frau danken oder ihr verübeln sollte, dass sie sie unterbrochen hatte, aber ... Ihr Magen hing ihr tatsächlich bis zu den Kniekehlen. Und das letzte Bad war lange her.

Weder Sartaq noch Falkan hielten sie auf, sondern setzten leise murmelnd ihr Gespräch fort, als Borte sie in den Flur geleitete, der direkt in den Berg hineinführte. Von den hölzernen Türen, die ihn säumten, standen einige offen. Dahinter waren kleine Schlafgemächer zu sehen – und sogar eine winzige Bibliothek.

»Ein seltsamer Mann«, bemerkte Borte auf Halha. »Meine Großmutter weigert sich darüber zu sprechen, warum er hierhergekommen ist – was er hier eigentlich will.«

Nesryn zog eine Braue hoch. »Vielleicht *handeln*?«

Borte schüttelte den Kopf und öffnete eine Tür auf halbem Wege den Flur entlang. Der Raum dahinter war klein, mit einem schmalen Bett an der einen Wand und einer Schranktruhe und einem Holzstuhl an der gegenüberliegenden. An der Stirnseite befanden sich ein Waschtisch und ein Wasserkrug, zusammen mit einem Stapel weich aussehender Handtücher. »Wir haben nichts zu verkaufen. Für gewöhnlich sind *wir* die Händler und transportieren Waren quer über den Kontinent. Unser Clan hier tut das zwar seltener, aber einige der anderen ... Ihre Horste sind voller Schätze aus sämtlichen Territorien.« Sie stieß mit ihrer Stiefelspitze gegen das klapprige Bett und runzelte die Stirn. »Nicht so ein alter Müll wie hier.«

Nesryn kicherte. »Vielleicht möchte er Euch dann helfen, Euren Handel auszudehnen.«

Borte drehte sich um und ihre Zöpfe schwangen hin und her. »Nein. Er trifft sich mit niemandem und scheint auch gar kein *Interesse* daran zu haben.« Ein Achselzucken. »Wie auch immer. Es reicht schon, dass er überhaupt *hier* ist.«

Nesryn versuchte, alle Informationen zu ordnen. Er machte nicht den Eindruck, als wäre er einer von Moraths Spionen, aber wer wusste schon, wie weit der Arm Erawans jetzt reichte? Wenn er sich bereits bis nach Antica erstreckte, dann war es möglich, dass er tief in den Kontinent eingetaucht war. Sie würde vorsichtig sein – und hegte keinen Zweifel daran, dass Sartaq es ebenfalls war.

Borte zwirbelte das Ende eines Zopfes um einen Finger. »Ich habe gesehen, wie Ihr ihn gemustert habt. Ihr glaubt auch nicht wirklich, dass er hier ist, um Geschäfte zu machen.«

Nesryn wog die Vor- und Nachteile ab, die Wahrheit zu sagen, und entschied sich dann für den diplomatischen Weg: »Es sind seltsame Zeiten, für uns alle – ich habe gelernt, Männer nicht beim Wort zu nehmen. Oder nach ihrem Äußeren zu beurteilen.«

Borte ließ ihren Zopf fallen. »Kein Wunder, dass Sartaq Euch mit nach Hause gebracht hat. Ihr hört Euch schon genauso an wie er.«

Nesryn unterdrückte ein Lächeln und unterließ den Hinweis darauf, dass sie das durchaus als Kompliment auffasste.

Borte rümpfte die Nase und deutete in den Raum. »Nicht so fein wie der Palast des Großkhans, aber besser als einer von Sartaqs bescheidenen Schlafsäcken.«

Nesryn lächelte. »Jedes Bett wäre wohl besser als das.«

Borte grinste. »Übrigens hab ich das ernst gemeint, dass Ihr ein Bad braucht. Und einen Kamm.«

Schließlich griff Nesryn sich doch ans Haar und verzog das Gesicht. Verheddert, verfilzt und voller Knoten. Ein Albtraum, sie auch nur aus diesem Zopf zu befreien.

»Selbst Sartaq hat die Sache mit dem Flechten besser drauf«, neckte Borte sie.

Nesryn seufzte. »Trotz aller Bemühungen meiner Schwester, es mir beizubringen, bin ich zu so was einfach nicht zu gebrauchen.« Sie zwinkerte dem Mädchen zu. »Oder was denkt Ihr, warum ich mein Haar so kurz trage?«

Tatsächlich war ihre Schwester fast ohnmächtig geworden, als Nesryn eines Nachmittags – da war sie fünfzehn – nach Hause gekommen war und sich das Haar bis zum Schlüsselbein hatte abschneiden lassen. Seitdem trug sie es in dieser Länge – zum einen, um Delara zu ärgern, die deswegen immer noch schmollte, zum anderen aber auch, weil es *viel* einfacher war. Mit Klingen und Pfeilen umzugehen war eine Sache, aber Haare zu frisieren ... Sie war ein hoffnungsloser Fall.

Außerdem wäre es *keine* gute Idee gewesen, mit einer hübschen Frisur in der Kaserne aufzukreuzen.

Borte nickte nur knapp, als könne sie das verstehen. »Aber vor Eurem nächsten Flug werde ich Euch einen ordentlichen Zopf flechten.« Dann deutete sie in den Flur zu einer schmalen Treppe, die ins Dunkle führte. »Zu den Bädern geht es dort entlang.«

Nesryn schnupperte an sich – und schüttelte angewidert den Kopf. »Oh, das ist ja schrecklich.«

Borte kicherte und trat in den Flur. »Es überrascht mich, dass Sartaq nicht die Augen getränt haben.«

Nesryn folgte ihr glucksend und freute sich schon auf ein kochend heißes Bad, als sie erneut Bortes scharfen, taxierenden Blick auf sich spürte. »Was?«

»Ihr seid in Adarlan aufgewachsen, oder?«

Nesryn dachte über die Frage nach – vielmehr darüber, warum Borte sie stellte. »Ja. Ich bin in Rifthold geboren und aufgewachsen, aber die Familie meines Vaters stammt aus Antica.«

Für ein paar Schritte schwieg Borte. Aber als sie die schmale, düstere Treppe erreichten, lächelte sie Nesryn über ihre Schulter hinweg an. »Dann willkommen daheim.«

Die vielleicht schönsten Worte, die Nesryn je gehört hatte.

Im Bad fand sie uralte Kupferwannen vor, die von Hand mit heißem Wasser – Kessel für Kessel – gefüllt werden mussten, aber Nesryn verkniff sich jeglichen Kommentar, als sie sich endlich in eine davon hineinsinken lassen konnte.

Eine Stunde später, das Haar entwirrt und ausgebürstet, fand sie sich in dicke, warme Kleider eingehüllt – eine Spende von Borte persönlich – an dem gewaltigen runden Tisch in der großen Halle wieder und schaufelte sich Kaninchenbraten in den Mund. Dabei konnte sie kaum sagen, was sie mehr faszinierte – die Platten mit dem gebratenen Fleisch vor ihr oder die kobaltblauen und narzissengelben Stickereien an ihren Ärmeln. Es waren wunderschöne Kleider, die in Schichten übereinandergezogen behaglich wärmten und sie gegen die Kälte abschirmten, die trotz der Feuer die Halle durchdrang. Und ihre Zehen ... Borte hatte tatsächlich ein Paar dieser Fellstiefel für sie aufgetrieben.

Sartaq saß neben Nesryn an dem ansonsten leeren Tisch und aß ebenso schweigsam und begierig wie sie. Er hatte noch nicht gebadet, aber sein windzerzaustes Haar war neu geflochten und der lange Zopf fiel mitten über seinen muskulösen Rücken.

Als ihr Bauch sich langsam füllte und ihre Finger immer weniger hastig nach dem Essen griffen, sah Nesryn den Prinzen an. Er lächelte schwach. »Besser als Trauben und gepökeltes Schweinefleisch?«

Wortlos deutete sie mit dem Kinn auf die Knochenabfälle auf ihrem Teller, dann auf das Fett an ihren Fingern. Ob es wohl unhöflich wäre, es abzulecken? Die Gewürze waren exquisit gewesen.

»Meine Clan-Mutter ist nicht hier«, sagte er und sein Lächeln verblasste.

Nesryn hielt inne. Sie waren hergekommen, um den Rat dieser Frau zu suchen ...

»Borte zufolge wird sie morgen oder übermorgen zurück sein.«

Sie wartete. Schweigen konnte manchmal genauso wirksam sein wie ausgesprochene Fragen.

Sartaq schob seinen Teller weg und stützte die Arme auf den Tisch. »Ich weiß, dass Ihr unter Zeitdruck steht. Wenn ich könnte, würde ich selbst nach ihr suchen, aber nicht einmal Borte wusste genau, wohin sie gegangen ist. Houlun ... lässt sich gern einfach treiben. Sie sieht ihren *Sulde* im Wind flattern und schnappt sich ihren Ruk, um diesem Wind nachzujagen. Und wehe, wir versuchen, sie aufzuhalten.« Eine Geste in Richtung der Speerhalterung in der Nähe des Höhleneingangs, wo sich auch Sartaqs *Sulde* befand.

Nesryn lächelte. »Klingt interessant.«

»Das ist sie. Und in mancherlei Hinsicht ist sie mir näher als ...« Die Worte verebbten und er schüttelte den Kopf. *Als seine eigene Mutter.* Was Nesryn nicht überraschte, hatte sie ihn doch nie auch nur annähernd so offen erlebt wie hier, nie so locker im Umgang mit seinen eigenen Geschwistern wie hier mit Borte.

»Ich kann warten«, sagte Nesryn schließlich und versuchte, sich ihre Enttäuschung nicht anmerken zu lassen. »Lord Westfall braucht sowieso noch Zeit, um gesund zu werden, und ich habe ihm geschrieben, ich würde drei Wochen fortbleiben. Da machen ein oder zwei Tage mehr nichts aus.« *Aber bitte, Götter, keinen Moment länger.*

Sartaq nickte und klopfte mit einem Finger auf das uralte Holz des Tisches. »Heute Abend werden wir uns ausruhen, aber morgen ...« Der Anflug eines Lächelns erschien auf seinem Gesicht. »Wie wäre es, wenn ich Euch morgen alles hier zeige.«

»Es wäre mir eine Ehre.«

Sartaqs Lächeln wurde breiter. »Vielleicht könnten wir uns auch ein wenig im Bogenschießen üben.« Er musterte sie so unverhohlen, dass sie auf ihrem Stuhl hin und her rutschte. »Ich bin schon gespannt darauf, mich mit Neith' Pfeil zu messen, und das gilt sicher auch für unsere jungen Krieger hier.«

Nesryn schob ihren Teller zurück und sah ihn fragend an. »Die haben von mir gehört?«

Sartaq grinste. »Vielleicht habe ich bei meinem letzten Besuch hier ein oder zwei Geschichten erzählt. Was glaubt Ihr, warum bei unserer Ankunft so viele Leute versammelt waren? Nur um *mich* zu sehen, machen sie sich diese Mühe normalerweise nicht.«

»Aber Borte schien noch nie ...«

»Scheint Borte eine Person zu sein, die es *irgendwem* leicht macht?«

Eine innere Wärme erfüllte Nesryn. »Nein. Aber woher wussten sie denn, dass ich kommen würde?«

Das Grinsen, mit dem er antwortete, war der Inbegriff prinzlicher Arroganz. »Weil ich einen Tag zuvor Nachricht geschickt habe, dass Ihr wahrscheinlich mitkommen würdet.«

Nesryn starrte ihn an, außerstande, ihre gelassene Fassade aufrechtzuerhalten.

Sartaq erhob sich und griff nach ihren Tellern. »Ich hatte Euch doch gesagt, ich hätte darum gebetet, dass Ihr Ja sagen würdet, Nesryn Faliq. Wenn ich allein hier aufgetaucht wäre, hätte Borte mich damit bis in alle Ewigkeit aufgezogen.«

30

In ihrer Schlafkammer, die sich im Innern der Berghalle befand, konnte Nesryn unmöglich erkennen, welche Stunde es am Morgen war und wie lange sie geschlafen hatte. Nachdem sie unruhig gedöst hatte, war sie durch Geräusche jenseits ihrer Tür erwacht und fragte sich, ob sich draußen jemand regte. Sie bezweifelte, dass Sartaq der Typ war, der es ihr übel nehmen würde, wenn sie lange schlief, aber wenn die Rukhin den Prinzen tatsächlich wegen seines höfischen Lebens neckten, dann war es vielleicht nicht die beste Idee, den ganzen Morgen zu faulenzen, um sie für sich zu gewinnen.

Also wälzte sie sich ein wenig im Bett hin und her, um noch ein paar Minuten auszuruhen, bis sie die Sache endgültig aufgab, als sie Schatten bemerkte, die das Licht unter der Tür immer wieder abhielten. *Irgendjemand* war wach.

Sie kleidete sich an und wusch sich das Gesicht. Für ihre verschlafenen Augen hätte sie gut ein paar erfrischende Spritzer gebrauchen können, aber in der Kammer war es so warm, dass das Wasser im Krug alles andere als eisig war.

Dreißig Minuten später saß sie vor Sartaq im Sattel – und bereute es bereits.

Der Prinz war offenbar schon längst wach gewesen und hatte gerade Kadara gesattelt, als sie in der ansonsten immer noch stillen großen

Halle aufgetaucht war. Das Herdfeuer brannte so hell, als hätte sich jemand die ganze Nacht darum gekümmert, aber bis auf den Prinzen und seinen Ruk war niemand zu sehen. Und auch jetzt noch nicht, als Kadara aus dem Höhleneingang sprang.

Eisige Luft schlug Nesryn ins Gesicht und peitschte ihre Wangen, als sie abtauchten.

Auch ein paar andere Ruks waren unterwegs. Wahrscheinlich um sich ihr Frühstück zu suchen, erklärte Sartaq mit leiser Stimme, während die Morgendämmerung hereinbrach. Und dann machte sich auch Kadara auf die Jagd nach einer Mahlzeit und sie segelten von den drei Gipfeln des Horsts der Eridun in die Tiefe, zu den von Fichten bedeckten Bergen dahinter.

Nachdem Kadara sich ein halbes Dutzend fetter, silberner Lachse aus einem reißenden, türkisfarbenen Fluss geschnappt und jeden einzeln in die Luft geworfen hatte, bevor sie ihn mit einem Biss verschlang, lenkte Sartaq seinen Ruk zu einer Gruppe kleinerer Gipfel.

»Die Übungsstrecke«, erklärte er und zeigte auf etwas glattere Felsen und weniger steile Abgründe – eher abgerundete Schluchten – zwischen den Gipfeln. »Hier lernen die Anfänger reiten.«

Auch wenn dieses Gebiet weniger brutal als die drei Brudergipfel der Dorgos war, schien es Nesryn nicht viel sicherer zu sein. »Ihr habt erzählt, Ihr hättet Kadara nach dem Schlüpfen großgezogen. Machen alle Reiter das so?«

»Nicht, wenn wir gerade erst mit dem Reiten anfangen. Kinder nehmen die erfahrenen, fügsameren Ruks, die zu alt für lange Flüge sind. Wir lernen auf ihnen, bis wir dreizehn oder vierzehn sind, und suchen uns dann unser Junges aus, das wir selbst großziehen und ausbilden.«

»Dreizehn ...«

»Unsere ersten Ritte machen wir mit vier. Oder besser gesagt, die anderen. Ich war, wie Ihr wisst, ein paar Jahre später dran.«

Nesryn zeigte auf die Übungsstrecke. »Ihr lasst Vierjährige allein *da* durchreiten?«

»Bei den ersten Ritten werden sie meist von Familienmitgliedern oder Clan-Verwandten begleitet.«

Nesryn betrachtete blinzelnd den kleinen Gebirgszug und versuchte, sich ihre Nichten und Neffen dabei vorzustellen, wie sie nicht nur für eines dieser Tiere verantwortlich waren, sondern auch noch *im Sattel* bleiben mussten. Ihre Nichten und Neffen, die immer noch nackt und kreischend durchs Haus liefen, wenn das Wort *Bad* auch nur geflüstert wurde ... Ein erfolgloser Versuch.

»Die Pferde-Clans in der Steppe trainieren genauso«, erklärte Sartaq. »Die meisten Kinder können mit sechs auf den Pferden stehen und lernen den Umgang mit Pfeil und Bogen und Speeren, sobald ihre Füße zu den Steigbügeln reichen. Abgesehen vom Stehen auf den Tieren« – bei diesem Gedanken lachte er auf – »durchlaufen unsere Kinder den gleichen Prozess.« Die Sonne lugte hervor und wärmte Nesryns Haut, die dem beißenden Wind ausgesetzt war. »So hat der erste Großkhan den Kontinent erobert. Unsere Kämpfer bildeten bereits eine perfekte Kavallerie, diszipliniert und daran gewöhnt, alles an Vorräten zu tragen. Die Armeen jedoch, mit denen sie es zu tun hatten ... die anderen Königreiche rechneten nicht mit einem Feind, der durch jenes dicke Wintereis reiten konnte, von dem sie geglaubt hatten, es würde ihre Städte während der kalten Monate schützen. Und sie rechneten auch nicht mit einer Armee, die Konstrukteure bei sich hatte, die aus allen möglichen Materialien Waffen fertigen konnten, sobald sie am Zielort waren. Bis zum heutigen Tag ist die Akademie der Konstrukteure in Balruhn die angesehenste im ganzen Großkhanat.«

Das wusste Nesryn – ihr Vater hatte die Akademie ab und zu erwähnt. Ein entfernter Cousin hatte sie besucht und war zu bescheidenem Ruhm gelangt, weil er irgendeine Erntemaschine erfunden hatte.

Sartaq lenkte Kadara nach Süden und segelte hoch über die schneebedeckten Gipfel hinweg. »Außerdem rechneten jene Königreiche nicht mit einer Armee, die von hinten angriff und dabei Routen nahm, die nur wenige riskieren würden.« Er zeigte nach Westen, zu einem schmalen Band am Horizont. »In dieser Richtung liegt die Wüste Kyzultum. Über Jahrhunderte hinweg war sie eine Barriere zwischen der Steppe und dem Grasland. Bei dem Versuch, die südlichen Territorien zu erobern, mussten alle stets den langen Weg um sie herum nehmen, was den Verteidigern jede Menge Zeit gab, ein Heer aufzustellen. Als jene Königreiche also hörten, dass der Großkhan und seine hunderttausend Krieger ausgerückt waren, positionierten sie ihre Armeen, um sie abzufangen.« Stolz sprach aus jedem seiner Worte. »Nur um dann feststellen zu müssen, dass der Großkhan und seine Armeen den direkten Weg durch die Wüste Kyzultum genommen und sich dabei mit den dort heimischen – und von den südlichen Königreichen abschätzig betrachteten – Nomaden angefreundet hatten. Die Nomaden haben sie schließlich durch die Wüste geführt und es dem Großkhan ermöglicht, sich hinterrücks anzuschleichen und die unbewachten Städte zu überfallen.«

Sie spürte sein Lächeln an ihrem Ohr und rutschte ein klein wenig näher an ihn heran. »Was ist dann passiert?« Sie hatte bisher nur Bruchstücke dieser Geschichten gehört – nie einen so ausführlichen Bericht und schon gar nicht aus dem Mund eines Mannes, der in dieses glorreiche Geschlecht hineingeboren worden war. »War es ein offener Krieg?«

»Nein«, antwortete Sartaq. »Der Großkhan hat richtige Kämpfe, wann immer er konnte, vermieden. Stattdessen hat er an einigen Schlüsselfiguren ein brutales Exempel statuiert, um Entsetzen zu verbreiten, und als er dann viele dieser Städte oder Armeen endlich erreichte, legten die meisten ihre Waffen kampflos nieder und akzeptierten die Kapitulationsbedingungen. Furcht war seine Waffe, ebenso wie sein *Sulde*.«

»Ich habe gehört, er hatte zwei – *Sulde* meine ich.«

»Die hatte er. Und mein Vater hat sie immer noch. Ebenholz und Elfenbein nennen wir sie. Ein *Sulde* mit weißem Pferdehaar für Friedenszeiten und einer mit schwarzem Pferdehaar für den Krieg.«

»Ich nehme an, er hatte das Ebenholz bei diesen Feldzügen dabei.«

»Allerdings. Und bis er die Kyzultum durchquert und die erste Stadt eingenommen hatte, hatte sich die Nachricht davon, was einem bei Widerstand drohte und dass er tatsächlich einen Ebenholz-*Sulde* bei sich trug, so schnell und so weit verbreitet, dass sich das nächste Königreich nicht einmal mehr die Mühe einer Armee gemacht hatte. Es hat einfach kapituliert. Und der Großkhan hat die Leute großzügig dafür belohnt – und dafür gesorgt, dass auch andere Territorien davon hörten.« Er schwieg einen Moment lang. »Adarlans König war nicht so schlau oder so barmherzig, nicht wahr?«

»Nein.« Nesryn schluckte. »Das war er nicht.« Der Mann hatte zerstört und geplündert und versklavt. Wenn auch nicht der Mann – sondern der Dämon in ihm.

Sie fügte hinzu: »Die Armee, die Erawan zusammengeschart hat ... Er hat mit der Ansammlung der Streitkräfte bereits begonnen, lange bevor Dorian und Aelin erwachsen wurden und ihr Erbe einforderten. Chaol – Lord Westfall hat mir von Tunneln und Gewölben unter dem Palast in Rifthold erzählt, die dort schon seit Jahren existierten. Orte, an denen mit Menschen und Valg experimentiert worden war. Direkt unter den Füßen ahnungsloser Höflinge.«

»Was die Frage nach dem Warum aufwirft«, überlegte Sartaq. »Wenn er den größten Teil des nördlichen Kontinents bereits erobert hatte, warum dann noch eine solche Streitmacht weiter aufstellen? Er dachte doch schließlich, Aelin Galathynius wäre tot – und ich nehme an, er hat nicht vorhergesehen, dass Dorian Havilliard ebenfalls zum Rebellen werden würde.«

Sie hatte ihm nichts von den Wyrdschlüsseln erzählt – und konnte sich auch jetzt nicht dazu durchringen. »Wir haben immer geglaubt, Erawan wäre wild entschlossen, diese Welt zu erobern. Das schien Grund genug zu sein.«

»Aber jetzt klingt Ihr so, als würdet Ihr daran zweifeln.«

Nesryn dachte nach. »Ich *verstehe* einfach nicht, warum. Wie Ihr schon sagtet: Warum all diese Mühe, warum *mehr* erobern wollen, wenn er den nördlichen Kontinent insgeheim ohnehin beherrscht hat? Erawan hat bereits unzählige Gräueltaten verübt. Ist es der Wunsch, unsere Welt noch weiter in die Dunkelheit zu stürzen? Der Wunsch, sich selbst Herr der Welt nennen zu können?«

»Vielleicht kennt ein Dämon keine Motive oder Gründe. Vielleicht verspürt er einfach den Drang zu zerstören.«

Nesryn schüttelte den Kopf und blinzelte in die Sonne, die langsam höher stieg und immer heller blendete.

Nachdem Sartaq in den Horst der Eridun zurückgekehrt war, ließ er Kadara in der großen Halle und setzte Nesryns Führung fort. Er ersparte ihr die Peinlichkeit, darum betteln zu müssen, *nicht* die Strickleitern an der Felswand zu benutzen, und führte sie gleich durch die Treppenhäuser und Gänge im Innern des Berges. Aber um die anderen zwei Gipfel zu erreichen, würden sie – wie er betonte – entweder hinüberfliegen oder eine der beiden Brücken nehmen müssen, die zwischen ihnen gespannt waren. Ein einziger Blick auf das Seil und das Holz genügten, dass Nesryn verkündete, sie könne damit gern noch einen Tag warten.

Auf Kadara zu reiten war eine Sache. Nesryn vertraute dem Vogel und seinem Reiter. Aber die Brücken, die – wie gut sie auch gebaut sein mochten – hin und her schwankten ... Bevor sie diese Überquerung wagte, würde sie vielleicht ein oder zwei Drinks benötigen.

Doch auch im Berg selbst gab es jede Menge zu sehen – Rokhal der Flüsternde wurde er genannt. Die beiden anderen Brudergipfel der

Dorgos waren Arik der Singende und Torke der Brüllende – alle drei nach dem Klang des Windes benannt, wenn er um sie herum- und über sie hinwegstrich.

Rokhal war der größte von ihnen und der am tiefsten durchdrungene, sein Kronjuwel war die Halle Altun nahe dem Gipfel. Aber selbst in den Kammern unter der Berghalle wusste Nesryn kaum, wo sie hinschauen sollte, als der Prinz sie durch die gewundenen Flure und Räumlichkeiten führte.

Da gab es zahlreiche Küchen und kleine Versammlungshallen, die Behausungen und Werkstätten der Ruk-Reiter, die Nester verschiedener Ruks, deren Federkleid farblich zwischen Kadaras Goldton und einem dunklen Braun lag, die Schmieden, in denen Rüstungen aus innerhalb des Berges abgebautem Erz hergestellt wurden. Die Gerbereien für die Herstellung der Sättel; die Handelsstationen, wo man um Haushaltswaren und Kleinigkeiten feilschen konnte. Und zu guter Letzt, auf Rokhals Gipfel, die Übungsplätze.

Es gab weder eine Mauer noch einen Zaun auf dem breiten, flachen Gipfel. Nur ein kleines, rundes Gebäude, das Zuflucht vor Wind und Kälte bot, sowie einen Zugang zum Treppenhaus darunter.

Nesryn war schon außer Atem, als sie endlich die hölzerne Tür öffneten und in den schneidenden Wind traten – doch der Anblick, der sich ihr bot, verschlug ihr erst recht den Atem.

Das hier war noch mal etwas völlig anderes als ein Flug über die Berge.

Schneebedeckte, erhabene Gipfel umgaben sie, so uralt wie die Erde selbst, unberührt und schlummernd. In der Nähe zwischen zwei parallel verlaufenden Felskämmen glitzerte ein länglicher See, die Ruks bloße Schatten auf der blaugrünen Oberfläche.

Noch nie zuvor hatte sie etwas so Großartiges und Gnadenloses gesehen, etwas so Weites und Schönes. Und obwohl sie im Vergleich zu der Größe der Berge ringsum so unbedeutend war wie eine Eintagsfliege, hatte sie irgendwie das Gefühl, ein Teil davon zu sein, als stamme sie selbst von hier.

Sartaq stand neben ihr und folgte ihrem Blick überallhin, als wären ihre Blicke miteinander verbunden. Als Nesryn auf einen einsamen, breiten Berg auf der anderen Seite des Sees starrte, sog er schnell den Atem ein. Auf den dunklen Hängen dieses Berges wuchsen keine Bäume, Schnee umhüllte seine obersten Felsen und seinen Gipfel wie ein Umhang.

»Das ist Arundin«, sagte Sartaq so leise, als fürchtete er sogar den Wind als heimlichen Lauscher. »Der vierte Sänger unter diesen Gipfeln.« Tatsächlich schien der Wind von diesem Berg herüberzuwehen, kalt und schnell. »Der Stille, so nennen wir ihn.«

Und wirklich, es lastete eine seltsame Art von Stille um diesen Gipfel. In dem türkisfarbenen Wasser des Sees zu seinen Füßen lag sein perfektes Spiegelbild, so klar, dass Nesryn sich fragte, ob man eine andere Welt finden würde, wenn man unter die Oberfläche tauchte, eine Schattenwelt. »Warum?«, fragte sie schließlich.

Sartaq wandte sich ab, als könne er den Anblick Arundins nicht lange ertragen. »Auf seinen Hängen begraben wir Rukhin unsere Toten. Wenn wir näher heranfliegen, werdet Ihr sehen, dass seine Wände mit *Sulde* bedeckt sind – die einzigen Hinweise auf die Gefallenen.«

Vielleicht war die Frage gänzlich unpassend und sogar makaber, aber Nesryn stellte sie trotzdem: »Werdet Ihr eines Tages dort zur Ruhe gebettet werden oder im heiligen Land der Steppen bei Eurer restlichen Familie?«

Sartaq stieß mit der Fußspitze gegen den glatten Stein unter ihm. »Diese Entscheidung liegt noch vor mir. Die beiden Herzen in meiner Brust werden wahrscheinlich noch einen langen Kampf ausfechten müssen.«

Etwas, das sie nur zu gut nachvollziehen konnte – dieses Hin- und Hergerissensein zwischen zwei Orten.

Rufe und klirrendes Metall lenkten sie von dem faszinierenden, ewigen Schweigen Arundins ab und machten sie auf den eigentlichen Zweck des Gipfels von Rokhal aufmerksam: die Übungsplätze.

Männer und Frauen in lederner Reitmontur standen in und an verschiedenen Bereichen und Übungsstationen. Einige schossen mit beeindruckender Genauigkeit Pfeile auf Zielscheiben, andere warfen Speere, wieder andere kämpften Schwert gegen Schwert. Ältere Reiter marschierten zwischen den Kriegern umher und bellten Befehle oder korrigierten Zielrichtung und Haltung.

Ein paar von ihnen wandten sich in ihre Richtung, als Sartaq und Nesryn sich dem Übungsring vom hinteren Ende her näherten, wo das Bogenschießen stattfand.

Bei dem Wind und der Kälte ... Angesichts dieser Faktoren bewunderte Nesryn das Geschick der Bogenschützen umso mehr. Es überraschte sie nicht wirklich, Borte unter den drei Bogenschützen zu entdecken, die auf ausgestopfte Puppen zielten. Ihre langen Zöpfe flatterten im Wind.

»Bist du hier, um dich mal wieder richtig plattmachen zu lassen, Bruder?« Borte grinste in boshafter Begeisterung.

Da war es wieder, dieses kräftige, angenehme Lachen Sartaqs, als er sich einen Langbogen von dem Ständer in der Nähe nahm und einen Köcher schulterte. Er schob seine Clan-Schwester mit einem Stoß seiner Hüfte beiseite, legte einen Pfeil an und spannte mühelos den Bogen. Zielte, schoss – und Nesryn lächelte, als der Pfeil mitten in den Hals der Puppe traf.

»Beeindruckend für so ein Prinzchen«, meinte Borte gedehnt. Dann drehte sie sich zu Nesryn um und zog ihre dunklen Brauen hoch. »Und was ist mit Euch?«

Wie Ihr wollt. Nesryn verkniff sich ein Lächeln, als sie aus dem schweren Wollmantel schlüpfte, Borte zunickte und zu dem Ständer mit Pfeil und Bogen ging. Der Bergwind war eisig, jetzt, da sie nur mehr ihre Ledermontur trug, aber sie blendete Rokhals Flüstern aus und strich mit den Fingern über das geschnitzte Holz. Eibe, Esche ... Sie griff nach einem der Eibenbögen und prüfte sein Gewicht, seine Biegsamkeit, seinen Widerstand. Eine solide, tödliche Waffe.

Und doch vertraut. So vertraut wie ein alter Freund. Vor dem Tod ihrer Mutter hatte sie nie einen Bogen in der Hand gehabt, doch während dieser ersten Jahre der Trauer und Benommenheit war ihr das körperliche Training, das sowohl Konzentration als auch Kraft erforderte, eine echte Hilfe gewesen. Ein Zufluchtsort, um zu sich selbst zu kommen und Kraft zu schöpfen.

Sie fragte sich, ob irgendeiner ihrer alten Lehrer den Angriff auf Rifthold überlebt hatte. Ob irgendeiner ihrer Pfeile einen Wyvern vom Himmel geschossen hatte. Oder zumindest lange genug aufgehalten hatte, um ein Leben zu retten.

Während sie diese Gedanken sich setzen ließ, wählte sie die Pfeile aus. Die Metallspitzen waren schwerer als die in Adarlan, der Schaft eine Spur dicker. Dazu gemacht, um in rasender Geschwindigkeit durch die heftigen Winde zu fliegen. Und vielleicht, wenn sie Glück hatten, um den einen oder anderen Wyvern abzuschießen.

Nachdem sie Pfeile aus verschiedenen Köchern gewählt und sie in ihren eigenen Köcher gesteckt hatte, schnallte sie ihn sich auf den Rücken und begab sich zu der Linie, von wo aus Borte, Sartaq und einige andere schweigend zusahen.

»Wählt ein Ziel aus«, sagte Nesryn zu Borte.

Die Frau grinste. »Hals, Herz, Kopf.« Sie zeigte auf jede der drei Puppen, mit einem jeweils anderen Ziel. Der Wind rüttelte an ihnen und für jeden Treffer musste neu anvisiert und eine völlig andere Kraft aufgewendet werden. Das wusste Borte – ebenso wie alle anderen Krieger es wussten.

Nesryn hob einen Arm hinter den Kopf und strich mit den Fingern über die Befiederung, ließ sie über ihre Haut riffeln, während sie die drei Ziele musterte. Während sie auf das Murmeln des Windes lauschte, der an Rokhal vorbeiraste, und das Echo dieses wilden Rufs in ihrem eigenen Herzen hörte. *Windsucherin,* hatte ihre Mutter sie genannt.

Nesryn zog einen Pfeil nach dem anderen hervor und schoss.

Wieder und wieder und wieder.

Wieder und wieder und wieder.

Wieder und wieder und wieder.

Und als sie fertig war, war nur das Heulen des Windes zu hören – von Torke dem Brüllenden. Sämtliche Krieger hatten in ihrem Training innegehalten. Und starrten auf ihr Werk.

Statt drei Pfeile auf die drei Puppen zu verteilen, hatte sie neun Pfeile abgeschossen.

Drei perfekte Treffer – Herz, Hals, Kopf – auf jeder der drei Puppen.

Und keine drei Zentimeter Abweichung. Trotz der singenden Winde.

Sartaq grinste, als sie sich zu ihm umdrehte, und sein langer Zopf wehte hinter ihm her, als wäre er selbst ein *Sulde.*

Aber Borte drängte sich an ihm vorbei und flüsterte Nesryn zu: »Zeigt es mir.«

Stundenlang stand Nesryn im Übungsring auf dem Rokhal und erklärte, wie sie es gemacht hatte, wie sie Wind und Gewicht und Luftwiderstand berechnete. Und ebenso, wie sie alle unterwies, die zu ihr kamen, zeigten ihr diese wiederum ihre eigenen Techniken. Wie sie sich im Sattel drehten, um nach hinten zu schießen, welche Bögen sie zum Jagen oder im Kampf benutzten.

Nesryns Wangen waren bereits rissig vom Wind, ihre Hände taub, aber sie lächelte – breit und unermüdlich –, als ein atemloser Bote aus dem Eingang zum Treppenhaus auf Sartaq zugestürzt kam.

Seine Clan-Mutter war endlich in den Horst zurückgekehrt.

Sartaqs Gesicht verriet nichts, aber auf ein Nicken von ihm befahl Borte den Umstehenden, wieder auf ihre verschiedenen Posten zu gehen. Sie gehorchten, jedoch nicht ohne Nesryn zum Dank und als Willkommensgeste anzugrinsen. Sie antwortete mit einer Neigung ihres Kopfes.

Sartaq hing seinen Köcher und seinen Bogen wieder an den Ständer und streckte eine Hand nach Nesryns Sachen aus. Sie gab ihm beides, um dann mehrmals die Finger zu öffnen und zu schließen, nach all den Stunden, in denen sie Pfeil und Bogen umklammert hatte.

»Sie wird müde sein«, warnte Borte, ein Kurzschwert in der Hand. Ihr Training war anscheinend noch nicht vorüber. »Bedräng sie nicht zu sehr.«

Sartaq warf Borte einen ungläubigen Blick zu. »Denkst du, ich will wieder eins mit dem Löffel übergezogen kriegen?«

Nesryn verschluckte sich fast an ihrem unterdrückten Lachen, während sie wieder in den bestickten, kobaltblau-goldenen Wollmantel schlüpfte und den Gürtel schloss. Dann folgte sie dem Prinzen ins Innere des Berges und glättete ihr windzerzaustes Haar, als sie die schummrige Treppe hinabstiegen.

»Borte trainiert mit den anderen, obwohl sie eines Tages die Eridun anführen soll?«

»Ja«, bestätigte Sartaq, ohne sich umzuschauen. »Alle Clan-Mütter können kämpfen, angreifen, verteidigen. Aber Bortes Ausbildung umfasst noch mehr.«

»Zum Beispiel die verschiedenen Sprachen dieser Welt.« Ihre Kenntnisse der nördlichen Sprache waren ebenso vollendet wie die Sartaqs.

»Genau. Und Geschichte und ... vieles, was nicht einmal ich von Borte oder ihrer Großmutter je erfahren werde.«

Seine Worte hallten von den Steinen ringsum wider. »Und Bortes Mutter?«, wagte Nesryn zu fragen.

Sartaq straffte die Schultern. »Ihr *Sulde* steht auf Arundins Hängen.«

Allein die Art, wie er das sagte, der kalte Schliff seiner Stimme ... »Das tut mir leid.«

»Mir auch«, war alles, was Sartaq erwiderte.

»Und ihr Vater?«

»Ein Mann, den ihre Mutter in fernen Landen kennengelernt hatte und an dem sie nicht länger als eine Nacht festhalten mochte.«

Nesryn sah diese entschlossene, kratzbürstige junge Frau vor sich, die im Übungsring so geschickt gekämpft hatte. »Dann bin ich froh, dass sie Euch hat. Und ihre Großmutter.«

Sartaq zuckte die Achseln. Sie hatte sich auf gefährliches, fremdes Terrain gewagt – wo sie kein Recht hatte, Fragen zu stellen.

Aber dann sagte Sartaq: »Ihr seid eine gute Lehrerin.«

»Danke« war alles, was ihr dazu einfiel. Die ganze Zeit über, während sie die anderen in Haltung und Technik unterwiesen hatte, hatte er sich dicht neben ihr gehalten, aber kaum geredet. Ein Anführer, der nicht ständig den Mund offen haben musste.

Er stieß einen Seufzer aus und lockerte die Schultern. »Ich bin erleichtert zu sehen, dass die Realität der Legende gerecht wird.«

Nesryn kicherte, dankbar dafür, sich wieder auf sicherem Terrain zu befinden. »Ihr hattet daran Zweifel?«

Sie erreichten den Treppenabsatz zur großen Halle. Sartaq hielt kurz inne, bis sie neben ihm herging. »Den Berichten über Euch fehlten ein paar Schlüsselinformationen. Darum kamen mir Zweifel.«

Bei dem verschmitzten Glanz in seinen Augen legte Nesryn den Kopf schief. »Was genau haben sie denn nicht erwähnt?«

Als sie die große Halle betraten, war diese verlassen – bis auf eine Gestalt in einem Umhang, kaum sichtbar auf der anderen Seite der Feuergrube. Und jemanden, der neben ihr saß.

Sartaq wandte sich Nesryn zu und musterte sie – von oben bis unten und von unten bis oben. Es gab kaum etwas, das er ausließ. »Sie haben nicht erwähnt, wie schön Ihr seid.«

Nesryn öffnete und schloss den Mund wieder und war davon überzeugt, dass es an einen Fisch auf dem Trockenen erinnerte. Wenig schmeichelhaft.

Mit einem Augenzwinkern ging Sartaq voraus und rief: »*Ej.*« Der Ausdruck der Rukhin für *Mutter*, wie er ihr am Morgen erzählt hatte. Nesryn eilte hinter ihm her, um die gewaltige Feuerstelle herum. Die Frau, die auf der obersten Treppenstufe saß, zog ihre Kapuze zurück.

Sie hatte ein hochbetagtes Weib erwartet, zahnlos und gebeugt vom Alter.

Stattdessen lächelte eine Frau mit geradem Rücken und geflochtenem, onyxschwarzem Haar – das nur von silbernen Strähnen durchzogen war – Sartaq grimmig an. Und obwohl sich das Alter in ihren Zügen widerspiegelte ... war es Bortes Gesicht. Oder Bortes Gesicht in vierzig Jahren.

Die Clan-Mutter trug wie alle anderen die lederne Reitmontur, die ihr dunkelblauer Umhang – tatsächlich eine Jacke, die sie sich über die Schultern gehängt hatte – zum Teil verdeckte.

Aber an ihrer Seite ... Falkan. Mit seinen dunklen, saphirblauen Augen musterte er sie ernst. Bei seinem Anblick zügelte Sartaq seine Schritte, entweder verärgert darüber, dass er nicht der Erste gewesen war, der ihre Aufmerksamkeit hatte gewinnen können, oder einfach, weil der Händler bei diesem Wiedersehen zugegen war.

Aber dank seiner guten Erziehung oder seines Selbsterhaltungstriebs setzte Sartaq seinen Weg fort und sprang auf die erste Stufe der Grube, um von dort aus auf seine Mutter zuzuschreiten.

Als er näher kam, erhob Houlun sich und begrüßte ihn mit einer schnellen, festen Umarmung. Dann legte sie ihm die Hände auf beide Schultern. Die Frau war fast so groß wie er, ihre eigenen Schultern kräftig, die Oberschenkel muskulös. Sie musterte Sartaq mit scharfsichtigem Blick.

»Kummer lastet immer noch schwer auf dir«, bemerkte sie und strich mit einer narbigen Hand über Sartaqs hohen Wangenknochen. »Und Sorge.«

Sartaq schloss die Augen, bevor er den Kopf neigte. »Ich habe dich vermisst, *Ej*.«

»Schmeichler«, tadelte Houlun ihn und tätschelte seine Wange.

Nesryn hätte – zu ihrem Entzücken – schwören können, dass der Prinz errötete.

Das Feuer tauchte die wenigen silbernen Strähnen in Houluns Haar in einen rotgoldenen Schein, als sie nun um Sartaqs breite Schultern herum zu Nesryn spähte, die am Rand der Feuerstelle stand. »Und da ist ja die Bogenschützin aus dem Norden.« Sie neigte den Kopf. »Ich bin Houlun, Tochter von Dochin, aber Ihr dürft mich *Ej* nennen, wie die anderen auch.«

Ein Blick in ihre braunen Augen genügte, um zu wissen, dass Houlun nicht viel entging. Nesryn verbeugte sich. »Es ist mir eine Ehre.«

Die Clan-Mutter sah sie lange an. Und Nesryn hielt ihrer Musterung stand, so reglos sie konnte. Ließ die Frau sehen, was sie sehen wollte.

Endlich wandte Houlun sich wieder an Sartaq. »Wir haben viel zu besprechen.«

Erst als sie nicht mehr diesem scharfen Blick ausgesetzt war, wagte Nesryn wieder zu atmen, hielt den Rücken jedoch weiterhin kerzengerade.

Sartaq nickte und sein Gesicht zeigte so etwas wie Erleichterung. Aber mit Blick auf Falkan, der sie alle von seinem Platz aus beobachtete, erwiderte er: »Einiges davon sollte unter uns besprochen werden, *Ej*.«

Nicht unhöflich, aber auch keineswegs warm. Nesryn verkniff es sich, die Bemerkung des Prinzen zu bekräftigen.

Houlun wedelte mit einer Hand. »Dann muss das eben warten.« Sie zeigte auf die steinerne Stufe. »Setz dich.«

»*Ej* …«

Falkan bewegte sich, als würde er ihnen einen Gefallen tun wollen und gehen.

Aber Houlun bedeutete ihm mit einer stummen Warnung zu bleiben. »Ich möchte, dass ihr alle zuhört.«

Sartaq ließ sich auf die Stufe fallen – der einzige Hinweis auf seine Unzufriedenheit war der Fuß, mit dem er auf den Boden tappte. Nesryn setzte sich neben ihn und die strenge Frau nahm wieder ihren Platz zwischen ihnen und Falkan ein.

»Etwas uraltes Böses regt sich tief in diesen Bergen«, begann Houlun. »Aus diesem Grund war ich während der letzten Tage fort – um es aufzuspüren.«

»*Ej*.« Warnung und Furcht schwangen in der Stimme des Prinzen mit.

»Ich bin nicht so alt, dass ich meinen *Sulde* nicht mehr schwingen könnte, mein Junge.« Sie funkelte ihn an. In der Tat, nichts an dieser Frau wirkte auch nur im Mindesten alt.

»Und auf was genau hast du Jagd gemacht?«

Houlun sah sich in der Halle nach möglichen Lauschern um. »Es sind Ruk-Nester geplündert, Eier des Nachts gestohlen worden. Geschlüpfte Junge sind verschwunden.«

Sartaq fluchte, derb und leise. Nesryn blinzelte und ihr schnürte sich der Magen zusammen.

»Schon seit Jahrzehnten haben sich keine Wilderer mehr in diese Berge gewagt«, stellte der Prinz fest. »Aber du hättest sie nicht *allein* verfolgen sollen, *Ej*.«

»Es waren keine Wilderer, die ich gejagt habe. Sondern etwas Schlimmeres.«

Ein Schatten fiel auf das Gesicht der Frau und Nesryn schluckte. Falls die Valg wirklich hierhergekommen waren …

»Meine eigene *Ej* hat sie die *Kharankui* genannt.«

»Das bedeutet Schatten – Dunkelheit«, flüsterte Sartaq Nesryn zu und Entsetzen spiegelte sich auf seinen Zügen wider.

Ihr Herz donnerte. Sollten die Valg bereits hier sein ...

»Aber in Euren Ländern«, fuhr Houlun fort und schaute zwischen Nesryn und Falkan hin und her, »nennt man sie anders, nicht wahr?«

Nesryn musterte Falkan und er schluckte, während sie sich fragte, wie sie es vermeiden konnte, irgendetwas über die Valg preiszugeben ...

Aber Falkan nickte. Und erwiderte mit einer Stimme, die über dem prasselnden Feuer kaum zu hören war: »Wir nennen sie stygische Spinnen.«

31

Die stygischen Spinnen sind kaum mehr als ein Mythos«, brachte Nesryn an Houlun gewandt heraus. »Spinnenseide ist so selten, dass manche sogar an ihrer Existenz zweifeln. Ihr jagt womöglich Geistern nach.«

Aber es war Falkan, der mit einem düsteren Lächeln antwortete: »Verzeiht, Captain Faliq, wenn ich anderer Meinung bin.« Er griff sich in die Brusttasche seiner Jacke und Nesryn spannte sämtliche Muskeln an. Ihre Hand schoss zu dem Dolch an ihrer Taille. Sie war auf alles gefasst ...

Doch es war keine Waffe, die er hervorzog.

Der weiße Stoff schillerte wie Sternenfeuer, als Falkan ihn in der Hand bewegte. Selbst Sartaq stieß beim Anblick des taschentuchgroßen Stücks Stoff einen Pfiff aus.

»Spinnenseide«, sagte Falkan und schob den Stoff zurück in seine Jacke. »Direkt von der Quelle.«

Während Nesryn der Unterkiefer herunterklappte, bemerkte Sartaq: »Ihr habt diese Schreckenswesen aus der Nähe gesehen.« Nicht wirklich eine Frage.

»Ich habe auf dem nördlichen Kontinent mit ihresgleichen Handel getrieben«, korrigierte Falkan ihn mit diesem düsteren Lächeln und so vielen Schatten auf dem Gesicht. »Vor fast drei Jahren. Manch einer mag mich für wahnsinnig halten, aber ich habe fast hundert Meter Spinnenseide davongetragen.«

Allein dieses Taschentuch in seiner Jacke war eine Riesensumme wert. Hundert Meter davon ... »Ihr müsst so reich sein wie der Großkhan selbst«, platzte sie heraus.

Er zuckte nur die Achseln. »Ich habe gelernt, dass wahrer Reichtum nicht nur aus Gold und Juwelen besteht.«

Sartaq fragte leise: »Was war dann der Preis?« Denn die stygischen Spinnen handelten nicht mit materiellen Gütern, sondern mit Träumen und Wünschen und ...

»Zwanzig Jahre. Zwanzig Jahre meines Lebens. Nicht vom Ende genommen, sondern aus der Blüte.«

Nesryn betrachtete den Mann, dessen Haar noch nicht grau war, während das Gesicht erste Anzeichen des Alterns zeigte ...

»Ich bin siebenundzwanzig«, sagte Falkan zu ihr. »Und doch wirke ich jetzt wie ein Mann von fast fünfzig.«

Heilige Götter. »Und was wollt Ihr hier im Horst?«, fragte Nesryn. »Produzieren die Spinnen hier ebenfalls diese Seide?«

»Sie sind nicht so zivilisiert wie ihre Schwestern im Norden«, warf Houlun ein und schnalzte mit der Zunge. »Die *Kharankui* erschaffen nicht – sie zerstören nur. Lange Zeit haben sie in ihren Höhlen und auf ihren Pässen des Dagul Fjälls ausgeharrt, im fernen Süden dieses Gebirges. Und lange Zeit haben wir respektvoll Abstand gehalten.«

»Und warum, denkst du, sollten sie jetzt kommen und unsere Eier stehlen?« Sartaq schaute zu den wenigen Ruk, die am Höhleneingang auf ihre Reiter warteten. Er beugte sich vor und stützte die Unterarme auf die Oberschenkel.

»Wer sollte es sonst sein?«, konterte die Clan-Mutter. »Es wurden keine Wilderer gesichtet. Wer sonst sollte sich in dieser Höhe an das Nest eines Ruks heranschleichen? In den vergangenen Tagen bin ich über ihre Gebiete geflogen. Ihre Netze erstrecken sich in der Tat von den Gipfeln und Pässen des Fjälls bis hinunter zu den Kiefernwäldern in den Schluchten und haben dort alles Leben erstickt.« Ein Blick in Falkans Richtung. »Ich halte es für keinen Zufall, dass die *Kharankui* genau zu dem Zeitpunkt mit ihrer erneuten Jagd auf die Welt beginnen, als ein Händler bei uns im Horst auftaucht und Fragen hinsichtlich ihrer nördlichen Verwandten stellt.«

Bei Sartaqs scharfem Blick hob Falkan abwehrend die Hände. »Ich habe sie noch nicht aufgesucht und erst recht nicht provoziert. Ich habe nur von dem ungeheueren Wissen Eurer Clan-Mutter gehört und wollte sie um Rat fragen, bevor ich irgendetwas wage.«

»Und was wollt Ihr wagen?«, fragte Nesryn und legte den Kopf schief.

Falkan konzentrierte sich auf seine Hände und krümmte die Finger, als wären sie steif. »Ich will meine Jugend zurückhaben.«

»Er hat seine hundert Meter verkauft«, sagte Houlun zu Sartaq, »und meint jetzt tatsächlich, er könne die Zeit trotzdem noch zurückfordern.«

»Das *kann* ich auch«, beharrte Falkan in einem Ton, der ihm einen warnenden Blick von Houlun eintrug. Er mäßigte sich und verdeutlichte: »Es gibt ... noch einiges für mich zu tun. Und ich möchte das erledigt haben, bevor das Alter mir in die Quere kommt. Wie ich erfahren habe, gibt es nur eine Möglichkeit, mir diese verlorenen Jahre zurückzuholen: Ich muss die Spinne töten, die meine zwanzig Jahre gefressen hat.«

Nesryn runzelte die Stirn. »Warum jagt Ihr dann diese Spinne nicht daheim? Warum seid Ihr hierhergekommen?«

Falkan antwortete nicht.

Stattdessen erklärte Houlun: »Weil er außerdem erfahren hat, dass nur ein großer Krieger eine *Kharankui* erschlagen könne. Der größte des Landes. Er hat von unserer räumlichen Nähe zu diesen Schreckenswesen gehört und sich überlegt, sein Glück zuerst hier zu versuchen – um in Erfahrung zu bringen, was wir über die Spinnen wissen, vielleicht sogar, wie man sie töten kann.« Sie starrte leicht abwesend vor sich hin. »Vielleicht aber auch, um über ein Hintertürchen zu seinen verlorenen Jahren zu gelangen, der Weg *hierher* ein Mittel, um ihm die Konfrontation *dort* zu ersparen.«

Ein durchaus vernünftiger Plan für einen Mann, der wahnsinnig genug war, sein Leben überhaupt zu verschachern.

»Aber was hat das alles mit den gestohlenen Eiern und Ruk-Jungen zu tun, *Ej*?« Sartaq hatte ganz offensichtlich ebenso wenig Mitgefühl für den Händler, der seine Jugend gegen den Reichtum eines Königs eingetauscht hatte, wie Houlun. Falkan wandte das Gesicht dem Feuer zu, als wäre er sich dessen wohl bewusst.

»Ich will, dass du sie findest«, antwortete Houlun.

»Sie sind wahrscheinlich längst tot, *Ej*.«

»In ihren Kokons können diese Schreckenswesen ihre Beute ziemlich lange am Leben erhalten. Aber du hast recht – sie sind wahrscheinlich bereits verzehrt worden.« Der Zorn auf ihrem Gesicht gab einen Hinweis auf die Kriegerin in ihr; die Kriegerin, zu der auch ihre Enkeltochter werden würde. »Deshalb will ich, dass du sie findest, wenn es das nächste Mal passiert. Und ich will, dass du diesen götterlosen Haufen Dreck daran erinnerst, dass wir beim Diebstahl unserer Jungen keine Gnade walten lassen.« Sie deutete mit dem Kinn auf Falkan. »Ihr geht mit ihnen, wenn sie aufbrechen. Dann könnt Ihr sehen, ob die Antworten, nach denen Ihr sucht, dort zu finden sind.«

»Warum nicht sofort?«, fragte Nesryn. »Um sie so schnell wie möglich zu bestrafen?«

»Weil wir immer noch keine Beweise haben«, antwortete Sartaq. »Und wenn wir grundlos angreifen ...«

»Die *Kharankui* sind langjährige Feinde der Ruks«, beendete Houlun seine Überlegungen. »Vor langer Zeit, noch bevor die Reiter aus der Steppe diese Berge erklommen haben, hatten sie einander bekriegt.« Sie schüttelte den Kopf, als verjagte sie den Schatten der Erinnerung, und erklärte dann an Sartaq gewandt: »Das ist auch der Grund, warum wir das alles für uns behalten werden. Auf keinen Fall dürfen Reiter und Ruks im Zorn aufbrechen oder in Panik geraten. Sag ihnen, dass sie die Nester gut bewachen sollen, aber nenn ihnen keine Gründe.«

Sartaq nickte. »Wie du es wünschst, *Ej*.«

Die Clan-Mutter wandte sich wieder an Falkan. »Jetzt möchte ich mit meinem Captain sprechen.«

Falkan verstand, dass er entlassen war, und erhob sich. »Ich stehe zu Eurer Verfügung, Prinz Sartaq.« Mit einer anmutigen Verneigung ging er durch die Halle davon.

Als Falkans Schritte verklungen waren, murmelte Houlun: »Es beginnt von Neuem, nicht wahr?« Der Blick ihrer dunklen Augen wanderte zu Nesryn und das Feuer vergoldete das Weiß darin. »Der Schlafende ist erwacht.«

»Erawan«, hauchte Nesryn. Sie hätte schwören können, dass sich das große Feuer wie zur Antwort kurz duckte.

»Du weißt von ihm, *Ej*?« Sartaq setzte sich auf die andere Seite seiner Clan-Mutter, damit Nesryn näher rutschen konnte.

Aber Houlun hielt ihren scharfen Blick auf Nesryn gerichtet. »Ihr habt ihnen gegenübergestanden. Seinen Schattenbestien.«

Nesryn verscheuchte die Erinnerungen, die in ihr aufstiegen. »Richtig. Er hat auf dem nördlichen Kontinent eine Armee von Schreckenswesen erschaffen. In Morath.«

Endlich wandte Houlun sich Sartaq zu. »Weiß dein Vater davon?«

»Teilweise. Seine Trauer ...« Sartaq blickte ins Feuer. Der Prinz spürte Houluns Hand auf seinem Knie. »Es hat in Antica einen Angriff gegeben. Auf eine Heilerin der Torre.«

Houlun fluchte, genauso derb wie ihr Clan-Sohn.

»Wir denken, dass dahinter vielleicht einer von Erawans Spionen stecken könnte«, fuhr Sartaq fort. »Der Versuch, meinen Vater mit halb ausgegorenen Theorien zu überzeugen, wäre reine Zeitverschwendung gewesen. Stattdessen habe ich mich an deine Geschichten erinnert, *Ej*, und bin hergekommen, um zu hören, was du weißt.«

»Und wenn ich es dir erzählen würde?« Ein forschender, scharfer Blick – so wild wie der Blick eines Ruks. »Wenn ich dir erzählen würde, dass ich von der Bedrohung weiß, würdest du dann jeden Horst und jedes Nest leeren? Würdest du über das Enge Meer fliegen, um dich ihnen zu stellen – und nie wieder zurückzukehren?«

Sartaq schluckte. Und Nesryn begriff, dass er gar nicht hier war, um Antworten zu bekommen.

Wahrscheinlich wusste Sartaq bereits genug über die Valg, um selbst zu entscheiden, wie er der Bedrohung begegnen sollte. Er war hier, um sein Volk – diese Frau – auf seine Seite zu ziehen. In den Augen seines Vaters, des Reichs, mochte er das Kommando über die Ruks führen. Aber in diesen Bergen galt allein Houluns Wort.

Und auf diesem vierten Gipfel, auf Arundins stillen Hängen ... stand der *Sulde* ihrer Tochter im Wind. Eine Frau, die *wusste*, wie viel ein Leben wert war. Und bestimmt nicht erpicht darauf sein würde, ihre Enkeltochter mit der Legion ziehen zu lassen. Falls sie den Eridun-Rukhin überhaupt gestattete fortzugehen.

»Wenn die *Kharankui* sich rühren, wenn Erawan sich im Norden erhoben hat«, sagte Sartaq vorsichtig, »ist das eine Bedrohung, der wir uns alle stellen müssen.« Er neigte den Kopf. »Aber ich würde gern hören, was du darüber weißt, *Ej*. Was vielleicht sogar durch den Lauf der Zeit und die Zerstörung in den Königreichen im Norden verloren gegangen ist. Ich würde gern wissen, warum unser Volk, so gut versteckt in diesem Land, solche Geschichten kennt, obwohl die alten Dämonenkrieger uns nie erreicht haben.«

Houlun musterte sie beide und ihr langer, dicker Zopf schwang hin und her. Dann stützte sie sich mit einer Hand auf den Stein und erhob sich stöhnend. »Zuerst muss ich etwas essen und mich ein Weilchen ausruhen. Dann werde ich euch davon erzählen.« Sie schaute stirnrunzelnd zum Höhleneingang, wo der silbrige Schimmer der Sonne die Wände färbte.

»Ein Sturm zieht auf. Auf dem Flug hierher bin ich ihm noch entkommen. Aber sag den anderen, dass sie sich darauf vorbereiten sollen.«

Mit diesen Worten verließ die Clan-Mutter die warme Feuerstelle und ging durch die Halle. Ihre Schritte waren steif, aber ihr Rücken war gerade. Der Gang einer Kriegerin, forsch und entschlossen.

Aber statt zu dem runden Tisch oder den Küchen zu gehen, trat Houlun durch eine Tür, die Nesryn sich als Eingang zur kleinen Bibliothek gemerkt hatte.

»Sie ist unsere Geschichtenhüterin«, erklärte Sartaq, der Nesryns Blick gefolgt war. »Und die Nähe zu den Geschichtsbüchern hilft ihr, sich selbst zu erinnern.«

Sie war also nicht nur eine Clan-Mutter, welche die Geschichte der Rukhin kannte, sondern eine heilige Geschichtenhüterin – mit der seltenen Gabe, sich an die Legenden und Historien der ganzen Welt zu erinnern und sie zu erzählen.

Sartaq erhob sich und stöhnte ebenfalls, als er sich reckte. »Sie irrt sich nie, wenn es um Stürme geht. Wir sollten die anderen darüber informieren.« Er deutete in den Flur hinter ihnen. »Ihr übernehmt das Innere des Berges. Ich fliege zu den anderen Gipfeln und gebe dort Bescheid.«

Bevor Nesryn fragen konnte, an wen genau sie sich eigentlich wenden sollte, marschierte der Prinz schon zu Kadara hinüber.

Allein mit ihren Gedanken, runzelte sie die Stirn. Ein Händler, der Jagd auf Spinnen machte, um seine Jugend zurückzubekommen – oder zumindest um zu erfahren, wie er sie von ihren nördlichen Verwandten zurückbekommen konnte. Und die Spinnen selbst ... Nesryn schauderte bei dem Gedanken daran, dass diese Kreaturen, legendäre Ungeheuer, hier herumkrochen und sich von den Wehrlosesten nährten.

Und vielleicht hatte all das Böse, Dunkle dieser Welt nur einen einzigen Namen: Erawan.

Nesryn rieb sich die Hände, als könnte sie auf diese Weise die Hitze der Flammen in ihrer Haut bewahren, und machte sich auf den Weg ins Innere des Horsts.

Ein Sturm zog auf, sollte sie jedem erzählen, der ihr begegnete.

Aber sie wusste, dass bereits einer tobte.

Kurz nach Einbruch der Nacht erreichte sie der Sturm. Gewaltige Blitzkrallen zerrissen den Himmel und Donner grollte durch jeden Flur und jeden Boden.

Nesryn saß an der Feuergrube und schaute zum Eingang der Höhle, wo mächtige Vorhänge zugezogen worden waren. Sie blähten und bauschten sich im Wind, blieben aber am Boden verankert und teilten sich nur gelegentlich etwas, um einen Blick auf die regengepeitschte Nacht zu gewähren.

Direkt an der Innenseite der Vorhänge lagen drei Ruks zusammengerollt in Nestern aus Stroh und Stoff: Kadara, dann ein grimmiger, brauner Ruk, der – wie man Nesryn erklärt hatte – Houlun gehörte, und noch ein kleinerer Ruk mit rötlicher Färbung. Der kleinste gehörte Borte – *ein regelrechter Zwerg*, so hatte das Mädchen ihn beim Abendessen genannt und dabei vor Stolz gestrahlt.

Nesryn streckte ihre schmerzenden Beine aus, dankbar für die Wärme des Feuers und für die Decke, die Sartaq ihr über den Schoß gelegt hatte. Stundenlang war sie die Treppen im Horst hinauf- und wieder hinuntergelaufen, um jeden vor dem herannahenden Sturm zu warnen.

Einige hatten ihr dankbar zugenickt und waren davongeeilt. Andere hatten ihr heißen Tee und kleine Kostproben von dem angeboten, was sie gerade auf ihren Herdfeuern kochten. Wieder andere hatten Nesryn gefragt, woher sie komme, warum sie hier sei. Und wann immer sie erklärt hatte, dass sie aus Adarlan komme, ihre Familie jedoch vom südlichen Kontinent stamme, war die Antwort die Gleiche gewesen: *Willkommen daheim.*

Doch jetzt forderte ihr Marsch durch den Horst, zusammen mit dem morgendlichen Training, seinen Tribut. Und als Houlun sich zwischen Nesryn und Sartaq auf die Steinstufe setzte – Falkan und Borte waren nach dem Abendessen gleich in ihre Zimmer verschwunden –, war Nesryn kurz davor einzunicken.

Draußen schlug ein Blitz ein und tauchte die Halle in silbernes Licht. Minutenlang starrte Houlun ins Feuer, und nur der grollende Donner, der heulende Wind und der plätschernde Regen waren zu hören, nur das knisternde Feuer und die raschelnden Ruk-Flügel.

»Die stürmischen Nächte gehören den Geschichtenhüterinnen«, begann Houlun in einem Singsang auf Halha. »Wir können jeden Sturm aus hundert Meilen Entfernung hören, können die aufgeladene Luft riechen wie ein Jagdhund seine Fährte. Um uns darauf vorzubereiten, uns zu wappnen. Um unsere Familien um uns zu scharen und aufmerksam zu lauschen.«

Trotz der Wärme ihres Wollmantels stellten sich die Härchen auf Nesryns Armen auf.

»Vor langer Zeit«, fuhr Houlun fort, »noch vor dem Großkhanat, vor den Pferde-Lords in der Steppe und der Torre am Meer, noch bevor irgendein Sterblicher über diese Länder herrschte ... erschien ein Riss in dieser Welt. In genau diesem Gebirge.«

Sartaqs Gesichtsausdruck war undurchdringlich bei den Worten seiner Clan-Mutter, aber Nesryn schluckte.

Ein Riss in der Welt – ein offenes Wyrdtor. Hier.

»Der Riss schloss sich ebenso schnell wieder, wie er erschienen war, kaum mehr als ein Blitz.«

Wie zur Antwort erhellten die Adern eines verästelten Blitzes den Himmel jenseits der Höhle.

»Aber mehr brauchte es auch nicht. Damit die Schreckenswesen eintreten konnten. *Kharankui* und andere Schattenbestien.«

Die Worte hallten in Nesryn nach.

Kharankui – die stygischen Spinnen ... und andere Eindringlinge. Und sie alle waren keineswegs gewöhnliche Bestien.

Sondern Valg.

Nesryn war dankbar, dass sie bereits saß. »Die Valg sind also auch *hier?*« Ihre Stimme klang viel zu laut durch das sturmerfüllte Schweigen.

Sartaq warf Nesryn einen warnenden Blick zu, aber Houlun nickte nur mit einer knappen Bewegung ihres Kinns. »Die meisten Valg gingen nach Norden, als dort weitere Horden erschienen. Aber hier ... Vielleicht waren die Valg hier nur eine Vorhut, um dieses Land zu erkunden, und als sie nicht fanden, wonach sie suchten, zogen sie weiter. Die *Kharankui* jedoch gingen nicht fort, sondern blieben in den Bergpässen zurück, als Diener einer dunklen Krone. Die Spinnen erlernten die Sprachen der Menschen, als sie jene fraßen, die dumm genug waren, sich in ihr karges Reich zu wagen. Einige, die es wieder hinausgeschafft hatten, behaupteten, die Spinnen seien geblieben, weil dieses Land sie an ihre eigene öde Welt erinnerte. Andere sagten, die Spinnen würden den Weg zurück bewachen – und nur darauf warten, dass diese Tür sich erneut öffnete. Um nach Hause zurückzukehren.

Im Osten tobte ein Krieg, in den fernen Reichen der Fae. Drei Dämonenkönige gegen eine Fae-Königin und ihre Armeen. Sie alle hatten jene Tür zwischen den Welten passiert, um unsere eigene zu erobern.«

Und so fuhr sie fort, beschrieb die Geschichte, die Nesryn nur zu gut kannte. Und während die Clan-Mutter erzählte, überschlugen sich Nesryns Gedanken.

Die stygischen Spinnen – in Wirklichkeit Valg, die sich die ganze Zeit über für alle sichtbar versteckt hatten …

Nesryn zwang sich wieder zur Aufmerksamkeit, gerade als die Clan-Mutter sagte: »Und doch, selbst als die Valg wieder in ihr eigenes Reich verbannt worden waren, selbst als der letzte verbliebene Dämonenkönig an die dunkelsten Orte dieser Welt verschwand, um sich zu verstecken, kamen die Fae hierher. In diese Berge. Sie lehrten die Ruks, gegen die *Kharankui* zu kämpfen, lehrten die Ruks die Sprachen von Fae und Menschen. Sie bauten Wachtürme entlang dieser Berge, eine Warnung quer durch das ganze Land. Waren sie eine Wache zum Schutz vor den *Kharankui*? Oder warteten die Fae ebenfalls nur wie die Spinnen darauf, dass dieser Riss in der Welt sich erneut auftat? Als endlich irgendjemand auf den Gedanken kam, danach zu fragen, hatten sie die Wachtürme längst verlassen und verblassten selbst zu einer Erinnerung.«

Houlun hielt inne und Sartaq fragte: »Gibt es … Weißt du irgendetwas darüber, wie man die Valg vielleicht besiegen kann – abgesehen vom bloßen Kampf? Irgendeine Macht, die uns helfen kann, gegen diese von Erawan erschaffene Horde zu kämpfen?«

Houlun sah Nesryn an. »Frag sie«, antwortete sie dem Prinzen. »Sie weiß es bereits.«

Der Schock war Sartaq anzusehen, als er sich zu ihr vorbeugte.

»Ich kann es Euch nicht erzählen«, hauchte Nesryn. »Keinem von Euch. Wenn auch nur *ein* Wispern davon nach Morath dringt, ist der einzige Hoffnungsschimmer, den wir haben, verloren.« Die Wyrdschlüssel … Sie konnte es nicht riskieren, es auszusprechen. Nicht einmal hier.

»Dann habt Ihr also falschgespielt, nur um mich hierherzubringen.« Scharfe, kalte Worte.

»Nein«, beharrte Nesryn. »Es gibt immer noch vieles, was wir nicht wissen. Dass diese Spinnen aus der Welt der Valg stammen, dass sie *Teil* der Valg-Armee waren und hier einen Stützpunkt haben – ebenso wie in den Ruhnn Mountains auf dem nördlichen Kontinent ... Vielleicht gibt es da irgendeinen Zusammenhang. Vielleicht gibt es etwas, das wir noch nicht herausgefunden haben, irgendeine Schwäche der Valg, die wir ausnutzen könnten.« Sie sah sich in der Halle um und beruhigte ihr donnerndes Herz. Furcht half jetzt nicht weiter.

Houlun schaute zwischen ihnen hin und her. »Die meisten Wachtürme der Fae existieren nicht mehr, aber von ein paar stehen noch halbe Ruinen. Die nächste ist vielleicht einen halben Tagesflug von hier entfernt. Beginnt dort – stellt fest, ob irgendetwas überdauert hat. Vielleicht werdet Ihr die eine oder andere Antwort finden, Nesryn Faliq.«

»Hat denn noch nie jemand dort nachgeschaut?«

»Die Fae hatten sie mit Fallen ausgestattet, um die Spinnen fernzuhalten. Und beim Verlassen der Türme ließen sie diese Fallen unversehrt zurück. Manch einer hat tatsächlich versucht, sie zu betreten – um zu plündern oder auch um etwas herauszufinden. Aber keiner kehrte zurück.«

»Ist es das Risiko wert?« Die kühle Frage eines Captains an die Clan-Mutter seines Horsts.

Houlun biss die Zähne zusammen. »Ich habe euch alles erzählt, was ich weiß – und selbst das sind nur Bruchstücke jener Erinnerungen, die dieses Land überdauert haben. Aber wenn die *Kharankui* sich wieder regen ... Irgendjemand *sollte* zu diesem Wachturm gehen. Vielleicht bringt ihr etwas Nützliches in Erfahrung, findet heraus, wie die Fae gegen diese Schreckenswesen gekämpft haben, sie in Schach gehalten haben.« Während ein erneuter Donnerschlag die Höhle erschütterte, taxierte sie Nesryn mit einem langen Blick. »Vielleicht macht es diesen Hoffnungsschimmer ein klein wenig heller.«

»Oder es kostet uns das Leben«, warf Sartaq ein und schaute düster zu den Ruks, die halb schlafend in ihren Nestern lagen.

»Alles hat seinen Preis, mein Junge«, konterte Houlun. »Aber bei Einbruch der Dunkelheit solltet ihr den Wachturm verlassen haben.«

32

Gut«, sagte Yrene, Chaols Bein gegen ihre Schulter gestemmt, während sie es langsam am Gelenk rotieren ließ.

Chaol lag vor ihr auf dem Boden in einem der Räume des Ärztekomplexes der Torre und beobachtete sie schweigend. Es herrschte bereits eine derartige Hitze, dass Yrene schweißgebadet war – oder gewesen wäre, wenn das Wüstenklima den Schweiß nicht schon getrocknet hätte, noch bevor sich ihre Kleider damit vollsaugen konnten. Dennoch spürte sie ihn auf ihrem Gesicht – und sah ihn auf Chaols Gesicht glänzen, dessen Züge vor Konzentration angespannt waren, während sie über ihm kniete.

»Eure Beine sprechen gut auf das Training an«, bemerkte sie und grub die Finger in die massiven Muskeln seiner Oberschenkel.

Yrene hatte nicht gefragt, was passiert war. Warum er begonnen hatte, den Übungsplatz der Palastgarde aufzusuchen. Und er hatte auch kein Wort darüber verloren.

»Das tun sie«, antwortete Chaol nur und rieb sich das Kinn. Er hatte sich am Morgen nicht rasiert. Als Yrene kurz nach seiner Rückkehr von dem morgendlichen Training mit der Garde seine Gemächer betreten hatte, hatte er ihr eröffnet, einen Ausritt machen zu wollen – um etwas Abwechslung zu haben.

Angesichts seiner Bereitschaft, seine Umgebung kennenzulernen und sich ihr anzupassen ... hatte Yrene nicht Nein sagen können. Also hatten sie einen ausgedehnten Ritt durch Antica unternommen und waren anschließend hierhergekommen, um in einem der stillen Räume dieses Flurs zu arbeiten. Die Räume sahen alle gleich aus: ein Schreibtisch, eine Pritsche, eine Schrankwand und ein einzelnes Fenster mit Blick auf die ordentlichen Beete des ausgedehnten Kräutergartens. Und tatsächlich war das Zimmer nicht nur von Hitze erfüllt, sondern auch vom Duft von Rosmarin, Minze und Salbei.

Chaol ächzte, als Yrene sein linkes Bein auf den kühlen Steinboden sinken ließ und mit seinem rechten begann. Ihre Magie war ein leises Summen, das durch sie hindurch- und in ihn hineinfloss und dabei sorgfältig das schwarze Etwas mied, das sich langsam – ganz, ganz langsam – an seinem Rückgrat nach unten zurückzog.

Jeden Tag aufs Neue kämpften sie dagegen an. Die Erinnerungen verschlangen ihn, nährten sich von ihm, und Yrene stieß sie zurück und versuchte, die herandrängende Dunkelheit, die ihn peinigen wollte, Stück für Stück zu zersetzen.

Manchmal erhaschte sie einen Blick auf das, was er in diesem wirbelnden, schwarzen Abgrund erlitt. Auf den Schmerz, den Zorn, die Schuldgefühle und den Kummer. Aber es war immer nur ein Flackern, wie Rauchschwaden, die an ihr vorbeidrifteten. Er sprach zwar nicht über das, was er sah, aber es gelang Yrene trotzdem, die Dunkelheit zurückzudrängen. Stets nur ein kleines bisschen, kaum mehr als winzige Splitter von einem riesigen Felsbrocken, aber ... besser als nichts.

Yrene schloss die Augen, ließ ihre Macht wie einen Schwarm weißer Glühwürmchen in seine Beine eindringen, fand die zerstörten Nervenbahnen und umhüllte sie mit ihrer Magie.

»Ich habe Nachforschungen angestellt«, sagte sie und öffnete die Augen wieder, während sie sein Bein in seinem Hüftgelenk drehte. »Darüber, was Heilerinnen schon vor Urzeiten für Menschen mit Wirbelsäulenverletzungen getan haben. Eine Frau zum Beispiel, Linqin, konnte ein magisches Gerüst für den ganzen Körper erschaffen. Eine Art unsichtbares Außenskelett, das es einem Menschen ermöglichte zu gehen, selbst wenn die Heilung noch nicht abgeschlossen war – oder sogar erfolglos blieb.«

Chaol zog eine Braue hoch. »Ich nehme an, Ihr habt so etwas nicht?«

Yrene schüttelte den Kopf, legte sein Bein ab und griff wieder nach dem anderen, um mit dem nächsten Übungssatz zu beginnen. »Linqin hat nur ungefähr zehn davon angefertigt, jedes mit einem Talisman verbunden, den der Benutzer tragen konnte. Sie sind mit der Zeit verloren gegangen, zusammen mit der Methode, sie überhaupt zu erschaffen. Aber es gab da noch eine andere Heilerin, Saanvi, die der Legende nach in der Lage gewesen war, die Heilung gänzlich zu umgehen, indem sie irgendeine Art winzigen, magischen Steinsplitter in das Gehirn des Patienten einpflanzte ...«

Er verzog das Gesicht.

»Ich habe nicht gesagt, dass ich an Euch herumexperimentieren will.« Sie schlug ihm auf den Oberschenkel. »Oder gar müsste.«

Ein schwaches Lächeln zupfte an seinen Mundwinkeln. »Wie kommt es, dass dieses Wissen verloren gegangen ist? Ich dachte, die Bibliothek hier enthalte all Eure Aufzeichnungen.«

Yrene runzelte die Stirn. »Beide Heilerinnen haben an weit von der Torre entfernten Außenstellen gearbeitet. Es gibt insgesamt vier davon, die auf dem Kontinent verteilt sind – kleine Zentren, in denen Heilerinnen der Torre leben und arbeiten. Um jenen Menschen zu helfen, die die Reise hierher nicht schaffen. Linqin und Saanvi lebten so abgeschieden, dass ihre Aufzeichnungen längst verloren gegangen waren, als endlich jemand auf die Idee kam, danach zu suchen. Jetzt sind nur noch Gerüchte und Mythen übrig.«

»Macht *Ihr* Aufzeichnungen? Über all das hier?« Er deutete zwischen ihnen hin und her.

Yrenes Gesicht wurde heiß. »Teilweise. Nicht, wenn Ihr Euch benehmt wie ein halsstarriger Esel.«

Wieder umspielte dieses Lächeln seinen Mund, aber Yrene legte sein Bein ab und zog sich etwas zurück, obwohl sie weiter auf den Fliesen kniete. »Worauf ich hinauswill«, lenkte sie das Gespräch von ihren Aufzeichnungen ab, die sich viele Stockwerke über ihnen in ihrem Zimmer befanden, »ist, dass es schon mal *gelungen* ist. Ich weiß, dass es lange dauert und Ihr darauf brennt zurückzukehren ...«

»Ja. Aber ich dränge Euch nicht zur Eile, Yrene.« Mit einer geschmeidigen Bewegung setzte er sich auf. In dieser Position war er deutlich, beinahe überwältigend größer als sie. Langsam drehte er den Fuß – kämpfte um jede einzelne Bewegung gegen den Widerstand der übrigen Muskeln in seinen Beinen.

Chaol hob den Kopf und begegnete ihrem starren Blick. Es war nicht schwer, ihn zu deuten. »Wer oder was auch immer Jagd auf Euch macht, wird keine Chance bekommen, Euch etwas anzutun – ganz gleich, ob wir beide morgen oder in sechs Monaten fertig werden.«

»Ich weiß«, flüsterte sie. Kashin und seine Wachen hatten keine Spur von dem Wesen gefunden, das sie anzugreifen versucht hatte. Aber obwohl die letzten Nächte ruhig gewesen waren, hatte sie kaum geschlafen, nicht einmal in der Sicherheit der Torre. Nur wenn sie von Chaols Heilung völlig erschöpft war, kam sie zwangsläufig etwas zur Ruhe.

Sie seufzte. »Ich glaube, wir sollten der Bibliothek noch mal einen Besuch abstatten und mit Nousha sprechen.«

Sein Blick wurde wachsam. »Warum?«

Yrenes düsterer Blick wanderte zu dem geöffneten Fenster hinter ihnen, zu den hellen Gärten mit den in der Meeresbrise wogenden Lavendelbüschen und den fleißigen Bienen. Ohne den Hauch eines Hinweises darauf, dass irgendwer in der Nähe lauschte. »Weil wir immer noch nicht danach gefragt haben, *wie* diese Bücher und Schriftrollen eigentlich hier gelandet sind.«

»Es gibt keine Aufzeichnungen über den Erwerb von Büchern und Schriften, die so weit zurückreichen«, erklärte Nousha in Yrenes und Chaols Muttersprache, während sie die beiden über ihr Pult hinweg schmallippig ansah.

In der Bibliothek ringsum herrschte reges Treiben wie in einem Bienenstock. Heilerinnen wie Schülerinnen schwirrten ein und aus und grüßten Yrene und Nousha leise im Vorbeigehen. Heute war es eine orangefarbene Bastet-Katze, die sich auf der Armlehne eines Sofas vor dem gewaltigen Kamin ausstreckte, während ihre goldgelben Augen alle Bewegungen um sie herum verfolgten.

Yrene versuchte, Nousha ihr schönstes Lächeln zu schenken. »Aber vielleicht existieren irgendwelche Aufzeichnungen darüber, warum diese Bücher hier überhaupt *benötigt* wurden?«

Nousha stützte ihre dunklen Unterarme auf das Pult. »Manch einer wäre vielleicht vorsichtiger mit dem, was er sucht, wenn Jagd auf ihn gemacht wird – was ja erst der Fall ist, seitdem du in diesem Thema herumzustochern begonnen hast.«

Chaol beugte sich grimmig in seinem Stuhl vor. »Ist das etwa eine Drohung?«

Yrene winkte ab. Seine Überfürsorge war unnötig. »Ich *weiß,* dass es gefährlich ist – und dass da wahrscheinlich ein Zusammenhang besteht. Aber gerade *deswegen,* Nousha, könnte jede zusätzliche Information darüber, woher die Schriften gekommen sind, wer sie erworben hat ... entscheidend sein.«

»Dafür, dass er wieder laufen kann«, bemerkte Nousha ebenso trocken wie zweifelnd.

Yrene wagte es nicht, Chaol anzusehen.

»Wie Ihr selbst seht, machen wir nur langsam Fortschritte«, antwortete Chaol gepresst. »Aber vielleicht finden wir bei den Heilerinnen von damals irgendeinen Rat, wie wir den Prozess beschleunigen können.«

Nousha warf ihnen beiden einen Blick zu, der deutlich machte, dass sie ihnen das keine Minute lang abkaufte. Aber dann schaute sie zur Decke und seufzte. »Wie ich bereits sagte, gibt es hier keine Aufzeichnungen, die so weit zurückreichen. *Aber*«, fügte sie hinzu, als Chaol den Mund öffnete, »Gerüchten zufolge existieren draußen in der Wüste einige Höhlen, aus denen diese Informationen stammen sollen. Die meisten davon gibt es inzwischen nicht mehr, aber eine in der Oase von Aksara ...« Nousha sah sie wissend an, als Yrene zusammenzuckte. »Vielleicht solltet ihr dort anfangen.«

Yrene kaute auf ihrer Unterlippe, als sie die Bibliothek verließen.

Während sie sich dem Hauptflur der Torre näherten, um den Innenhof und das Pferd zu erreichen, mit dem er nach Hause reiten würde, fragte er: »Was beschäftigt Euch so sehr?«

Yrene verschränkte die Arme vor der Brust und sah sich prüfend um. Um diese Zeit des Tages – unmittelbar vor dem Abendessen und der dazugehörigen Betriebsamkeit – waren die Flure wie ausgestorben. »Diese Oase, Aksara. Sie ist nicht gerade ... leicht zu erreichen.«

»Weit entfernt?«

»Nein, das ist es nicht. Sie gehört der königlichen Familie. *Niemand* darf sie betreten. Sie ist ihr privates Refugium.«

»Ah.« Er kratzte sich die kurzen Bartstoppeln an seinem Kinn. »Und die direkte Bitte um Zutritt zu der Oase würde zu viele Fragen aufwerfen.«

»Ganz genau.«

Er musterte sie mit schmalen Augen.

»Untersteht Euch vorzuschlagen, dass ich Kashin dafür einspannen soll«, zischte sie.

Chaols Augen blitzten auf, als er abwehrend die Hände hob. »So etwas würde ich niemals wagen. Obwohl Ihr, wie neulich Abend, wirklich nur mit den Fingern schnippen müsst und er ist zur Stelle. Ein guter Mann.«

Yrene stemmte die Hände in die Hüften. »Dann bittet *Ihr* ihn doch zu einem romantischen Intermezzo in die Wüste.«

Chaol lachte leise und folgte ihr, als sie wieder in Richtung Innenhof ging. »Ich habe keine Ahnung von höfischen Intrigen, aber es gibt doch noch eine weitere Person im Palast ...«

Yrene schnitt eine Grimasse. »Hasar.« Sie spielte mit einer Locke ihres Haares. »In letzter Zeit bin ich davon verschont geblieben, für sie spionieren zu müssen. Ich weiß nicht, ob ich ... diese Tür wieder öffnen will.«

»Vielleicht könntet Ihr sie davon überzeugen, dass ein Ritt in die Wüste – ein Ausflug – eine nette Abwechslung wäre?«

»Ihr wollt, dass ich sie *so* manipuliere?«

Sein Blick blieb fest. »Wenn Euch dabei unwohl ist, finden wir einen anderen Weg.«

»Nein – nein, es könnte funktionieren. Es ist bloß ... Hasar ist geradezu *geboren* für so was. Sie könnte mich durchschauen. Und sie ist mächtig genug, um ... Ist eine bloße Andeutung Noushas es wirklich wert, ihren Zorn zu riskieren?«

Er dachte über ihre Worte nach. So, wie es sonst eigentlich nur Hafiza tat. »Wir werden uns das genau überlegen. Bei Hasar müssen wir vorsichtig zu Werke gehen.«

Yrene betrat den Innenhof und bedeutete einem der wartenden Wachposten der Torre, das Pferd des Lords aus dem Stall zu holen. »In Sachen Intrigen bin ich keine besonders gute Komplizin«, gestand sie mit einem entschuldigenden Lächeln.

Chaol streifte ihre Hand mit seiner. »Das finde ich durchaus erfrischend.«

Und nach dem Ausdruck seiner Augen zu urteilen ... meinte er es ernst. Yrene errötete ein wenig.

Verlegen wandte sie sich dem Turm hoch über ihnen zu. Blickte an den endlosen Reihen von Fenstern hinauf, höher und immer höher, bis zu jenem, hinter dem ihr Zimmer lag. Mit Blick aufs Meer. Mit Blick auf ihre Heimat.

Als sie sich wieder abwandte, bemerkte sie seinen finsteren Gesichtsausdruck. »Es tut mir leid, dass ich das alles über Euch gebracht habe – über Euch alle«, sagte Chaol leise.

»Das sollte es nicht. Denn vielleicht ist es genau das, was *es* will. Angst und Schuldgefühle – um uns aufzuhalten.« Sie musterte ihn, das stolz erhobene Kinn, die Kraft, die er mit jedem Atemzug ausstrahlte. »Obwohl … ich mir manchmal Sorgen mache, dass uns die Zeit davonläuft.« Aber dann ergänzte Yrene schnell: »Wir nehmen uns alle Zeit, die wir für Eure Heilung brauchen. Auch wenn ich das Gefühl habe …« Sie rieb sich mit der Hand über die Brust. »Dass wir diesem Jäger nicht zum letzten Mal begegnet sind.«

Chaol nickte mit zusammengebissenen Zähnen. »Wir werden damit fertig.«

Genau das war es. *Wir*. Sie würden gemeinsam damit fertigwerden.

Yrene lächelte ihn schwach an, als sich die leichten Schritte seines Pferdes auf dem hellen Kies näherten.

Aber der Gedanke, jetzt nach oben in ihr Zimmer zu stapfen, der Gedanke an die kommenden Stunden, die sie wieder voller Sorge verbringen würde …

Selbst auf die Gefahr hin, mitleiderregend zu wirken, platzte Yrene heraus: »Wollt Ihr nicht zum Abendessen bleiben? Cook wird beleidigt sein, wenn Ihr nicht vorbeischaut.«

Sie wusste, dass es nicht die bloße Angst war. Sie wusste, dass sie einfach noch ein paar Minuten länger mit ihm zusammen sein wollte. Mit ihm so reden wollte, wie sie es sonst kaum mit jemandem tat.

Für eine Weile schaute Chaol sie nur an. Als wäre sie der einzige Mensch auf der Welt. Sie bereitete sich auf seine Absage, seine

Zurückweisung vor. Besser, sie hätte ihn einfach gleich in die Nacht reiten lassen.

»Wie wäre es, wenn wir uns stattdessen zum Abendessen hinauswagen würden?«

»Ihr meint – in die Stadt?« Sie deutete auf die offenen Tore.

»Es sei denn, Ihr seid der Meinung, der Rollstuhl wäre in den Straßen …«

»Die Gehwege sind eben.« Ihr Herz hämmerte. »Wollt Ihr irgendetwas Bestimmtes essen?«

Eine Grenze – hier überschritten sie eine seltsame Grenze. Sie betraten die Welt jenseits ihrer neutralen Territorien, nicht als Heilerin und Patient, sondern als Frau und Mann …

»Ich probiere gern alles aus«, antwortete Chaol und sie wusste, dass er es auch so meinte. Und so, wie er durch die offenen Tore der Torre blickte, hinter denen gerade die Stadt zu leuchten begann … *wollte* er unbedingt alles ausprobieren, brannte er genauso darauf wie sie, sich von dem Schatten abzulenken, der drohend über ihnen hing.

Also gab Yrene den Wachen ein Zeichen, dass sie sein Pferd doch nicht brauchten. Jedenfalls jetzt noch nicht. »Dann kenne ich genau das richtige Lokal.«

Einige Leute glotzten, andere wiederum waren zu beschäftigt mit ihren eigenen Angelegenheiten oder ihrem Heimweg, um Chaol überhaupt zu bemerken, während er neben Yrene herrollte.

Sie musste nur ein paarmal eingreifen, um ihm in einer engen Kurve oder eine steile Straße hinunter zu helfen. Das Lokal, zu dem sie ihn führte, lag fünf Straßen weiter und war völlig anders als alles, was er in Rifthold je gesehen hatte. Er war zwar ab und an mit Dorian essen gegangen, ja, aber es hatte sich stets um geschlossene Gesellschaften in privaten Räumlichkeiten gehandelt, der Elite und ihren Gästen vorbehalten.

Dieses Lokal jedoch ... Das Einzige, was es mit den privaten Klubs in Rifthold gemeinsam hatte, war, dass es *ausschließlich* dem Essen diente. Ansonsten jedoch standen die zahlreichen Tische und geschnitzten Holzstühle jedem zur Verfügung, der eintreten wollte – genau wie in einem Gasthaus oder einer Taverne. Die Türen auf der Frontseite des hellen Steingebäudes standen offen und führten auf eine Terrasse unter freiem Himmel voller weiterer Tische und Stühle, die sich bis zur Straße hin erstreckten, sodass die Gäste das geschäftige Treiben der Stadt verfolgen und sogar bis hinunter zum dunklen, im Mondlicht funkelnden Meer sehen konnten.

Und dann die verlockenden Düfte, die aus dem Innern drangen: Knoblauch, etwas Würziges, etwas Rauchiges ...

Yrene tuschelte mit der Frau, die zu ihrer Begrüßung auf sie zukam, wodurch sie offenbar einen Tisch für zwei mit nur einem Stuhl ergatterten – denn sie wurden fast sofort auf die Terrasse geleitet, wo ein Kellner diskret einen der Stühle von einem kleinen Tisch entfernte, damit Chaol sich direkt an der Tischkante platzieren konnte.

Yrene nahm ihm gegenüber Platz und nicht wenige Köpfe drehten sich in ihre Richtung. Aber nicht um ihn anzugaffen, sondern sie.

Die Heilerin der Torre.

Sie schien es nicht zu bemerken. Der Kellner kam zurück, um die Auswahl an Speisen herunterzurattern, und Yrene gab in ihrem stockenden Halha die Bestellung auf.

Sie biss sich auf die Unterlippe und schaute auf ihren Tisch, dann zu dem öffentlichen Speiseraum. »Ist das hier in Ordnung?«

Chaol betrachtete den freien Himmel über ihnen, dessen Farbe in ein Saphirblau überging, während die ersten Sterne blinzelnd erwachten. Wann hatte er sich das letzte Mal entspannt? Gegessen, nicht um seinen Körper gesund und am Leben zu erhalten, sondern um zu *genießen*?

Er rang nach Worten. Rang darum, sich der Entspannung hingeben zu können. »So etwas habe ich noch nie getan«, gestand er schließlich.

An seinem Geburtstag im letzten Winter, in jenem Gewächshaus – selbst dort, zusammen mit Aelin, war er noch halb auf den Palast konzentriert gewesen, den er zurückgelassen hatte, in Gedanken daran, wer jetzt das Kommando führte und wo Dorian sich befand. Aber jetzt ...

»Was? Ihr habt noch nie auswärts gegessen?«

»Das schon, aber nicht um ... nicht einfach als ... als Chaol.«

Er war sich nicht sicher, wie er es erklären, wie er es ausdrücken sollte ...

Yrene legte den Kopf schief und ihr dichtes Haar fiel ihr über eine Schulter. »Warum nicht?«

»Weil ich entweder der Sohn und Erbe eines Lords war oder Captain der Garde oder jetzt die rechte Hand des Königs.« Sie zuckte mit keiner Wimper, während er sich um eine Erklärung bemühte. »Aber hier kennt mich niemand. Niemand hat je von Anielle gehört. Und das ist ...«

»Befreiend?«

»Erfrischend«, konterte er und bedachte Yrene mit einem kleinen Lächeln angesichts dieses Echos seiner bereits früher am Tag gewählten Worte.

Sie errötete ganz entzückend in dem goldenen Licht der Laternen, das aus dem Speiseraum hinter ihnen drang. »Nun ... umso besser.«

»Und was ist mit Euch? Geht Ihr oft mit Freunden aus – und lasst die Heilerin zurück?«

Yrene beobachtete die vorbeiströmenden Menschen. »Ich habe nicht viele Freunde«, gab sie zu. »Nicht, weil ich keine will«, platzte sie heraus, und er lächelte. »Ich bin einfach – in der Torre sind wir alle sehr beschäftigt. Manchmal gehen einige von uns zum Essen aus oder trinken etwas zusammen, aber unsere Zeitpläne sind selten darauf abgestimmt, und es ist einfacher, im Speisesaal der Torre zu essen, also ...

sind wir kein sehr umtriebiger Haufen. Deshalb sind Kashin und Hasar meine Freunde – wenn sie in Antica sind. Aber ich hatte auch nie wirklich die Gelegenheit, so etwas öfter zu tun.«

Mit einem Mann zum Abendessen auszugehen?, hätte er beinahe gefragt. Stattdessen bemerkte er: »Ihr wart auf andere Dinge konzentriert.«

Sie nickte. »Vielleicht werde ich eines Tages – vielleicht werde ich eines Tages mehr Zeit haben, auszugehen und Spaß zu haben, aber ... So viele Menschen brauchen meine Hilfe. Es kommt mir egoistisch vor, mir Zeit für mich selbst zu nehmen, selbst jetzt.«

»Das sollte es aber nicht.«

»Das sagt der Richtige, oder?«

Chaol lachte leise und lehnte sich zurück, als der Kellner mit einem Krug gekühlten Pfefferminztees herbeikam. Er wartete, bis der Mann wieder weg war, bevor er sagte: »Vielleicht werden wir beide erst noch lernen müssen, wie man lebt – falls wir diesen Krieg überstehen.«

Dieser Krieg – ein kaltes, scharfes Messer zwischen ihnen. Aber Yrene straffte die Schultern, lächelte schwach und doch entschlossen, als sie ihren Zinnbecher mit Tee hob. »Auf das Leben, Lord Chaol.«

Er ließ seinen Becher gegen ihren klirren. »Darauf, Chaol und Yrene zu sein – und sei es auch nur für einen Abend.«

Chaol aß, bis er sich kaum noch rühren konnte, und genoss jeden würzigen Bissen wie eine kleine Offenbarung.

Sie unterhielten sich angeregt und Yrene erzählte von ihren ersten Monaten in der Torre und wie anspruchsvoll ihre Ausbildung gewesen sei. Doch als sie sich nach seiner Ausbildung zum Captain erkundigte, sträubte sich etwas in ihm – sträubte sich dagegen, über Brullo und die anderen zu sprechen, und doch ... Er konnte ihrer ausgelassenen Neugier nicht widerstehen.

Irgendwie war das Reden über Brullo, den Mann, der ihm ein besserer Vater gewesen war als sein eigener, dann auch viel leichter als gedacht ... Es tat nicht weh, nicht so sehr. Es war ein tiefer, leiser Schmerz, aber einer, dem er trotzen konnte.

Einer, den er froh war, aushalten zu können, wenn es bedeutete, das Vermächtnis eines guten Mannes zu ehren, indem er von ihm erzählte.

Also redeten und aßen sie, und als sie schließlich fertig waren, begleitete er sie zu den strahlend weißen Mauern der Torre zurück. Yrene selbst schien zu strahlen und sie lächelte, als sie im Innenhof verweilten, solange sein Pferd bereit gemacht wurde.

»Ich danke Euch«, sagte sie mit rot glänzenden Wangen. »Für das Essen – und Eure Gesellschaft.«

»Es war mir ein Vergnügen«, antwortete Chaol aufrichtig.

»Wir sehen uns morgen früh – im Palast?«

Eine unnötige Frage, aber er nickte.

Yrene trat von einem Fuß auf den anderen, immer noch lächelnd, immer noch strahlend. Als wäre sie der letzte Schein der Sonne, der den Himmel erhellte, selbst nachdem sie schon längst hinter dem Horizont verschwunden war.

»Was?«, fragte sie, und ihm wurde bewusst, dass er sie angestarrt hatte.

»Danke für den heutigen Abend«, sagte Chaol und schluckte hinunter, was ihm eigentlich auf der Zunge lag: *Ich kann nicht aufhören, Euch anzusehen.*

Wieder biss sie sich auf die Unterlippe, als sich knirschende Hufe auf dem Kies näherten. »Gute Nacht«, murmelte sie und trat einen Schritt zur Seite.

Chaol streckte die Hand aus. Nur um ihre Finger zu streifen.

Yrene hielt inne und krümmte die Finger wie Blütenblätter einer scheuen Blume.

»Gute Nacht«, erwiderte er nur.

Und als Chaol zum leuchteten Palast auf der anderen Seite der Stadt zurückritt, hätte er schwören können, dass sich eine Last von seiner Brust und seinen Schultern in Luft aufgelöst hatte. Als hätte er sie sein ganzes Leben lang mit sich herumgetragen, ohne davon zu wissen. Und jetzt, trotz allem, was sich ringsum zusammenbraute, um Adarlan und die Menschen, die ihm etwas bedeuteten ... Jetzt fühlte es sich seltsam an.

Diese Leichtigkeit.

33

Der Wachturm von Eidolon ragte aus den vom Nebel umhüllten Kiefern hervor wie ein abgebrochenes Schwert. Er war auf einem der niedrigeren Gipfel mit Blick auf eine gigantische Bergwand errichtet worden, und als Nesryn und Sartaq über die mit Bäumen bedeckten Hügel segelten, hatte sie das Gefühl, auf eine Gezeitenwelle aus massivem Stein zuzurasen.

Einen Moment später schien ihr eine Riesenwelle tödlicher Glasscherben entgegenzuwirbeln. Sie blinzelte und das Bild war fort.

»Dort«, flüsterte Sartaq, als fürchtete er, belauscht zu werden, während er auf die riesigen, lauernden Berge zeigte. »Dahinten beginnt das Territorium der *Kharankui*, der Dagul Fjäll. Vom Wachturm aus kann man jeden sehen, der von diesen Bergen kommt, erst recht mit Fae-Augen.«

Auch ohne Fae-Augen ließ Nesryn ihren Blick über die kahlen Hänge des Fjälls wandern – eine Wand aus Steinbrocken und gesplittertem Fels. Keine Bäume, keine Bäche. Als wäre alles Leben von dort geflohen. »Houlun ist über *das hier* hinweggeflogen?«

»Glaubt mir«, brummte Sartaq, »ich bin alles andere als begeistert. Borte hat heute Morgen deswegen einiges zu hören bekommen.«

»Dann überrascht es mich aber, dass Eure Kniescheiben noch intakt sind.«

»Ist Euch mein Humpeln vorhin gar nicht aufgefallen?«

Obwohl sie sich dem Wachturm näherten und trotz der Gebirgswand, die sich dahinter erhob, musste Nesryn kichern. Sie hätte schwören können, dass Sartaq sich weiter zu ihr vorbeugte, seine breite Brust drückte gegen den Köcher und den Bogen, die sie zusammen mit den beiden langen Messern von Borte auf dem Rücken trug.

Sie hatten niemandem erzählt, wohin sie wollten und was sie suchten, was ihnen am Frühstückstisch zornige Blicke von Borte eingetragen hatte und neugierige Blicke von Falkan. Aber am Abend zuvor, als Sartaq Nesryn bis zu ihrer Zimmertür begleitet hatte, waren sie übereingekommen, dass – zumindest vorerst – Geheimhaltung entscheidend war.

Also waren sie eine Stunde nach Tagesanbruch aufgebrochen, bewaffnet und mit Vorräten bepackt. Obwohl sie eigentlich lange vor Sonnenuntergang auf dem Heimweg sein wollten, hatte Nesryn darauf bestanden, dass sie ihre Reiseausrüstung mitnahmen. Im schlimmsten Fall, in *jedem* Fall, war es besser, vorbereitet zu sein.

Trotz ihres Zorns darüber, dass man sie im Dunkeln ließ, hatte Borte nach dem Frühstück Nesryns Haar geflochten – einen straffen, eleganten Zopf, der am Oberkopf begann und genau dort endete, wo ihr Umhang die Ledermontur bedeckte. Der Zopf war so straff geflochten, dass Nesryn drauf und dran gewesen war, ihn während des stundenlangen Flugs zu lockern. Aber jetzt, da der Turm in Sichtweite war und ihr Haar sich kaum bewegt hatte, war Nesryn endgültig von seiner Funktionalität überzeugt.

Kadara umkreiste den Wachturm zweimal und bei jedem Mal ging sie tiefer.

»Keine Spur von Spinnennetzen«, bemerkte Nesryn. Die oberen Stockwerke des Wachturms waren vom Wetter oder vor langer, langer Zeit von einer Armee zerstört worden, sodass nur noch zwei Stockwerke über dem Boden existierten – den Elementen ausgesetzt, sodass das Treppenhaus, das sich in der Mitte hinaufwand, mit Kiefernnadeln und Dreck bedeckt war und überall zerbrochene Balken und Steinbrocken herumlagen. Ohne einen Hinweis auf Leben. Oder auf eine wie durch ein Wunder erhaltene Bibliothek.

Da Sartaq den Mauern des Wachturms nicht zutraute, den großen, schweren Ruk zu tragen, steuerte Kadara für ihre Landung eine Lichtung in der Nähe an. Sobald Sartaq und Nesryn den kleinen Hang zum Wachturm hinaufstiegen, erhob sich der Vogel wieder in die Luft. Anscheinend würde Kadara über dem Wachturm kreisen, bis Sartaq ihr mit einem Pfiff ein Zeichen gab.

Ein weiterer Trick sowohl der Rukhin als auch der Darghan in der Steppe: Das Pfeifen ebenso wie ihre durch die Luft pfeifenden Pfeile ermöglichten es beiden Völkern schon seit langer Zeit, völlig unauffällig zu kommunizieren, egal ob durch feindliche Gebiete hindurch oder an Frontlinien entlang. Nur wenigen fielen diese Zeichen überhaupt auf, und wenn, dann machte sich kaum einer die Mühe, sie zu verstehen. Die Reiter hatten ihre Ruks gelehrt, die Pfiffe zu verstehen – einen Hilferuf von einer Warnung zu unterscheiden.

Bei jedem erschöpfenden Schritt durch den dichten Kiefernwald und über Granitbrocken hinweg betete Nesryn, dass sie das Pfeifsignal nur brauchen würden, um den Vogel herbeizurufen. Sie war keine große Fährtenleserin, aber Sartaq schien sehr geschickt die Spuren ringsum deuten zu können.

Ein Kopfschütteln des Prinzen verriet Nesryn genug: kein Hinweis auf irgendeine Kreatur, weder auf etwas Spinnenartiges noch auf irgendetwas anderes. Sie versuchte, nicht allzu erleichtert auszusehen. Trotz der hohen Bäume wirkte der Fjäll zu ihrer Rechten so massiv und drohend, dass es immer wieder ihren Blick anzog, während sie sich gleichzeitig davon abgestoßen fühlte.

Das Erste, was sie sahen, waren Steinblöcke. Große, rechteckige Quader, halb vergraben unter Kiefernnadeln und Erde. Trotz der Kraft des Sommers war die Luft kühl, der Schatten zwischen den Bäumen geradezu frostig.

»Man kann es ihnen nicht verübeln, dass sie den Wachturm verlassen haben, bei *der* Kälte«, murrte Nesryn. »Nicht auszudenken, wie es hier erst im *Winter* ist.«

Sartaq lächelte, hielt sich jedoch zugleich den Zeigefinger an die Lippen, während sie die letzten Bäume passierten. Nesryn errötete und nahm eilig ihren Bogen und einen Pfeil vom Rücken. Sie legten beide den Kopf in den Nacken, um den Turm zu betrachten.

Wie riesig musste er erst vor Tausenden von Jahren gewesen sein, wenn schon die Ruinen Nesryn ein Gefühl von Winzigkeit gaben? Falls es zusätzlich Kasernen oder Wohnquartiere gegeben hatte, waren diese längst eingestürzt oder verrottet, aber der steinerne Torbogen, der in den Turm selbst führte, war intakt geblieben, flankiert von einem Paar identischer Statuen, die wie wettergegerbte Vögel aussahen.

Sartaq ging näher heran und sein langes Messer schimmerte wie Quecksilber im fahlen Licht, als er die Statuen musterte. »Ruks?« Die Frage war ein bloßer Atemhauch.

Nesryn blinzelte. »Nein – seht Euch das Gesicht an. Den Schnabel. Es sind ... Eulen.« Große, schlanke Eulen, die Flügel fest angelegt. Das Symbol Silbas, der Torre.

Sartaq schluckte. »Beeilen wir uns. Besser, wir halten uns nicht lange auf.«

Nesryn nickte und sah sich aufmerksam hinter Sartaq um. Eine vertraute Position, die Nachhut – in Riftholds Abwasserkanälen hatte sie oft Chaol voranpirschen lassen, während sie ihm Deckung gab und mit einem Pfeil in die Dunkelheit hinter ihnen zielte. Es war also reine Routine, dass sie herumwirbelte, als Sartaq durch den Torbogen schritt, den Pfeil auf den Kiefernwald gerichtet, den sie genau im Auge behielt.

Nichts. Kein Vogel, kein Rascheln des Windes in den Kiefern.

Einen Moment später drehte sie sich um und unterzog das Gelände einer gründlichen Bestandsaufnahme, wie sie es schon vor ihrer Ausbildung stets getan hatte: Sie merkte sich Ausgänge, Fallgruben, mögliche Zufluchten. Aber in der Ruine gab es nicht viel Bemerkenswertes.

Im Inneren des Turms war es dank der abgetragenen Stockwerke hell genug, die halb zerfallene Treppe führte geradewegs in den grauen Himmel hinauf. Einige Schlitze in den Steinen gaben einen Hinweis darauf, wo vielleicht einst Bogenschützen Stellung bezogen oder an einem eiskalten Tag aus der Wärme des Turms heraus die Umgebung beobachtet hatten. »Nichts los«, bemerkte Nesryn wahrscheinlich überflüssigerweise, während sie sich zu Sartaq umdrehte – und gerade rechtzeitig bemerkte, wie er durch einen Bogengang treten wollte, der in ein dunkles Treppenhaus hinabführte. Sie hielt ihn am Ellbogen fest. »Nicht.«

Er warf ihr einen ungläubigen Blick über die Schulter zu.

Nesryn sah ihn mit steinerner Miene an. »Eure *Ej* hat gesagt, diese Türme seien voller Fallen. Nur weil wir noch keine gesehen haben, bedeutet das nicht, dass sie nicht da sind.« Sie deutete mit ihrem Pfeil auf den Bogengang, durch den man die unterirdischen Stockwerke erreichte. »Wir bewegen uns ganz vorsichtig, leise. Ich gehe voran.«

Zum Teufel mit der Nachhut, wenn er so darauf brannte, sich in Gefahr zu stürzen.

Die Augen des Prinzen blitzten auf, aber sie erlaubte ihm keine Einwände. »Erst vor Kurzem stand ich in Morath einigen Schreckenswesen gegenüber. Ich weiß, woran man sie erkennt – und wie man sie angreifen muss.«

Sartaq musterte sie erneut. »Ihr hättet wirklich befördert werden sollen.«

Nesryn lächelte und ließ seinen muskulösen Arm wieder los. Erst jetzt wurde ihr klar, welche Freiheit sie sich eigentlich herausgenommen hatte, ihn einfach zu packen. Einen Prinzen ohne Erlaubnis zu berühren ...

»Zwei Captains, erinnert Ihr Euch?«, sagte er, als er ihre Verlegenheit spürte, die sie nicht ganz verbergen konnte.

Da hatte er auch wieder recht. Entschlossen trat Nesryn vor ihn – und durch den Bogengang hindurch zu den Stufen, die nach unten führten.

Sie hielt Pfeil und Bogen abschussbereit, als sie in die Dunkelheit des Treppenhauses spähte. Aber nichts sprang hervor, also entspannte sie die Bogensehne wieder, legte ihren Pfeil zurück in den Köcher und hob eine Handvoll Steine vom Boden auf, Splitter und Bröckchen von den eingestürzten Steinblöcken ringsum.

Einen Schritt hinter ihr tat Sartaq das Gleiche und füllte seine Taschen damit.

Nesryn lauschte aufmerksam, dann ließ sie ein paar der Steine die Wendeltreppe hinunterpurzeln, hüpfend und klackend und ...

Ein schwaches *Klicken*. Nesryn warf sich nach hinten gegen Sartaq und schleuderte sie beide zu Boden. Ein dumpfer Aufprall erklang unter ihnen im Treppenhaus, dann ein weiterer.

Darauf folgte Stille. Nesryn lauschte wieder, ihre Atemzüge das einzige Geräusch. »Versteckte Bolzen«, bemerkte sie und zuckte zusammen, als sie feststellte, dass Sartaqs Gesicht nur Zentimeter von ihrem entfernt war. Sein Blick ruhte auf dem Treppenhaus, eine Hand fest auf ihrem Kreuz. Mit der anderen hielt er sein langes Messer auf den Bogengang gerichtet.

»Wie es aussieht, verdanke ich Euch mein Leben, Captain«, sagte Sartaq. Nesryn löste sich schnell von ihm und bot ihm eine Hand, um ihm beim Aufstehen zu helfen. Er nahm sie und seine Finger lagen warm in ihren, als sie ihn auf die Füße zog.

»Keine Sorge«, erwiderte Nesryn trocken. »Ich werde Borte nichts davon erzählen.« Wieder ergriff sie eine Handvoll Steine und ließ sie über die dunklen Treppen hinunterrollen. Wieder ein *Klicken* und dumpfe Schläge – dann Stille.

»Wir tasten uns langsam voran«, entschied sie und war mit einem Schlag wieder ernst. Sie wartete gar nicht erst sein Nicken ab, sondern ertastete gleich die erste Treppenstufe mit der Spitze ihres Bogens.

Sie schob ihn klopfend über die Stufe und beobachtete dabei die Wände, die Decke. Nichts. Genauso verfuhr sie mit der zweiten, der dritten und der vierten Stufe – so weit ihr Bogen reichte. Erst als sie sicher war, dass sie keine Überraschungen erwarteten, gestattete sie sich und Sartaq, die Treppe zu betreten.

Nesryn wiederholte die Prozedur mit den nächsten vier Stufen und fand wieder nichts. Aber als sie die erste Biegung der Wendeltreppe erreichten ... »Ich verdanke Euch *wirklich* mein Leben«, flüsterte Sartaq, als sie sahen, was aus einem Schlitz in der Wand neben der neunten Stufe abgefeuert worden war.

Eiserne Dornen mit Widerhaken. Dazu geschaffen, sich ins Fleisch zu bohren und dort zu bleiben – es sei denn, das Opfer wollte beim Herausziehen der grausamen Haken noch mehr von seiner Haut oder von seinen Organen mitreißen.

Der Dorn war mit solcher Wucht abgeschossen worden, dass er sich tief in den Mörtel zwischen den Steinen gebohrt hatte. »Bedenkt, dass diese Fallen nicht für menschliche Angreifer bestimmt waren«, hauchte sie.

Sondern für Spinnen, so groß wie Pferde. Spinnen, die sprechen und planen und sich erinnern konnten.

Sie klopfte auf die Stufen vor ihnen und das Holz ihres Bogens verursachte ein hohles Echo in dem dunklen Gewölbe. Dann stieß sie gegen den Schlitz, aus dem der Dorn abgeschossen worden war. »Während ihrer Zeit hier müssen die Fae sich eingeprägt haben, welche Stufen zu meiden sind«, bemerkte sie, als sie noch mal einige Stufen weiter waren. »Aber ich glaube nicht, dass sie so dumm waren, ein einfaches Muster zu wählen.«

Und wirklich, der nächste Bolzen tauchte drei Stufen weiter unten auf. Ein weiterer nach fünf Stufen. Aber danach ... Sartaq griff in seine Tasche und zog ein paar Steine heraus. Sie hockten sich beide hin und er ließ einige davon die Stufen hinunterrollen.

Klick.

Nesryn war so auf die Wand vor ihnen konzentriert, dass sie nicht bemerkte, woher das Klicken kam. Nicht von vorn, sondern von unten.

Die Stufe, auf der sie gerade noch hockte ...

... war eine Sekunde später verschwunden und ein schwarzer Abgrund gähnte unter ihr.

Starke Hände packten sie um die Schultern, an ihrem Kragen, eine Klinge klapperte auf die Steine ...

Nesryn fasste hektisch nach dem Rand der nächsten Stufe, während Sartaq sie weiter festhielt. Er ächzte unter ihrem Gewicht und sein langes Messer fiel klirrend in die Dunkelheit unter ihnen.

Metall traf auf Metall. Prallte immer wieder davon ab und das *Klicken* dröhnte durchs Treppenhaus.

Dornen. Wahrscheinlich ein ganzes Feld von Metalldornen ...

Sartaq zog sie hoch und ihre Nägel splitterten, als sie auf der glatten Steinstufe nach Halt suchte. Aber dann war sie oben, halb ausgestreckt zwischen Sartaqs Beinen, und ihr Atem ging stoßweise beim Blick in den Abgrund unter ihnen.

»Ich glaube, wir sind quitt«, meinte Nesryn und versuchte vergeblich, ihr Zittern unter Kontrolle zu bringen.

Der Prinz legte ihr eine Hand auf die Schulter, während er ihr mit der anderen über den Hinterkopf strich. Eine beruhigende, zwanglose Geste. »Wer immer das hier gebaut hat, kannte keine Gnade mit den *Kharankui.*«

Es dauerte noch eine Minute, bis sie endlich aufhörte zu zittern. Sartaq wartete geduldig, streichelte weiter ihr Haar, und sie spürte seine Finger über die Flechten ihres Zopfes gleiten. Sie ließ ihn gewähren und schmiegte sich in seine Berührung, während sie den Spalt betrachtete, über den sie nun springen mussten, da die Treppenstufen dahinter noch weiterführten.

Als sie endlich wieder stehen konnte, ohne dass ihre Knie schlotterten, überwanden sie vorsichtig das Loch – und schafften ein paar weitere Stufen, bevor erneut ein Loch vor ihnen auftauchte, diesmal begleitet von einem Bolzen. Aber sie überwanden auch dieses, und die Zeit tröpfelte dahin, bis sie endlich das untere Stockwerk erreichten.

Blasses Licht strahlte aus sorgfältig versteckten Schächten in der Decke über ihnen, oder vielleicht handelte es sich auch um irgendeine Spiegelkonstruktion in den Korridoren hoch über ihnen. Es kümmerte sie nicht, solange das Licht hell genug war, um etwas erkennen zu können.

Und sie erkannten tatsächlich etwas.

Das untere Stockwerk war ein Kerker.

Fünf Zellen standen offen, die Türen herausgerissen, Gefangene und Wachen längst verschwunden. In der Mitte befand sich ein rechteckiger, steinerner Tisch.

»Jeder, der von den Fae glaubt, sie wären herumtänzelnde Wesen, die Poesie und Gesang lieben, braucht dringend eine Geschichtslektion«, murmelte Sartaq, während sie auf der untersten Stufe verharrten, weil sie es nicht wagten, den Boden zu betreten. »Dieser Steintisch diente nicht dazu, Berichte zu schreiben oder zu speisen.«

Tatsächlich wies die Oberfläche, neben den seltsamen Instrumenten, die darauf lagen, noch immer dunkle Flecken auf. Und an einer Wand in der Nähe stand eine Werkbank, auf der sich eine Ansammlung von Waffen befand. Falls es irgendwelche Aufzeichnungen auf Papier gegeben hatte, hatten sich diese längst im Schnee und im Regen aufgelöst und etwaige in Leder gebundene Bücher ... waren ebenfalls verschwunden.

»Gehen wir das Risiko ein oder verschwinden wir lieber?«, überlegte Sartaq.

»Wir sind so weit gekommen«, meinte Nesryn. Sie kniff die Augen zusammen und betrachtete die gegenüberliegende Wand. »Dort – dort steht etwas geschrieben.« Dicht über dem Boden, in dunklen Lettern – hingekritzelte Schriftzüge.

Der Prinz griff in seine Taschen und warf weitere Steine durch den Raum. Kein Klicken, kein Knallen erklang. Er schleuderte einige Steine zur Decke hoch, gegen die Wände. Nichts.

»Das überzeugt mich«, stellte Nesryn fest.

Sartaq nickte. Dennoch prüften sie vor jedem Schritt jeden Steinquader mit der Spitze ihres Bogens oder seinem feinen, dünnen Schwert. Sie schafften es an dem steinernen Tisch vorbei, aber Nesryn machte sich nicht die Mühe, die darauf zurückgelassenen Folterinstrumente zu untersuchen.

Sie hatte Chaols Männer von den Palasttoren baumeln sehen. Die Wunden an ihren Körpern.

Sartaq hielt an der Werkbank inne und ging die Waffen durch. »Einige davon sind immer noch scharf«, bemerkte er und Nesryn kam näher, gerade als er einen langen Dolch aus seiner Scheide zog. Das fahle Sonnenlicht spiegelte sich auf der Klinge und tanzte entlang der Zeichen, die in der Mitte eingeritzt waren.

Nesryn strich über ein Kurzschwert, dessen lederne Scheide unter ihrer Hand beinahe zerbröselte. Sie wischte den uralten Dreck vom Heft und legte dunkel glänzendes Metall mit gewundenen goldenen Intarsien frei, die Parierstange an den Enden leicht nach oben gebogen.

Die Schwertscheide war tatsächlich so alt, dass sie in Stücke zerfiel, als Nesryn das Schwert anhob, das leicht und perfekt ausbalanciert war. Entlang der Blutrille waren weitere Zeichen in die Klinge eingraviert. Ein Name oder ein Gebet vielleicht.

»Nur Fae-Klingen können nach tausend Jahren noch so scharf sein«, bemerkte Sartaq und legte das Messer, das er gerade untersucht hatte, beiseite. »Wahrscheinlich aus Fae-Schmieden in Asterion, östlich von Doranelle – vielleicht sogar noch aus der Zeit vor den ersten Dämonenkriegen.«

Ein Prinz, der nicht nur die Geschichte seines eigenen Reiches studiert hatte.

Geschichte war allerdings nicht gerade ihre Stärke, daher fragte sie: »Asterion – wie die Pferde?«

»Exakt. Großartige Schmiede *und* Pferdezüchter. Oder zumindest waren sie das früher einmal – bevor die Grenzen geschlossen wurden und die Welt sich verdunkelte.«

Nesryn musterte das Kurzschwert in ihrer Hand, dessen Metall glänzte, als wäre es mit Sternenlicht durchtränkt, nur unterbrochen von den Gravuren entlang der Blutrille. »Ich frage mich, was die Zeichen bedeuten.«

Sartaq untersuchte eine weitere Klinge und Lichtreflexe tanzten über sein gut aussehendes Gesicht. »Wahrscheinlich ein Zauber gegen Feinde, vielleicht sogar gegen die ...« Er stockte bei dem Wort.

Nesryn nickte trotzdem. Die Valg. »Irgendwie hoffe ich, dass wir das niemals herausfinden müssen.« Nesryn überließ es Sartaq, sich eine Waffe auszusuchen, während sie das Kurzschwert an ihrem Gürtel befestigte und sich dann der hinteren Wand mit den dunklen Schriftzügen näherte.

Sie prüfte jeden Stein am Boden, stieß jedoch auf keine weiteren Gefahren.

Aus der Nähe erkannte sie, dass die abblätternde Schrift nicht aus *schwarzen* Lettern war, sondern ...

»Blut«, sagte Sartaq und trat neben sie, jetzt mit einem Asterionmesser an seiner Seite.

Keine Spur von einer Leiche oder sonstigen Hinweisen auf die Person, die es geschrieben hatte, womöglich während sie im Sterben lag.

»Es ist die Sprache der Fae«, bemerkte Nesryn. »Gehe ich recht in der Annahme, dass Euch Eure noblen Lehrer zwar viel über Geschichte, aber nicht die Alte Sprache beigebracht haben?«

Er zuckte bedauernd mit den Schultern.

Sie seufzte. »Wir sollten versuchen, es zu notieren. Es sei denn, Euer Gedächtnis ist …«

»Ist es nicht.« Er fluchte und drehte sich zur Treppe um. »In Kadaras Satteltaschen habe ich Papier und Tinte. Ich könnte …«

Nicht sein unvollendeter Satz ließ sie herumwirbeln. Sondern die Art, wie er plötzlich vollkommen erstarrte.

Nesryn riss die Fae-Klinge von ihrem Gürtel.

»Es ist nicht nötig, es zu übersetzen«, erklang eine helle Frauenstimme in Halha. »Da steht: *Seht hoch.* Ein Jammer, dass ihr das nicht beachtet habt.«

Jetzt sah Nesryn tatsächlich zu dem hoch, was aus dem Treppenhaus aufgetaucht war und über die Decke auf sie zukrabbelte. Sie schluckte ihren Aufschrei hinunter.

34

Es war schlimmer als in jedem Albtraum.

Die *Kharankui*, die von der Decke auf den Boden krabbelte, war um so vieles schlimmer.

Größer als ein Pferd. Ihre Haut schwarz und grau und voller weißer Flecken, ihre zahlreichen Augen tiefe obsidianschwarze Teiche. Trotz ihrer Körpermasse war sie schlank und anmutig – mehr schwarze Witwe als Wolfsspinne.

»Diese Fae-Häppchen haben vergessen *hochzusehen*«, sagte die Spinne, und obwohl sie ein absolutes Monstrum war, klang ihre Stimme lieblich. Ihre langen Vorderbeine klickten über das uralte Gestein. »Um sich daran zu erinnern, *wem* sie diese Fallen gestellt haben.«

Nesryn ließ ihren Blick über das Treppenhaus hinter der Spinne schweifen, über die Lichtschächte, auf der Suche nach irgendeinem Ausweg. Aber da war keiner.

Der Wachturm war selbst zu einem regelrechten Spinnennetz geworden. Idioten. Es war absolut idiotisch gewesen, so zu trödeln ...

Die Krallen am Ende der Spinnenbeine kratzten über den Fels.

Nesryn steckte ihr Schwert wieder in die Scheide.

»Gut«, schnurrte die Spinne. »Gut, dass du weißt, wie wenig dieser Fae-Müll dir jetzt noch nutzen wird.«

Nesryn zückte ihren Bogen und spannte einen Pfeil ein.

Die Spinne lachte. »Wenn mich einst schon keine Fae-Bogenschützen aufhalten konnten, wirst *du* es jetzt auch nicht, *Mensch*.«

Neben ihr hob Sartaq sein Schwert.

Noch beim Frühstück, während Borte ihr das Haar geflochten hatte, war ihr nicht annährend in den Sinn gekommen, hier und jetzt zu sterben.

Aber sie konnten nichts tun, als die Spinne näher kam und ihre Reißzähne aus den Kiefern ausfuhr.

»Und wenn ich mit *dir* fertig bin, Reiter, werde ich deinen Vogel schreien lassen.« Etwas tropfte von diesen Zähnen. Gift.

Dann stürzte die Spinne vor.

Nesryn feuerte einen Pfeil ab und zielte mit einem zweiten, noch bevor der erste traf. Aber die Spinne bewegte sich so schnell, dass der für ein Auge bestimmte Pfeil gegen den harten Panzer ihres Unterleibs prallte und gerade noch darin stecken blieb. Die Spinne krachte gegen den steinernen Foltertisch. Im nächsten Moment schien es, als wollte sie sich davon abstoßen, um sich auf sie beide zu stürzen ...

Sartaq schlug zu, ein brutaler Hieb in Richtung des nächstbesten, krallenbewehrten Beins.

Die Spinne kreischte auf, schwarzes Blut spritzte und sie rannten los ...

Aber die *Kharankui* schnitt ihnen den Weg ab. Rammte ihre Beine zwischen die Wand und den steinernen Tisch. Aus der Nähe war der Gestank des Todes unerträglich, den diese Reißzähne verströmten.

»Menschlicher Abschaum«, zischte die Spinne und Gift spritzte auf die Steine zu ihren Füßen.

Aus dem Augenwinkel sah Nesryn, wie Sartaq vor ihr einen Arm hochriss, um sie wegzustoßen und selbst vor diese tödlichen Kiefer zu springen ...

Zuerst wusste sie gar nicht, was eigentlich geschah.

Woher die verschwommene Bewegung kam, warum die *Kharankui* schrie.

In dem einen Moment wollte sie sich noch an Sartaqs idiotischer Selbstaufopferung vorbeikämpfen, doch schon im nächsten krachte die Spinne durch den Raum und überschlug sich mehrmals.

Nicht Kadara, sondern etwas Großes, bewaffnet mit Krallen und Reißzähnen ...

Ein grauer Wolf. So groß wie ein Pony und völlig außer sich vor Wildheit.

Sartaq verschwendete keine Zeit, ebenso wenig Nesryn. Sie stürmten zur Treppe und die Stufen hinauf, ohne sich darum zu kümmern, wie viele Bolzen oder Pfeile aus den Wänden schossen. Sie stürmten einfach weiter, so schnell, dass sie den Geschossen entkamen, sprangen über die Abgründe zwischen den Stufen und hielten auch nicht inne, als von unten ein lautes Krachen und Kreischen erklang ...

Ein hündisches Jaulen ertönte, dann herrschte Stille.

Nesryn und Sartaq erreichten die oberste Treppenstufe und jagten auf die Bäume jenseits des steinernen Torbogens zu. Der Prinz hatte ihr eine Hand in den Rücken gelegt und stieß sie vor sich her, während sie sich beide halb zum Turm umdrehten.

Die Spinne brach aus der Dunkelheit hervor, hielt aber nicht auf die Bäume zu, sondern auf die oberen Stufen des Wachturms. Als wollte sie dort hinaufklettern, um dem Wolf aufzulauern, wenn er hinter ihr herkam.

Und genauso, wie sie es geplant hatte, hetzte der Wolf aus dem Treppenhaus und durch den Torbogen in Richtung Wald, ohne sich umzuschauen.

Die Spinne sprang. Und im nächsten Moment blitzte etwas Goldenes am Himmel auf.

Kadaras Schlachtruf ließ die Kiefern unter ihr erzittern. Die Krallen des Ruks bohrten sich direkt in den Unterleib der *Kharankui*, die daraufhin die Treppe hinunterstürzte.

Der Wolf huschte davon, als Sartaq Kadara eine Warnung zubrüllte, die jedoch in den Schreien des Vogels und der Spinne unterging. Die *Kharankui* landete auf dem Rücken – genau wie Kadara es beabsichtigt hatte.

Jetzt war ihr Unterleib dem Ruk schutzlos ausgeliefert. Seinen Krallen. Seinem messerscharfen Schnabel.

Ein paar grausame Hiebe, schwarzes Blut spritzte, schlanke Gliedmaßen zappelten und dann – Stille.

Nesryns Bogen baumelte von ihren zitternden Händen, als Kadara die zuckende Spinne in Stücke riss. Sie wirbelte zu Sartaq herum, doch der starrte woandershin. Zu dem Wolf.

Sie wusste es. Als der Wolf auf sie zuhumpelte, mit einer tiefen Schnittwunde in der Flanke, sah sie seine dunklen, saphirblauen Augen.

Und wusste, was es war, *wer* es war, als die Umrisse seines grauen Fells zu schimmern begannen und sein ganzer Körper sich mit Licht füllte, das allmählich verblasste und sich in Luft auflöste.

Und als Falkans Knie unter ihm nachgaben, eine Hand auf die blutige Wunde zwischen seinen Rippen gepresst, hauchte Nesryn: »Ihr seid ein Gestaltwandler.«

35

Falkan brach zusammen. Kiefernnadeln stoben vom Boden auf und Blut tröpfelte zwischen seinen gebräunten Fingern hindurch.

Nesryn wollte zu ihm eilen, aber Sartaq hielt sie mit einem Arm zurück. »Nicht«, warnte er.

Doch Nesryn stieß seinen Arm einfach weg und lief zu dem verletzten Mann. »Ihr seid uns hierher gefolgt«, sagte sie, während sie sich hinkniete.

Falkan hob den Kopf, seine Augen voller Schmerz. »Ich habe gestern Abend gelauscht. An Eurem Feuer.«

»Zweifellos in Gestalt irgendeiner Ratte oder eines Insekts«, knurrte Sartaq.

Und tatsächlich wirkte Falkan beschämt, zerknirscht. »Ich bin als Falke hierhergeflogen – habe Euch hineingehen sehen. Und dann habe ich *sie* gesehen, wie sie hinter Euch den Hügel hinaufgekrabbelt kam.« Er schauderte, als er dorthin sah, wo Kadara die Spinne inzwischen in Fetzen gerissen hatte und jetzt auf dem Turm saß und *ihn* musterte, als wäre er ihre nächste Mahlzeit.

Nesryn bedeutete dem Vogel herunterzuhüpfen, damit sie an die Satteltaschen herankam. Kadara ignorierte sie demonstrativ. »Er braucht Hilfe«, zischte sie Sartaq zu. »Verbände.«

»Weiß meine Ej davon?«, wollte der Prinz nur wissen.

Falkan versuchte erfolglos, seine blutverschmierte Hand von seiner Seite zu nehmen, und keuchte auf. »Ja«, brachte er hervor. »Ich habe ihr alles erzählt.«

»Und welcher Hof hat Euch dafür bezahlt hierherzukommen?«

»*Sartaq.*« Sie hatte ihn noch nie so sprechen hören, hatte ihn noch nie so *zornig* gesehen. Sie packte den Arm des Prinzen. »Er hat uns das Leben gerettet. Jetzt retten wir seines.« Sie deutete auf den Ruk. »Verbände.«

Sartaq richtete seinen zornigen Blick auf sie. »Leute wie er sind Assassinen und Spione«, knurrte er. »Besser, er stirbt gleich.«

»Ich bin weder das eine noch das andere«, stieß Falkan atemlos hervor. »Ich bin das, was ich gesagt habe: ein Händler. In meiner Jugend in Adarlan habe ich nicht einmal von meiner Gabe *gewusst*. Sie – sie lag zwar in meiner Familie, aber bis zu dem Zeitpunkt, als die Magie verschwand, war ich davon ausgegangen, ich hätte sie nicht geerbt. Und war *froh* darüber. Aber anscheinend war ich einfach noch nicht reif genug, denn als ich später in dieses Land kam, als *dieser Mann* …« Er wies auf seinen gealterten Körper. Auf die zwanzig Jahre, die er verspielt hatte. Die Bewegung bekam seiner Wunde schlecht und er zuckte zusammen. »Plötzlich konnte ich die Gabe nutzen. Konnte mich verwandeln. Nicht sehr gut und nicht oft, aber ich kann es schaffen, wenn ich mich konzentriere.« An den Prinzen gewandt fügte er hinzu: »Es bedeutet mir nichts, dieses Erbe. Es war die Gabe meines Bruders, die meines Vaters – die ich nie wollte. Und immer noch nicht will.«

»Und doch könnt Ihr Euch von einem Vogel in einen Wolf in einen Mann verwandeln, so mühelos, als hättet Ihr es trainiert.«

»Glaubt mir, das ist mehr, als ich je in meinem …« Falkan stöhnte auf und wand sich.

Nesryn beugte sich beruhigend über ihn, bevor sie Sartaq anschnauzte: »Wenn Ihr ihm nicht sofort Verbandszeug und was sonst noch nötig ist beschafft, verpasse ich Euch eine ebensolche Wunde.«

Der Prinz blinzelte sie an und ihm klappte der Unterkiefer herunter.

Dann pfiff er durch die Zähne, scharf und schnell, und marschierte mit abgehackten Schritten auf Kadara zu.

Der Ruk sprang vom Turm und landete auf einer der Eulenstatuen, die in den Mauern des Torbogens verankert waren. Das Gestein knackte unter Kadaras Gewicht.

»Ich bin kein Assassine«, beharrte Falkan immer noch zitternd. »Ich habe mit einigen Bekanntschaft gemacht, aber ich selbst bin keiner.«

»Ich glaube Euch«, antwortete Nesryn aufrichtig. Sartaq hievte die Bündel von Kadaras Rücken und durchsuchte sie. »*In dem linken*«, blaffte Nesryn. Der Prinz warf ihr einen Blick über die Schulter zu, gehorchte jedoch.

»Ich wollte sie selbst töten«, keuchte Falkan mit glasigen Augen, zweifellos aufgrund des Blutverlusts. »Um zu sehen, ob ... mir das die verlorenen Jahre wiederbringt. Selbst ... Selbst wenn sie nicht diejenige ist, die mir meine Jugend genommen hat, dachte ich, dass vielleicht irgendeine ... Verbindung zwischen ihnen bestehen könnte, selbst über Ozeane hinweg. Ein Netz, sozusagen, von allem, was ihre Art sich genommen hat.« Ein bitteres, angestrengtes Lachen. »Aber wie es aussieht, wurde mir auch der Todesstoß genommen.«

»Ich glaube, wir alle können es Kadara verzeihen, dass *sie* ihn ausgeführt hat«, stellte Nesryn trocken fest, während sie das schwarze Blut am Schnabel und an den Federn des Ruk bemerkte.

Ein weiteres gequältes Lachen. »Ihr habt keine Angst – vor dem, was ich bin.«

Sartaq stiefelte mit Verbänden und Salbe herbei. Und mit einem Gefäß, das etwas Honigähnliches zu beinhalten schien, wahrscheinlich um die Wunde zu verschließen, bis sie eine Heilerin erreichen konnten. Gut.

»Eine meiner Freundinnen ist eine Gestaltwandlerin«, gestand Nesryn – gerade als Falkan in ihren Armen das Bewusstsein verlor.

Minuten später waren sie in der Luft. In Windeseile hatte Nesryn die Schnittwunde über Falkans Rippen gereinigt, und Sartaq hatte sie tatsächlich mit irgendwelchen Blättern und einer Schicht dieser Honigsubstanz versiegelt, um eine Infektion zu verhindern und die Blutung zu stillen.

Sie wechselten kaum ein Wort miteinander, wobei der Ritt mit Falkan zwischen ihnen auch nicht viel Gelegenheit dazu bot. Es war ein anstrengender, gefährlicher Flug, währenddessen der bewusstlose Falkan gelegentlich so weit zur Seite sackte, dass Sartaq ihn nur ächzend im Sattel halten konnte. Da es, wie er Nesryn erklärt hatte, nur zwei Gurthalterungen gab, würde er bestimmt nicht ihr oder sein Leben für einen Gestaltwandler – Lebensretter hin oder her – aufs Spiel setzen.

Aber sie schafften es, gerade als die Sonne unterging und von den drei Gipfeln der Dorgos das Licht unzähliger Feuer erstrahlte, als wären die Berge mit Glühwürmchen übersät.

Während sie sich der Berghalle Altun näherten, stieß Kadara einen schrillen Schrei aus. Offenbar eine Art Signal, denn als sie landeten, standen Borte, Houlun und etliche andere bereits mit Hilfsmitteln ausgerüstet da.

Niemand fragte, was Falkan passiert war. Niemand wunderte sich, wie er dorthin gekommen war. Entweder wegen eines Befehls von Houlun, sie nicht zu belästigen, oder einfach wegen des Chaos, das herrschte, als sie ihn von dem Ruk zogen und in die Obhut einer Heilerin gaben. Niemand, außer Borte.

Sartaq war immer noch so wütend, dass er seine *Ej* in eine Ecke der Halle führte und Antworten hinsichtlich des Gestaltwandlers verlangte. Oder zumindest sah es danach aus, angesichts seines vorgeschobenen Kinns und seiner vor der Brust verschränkten Arme.

Aber Houlun spiegelte nur seine Angriffshaltung und schob ihr Kinn ebenso vor wie er seines.

Nesryn machte sich daran, die Bündel von Kadaras Rücken abzuladen, während Borte aus einigen Schritten Entfernung Vermutungen anstellte: »Dass er den Nerv hat, *ihr* eine Standpauke zu halten, verrät mir, dass irgendetwas *ziemlich* schiefgegangen sein muss. Und dass sie ihm das überhaupt erlaubt, verrät mir, dass sie sich ein klein wenig schuldig fühlt.«

Nesryn antwortete nur mit einem Ächzen, während sie ein besonders schweres Bündel herunterzerrte.

Borte ging um Kadara herum und musterte den Vogel. Eingehend.

»Schwarzes Blut an den Klauen, an ihrem Schnabel und ihrer Brust. *Jede Menge* schwarzes Blut.«

Nesryn hievte das Bündel bis zur Wand und ließ es dort fallen.

»Und *Euer* Rücken ist mit rotem Blut verkrustet.«

Von Falkan, der während des Ritts an ihrem Rücken gelehnt hatte.

»Und das da ist eine neue Klinge. Eine *Fae-Klinge*«, hauchte Borte und trat vor, um das Kurzschwert zu untersuchen, das von ihrem Gürtel baumelte. Nesryn wich einen Schritt zurück.

Borte presste die Lippen aufeinander. »Was auch immer passiert ist – ich will es erfahren.«

»Das habe ich nicht zu entscheiden.«

Sie sahen beide zu Sartaq hinüber, der immer noch vor Wut schäumte, während Houlun es ihm einfach gestattete, sich abzureagieren.

Borte hob eine Hand und begann demonstrativ, einige Stichpunkte an ihren Fingern abzuzählen. »*Er* segelt allein davon, tagelang. Dann verschwindet Ihr und kehrt mit einem Mann zurück, der nicht mit Euch aufgebrochen ist und der keinen Ruk genommen hat. Und die arme Kadara ist bei ihrer Rückkehr mit diesem ... ekelhaften Zeug befleckt.« Sie schnupperte in Richtung des schwarzen Blutes. Der Ruk klapperte zur Antwort mit dem Schnabel.

»Es ist Schlamm«, log Nesryn.

Borte lachte. »Und ich bin eine Fae-Prinzessin. Also, entweder höre ich mich woanders um oder ...«

Nesryn zerrte sie zu der Wand mit den Bündeln hinüber. »Wenn ich Euch davon erzähle, dürft Ihr aber *niemandem* auch nur ein Wort verraten. Oder Euch sonst irgendwie einmischen.«

Borte legte sich eine Hand aufs Herz. »Ich schwöre es.«

Nesryn seufzte zu der Felsendecke empor und Kadara warf ihr einen warnenden Blick zu, als wollte sie Nesryn bitten, ihre Entscheidung noch einmal zu überdenken. Aber sie erzählte Borte alles.

Nesryn hätte besser auf Kadara gehört, auch wenn Borte tatsächlich niemandem ein Wort verriet. *Niemandem bis auf Sartaq.* Als dieser schließlich Houlun stehen ließ und zu ihnen herüberkam, fing er sich prompt eine Standpauke und einen Schlag gegen die Schulter ein, weil er seine Clan-Schwester nicht in seine Pläne eingeweiht hatte. Und schlimmer noch, weil er sie nicht gebeten hatte mitzukommen.

Sartaq funkelte Nesryn vorwurfsvoll an, aber sie war zu müde, um sich darum zu kümmern. Stattdessen marschierte sie entschlossen zwischen den Säulen hindurch zu ihrem Zimmer. Sie wusste, dass Sartaq ihr dicht auf den Fersen war, weil Borte rief: »*Nächstes Mal nimmst du mich gefälligst mit, du halsstarriger Esel!*«

Noch bevor Nesryn die Tür zu ihrem Zimmer erreichte und Zuflucht in ihrem weichen Bett finden konnte, fasste der Prinz sie am Ellbogen. »Auf ein Wort.«

Nesryn schob sich wortlos ins Zimmer und Sartaq pirschte hinter ihr her. Er schloss die Tür, lehnte sich dagegen und verschränkte im gleichen Moment die Arme vor der Brust wie sie.

»Borte hat gedroht, überall im Horst heikle Fragen zu stellen, wenn ich es ihr nicht erzähle.«

»Das interessiert mich nicht.«

Nesryn blinzelte. »Was dann ...?«

»Wer hat die Wyrdschlüssel?« Die Frage hing zwischen ihnen im Raum.

Nesryn schluckte. »Was ist ein Wyrdschlüssel?«

Sartaq stieß sich von der Tür ab. »Lügnerin«, zischte er. »Während wir fort waren, hat sich meine *Ej* an weitere Geschichten erinnert, hat sie aus den gesammelten Erinnerungen ausgegraben, die sie als Geschichtenhüterin besitzt. Geschichten über ein Wyrdtor, das die Valg und ihre Könige durchquert haben – das man mit drei Schlüsseln beliebig öffnen konnte. Sie hat sich daran erinnert, dass diese Schlüssel *verschwunden* sind, seit Maeve persönlich sie gestohlen und dazu benutzt hat, die Valg zurückzuschicken. Versteckt, sagt sie. Irgendwo in der Welt.«

Nesryn zog nur eine Braue hoch. »Und weiter?«

Ein kaltes Schnauben. »Das ist der Grund, warum Erawan so schnell eine Armee aufstellen konnte, der Grund, warum selbst Aelin Feuerherz ohne Hilfe nichts gegen ihn ausrichten kann. Er muss wenigstens einen haben. Nicht alle, sonst würden wir Erawan bereits unseren Herrn nennen. Aber einen, vielleicht sogar zwei. Also, wo ist der dritte?«

Sie hatte wirklich keine Ahnung. Und auch nicht davon, ob Aelin und die anderen einen Schimmer hatten. Darüber hatten sie nie ein Wort verloren. Nesryn wusste nur, dass ihr definitiver Plan – jenseits von Krieg und Tod – darin bestand, die Wyrdschlüssel, die Erawan besaß, zurückzuholen. Aber ihm selbst das zu erzählen ...

»Vielleicht versteht Ihr jetzt«, sagte Nesryn und erwiderte Sartaqs Kälte, »warum wir die Armeen Eures Vaters so verzweifelt brauchen.«

»Um abgeschlachtet zu werden.«

»Wenn es Erawan gelingt, uns abzuschlachten, wird er als Nächstes vor Eurer Tür stehen.«

Sartaq fluchte. »Was ich heute gesehen habe, dieses *Ding* ...« Er rieb sich mit zitternden Händen das Gesicht. »Die Valg haben diese Spinnen einst als Fußsoldaten eingesetzt. Ganze Legionen davon.« Er ließ die Hände sinken. »Houlun hat von drei anderen zerstörten Wachtürmen erfahren – im Süden. Zu dem ersten davon fliegen wir, sobald der Gestaltwandler geheilt ist.«

»Wir nehmen Falkan mit?«

Sartaq riss die Tür auf, so heftig, dass sie damit rechnete, er würde sie direkt aus den Angeln reißen. »Selbst wenn er ein so jämmerlicher Gestaltwandler ist, wie er behauptet – ein Mann, der sich in einen Wolf von dieser Größe verwandeln kann, ist eine zu gute Waffe, um sie nicht mitzunehmen, wenn man sich in Gefahr begibt.« Ein scharfer, funkelnder Blick. »Er reitet mit mir.«

»Und ich?«

Sartaq bedachte sie mit einem freudlosen Lächeln, bevor er in den Flur trat. »Ihr werdet mit Borte fliegen.«

36

Der Muskelschwund in seinen Beinen ... Er war rückläufig.

Nach drei Wochen des konstanten Trainings war es ihnen gelungen, seine Bewegungsfähigkeit immerhin bis zu seinen Knien wiederherzustellen. Es gelang Chaol jetzt, die Beine anzuwinkeln, auch wenn er die Oberschenkel noch nicht bewegen konnte. Nicht auf ihnen stehen konnte.

Das morgendliche Training mit der Garde, die Nachmittage der Heilung, verloren in Dunkelheit und Erinnerungen und Schmerz ...

Es waren definitiv Muskeln, die sich in seinen Beinen wieder aufbauten und diese ohnehin schon breiten Schultern und diese beeindruckende Brust noch verstärkten. Und dank des Trainings in der Morgensonne war seine Haut jetzt kräftig gebräunt, was auch seine muskulösen Arme ausgezeichnet zur Geltung brachte.

Ihre tägliche Arbeit war ihnen in Fleisch und Blut übergegangen, ein steter Rhythmus, den Yrene ebenso verinnerlicht hatte wie Gesichtwaschen, Zähneputzen und ihre Tasse *Kahve* nach dem Aufwachen.

Er hatte sich wieder ihrem Unterricht in Selbstverteidigung angeschlossen, und auch wenn die jüngsten Schülerinnen in seiner Nähe immer noch hoffnungslos kicherten, verspäteten sie sich immerhin kein einziges Mal mehr, seit er dabei war. Er hatte Yrene sogar neue

Handgriffe beigebracht, um es auch mit größeren Angreifern aufnehmen zu können. Und obwohl im Innenhof der Torre oft gelächelt wurde, blieben er und Yrene ernst, wenn er sie durch diese Techniken führte, stets vor Augen, wann sie sie vielleicht brauchen würde.

Aber wer auch immer Yrene angegriffen hatte – es gab nicht den Hauch einer Spur von ihm, keine Bestätigung, dass es tatsächlich einer der Valg gewesen war. Was Yrene irgendwie erleichterte.

Trotzdem folgte sie seinen Lektionen ebenso aufmerksam, wie Chaol sie trainierte.

Unter den königlichen Geschwistern herrschte ein Kommen und Gehen, und sie hatte Kashin seit dem Abendessen, bei dem sie ihm für seine Hilfe und Großzügigkeit in der Nacht des Angriffs gedankt hatte, nicht mehr zu Gesicht bekommen. Er hatte zwar erklärt, dass sein Einsatz selbstverständlich gewesen sei, aber sie hatte trotzdem dankbar seine Schulter berührt. Bevor sie an Chaols Seite ihren sicheren Platz eingenommen hatte.

Chaols eigenes Anliegen, mit dem Großkhan über den Krieg zu sprechen und darüber, dass Armeen gebraucht wurden ... Chaol und Yrene scheuten das damit verbundene Risiko. Und was die Oase von Aksara und die Informationsquelle betraf, die vielleicht unter Palmen verborgen lag und darüber Aufschluss geben konnte, *warum* es hier so viel über die Valg gab ... Bisher waren sie noch zu keinem Schluss gekommen, wie sie Hasar so manipulieren konnten, dass sie sie dorthin mitnahm, ohne ihr Misstrauen zu wecken. Ohne zu riskieren, dass die Prinzessin von diesen Schriftrollen erfuhr, die immer noch in seinem Zimmer versteckt waren.

Aber Yrene wusste, dass die Zeit ihn drängte. Sah, wie sein Blick manchmal in die Ferne schweifte, als starrte er in das Land, in dem seine Freunde kämpften. Für *ihr* Volk. Danach trieb er sich stets noch härter an – und jede kleine Bewegung seiner Beine hatte er ebenso sich selbst zu verdanken wie ihrer Magie.

Aber auch Yrene trieb sich an. In Gedanken daran, ob die Schlachten schon begonnen hatten, ob sie es jemals rechtzeitig dorthin schaffen würde, um zu helfen. Ob überhaupt noch etwas vorhanden sein würde, zu dem sie zurückkehren konnte.

Die Dunkelheit, der sie begegneten, wenn sie ihn von dem Dämon jenes Mannes heilte, der einen so großen Teil der Welt zerstört hatte ... Auch hier machten sie immer größere Fortschritte. Sie war nicht mehr in seine Erinnerungen hineingezerrt worden wie am Anfang, war nicht mehr gezwungen gewesen, die Gräuel von Morath mit anzusehen oder die Attacken dieses *Etwas* zu ertragen, das in ihm lebte, aber ihre Magie drängte immer noch gegen diese Wunde, umschwärmte sie wie tausend weiße Lichtpunkte, fraß und verschlang sie und schlug ihre Krallen hinein.

Er erduldete den Schmerz, ertrug, was auch immer diese Dunkelheit ihm zeigte. Schreckte nie davor zurück, Tag um Tag. Nur wenn ihre eigenen Kräfte schwanden, hielt er inne und bestand darauf, dass Yrene eine Pause machte, um zu essen oder sich auf dem goldenen Sofa auszuruhen oder einfach, um sich bei einer Tasse gekühltem Tee zu unterhalten.

Yrene rechnete damit, dass ihr steter Fortschritt irgendwann enden würde.

Wahrscheinlich, so nahm sie an, aufgrund eines Streits zwischen ihnen. Nicht wegen Neuigkeiten aus der Ferne.

Nachdem der Großkhan zwei Wochen auf seinem Landsitz am Meer verbracht hatte, um zusammen mit seiner weiterhin trauernden Gemahlin der sommerlichen Hitze zu entfliehen, kehrte er zu den förmlichen Abendessen zurück. Eine fröhliche Zusammenkunft, wie es schien. Denn nachdem es keine weiteren Angriffe im Palast oder in der Torre gegeben hatte, war die bedrückende Wachsamkeit während dieser letzten paar Wochen mehr und mehr einer erleichterten Ausgelassenheit gewichen.

Aber als Yrene und Chaol an diesem Abend die große Halle betraten und sie die siedende Anspannung an der Hohen Tafel bemerkte, rang sie mit sich, nicht auf dem Absatz kehrtzumachen. Wesire rutschten auf ihren Stühlen herum. Arghun, der während seiner Abwesenheit – er hatte sich seinen Eltern angeschlossen – ganz bestimmt *nicht* vermisst worden war, grinste.

Hasar schenkte Yrene ein breites Lächeln – ein wissendes Lächeln. Nicht gut.

Sie hatten vielleicht eine Viertelstunde des Abendessens hinter sich gebracht, als die Prinzessin zuschlug. Hasar beugte sich vor und sagte zu Chaol: »Ihr seid heute Abend sicherlich sehr erfreut, Lord Westfall.«

Yrene bewahrte Haltung. Ihre Hand zögerte nicht, den Bissen Zitronen-Seebarsch auf ihrer Gabel an den Mund zu führen, und sie zwang sich zu schlucken.

Nachdem er an seinem Wasserkelch genippt hatte, konterte Chaol aalglatt: »Und warum sollte ich das sein, Euer Hoheit?«

Hasars Lächeln konnte schrecklich sein. Tödlich. Und bei dem Lächeln, das sie nun zeigte, als sie Chaol antwortete, fragte Yrene sich, warum sie eigentlich jemals dem Ruf der Prinzessin gefolgt war. »Nun, wenn ich richtig nachgerechnet habe, sollte Captain Faliq morgen mit meinem Bruder zurückkehren.«

Yrene schloss die Hand fester um ihre Gabel, während sie selbst die Tage nachzählte.

Drei Wochen. Es war drei Wochen her, seit Nesryn und Sartaq zum Tavan-Gebirge aufgebrochen waren.

Morgen würde Nesryn zurückkehren. Und obwohl nichts – *nichts* – zwischen Yrene und Chaol vorgefallen war ...

Yrene konnte nicht verhindern, dass sich ihre Brust zuschnürte. Und sie würde auch nicht verhindern können, dass ihr schon bald eine Tür vor der Nase zugeschlagen wurde.

Sie hatten nicht über Nesryn gesprochen. Oder über das, was auch immer zwischen ihnen war. Und er hatte Yrene nie mehr als nötig berührt, hatte sie nie mehr so angesehen wie in jener Nacht des Festes.

Weil er natürlich – natürlich auf Nesryn wartete. Die Frau, der er ... der er treu war.

Yrene zwang sich, einen weiteren Bissen zu essen, obwohl der Fisch in ihrem Mund sauer schmeckte.

Närrin. Sie war so eine *Närrin* und ...

»Ihr habt die Neuigkeiten noch nicht gehört?«, fragte Chaol gedehnt und genauso respektlos wie die Prinzessin. Er stellte seinen Kelch beiseite und seine Fingerknöchel streiften Yrenes Hand auf dem Tisch.

Es mochte wie eine versehentliche Berührung wirken, aber sie wusste, dass Chaol ... Jede seiner Bewegungen war kontrolliert. Fokussiert. Dass seine Haut ihre streifte, war der Hauch einer Beruhigung, als spürte er, dass es ihr tatsächlich den Boden unter den Füßen wegzog ...

Hasar warf Yrene einen verstimmten Blick zu. *Warum hast du mir keinen Ton gesagt?*

Yrene verzog unschuldig das Gesicht. *Ich hab nichts gewusst.* Was die Wahrheit war.

»Ich nehme an, Ihr werdet sie uns erzählen?«, wandte Hasar sich mit kühler Stimme an den Lord.

Chaol zuckte die Achseln. »Ich habe heute Nachricht bekommen – von Captain Faliq. Sie und Euer Bruder haben beschlossen, ihre Reise um weitere drei Wochen zu verlängern. Wie sich herausgestellt hat, sind ihre Fähigkeiten mit Pfeil und Bogen sehr gefragt unter seinen Rukhin. Sie haben darum gebettelt, dass sie noch ein Weilchen länger bleibt. Und sie ist ihrem Wunsch nachgekommen.«

Yrene setzte eine neutrale Miene auf. Obwohl Erleichterung und Scham sie durchfluteten.

Eine gute Frau – eine tapfere Frau. Die, wie Yrene mit solcher Befreiung hörte, *nicht* zurückkehrte. Nicht ... störte.

»Unser Bruder ist sehr klug«, sagte Arghun von weiter unten am Tisch, »so eine talentierte Kriegerin so lange wie möglich bei sich zu behalten.«

Ein eindeutiger Stachel, wenn auch gut versteckt.

Chaol zuckte wieder die Achseln. »Er ist in der Tat sehr klug, wenn er erkannt hat, dass sie etwas Besonderes ist.« In den Worten lag Wahrheit und doch ...

Sie fantasierte. Interpretierte in seine Worte hinein, dass in seinem Ton – abgesehen von einem gewissen Stolz – keine besondere Zuneigung lag.

Jetzt beugte Arghun sich zu Hasar vor. »Nun, dann ist da noch diese *andere* Neuigkeit, Schwester. Von der Lord Westfall, wie ich annehme, ebenfalls gehört hat.«

Einige Plätze weiter unten geriet das Gespräch des Großkhans mit den neben ihm sitzenden Wesiren ins Stocken.

»Ach ja«, bestätigte Hasar, ließ ihren Wein in ihrem Kelch kreisen und lehnte sich entspannt zurück. »Das hatte ich ganz vergessen.«

Yrene versuchte, Renias Blick einzufangen, um von der Geliebten der Prinzessin *irgendetwas* darüber zu erfahren, welche Welle sich hier gerade aufbaute und gleich brechen würde. Warum die Atmosphäre im Raum so aufgeladen war. Aber Renia beobachtete nur Hasar, eine Hand auf ihrem Arm, als wollte sie sagen: *Vorsicht.*

Nicht wegen dem, *was* sie gleich offenbaren würde, sondern *wie* Hasar es tun würde.

Chaol schaute zwischen Arghun und Hasar hin und her. Nach dem Grinsen des Prinzen und der Prinzessin zu urteilen, wussten sie, dass er nichts davon gehört hatte. Dennoch schien Chaol zu überlegen, ob es besser war, wissend zu tun oder die Wahrheit einzugestehen ...

Yrene ersparte ihm die Entscheidung. »Ich habe es nicht gehört«, sagte sie. »Was ist denn passiert?«

Zum Zeichen seiner Dankbarkeit berührte Chaols Knie unter dem Tisch das ihre. Sie redete sich ein, dass das, was sie empfand, lediglich Freude über die Tatsache war, dass er dieses Knie *bewegen konnte*. Selbst dann noch, als ihr Bauch kribbelte.

»Nun«, begann Hasar zum Auftakt eines Tanzes, den sie und Arghun vor diesem Mahl einstudiert hatten. »Wie es scheint, hat es einige ... Entwicklungen auf dem Nachbarkontinent gegeben.«

Jetzt drückte Yrene *ihr* Knie gegen Chaols, in stummer Solidarität. *Zusammen,* versuchte sie allein durch diese Berührung zu übermitteln.

Arghun wandte sich an Yrene, Chaol und an seinen Vater weiter unten am Tisch, als er sagte: »So viele Entwicklungen oben im Norden. Verschwundene Könige, die sich jetzt wieder zeigen. Sowohl Dorian Havilliard als auch die Königin von Terrasen. Und Letztere noch dazu auf solch dramatische Weise.«

»Wo?«, flüsterte Yrene, weil Chaol es nicht konnte. Bei der Erwähnung seines eigenen Königs war ihm buchstäblich der Atem gestockt.

Hasar lächelte Yrene an – dieses breite Lächeln, das sie ihr schon bei ihrer Ankunft geschenkt hatte.

»Skull's Bay.«

Die Lüge, mit der Chaol sie die Prinzessin hatte füttern lassen ... Sie hatte sich als wahr erwiesen.

Sie spürte, wie Chaol sich versteifte, obwohl sein Gesicht nichts als höfliches Interesse verriet. »Ein Piratenhafen im Süden, Erhabener Großkhan«, erklärte Chaol dem Herrscher, als hätte er tatsächlich von dieser Neuigkeit gewusst – und als wäre er an diesem Gespräch beteiligt. »In der Mitte eines großen Archipels.«

Der Großkhan schaute zu seinen sichtlich verstimmten Wesiren und runzelte ebenso wie sie die Stirn. »Und warum ausgerechnet Skull's Bay?«

Chaol wusste keine Antwort. Umso glücklicher war Arghun, eine liefern zu können. »Weil Aelin Galathynius sich überlegt hat, direkt gegen die Armee anzutreten, die Perrington am Rande des Archipels stationiert hatte.«

Yrene ließ ihre Hand vom Tisch gleiten – um Chaols Knie zu packen. Seine Anspannung war ihm anzusehen.

Mit einer Hand auf ihrem wachsenden Bauch, fragte Duva: »Ein Sieg zu ihren Gunsten oder zugunsten Perringtons?« Als handelte es sich um einen sportlichen Wettbewerb. Ihr Gemahl spähte tatsächlich am Tisch entlang, um zu sehen, wie die Köpfe sich in ihre Richtung drehten.

»Oh, es war ein Sieg zu ihren Gunsten«, warf Hasar ein. »Wir hatten bereits unsere Fühler ausgestreckt, daher liegt uns ein vollständiger Bericht vor.« Wieder dieses selbstgefällige, verschwiegene Lächeln in Yrenes Richtung. Spione, die sie aufgrund von Yrenes Informationen ausgeschickt hatte. »Ihre Macht ist enorm«, fügte sie an ihren Vater gewandt hinzu. »Laut unseren Quellen hat sogar der Himmel gebrannt. Und dann der größte Teil der gegen sie versammelten Flotte. Ausgelöscht mit einem einzigen Schlag.«

Heilige Götter.

Die Wesire rutschten auf ihren Stühlen hin und her und die Züge des Großkhans verhärteten sich. »Die Gerüchte über die Zerstörung des gläsernen Palasts waren also nicht übertrieben.«

»Nein«, sagte Arghun sanft. »Und ihre Kräfte sind seither noch gewachsen. Wie auch die Zahl ihrer Verbündeten. Dorian Havilliard reist mit ihrem Hof. Und Skull's Bay und der Piratenlord gehen jetzt vor ihr auf die Knie.«

Eroberin.

»Sie *kämpfen an ihrer Seite*«, warf Chaol ein. »Gegen die Streitkräfte Perringtons.«

»Ach ja? Tun sie das?« Hasar übernahm den Angriff und parierte mühelos. »Denn es ist nicht Perrington, der jetzt Eyllwes Küste hinuntersegelt und Dörfer abbrennt, wie es ihm gefällt.«

»Das ist eine Lüge«, sagte Chaol gefährlich leise.

»Wirklich?« Arghun zuckte die Achseln, dann drehte er sich zu seinem Vater um, ganz der besorgte Sohn. »Es hat sie natürlich niemand gesehen, aber ganze Dörfer wurden in Schutt und Asche gelegt. Man sagt, sie segele nach Banjali, mit der Absicht, die Familie Ytger zu zwingen, eine Armee für sie bereitzustellen.«

»Das ist eine *Lüge*«, wiederholte Chaol jetzt aufgebracht. Seine Zähne blitzten und die Wesire kicherten nervös und rangen nach Luft, aber er sagte zum Großkhan: »Ich kenne Aelin Galathynius, Erhabener Großkhan. Das ist nicht ihr Stil, liegt nicht in ihrem Wesen. Die Familie Ytger ...« Er zögerte.

Ist ihr wichtig. Yrene spürte die Worte auf seiner Zunge, als lägen sie auf ihrer eigenen. Hasar und Arghun beugten sich vor, als warteten sie auf eine Bestätigung. Auf den Beweis für Aelin Galathynius' potenzielle Schwäche.

Nicht bezüglich ihrer Magie, sondern bezüglich derer, die ihr wichtig waren. Und Eyllwe, das zwischen Perringtons Streitmächten und dem Großkhanat lag ... Yrene sah, wie es in ihren Köpfen ratterte.

»Die Familie Ytger nützt ihr viel mehr als Verbündeter im Süden«, korrigierte Chaol mit gestrafften Schultern. »Aelin ist klug genug, das zu wissen.«

»Ich nehme an, das wisst Ihr deshalb«, warf Hasar ein, »da Ihr einst ihr Geliebter wart. Oder war es König Dorian? Oder beide? Die Berichte der Spione waren nie ganz exakt, wenn es darum ging, wer wann in ihrem Bett lag.«

Yrene schluckte ihre Überraschung hinunter. Chaol – und Aelin Galathynius?

»Ich kenne sie gut, ja«, bestätigte Chaol gepresst.

Er drückte sein Knie gegen ihres, als wollte er sagen: *Später. Ich werde es später erklären.*

»Aber hier handelt es sich um Krieg«, erwiderte Arghun. »Und Krieg bringt Menschen zu Dingen, die sie normalerweise nicht tun würden.«

Angesichts dieser Herablassung und des Spotts knirschte Yrene mit den Zähnen. Das hier war ein geplanter Angriff, ein vorläufiges Bündnis der beiden Geschwister.

Kashin warf ein: »Hat sie auch ein Auge auf unsere Ufer geworfen?« Die Frage eines Soldaten. Um die Bedrohung seines Landes einzuschätzen, seines Königs.

Hasar betrachtete ihre Fingernägel. »Wer weiß? Mit einer solchen Macht ... Vielleicht sind wir alle leichte Beute für sie.«

»Aelin *hat* bereits einen Krieg auszufechten«, stieß Chaol hervor. »Und sie ist keine Eroberin.«

»Skull's Bay und Eyllwe sprechen eine andere Sprache.«

Ein Wesir flüsterte dem Großkhan etwas ins Ohr. Ein anderer beugte sich vor, um zu lauschen. Stellte bereits Kalkulationen an.

Chaol wandte sich an Urus: »Erhabener Großkhan, ich weiß, dass man diese Botschaften so drehen kann, dass sie zu Aelins Nachteil gereichen, aber ich schwöre Euch, dass die Königin von Terrasen lediglich beabsichtigt, unser Land zu befreien. Mein König würde sich nicht mit ihr verbünden, wäre es anders.«

»Ihr würdet das also *beschwören*?«, überlegte Hasar laut. »Würdet Ihr auch auf Yrenes Leben schwören?«

Chaol blinzelte die Prinzessin an.

»Nach allem, was Ihr wisst«, fuhr Hasar fort, »nach allem, was Ihr von ihrem Charakter kennt ... Würdet Ihr auf Yrene Towers' Leben schwören, dass Aelin Galathynius solche Taktiken *nicht* einsetzt? Dass sie *nicht* vielleicht versucht, sich Armeen zu *nehmen,* statt sie aufzustellen? Einschließlich unserer eigenen?«

Sagt Ja. Sagt Ja.

Chaol sah Yrene mit keinem Blick an, während er erst Hasar niederstarrte, dann Arghun. Der Großkhan und seine Wesire lösten sich voneinander.

Chaol sagte nichts. Schwor nichts.

In Hasars kleinem Lächeln lag nichts Geringeres als Triumph. »Dachte ich's mir doch.«

Yrenes Magen krampfte sich zusammen.

Der Großkhan musterte Chaol. »Wenn sowohl Perrington als auch Aelin Galathynius Armeen aufstellen, werden sie einander vielleicht vernichten und mir die Mühe ersparen.«

Ein Muskel zuckte in Chaols Kinnlade.

»Und wenn sie tatsächlich so mächtig ist«, meinte Arghun, »kann sie es vielleicht selbst mit Perrington aufnehmen.«

»Vergesst König Dorian nicht«, meldete Hasar sich wieder zu Wort. »Wahrhaftig, ich wette, die beiden könnten ohne viel Hilfe mit Perrington und mit jeder Armee, die er aufgestellt hat, fertigwerden. Besser, wir überlassen es ihnen, statt unser Blut auf fremder Erde zu vergießen.«

Yrene zitterte. Bebte vor – vor *Zorn* über das sorgfältige Spiel mit Worten, das Spiel, das Hasar und ihr Bruder erdacht hatten, um nicht in den Krieg segeln zu müssen.

»Aber«, konterte Kashin, der Yrenes Gesichtsausdruck zu bemerken schien, »man könnte vielleicht auch sagen, dass die Vorteile in Friedenszeiten das jetzige Risiko weit übertreffen, wenn wir solch mächtigen Königen helfen würden.« Er wandte sich direkt an den Großkhan. »Wenn wir ihnen tatsächlich zu Hilfe eilen würden, Vater, stell dir *diese Macht* vor, die wir dann gegen unsere Feinde richten könnten, sollten wir uns je mit einer solchen Bedrohung konfrontiert sehen.«

»Oder sie wäre gegen uns gerichtet, falls sie es leichter fände, ihre Schwüre zu brechen«, unterbrach Arghun ihn.

Der Großkhan musterte Arghun. Sein ältester Sohn sah Kashin jetzt mit einem angewiderten Stirnrunzeln an. Duva, die immer noch eine Hand auf ihrem Bauch liegen hatte, schaute nur zu. Unbeachtet und ungefragt, selbst von ihrem Ehemann.

Arghun wandte sich wieder an seinen Vater. »Die Magie unseres Volkes ist minimal. Der Ewige Himmel und die sechsunddreißig Gottheiten haben hauptsächlich unsere Heilerinnen damit gesegnet.« Ein düsterer Blick in Yrenes Richtung. »Und was können Stahl und Holz allein schon gegen eine solche Macht ausrichten? Aelin Galathynius hat Rifthold eingenommen, dann Skull's Bay und jetzt scheint sie drauf und dran zu sein, Eyllwe einzunehmen. Eine weise Herrscherin wäre nach Norden gegangen, hätte ihr Königreich gesichert, um dann von seinen Grenzen aus nach Süden vorzustoßen. Sie jedoch dünnt ihre Streitkräfte aus, verstreut sie weiträumig und teilt sie zwischen Norden und Süden auf. Wenn sie keine Närrin ist, dann sind es ihre Ratgeber.«

»Es sind gut ausgebildete Krieger, die mehr Kriege und Schlachten gesehen haben, als Ihr es jemals tun werdet«, versetzte Chaol kalt.

Der älteste Prinz versteifte sich. Hasar lachte leise.

Der Großkhan reagierte besonnen. »Hier handelt es sich um eine Angelegenheit, die in Ratsräumen diskutiert wird, nicht beim Abendessen«, stellte er fest. Aber es lag nichts Beruhigendes in seinen Worten. Nicht für Chaol, nicht für Yrene. »Obwohl ich geneigt bin, dem zu glauben, was die bloßen Tatsachen nahelegen.«

Es war Chaol hoch anzurechnen, dass er nicht weiterdiskutierte, weder das Gesicht verzog noch finster dreinblickte. Er nickte nur knapp. »Ich danke Euch für die Ehre Eurer weiteren Überlegungen, Erhabener Großkhan.«

Arghun und Hasar tauschten höhnische Blicke. Aber der Großkhan wandte sich einfach wieder seiner Mahlzeit zu.

Weder Yrene noch Chaol rührten den Rest ihres Essens an.

Miststück. Die Prinzessin war ein Miststück und Arghun war ein so mieser Dreckskerl, wie Chaol kaum einem zuvor begegnet war.

Es lag zwar eine gewisse Berechtigung in ihrem Widerstand – ihrer Furcht vor Aelins Kräften und der Bedrohung, welche die Königin von Terrasen vielleicht darstellte. Aber er durchschaute sie. Wusste, dass Hasar einfach *keine Lust* hatte, den Luxus des Palasts zu verlassen oder die Arme ihrer Geliebten, um in den Krieg zu segeln. Sie hatte keine Lust auf das Chaos, das damit einherging.

Und Arghun ... Bei ihm drehte sich alles nur um Macht, um Wissen. Chaol war sich sicher, dass Arghun ihn mit seinen Argumenten nur ins Abseits manövrieren, in eine verzweifelte Lage bringen wollte.

Noch verzweifelter, als sie ohnehin schon gewesen war. Damit Chaol ihnen alles Erdenkliche für ihre Hilfe anbot.

Kashin würde sowieso das tun, was sein Vater ihm befahl. Und der Großkhan selbst ...

Noch Stunden später, als er längst im Bett lag, knirschte Chaol mit den Zähnen, während er zur Decke emporstarrte. Yrene hatte seine Schulter gedrückt und sich mit dem Versprechen verabschiedet, am nächsten Tag nach ihm zu sehen.

Chaol war kaum zu einer Antwort in der Lage gewesen.

Er hätte lügen sollen. Hätte bei *seinem* Leben schwören sollen, dass er Aelin vertraute.

Denn Hasar hatte genau gewusst, wenn sie ihn aufforderte, bei Yrenes Leben zu schwören ...

Er konnte das nicht riskieren.

Er hatte Aelin schreckliche Dinge tun sehen.

Er träumte noch immer davon, wie sie Archer Finn kaltblütig aufgeschlitzt hatte. Träumte noch immer davon, was sie von Graves Leichnam in jener Gasse übrig gelassen hatte. Träumte noch immer davon, wie sie Männer wie Vieh abgeschlachtet hatte, in Rifthold, in Endovier, und er wusste, *wie* gefühllos und brutal sie werden konnte. Anfang des

Sommers hatte er mit ihr darüber gestritten – darüber, wie sie ihre Macht beherrschte. Oder eben *nicht* beherrschte.

Rowan war ein guter Kerl. Der keinerlei Angst vor Aelin und ihrer Magie hatte. Aber würde ausgerechnet sie auf seinen Rat hören? Aedion und Aelin prügelten sich genauso schnell, wie sie einer Meinung waren, und Lysandra ... Chaol kannte die Gestaltwandlerin nicht gut genug, um beurteilen zu können, ob sie Aelin im Zaum halten würde.

Aelin hatte sich wahrhaftig verändert – sie war zu einer Königin herangewachsen. Und wuchs noch immer in diese Rolle hinein.

Er wusste, dass es nichts gab, was Aelin in die Schranken wies auf ihrem Weg, jene zu beschützen, die sie liebte. Um ihr Königreich zu beschützen. Im Gegenteil, wenn jemand ihr im Weg stand, sie daran hinderte ... Sie kannte keine Grenzen, wie weit sie gehen durfte. Überhaupt keine.

Unter diesen Umständen konnte er unmöglich auf Yrenes Leben schwören. Und bei *dieser* Vorgeschichte mit Rolfe hatte Aelin wahrscheinlich die Macht ihrer Magie benutzt, um ihn so lange einzuschüchtern, bis er sich ihrer Sache anschloss.

Aber Eyllwe ... Hatten sie dort in irgendeiner Form Widerstand geleistet und Aelin damit herausgefordert, sie zu terrorisieren? Es war kaum vorstellbar, dass Aelin es auch nur annähernd in Betracht zog, unschuldigen Menschen Leid zuzufügen, geschweige denn dem Volk ihrer geliebten Freundin. Und doch wusste sie um die Gefahr, die Perrington – Erawan darstellte. Was er ihnen allen antun würde, wenn es ihr nicht gelang, sie alle zu verbünden. Mit welchen Mitteln auch immer.

Chaol rieb sich das Gesicht. Wenn Aelin sich doch nur zusammengerissen hätte, wenn sie die Rolle der verzweifelten Königin in Not gespielt hätte ... wäre seine Aufgabe so viel leichter gewesen.

Vielleicht hatte Aelin damit alles verspielt. Diesen Krieg. Diese eine Chance auf eine Zukunft.

Wenigstens war jetzt klar, wo Dorian sich aufhielt – und dass er in Sicherheit war mit Aelins Hof im Rücken.

Chaol sandte ein stummes Dankgebet in die Nacht für diese kleine Gnade.

Ein leises Klopfen ließ ihn auffahren. Es kam nicht von der Eingangshalle, sondern von den Glastüren zum Garten.

Seine Beine zuckten und seine Knie beugten sich leicht – eher eine unwillkürliche Reaktion als eine kontrollierte Bewegung. Yrene und er zogen diese grausamen Beinübungen zweimal täglich durch, was ihm Zentimeter für Zentimeter mehr Bewegungsfreiheit bescherte. Zusammen mit der Magie, die sie in seinen Körper fließen ließ, während er die Flut an Erinnerungen aus der Dunkelheit ertrug. Er erzählte ihr nie, was er sah, was ihn zum Schreien brachte.

Es hatte keinen Sinn. Denn wenn er Yrene erzählte, wie schlimm er versagt hatte, wie falsch sein Urteil gewesen war, würde es ihm nur noch schlechter gehen. Doch das, was jetzt in dem nachtschummrigen Garten stand ... war keine Erinnerung.

Chaol blinzelte in die Dunkelheit zu der hochgewachsenen Männergestalt, die eine Hand zum stummen Gruß erhoben hatte. Chaol schob seine eigene Hand zu dem Messer unter seinem Kissen. Aber die Gestalt trat weiter ins Licht der Laterne und Chaol stieß einen Seufzer aus – und winkte den Prinzen herein.

Mit einer schnellen Bewegung seines kleinen Messers öffnete Kashin die Gartentür und schlüpfte hindurch.

»Ich hätte nicht damit gerechnet, dass ein *Prinz* Schlösser knacken kann«, bemerkte Chaol zur Begrüßung.

Kashin blieb an der Tür stehen, und die Gartenlaterne erhellte sein Gesicht immerhin so weit, dass Chaol ein angedeutetes Lächeln erkennen konnte. »Eine Fähigkeit, die ich mir – wie ich zugeben muss – angeeignet habe, um mich in die Schlafzimmer der Damen zu schleichen, nicht um zu stehlen.«

»Ich dachte, Euer Hof wäre in *diesen* Dingen etwas aufgeschlossener als mein eigener.«

Das Lächeln wurde breiter. »Vielleicht, aber lästige alte Ehemänner gibt es auf jedem Kontinent.«

Chaol schüttelte leise lachend den Kopf. »Was kann ich für Euch tun, Prinz?«

Kashin betrachtete eingehend die Türen zu den Gemächern und Chaol sah sich ebenfalls aufmerksam um. Erst als sie nicht den Hauch eines verdächtigen Schattens feststellen konnten, sprach Kashin weiter: »Ich nehme an, Ihr habt an meinem Hof keinen Hinweis darauf entdeckt, wer Yrene angegriffen hat.«

»Ich wünschte, ich könnte etwas anderes sagen.« Aber jetzt, da Nesryn fort war, hatte er kaum eine Chance, Antica nach Spuren eines möglichen Valg-Spions zu durchkämmen. Und aufgrund der Ruhe der vergangenen drei Wochen hatte er tatsächlich ein wenig gehofft, dieser unbekannte Angreifer wäre einfach ... verschwunden. Die gelassene Atmosphäre, die inzwischen im Palast und in der Torre herrschte, legte den Schluss nahe, dass sie die Schatten hinter sich gelassen hatten.

Kashin nickte. »Ich weiß, dass Sartaq mit Eurem Captain abgereist ist, um etwas über diese Art von Bedrohung herauszufinden.«

Chaol wagte das weder zu bestätigen noch zu bestreiten. Er war sich nicht sicher, wie Sartaq mit seiner Familie verblieben war, ob sein Vater seine Reise abgesegnet hatte.

Aber Kashin fuhr fort: »Genau das könnte der Grund dafür sein, warum meine Geschwister heute Abend diese Front gegen Euch gebildet haben. Sie wissen, wenn Sartaq die Bedrohung so ernst nimmt, steht ihnen vielleicht nur ein begrenztes Zeitfenster zur Verfügung, um unseren Vater davon abzubringen, sich dieser Sache anzuschließen.«

»Aber wenn sich die Bedrohung als ernsthaft herausstellen sollte«, sagte Chaol, »wenn sie auf diese Länder übergreifen sollte, warum dann nicht kämpfen? Warum sie nicht aufhalten, bevor sie Eure Ufer überhaupt erreichen kann?«

»Weil es Krieg wäre«, antwortete Kashin, und so, wie er sprach, so, wie er dastand, fühlte Chaol sich plötzlich sehr jung. »Mag die Art, wie meine Geschwister ihre Argumente präsentiert haben, auch noch so unerfreulich gewesen sein, so denke ich doch, dass Arghun und Hasar sich dabei vor allem des Preises bewusst sind, den es uns kosten würde, sollten wir uns Euch anschließen. Noch nie zuvor wurde die gesamte Macht der Armeen des Großkhanats in ein fremdes Land entsandt. Mal ein paar Legionen hier und da, ja, seien es die Rukhin oder die Armada oder unsere Pferde-Lords. Manchmal auch geeint, aber noch nie alle zusammen, noch nie in dem Umfang, den ihr benötigt. Der Verlust an Menschenleben, die bloße Belastung unserer Staatskassen ... Beides wird ungeheuer groß sein. Begeht nicht den Fehler zu glauben, meine Geschwister hätten das nicht ganz genau verstanden.«

»Und ihre Furcht vor Aelin?«

Kashin schnaubte. »Dazu kann ich nichts sagen. Vielleicht ist sie gut begründet. Vielleicht auch nicht.«

»Und um mir das zu sagen, habt Ihr Euch in mein Zimmer geschlichen?« Er sollte respektvoller sprechen, aber ...

»Ich bin gekommen, um Euch über etwas zu informieren, das Arghun lieber unerwähnt gelassen hat.«

Chaol wartete ab und wünschte, er säße nicht im Bett, noch dazu von der Taille aufwärts nackt.

Kashin fuhr fort: »Laut eines Berichts unseres Wesirs für Außenhandel ist eine große, rentable Bestellung für eine relativ neu entwickelte Waffe eingegangen.«

Chaol stockte der Atem. Wenn Morath einen Weg gefunden hatte ...

»Die Waffe wird Feuerlanze genannt«, erklärte Kashin. »Unsere besten Konstrukteure haben sie erschaffen, indem sie verschiedene Waffen aus verschiedenen Teilen unseres Kontinents kombiniert haben.«

Oh, Götter. Wenn Morath *so etwas* besaß ...

»Captain Rolfe hat sie für seine Flotte bestellt. Schon vor Monaten.«

Rolfe ... »Und mit der Nachricht, dass Skull's Bay an Aelin Galathynius gefallen ist, ging auch eine Bestellung für weitere Feuerlanzen einher, die nach Norden verschifft werden sollten.«

Chaol überlegte. »Aber warum wollte Arghun das beim Abendessen nicht erzählen?«

»Weil die Feuerlanzen sehr, sehr kostspielig sind.«

»Gewiss gut für Eure Wirtschaft.«

»Sicherlich.« Aber *nicht* für Arghuns Versuch, diesen Krieg zu vermeiden.

Chaol verstummte für einen Moment. »Und was ist mit Euch, Prinz?«, fragte er dann. »Habt Ihr den Wunsch, Euch diesem Krieg anzuschließen?«

Kashin antwortete nicht sofort. Sah sich suchend im Raum um, betrachtete die Decke, das Bett und schließlich Chaol selbst. »Es wird der größte Krieg sein, den es jemals gegeben hat«, erklärte er leise. »Wenn wir tot sind, selbst wenn die Enkelkinder unserer Enkelkinder tot sind, wird man noch immer über diesen Krieg sprechen. Man wird am Lagerfeuer darüber flüstern, in den großen Hallen davon singen. Wer überlebt hat und wer gestorben ist, wer mutig gekämpft hat und wer sich feige weggeduckt hat.« Er schluckte. »Mein *Sulde* weht nach Norden – Tag und Nacht weht das Pferdehaar nach Norden. Also wird sich mein Schicksal vielleicht auf den Ebenen Fenharrows erfüllen. Oder vor den weißen Mauern Orynths. Aber es ist der Norden, in den ich ziehen werde – falls mein Vater mir den Befehl dazu gibt.«

Chaol grübelte darüber nach. Starrte den hölzernen Wandschirm zum Badezimmer an.

Kashin hatte sich bereits zum Gehen gewandt, als Chaol fragte: »Wann trifft Euer Vater sich das nächste Mal mit seinem Außenhandelswesir?«

37

Nesryn lief die Zeit davon.

Falkan brauchte zehn Tage, um sich zu erholen, was bedeutete, dass ihr und Sartaq kaum Zeit blieb, um die Wachturmruinen im Süden zu besuchen. Sie hatte versucht, den Prinzen zu überreden, ohne den Gestaltwandler zu fliegen, aber er hatte sich geweigert. Obwohl Borte sich ihnen anschließen würde, ging er kein Risiko ein.

Sartaq fand jedoch andere Möglichkeiten, ihre Zeit auszufüllen. Er nahm Nesryn zu den Horsten im Norden und Westen mit, wo er sich mit den jeweils herrschenden Clan-Müttern und den Captains traf, männlichen wie weiblichen, die ihre Streitkräfte anführten.

Einige nahmen sie herzlich auf und empfingen Sartaq mit einem Festmahl und Feierlichkeiten, die bis tief in die Nacht dauerten.

Andere, wie die Berlad, waren unnahbar und ihre Clan-Mütter und anderen Anführer luden sie nicht dazu ein, länger zu bleiben als unbedingt nötig. Erst recht tischten sie keine Krüge dieser fermentierten Ziegenmilch auf, die überall hier getrunken wurde – und so stark war, dass es Nesryn fast die Schuhe auszog. Als sie das erste Mal davon gekostet hatte, hatte sie sich so verschluckt, dass sie fast erstickt wäre, was ihr beherzte Schläge auf den Rücken und einen Trinkspruch zu ihren Ehren eingetragen hatte.

Der größtenteils herzliche Empfang überraschte sie noch immer.

Das Lächeln der Rukhin, die sie schüchtern oder auch ganz ungeniert darum baten, ihre Künste mit Pfeil und Bogen zu demonstrieren. Und nebenbei lernte sie selbst dazu. Segelte mit Sartaq durch die Bergpässe, während der Prinz Ziele ausrief und Nesryn sie traf. Lernte, in den Wind zu schießen, *mit* dem Wind zu schießen.

Er ließ sie sogar allein auf Kadara reiten – nur ein einziges Mal, für sie Grund genug, sich erneut zu fragen, wie man so etwas *Vierjährigen* erlauben konnte, aber ... Sie hatte sich noch nie so frei gefühlt.

So unbeschwert und ausgelassen und doch in sich selbst ruhend.

Also flogen sie weiter, von Clan zu Clan, von Herdfeuer zu Herdfeuer. Sartaq inspizierte die Reiter und ihr Training, besuchte Neugeborene ebenso wie kränkliche Alte und Nesryn blieb sein Schatten – oder versuchte es zumindest.

Wann immer sie einen Schritt zurückblieb, schubste Sartaq sie nach vorn. Wann immer eine Aufgabe zusammen mit anderen zu erledigen war, bat er *sie* darum. Der Abwasch nach einer Mahlzeit, das Einsammeln der Pfeile nach dem Training, die Beseitigung von Ruk-Kot aus Hallen und Nestern.

Nicht nur bei der letzten Aufgabe gesellte der Prinz sich zu ihr. Ungeachtet seines Rangs, ungeachtet seines Standes als Captain erledigte er jede Arbeit, ohne ein Wort darüber zu verlieren. *Niemand* stehe über dieser Arbeit, erklärte er ihr, als sie eines Abends danach fragte.

Und egal, ob sie verkrusteten Kot vom Boden kratzte oder junge Krieger lehrte, wie man einen Bogen spannte – etwas Rastloses in ihr war zur Ruhe gekommen.

Sie konnte es sich kaum mehr vorstellen – die stillen Versammlungen im Palast von Rifthold, bei denen sie ernst dreinblickenden Gardisten Befehle erteilt hatte, um sie dann inmitten von Prunk und über Marmorböden hinweg ihrer Wege ziehen zu lassen. Konnte sich kaum an die Kaserne in der Stadt erinnern, wo sie irgendwo weit hinten in einem überfüllten Raum *ihre* Befehle entgegengenommen hatte, um dann stundenlang an irgendeiner Straßenecke zu stehen und zu beobachten, wie Menschen etwas kauften oder aßen oder stritten oder vorbeiliefen.

Ein anderes Leben, eine andere Welt.

Hier, tief in den Bergen, wo sie die frische Luft einatmete, wo sie an der Feuerstelle saß und zuhörte, wie Houlun Geschichten über die Rukhin und die Pferde-Lords erzählte, Geschichten über den ersten Großkhan und seine geliebte Gemahlin, nach der Borte benannt worden war ... Sie konnte sich kaum an ein Leben davor erinnern.

Und wollte es auch gar nicht mehr.

Es war an einem solchen Feuer, als Nesryn den strammen Zopf auskämmte, den sie inzwischen zu ihrer eigenen Überraschung selbst flechten konnte, nachdem Borte es ihr gezeigt hatte.

Houlun hatte sich mit einem Wetzstein in der Hand hingesetzt, um einen Dolch zu schärfen. Ihre Beschäftigung, während sie zu der kleinen Versammlung sprach – Sartaq, Borte, ein graugesichtiger, humpelnder Falkan und sechs weitere Personen, von denen Nesryn erfahren hatte, dass es irgendwelche Cousins und Cousinen von Borte waren. Die Clan-Mutter musterte ihre Gesichter, die golden im Feuerschein flackerten, und fragte: »Wie wäre es zur Abwechslung mit einer Geschichte aus Adarlan?«

Aller Augen richteten sich auf Nesryn und Falkan.

Der Gestaltwandler zuckte zusammen. »Ich fürchte, meine Geschichten sind ziemlich langweilig.« Er dachte noch einmal nach. »Einmal habe ich zwar der Red Desert einen interessanten Besuch abgestattet, aber ...« Er gestikulierte in Nesryns Richtung. »Ich würde zuerst gern eine Eurer Geschichten hören, Captain.«

Nesryn versuchte, trotz der Blicke, die auf ihr lasteten, nicht nervös zu werden. »Die Geschichten, mit denen ich aufgewachsen bin«, gestand sie, »drehten sich größtenteils um Euch alle hier, um diese

Länder.« Daraufhin grinsten ihre Zuhörer breit und Sartaq zwinkerte ihr zu. Nesryn senkte errötend den Kopf.

»Erzählt uns doch eine Geschichte über die Fae«, schlug Borte vor. »Eine über den Fae-Prinzen, dem Ihr begegnet seid.«

Nesryn schüttelte den Kopf. »Es gibt keine solchen Geschichten – und so gut kenne ich ihn auch wieder nicht.« Als Borte die Stirn runzelte, fügte Nesryn hinzu: »Aber ich könnte für Euch singen.«

Schweigen.

Houlun legte ihren Wetzstein beiseite. »Ein Lied wäre uns willkommen.« Sie warf einen strengen Blick in Bortes und Sartaqs Richtung. »Da selbst beim besten Willen keins meiner Kinder auch nur einen richtigen Ton trifft.« Borte verdrehte die Augen, aber Sartaq neigte entschuldigend den Kopf und grinste schief.

Nesryn lächelte, auch wenn ihr Herz hämmerte, nach diesem gewagten Angebot. Sie war noch nie wirklich vor jemandem aufgetreten, aber das hier ... war eigentlich auch kein richtiger Auftritt. Sie lauschte eine Zeit lang dem Wind, der draußen vor dem Höhleneingang wisperte, während die anderen verstummten.

»Dies ist ein Lied über Adarlan«, sagte sie schließlich. »Von den Bergausläufern nördlich von Rifthold, wo meine Mutter geboren wurde.« Ein alter, vertrauter Schmerz erfüllte ihr Herz. »Sie hat dieses Lied immer für mich gesungen – bevor sie starb.«

Ein Schimmer des Mitgefühls flackerte in Houluns stählernen Augen auf. Und als Nesryn zu Borte schaute, stellte sie fest, dass die Züge der jungen Frau ungewöhnlich weich waren – sie starrte Nesryn an, als hätte sie sie noch nie zuvor gesehen. Nesryn nickte ihr kaum merklich zu. *Eine Last, die wir beide tragen.*

Borte schenkte ihr zur Antwort ein kleines, sanftes Lächeln.

Nesryn lauschte erneut auf den Wind. Ließ sich auf seinen Schwingen zurücktragen in ihr hübsches, winziges Zimmer in Rifthold, spürte die seidigen Hände ihrer Mutter über ihr Gesicht streichen, über ihr

Haar. Sie war so begeistert gewesen von den Geschichten ihres Vaters über sein fernes Heimatland, über die Ruks und die Pferde-Lords, dass sie selten nach einer über Adarlan gefragt hatte, obwohl sie ein Kind beider Länder war.

Doch dieses Lied ihrer Mutter ... Eine der wenigen Geschichten, die sie kannte, in der Form, die sie am meisten liebte. Über ihr Heimatland in besseren Zeiten. Und genau das wollte sie ihnen geben – einen kleinen Einblick in ihr Land, wie es vielleicht einmal wieder sein würde.

Nesryn räusperte sich. Holte tief Luft.

Und dann öffnete sie den Mund und sang.

Das Knistern des Feuers war ihre einzige Begleitung, als Nesryns Stimme die Berghalle Altun erfüllte, sich zwischen den uralten Säulen hindurchschlängelte und von dem gemeißelten Fels widerhallte.

Sie hatte das Gefühl, dass Sartaq völlig in sich gekehrt zuhörte, das Gefühl, dass weder etwas Hartes noch etwas Lachendes in seinen Zügen lag.

Aber sie konzentrierte sich ganz auf das Lied, auf diese Worte aus längst vergangenen Tagen, auf diese Geschichte über ferne Winter und blutbefleckten Schnee; diese Geschichte von Müttern und ihren Töchtern, wie sie liebten und kämpften und füreinander sorgten.

Ihre Stimme schwoll an und wieder ab, kraftvoll und anmutig wie ein Ruk, und Nesryn hätte schwören können, dass selbst die heulenden Winde innehielten, um zu lauschen.

Und als sie endete, mit dem vergoldeten hohen Ton der Frühlingssonne, die über dem kalten Land hervorbrach, als Schweigen und das Knistern des Feuers erneut alles waren, was die Welt erfüllte ...

Borte weinte. Stumme Tränen strömten über ihr hübsches Gesicht. Houluns Hand war fest um die ihrer Enkeltochter geschlossen und sie hatte den Wetzstein beiseitegelegt. Eine Wunde, die noch immer heilen musste. Und die sie beide schmerzte.

Vielleicht sogar auch Sartaq – denn sein Gesicht war von Trauer gezeichnet. Vor Trauer und Ehrfurcht und vielleicht noch etwas unendlich viel Zärtlicherem, als er sagte: »Eine weitere Geschichte, die über Neith' Pfeil erzählt werden kann.«

Wieder senkte sie den Kopf, während sie das Lob der anderen mit einem Lächeln entgegennahm. Falkan klatschte, soweit es seine Verletzung zuließ, und rief nach einer Zugabe.

Nesryn war selbst überrascht, dass sie den Wunsch erfüllte. Ein fröhliches, flottes Berglied, das ihr Vater sie gelehrt hatte, über rauschende Bäche inmitten blühender Wildblumenfelder.

Und während die Nacht immer weiter voranschritt, als Nesryn in dieser wunderschönen Berghalle sang, spürte sie Sartaqs Blick. Anders als jeder seiner Blicke zuvor.

Sie wusste, dass sie wegsehen sollte. Aber Nesryn sah nicht weg.

Als Falkan einige Tage später endlich wieder gesund war, wagten sie es, gleich zu den ersten beiden von den insgesamt drei Wachtürmen aufzubrechen, die Houlun entdeckt hatte.

Die Ruinen waren jedoch so weit voneinander entfernt, dass es zwei getrennte Reisen erforderlich machte. Houlun hatte ihnen verboten, in der Wildnis zu kampieren – also kehrten sie, um nicht ihren Zorn zu riskieren, jede Nacht zurück und verweilten dann einige Tage im Horst, damit Kadara und Arcas, Bortes süßes Ruk-Weibchen, sich von den Strapazen der Reise ausruhen konnten.

Sartaq konnte sich nach wie vor nur wenig für den Gestaltwandler erwärmen. Er beäugte Falkan genauso aufmerksam, wie Kadara es tat, aber immerhin suchte er ab und zu das Gespräch mit ihm.

Borte dagegen bombardierte Falkan mit einer schier endlosen Flut von Fragen, während sie die Ruinen durchkämmten, die kaum mehr waren als Trümmer. *Wie fühlt es sich an, als Ente unter Wasser zu paddeln und zugleich so glatt auf der Oberfläche dahinzugleiten?*

Wenn Ihr als Tier esst, passt dann das ganze Fleisch auch in Euren menschlichen Magen?

Oder müsst Ihr, wenn Ihr in Tiergestalt gegessen habt, deshalb mit der Rückverwandlung in einen Menschen warten?

Verrichtet Ihr eigentlich auch in Tiergestalt Euer Geschäft?

Die letzte Frage entlockte Sartaq immerhin ein plötzliches Lachen, während Falkan rot wurde und es vermied, darauf zu antworten.

Doch weder die Erforschung des ersten noch des zweiten Wachturms führte schließlich zu irgendeinem Ergebnis – warum sie erbaut worden waren, gegen wen diese Wächter längst vergangener Zeiten gekämpft hatten oder *wie* sie ihre Feinde besiegt hatten. Nichts davon konnten sie in Erfahrung bringen.

Und dann war nur noch ein Turm übrig, aber ... Nesryn zählte die Tage nach – die drei Wochen, die sie Chaol versprochen hatte, waren vorüber.

Auch Sartaq war sich dessen bewusst.

Er suchte sie auf, als sie bei einem der Ruk-Nester stand und die Vögel bewunderte, die sich ausruhten oder das Gefieder aufplusterten oder durch die Luft segelten. An den stilleren Nachmittagen kam sie oft hierher, um die Vögel zu beobachten: ihre scharfäugige Intelligenz, ihre liebevolle Bindung aneinander.

Sie lehnte gerade an der Wand neben der Tür, als er auftauchte. Für eine Weile standen sie einfach da und betrachteten ein Ruk-Pärchen, das sich gegenseitig mit den Schnäbeln anstupste, bevor einer der beiden an den Rand des riesigen Höhleneingangs hüpfte und sich ins Nichts fallen ließ.

»Der da drüben«, sagte der Prinz schließlich und zeigte auf einen rotbraunen Ruk, der an der gegenüberliegenden Wand saß. Sie hatte den Vogel schon oft gesehen – und bemerkt, dass er meist allein war und nie Besuch von einem Reiter bekam wie die anderen. »Sein Reiter ist vor einigen Monaten gestorben. Während des Essens hat er sich plötzlich an die Brust gegriffen und war tot. Der Reiter war alt, aber der Ruk …« Sartaq lächelte den Vogel traurig an. »Er ist jung – noch keine vier.«

»Was geschieht mit den Vögeln, deren Reiter sterben?«

»Wir bieten ihnen die Freiheit an. Einige fliegen in die Wildnis hinaus. Andere bleiben.« Sartaq verschränkte die Arme vor der Brust. »Er ist geblieben.«

»Bekommen sie jemals neue Reiter?«

»Manche schon. Falls sie sie akzeptieren. Es ist die Entscheidung des Ruks.«

Nesryn hörte die Einladung in seiner Stimme. Las sie in seinen Augen.

Ihre Kehle schnürte sich zusammen. »Unsere drei Wochen sind vorbei.«

»In der Tat.«

Jetzt wandte sie sich dem Prinzen ganz zu und legte den Kopf etwas in den Nacken, um ihm ins Gesicht sehen zu können. »Wir brauchen mehr Zeit.«

»Und was habt Ihr geschrieben?«

Eine einfache Frage.

Aber sie hatte Stunden gebraucht, um ihre Nachricht an Chaol zu formulieren, bevor sie sie Sartaqs schnellstem Boten übergeben hatte. »Ich habe um drei weitere Wochen gebeten.«

Er legte den Kopf schief und sah sie mit gnadenloser Intensität an. »In drei Wochen kann eine Menge geschehen.«

Nesryn zwang sich, den Rücken gerade, das Kinn erhoben zu halten. »Und dennoch muss ich am Ende nach Antica zurückkehren.«

Sartaq nickte, wenngleich etwas wie Enttäuschung in seinem Blick lag. »Dann wird der Ruk hier noch weiter warten müssen, bis ein anderer Reiter kommt.«

Der restliche Tag zog sich daraufhin unendlich in die Länge. Das

Gespräch hatte es ihr unmöglich gemacht, allzu lange in die Richtung des Prinzen zu schauen.

Selbst während des stundenlangen Flugs am nächsten Morgen warf sie nur ein oder zwei verstohlene Blicke dorthin, wo Kadara segelte, mit Sartaq und Falkan auf dem Rücken.

Schließlich machte Kadara einen weiten Schlenker, als sie die letzte Turmruine tief unter ihnen entdeckte, kaum mehr als ein Haufen Steine. Sie war auf einer seltenen Ebene inmitten der Hügel und Gipfel des Tavan-Gebirges gelegen, übersät mit smaragdgrünen Gräsern und saphirblauen Flüssen.

Borte gab Arcas mit einem Pfiff und einem Ruck an den Zügeln die Richtung vor und der Ruk schwenkte nach links ab, bevor er sich wieder waagerecht ausrichtete. Sie war eine geschickte Reiterin, kühner als Sartaq, auch wenn sie das hauptsächlich der Tatsache verdankte, dass ihr Ruk kleiner und flinker war. Die jährlichen Wettbewerbe zwischen allen Clans – bei denen Beweglichkeit, Schnelligkeit und rasche Auffassungsgabe gefragt waren – hatte sie dreimal in Folge gewonnen.

»Habt Ihr Euch Arcas ausgesucht«, fragte Nesryn über den Wind hinweg, »oder hat sie Euch gewählt?«

Borte beugte sich vor, um den Hals des Ruk-Weibchens zu streicheln. »Es beruhte auf Gegenseitigkeit. Als ich diesen pelzigen Kopf aus dem Nest auftauchen sah, war es um mich geschehen. Alle haben mir gesagt, ich solle ein größeres Küken auswählen, selbst meine Mutter hat mit mir geschimpft.« Ein trauriges Lächeln erschien auf ihren Lippen. »Aber ich wusste, dass Arcas zu mir gehörte. Ich habe sie gesehen und wusste es einfach.«

Nesryn verstummte, während sie auf die hübsche Ebene und die Ruine zuhielten und die Sonne auf Kadaras Flügeln tanzte.

»Irgendwann solltet Ihr diesen Ruk im Horst noch zu einem Flug ausführen«, sagte Borte und ließ Arcas zu einem geschmeidigen Landeanflug ansetzen. »Ihn ausprobieren.«

»Ich werde bald fortgehen. Es wäre nicht fair, uns beiden gegenüber.«

»Ich weiß. Aber vielleicht solltet Ihr es trotzdem tun.«

Borte liebte die Suche nach den von den Fae versteckten Fallen.

Das konnte Nesryn nur recht sein, war dieses Mädchen doch ein Ass darin, sie aufzustöbern.

Der dritte Wachturm jedoch war eine Enttäuschung für Borte, da er so eingestürzt war, dass die Trümmer die unteren Stockwerke versperrten. Darüber lag nur ein einziger Raum unter freiem Himmel.

Und an diesem Punkt kam Falkan ins Spiel.

Während seine Gestalt schmolz und schrumpfte, machte Sartaq keinen Hehl aus seinem Schaudern. Und er schauderte erneut, als auf dem umgestürzten Steinquader, auf dem Falkan gesessen hatte, nun ein Tausendfüßler saß. Der sich prompt aufrichtete und ihnen mit seinen unzähligen kleinen Beinen zuwinkte.

Nesryn wich vor Abscheu zurück, aber Borte lachte nur und erwiderte sein Winken.

Kurz darauf war Falkan zwischen den Steinen verschwunden, um in Erfahrung zu bringen, was darunterlag.

»Ich weiß gar nicht, was du hast«, sagte Borte zu Sartaq und schnalzte mit der Zunge. »Ich finde es entzückend.«

»Es geht weniger darum, *was* er ist«, gestand Sartaq, während er zwischen den Steinen nach dem Tausendfüßler Ausschau hielt. »Vielmehr ist die Vorstellung von schmelzenden Knochen, von Fleisch, das wie Wasser zerfließt ...« Er schüttelte sich und wandte sich an Nesryn. »Eure Freundin – die Gestaltwandlerin. Hat Euch das nie gestört?«

»Nein«, antwortete Nesryn schlicht. »Denn bis zu dem Tag, von dem Eure Spione Euch berichtet haben, habe ich gar nicht gesehen, wie sie ihre Gestalt gewechselt hat.«

»*Der Unglaubliche Treffer*«, murmelte Sartaq. »Es war also tatsächlich eine Gestaltwandlerin, die Ihr gerettet habt.«

Nesryn nickte. »Ihr Name ist Lysandra.«

Borte stieß Sartaq mit einem Ellbogen an. »Möchtest du nicht nach Norden gehen, Bruder? Um all diese Leute kennenzulernen, von denen Nesryn erzählt? Gestaltwandler und Feuer speiende Königinnen und Fae-Prinzen ...«

»Ich glaube, dass deine Begeisterung für alles, was mit den Fae zusammenhängt, langsam ein ungesundes Ausmaß annimmt«, brummte Sartaq.

»Ich habe mir nur ein oder zwei Dolche genommen«, protestierte Borte.

»Aus dem letzten Wachturm hast du so viel mitgeschleppt, dass die arme Arcas kaum vom Boden hochkam.«

»Für meine Tauschgeschäfte«, schnaubte Borte. »Irgendwann müssen unsere Leute doch mal den Hintern hochkriegen und erkennen, dass wir durchaus profitable Geschäfte machen können.«

»Kein Wunder, dass Ihr so viel für Falkan übrighabt«, bemerkte Nesryn, was ihr einen Rippenstoß von Borte eintrug. Kichernd schlug Nesryn ihren Ellbogen weg.

Borte stemmte die Hände in die Hüften. »Ich sag euch beiden jetzt mal was ...«

Ein Schrei schnitt ihr das Wort ab.

Nicht von Falkan unter ihnen.

Sondern von außerhalb. Von Kadara.

Nesryn hatte Pfeil und Bogen schon angelegt, bevor sie auf die Ebene hinausliefen.

Nur um festzustellen, dass sie voller Ruks war. Und grimmig dreinblickender Reiter.

Sartaq seufzte und seine Schultern entspannten sich. Aber Borte schob sich an ihnen vorbei und stieß ein paar dreckige Flüche aus, ihr

Schwert weiterhin erhoben – tatsächlich eine in Asterion geschmiedete Klinge aus der Waffenkammer des letzten Wachturms.

Ein junger Mann, ungefähr in Nesryns Alter, war von seinem Ruk, einem dunkelbraunen, fast schwarzen Vogel, abgestiegen und stolzierte jetzt lässig auf sie zu, ein Grinsen auf seinem hübschen Gesicht. Borte stürmte ihm geradewegs entgegen, stampfte durch die hohen Gräser.

Die Einheit der Rukhin beobachtete sie, gebieterisch und kalt. Keiner von ihnen verneigte sich vor Sartaq.

»Was zum *Teufel* macht ihr hier?«, verlangte Borte zu wissen, eine Hand in die Hüfte gestemmt, als sie schließlich in gesunder Entfernung vor dem jungen Mann stehen blieb.

Er trug wie sie eine Ledermontur, aber die Farben des Bandes um seinen Arm ... Die Berlad. Der am wenigsten freundliche Clan, den sie besucht hatten, und einer der mächtigeren. Seine Reiter waren perfekt ausgebildet, die Höhlen tadellos sauber.

Der junge Mann ignorierte Borte und rief Sartaq zu: »Wir haben eure Ruks gesehen, als wir über die Gegend geflogen sind. Weit entfernt von eurem eigenen Horst, Captain.«

Misstrauen lag in diesen Worten.

»Verschwinde, Yeran«, zischte Borte. »Dich hat niemand gerufen.«

Yeran zog kühl eine Augenbraue hoch. »Immer noch dieselbe Kläfferin.«

Borte spuckte ihm vor die Füße. Die anderen Reiter versteiften sich, aber Borte funkelte sie nur finster an.

Und sie senkten alle den Blick.

Das Knirschen von Steinen ließ Yerans Augen aufblitzen und für einen Moment sah es so aus, als wollte er Borte packen – um sie hinter sich zu zerren.

Falkan war aus der Ruine aufgetaucht.

In Wolfsgestalt.

Aber Borte wich Yeran aus und erklärte mit honigsüßer Stimme: »Mein neues Haustier.«

Yeran schaute zwischen Mädchen und Wolf hin und her, als Falkan neben Nesryn trat. Und Nesryn konnte der Versuchung nicht widerstehen, seine flauschigen Ohren zu kraulen.

Es sprach durchaus für den Gestaltwandler, dass er es zuließ und sogar den Kopf in ihre Hand schmiegte.

»Eine seltsame Gesellschaft, in die du dich da neuerdings begibst, Captain«, brachte Yeran an Sartaq gewandt heraus.

Borte schnippte mit den Fingern vor seinem Gesicht herum. »He, kannst du das Wort nicht an mich richten?«

Yeran sah sie mit einem trägen Lächeln an. »Wenn du endlich etwas beizutragen hast, das sich anzuhören lohnt?«

Borte plusterte sich entrüstet auf. Sartaq, der kaum merklich lächelte, schlenderte jetzt zu seiner Clan-Schwester hinüber. »Wir haben etwas in dieser Gegend zu erledigen und gerade Rast gemacht, um uns zu stärken. Was führt dich so weit nach Süden?«

Yeran schlang eine Hand um den Griff eines langen Messers an seiner Seite. »Drei Ruk-Junge sind verschwunden. Wir wollten sie aufspüren, aber ohne Erfolg.«

Nesryns Magen krampfte sich zusammen, als sie sich vorstellte, wie diese Spinnen durch die Horste huschten, zwischen den Ruks hindurch, zu den flaumigen Küken. Und den menschlichen Familien, die ganz in der Nähe schliefen.

»Wann sind sie gestohlen worden?« Sartaqs Gesicht war hart wie Stein.

»Vor zwei Tagen. In der Nacht.« Yeran rieb sich das Kinn. »Wir hatten Wilderer in Verdacht, aber es gab keine menschliche Fährte, keine Spuren und kein Lager.«

Seht hoch. Die blutige Warnung im Wachturm von Eidolon hallte durch Nesryns Kopf.

Und Sartaqs, nach seinen zusammengebissenen Zähnen zu urteilen.

»Kehrt zu eurem Horst zurück, Captain«, sagte Sartaq zu Yeran und zeigte auf die Bergwand jenseits der Ebene, der graue Fels so kahl und kalt im Vergleich zu dem Leben, das ringsum summte. Der Dagul Fjäll schien alles zu beobachten. Schien immer auf der Lauer zu sein. »Folgt ihnen nicht weiter als bis hierher.«

Yerans braune Augen blickten misstrauisch zwischen Borte und Sartaq hin und her, dann zwischen Nesryn und Falkan. »Die *Kharankui.*«

Die Reiter richteten sich auf. Selbst die Ruks raschelten bei dem Namen mit den Flügeln, als wüssten sie ebenfalls Bescheid.

Aber Borte erklärte so laut, dass alle es hörten: »Ihr habt meinen Bruder verstanden. Verkriecht Euch in Eurem Horst.«

Yeran antwortete ihr mit einer spöttischen Verbeugung. »Kehr du in deinen zurück, dann werde ich in meinen zurückkehren, Borte.«

Sie zeigt ihm die Zähne.

Yeran stieg unbeirrt in den Sattel seines Ruks, mit lässiger, kraftvoller Anmut, und auf eine knappe Bewegung seines Kinns hin flogen die anderen los. Er wartete, bis sie alle in den Himmel aufgestiegen waren, bevor er zu Sartaq sagte: »Wenn die *Kharankui* sich wieder regen, müssen wir ein Heer aufstellen, um sie zurückzutreiben. Bevor es zu spät ist.«

Ein Windhauch zupfte an Sartaqs Zopf in Richtung der Berge. Nesryn wünschte, sie könnte sein Gesicht sehen, den Ausdruck darauf bei der Erwähnung eines Heeres.

»Wir kümmern uns darum«, sagte Sartaq. »Seid auf der Hut. Haltet Kinder und junge Ruks dicht bei euch.«

Yeran nickte ernst, ganz der Soldat, der einen Befehl von seinem Kommandanten entgegennahm – ein Captain, der von seinem Prinzen befehligt wurde. Dann schaute er zu Borte.

Die prompt mit einer obszönen Geste reagierte.

Yeran zwinkerte ihr nur zu, dann stieß er einen Pfiff aus und sein Ruk schoss in den Himmel. Der mächtige Windstoß, der damit einherging, ließ Bortes Zöpfe hin und her schwingen.

Borte behielt Yeran im Blick, bis er die Gruppe der anderen erreichte, dann spuckte sie auf den Boden, wo sein Ruk gestanden hatte. »Mistkerl«, zischte sie, wirbelte herum und stürmte zu Nesryn und Falkan.

Der Gestaltwandler taumelte, da er gerade seinen menschlichen Körper wiedererlangte. »Dort unten gibt es nichts Lohnenswertes zu sehen«, verkündete er, als auch Sartaq herbeischlenderte.

Nesryn betrachtete stirnrunzelnd den Fjäll. »Ich glaube, es wird ohnehin Zeit, dass wir uns eine andere Strategie zurechtlegen.«

Sartaq folgte ihrem Blick und trat so dicht an sie heran, dass seine Körperwärme auf sie abstrahlte. Gemeinsam blickten sie zu dieser Wand aus Bergen. Zu dem, was dahinter wartete.

»Dieser junge Captain, Yeran«, sagte Falkan vorsichtig zu Borte. »Ihr scheint ihn gut zu kennen.«

Bortes Miene verdüsterte sich. »Er ist mein Verlobter.«

38

Auch wenn es Kashin widerstrebte, seinen Vater öffentlich oder privat zu bedrängen, verfügte er durchaus über eigene Mittel und Wege. Als Chaol sich nun den verschlossenen Türen näherte, hinter denen das Handelstreffen des Großkhans stattfand, musste er beim Anblick der davor positionierten Wachen ein Grinsen unterdrücken. Hashim, Shen und zwei weitere Gardisten, mit denen er jeden Morgen trainierte. Shen zwinkerte ihm zu und seine Rüstung glitzerte in der fahlen Morgensonne. Rasch klopfte er mit seiner künstlichen Hand an die Tür, bevor er sie öffnete.

Chaol wagte es nicht, Shen, Hashim oder den anderen Gardisten zuzunicken, und sei es auch nur dankend oder grüßend. Erst recht nicht, als er mit seinem Stuhl in den sonnendurchfluteten Ratsraum rollte und den Großkhan und drei in Gold gewandete Wesire an einem langen Tisch aus schwarzem, poliertem Holz sitzen sah.

Sie alle starrten ihn schweigend an. Doch Chaol rollte einfach weiter auf den Tisch zu, den Kopf hoch erhoben, ein freundliches, verhaltenes Lächeln auf dem Gesicht. »Ich hoffe, ich störe nicht, aber es gibt da eine Angelegenheit, die ich gern besprechen würde.«

Der Großkhan kniff den Mund zu einer dünnen Linie zusammen. Er trug einen hellgrünen Waffenrock und dunkle Hosen, so eng geschnitten, dass sie den Körper des Kriegers zur Geltung brachten, der immer noch unter dem gealterten Äußeren schlummerte. »Ich habe Euch doch mehr als einmal gesagt, Lord Westfall, dass Ihr mit meinem obersten Wesir sprechen sollt« – ein Nicken in Richtung des säuerlich dreinblickenden Mannes ihm gegenüber –, »wenn Ihr ein Treffen zu arrangieren wünscht.«

Chaol hielt vor dem Tisch an und bewegte die Füße. Nach seinem Training mit der Palastgarde an diesem Morgen war er noch einmal so viele Beinübungen wie möglich durchgegangen, denn obwohl er seine Beine jetzt bis zu den Knien bewegen konnte, war der Gedanke, sie mit seinem Gewicht zu belasten und zu *stehen* ...

Er schob diesen Gedanken von sich. Das hier – dieser Moment – hatte nichts damit zu tun, ob er saß oder stand.

Er wäre stets in der Lage gewesen, würdevoll und befehlsgewohnt zu sprechen, selbst wenn er flach auf dem Rücken gelegen hätte. Der Stuhl war kein Gefängnis, nichts, was ihn zu einem weniger wertvollen Mann machte.

Also neigte Chaol den Kopf und lächelte schwach. »Bei allem schuldigen Respekt, Erhabener Großkhan, ich bin gar nicht hier, um Euch zu treffen.«

Urus blinzelte, das Einzige, was seine Überraschung verriet, und Chaol verbeugte sich vor dem Mann, den Kashin ihm beschrieben hatte. »Ich bin hier, um Euren Wesir für Außenhandel zu sprechen.«

Der Wesir schaute zwischen dem Großkhan und Chaol hin und her, als wollte er jeden Moment seine Unschuld beteuern, wenngleich seine braunen Augen interessiert aufblitzten. Aber er wagte es nicht, den Mund aufzumachen.

Chaol hielt dem Blick des Großkhans sekundenlang stand.

Er verdrängte, dass er hier eine geheime Besprechung des vielleicht mächtigsten Mannes der Welt unterbrochen hatte. Verdrängte, dass er Gast an einem fremden Hof war und dass das Schicksal seiner Freunde und Landsleute von dem abhing, was er hier erreichte. Stattdessen schaute er nur den Großkhan an, von Mann zu Mann, von Krieger zu Krieger.

Er hatte schon einmal gegen einen König gekämpft – und überlebt.

Der Großkhan wies schließlich mit einem Ruck seines Kinns auf einen freien Platz am Tisch. Kein herzliches Willkommen, aber besser als nichts.

Chaol nickte dankend und näherte sich dem Platz, während er sich zwang, allen vier Männern nacheinander in die Augen zu sehen und gleichzeitig völlig ruhig zu atmen. Dann sagte er zum Wesir für Außenhandel: »Wie ich erfahren habe, hat Captain Rolfes Armada zwei große Bestellungen von Feuerlanzen aufgegeben, eine vor Aelin Galathynius' Ankunft in Skull's Bay und eine noch größere danach.«

Die weißen Brauen des Großkhans zuckten in die Höhe. Der Wesir für Außenhandel rutschte auf seinem Stuhl hin und her, nickte jedoch. »Ja«, bestätigte er in Chaols Sprache. »Das ist wahr.«

»Was würdet Ihr sagen, wie viel genau kostet jede einzelne Feuerlanze?«

Die Wesire sahen einander an und schließlich nannte ein anderer von ihnen – der Wesir für Binnenhandel, wie Chaol vermutete – die Summe.

Daraufhin wartete Chaol in Seelenruhe ab. Kashin hatte ihm die astronomische Zahl bereits am Abend zuvor genannt. Und das, worauf er spekuliert hatte, trat tatsächlich ein: Der Großkhan riss bei der Höhe dieses Preises den Kopf zu dem Wesir herum.

»Und wie viele werden jetzt an Rolfe geschickt – und damit an Terrasen?«, fragte Chaol.

Eine weitere Zahl wurde genannt. Und Chaol ließ den Großkhan rechnen. Beobachtete aus dem Augenwinkel, wie die Brauen des Herrschers noch höher kletterten.

Der oberste Wesir stützte die Unterarme auf den Tisch. »Versucht

Ihr, uns von Aelin Galathynius' guten oder schlechten Absichten zu überzeugen, Lord Westfall?«

Chaol ignorierte den Köder. Stattdessen wandte er sich an den Wesir für Außenhandel: »Ich würde gern eine weitere Bestellung aufgeben. Genauer gesagt möchte ich die Bestellung der Königin von Terrasen verdoppeln.«

Schweigen.

Der Außenhandelswesir sah aus, als würde er gleich von seinem Stuhl kippen.

Aber der oberste Wesir höhnte: »Von welchem Geld?«

Chaol bedachte den Mann mit einem abschätzigen Grinsen. »Ich bin mit vier Truhen unbezahlbarer Schätze hergekommen.« Tatsächlich ein enormes Vermögen. »Ich denke, das sollte die Kosten decken.«

Wieder herrschte tiefste Stille im Raum.

Bis der Großkhan seinen Wesir für Außenhandel fragte: »Und, *wird* das die Kosten decken?«

»Man müsste die Schätze wiegen, den Wert genau bestimmen ...«

»Das wird bereits erledigt«, unterbrach Chaol ihn und lehnte sich in seinem Stuhl zurück. »Die genaue Zahl werdet Ihr bis heute Nachmittag bekommen.«

Ein weiterer Moment des Schweigens. Dann flüsterte der Großkhan dem Wesir für Außenhandel etwas auf Halha zu, woraufhin dieser seine Papiere zusammenraffte und mit einem argwöhnischen Blick auf Chaol aus dem Raum huschte. Nach knappen Worten an den obersten Wesir und den Wesir für Binnenhandel verschwanden diese beiden Männer ebenfalls, wobei Ersterer Chaol auf dem Weg hinaus ein kaltes höhnisches Grinsen zuwarf.

Allein mit dem Großkhan wartete Chaol erneut schweigend ab.

Urus erhob sich von seinem Stuhl und stolzierte zu der Fensterfront mit Blick auf einen blühenden, schattigen Garten. »Ich nehme an,

Ihr haltet Euch für sehr schlau, auf diese Art eine Audienz bei mir zu bekommen.«

»Was ich eingangs gesagt habe, ist die Wahrheit«, erwiderte Chaol. »Ich wollte das Geschäft mit Eurem Wesir für Außenhandel erörtern. Selbst wenn Eure Armeen sich uns nicht anschließen, sehe ich keinen Grund, der gegen unseren Kauf Eurer Waffen sprechen würde.«

»Was mir zweifellos klarmachen soll, wie lukrativ dieser Krieg noch sein könnte, wenn Eure Seite schon jetzt bereit ist, in unsere Ressourcen zu investieren.«

Chaol antwortete mit Schweigen.

Der Großkhan wandte sich von der Aussicht auf den Garten ab und sein weißes Haar leuchtete in der Sonne. »Ich schätze es ganz und gar nicht, wenn man versucht, mich durch Manipulation in diesen Krieg zu drängen, Lord Westfall.«

Chaol hielt dem Blick des Mannes stand, obwohl er die Armlehnen seines Stuhls umklammerte.

Der Großkhan fragte leise: »Wisst Ihr überhaupt, was Krieg *ist*?«

Chaol biss die Zähne zusammen. »Ich nehme an, ich werde es bald herausfinden, nicht wahr?«

Der Großkhan würdigte ihn keines Lächelns. »Es geht nicht nur um Schlachten und Vorräte und Strategien. Kriegsführung bedeutet absolute Hingabe einer Armee an den Kampf gegen ihren Feind.« Ein langer, taxierender Blick. »Moraths versammelte, massive Front – das ist Euer Feind. Entschlossen, Euch zu Staub zu zermalmen.«

»Darüber bin ich mir durchaus im Klaren.«

»Ach ja? Auch darüber, was Morath bereits jetzt mit Euch macht? Armeen werden aufgestellt, Strategien zurechtgelegt, Angriffe exakt platziert und Ihr könnt kaum Schritt halten. Ihr spielt nach den Regeln, die Perrington aufstellt – und darum werdet Ihr verlieren.«

Sein Frühstück rebellierte in seinem Magen. »Wir könnten noch immer triumphieren.«

Der Großkhan schüttelte knapp den Kopf. »Dazu müsste Euer Triumph vollständig sein. Müsste auch der letzte Rest an Widerstand zerquetscht werden.«

Seine Beine juckten – und er bewegte kaum merklich die Füße. *Steht auf*, befahl er ihnen stumm. *Steht auf.*

Er stemmte sie gegen die Fußstützen und seine Muskeln schrien vor Protest.

»Und genau deshalb«, knurrte Chaol, als ihm seine Beine den Gehorsam verweigerten, »brauchen wir die Hilfe Eurer Armeen.«

Der Großkhan schaute auf Chaols Füße, als könnte er den Kampf sehen, der in seinem Körper tobte. »Was ich ebenfalls nicht schätze, ist, wenn man mir nachjagt wie einem Prachthirsch im Wald. Ich hatte Euch gesagt, Ihr sollt warten. Ich hatte Euch gesagt, Ihr sollt mir Zeit geben und meine Trauer um meine Tochter respektieren ...«

»Und was, wenn ich *Euch* jetzt sage, dass Eure Tochter vielleicht ermordet wurde?«, platzte Chaol heraus.

Ein schreckliches, hohles Schweigen erfüllte den Raum.

Aufgebracht fuhr Chaol fort: »Was, wenn ich Euch sage, dass Perringtons Spione längst hier sein könnten, diejenigen sein könnten, die Euch in Wirklichkeit *jagen*, Euch *manipulieren*, damit Ihr dieses oder jenes tut?«

Die Züge des Großkhans spannten sich an. Chaol machte sich bereits auf Gebrüll gefasst, darauf, dass Urus vielleicht sogar das lange, juwelenbesetzte Messer an seiner Seite zog und es ihm in die Brust rammte. Aber der Großkhan sagte nur leise: »Ihr seid entlassen.«

Als hätten die Wachen jedes Wort mit angehört, öffneten sich knarrend die Türen und ein grimmig dreinblickender Hashim winkte Chaol heraus.

Chaol rührte sich nicht von der Stelle. Er hörte, wie sich Schritte von hinten näherten. Wusste, dass sie ihn aus dem Raum entfernen würden, wenn er sich nicht freiwillig entfernte.

Er versteifte sich, stemmte seine Füße weiter gegen die Fußstützen, umklammerte mit aller Macht die Räder mit seinen Händen und knirschte mit den Zähnen. Nie und nimmer würden sie ihn hier hinauskarren, nie und nimmer würde er ihnen erlauben, ihn wegzuschleifen ...

»Ich bin nicht nur hergekommen, um mein Volk zu retten, sondern *alle* Völker dieser Welt«, knurrte Chaol den Großkhan an.

In diesem Moment packte jemand – Shen – die Griffe seines Stuhls und begann, ihn umzudrehen.

Chaol fuhr herum. »*Finger weg*«, zischte er Shen an.

Aber Shen ließ nicht los, auch wenn er Chaol entschuldigend ansah. Er wusste es – Chaol begriff, dass der Gardist genau wusste, wie es sich anfühlen musste, wenn jemand ohne Erlaubnis den Stuhl berührte, bewegte. Genauso wie Chaol wusste, was es für Shen bedeuten konnte, wenn er sich dem Befehl des Großkhans, ihn aus dem Raum zu eskortieren, widersetzte.

Also drehte Chaol sich wieder zum Großkhan um. »Eure Stadt ist die größte, die ich je gesehen habe, Euer Reich dasjenige, an dem sich alle anderen messen sollten. Aber wenn Morath kommt, um es in Schutt und Asche zu legen, wer wird Euch dann beistehen, wenn wir anderen bereits alle Aas sind?«

Die Augen des Großkhans brannten wie Kohlen.

Shen schob seinen Stuhl zur Tür hin.

Chaols Arme zitterten vor Anstrengung, den Gardisten nicht wegzustoßen. Ebenso wie seine Beine, als er immer wieder versuchte, sich zu erheben. Mit einem Blick über seine Schulter stieß er hervor: »Ich habe viel zu lange auf der falschen Seite gestanden und es hat mich *alles* gekostet. Begeht nicht die gleichen Fehler, die ich ...«

»Maßt Euch nicht an, einem Großkhan zu sagen, was er zu tun und zu lassen habe«, unterbrach Urus ihn und seine Augen waren jetzt wie Eissplitter. Er wies mit dem Kinn auf die Wachen, die an der Tür von einem Fuß auf den anderen traten. »Eskortiert Lord Westfall zurück zu seinen Gemächern. Und lasst ihn nicht noch einmal meine Beratungen stören.«

Eine Drohung lag in diesen ruhigen, kalten Worten. Urus hatte es nicht nötig, die Stimme zu erheben und zu brüllen, um den Wachen ihre Aussicht auf Strafe hinreichend zu verdeutlichen.

Chaol stemmte sich wieder und wieder gegen seinen Stuhl und kämpfte darum, aufzustehen, sich zumindest ein wenig zu erheben.

Aber Shen manövrierte seinen Stuhl bereits durch die Türen hindurch und schob ihn weiter durch die glänzenden, hellen Flure.

Noch immer gehorchte sein Körper nicht. Antwortete nicht.

Die Türen zum Ratsraum des Großkhans schlossen sich mit einem leisen Klicken, das Chaol durch Mark und Bein ging. Ein Geräusch, das vernichtender war als jedes Wort, das der Großkhan gesprochen hatte.

Yrene hatte Chaol am Abend zuvor einfach seinen Gedanken überlassen.

War zur Torre zurückgestürmt und hatte beschlossen, dass Hasar …

Oh, es machte ihr nicht das Geringste aus, die Prinzessin zu manipulieren. Und sie wusste jetzt auch genau, wie sie es anstellen konnte, dass die Prinzessin sie in diese verdammte Oase einlud.

Aber wie es schien, hatte Chaols finstere Laune sich nicht einmal durch das morgendliche Training mit der Garde aufgehellt. Sein Zorn war ihm noch immer anzusehen, als er im Wohnzimmer auf sie wartete und Yrene Kadja mit einem weiteren sinnlosen Auftrag aussandte – *Zwirn, Ziegenmilch und Essig* –, bevor sie endlich mit ihrer Arbeit begann.

Der Sommer brodelte seinem dunstigen Ende entgegen und die wilden Herbstwinde begannen, die Gewässer der türkisfarbenen Bucht aufzupeitschen. Es war immer warm in Antica, aber zwischen Julfest und Beltane wurde das Enge Meer zunehmend rauer und unbändiger. Falls eine Armada nicht vor dieser Zeit vom südlichen Kontinent lossegelte ... Nun, nach den Ereignissen des vergangenen Abends würde wohl gar keine Armada mehr segeln, nahm Yrene an.

Chaol, der in der Nähe ihres gewohnten Platzes, des goldenen Sofas, saß, warf ihr zur Begrüßung kaum mehr als einen flüchtigen Blick zu. Ganz anders als sein übliches grimmiges Lächeln. Und die Schatten unter seinen Augen ... Der Gedanke, hier hereinzueilen und ihm von ihrem Plan zu erzählen, verflüchtigte sich sofort, als sie fragte: »Wart Ihr die ganze Nacht auf?«

»Teilweise«, antwortete er mit leiser Stimme.

Yrene näherte sich dem Sofa, setzte sich jedoch nicht. Stattdessen beobachtete sie ihn einfach mit verschränkten Armen. »Vielleicht denkt der Großkhan noch einmal über alles nach. Er dürfte sich über das Intrigenspiel seiner Kinder im Klaren sein. Er ist zu klug, um nicht misstrauisch zu werden, wenn Arghun und Hasar so offensichtlich gemeinsame Sache machen.«

»So gut kennt Ihr den Großkhan also?« Eine kalte, beißende Frage.

»Nein, aber ich lebe hier schon erheblich länger als Ihr.«

Seine braunen Augen blitzten. »Ich habe keine zwei Jahre Zeit. Um deren Spielchen zu spielen.«

Im Gegensatz zu ihr anscheinend.

Yrene unterdrückte ihren Ärger. »Nun, vor sich hin zu brüten wird es auch nicht besser machen.«

Seine Nasenflügel bebten. »Wohl nicht.«

So hatte sie ihn schon seit Wochen nicht mehr erlebt.

War wirklich so viel Zeit vergangen? In zwei Wochen war ihr Geburtstag. So bald schon.

Aber jetzt war nicht der richtige Zeitpunkt, um den Geburtstag zu erwähnen oder den Plan, den sie ausgeheckt hatte. Es war eigentlich belanglos, wenn man all das bedachte, was um sie herum vor sich ging.

Die Last auf seinen Schultern. Der Frust und die Verzweiflung, die sie jetzt in seinem Gesicht sah.

»Erzählt mir, was passiert ist.« *Irgendetwas war passiert* – hatte sich verändert seit ihrem Abschied am Abend zuvor.

Ein schneidender Blick in ihre Richtung. Sie machte sich schon auf seine Weigerung gefasst, als er die Zähne zusammenbiss.

Aber dann sagte er: »Ich habe heute Morgen den Großkhan aufgesucht.«

»Ihr habt eine Audienz bekommen?«

»Nicht ganz.« Seine Lippen wurden schmal.

»Was ist passiert?« Yrene stützte eine Hand auf die Armlehne des Sofas.

»Er hat mich aus dem Raum schleifen lassen.« Kalte, deutliche Worte. »Ich hatte keine Chance, die Wachen irgendwie zu umgehen. Ihn dazu zu bringen, mir zuzuhören.«

»Auf zwei Beinen stehend, hätte man Euch genauso hinausgezerrt.« Und dabei wahrscheinlich noch verletzt.

Er funkelte sie an. »Ich wollte nicht gegen sie kämpfen. Ich wollte ihn *anflehen*. Und ich konnte nicht mal auf die Knie gehen, um das zu tun.«

Ihr Herz krampfte sich zusammen, als er zum Gartenfenster sah. Zorn und Kummer und Furcht spiegelten sich in seinen Zügen. »Ihr habt bereits bemerkenswerte Fortschritte gemacht.«

»Ich will wieder in der Lage sein, an der Seite meiner Männer zu kämpfen«, sagte Chaol leise. »An ihrer Seite zu sterben.«

Bei diesen Worten schnitt eine eisige Angst durch ihr Herz, aber Yrene erwiderte nur steif: »Das könnt Ihr auch vom Pferd aus.«

»Ich will es Schulter an Schulter«, knurrte er. »Ich will im Schlamm kämpfen, auf einem Schlachtfeld.«

»Also sucht Ihr hier nur Heilung, um woanders zu sterben?«, stieß sie hervor.

»Ja.«

Eine Antwort, so kalt und hart wie sein Gesicht.

Dieser Sturm, der sich in ihm zusammenbraute ... Sie würde nicht zulassen, dass er ihre Fortschritte zunichtemachte.

Aber in ihrer Heimat brach der Krieg wirklich aus. Und ungeachtet dessen, was er mit sich selbst anfangen wollte, hatte er – hatten *sie* keine Zeit. Ihr Volk in Fenharrow hatte keine Zeit.

Also ging Yrene zu ihm, fasste ihn unter der Schulter und befahl: »Dann steht auf.«

Chaol wusste selbst, dass seine Laune beschissen war.

Je länger er darüber nachdachte, desto klarer wurde ihm, dass der Prinz und die Prinzessin leichtes Spiel mit ihm gehabt hatten ... Es war nämlich völlig unerheblich, *welchen* Schritt Aelin getan hatte und welchen nicht. Denn sie hätten es immer gegen sie verwandt. Gegen ihn. Hätte Aelin die Königin in Not gespielt, hätten sie sie als schwache und unsichere Verbündete dargestellt. Er hatte nicht gewinnen können.

Das Treffen mit dem Großkhan war eine riesige Dummheit gewesen. Vielleicht hatte Kashin ebenfalls nur ein Spielchen gespielt. Denn falls der Großkhan zuvor vielleicht sogar bereit gewesen wäre, ihn anzuhören, war er es jetzt bestimmt nicht mehr. Und selbst wenn Nesryn mit Sartaqs Rukhin im Schlepptau zurückkehrte ... Ihre Nachricht war vorsichtig formuliert gewesen.

Die Rukhin sind geschickte Bogenschützen – und fasziniert von meinen eigenen Fähigkeiten. Ich möchte sie gern weiter anleiten. Und dabei selbst etwas lernen. Frei fliegen ist hier das Motto.

Wir sehen uns in drei Wochen.

Er wusste nicht, was er davon halten sollte. Diese vorletzte Zeile. Sollte das eine Beleidigung sein oder eine verschlüsselte Nachricht, dass

Sartaq und die Rukhin vielleicht die Befehle des Großkhans verweigern würden, falls er ihnen nicht erlaubte fortzugehen? Aber würde Sartaq wirklich Hochverrat riskieren, um ihnen zu helfen? Chaol wagte es nicht, die Nachricht unverbrannt zu lassen.

Frei fliegen. Er kannte ein solches Gefühl nicht. Und würde es auch niemals wirklich kennenlernen. Diese Wochen mit Yrene, mit ihr unter freiem Himmel zu essen, über alles und nichts zu reden ... Vielleicht war das diesem Gefühl nahe gekommen. Aber das änderte nichts an dem, was vor ihm lag.

Nein – in diesem Krieg waren sie immer noch ziemlich allein. Und je länger er hier verweilte, während seine Freunde jetzt vor dem Kampf standen, sich in Stellung brachten ...

Er war immer noch hier. In diesem Stuhl. Ohne Armee, ohne Verbündete.

»Steht auf.«

Er wandte sich langsam Yrene zu, als sie ihren Befehl wiederholte, eine Hand fest unter seiner Schulter, ihr Blick eine feurige Herausforderung.

Chaol blinzelte sie an. »Was.« Nicht wirklich eine Frage.

»Steht. Auf.« Ihre Lippen wurden schmal. »Wenn Ihr unbedingt in diesem Krieg sterben wollt, dann *steht auf.*«

Sie war ebenfalls schlecht gelaunt. Gut. Er hatte es auf einen Streit angelegt – der Schlagabtausch mit der Garde war in diesem götterverdammten Rollstuhl immer noch unbefriedigend. Aber Yrene ...

Er hatte es sich während dieser Wochen nicht gestattet, sie zu berühren. Hatte sich gezwungen, Abstand zu halten, trotz der Momente ihrer unbeabsichtigten Nähe, wenn ihr Kopf dicht über seinem war und er gar nicht anders konnte, als ihren Mund anzustarren.

Und doch hatte er beim Essen gestern Abend ihre Anspannung bemerkt, als Hasar ihn wegen Nesryns Rückkehr geärgert hatte. Die Enttäuschung, die sie krampfhaft zu verbergen versucht hatte, dann die Erleichterung, als er von Nesryns verlängertem Aufenthalt berichtete.

Er war ein Mistkerl allererster Güte. Selbst wenn es ihm gelungen wäre, den Großkhan dazu zu überreden, ihnen in diesem Krieg den Arsch zu retten ... Er würde von hier fortgehen. Ob mit leeren Händen oder mit einer Armee, er würde fortgehen. Und trotz Yrenes Plänen, auf ihren Kontinent zurückzukehren, war er sich nicht sicher, wann er sie wiedersehen würde. Ob er sie überhaupt je wiedersah.

Vielleicht würde ohnehin keiner von ihnen überleben.

Und diese eine Aufgabe, diese einzige Aufgabe, die seine Freunde ihm gegeben hatten, die Dorian ihm gegeben hatte ...

Er hatte versagt.

Trotz allem, was er erduldet hatte, was er gelernt hatte ... Es hatte nicht gereicht.

Chaol warf einen vielsagenden Blick auf seine Beine. »*Wie?*« Sie hatten größere Fortschritte gemacht, als er sich hätte träumen lassen, aber ...

Jetzt packte sie so fest zu, dass es wehtat. »Ihr habt es selbst gesagt: Ihr habt keine zwei Jahre Zeit. Aber ich habe inzwischen so viel wiederhergestellt, dass Ihr *in der Lage sein solltet* zu stehen. Also, steht auf.« Sie ging sogar so weit, an ihm zu zerren.

Er starrte sie mit gerunzelter Stirn an und ließ seiner Laune weiter freien Lauf. »Lasst los.«

»Sonst *was*?« Oh, sie war sauer.

»Wer weiß, was die Spione der Königsfamilie alles erzählen werden?« Kalte, harte Worte.

Yrene presste die Lippen aufeinander. »Da habe ich nichts zu befürchten.«

»Ach nein? Ihr scheint nichts gegen das Privileg einzuwenden zu haben, dass Ihr nur mit den Fingern schnippen müsst und Kashin angerannt kommt. Aber vielleicht wird er es bald leid sein, von Euch hingehalten zu werden.«

»Das ist Unsinn, und das wisst Ihr.« Sie zog an seinem Arm. »Steht auf.«

Er tat nichts dergleichen. »Ein Prinz ist Euch also nicht gut genug, aber der verstoßene Sohn eines Lords schon?«

Er hatte diesen Gedanken noch nicht einmal vor sich selbst in Worte gefasst.

»Ihr seid wütend, weil Hasar und Arghun Euch überlistet haben und weil der Großkhan immer noch nicht auf Euch hören will, aber das gibt Euch noch lange nicht das Recht, *mich* zu einem Streit zu provozieren«, blaffte sie ihn an. »Und jetzt steht auf, wenn Ihr schon so scharf darauf seid, Euch in die Schlacht zu stürzen.«

Mit einem Ruck entzog er ihr seine Schulter. »Ihr habt die Frage nicht beantwortet.«

»Die werde ich auch nicht beantworten.« Yrene griff nicht noch einmal nach seiner Schulter, dafür schob sie ihm beide Arme unter und ächzte, als würde sie ihn gleich selbst hochheben, obwohl er fast doppelt so schwer war wie sie.

Um zu verhindern, dass sie sich verletzte, schüttelte er sie erneut zähneknirschend ab und stellte die Füße auf den Boden, stützte die Hände auf die Armlehnen des Stuhls und hievte sich hoch, so weit er konnte. »Und?«

Er konnte die Beine immerhin von den Knien abwärts bewegen und seine Oberschenkel hatten in der letzten Woche ab und zu gekribbelt, und doch ...

»Ihr erinnert Euch doch bestimmt noch daran, wie man steht, oder?«

Er schoss zurück: »Warum habt Ihr so erleichtert gewirkt, als ich gesagt habe, Nesryn würde noch einige Wochen länger wegbleiben?«

Sie errötete bis auf ihre Sommersprossen, aber sie reckte erneut die Arme und hakte ihn unter. »Ich wollte nur keine Ablenkung von unseren Fortschritten.«

»Lügnerin.« Ihr Duft umfing ihn, während sie an ihm zerrte, und der Stuhl ächzte, als Chaol sich noch mehr auf die Armlehnen stützte.

Doch dann parierte Yrene und ging in die Offensive, elegant wie eine Schlange. »Ich glaube vielmehr, *Ihr* wart erleichtert«, schäumte sie, ihr Atem heiß an seinem Ohr. »Ich glaube, *Ihr* wart froh darüber, dass sie fortbleiben würde, damit Ihr weiterhin so tun könnt, als würde Eure Ehre Euch an sie binden. Damit Ihr nicht mit ansehen müsst, wie sie Euch beobachtet, wenn Ihr hier bei mir seid. Damit Ihr nicht darüber nachdenken müsst, was sie Euch bedeutet. Solange sie fort ist, ist sie nichts weiter als eine Erinnerung, ein fernes Ideal, aber sobald sie hier ist und Ihr sie anseht – was *seht* Ihr dann? Was *fühlt* Ihr dann?«

»Sie war in meinem Bett. Ich denke, das sagt genug über meine Gefühle aus.«

Er hasste die Worte, obwohl sie – seiner Laune entsprechend – zugleich eine Erleichterung waren.

Yrene sog scharf den Atem ein, gab sich aber nicht geschlagen. »Ja, sie war in Eurem Bett, aber *ich* denke, sie war nur so was wie eine Zerstreuung, und sie hatte es satt. Hatte es satt, ein Trostpreis zu sein.«

Seine Arme spannten sich an und der Stuhl wackelte, als er sich immer weiter hochstemmte, und sei es auch nur, um sie im Stehen anfunkeln zu können. »Ihr habt keine Ahnung, wovon Ihr redet.« Sie hatte Aelin mit keiner Silbe erwähnt, hatte nach dem Essen gestern nicht mehr nach ihr gefragt. Bis ...

»Sie hatte sich also für Dorian entschieden? Die Königin. Es überrascht mich, dass sie überhaupt einen von Euch beiden ertragen konnte, wenn man Eure Geschichte bedenkt. Was Euer Königreich ihrem angetan hat.«

Ihm rauschten die Ohren, als er sein Gewicht auf die Füße verlagerte und seinem Rückgrat befahl, ihn gefälligst zu halten, während er sie anzischte: »Am Abend des Festes schien Euch das nicht das

Geringste auszumachen. Ihr habt mich praktisch angebettelt.« Er wusste selbst nicht, was er da sagte.

Ihre Nägel bohrten sich in seinen Rücken. »Es überrascht mich selbst, welche Leute man unter Einfluss dieses Opiats plötzlich in Betracht zieht. Mit wem man sich plötzlich zu beschmutzen bereit ist.«

»Richtig. Ein Sohn Adarlans. Ein eidbrüchiger, treuloser Verräter. Das bin ich für Euch, nicht wahr?«

»Woher soll ich das wissen – Ihr vermeidet ja jedes Gespräch darüber.«

»Ganz im Gegensatz zu Euch, nehme ich an?«

»Es geht nicht um mich, sondern um Euch.«

»Und doch wurdet Ihr mir zugewiesen, weil Eure Hohe Heilerin das offenbar anders sieht. Weil sie sieht, dass Ihr, egal wie weit Ihr in diesem Turm gekommen sein mögt, immer noch das kleine Mädchen in Fenharrow seid.« Ein Lachen brach aus ihm hervor, eisig und bitter. »Ich kannte einmal eine Frau, die ebenso viel verloren hatte wie Ihr. Und wisst Ihr, was sie gemacht hat – aus diesem Verlust?« Er konnte sich nicht mehr zurückhalten, konnte nicht mehr klar denken aufgrund des Brüllens in seinem Kopf. »Sie hat Jagd auf diejenigen gemacht, die dafür verantwortlich waren, und sie hat sie *ausgelöscht.* Was zum Teufel habt *Ihr* denn die ganzen Jahre über gemacht?«

Chaol spürte, wie die Worte ihr Ziel trafen.

Spürte, wie sie schauderte und verstummte.

Genau in dem Moment, als er sich abstieß – genau in dem Moment, als er sein Gewicht verlagerte und seine Knie durchdrückte und tatsächlich *stand.*

Er war zu weit gegangen. Viel zu weit. Er hatte so was nie geglaubt. Nicht einmal daran gedacht.

Ein rauer Atemzug streifte ihn, als ihre Brust sich angestrengt hob und senkte. Sie blinzelte zu ihm hoch und schloss den Mund. Und er konnte die Mauer, die sie zwischen ihnen errichtete, die sie abschottete, förmlich sehen.

Niemals. Sie würde ihm das, was er gesagt hatte, niemals verzeihen. Sie würde ihn niemals wieder anlächeln.

Niemals vergessen. Ob er nun stand oder nicht.

»Yrene«, krächzte er, aber sie zog ihre Arme weg und wich kopfschüttelnd einen Schritt zurück. Ließ ihn stehen – allein. Allein und hilflos, als sie sich einen weiteren Schritt zurückzog und die Sonne sich in den silbrigen Tränen verfing, die in ihren Augen glitzerten.

Es zerriss ihm das Herz.

Chaol legte sich eine Hand auf die Brust, als spürte er den Riss, während seine Beine unter ihm zitterten. »Ich bin *der Letzte,* der so etwas sagen dürfte. Ich bin *nichts* und ich meinte *mich selbst,* als ich ...«

»Ich habe vielleicht nicht gegen Könige gekämpft und Paläste zerschmettert«, unterbrach sie ihn kalt, und ihre Stimme zitterte vor Zorn, als sie noch weiter zurückwich. »Aber ich bin die designierte Nachfolgerin der Hohen Heilerin. Aufgrund *meiner* Arbeit, *meines* Leides und der Opfer, die ich erbracht habe. Und genau aus diesem Grund steht Ihr jetzt hier. Genau aus diesem Grund haben Menschen *überlebt.* Ich mag vielleicht keine Kriegerin sein, die mit einem Schwert herumfuchtelt, mag Eurer glorreichen Geschichten vielleicht nicht würdig sein, aber zumindest *rette* ich Leben – statt sie zu beenden.«

»Ich weiß«, sagte er und bekämpfte den Drang, nach den Armlehnen des Stuhls zu greifen, die jetzt – da er aus dem Gleichgewicht geriet – so weit entfernt schienen. »Yrene, ich *weiß.*« Er war zu weit gegangen, viel zu weit. Und er hatte sich noch nie mehr dafür gehasst, Streit gesucht zu haben, als in diesem Moment, da er so gottverdammt *dumm* gewesen war und doch eigentlich nur sich selbst gemeint hatte ...

Yrene wich einen weiteren Schritt zurück.

»Bitte«, sagte er.

Aber sie war auf dem Weg zur Tür. Und wenn sie ging ...

Er hatte sie alle gehen lassen. War auch selbst schon gegangen, aber Aelin, Dorian, Nesryn hatte er gehen lassen, ohne ihnen nachzugehen.

Doch diese Frau, die jetzt zur Tür zurückwich, die versuchte, ihre Tränen zurückzuhalten – Tränen wegen der Verletzung, die *er* ihr zugefügt hatte, Tränen des Zorns, den er so sehr verdiente ...

Sie streckte die Hand nach dem Knauf aus. Tastete blind danach.

Wenn *sie* ging, wenn er sie gehen ließ ...

Yrene drehte den Knauf.

Und Chaol machte einen Schritt auf sie zu.

39

Chaol dachte nicht darüber nach.

Staunte nicht über das Gefühl seines hoch aufgerichteten Körpers, über dessen Gewicht und das Schwanken, als er diesen taumelnden Schritt tat.

Er sah nur Yrene und ihre Hand auf dem Türknauf und die Tränen in ihren zornigen, liebreizenden Augen. Die schönsten, die er je gesehen hatte.

Und die sich jetzt weiteten, als er diesen Schritt auf sie zumachte.

Torkelnd und schwankend. Aber er schaffte noch einen Schritt.

Yrene stolperte auf ihn zu, eine Hand über ihren offenen Mund gelegt, und musterte ihn. Einige Schritte entfernt blieb sie stehen.

Ihm war gar nicht klar gewesen, dass sie so viel kleiner war als er. So zerbrechlich.

Dass – die Welt *so* aussah und wirkte und *schmeckte.*

»Geht nicht«, hauchte er. »Es tut mir leid.«

Yrene musterte ihn erneut, von seinen Zehen bis hinauf zu seinem Gesicht. Tränen liefen ihr über die Wangen und sie legte den Kopf in den Nacken.

»Es tut mir leid«, wiederholte Chaol.

Sie sagte noch immer nichts.

Stattdessen ließ sie ihren Tränen freien Lauf.

»Ich habe es nicht so gemeint, nichts davon«, sagte er heiser. Seine Knie begannen zu schmerzen und nachzugeben, und seine Oberschenkel zitterten. »Ich habe einfach Streit gesucht und die Worte ... Ich habe nichts davon so gemeint, Yrene. *Nichts.* Und es tut mir leid.«

»Aber der Kern des Ganzen muss in Euch gesteckt haben«, flüsterte sie.

Chaol schüttelte den Kopf und die Bewegung brachte ihn erst recht ins Schwanken. Er packte die Rückenlehne eines Sessels, um sich aufrecht halten zu können. »Ich habe nur mich selbst gemeint. Was Ihr getan habt, Yrene, und was zu tun Ihr noch bereit seid ... nicht um des Ruhmes willen oder aus Ehrgeiz, sondern weil Ihr glaubt, dass es das Richtige ist. Euer Mut, Eure Klugheit, Euer unermüdlicher Wille ... Mir fehlen die Worte dafür, Yrene.«

Ihr Gesichtsausdruck veränderte sich nicht.

»Bitte, Yrene.«

Er streckte die Hand nach ihr aus und riskierte einen weiteren stockenden, wackeligen Schritt.

Sie machte einen Schritt zurück.

Chaols Hände griffen ins Leere.

Er biss die Zähne zusammen, kämpfte um seine aufrechte Haltung, während sein Körper schwankte.

»Vielleicht könnt Ihr ja mit Euch selbst zufriedener sein, wenn Ihr Euch mit jämmerlichen kleinen Leuten wie mir abgebt.«

»*Nein,* ich ...« Er knirschte mit den Zähnen und tat einen weiteren taumelnden Schritt auf sie zu. Wollte sie berühren, ihre Hand nehmen, sie drücken, ihr einfach *zeigen,* dass er nicht so war. Nicht so dachte. Er schwankte nach links und streckte eine Hand aus, um das Gleichgewicht zu halten, dann stieß er hervor: »Ihr wisst, dass ich es nicht so gemeint habe.«

Yrene wich weiter vor ihm zurück, außer Reichweite. »Tue ich das?«

Er schob sich weiter vorwärts. Und weiter.

Und sie wich ihm weiter aus.

»Ihr wisst es, verdammt noch mal«, knurrte er und gab seinen Beinen einen erneuten Ruck.

Yrene schob sich aus dem Weg.

Er blinzelte und hielt inne.

Bemerkte das Leuchten in ihren Augen. Ihren Ton.

Diese Hexe überlistete ihn. Jagte ihn. Köderte ihn, zu gehen, sich zu bewegen. Ihr zu folgen.

Sie blieb stehen und erwiderte seinen Blick, ohne eine Spur von Verletztheit in ihren Augen, und ein kleines Lächeln erschien auf ihrem Mund, als wollte sie sagen: *Ich dachte schon, Ihr kapiert es nie.*

Er konnte stehen. Er konnte ... gehen.

Gehen. Und diese Frau vor ihm ...

Chaol schaffte noch einen Schritt.

Und Yrene wich zurück.

Keine Jagd, sondern ein Tanz.

Er wandte den Blick nicht von ihr ab, als er den nächsten Schritt stolperte und dann noch einen. Sein Körper schmerzte und zitterte. Aber er biss sich durch. Kämpfte sich Zentimeter um Zentimeter zu ihr vor, während sie in Richtung Wand zurückwich.

Ihr Atem ging in flachen Stößen und sie blickte ihn mit großen, goldenen Augen an, während er ihr durchs Zimmer folgte. Während sie ihn einen Schritt nach dem anderen zu ihr führte.

Bis sie mit dem Rücken gegen die Wand stieß und der Fackelhalter daran klapperte. Als hätte sie den Überblick verloren.

Chaol war sofort bei ihr.

Mit einer Hand stützte er sich an der Wand ab und fühlte die glatte Tapete unter seinen Fingern, als er sein Gewicht darauf verlagerte, um sich aufrecht zu halten, da seine Oberschenkel zitterten und sein Rücken vor Anspannung schmerzte.

Aber das war seine geringste Sorge.

Seine andere Hand ...

In Yrenes Augen schimmerten noch immer die Tränen, die er verschuldet hatte.

Eine hing noch auf ihrer Wange.

Chaol wischte sie weg. Ebenso wie eine weitere Träne unten an ihrem Kinn.

Es war ihm ein Rätsel – wie sie so zierlich sein konnte, so klein, wo sie doch sein Leben komplett auf den Kopf gestellt hatte. Wunder gewirkt hatte mit diesen Händen und dieser Seele – diese Frau, die Berge und Meere überquert hatte.

Sie zitterte. Aber es lag keine Angst in ihrem Blick, als sie zu ihm aufschaute.

Und erst als Yrene ihm eine Hand auf seine Brust legte, nicht um ihn wegzustoßen, sondern um den tosenden, donnernden Herzschlag darunter zu spüren, senkte Chaol den Kopf und küsste sie.

Er konnte stehen. Er konnte *gehen.*

Und er *küsste* sie.

Yrene konnte kaum atmen, konnte sich kaum beherrschen, als sie Chaols Mund auf ihrem spürte.

Es war, als würde sie neu erwachen oder neu auf diese Welt kommen oder geradewegs vom Himmel fallen. Es war Frage und Antwort zugleich und sie konnte gar nicht schnell genug denken oder fühlen.

Ihre Hände krallten sich in sein Hemd und zogen ihn näher heran.

Er liebkoste ihre Lippen so sanft und ruhig, als kostete er dieses Gefühl voll und ganz aus. Und als seine Zähne über ihre Unterlippe kratzten ... öffnete sie den Mund.

Er drückte sie fester gegen die Wand, als seine Zunge hineinglitt, aber sie spürte kaum den Wandstuck, der sich in ihr Rückgrat bohrte, die glatte Tapete an ihrem Rücken. Sie spürte nur ihn.

Yrene stöhnte und es war ihr gleich, wer es hörte, wer vielleicht lauschte. Ihretwegen konnten sie alle zur Hölle fahren. Sie brannte, glühte ...

Chaol legte ihr eine Hand ans Kinn, um ihren Mund noch besser erobern zu können. Und sie bog den Rücken durch und flehte ihn stumm an, zu *nehmen* ...

Sie wusste, dass er nichts von dem Gesagten wirklich gemeint hatte, wusste, dass es seine Wut auf ihn selbst gewesen war. Sie hatte ihn zu diesem Streit angestachelt, und auch wenn es wehgetan hatte ... Sobald er aufgestanden war und ihr Herzschlag für einen Moment ausgesetzt hatte, hatte sie es gewusst.

Dass er es nicht so gemeint hatte.

Dass er auch zu ihr gekrochen wäre.

Dieser Mann, dieser edle, selbstlose, bemerkenswerte Mann ...

Yrenes Hände schoben sich an seinen Schultern entlang bis zu seinem seidigen, braunen Haar, in das sie ihre Finger vergrub. *Mehr, mehr, mehr* ...

Es war ein ausgiebiger Kuss. Als wollte er jeden Geschmack, jeden Winkel von ihr kennenlernen.

Ihre Zunge streifte seine und sein Knurren ging ihr durch Mark und Bein ...

Sie spürte das Beben, das ihn durchlief, bevor sie wusste, was es war.

Die Anstrengung.

Er schien wild entschlossen zu sein, sie immer weiterzuküssen, selbst wenn er dabei zu Boden krachte.

Kleine Schritte erforderten kleine Maßnahmen.

Yrene löste sich von ihm und legte ihm eine Hand auf die Brust, als er erneut ihren Mund forderte. »Du solltest dich setzen.«

Seine Augen waren vollkommen schwarz. »Ich – lass mich – *bitte*, Yrene.«

Die Worte kamen gebrochen und heiser heraus. Als hätte er irgendeine langjährige innere Fessel gelöst.

Sie zwang sich, ruhig zu atmen. Klar zu denken. Wenn er zu lange auf den Beinen blieb, würde er vielleicht seinen Rücken überstrapazieren. Und bevor sie ihn dazu ermutigen konnte weiterzugehen – in jeder Hinsicht –, musste sie sich seine Verletzung noch einmal genauer ansehen. Vielleicht hatte sie sich inzwischen von allein so weit zurückgezogen.

Chaol streifte ihren Mund mit seinem und die seidige Wärme seiner Lippen genügte, um sie jeden klaren Gedanken bereitwillig ignorieren zu lassen.

Aber sie kämpfte dagegen an. Entwand sich ihm sanft. »Jetzt weiß ich, wie ich dich belohnen kann«, versuchte sie es mit Humor.

Er erwiderte ihr Lächeln nicht. Sondern betrachtete sie nur mit einem beinahe raubtierhaften Verlangen, während sie einen Schritt zurückwich und ihm ihren Arm anbot. Um zurück zum Rollstuhl zu gehen.

Um zu *gehen.*

Er konnte *gehen* ...

Und er tat es. Stieß sich von der Wand ab, schwankte und ...

Yrene fing ihn auf und gab ihm Halt.

»Ich dachte, du würdest mir nie zu Hilfe kommen«, bemerkte er trocken und zog eine Augenbraue hoch.

»Im Rollstuhl, nein. Aber jetzt kannst du viel tiefer fallen.«

Chaol schnaubte lachend, dann beugte er sich vor und flüsterte ihr ins Ohr: »Wird es jetzt das Bett oder das Sofa sein, Yrene?«

Sie schluckte und wagte einen Seitenblick auf ihn. Seine Augen waren immer noch dunkel, sein Gesicht gerötet und seine Lippen geschwollen. Von ihr.

Yrenes Blut begann zu kochen, während sie innerlich schon fast dahingeschmolzen war. Wie zum Teufel sollte sie sich jetzt noch auf ihre Behandlung konzentrieren können, wenn er halb nackt vor ihr stand?

»Du bist immer noch mein Patient«, sagte sie, und es gelang ihr sogar, einigermaßen formell zu klingen, als sie ihn zu seinem Stuhl führte. Und ihn geradezu hineinschubste – um sich dann tief über ihn zu beugen. »Und obwohl es kein offizielles Gelübde in solchen Sachen gibt, will ich auch weiterhin professionell vorgehen.«

Das Lächeln, mit dem Chaol ihr antwortete, war alles andere als professionell. Ebenso wenig wie sein Knurren: »Komm her.«

Yrene spürte ihren Puls im ganzen Leib, als sie seinem brennenden Blick standhielt und sich auf seinen Schoß setzte.

Seine Hand glitt unter ihr Haar, legte sich um ihren Nacken. Dann zog er ihren Kopf zu sich herunter und hauchte ihr einen Kuss auf den Mundwinkel. Und auf den anderen. Sie umklammerte seine Schultern und grub die Finger in seine festen Muskeln. Ihre Atmung ging stoßweise, als er an ihrer Unterlippe knabberte und seine andere Hand ihren Oberkörper zu erkunden begann ...

Beim Klang einer Tür im Flur sprang Yrene sofort auf und schritt durchs Wohnzimmer zum Schreibtisch – auf dem noch die Phiolen mit Öl lagen. Gerade als Kadja mit einem Tablett in den Händen durch die Tür schlüpfte.

Die Dienerin brachte die »Zutaten«, die Yrene ihr aufgetragen hatte. Zwirn, Ziegenmilch und Essig.

Yrene brachte nur mit Mühe ein paar Worte des Danks heraus, als Kadja das Tablett auf den Schreibtisch stellte.

Ob die Dienerin ihre Gesichter, ihr Haar und ihre Kleider bemerkte und die glühende Spannung zwischen ihnen deuten konnte – jedenfalls sagte sie nichts. Aber obwohl Yrene nicht daran zweifelte, dass sie vielleicht Verdacht schöpfte und es demjenigen melden würde, an dessen Leine sie hing ... stellte sie zugleich fest, dass es sie nicht im Geringsten kümmerte, während sie sich an den Schreibtisch lehnte und Kadja so lautlos verschwand, wie sie gekommen war.

Und sie stellte fest, dass Chaol sie immer noch atemlos beobachtete.

»Was machen wir jetzt?«, fragte Yrene leise.

Denn sie wusste nicht ... wie sie *zurück*sollten ...

Chaol antwortete nicht. Streckte nur ein Bein ganz vor sich aus. Dann das andere. Dann noch einmal. Staunte.

»Es gibt kein Zurück«, sagte er und sah ihr fest in die Augen. »Das hilft nichts und niemandem.« Und so, wie er das sagte ... schien es noch mehr zu bedeuten. Zumindest für ihn.

Aber Chaols Lächeln wurde breiter und seine Augen leuchteten auf, als er hinzufügte: »Wir können nur weitergehen.«

Und Yrene ging wieder zu ihm, ohne dass sie sich hätte aufhalten können – oder wollen –, als wäre dieses Lächeln ein Leuchtfeuer in der Dunkelheit.

Und als Chaol zum Sofa fuhr und sein Hemd abstreifte, als er sich hinlegte und sie die Hände auf seinen warmen, starken Rücken legte ... da lächelte Yrene ebenfalls.

40

Aufstehen und ein paar Schritte gehen zu können war nicht dasselbe, wie vollständig genesen zu sein.

Das zeigte die folgende Woche. Yrene kämpfte noch immer mit diesem Etwas, das in Chaols Wirbelsäule lauerte, sich dort festklammerte – ganz unten, wie sie erklärte – und ihn daran hinderte, seine volle Beweglichkeit zurückzuerlangen. Rennen, springen, treten: Das alles kam nicht infrage. Aber dank des stabilen, hölzernen Gehstocks, den sie ihm beschafft hatte, konnte er stehen und laufen.

Und das allein war schon ein gottverdammtes Wunder.

Er nahm sowohl den Stock als auch den Rollstuhl zu seinem morgendlichen Training mit Hashim und der Garde mit, für den Fall, dass er sich zu hart antrieb und den Rückweg zu seinen Gemächern nicht mehr schaffte. Zu den ersten Übungsstunden begleitete Yrene ihn und instruierte Hashim, worauf er bei Chaols Beinen achten müsse zum weiteren Aufbau der Muskeln und um ihn zusätzlich zu stabilisieren. Das Gleiche hatte sie auch für Shen getan, vertraute Hashim ihm eines Morgens an – war hergekommen, um den Großteil seiner anfänglichen Trainingsstunden nach der Verletzung zu überwachen.

Also war Yrene dabei und sah vom Rand aus zu, als Chaol zum ersten Mal ein Schwert ergriff und sich mit Hashim duellierte. So gut das eben ging, mit einem Gehstock in der anderen Hand.

Er gab sein Bestes, wenn auch sein Gleichgewichtssinn miserabel war und er auf wackeligen Beinen kämpfte. Aber er schaffte es tatsächlich, einige gute Treffer gegen Hashim zu landen. Und ein Gehstock ... war auch keine schlechte Waffe, wenn es sein musste.

Am Ende des Kampfes, als Chaol zu ihrem Platz an der Wand kam, schwer auf seinen Stock gestützt und am ganzen Körper zitternd, waren Yrenes Augen groß wie Unterteller.

Und die Hitze allein war *nicht* der Grund für ihr gerötetes Gesicht, wie er mit männlicher Genugtuung feststellte. Als sie schließlich den Übungsplatz verließen, um langsam in die kühlen Schatten der Flure zu treten, zog Yrene ihn prompt in eine mit einem Vorhang abgeteilte Nische und küsste ihn.

Gegen ein Vorratsregal gelehnt, ließ er seine Hände überall hinwandern, über ihre üppigen Kurven und die schmale Taille, vergrub die Finger in ihrem langen, schweren Haar. Und sie küsste und küsste ihn immer wieder, atemlos und keuchend, und dann leckte sie – tatsächlich *leckte* sie ihm den Schweiß vom Hals.

Chaol stöhnte so laut auf, dass es keine Überraschung war, als kurz darauf ein Diener den Vorhang beiseiteriss, wahrscheinlich um zwei Angestellte dafür zu tadeln, dass sie ihre Pflichten vernachlässigten.

Yrene erbleichte, brachte hastig ihr Haar und ihre Kleider in Ordnung und bat den sich verbeugenden und geradezu katzbuckelnden Diener, nichts zu verraten. Er versicherte ihr zwar, dass er schweigen werde, aber Yrene war trotzdem erschüttert und legte den gesamten restlichen Weg in gebührendem Abstand zu Chaol zurück.

Und so hielt sie es von da an jeden Tag. Was ihn fast in den Wahnsinn trieb.

Aber er konnte es verstehen. Angesichts ihrer Position sowohl in der Torre als auch innerhalb des Palastes sollten sie klüger sein. Vorsichtiger.

Und da Kadja immer in seinen Gemächern war ...

Chaol behielt seine Hände bei sich. Auch wenn Yrene *ihre* Hände auf seinen Rücken legte und sich immer härter antrieb, um diese letzte Mauer aus Dunkelheit zu durchbrechen.

Eigentlich wollte er ihr sagen, *überlegte*, ihr zu sagen, dass es bereits reichte. Dass er gut mit dem Gehstock leben konnte. Sie hatte ihm bereits mehr gegeben, als er je zu hoffen gewagt hatte.

Jeden Morgen, wenn er die Garde sah, die Waffen und Schilde, dachte er an diesen Krieg, der schließlich auch über seine Freunde hereinbrechen würde. Über seine Heimat.

Aber selbst wenn er bei seiner Rückkehr keine Armee mitbrachte, würde er einen Weg finden, um auf diesen Schlachtfeldern zu stehen. Immerhin war auch Reiten eine Möglichkeit, um an der Seite seiner Männer zu kämpfen.

Um für – Yrene zu kämpfen.

Genau darüber dachte er nach, als sie über eine Woche später gemeinsam zum Abendessen gingen. Am Stock brauchte er länger als gewöhnlich, was ihn jedoch nicht störte, verbrachte er diese Zeit doch in *ihrer* Gesellschaft.

Sie trug ihr purpurnes Gewand – sein Lieblingskleid – und ihr halb aufgestecktes Haar lockte sich leicht nach dem ungewöhnlich feuchten Tag. Aber sie war nervös, unruhig.

»Was ist los?«

Als er zum ersten Mal auf seinen eigenen Beinen zum Abendessen erschienen war, hatte die königliche Familie mit Gleichgültigkeit reagiert – eines der vielen alltäglichen Wunder der Torre –, bis auf den Großkhan persönlich. Er hatte Yrene gelobt und sie hatte bei dieser Anerkennung gestrahlt. Chaol selbst war vom Großkhan geflissentlich übersehen worden – wie immer seit jenem unglücklichen Treffen.

Yrene rieb sich die Narbe an ihrem Hals, als schmerzte sie. Er hatte sie immer noch nicht danach gefragt – und wollte es auch gar nicht mehr wissen. Denn wenn er es wüsste ... Selbst bei einem unmittelbar bevorstehenden Krieg traute er es sich durchaus zu, denjenigen zu jagen, der ihr das angetan hatte, um ihn unter die Erde zu bringen.

»Ich habe Hasar überredet, ein Fest für mich zu geben«, berichtete Yrene leise.

Er wartete, bis sie an einer Gruppe von Dienern vorüber waren, bevor er fragte: »Aus welchem Grund?«

Sie stieß einen Seufzer aus. »Ich habe Geburtstag. In drei Tagen.«

»Geburtstag?«

»Du weißt schon, dieses Fest, an dem der Tag deiner Geburt ...«

Er stieß sie mit dem Ellbogen an, auch wenn seine Wirbel sich bei der Bewegung verschoben. Der Gehstock ächzte, als er sein Gewicht darauf verlagerte. »Ich hatte ja keine Ahnung, dass auch Teufelinnen Geburtstag haben.«

Sie streckte ihm die Zunge heraus. »Ja, selbst meine Art hat Geburtstag.«

Chaol grinste. »Also hast du sie gebeten, eine Party für dich zu schmeißen?« Wenn man bedachte, wie das letzte Fest verlaufen war ... Durchaus möglich, dass *er* am Ende einer derjenigen sein würde, die in ein dunkles Schlafzimmer schlüpften. Vor allem wenn Yrene wieder dieses Kleid trug.

»Nicht direkt«, antwortete Yrene trocken. »Ich habe erwähnt, dass mein Geburtstag bevorstehe und wie langweilig *deine* Pläne dafür seien ...«

Er lachte leise. »Ziemlich dreist.«

Sie klimperte mit den Wimpern. »Und *vielleicht* habe ich auch noch erwähnt, dass ich in all den Jahren hier noch nie in der Wüste gewesen sei und überlegte, dorthin zu reisen, aber der Gedanke, nicht mit *ihr* feiern zu können ...«

»Ich vermute, sie hat stattdessen eine Oase vorgeschlagen, die sich im Besitz ihrer Familie befindet?«

Yrene trällerte geradezu. »Ein kleiner Ausflug nach Aksara inklusive Übernachtung – ihr dauerhaftes Zeltlager in der Oase liegt einen halben Tagesritt Richtung Osten entfernt.«

Also konnte die Heilerin doch Intrigen spinnen, aber ... »Bei dieser Hitze wird es dort kochend heiß sein.«

»Die Prinzessin will ein Fest in der Wüste. Also wird sie eins bekommen.« Sie kaute auf ihrer Unterlippe und erneut tanzten Schatten auf ihrem Gesicht. »Es ist mir außerdem gelungen, sie danach zu fragen – nach Aksara. Der Geschichte.« Chaol hielt die Luft an. »Hasar fand es zu langweilig, um mir viel zu erzählen, aber sie hat gesagt, sie habe einmal gehört, dass die Oase über einer Stadt der Toten erwachsen sei. Und dass die Ruinen, die sich jetzt dort befinden, lediglich das Tor in diese Stadt seien. Da sie das Risiko, die Toten zu stören, nicht eingehen wollten, verließen sie niemals die eigentliche Quelle – um sich in den Dschungel ringsum zu wagen.«

Kein Wunder, dass sie besorgt wirkte. »Dann sind da also nicht nur Höhlen zu finden.«

»Vielleicht meint Nousha etwas anderes, vielleicht gibt es dort auch Höhlen mit Informationen.« Sie stieß einen Seufzer aus. »Wir werden sehen. Jedenfalls habe ich demonstrativ gegähnt, als Hasar mir davon erzählt hat, sodass sie sich bestimmt nicht fragen wird, warum ich mich überhaupt danach erkundigt habe.«

Chaol küsste sie auf die Schläfe, streifte sie schnell und unauffällig mit den Lippen. »Schlau, Yrene.«

»Ich wollte es dir schon letzte Woche erzählen, aber dann bist du das erste Mal aufgestanden und ich habe es vergessen. Eine schöne Hofintrigantin bin ich.«

Er ließ seine freie Hand zärtlich über ihren Rücken wandern. Und noch ein wenig tiefer. »Wir waren anderweitig beschäftigt.« Ihr Gesicht nahm einen wunderschönen Rosaton an. »Was wünschst du dir wirklich zu deinem Geburtstag? Und der wievielte ist es?«

»Ich werde zweiundzwanzig. Und ich weiß es nicht. Wenn diese Sache nicht wäre, hätte ich ihn überhaupt nicht erwähnt.«

»Du wolltest mir nichts davon erzählen?«

Sie sah ihn mit einem schuldbewussten Stirnrunzeln an. »Ich dachte, bei allem, was auf dir lastet, ist so ein Geburtstag bestimmt belanglos.« Sie schob die Hand in ihre Tasche – um nach diesem Ding zu greifen, nach dem er sich nie erkundigt hatte.

Sie näherten sich der großen, geräuschvollen Halle. Er streifte ihre Finger, eine stumme Bitte, und sie blieb stehen. Diener und Wesire liefen geschäftig an ihnen vorbei.

Chaol stützte sich auf seinen Stock, um sein Gewicht auszugleichen. »Bin ich wenigstens auch zu dieser Wüstenparty eingeladen?«

»Oh ja. Du und alle anderen Favoriten: Arghun, Kashin und eine Handvoll reizender Wesire.«

»Wenn man bedenkt, dass Hasar mich hasst, kann ich ja froh sein, dass ich es in die Auswahl geschafft habe.«

»Nein.« Yrenes Augen verdüsterten sich. »Wenn Hasar dich hassen würde, glaube ich nicht, dass du noch am Leben wärst.«

Bei allen Göttern. Und mit dieser Frau hatte Yrene sich angefreundet.

Yrene fuhr fort: »Renia wird wahrscheinlich auch da sein, aber Duva sollte in ihrem Zustand die Hitze besser meiden und ihr Ehemann weicht ihr nicht von der Seite. Spätestens wenn wir dort sind, werde ich mir wahrscheinlich wünschen, ich hätte eine ähnliche Ausrede parat gehabt, Informationen hin oder her.«

»Wir haben noch ein paar Tage Zeit. Eigentlich könnten wir die gleiche Ausrede auch für dich vorbringen.«

Die Worte drangen zu ihr durch. Die Einladung und die Andeutung darin. Yrenes Gesicht errötete köstlich und sie schlug ihm auf den Arm. »Wüstling.«

Chaol lachte leise und suchte den Flur nach einer verborgenen Ecke ab. Aber Yrene flüsterte: »Wir können nicht.«

Damit meinte sie nicht seinen Scherz, sondern das Verlangen, das sie zweifellos in seinen Augen brodeln sah. Das Verlangen, das zweifellos ebenso in ihren Augen kochte.

Er zupfte seine Jacke zurecht. »Nun, ich werde versuchen, ein angemessenes Geschenk für dich zu finden, das mit einer ganzen *Wüstenoase* mithalten kann, aber nagele mich nicht darauf fest.«

Yrene nahm Chaols freien Arm und hakte sich unter, lediglich die Heilerin, die ihren Patienten zum Tisch begleitete. »Ich habe alles, was ich brauche«, sagte sie nur.

41

Sie brauchten mehr als eine Woche, um es zu planen.

Es brauchte allein schon mehr als eine Woche, bis Sartaq und Houlun uralte Karten des Dagul Fjälls ausgegraben hatten.

Die meisten waren ungenau und kaum zu gebrauchen, enthielten sie doch Angaben von Reitern, die in der Luft geblieben waren, weil sie es nicht gewagt hatten, zu nah heranzufliegen. Das Territorium der *Kharankui* war klein, aber während der letzten paar Jahre war es gewachsen und immer dreister erweitert worden.

Es war das dunkle Herz dieses Territoriums, in das sie eindringen wollten.

Das Schwierigste aber war, Borte zum Zurückbleiben zu bewegen.

Nesryn und Sartaq überließen das Houlun. Ein scharfes Wort der Clan-Mutter genügte und das Mädchen fügte sich, wenn auch mit vor Entrüstung funkelndem Blick. Als Erbin, hatte Houlun sie angeschnauzt, gelte Bortes erste Pflicht ihrem *Volk*. Der Stammbaum endete mit ihr. Wenn Borte sich in das dunkle Gewirr des Daguls wagte, könne sie auch gleich den *Sulde* ihrer Mutter bespucken, der auf den Hängen Arundins stand.

Daraufhin hatte Borte argumentiert, dass Sartaq als potenzieller Nachfahre des Großkhans ebenfalls auf die Reise verzichten müsse.

Sartaq hatte bloß erwidert, dass seine Geschwister die verdammte

Krone ruhig haben könnten, wenn er als Nachfolger seines Vaters nur müßig dasitzen dürfe, während andere für ihn kämpften.

Also war es beschlossene Sache, dass sie nur zu dritt aufbrachen. Nesryn und Sartaq auf Kadara und Falkan als Feldmaus in Nesryns Tasche.

Am Vorabend gab es noch eine letzte Debatte darüber, ob sie eine Legion mitnehmen sollten. Borte war dafür, Sartaq dagegen. Sie wussten nicht, wie viele *Kharankui* auf den kahlen Gipfeln und in den dazwischenliegenden bewaldeten Tälern hausten. Sie durften nicht unnötig viele Leben aufs Spiel setzen und sie hatten keine Zeit für eine gründliche Erkundung des Geländes. Drei Leute konnten sich vielleicht hineinschleichen – aber eine ganze Armee von Ruks würde lange vor ihrer Ankunft entdeckt werden.

Der Streit tobte über die Feuergrube hinweg, aber Houlun entschied schließlich: Die kleine Gruppe würde allein gehen. Und wenn sie nicht binnen vier Tagen wiederkehrte, würde eine Armee folgen. Ein halber Tag, um hinunterzufliegen, ein Tag, um die Gegend zu erkunden, ein Tag, um anzugreifen und dann mit den gestohlenen Ruk-Jungen zurückzukehren. Vielleicht, wenn sie Glück hatten, konnten sie sogar herausfinden, was die Fae von den Spinnen befürchtet hatten, wie sie sie bekämpft hatten.

Jetzt waren sie schon seit Stunden unterwegs und die hohe Wand des Fjälls kam mit jedem Flügelschlag Kadaras näher. Schon bald würden sie den ersten der grauen Bergkämme überqueren und in das Gebiet der Spinnen eindringen. Mit jeder Meile, die sie ihrem Ziel näher kamen, lag das Frühstück schwerer in Nesryns Magen, ihr Mund war trocken wie Pergament.

Sartaq hatte während des größten Teils des Ritts geschwiegen. Falkan döste in ihrer Brusttasche und tauchte nur ab und zu auf, streckte seine schnurrbärtige Schnauze heraus, schnupperte und duckte sich dann wieder weg. Er schonte seine Kräfte, solange er konnte.

Der Gestaltwandler schlief immer noch, als Nesryn Sartaq fragte: »Habt Ihr eigentlich wirklich ernst gemeint, was Ihr gestern Abend gesagt habt – dass Ihr die Krone ablehnen würdet, wenn Ihr ansonsten nicht kämpfen dürftet?«

Sartaq war wie eine warme Wand an ihrem Rücken. »Mein Vater ist in den Krieg gezogen – wie alle Großkhane. Genau zu diesem Zweck besitzt er die beiden *Sulde* Ebenholz und Elfenbein. Aber sollte es aus irgendeinem Grund so kommen, dass man mir solche Dinge verwehrt, damit das Geschlecht überlebt ... ja. Ein Leben, in dem ich an diesem Hof eingesperrt wäre, ist nicht das, was ich will.«

»Und doch seid Ihr der Favorit, um eines Tages Großkhan zu werden.«

»Nur den Gerüchten nach. Mein Vater hat das nie angedeutet oder darüber gesprochen. Er könnte genauso gut Duva stattdessen krönen. Bei allen Göttern, sie wäre mit Sicherheit eine gütige Herrscherin. Und sie ist die Einzige von uns, die für Nachwuchs gesorgt hat.«

Nesryn kaute auf ihrer Unterlippe. »Warum – warum habt Ihr noch nicht geheiratet?« Bisher hatte sie noch nicht den Mut aufgebracht, danach zu fragen. Obwohl sie während dieser Wochen immer wieder darüber nachgedacht hatte.

Sartaq packte die Zügel fester, bevor er antwortete. »Ich war zu beschäftigt. Und die Frauen, die potenziell infrage gekommen wären ... waren nichts für mich.«

Sie hatte kein Recht, neugierig zu sein, aber sie fragte trotzdem: »Warum nicht?«

»Weil sie, wenn ich ihnen Kadara gezeigt habe, sich entweder ängstlich geduckt oder nur so getan haben, als interessierten sie sich für sie, oder sie haben gefragt, wie viel Zeit ich genau außerhalb des Palastes verbrächte.«

»In der Hoffnung, dass Ihr oft abwesend sein würdet, oder weil sie Euch vermissen würden?«

Sartaq lachte leise. »Das konnte ich nicht erkennen. Allein die Frage fühlte sich schon wie eine Hundeleine an, sodass ich wusste, dass sie nichts für mich sind.«

»Also gestattet Euer Vater Euch zu heiraten, wen Ihr wollt?« Gefährliches, fremdes Terrain. Sie rechnete damit, dass er sie deswegen aufziehen würde, aber Sartaq tat nichts dergleichen.

»Ja. Selbst Duvas arrangierte Heirat ... Sie war ganz dafür. Sagte, sie wolle nicht an einem Hof voller Schlangen herumstöbern, um *einen* guten Mann herauszufischen und trotzdem noch beten zu müssen, dass er sie nicht betrügt. Ich frage mich, ob da was dran ist. Wie auch immer, sie hatte Glück – so still er auch ist, ihr Ehemann himmelt sie an. Ich habe sein Gesicht bei ihrer ersten Begegnung gesehen. Und ihres. Das war Erleichterung und ... noch mehr.«

Und was würde aus ihnen – und aus ihrem Kind – werden, wenn ein anderer Erbe auf den Thron kam? Nesryn wagte einen vorsichtigen Vorstoß: »Warum wird diese Tradition, miteinander in Wettstreit zu treten, nicht beendet?«

Sartaq schwieg für eine Weile. »Vielleicht wird derjenige, der den Thron übernimmt, dieser Tradition eines Tages ein Ende setzen. Und seine Geschwister mehr lieben. Ich möchte gern glauben, dass wir uns weiterentwickelt haben, anders sind als noch vor Jahrhunderten – als das Reich noch jung war. Aber vielleicht ist gerade dies, sind gerade die Jahre relativen Friedens, die gefährliche Zeit.« Er zuckte die Achseln und verlagerte sein Gewicht an ihrem Rücken. »Vielleicht wird der Krieg die Erbfolge für uns regeln.«

Möglicherweise lag es daran, dass sie so hoch über der Welt waren, daran, dass das düstere Land immer näher heranrauschte, dass Nesryn fragte: »Dann gibt es also nichts, was Euch vom Krieg fernhalten würde, sollte er ausgerufen werden?«

»Das hört sich fast so an, als würdet Ihr Euer Ziel, uns in den Norden zu schleifen, infrage stellen.«

Sie versteifte sich. »Ich muss zugeben, dass die Wochen hier ... Es war einfacher, um Eure Hilfe zu bitten, als die Rukhin noch eine namenlose, gesichtslose Legion waren. Als ich noch keinen von ihnen kannte, ihre Familien. Als ich Houlun und Borte noch nicht kannte. Oder wusste, dass Borte *verlobt* ist.«

Sartaq quittierte ihre Worte mit einem leisen Lachen. Borte hatte sich geweigert – rundheraus geweigert –, Nesryns Fragen über Yeran zu beantworten. Die Sache sei es nicht wert, um darüber auch nur ein Wort zu verlieren, hatte sie gesagt.

»Ich bin mir sicher, dass Borte mit Freuden in den Krieg ziehen würde, und sei es auch nur, um mit Yeran auf dem Schlachtfeld zu wetteifern.«

»Eine wahre Liebesheirat also.«

Sartaq lächelte an ihrem Ohr. »Ihr habt ja keine Ahnung.« Er seufzte. »Angefangen hat alles vor drei Jahren – dieser Wettstreit zwischen ihnen. Direkt nach dem Tod ihrer Mutter.«

Seine Pause war bedeutungsschwer genug, dass Nesryn fragte: »Habt Ihr ihre Mutter gut gekannt?«

Er brauchte einen Moment, um zu antworten. »Wie ich schon einmal erwähnt habe, hat man mich in andere Königreiche entsandt, um schwelende Unzufriedenheiten zu beseitigen. Das letzte Mal, als mein Vater mich ausgeschickt hat, habe ich eine kleine Einheit von Rukhin mitgenommen, darunter Bortes Mutter.«

Wieder diese bedeutungsschwere Stille. Nesryn legte langsam und behutsam eine Hand auf seinen Unterarm, der sie umfing. Die starken Muskeln unter dem Leder zuckten – und hielten dann still.

»Es ist eine lange Geschichte und eine grausame noch dazu, aber zwischen den Rukhin und der Gruppe, die unser Reich zu zerstören trachtete, brandete Gewalt auf. Bortes Mutter ... Einer von ihnen hat hinterrücks einen feigen Schuss abgegeben. Einen vergifteten Pfeil durch ihren Hals. Gerade als wir ihnen erlauben wollten, sich zu ergeben.« Der Wind heulte ringsum. »Danach habe ich keinen von ihnen davonkommen lassen.«

Die hohlen, kalten Worte sagten alles.

»Ich habe ihren Leichnam persönlich zurückgebracht«, fuhr Sartaq fort und der Wind trug seine Worte davon. »Ich kann noch immer hören, wie Borte schrie, als ich in Altun landete. Kann noch immer sehen, wie sie nach der Beerdigung allein auf den Hängen Arundins kniete und sich an den *Sulde* ihrer Mutter klammerte, der in den Boden gerammt worden war.«

Nesryn verstärkte ihren Griff um seinen Arm. Sartaq legte seine behandschuhte Hand auf ihre und drückte sie sanft, dann stieß er einen tiefen Seufzer aus.

»Sechs Monate später«, setzte er seinen Bericht fort, »trat Borte beim traditionellen Jahrestreffen an – jenen drei Tagen voller Wettbewerbe und Wettrennen zwischen allen Clans. Sie war siebzehn und Yeran zwanzig, und beim letzten großen Rennen lagen sie Kopf an Kopf. Als sie sich der Ziellinie näherten, zog Yeran ein Manöver durch, das man *vielleicht* als Mogelei betrachten könnte, aber Borte hatte es bereits kommen sehen – und ihn trotzdem geschlagen. Und nach der Landung hat sie ihn erst recht geschlagen, buchstäblich. Kaum war er von seinem Ruk gesprungen, *schleuderte* sie ihn zu Boden und drosch auf sein Gesicht ein, wegen seiner beschissenen Aktion, die Arcas beinahe das Leben gekostet hätte.« Er lachte vor sich hin. »Ich weiß zwar nicht genau, was sich später während der Feier zugetragen hat, aber ich habe beobachtet, wie er irgendwann das Gespräch mit ihr gesucht hat und wie sie einfach lachend weggegangen ist. Bis zum Aufbruch am nächsten Morgen war seine Laune ziemlich übel gewesen, und so weit ich weiß, haben sie einander daraufhin ein Jahr lang nicht gesehen. Bis zum nächsten Jahrestreffen.«

»Bei dem Borte erneut gewann«, vermutete Nesryn.

»In der Tat. Ganz knapp. Diesmal zog *sie* das fragwürdige Manöver durch und wurde dabei sogar verletzt, trug aber offiziell den Sieg davon. Ich glaube allerdings, dass Yeran insgeheim so schockiert darüber war, wie knapp sie dem Tod oder zumindest einem bleibenden Schaden entronnen war, dass er ihr den Sieg überlassen hat. Sie hat mir zwar nie erzählt, was genau sich während *dieser* Feier zugetragen hat, aber noch Tage danach war sie ziemlich erschüttert. Aufgrund ihrer Verletzungen, mutmaßten wir alle, wobei ihr solche Dinge davor nie etwas ausgemacht hatten.«

»Und in diesem Jahr?«

»In diesem Jahr erschien Yeran eine Woche vor dem Jahrestreffen in Altun. Aber er suchte weder Houlun auf noch mich, sondern steuerte direkt in die Halle zu Borte. Niemand weiß, was dann geschah, aber zwischen seiner Landung und seinem Aufbruch lagen keine dreißig Minuten. Eine Woche später gewann Borte das Wettrennen erneut. Und nachdem sie zur Siegerin gekrönt worden war, trat Yerans Vater vor und gab ihre Verlobung mit seinem Sohn bekannt.«

»Eine Überraschung?«

»Wenn man bedenkt, dass Borte und Yeran einander stets an die Gurgel gehen, sobald sie aufeinandertreffen, ja. Es war aber auch für Borte selbst eine Überraschung, denke ich. Sie hat es zwar heruntergespielt, aber später habe ich sie in der Halle streiten sehen. Ob sie davon überhaupt gewusst hat oder mit dieser Art von Bekanntgabe einverstanden war, will sie immer noch nicht sagen. Doch obwohl sie die Verlobung nicht gerade zu begrüßen scheint, hat sie sie auch nicht angefochten. Es ist noch kein Tag für die Hochzeit festgelegt worden. Aber diese Verbindung würde unsere ... angespannten Beziehungen zu den Berlad natürlich extrem verbessern.«

Nesryn lächelte schwach. »Dann hoffe ich, dass sie es hinkriegen.«

»Vielleicht wird auch das von diesem Krieg geregelt werden.«

Kadara kam den Wänden des Fjälls näher und näher, und das Licht wurde dünn und kalt, als sich Wolken vor die Sonne schoben. Sie überflogen die ersten hohen Bergkämme und nutzten den Aufwind, um noch höher hinaufzuschweben, sodass der ganze Dagul Fjäll vor ihnen sichtbar wurde.

»Heilige Götter«, flüsterte Nesryn.

Dunkelgraue Gipfel aus kahlem Gestein. Magere Kiefern, welche die Täler tief unter ihnen bedeckten. Keine Seen, keine Flüsse, nur ein paar mickrige Bäche.

Und das alles kaum erkennbar durch den Schleier der darübergesponnenen Spinnennetze.

Einige Netze waren dick und weiß und erstickten alles Leben der Bäume. Andere funkelten zwischen Gipfeln, als wollten sie den Wind einfangen.

Kein Leben. Kein Summen von Insekten, kein Ruf eines Tieres. Keine rauschenden Blätter oder flatternden Flügel.

Falkan reckte den Kopf aus Nesryns Tasche, während sie das tote Land unter sich betrachteten, und stieß ein Quieken aus. Nesryn hätte beinahe das Gleiche getan.

»Houlun hat nicht übertrieben«, murmelte Sartaq. »Sie sind stark geworden.«

»Wo landen wir überhaupt?«, fragte Nesryn. »Es ist kaum ein sicheres Fleckchen zu sehen. Und sie könnten die Jungen und die Eier überall hingebracht haben.«

Sie ließ ihren Blick über die Gipfel und Täler schweifen, auf der Suche nach irgendeiner huschenden Bewegung, einem Aufblitzen dieser glatten, schwarzen Leiber. Aber sie sah nichts.

»Wir werden das gesamte Gebiet einmal umfliegen«, beschloss Sartaq. »Um ein Gefühl für die Struktur dieser Gegend zu bekommen. Und vielleicht finden wir auch das eine oder andere in Bezug auf ihre Fressgewohnheiten heraus.«

Bei allen Göttern. »Haltet Kadara hoch in den Lüften. Tut so, als flögen wir planlos umher. Wenn wir den Eindruck machen, als jagten wir etwas, tauchen sie vielleicht in großer Zahl auf.«

Sartaq stieß einen scharfen Pfiff aus, woraufhin Kadara höher aufstieg, tatsächlich schneller, als sie es für gewöhnlich tat. Als wäre sie froh, sich etwas mehr von dem verschleierten Territorium unter ihr entfernen zu können.

»Und Ihr, mein Freund, bleibt weiter versteckt«, riet Nesryn Falkan. Ihre Hände zitterten, als sie sanft auf ihre Brusttasche klopfte. »Wenn sie uns von unten beobachten, haltet Ihr Euch am besten verborgen, bis sie am wenigsten damit rechnen.«

Falkan gab mit seinen winzigen Pfoten ein Zeichen, dass er verstanden hatte, und glitt zurück in ihre Tasche.

Für eine Weile drehten sie ein paar Runden und Kadara tauchte gelegentlich in die Tiefe, als würde sie einen Adler oder einen Falken verfolgen. Als wäre sie auf der Jagd nach einem Mittagessen.

»Diese Gipfelgruppe«, sagte Sartaq nach einer Weile und zeigte auf den höchsten Punkt des Fjälls. Wie in den Himmel ragende Hörner erhoben sich zwei Schwestergipfel, so nah beieinander, dass sie vielleicht einst ein einziger Berg gewesen waren. Zwischen ihren zackigen Spitzen schlängelte sich ein Pass voller Schiefergestein durch ein felsiges Labyrinth. »Kadara schaut immer wieder in diese Richtung.«

»Umkreist sie, aber haltet Abstand.«

Noch bevor Sartaq den Befehl geben konnte, gehorchte Kadara bereits.

»Irgendetwas bewegt sich auf dem Pass«, hauchte Nesryn und kniff die Augen zusammen.

Kadara flog näher an die Gipfel heran, näher, als klug war. »Kadara«, warnte Sartaq.

Aber der Ruk schlug hektisch mit den Flügeln. Und beschleunigte.

Gerade als das Ding auf dem Pass erkennbar wurde.

Es hastete über die Schieferplatten, hüpfte auf und ab und schlug mit seinen flaumigen Flügeln ...

Ein Ruk-Junges.

Sartaq fluchte. »Schneller, Kadara. *Schneller.*« Aber der Ruk brauchte keine zusätzliche Ermutigung.

Das Junge kreischte und ruderte vergeblich mit seinen zu kleinen Flügeln, um vom Boden abzuheben. Es war zwischen den Kiefern hervorgeschossen, die sich bis zum Rand des Passes erstreckten, und hielt jetzt auf die Mitte des felsigen Labyrinths zu.

Nesryn griff nach ihrem Bogen und spannte einen Pfeil ein, Sartaq hinter ihr tat das Gleiche. »*Kein Laut, Kadara*«, warnte Sartaq, gerade als sie den Schnabel öffnete. »Du machst sie sonst auf uns aufmerksam.«

Aber das Junge kreischte so panisch, dass seine Angst selbst aus der Ferne geradezu spürbar war.

Kadara erwischte eine Böe und *flog.*

»Komm schon«, flüsterte Nesryn und zielte mit ihrem Pfeil auf den Wald, auf die Schreckenswesen, denen das Junge entkommen war und die zweifellos hinter ihm herjagten.

Das Ruk-Baby näherte sich der breitesten Stelle des Eingangs zum Pass, doch vor der steinernen Wand vor ihm hielt es inne. Als wüsste es, dass dahinter mehr wartete.

Es saß in der Falle.

»Flieg hinein, einmal quer durch den Pass und dann wieder hinaus«, befahl Sartaq Kadara, die sich nach rechts in die Kurve legte, so steil, dass Nesryn sämtliche Bauchmuskeln anspannte, um im Sattel zu bleiben.

Kadara balancierte sich wieder aus und tauchte Meter für Meter tiefer auf das Junge zu, das sich jetzt verrenkte und in den Himmel schrie, als es den Ruk herbeieilen sah.

»Ganz ruhig«, befahl Sartaq. »Ganz ruhig, Kadara.«

Nesryn fixierte mit ihrem Pfeil das Felslabyrinth vor ihnen, während Sartaq sich umdrehte und den Wald hinter ihnen im Blick behielt. Kadara segelte immer näher an den schieferbedeckten Pass heran, zu dem gräulichen, flaumigen Jungen, das jetzt ganz still hielt und auf die rettenden Klauen wartete, die Kadara öffnete.

Zehn Meter. Sieben.

Nesryn strengte sich an, um den Bogen weiterhin gespannt zu halten.

Da warf Kadara ein Windstoß zur Seite. Die Welt ging in Schieflage und Licht schimmerte auf.

Gerade als Kadara wieder das Gleichgewicht fand, gerade als sie ihre Klauen weit öffnete, um das Junge zu packen, begriff Nesryn, was das Schimmern war. Was der veränderte Blickwinkel ihr verraten hatte.

»*Vorsicht!*«

Der Schrei explodierte aus ihrer Kehle, aber es war zu spät.

Kadaras Klauen schlossen sich um das Junge und pflückten es vom Boden und sie schoss nach oben zwischen die Gipfel des Passes.

Mitten hinein in das Mammutnetz.

42

Das Junge war eine Falle gewesen.

Das war Nesryns letzter Gedanke, bevor Kadara in das Netz krachte – das Netz, das zwischen den beiden Gipfeln gespannt war. Nicht, um den Wind zu fangen, sondern *Ruks.*

Sie spürte, dass Sartaq sich gegen sie warf, sie im Sattel fixierte und fest umklammerte, während Kadara schrie.

Reißen und Schimmern und Stein. Schiefer und grauer Himmel und goldene Federn. Heulender Wind. Der durchdringende Schrei des Jungen. Sartaqs Brüllen.

Eine heftige Drehung, ein Aufprall auf dem Gestein, so voller Wucht, dass er in ihren Zähnen nachhallte, in ihren Knochen. Fallen. Rollen. Kadaras im Netz verfangener Leib, gebeugt, um das Junge in ihren Klauen vor dem endgültigen Aufprall zu schützen, so wie Sartaq sich über Nesryn beugte.

Dann der *Knall.* Und das Abprallen – bei dem die Lederriemen des Sattels rissen. Immer noch daran festgeschnallt, immer noch aneinandergebunden, stürzten sie von Kadara. Nesryn wurde der Bogen aus der Hand geschlagen und ihre Finger griffen ins Leere ...

Sartaq drehte sie in der Luft, sein Körper eine einzige feste Mauer um sie herum, während Nesryn begriff, wo der Himmel war und wo der Boden des Passes ...

Er brüllte, als sie mit voller Wucht auf den Schiefer prallten, während er sie schützend über sich hielt.

Für einen Moment hörte sie nur das kratzende Rutschen sich verlagernder Schieferplatten und das klackernde Rieseln vom Gestein der Passwände. Für einen weiteren Moment konnte sie sich nicht daran erinnern, wo ihr Körper war, ihr Atem ...

Dann das schabende Geräusch eines Flügels über Schiefer.

Nesryn riss die Augen auf und bewegte sich, noch bevor sie wusste, was sie tat.

Ein Schnitt zog sich über ihr Handgelenk, voller Staub und kleiner Steine. Sie spürte ihn nicht, bemerkte kaum das Blut, als sie blind nach den Riemen des Sattels tastete, sie losmachte und ein Keuchen ausstieß, als es ihr gelang, den Kopf zu heben, als sie es wagte, sich umzusehen ...

Er war benommen. Blinzelte zum grauen Himmel empor. Aber er lebte. *Atmete*, während Blut an seiner Schläfe hinunterrann, an seiner Wange, aus seinem Mund ...

Sie schluchzte durch die Zähne, als sie endlich die Beine befreien und sich auf die Seite rollen konnte, um zu seinen Beinen zu gelangen, zu den verhedderten Lederfetzen zwischen ihnen.

Sartaq war halb unter dem Schiefer begraben. Seine Hände zerschnitten, aber seine Beine ...

»Nichts gebrochen«, schnarrte er. »Nichts gebrochen.« Er sprach mehr zu sich selbst als zu ihr. Es gelang Nesryn, mit ruhigen Fingern die Schnallen zu öffnen. Die dicke Ledermontur hatte ihm das Leben gerettet, hatte ihn davor bewahrt, dass seine Haut von seinen Knochen gerieben worden war. Er hatte tatsächlich die Wucht des Sturzes für sie abgefangen und sie so herumgeworfen, dass er zuerst aufgeprallt war ...

Sie krallte die Finger in den Schiefer über seinen Schultern und seinen Oberarmen und schnitt sich an den scharfen Steinen. Bei dem

Sturz hatte sich der Lederriemen am Ende ihres Zopfes gelöst, sodass ihr das Haar jetzt ums Gesicht fiel und halb ihren Blick auf den Wald hinter ihnen und die Felsen ringsum verdeckte. »Steht auf«, keuchte sie. »Steht auf.«

Er holte tief Luft und blinzelte wie wild. »*Steht auf*«, flehte sie ihn an.

Vor ihnen bewegte sich das Schiefergestein und ein leiser, gequälter Schrei hallte von den Felsen wider.

Sartaq fuhr hoch. »*Kadara* …«

Nesryn drehte sich auf den Knien und suchte die Umgebung nach ihrem Bogen ab, als sie den Ruk wahrnahm.

In zehn Metern Entfernung lag Kadara, von der fast unsichtbaren Seide umhüllt. Ein Geisternetz, das ihre Flügel fixierte, ihren Kopf zwischen die Schultern zog …

Sartaq rappelte sich taumelnd auf und rutschte auf dem losen Schiefer aus, als er sein Asterionmesser zog.

Nesryn schaffte es aufzustehen. Ihre Beine zitterten, alles drehte sich, während sie weiterhin den Pass nach ihrem Bogen absuchte …

Da. Kurz vor der Passwand. Unversehrt.

Sie sprang darauf zu, während Sartaq zu Kadara hinübereilte, und ergriff ihre Waffe in dem Moment, in dem er die ersten Schichten des Netzes durchschnitt.

»Du wirst schon wieder«, sagte er zu Kadara. Blut bedeckte seine Hände und seinen Hals. »Ich hole dich da raus …«

Nesryn schulterte ihren Bogen und tastete ihre Brusttasche ab. Falkan …

Ein kleines Bein drückte zur Antwort gegen ihre Hand. *Er lebte.*

Sie verschwendete keine Zeit, eilte zu dem Ruk, zog ihre eigene Fae-Klinge aus der Scheide und schnitt durch die dicken Stränge des Netzes. Die Fäden klebten an ihren Fingern, rissen ihre Haut auf, aber sie hackte und säbelte und arbeitete sich an Kadaras Flügel entlang, während Sartaq auf der anderen Seite das Gleiche tat.

Sie erreichten Kadaras Beine gleichzeitig.

Und entdeckten, dass ihre Klauen leer waren.

Nesryn riss den Kopf hoch und ließ ihren Blick über den Pass schweifen, zu den Schieferhaufen ...

Das Junge war weggeschleudert worden. Nicht einmal Kadaras Klauen hatten der Wucht des Aufpralls standhalten können. Das Ruk-Baby lag jetzt am Rand des Passes auf dem Boden und mühte sich, auf die Beine zu kommen. Ein leises, gequältes Zwitschern hallte von den Felsen wider.

»Hoch mit dir, Kadara«, befahl Sartaq mit brechender Stimme. »*Steh auf.*«

Ihre großen Flügel bewegten sich und Gestein klackte, als der Ruk zu gehorchen versuchte. Nesryn taumelte zu dem Jungen hinüber, das eindeutig an seinem flauschigen, grauen Kopf blutete, die großen, dunklen Augen flehentlich geweitet ...

Es ging so schnell, dass Nesryn gar keine Zeit hatte zu schreien.

Noch in der einen Sekunde öffnete das Junge den Schnabel, um nach Hilfe zu rufen.

In der nächsten flackerten seine Augen vor Entsetzen auf und es stieß einen gellenden Schrei aus, als ein langes, tiefschwarzes Bein hinter einer Felssäule hervorkam und durch seine Wirbelsäule krachte.

Knochen knirschten. Blut spritzte.

Nesryn blieb so abrupt stehen, dass sie ins Wanken geriet und rückwärts auf den Hintern fiel, als das Junge um den Stein gezerrt wurde. Es schlug wild mit den Flügeln und kreischte ...

Und verstummte.

Nesryn hatte schon viel Schreckliches erlebt, was ihr Übelkeit verursacht und ihr den Schlaf geraubt hatte, doch wie dieses Ruk-Baby verängstigt und flehend und voller Qualen weggezogen wurde und schließlich *verstummte* ...

Sie wirbelte herum, rappelte sich hoch und ihre Füße rutschten auf dem Schiefer aus, während sie hektisch auf Kadara zustolperte, auf Sartaq, der ebenso wie sie das Geschehen beobachtet hatte und jetzt Kadara zuschrie, dass sie wegfliegen solle ...

Doch der mächtige Ruk versuchte vergebens, sich zu erheben.

»FLIEG!«, brüllte Sartaq.

Langsam, ganz langsam rappelte der Ruk sich auf und sein zerkratzter Schnabel schleifte über die losen Steine.

Kadara würde es nicht schaffen. Würde nicht rechtzeitig in die Luft kommen. Denn direkt hinter dem Waldrand unter dem Netzschleier ... wanden sich Schatten. Und huschten näher.

Nesryn steckte ihr Schwert in die Scheide zurück und spannte stattdessen einen Pfeil in ihren Bogen ein. Zielte zitternd auf den Felsen, hinter den das Junge verschleppt worden war, dann auf die Bäume hundert Meter weiter.

»*Los, Kadara*«, flehte Sartaq. »*Steh auf!*«

Der Vogel war kaum in der Verfassung zu fliegen, geschweige denn, Reiter zu tragen ...

Steine klapperten und rollten hinter ihr über den Boden. Aus dem Felslabyrinth in den Pass hinein.

Eine Falle. Sie saßen in der Falle ...

Falkan bewegte sich in ihrer Tasche und versuchte, sich freizuzappeln. Nesryn drückte mit dem Unterarm dagegen. »Noch nicht«, flüsterte sie. »Noch nicht.«

Seine Kräfte waren nicht wie die von Lysandra. Er hatte in dieser Woche erfolglos versucht, die Gestalt eines Ruks anzunehmen. Aber der massige Wolf war das Größte, was er schaffen konnte. Alles, was darüber hinausging, entzog sich seiner Magie.

»*Kadara ...*«

Die erste der Spinnen brach aus dem Wald hervor. So schwarz und seidig glänzend wie jene im Wachturm gewesen war.

Nesryn schoss ihren Pfeil ab.

Die Spinne wich schreiend zurück – ein durchdringender Laut, der die Felsen erschütterte, als der Pfeil sich in ein Auge bohrte. Sofort hatte Nesryn den nächsten Pfeil eingespannt und ging rückwärts in Kadaras Richtung, gerade als diese anfing, mit den Flügeln zu schlagen …

Der Ruk taumelte.

»FLIEG!«, schrie Sartaq.

Ein Windstoß fuhr in Nesryns Haar und fegte Schieferbröckchen über den Boden. Die Erde hinter ihr grollte, aber Nesryn wagte es nicht, den Blick von der zweiten Spinne abzuwenden, die aus den Bäumen auftauchte. Sie schoss erneut einen Pfeil ab, dessen Summen vom Flügelschlag Kadaras übertönt wurde. Ein schwerer, gequälter Rhythmus, aber er hielt gleichmäßig an …

Nesryn schaute sich kurz um. Ganz kurz, um zu sehen, wie Kadara auf und ab hüpfte und flatterte und sich mit jedem Flügelschlag den schmalen Pass hinaufkämpfte. Blut und Schiefer tropften von ihrem Leib. In diesem Moment tauchte eine *Kharankui* aus den Felsschatten hoch oben auf dem Gipfel auf und duckte sich, als wollte sie auf den Rücken des Ruks springen …

Nesryn feuerte einen Pfeil ab, dicht gefolgt von einem zweiten. Sartaqs Pfeil.

Beide trafen ihr Ziel. Einer bohrte sich in ein Auge, der andere in den offenen Mund der Spinne.

Kreischend fiel sie in die Tiefe. Kadara wich ihr mit einem weiten Schlenker aus und verfehlte dabei nur knapp den zerklüfteten Felsen. Der Aufprall der Spinne dröhnte durch das Felslabyrinth.

Doch dann war Kadara in der Luft, am grauen Himmel, und schlug wie wahnsinnig mit den Flügeln.

Sartaq wirbelte zu Nesryn herum, gerade als sie in den Kiefernwald schaute.

Aus dem jetzt ein halbes Dutzend *Kharankui* zischend auftauchten.

Der Prinz blutete und rang nach Atem, aber er schaffte es, Nesryn am Arm zu packen und zu hauchen: »*Lauft.*«

Also liefen sie.

Weg von den Kiefern hinter ihnen.

Hinein in die Düsternis des gewundenen Passes vor ihnen.

43

Chaol bekam eine schwarze Stute, Farasha, deren Name denkbar unpassend war. Er bedeutete *Schmetterling*, erklärte Yrene ihm, als sie sich drei Tage später im Innenhof des Palastes versammelten.

Aber Farasha war alles andere als ein Schmetterling.

Sie zerrte an der Trense, stampfte mit den Hufen und warf immer wieder den Kopf hoch, um ihre Grenzen auszutesten, noch bevor die Truppe, die auf dem Weg in die Wüste war, sich überhaupt vollständig versammelt hatte. Am Vortag waren bereits einige Diener vorausgeritten, um das Lager vorzubereiten.

Er hatte gewusst, dass man ihm das wildeste Pferd geben würde, jetzt, da er ohne Gurtvorrichtung ritt. Keinen Hengst, aber ein Tier, das dem in Wildheit nichts nachstand. Und Farasha, darauf hätte er gewettet, war bereits als Furie geboren worden.

Aber er wollte verdammt sein, wenn er sich von diesen königlichen Hoheiten in die Knie zwingen ließ und um ein anderes Pferd bat. Eins, das seinen Rücken und seine Beine weniger strapazierte.

Yrene betrachtete stirnrunzelnd Farasha, dann ihn, während sie über die nachtschwarze Mähne ihrer Fuchsstute strich.

Beide Pferde waren wunderschön, auch wenn sich keines mit dem atemberaubenden Asterionhengst vergleichen ließ, den Dorian ihm im letzten Winter zum Geburtstag geschenkt hatte.

Eine andere Geburtstagsfeier. Eine andere Zeit. Ein anderes Leben.

Er fragte sich, was wohl aus diesem schönen Pferd geworden war, dem er nie einen Namen gegeben hatte. Als hätte er im tiefsten Innern gewusst, wie flüchtig diese wenigen glücklichen Wochen sein würden. Er fragte sich, ob der Hengst wohl noch in den königlichen Ställen war. Oder ob die Hexen ihn geraubt und ihren schrecklichen Reittieren gestattet hatten, sich mit ihm den Bauch vollzuschlagen.

Vielleicht war das der Grund, warum Farasha seine bloße Gegenwart hasste. Weil sie spürte, dass er diesen edlen Hengst im Norden vergessen hatte. Und ihn dafür bestrafen wollte.

Diese Rasse sei ein Ableger der Asterionpferde, hatte Hasar kichernd erklärt, als sie auf ihrem weißen Hengst vorbeigetrabt war und ihn zweimal umkreist hatte. Sie hatte auf den feinen, keilförmigen Kopf und den hohen Schweif hingewiesen, zwei Merkmale ihrer Fae-Vorfahren. Aber diese Pferde, die Muniqi, waren für das Wüstenklima dieses Landes gezüchtet worden. Für den Sand, den sie heute durchqueren sollten, und die Steppe, die einst die Heimat des Großkhans gewesen war. Die Prinzessin hatte sogar auf eine leichte Wölbung – *Jibbah* – zwischen den Augen des Pferdes gedeutet, welche die größere Stirnhöhle kennzeichnete, die es einem Muniqi erlaubte, in der trockenen, erbarmungslosen Wüste dieses Kontinentes zu gedeihen.

Und dann war da noch die Schnelligkeit. Nicht so schnell wie ein Asterion, gab Hasar zu. Aber nah dran.

Yrene hatte diese kleine *Lektion* der Prinzessin schweigend und mit betont neutraler Miene beobachtet, während sie die Gurte festzog, mit denen sie Chaols Gehstock hinter ihrem Sattel befestigt hatte, und an ihren Kleidern herumzupfte.

Chaol trug wie immer seine blaugrüne Jacke und braune Hosen, aber Yrene hatte auf ein Kleid verzichtet.

Zum Schutz vor der Sonne war sie in Weiß und Gold gehüllt, ihre lange Tunika fiel ihr bis zu den Knien und darunter kam eine weite, hauchdünne Hose zum Vorschein, die in hohen, braunen Stiefeln steckte. Ein Gürtel betonte ihre schmale Taille und ein glitzernder Patronengurt mit Gold-und Silberstickerei lag zwischen ihren Brüsten. Das Haar trug sie wie gewohnt halb aufgesteckt, doch diesmal waren Goldfäden hineingewoben.

Wunderschön. So lieblich wie ein Sonnenaufgang.

Die Gruppe umfasste insgesamt vielleicht dreißig Personen, darunter keine, die Yrene wirklich gut kannte, hatte Hasar sich doch nicht die Mühe gemacht, die eine oder andere Heilerin aus der Torre einzuladen. Ein paar Hunde flitzten im Innenhof auf und ab und schlängelten sich flink zwischen den Hufen der Dutzend Pferde hindurch, auf denen die Wachen saßen. Definitiv keine Muniqi, diese Pferde. Zwar immer noch prächtig für Wachleute – die einst seinen Männern zugeteilten Tiere hatten nicht annähernd *diese* Qualität gehabt –, aber sie besaßen nicht das *Bewusstsein* der Muniqi, die auf jedes gesprochene Wort zu lauschen schienen.

Hasar gab Shen, der stolz am Tor stand, ein Zeichen, woraufhin er in ein Horn blies ...

Und dann ritten sie los.

Obwohl ihr die Schiffsflotte unterstand, schien Hasar ein weitaus größeres Interesse an den Pferden des Volkes ihrer Familie zu haben – mehr als begierig darauf, ihren Fähigkeiten als Darghan-Reiterin freien Lauf zu lassen. Die Prinzessin fluchte und runzelte verärgert die Stirn, als es in den schmalen, steilen Straßen Anticas nur langsam voranging, auch wenn bereits lange im Voraus mitgeteilt worden war, dass die Strecke stadtauswärts frei zu machen sei.

Dazu die brutale Hitze. Chaol schwitzte, während er neben Yrene ritt und Farasha am kurzen Zügel hielt. Die Stute versuchte tatsächlich, nicht nur einen, sondern gleich zwei Straßenhändler zu beißen, die von den Gehsteigen aus zuschauten. Ein wahrer *Schmetterling*.

Aber er behielt nicht nur die Stute im Blick, sondern auch die Stadt, an der sie vorbeizogen. Und während sie auf die östlichen Tore und die dahinterliegenden wüstenartigen, mit Gestrüpp bedeckten Hügel zuhielten, machte Yrene ihn auf Orientierungspunkte und Sehenswürdigkeiten aufmerksam.

Die Aquädukte zwischen den Gebäuden speisten die Häuser und öffentlichen Springbrunnen ebenso mit Wasser wie die unzähligen Gärten und Parks überall in der Stadt. Mochte Antica vor drei Jahrhunderten auch von einem Eroberer eingenommen worden sein, so hatte dieser Eroberer die Stadt doch über alles geliebt. Hatte sie gut behandelt und genährt.

Schließlich passierten sie das östliche Tor und ritten dann eine lange, staubige Straße entlang, die durch das dünn besiedelte Gebiet hinter dem eigentlichen Stadtkern führte. Hasar hielt es nicht für nötig zu warten und trieb ihren Hengst zum Galopp an, sodass sie sich den Staub vor dem Gesicht wegwedeln mussten.

Kashin gab an, nicht den ganzen Weg bis zur Oase ihren Staub fressen zu wollen, bedachte Yrene mit einem kleinen Lächeln und pfiff seinem Pferd einen Befehl zu, um seiner Schwester zu folgen. Daraufhin brachen auch die meisten anderen Edelleute und Wesire - als hätten sie vorab Wetten abgeschlossen - zu verschiedenen halsbrecherischen Rennen durch die Dörfer auf, die lange im Voraus geräumt worden waren. Als wäre dieses Königreich ihr Spielplatz.

Geburtstagsfeier, von wegen. Wahrscheinlich hatte sich die Prinzessin gelangweilt und wollte vor ihrem Vater nicht allzu verantwortungslos dastehen. Allerdings überraschte es Chaol, dass Arghun sich ihnen angeschlossen hatte. Wenn schon die meisten seiner Geschwister fort waren, hätte er doch die Chance nutzen können, um irgendeine Intrige zu spinnen. Aber da war er und galoppierte dicht neben Kashin her, während die beiden Männer mit dem Horizont verschmolzen.

Ein paar Edelleute blieben bei Chaol und Yrene zurück und ließen die anderen einige Meilen Abstand gewinnen. Sie ritten durch das letzte der umliegenden Dörfer, und ihre Pferde waren schweißnass und keuchten, als sie eine große, steinige Anhöhe erkletterten. Die Dünen begannen gleich dahinter, hatte Yrene ihm erzählt. Sie würden die Pferde hier oben trinken lassen – um dann die letzte Etappe durch den Sand zurückzulegen.

Yrene lächelte ihn leicht an, während sie den Steilhang erklommen und einen Wildpfad durchs Gebüsch nahmen, durch den bereits die anderen Pferde hindurchgetrampelt waren. Achtlose Reiter waren einfach durch die Sträucher geprescht, sodass kleine Äste auf dem Boden verstreut lagen. Auf einigen Büschen waren sogar Blutspritzer zu sehen, bereits getrocknet von der brutalen Sonne.

Ein Reiter, der so rücksichtslos mit seinem Pferd umging, sollte eigentlich ausgepeitscht werden.

Einige andere der Gruppe hatten die Anhöhe bereits erreicht, ihre Pferde trinken lassen und waren weitergezogen. Chaol sah ihre Gestalten am Himmel verschwinden – als würden sie einfach über den Rand der Klippe ins Nichts marschieren.

Farasha stampfte und preschte hügelaufwärts, und er spannte seinen Rücken und seine Oberschenkel an, um sich auch ohne die Gurte im Sattel zu halten. Er wagte es nicht, sie auch nur im Entferntesten seine Beschwerden wittern zu lassen.

Yrene erreichte den Gipfel als Erste, ihre weißen Gewänder wie ein Leitstern vor dem wolkenlosen, blauen Himmel. Ihr Haar schimmerte wie dunkles Gold. Sie wartete auf der keuchenden Fuchsstute, deren Fell in dunkelsten Rottönen glänzte, bis er Farasha noch das letzte Stück der Anhöhe hinaufgedrängt hatte, dann saß sie ab.

Und dann ... Es raubte ihm den Atem.

Die Wüste.

Ein kahles, säuselndes Meer aus goldenem Sand. Hügel und Wellen und Schluchten, die bis ins Unendliche wogten, leer und doch voller Bewegung. Kein einziger Baum, kein Busch, kein Glitzern von Wasser.

Die unversöhnliche Hand einer Gottheit hatte diesen Ort geformt, einer Gottheit, die noch immer ihren Atem darüber hinwegblies und die Dünen Sandkorn um Sandkorn weiterschob.

Chaol hatte so etwas noch nie gesehen. Ein solches Wunder. Eine gänzlich neue Welt.

Vielleicht war es ein unerwarteter Segen, dass sie hier draußen nach diesen Informationen suchen mussten.

Chaol riss seinen Blick von der Wüste los und sah zu Yrene, die ihm forschend ins Gesicht schaute. Seine Reaktion beobachtete.

»Die Schönheit der Wüste gefällt nicht jedem«, sagte sie. »Aber für mich ist es irgendwie so, als sänge sie ein Lied.«

Dieses Meer, auf dem niemals Schiffe segeln würden – manch einer würde es betrachten und nur den sengenden Tod sehen. Er sah nur Stille – und Sauberkeit. Und langsam kriechendes Leben. Ungezähmte, wilde Schönheit.

»Ich weiß, was du meinst«, sagte er, bevor er vorsichtig von Farasha absaß. Yrene beobachtete ihn dabei, reichte ihm jedoch nur den Gehstock und ließ ihn selbst herausfinden, wie er am besten das Bein über den Sattel schwang. Sein Rücken beschwerte sich und Chaol kam ins Wanken, aber dann glitt er auf den sandigen Felsboden. Der Gehstock war sofort in seiner Hand, obwohl Yrene selbst keine Anstalten machte, ihm Halt zu geben, als er endlich den Sattel losließ und nach Farashas Zügeln griff.

Das Pferd spannte die Muskeln an, als würde es gleich auf ihn losgehen, aber er starrte es drohend nieder und bohrte dabei seinen Gehstock so fest in den Stein unter sich, dass er knarzte.

Farashas dunkle Augen glühten, als wäre sie in Hellas' brennendem Reich geschmiedet worden, aber Chaol stand hoch aufgerichtet da – so aufrecht er konnte – und wich ihrem Blick keine Sekunde lang aus.

Schließlich schnaubte die Stute und gestattete ihm herablassend, sie zu dem sandverkrusteten, vom Alter halb verfallenen Trog zu ziehen. Vielleicht existierte der Trog schon ebenso lange wie die Wüste, hatte die Pferde von Hunderten von Eroberern getränkt.

Farasha schien zu begreifen, dass sie gleich diesen Ozean aus Sand betreten würden, und trank in tiefen Zügen. Yrene führte auch ihr Pferd hinüber, hielt den Fuchs jedoch in gesundem Abstand zu Farasha. Dann fragte sie: »Wie fühlst du dich?«

»Stabil«, antwortete er, und genauso war es auch. »Wenn wir unser Ziel endlich erreicht haben, wird mir zwar jeder Knochen im Leib wehtun, aber die Anstrengung ist nicht allzu schlimm.« Ohne den Stock wagte er kaum mehr als ein paar Schritte. Schaffte kaum mehr.

Sie legte ihm eine Hand ins Kreuz und dann auf die Schenkel. Untersuchte ihn mit ihrer Magie. Trotz der Kleider und der Hitze machte ihm der Druck ihrer Hände jeden Zentimeter ihrer Gegenwart bewusst.

Aber weitere Reiter versammelten sich um den uralten, riesigen Wassertrog und so entzog er sich Yrenes Berührung und führte Farasha so weit weg, dass die anderen Pferde vor ihr sicher waren. Auf die Stute wieder aufzusitzen allerdings ...

»Lass dir Zeit«, murmelte Yrene, blieb aber dicht hinter ihm.

Im Palast hatte er einen Aufsitzblock gehabt. Hier jedoch, wenn er nicht auf den unsicheren Rand des Troges klettern wollte ... Noch nie war ihm die Entfernung zwischen seinem Fuß und dem Steigbügel größer erschienen. Auf einem Fuß zu balancieren und sich vom Boden abzustoßen, während er den anderen anhob und ... Chaol ging die Schritte im Geiste durch, *spürte* die Bewegungen, die er schon tausendmal gemacht hatte. Er war noch keine sechs Jahre alt gewesen, als er reiten gelernt hatte – fast sein ganzes Leben lang hatte er auf einem Pferd gesessen.

Allerdings nicht auf einem Teufel von Pferd wie diesem.

Farasha jedoch hielt still und starrte zu dem wogenden Meer aus Sand, zu dem Trampelpfad den Hügel hinunter. Trotz des wirbelnden Windes, der den Sand in immer neue Formen und Täler peitschte, waren die Spuren der anderen deutlich zu sehen. Er konnte sogar einige der Reiter erspähen, die einzelne Hügelkuppen erreichten und dann auf der anderen Seite schier hinunterflogen, kaum mehr als schwarze und weiße Punkte.

Aber er stand noch hier. Und starrte auf die Steigbügel und den Sattel.

Beiläufig bot Yrene an: »Ich könnte irgendeinen Klotz oder Eimer suchen gehen ...«

Chaol bewegte sich. Vielleicht nicht so anmutig, wie es ihm lieb gewesen wäre, vielleicht angestrengter, als es seine Absicht gewesen war, aber er schaffte es, und der Gehstock ächzte, als er sich damit hochstemmte. Klappernd fiel er auf den Fels, als Chaol ihn losließ, um sich am Sattelknauf festzuhalten, gerade als sein Fuß – mit knapper Not – in den Steigbügel glitt. Farasha verlagerte ihr Gewicht und er hievte sich höher und schwang das Bein hinüber und – war im Sattel. Sein Rücken und seine Oberschenkel brüllten, aber er war oben.

Yrene schlenderte zu dem Gehstock am Boden, hob ihn auf und klopfte ihn ab. »Nicht schlecht, Lord Westfall.« Sie befestigte den Stock wieder hinter ihrem Sattel und saß dann auf ihre Stute auf. »Gar nicht schlecht.«

Er verkniff sich ein Lächeln, das Gesicht immer noch erhitzt, und trieb Farasha den sandigen Hügel hinab.

Langsam folgten sie den Spuren, die die anderen hinterlassen hatten, während der Sand die Hitze der Sonne abstrahlte.

Hoch und wieder runter, die einzigen Geräusche waren der gedämpfte Hufschlag der Pferde und das Seufzen des Sandes. Die Gruppe schlängelte sich in einer langen, gewundenen Linie durch die

Wüste. Überall waren Wachposten mit hohen Fahnenstangen in der Hand aufgestellt worden – die Flagge des Großkhans mit einem dunklen, galoppierenden Pferd als Insignie. Wegweiser zur Oase. Er hatte Mitleid mit diesen Männern, die wegen einer Laune der Prinzessin hier in der Hitze stehen mussten, sagte jedoch nichts.

Nach geraumer Zeit wurden die Dünen flacher und der Horizont verwandelte sich in eine sandige Ebene. Und dort hinten, wogend in der Hitze ...

»Dort schlagen wir unser Lager auf«, sagte Yrene und deutete auf das dichte Grün in der Ferne. Keine Spur der uralten vergrabenen Stadt der Toten, über der, wie Hasar behauptet hatte, die Oase erwachsen sei. Allerdings konnten sie nicht damit rechnen, aus diesem entfernten Blickwinkel überhaupt etwas zu erkennen.

Bis dorthin brauchten sie wahrscheinlich noch gute dreißig Minuten. Jedenfalls in ihrem Tempo.

Obwohl sie schweißgebadet war, lächelte Yrene. Vielleicht tat es auch ihr gut, einfach mal rauszukommen. Frei durchzuatmen.

Sie bemerkte seinen Blick und drehte sich um. Die Sonne hatte ihre Sommersprossen hervortreten lassen und ihren Teint in ein leuchtendes Braun verwandelt. Einzelne Haarsträhnen lockten sich um ihr lächelndes Gesicht.

Farasha riss an den Zügeln, bebend vor Ungeduld.

»Ich besitze ein Asterionpferd«, begann er, und sie verzog beeindruckt den Mund. Chaol zuckte die Achseln. »Ich würde gern ausprobieren, wie sich ein Muniqi im Vergleich dazu reitet.«

Sie zog die Brauen zusammen. »Du meinst ...« Sie betrachtete das flache, glatte Stück Land zwischen ihnen und der Oase. Perfekt für einen schnellen Ritt. »Oh, ich kann nicht ... im Galopp?«

Er wartete auf einen Hinweis auf seinen Rücken, seine Beine. Aber nichts dergleichen kam.

»Hast du Angst?«, fragte er und sah sie forschend an.

»Vor dem da? *Ja.*« Sie verzog das Gesicht mit Blick auf ihr Pferd, das rastlos unter ihr tänzelte.

»Deine Stute ist so lieb wie eine Milchkuh«, sagte Chaol und beugte sich vor, um seinem »Schmetterling« den Hals zu tätscheln.

Prompt versuchte Farasha, ihn zu beißen. Mit einem strengen Ruck an den Zügeln wies er sie in die Schranken.

»Wie wäre es mit einem Wettrennen?«, schlug er vor.

Yrenes Augen funkelten. Zu seiner Überraschung flüsterte sie: »Und was ist der Preis?«

Er konnte sich nicht mehr daran erinnern. Wann er sich zuletzt seines Körpers so bewusst gewesen war. Jedes Atemzugs und jedes Blutstropfens, die in ihm summten und siedeten.

»Ein Kuss. Wann und wo ich will.«

»Was meinst du mit *wo*?«

Chaol grinste nur. Und ließ Farasha freien Lauf.

Yrene fluchte, deftiger, als er es je von ihr gehört hatte, aber er wagte es nicht, sich umzuschauen – jetzt, da Farasha sich in einen schwarzen Sturm auf dem Sand verwandelte.

Er hatte noch nie Gelegenheit gehabt, den Asterion voll auszureiten. Aber wenn er schneller war als *das hier* ...

Farasha schoss als dunkler Blitz durch die goldene Wüste. Und er konnte nichts weiter tun, als sich, so gut es ging, im Sattel zu halten und die Zähne zusammenzubeißen, als seine Muskeln rebellierten.

Die sofort in Vergessenheit gerieten, als ein Wirbel aus rötlichem Braun und Schwarz in seinem Augenwinkel auftauchte – und die weiße Reiterin, die darauf saß.

Mit jedem donnernden Hufschlag ihrer Stute wogte Yrenes Haar in einem goldbraunen Gewirr von Locken auf und ab. Weiße Kleider flatterten im Wind, Gold und Silber funkelten wie Sterne und ihr Gesicht ...

Chaol verschlug es den Atem, als er die wilde Freude darauf sah, die unbändige Euphorie.

Als Farasha bemerkte, dass sich die Stute von hinten näherte, Hufschlag um Hufschlag aufholte, preschte sie voran. Um sie im Staub hinter sich zu lassen.

Aber er bremste sie mit den Zügeln und mit den Füßen und staunte, dass er dazu überhaupt in der Lage war. Staunte über die Frau, die jetzt näher kam, jetzt an seiner Seite ritt und ihn anstrahlte, als gäbe es nur ihn allein in diesem unfruchtbaren, brennenden Meer ... Er hatte das ihr zu verdanken. Sie hatte ihm das hier geschenkt.

Yrene lächelte, und dann lachte sie aus vollem Halse.

Es war der schönste Laut, den Chaol je gehört hatte.

Und dieser Augenblick, in dem sie gemeinsam über den Sand, durch den Wüstenwind flogen, ihr Haar ein goldenes Banner hinter ihr ...

Vielleicht zum ersten Mal überhaupt fühlte Chaol sich wirklich wach, wirklich lebendig.

Und eine tiefe Dankbarkeit erfüllte ihn.

44

Yrene war durchgeschwitzt, aber in der Hitze der Wüste trocknete der Schweiß so schnell, dass sie ihn nur in seiner Essenz auf ihrer Haut spürte.

Zum Glück war die Oase schattig und kühl mit einer großen, flachen Wasserstelle in der Mitte. Die Pferde wurden zum Trinken und Abreiben in den tiefsten Schatten geführt, und dann suchten sich Diener wie Gardisten verborgene Fleckchen, um sich selbst zu waschen und zu erfrischen.

Immer noch keine Spur von irgendeiner Art von Höhle, die Nousha erwähnt hatte, oder von der Stadt der Toten, die laut Hasar im Dschungel jenseits der Oase lauerte. Andererseits erstreckte sich die Oase weit und die große Wasserstelle ... Die königliche Familie nahm bereits ein Bad im kühlen Nass.

Renia trug, wie Yrene bemerkte, nichts weiter als ein dünnes Seidenhemd – das ihre beträchtlichen Reize mehr betonte als verbarg, als sie jetzt aus dem Wasser auftauchte und über irgendetwas, das Hasar sagte, lachte.

»Nun denn«, murmelte Chaol neben Yrene und hüstelte.

»Du weißt ja, wie man hier feiert«, entgegnete sie leise und ging zu den Zelten, die zwischen den turmhohen Palmen und Sträuchern standen. Weiß und Gold, ein jedes mit dem Banner eines Prinzen oder einer Prinzessin gekennzeichnet. Da Sartaq und Duva nicht dabei waren, hatte man ihre Zelte – die zum Glück nicht allzu weit voneinander entfernt lagen – Chaol und Yrene zugeteilt.

Yrene warf einen Blick durch die offenen Laschen des Zelts, das genauso viel Platz bot wie das Häuschen, das sie sich mit ihrer Mutter geteilt hatte, und wandte sich dann zu Chaol um, der ihr den Rücken zukehrte. Sein Humpeln war trotz des Stocks viel ausgeprägter als noch am Morgen. Und sie hatte beobachtet, wie steif er von diesem teuflischen Pferd abgestiegen war.

»Ich weiß, du willst dich bestimmt waschen«, begann Yrene. »Aber ich muss einen Blick auf dich werfen. Auf deinen Rücken und deine Beine, meine ich. Nach diesem langen Ritt.«

Vielleicht hätte sie auf das Wettrennen mit ihm verzichten sollen. Sie erinnerte sich ohnehin kaum, wer die Grenze zur Oase als Erster erreicht hatte, zu beschäftigt mit ihrem Lachen und diesem wunderbaren körperlosen Gefühl und dem Gedanken, dass sie sich *so* wahrscheinlich nie wieder fühlen würde. Zu beschäftigt mit seinem Gesicht, das so gestrahlt hatte.

Chaol hielt am Eingang zu seinem Zelt inne und sein Stock wankte, als stützte er viel mehr Gewicht darauf, als er sich anmerken lassen wollte. Aber erst beim Anblick der Erleichterung in seinen Zügen machte sie sich Sorgen – zumindest ein kleines bisschen. »Dein Zelt oder meins?«, fragte er.

»Meins«, entschied sie in dem Bewusstsein, dass die Diener und Adeligen wahrscheinlich keine Ahnung davon hatten, dass *sie* überhaupt der Grund für diesen Ausflug war, aber mit Freuden über ihr Kommen und Gehen Bericht erstatten würden. Er nickte und sie beobachtete jede Bewegung seiner Beine, wie er seinen Oberkörper verlagerte, wie er sich auf diesen Stock stützte.

Als Chaol sich an ihr vorbei ins Zelt schob, flüsterte er ihr ins Ohr: »Übrigens, ich habe gewonnen.«

Yrene blickte zur tief stehenden Sonne und spürte, wie zur Antwort, ein Kribbeln in ihrem Körper.

Ihm tat alles weh, aber immerhin konnte er noch gehen, nachdem Yrene ihre gründliche Untersuchung beendet hatte. Nach ihren lindernden Dehnübungen für seine Beine und seinen Rücken. Und ihrer Massage.

Chaol hatte eindeutig das Gefühl, dass sie mit ihm spielte, auch wenn ihre Hände keusch blieben. Desinteressiert.

Sie hatte sogar die Nerven, einen Diener herbeizurufen und um einen Krug Wasser zu bitten.

Das Zelt war wahrhaftig der Prinzessin würdig, die es für gewöhnlich bewohnte. In der Mitte befand sich ein Podest mit einem großen Bett darauf, auf dem Boden lagen edle Teppiche. Es gab verschiedene Sitzbereiche, einen mit einem Vorhang abgeteilten Waschraum samt Abort und *überall* glänzte Gold.

Vielleicht hatten die Diener das Zelt am Vortag noch geschmückt, oder aber die Bewohner dieses Landes fürchteten den Zorn des Großkhanats so sehr, dass sie es nicht wagten, irgendetwas zu stehlen. Oder sie waren so gut versorgt, dass sie es gar nicht nötig hatten.

Inzwischen planschten auch alle anderen in der Wasserstelle der Oase, als Chaol seine getrockneten Kleider wieder anzog und sie aus dem Zelt traten, um auf ihre geheime Erkundung zu gehen.

Während Yrenes Untersuchung hatten sie sich flüsternd besprochen – keiner von ihnen hatte bei ihrer Ankunft etwas Interessantes bemerkt. Weder einen Hinweis auf eine Höhle noch auf Ruinen. Alles wirkte behaglich, entspannt, während die Königsfamilie und ihre Freunde ausgelassen badeten. Eine Freizügigkeit, die es in Adarlan nie gegeben hatte, sehr zu seinem Nachteil. Zwar war Chaol nicht so naiv zu glauben, dass in dem kühlen Nass keine Ränke oder Intrigen gesponnen wurden, aber dass adarlanische Adelige einfach zum

Baden gingen und sich blendend amüsierten, davon hatte er noch nie gehört.

Obwohl er sich durchaus fragte, was zum Teufel Hasar sich eigentlich dabei dachte, ein solches Fest ausgerechnet für Yrene zu veranstalten – dazu angestiftet oder nicht –, musste sich die Prinzessin doch vollauf darüber im Klaren sein, dass Yrene die meisten der geladenen Gäste kaum kannte.

Am Rande der Lichtung zögerte Yrene und sah ihn unter gesenkten Wimpern an – ein Blick, den man als schüchtern interpretieren konnte. Eine Frau, die vielleicht davor zurückschreckte, sich bis auf die leichten Kleider, die man hier im Wasser trug, auszuziehen. Auch wenn sie als Heilerin natürlich daran gewöhnt war, noch viel mehr nackte Haut zu sehen. »Ich stelle fest, dass mir nicht nach Baden zumute ist«, murmelte Yrene über das Gelächter und Plantschen hinweg. »Möchtet Ihr spazieren gehen?«

Freundliche, höfliche Worte, während sie den Kopf in Richtung des wilden Dschungels neigte, der sich zu ihrer Linken über einige Hektar Land erstreckte. Sie sah sich zwar nicht als Höfling, aber sie konnte auf jeden Fall genauso gut lügen. Eine nützliche Fähigkeit für eine Heilerin, wie er annahm.

»Es wäre mir ein Vergnügen.« Chaol bot ihr den Arm.

Yrene zögerte erneut, der Inbegriff von Anstand und Sittsamkeit, und spähte über ihre Schulter zu den Badenden hinüber. Die Königsfamilie beobachtete sie. Kashin eingeschlossen.

Er würde es Yrene überlassen, wann und wie sie dem Prinzen – *wieder einmal* – klarmachte, dass sie kein Interesse hatte. Und doch konnte er den Anflug von Schuldgefühlen nicht unterdrücken, als sie ihn unterhakte und sie zusammen den düsteren Dschungel betraten.

Kashin war ein guter Kerl. Chaol glaubte nicht, dass das Signal seiner Bereitschaft, in den Krieg zu ziehen, gelogen gewesen war. Aber das Risiko, den Prinzen gegen sich aufzubringen, indem er offen zur

Schau stellte, dass er und Yrene ... Chaol warf ihr einen Seitenblick zu und bohrte seinen Stock in die weiche Erde zwischen die Wurzeln. Sie schenkte ihm ein schwaches Lächeln, die Wangen immer noch gerötet von der Sonne.

Zur Hölle mit der Sorge, Kashin gegen sich aufzubringen.

Das Gurgeln der Oasenquelle vermischte sich mit dem Seufzen der Palmen über ihnen, als sie sich ihren Weg durch die Pflanzen bahnten – ohne eine bestimmte Richtung im Sinn zu haben. »In Anielle«, begann er, »gibt es Dutzende heißer Quellen in der Nähe des Silver Lake. Als Junge habe ich oft darin gebadet, nach einem langen Trainingstag.«

Als spürte sie, dass er gerade begann, etwas sehr Persönliches zu erzählen, fragte sie vorsichtig: »War es dieses Training, das dich dazu veranlasst hat, der Garde beizutreten?«

Seine Stimme war belegt, als er schließlich antwortete: »Zum Teil. Ich war einfach ... gut darin. Im Kämpfen und Fechten und Bogenschießen, in allem. Ich habe die Ausbildung erhalten, die dem Erben des Lords eines Bergvolkes angemessen war, eines Volkes, das sich schon seit Langem gegen die Wilden aus den Fangs verteidigen musste. Aber meine eigentliche Ausbildung begann, als ich in Rifthold ankam und mich der königlichen Garde anschloss.«

Sie verlangsamte ihr Tempo, als er um eine Stolperfalle aus Wurzeln herummanövrierte, damit er sich auf seine Füße und den Gehstock konzentrieren konnte.

»Ich nehme an, in Sachen Sturheit und Dickköpfigkeit warst du prädestiniert für den Bestrafungsteil des Unterrichts.«

Chaol grinste und stupste sie mit dem Ellbogen an. »Allerdings. Ich war der Erste auf dem Übungsplatz und der Letzte, der ihn verließ. Aber ich habe auch an jedem einzelnen Tag Prügel bezogen.« Seine Brust schnürte sich zusammen, als er sich an ihre Gesichter erinnerte, jene Männer, die ihn ausgebildet hatten, ihn immer wieder angetrieben hatten, bis er humpelte und blutete, und die dann dafür gesorgt hatten, dass er am Abend in der Kaserne wieder zusammengeflickt wurde. Meist in Kombination mit einem herzhaften Mahl und einem Klaps auf den Rücken.

Und zu Ehren dieser Männer, seiner Brüder, sagte er jetzt heiser: »Sie waren nicht alle schlecht, Yrene. Diejenigen, mit denen ich ... aufwuchs, die ich befehligt habe ... waren gute Männer.«

Er sah Ress' Gesicht vor sich, das Erröten in Aelins Nähe, das der junge Wachmann nie hatte verbergen können. Seine Augen brannten.

Yrene blieb stehen. Und sein Rücken und seine Beine waren mehr als dankbar für die Ruhepause, als Yrene ihm den Arm entzog – und seine Wange berührte. »Wenn sie mitverantwortlich dafür sind, dass du ... *du* bist«, sagte sie und streckte sich, um mit ihren Lippen über seine zu streichen, »dann glaube ich, dass es gute Männer sind.«

»Waren«, flüsterte er.

Und da war es. Dieses eine Wort, verschluckt von diesem Dschungel, das er kaum ertragen konnte. *Waren.*

Er konnte immer noch zurück – weg von diesem unsichtbaren Abgrund, der sich jetzt vor ihnen auftat. Yrene blieb dicht vor ihm stehen, eine Hand auf seinem Herzen, während sie einfach abwartete, ob er sprechen wollte oder nicht.

Und vielleicht lag es an dieser Hand, dass er flüsterte: »Sie wurden im Frühling wochenlang gefoltert. Dann abgeschlachtet und an die Tore des Palastes gehängt.«

Trauer und Entsetzen glommen in ihren Augen auf. Es war fast unerträglich, aber irgendwie gelang es ihm fortzufahren: »Keiner von ihnen gab nach. Als der König und – andere ...« Er konnte sich nicht dazu durchringen, den Satz zu beenden. Noch nicht. Vielleicht würde er es auch niemals ertragen, sich diesem Verdacht und dem, was wahrscheinlich die Wahrheit war, zu stellen. »Als sie die Wachen nach mir ausfragten. Kein Einziger von ihnen ist eingeknickt.«

Ihm fehlten die Worte – für diesen Mut, diese Selbstaufopferung.

Yrene schluckte schwer und sie hielt eine Hand an seine Wange.

Schließlich hauchte Chaol: »Es war meine Schuld. Der König – wollte mich bestrafen. Dafür, dass ich weg bin, dass ich den Rebellen in Rifthold geholfen hatte. Er ... Es war alles meinetwegen.«

»Du darfst dir nicht die Schuld geben.« Einfache, ehrliche Worte.

Und ganz und gar falsch.

Sie brachten ihn wieder zu sich, wirksamer als ein Eimer kaltes Wasser über den Kopf.

Chaol entwand sich ihrer Berührung.

Er hätte es ihr nicht erzählen sollen, hätte es gar nicht erst zur Sprache bringen sollen. Bei allen Göttern, noch dazu an ihrem Geburtstag. Während sie sich eigentlich darauf konzentrieren wollten, irgendwelche Informationen zu finden, die ihnen vielleicht helfen konnten.

Er hatte sein Schwert und seinen Dolch mitgenommen, und als er nun zwischen Palmen und Farnen weiterhumpelte und es Yrene überließ, ihm zu folgen, stellte er sicher, dass sie beide immer noch an seine Taille gegürtet waren. Er berührte seine Waffen, erst die eine, dann die andere und wieder von vorn, weil er *irgendetwas* mit seinen zitternden Händen tun musste, um sein aufgewühltes Inneres zu verbergen.

Er packte die Worte und die Erinnerungen wieder in sich hinein. Tiefer als zuvor. Und versiegelte sie.

Yrene ging schweigend hinter ihm her, während sie tiefer und tiefer in den Dschungel eindrangen. Obwohl sich die Oase weiter erstreckte als mehrere Dörfer zusammen, war kaum etwas von dem Grün gezähmt worden – jedenfalls gab es hier keinen Pfad oder auch nur den geringsten Hinweis auf eine Stadt der Toten unter ihnen.

Bis zwischen den Wurzeln und Sträuchern plötzlich umgestürzte, blasse Säulen auftauchten. Ein gutes Zeichen, vermutete er. Wenn es eine Höhle gab – möglicherweise eine uralte Behausung –, lag sie vielleicht ganz in der Nähe.

Doch angesichts der Architektur, über die sie kletterten, um die sie herumgingen und die ihn zwang, seine Schritte mit Bedacht zu wählen ... »Das hier waren keine Höhlenbewohner, die ihre Toten in irgendwelchen Löchern begraben haben«, bemerkte er, während er mit seinem Stock über den uralten Stein kratzte.

»Hasar hat gesagt, es sei eine *Stadt* der Toten gewesen.« Yrene betrachtete stirnrunzelnd die verzierten Säulen und gemeißelten Steinplatten, die jetzt grün überwuchert waren. »Eine riesige Nekropole, direkt unter unseren Füßen.«

Er betrachtete den Dschungelboden. »Aber ich dachte, das Volk des Großkhans lässt seine Toten unter freiem Himmel im Herzen ihrer Heimat ruhen.«

»So ist es auch.« Yrene strich über eine Säule, in die Tiere und seltsame Kreaturen eingeritzt waren. »Aber ... dieser Ort ist älter als das Großkhanat. Auch älter als die Torre und Antica. Er geht auf diejenigen zurück, die vorher hier waren, wer auch immer das gewesen sein mag.« Bröckelnde Stufen führten zu einer Plattform, auf der Bäume standen, die durch den Stein hindurchgewachsen waren und dabei gemeißelte Säulen zu Fall gebracht hatten. »Hasar hat behauptet, die Tunnel seien allesamt schlau angelegte Fallen. Um Plünderer draußen zu halten – und die Toten im Innern zu halten.«

Trotz der Hitze stellten sich ihm die Härchen auf den Armen auf. »Und das erzählst du mir erst jetzt?«

»Ich bin davon ausgegangen, dass Nousha etwas anderes gemeint hatte – eine richtige *Höhle* – und dass sie es erwähnt hätte, wenn eine Verbindung zu diesen Ruinen bestünde.« Yrene kletterte auf die Plattform und er folgte ihr, trotz des Protests seiner Beine. »Aber ich sehe hier keinerlei Felsformation – keine, die groß genug für eine Höhle wäre.« Laut Hasar das ausgedehnte Tor in die Nekropole darunter.

Sie betrachteten die Ruinen, die riesigen Säulen, die jetzt zerbrochen oder mit Wurzeln und Ranken bedeckt waren. Und über allem lastete die Stille ebenso wie die dumpfe Hitze. Als würde sich kein Singvogel und kein summendes Insekt aus der Oase hierherwagen.

»Beunruhigend«, murmelte sie.

Zwanzig Wachen waren in Rufweite und doch ertappte Chaol sich dabei, dass seine freie Hand nach seinem Schwert tastete. Wenn eine Stadt der Toten unter ihren Füßen schlummerte, hatte Hasar vielleicht recht. Vielleicht sollte man sie schlafen lassen.

Yrene studierte eingehend die Säulen und die Steingravuren, während sie sich langsam im Kreis drehte. Keine Höhlen – keine einzige. »Aber Nousha war der Ort und seine Lage bekannt«, überlegte sie laut. »Er muss wichtig gewesen sein. Für die Torre.«

»Seine Wichtigkeit scheint aber mit der Zeit in Vergessenheit geraten oder verzerrt worden zu sein. Sodass jetzt nur noch der Name des Ortes und eine unbestimmte Ahnung seiner Bedeutung übrig sind.«

»Heiler, weißt du, haben sich schon immer zu diesem Reich hingezogen gefühlt«, bemerkte Yrene geistesabwesend und strich über einen Pfeiler. »Dieses Land hat sie einfach ... mit dieser Magie gesegnet. Mehr als mit jeder anderen. Wie eine Art Brutstätte für das Heilen.«

»Wie kommt das?«

Sie zeichnete eine Steingravur auf einer Säule nach, die so lang war, dass sie die meisten Schiffe überragt hätte. »Warum kann etwas gedeihen? Pflanzen wachsen am besten unter den Bedingungen, die für sie am günstigsten sind.«

»Und der südliche Kontinent ist der Ort, an dem Heiler am besten gedeihen können?«

Irgendetwas hatte ihr Interesse geweckt, daher nuschelte sie ihre Worte nur, als sie erwiderte: »Vielleicht war es ein Zufluchtsort.«

Er trat näher heran und zuckte zusammen, als ein scharfer Schmerz an seiner Wirbelsäule entlangschoss. Aber der Schmerz war vergessen, als er die Gravur unter ihrer Hand betrachtete.

Die breite Säule zeigte zwei gegnerische Mächte. Auf der einen Seite: hochgewachsene, breitschultrige Krieger, bewaffnet mit Schwertern und Schilden, mit wogenden Flammen und aufbrandendem Wasser, dazu alle möglichen Tiere in der Luft oder zu ihren Füßen. Und an den Köpfen der Krieger – spitze Ohren.

Und ihnen gegenüber ...

»Du hast gesagt, nichts sei ein Zufall.« Yrene zeigte auf die Armee, die der Fae-Armee gegenüberstand.

Kleiner als die Fae, aber massiver. Mit Krallen und Reißzähnen und bösartigen Klingen.

Ihre Lippen formten ein Wort.

Valg.

Heilige Götter.

Yrene eilte zu den anderen Säulen und befreite sie hastig von Ranken und Dreck. Noch mehr Fae-Gesichter und Gestalten.

Einige im Kampf gegen Valg-Kommandanten, Mann gegen Mann. Die einen wurden von ihnen niedergestreckt. Andere triumphierten.

Chaol folgte ihr, so gut er konnte, und sah sich suchend um. Suchte und suchte ...

Dort, im Schatten dichter, gedrungener Palmen. Ein viereckiges, bröckelndes Bauwerk. Ein Mausoleum.

»Eine Höhle«, flüsterte Yrene. Oder das, was man dafür halten konnte, nachdem das Wissen darum verloren gegangen war.

Chaol ignorierte seinen Rücken und zerrte mit seiner freien Hand die Ranken beiseite.

Riss und zerrte und riss, um zu sehen, was in die Tore der Totenstadt eingemeißelt worden war.

»Nousha hat gesagt, dass der Legende nach einige dieser Schriftrollen von hier kämen«, begann Chaol. »Von einem Ort voller Wyrdzeichen und Steingravuren, die Valg und Fae zeigen. Aber das hier war keine lebendige Stadt. Also müssen sie aus den Gräbern oder Archiven unter unseren Füßen entfernt worden sein.« Und sie standen jetzt direkt vor dem Eingang.

»Hier wurden keine Menschen begraben«, flüsterte Yrene.

Denn die Zeichen auf den versiegelten, steinernen Toren ... »Die Alte Sprache.«

Er hatte sie auf Rowans Gesicht und Arm tätowiert gesehen.

Das hier war eine Grabstätte der Fae. *Fae* – nicht Menschen.

»Ich dachte immer, dass nur eine einzige Gruppe von Fae jemals Doranelle verlassen hätte«, sagte Chaol, »um zusammen mit Brannon Terrasen zu gründen.«

»Vielleicht hat sich während dieses Krieges, welcher auch immer das gewesen sein mochte, eine andere Gruppe hier angesiedelt.«

Der erste Krieg. Der erste Dämonenkrieg. Bevor Elena und Gavin geboren worden waren. Noch vor Terrasen.

Chaol musterte Yrene. Ihr blasses Gesicht. »Oder vielleicht wollten sie etwas verstecken.«

Yrene schaute stirnrunzelnd zu Boden, als könnte sie bis zu den darunterliegenden Gräbern sehen. »Einen Schatz?«

»Einen etwas *anderen* Schatz.«

Bei seinem Ton blickte sie ihm in die Augen. Und Furcht, kühl und scharf, schnitt in sein Herz.

»Ich verstehe nicht«, murmelte Yrene leise.

»Fae vererben ihre Magie durch ihre Nachkommen weiter. Sie erscheint nicht willkürlich. Vielleicht sind sie hierhergekommen. Und wurden dann von der Welt vergessen, von den guten wie den bösen Mächten. Vielleicht wussten sie auch, dass dieser Ort entlegen genug war, um unberührt zu bleiben. Dass Kriege woanders geführt werden würden. Von ihnen.« Er deutete mit dem Kinn zu dem Relief eines Valg-Soldaten. »Während der südliche Kontinent größtenteils im Besitz der Sterblichen blieb und die Saat der Fae in das menschliche

Geschlecht überging und zu einem Volk heranwuchs, das mit heilender Magie gesegnet war.«

»Eine interessante Theorie«, erwiderte sie heiser, »aber du weißt nicht, ob sie wirklich Sinn ergibt.«

»Wenn du etwas Kostbares verstecken wolltest, würdest du es dann nicht auch an einem möglichst unauffälligen Ort tun? Einem Ort, bei dem du darauf wetten könntest, dass eine gewaltige Streitmacht ihn beschützen würde? So etwas wie ein ganzes Reich. Mehrere Reiche. Deren Mauern während ihrer gesamten Geschichte von keinen Eroberern durchbrochen wurden. Deren Heiler um ihrer Gabe willen geschätzt werden, ohne dass irgendjemand ahnt, dass diese Gabe ein Schatz sein könnte, der im Verborgenen darauf wartet, auch anders benutzt zu werden. Als Waffe.«

»Wir töten nicht.«

»Nein«, stimmte Chaol ihr zu und ein Schauder überlief ihn. »Aber du und all die anderen Heilerinnen hier ... Es gibt auf der Welt nur einen einzigen weiteren Ort wie diesen. Ebenso schwer bewacht, beschützt durch eine ebenso gewaltige Macht.«

»Doranelle – die Fae-Heiler in Doranelle.«

Erbittert bewacht von Maeve.

Die in jenem ersten Krieg gekämpft hatte.

Gegen die Valg.

»Was bedeutet das?«, hauchte sie.

Chaol hatte das unwirkliche Gefühl, als gäbe der Boden unter seinen Füßen nach. »Man hat mich hierhergeschickt, um eine Armee zu beschaffen. Aber ich frage mich jetzt ... Ich frage mich, ob mich nicht vielleicht noch eine andere Macht hierhergebracht hat, damit ich noch etwas anderes beschaffe.«

Sie schob ihre Hand in seine, ein stummes Versprechen. Eins, über das er später nachdenken würde.

»Vielleicht ist das der Grund, warum derjenige, der die Torre beobachtet hat, hinter mir her war«, flüsterte Yrene. »Falls er tatsächlich von Morath geschickt wurde … will man nicht, dass wir durch deine Heilung irgendetwas von alledem hier herausfinden.«

Er drückte ihre Finger. »Und diese Schriftrollen in der Bibliothek … Egal, ob sie gestohlen oder einfach von hier geholt wurden, sie gerieten in Vergessenheit, bis auf die Legende darüber, woher sie stammen. Und woher die Heilerinnen dieses Landes vielleicht ursprünglich stammen.«

Nicht aus der Nekropole – sondern von dem Fae-Volk, das sie erbaut hatte.

»Die Schriftrollen«, platzte sie heraus. »Wenn wir nach unserer Rückkehr jemanden finden, der – der sie übersetzt …«

»Sie könnten es erklären. Was die Heiler gegen die Valg tun können.«

Sie schluckte. »Hafiza. Ich frage mich, ob sie irgendetwas weiß, was es mit diesen Schriftrollen auf sich hat. Die Position der Hohen Heilerin hat nicht nur etwas mit Macht zu tun, sondern auch mit Gelehrsamkeit. Sie ist selbst eine wandelnde Bibliothek und hat von ihrer Vorgängerin Dinge erfahren, die sonst niemand in der Torre weiß.« Sie schlang sich eine Locke um einen Finger. »Es könnte sich lohnen, ihr einige der Texte zu zeigen. Um zu sehen, ob sie vielleicht weiß, worum es sich handelt.«

Es war ein Risiko, diese Informationen mit jemand anderem zu teilen, aber eines, das es wert war. Chaol nickte.

Durch die lastende Stille der Oase drang Gelächter zu ihnen durch.

Yrene ließ seine Hand los. »Wir werden jetzt lächelnd zu ihnen stoßen und uns zusammen mit ihnen amüsieren müssen. Um dann beim ersten Tageslicht aufzubrechen.«

»Sobald wir zurück sind, werde ich Nesryn eine Nachricht schicken, dass sie zurückkehren soll. Ich weiß nicht, ob wir es uns noch länger leisten können, auf die Hilfe des Großkhans zu warten.«

»Wir werden trotzdem versuchen, ihn zu überzeugen«, versprach sie. Er legte den Kopf schief. »Du wirst diesen Krieg gewinnen müssen, Chaol«, fügte sie leise hinzu. »Ganz gleich, welche Rolle wir dabei vielleicht spielen.«

Er strich ihr mit einem Daumen über die Wange. »Ich habe nicht die Absicht, ihn zu verlieren.«

Es war nicht gerade leicht zu verbergen, dass sie auf etwas Gewaltiges gestoßen waren. Dass sie bis ins Mark erschüttert worden waren.

Hasar war schließlich des Badens überdrüssig und rief nach Musik und Tänzen und Essen. Woraufhin sich alle im Schatten entspannten, den Musikern lauschten und eine Vielzahl von Delikatessen verzehrten, bei denen Yrene sich fragte, wie man es geschafft hatte, sie den ganzen weiten Weg hierherzutransportieren.

Bei Sonnenuntergang verschwanden alle in ihren Zelten, um sich für den Abend umzukleiden. Nach allem, was sie zusammen mit Chaol herausgefunden hatte, fürchtete Yrene sich davor, auch nur einen Moment allein zu bleiben, aber sie schaffte es trotzdem, sich zu waschen und das purpurne, hauchdünne Gewand anzuziehen, das Hasar ihr zur Verfügung gestellt hatte.

Chaol erwartete sie draußen vor dem Zelt.

Auch für ihn hatte Hasar Kleider mitbringen lassen. Von einem wunderschönen Dunkelblau, welches das Gold in seinen braunen Augen ebenso zur Geltung brachte wie die sommerliche Bräune seiner Haut.

Yrene errötete, als sein Blick über ihren Ausschnitt und zu ihrer Taille wanderte, wo der fließende Stoff des Kleides einige Streifen Haut frei ließ. Das Gewand war über und über mit silbernen und durchsichtigen Perlen bestickt, sodass es schimmerte wie die Sterne, die jetzt am Nachthimmel flackernd zum Leben erwachten.

Rund um die Wasserstelle der Oase hatte man Fackeln und Laternen entzündet, Tische und Sofas aufgestellt und Kissen ausgebreitet. Musik erklang, die Gäste waren größtenteils bereits mit dem Festmahl beschäftigt, das auf den verschiedenen Tischen serviert worden war, und Hasar hielt Hof - elegant wie eine Königin auf ihrem Platz am zentralen Tisch neben dem vom Feuer vergoldeten Wasser.

Sie entdeckte Yrene und winkte sie herbei. Chaol ebenfalls.

Rechts von der Prinzessin waren noch zwei Plätze frei. Yrene hätte schwören können, Chaols prüfenden Blick bei jedem Schritt zu spüren, als suchte er die Stühle, die Menschen ringsum, die Oase selbst nach möglichen Fallgruben oder Bedrohungen ab. Er streifte das entblößte Fleckchen Haut unter ihrem Kreuz - wie zur Bestätigung, dass alles in Ordnung war.

»Du hast doch wohl nicht gedacht, ich hätte meinen Ehrengast vergessen, oder?«, fragte Hasar und küsste sie auf beide Wangen. Chaol verneigte sich vor der Prinzessin, so gut er konnte, dann nahm er seinen Platz an Yrenes Seite ein und lehnte seinen Stock an den Tisch.

»Der heutige Tag war wunderschön«, erklärte Yrene, ohne dabei lügen zu müssen. »Danke.«

Hasar schwieg für einen Moment und musterte Yrene mit einem ungewöhnlich sanften Ausdruck. »Ich weiß, dass ich es den Menschen nicht leicht mache, mich zu mögen, und dass ich keine einfache Freundin bin«, erklärte sie und sah Yrene endlich in die Augen. »Aber du hast mich das noch kein einziges Mal spüren lassen.«

Bei diesen offenen Worten schnürte sich Yrenes Kehle zusammen. Hasar neigte den Kopf und wies auf die Festlichkeit um sie herum. »Das hier ist das Mindeste, was ich zu Ehren meiner Freundin tun kann.« Renia tätschelte ebenso verständnisvoll wie zustimmend Hasars Arm.

Yrene verbeugte sich leicht und erwiderte: »Ich habe kein Interesse an einfachen Freunden - einfachen Menschen. Ich vertraue ihnen weniger als den schwierigen, und vor allem sind sie erheblich weniger anziehend.«

Worte, die ein Grinsen auf Hasars Gesicht zauberten. Sie beugte sich über den Tisch, um Chaol zu mustern, und meinte dann gedehnt: »Ihr seht ausgesprochen gut aus, Lord Westfall.«

»Und Ihr seht wunderschön aus, Prinzessin.«

Aber auch wenn Hasar gut gekleidet war, *schön* würde man sie nie nennen. Doch sie nahm das Kompliment mit diesem Katzenlächeln an, das Yrene irgendwie an jene Fremde in Innish erinnerte. Ein wissendes Lächeln, dass Schönheit vergänglich war, während Macht ... Macht war eine viel wertvollere Währung.

Das Festmahl nahm seinen Lauf und Yrene ließ einen launigen Trinkspruch von Hasar auf ihre *liebe, treue, kluge Freundin* über sich ergehen. Aber sie trank mit. Ebenso wie Chaol. Wein und Honigbier, und ihre Gläser waren stets schon wieder aufgefüllt, bevor Yrene die nahezu lautlosen Diener auch nur bemerkte.

Es dauerte ganze dreißig Minuten, bevor man anfing, über den Krieg zu reden.

Arghun begann als Erster. Mit einem spöttischen Trinkspruch auf Sicherheit und heiteren Gleichmut in solch turbulenten Zeiten.

Yrene trank, war aber überrascht festzustellen, dass Chaol – ein vages Lächeln auf dem Gesicht – das Gleiche tat.

Dann überlegte Hasar laut, ob die Western Wastes, da sich alle so auf die östliche Hälfte des Kontinents konzentrierten, leichte Beute für die Beteiligten seien.

Chaol zuckte nur die Achseln. Als wäre er an diesem Nachmittag zu irgendeinem Schluss gekommen. Als hätte er irgendeine Erkenntnis gewonnen, bezüglich dieses Kriegs und der Rolle dieses Königshauses darin.

Was Hasar ebenfalls zu bemerken schien. Und obwohl es sich um eine Geburtstagsfeier handeln sollte, warf die Prinzessin die Überlegung in die Runde: »Vielleicht sollte Aelin Galathynius ihre geschätzte Person hierherbemühen und einen meiner Brüder als Gemahl wählen.

Vielleicht zögen wir es dann in Erwägung, ihr zu helfen. Wenn ein solcher Einfluss in der Familie bliebe.«

All diese Flammen, all diese brutale Macht ... wären dann an diesen Kontinent gebunden, hineingezüchtet in dieses Geschlecht, um niemals mehr eine Bedrohung darzustellen.

»Dazu müssten meine Brüder es natürlich ertragen können, mit jemandem wie ihr zusammen zu sein«, fuhr Hasar fort, »aber sie sind keineswegs so schwachblütig, wie man vielleicht denken könnte.« Ein Blick auf Kashin, der so tat, als hörte er sie nicht, obwohl Arghun belustigt schnaubte. Yrene fragte sich, ob die anderen wussten, wie gut Kashin darin war, ihren Spott zu überhören – dass er niemals ihre Köder schluckte, einfach weil er keine Lust hatte, sich darum zu scheren.

Mit sanfter Gelassenheit antwortete Chaol: »So interessant es auch wäre zu beobachten, wie Aelin Galathynius mit Euch allen umginge ...« Ein geheimnisvolles, wissendes Lächeln umspielte seine Lippen, als wüsste Chaol diesen Anblick durchaus zu genießen. Als wüsste Aelin durchaus, wie sie ihren blutigen Spaß mit ihnen allen haben könnte. »Heiraten ist keine Option für sie.«

Hasar zog die Brauen hoch. »Einen *Mann* zu heiraten?«

Renia warf ihr einen scharfen Blick zu, den Hasar ignorierte.

Chaol lachte leise. »Wen auch immer zu heiraten. Außer ihren Geliebten.«

»König Dorian«, warf Arghun ein und ließ den Wein in seinem Glas kreisen. »Es überrascht mich, dass sie *ihn* ertragen kann.«

Chaol versteifte sich, schüttelte jedoch den Kopf. »Nein. Ein anderer Prinz – in einem fremden Land geboren und sehr mächtig.«

Die Geschwister verstummten, sodass selbst Kashin aufblickte.

»Und wer, bitte schön, soll das sein?« Hasar nippte an ihrem Wein und ihre scharfen Augen verdunkelten sich.

»Prinz Rowan Whitethorn von Doranelle. Ehemaliger Kommandant von Königin Maeve und Mitglied ihres Hofstaats.«

Yrene hätte schwören können, dass alles Blut aus Arghuns Gesicht wich. »Aelin Galathynius soll sich mit Rowan Whitethorn vermählen?«

So, wie der Prinz den Namen aussprach, hatte er tatsächlich schon von diesem Rowan gehört.

Chaol hatte Rowan bereits mehrmals flüchtig erwähnt – Rowan, dem es gelungen war, einen großen Teil seiner Wirbelsäulenverletzung zu heilen. Ein Fae-Prinz. Und Aelins Geliebter.

Chaol zuckte die Achseln. »Sie sind *Carranam* und er hat ihr den Bluteid geschworen.«

»Er hat Maeve diesen Eid geschworen«, konterte Arghun.

Chaol lehnte sich auf seinem Stuhl zurück. »Hat er. Und Aelin hat Maeve dazu gebracht, ihn von seinem Eid zu entbinden, sodass er ihn *ihr* leisten konnte. Direkt vor Maeves Nase.«

Arghun und Hasar tauschten einen Blick. »Wie?«, verlangte Ersterer zu erfahren.

Chaols Mundwinkel zuckte in die Höhe. »Auf die gleiche Art, wie Aelin alle ihre Ziele erreicht.« Er hob die Brauen. »Sie hat Maeves Stadt mit Feuer umzingelt. Und als Maeve ihr sagte, Doranelle sei aus Stein gebaut, hat Aelin einfach geantwortet, dass ihre Untertanen es nicht seien.«

Ein Frösteln überlief Yrenes Rücken.

»Also ist sie brutal und wahnsinnig«, schnaubte Hasar.

»Ist sie das? Wer sonst hat es je mit Maeve aufgenommen und ist dabei auch noch heil davongekommen? Geschweige denn, dass jemals irgendwer das bekommen hätte, was er von ihr wollte?«

»Sie hätte eine ganze Stadt für einen einzigen Mann vernichtet«, blaffte Hasar.

»Für den mächtigsten reinblütigen Fae der Welt«, meinte Chaol schlicht. »Ein würdiger Gewinn für jeden Hof. Vor allem da sie sich ineinander verliebt hatten.«

Obwohl seine Augen blitzten, während er sprach, lag ein angespanntes Beben in den letzten Worten.

Und Arghun stürzte sich darauf. »Bei einer *Liebesheirat* gehen sie aber das Risiko ein, dass ihre Feinde sich *ihn* vornehmen, um *sie* zu bestrafen.« Arghun lächelte, als wollte er sagen, dass er bereits genau das zu tun gedachte.

Chaol stieß ein schnaubendes Lachen aus und der Prinz straffte die Schultern. »Ich wünsche jedem viel Glück, der versucht, Jagd auf Rowan Whitethorn zu machen.«

»Weil Aelin den Betreffenden in Schutt und Asche legen würde?«, fragte Hasar mit giftiger Süße.

Aber es war Kashin, der leise antwortete: »Weil Rowan Whitethorn immer derjenige sein wird, der eine solche Begegnung überlebt. Nicht der Angreifer.«

Daraufhin herrschte Schweigen.

Bis Hasar sagte: »Nun, wenn Aelin ihren Kontinent nicht repräsentieren kann, sollten wir vielleicht woanders suchen.« Sie grinste Kashin an. »Wie wäre es mit Yrene Towers anstelle der Königin?«

»Ich bin weder von edler Geburt«, platzte Yrene heraus, »noch von königlichem Geblüt.« Hasar hatte den Verstand verloren.

Doch Hasar zuckte nur die Achseln. »Ich bin mir sicher, dass Lord Westfall als rechte Hand des Königs einen Titel für dich auftreiben kann. Er könnte dich zu einer Gräfin oder Herzogin machen oder wie auch immer ihr sie nennt. *Wir* wüssten natürlich, dass du kaum mehr warst als ein mit Juwelen behängtes Milchmädchen, aber wenn es unter uns bliebe ... Ich bin mir sicher, es gibt einige hier, die nichts gegen deine bescheidene Herkunft einzuwenden hätten.« Sie hatte das Gleiche schon einmal getan – für Renia.

Die Erheiterung wich aus Chaols Zügen. »Hört sich ganz so an, als wolltet Ihr jetzt doch an diesem Krieg teilhaben, Prinzessin.«

Hasar winkte ab. »Ich wäge lediglich verschiedene Möglichkeiten ab.« Sie musterte Yrene und Kashin, und plötzlich lag Yrene das Essen bleischwer im Magen. »Ich hab ja schon immer gesagt, dass ihr wahnsinnig hübsche Kinder bekommen würdet.«

»Falls der zukünftige Großkhan sie am Leben ließe.«

»Nicht weiter wichtig – um diesen Aspekt kann man sich später noch kümmern.«

Kashin beugte sich mit zusammengebissenen Zähnen vor. »Der Wein steigt dir zu Kopf, Schwester.«

Hasar verdrehte die Augen. »Warum denn nicht? Yrene ist die inoffizielle Erbin der Torre. Eine durchaus machtvolle Position – und wenn Lord Westfall ihr irgendeinen Adelstitel verleihen würde ... Sagen wir, er spinnt eine kleine Geschichte, nach der ihr blaues Blut erst jüngst entdeckt wurde, dann könnte sie dich durchaus zum Gemahl nehmen, Ka...«

»Das wird sie nicht.«

Chaols Worte waren energisch. Hart.

Kashins Gesicht wurde dunkelrot und er fragte leise: »Und warum, Lord Westfall?«

Chaol hielt seinem Blick stand. »Sie wird Euch nicht heiraten.«

Hasar lächelte. »Ich denke, die Dame kann für sich selbst sprechen.«

Yrene wäre am liebsten samt ihrem Stuhl in die Wasserstelle gekippt und darin bis auf den Grund versunken. Um auf ewig dort unten zu leben. Statt sich dem Prinzen stellen zu müssen, der auf eine Antwort wartete, oder der Prinzessin, die wie ein Dämon grinste, und dem Lord, dessen Gesicht vor Zorn verhärtet war.

Aber falls das Angebot ernst gemeint war und das Ganze dazu führen konnte, dass die Armeen des südlichen Kontinents ihnen mit vereinter Kraft zu Hilfe kamen, sie retteten ...

»Ihr braucht gar nicht erst darüber nachzudenken«, sagte Chaol gefährlich leise. »Sie redet nur Scheiße.«

Einige Leute schnappten nach Luft. Hasar bellte ein Lachen.

Arghun fuhr ihn an: »Sprecht gefälligst respektvoll mit meiner Schwester, sonst werdet Ihr feststellen, wie schnell Eure Beine erneut nicht mehr funktionieren.«

Chaol ignorierte sie alle. Yrenes Hände zitterten so heftig, dass sie sie unter den Tisch schob.

Wollte die Prinzessin sie wirklich in die Enge treiben und dazu bringen, dieser ungeheuerlichen Idee zuzustimmen, oder war es lediglich eine ihrer Launen, ein müßiger Gedanke, um sie zu veralbern und Lord Westfall zu ärgern?

Chaol schien drauf und dran zu sein, noch einmal den Mund zu öffnen, um diese lächerliche Idee endgültig aus ihrem Kopf zu vertreiben, doch er zögerte.

Nicht weil er sich geschlagen gab, begriff Yrene, sondern weil er ihr den Freiraum gewähren wollte, selbst zu wählen. Ein Mann, der es gewohnt war, Befehle zu erteilen, der es gewohnt war, dass man ihm gehorchte. Und der sich jetzt – vielleicht zum ersten Mal – darin übte, Geduld zu haben, Vertrauen.

Und sie schenkte ihm Vertrauen. Das Vertrauen darauf, dass er tat, was er tun musste. Dass er einen Weg finden würde, diesen Krieg zu überleben, ob mit dieser Armee hier oder mit einer anderen. Wenn es hier nicht klappte, mit diesen Leuten, würde er woanders hinsegeln.

Yrene schaute zu Hasar, zu Kashin und den anderen, von denen einige grinsten, einige angewiderte Blicke tauschten. Allen voran Arghun. Abgestoßen von dem Gedanken, dass der Stammbaum seiner Familie besudelt werden könnte.

Sie vertraute Chaol.

Diesen Adeligen vertraute sie nicht.

Yrene lächelte Hasar an, dann Kashin. »Ein sehr ernstes Thema für meinen Geburtstag, findet Ihr nicht? Warum sollte ich ausgerechnet heute Abend, in der Gesellschaft so vieler attraktiver Männer, einen einzigen erwählen?«

Sie hätte schwören können, dass ein Schauder der Erleichterung Chaol durchlief.

»In der Tat«, gurrte Hasar. Ihr Lächeln wurde schneidender und Yrene versuchte, nicht vor diesen unsichtbaren Reißzähnen darin zurückzuschrecken. »Eine Verlobung ist etwas Abscheuliches. Seht Euch nur die arme Duva an, die jetzt mit diesem grüblerischen, traurig dreinblickenden kleinen Prinzen festsitzt.«

Und so nahm das Gespräch seinen weiteren Lauf. Aber Yrene vermied es, Kashin oder die anderen noch einmal anzusehen. Sie konzentrierte sich ganz auf ihren immer wieder neu aufgefüllten Kelch – und trank. Und ließ ihren Blick zu Chaol schweifen, der so aussah, als würde er am liebsten über Yrene hinweg Hasars Stuhl schnappen und in die Wasserstelle kippen.

Am Ende des Festmahls konnte Yrene nicht mehr sagen, wie viel genau sie eigentlich getrunken hatte, aber als sie nach dem Dessert aufstand, schien die Welt um sie herum zu schwanken. Chaol gab ihr mit einer Hand am Ellbogen Halt, obwohl er selbst nicht allzu fest auf den Beinen stand.

»Mir scheint, die Leute oben im Norden vertragen keinen Alkohol«, bemerkte Arghun mit einem Schnauben.

Chaol lachte leise. »Lasst das besser niemals jemanden aus Terrasen hören.«

»Tja, inmitten all dieses Schnees und der Schafe bleibt einem wahrscheinlich gar nichts anderes übrig, als zu trinken«, versetzte Arghun gedehnt und lehnte sich lässig auf seinem Stuhl zurück.

»Mag sein«, erwiderte Chaol und legte Yrene einen Arm um den Rücken, um sie zu den Zelten zu geleiten, »aber das wird weder Aelin Galathynius noch Aedion Ashryver daran hindern, Euch unter den Tisch zu trinken.«

»Oder unter einen Rollstuhl?«, gurrte Hasar an Chaol gewandt.

Vielleicht war es der Wein. Vielleicht war es die Hitze oder der Arm auf ihrem Rücken oder die Tatsache, dass dieser Mann neben ihr gekämpft hatte, so hart um seine Heilung gekämpft hatte, ohne sich jemals darüber zu beklagen.

Yrene stürzte sich auf die Prinzessin.

Mochte Chaol sich auch dagegen entschieden haben, Hasar in die Wasserstelle hinter ihr zu werfen – Yrene hatte keine solchen Skrupel.

In dem einen Moment grinste Hasar sie noch an.

Im nächsten flogen ihre Beine, Röcke und Juwelen himmelwärts und ihr Kreischen hallte über die Dünen, als Yrene die Prinzessin mitsamt ihrem Stuhl ins Wasser stieß.

45

Yrene wusste, dass sie tot war. Wusste es in dem Moment, in dem Hasar ins dunkle Wasser platschte und alle auf die Füße sprangen, durcheinanderriefen und ihre Klingen zückten.

Binnen eines Herzschlags hatte Chaol Yrene hinter sich und ein Schwert halb aus der Scheide gezogen – sie hatte ihn nicht einmal danach greifen sehen, ehe er es in der Hand hielt.

Das Wasser war nicht tief und Hasar war schnell wieder auf den Beinen. Vollkommen durchnässt und mit triefendem Haar deutete sie wutschnaubend und mit gebleckten Zähnen auf Yrene.

Niemand sagte etwas.

Hasar hielt ihren Finger weiter auf Yrene gerichtet und Yrene machte sich auf das Todesurteil gefasst.

Man würde sie töten, und dann würde man Chaol dafür töten, dass er versucht hatte, sie zu retten.

Sie spürte, dass er die Wachen musterte, die Prinzen, die Wesire. Jeden, der sich zwischen sie und die Pferde stellen würde, jeden, der sich vielleicht zur Wehr setzen würde.

Aber dann erklang hinter Yrene ein leises, zischendes Geräusch.

Sie blickte sich um und sah, wie Renia sich mit einer Hand den Bauch hielt, die andere auf dem Mund, während sie ihre Geliebte anschaute und *losprustete.*

Hasar wirbelte zu Renia herum, die jetzt eine Hand hob und brüllend vor Lachen auf sie zeigte. Tränen rannen ihr aus den Augen.

Dann legte auch Kashin den Kopf in den Nacken und brach in schallendes Gelächter aus.

Yrene und Chaol wagten es nicht, sich zu rühren.

Nicht bevor Hasar einen Diener zur Seite stieß, der sich ins Wasser gestürzt hatte, um ihr zu helfen, und sich selbst heraushievte und Yrene fest in die Augen sah. Der vereinte Zorn sämtlicher Großkhane schien aus ihrem Blick zu funkeln.

Wieder herrschte Schweigen.

Dann schnaubte Hasar. »Ich habe mich schon gefragt, wann du endlich mal Rückgrat zeigst.«

Mit diesen Worten ging sie davon, triefend vor Wasser, und Renia gackerte erneut los.

Yrene fing Chaols Blick auf – und beobachtete, wie er die Hand langsam von seinem Schwert nahm. Wie seine Pupillen wieder schrumpften. Wie er begriff …

Sie würden nicht sterben.

»Damit«, sagte Yrene leise, »ist es Zeit fürs Bett, glaube ich.«

Renia unterbrach ihr Gelächter gerade so lange, um zu sagen: »Ich an Eurer Stelle wäre weg, bevor sie zurückkehrt.«

Yrene nickte und führte Chaol am Handgelenk zu den Bäumen und der Dunkelheit und den Fackeln hinüber.

Sie fragte sich, ob Renias und Kashins Gelächter wahrer Erheiterung entsprungen oder zum Teil auch ein Geschenk gewesen war. Ein Geburtstagsgeschenk, um sie vor dem Galgen zu retten. Ein Geschenk von den beiden Menschen, die am besten wussten, wie tödlich Hasars Launen sein konnten.

Den Kopf behalten zu dürfen war allerdings ein sehr gutes Geburtstagsgeschenk, fand Yrene.

Normalerweise hätte Chaol Yrene angebrüllt. Wie sie auch nur daran hatte *denken* können, ihr Leben so aufs Spiel zu setzen. Ein paar Monate zuvor hätte er es getan. Teufel, er rang immer noch mit sich, es zu tun.

Selbst als sie bereits in Yrenes weitläufiges Zelt schlüpften, war er immer noch damit beschäftigt, die Instinkte zu besänftigen, die in ihm tobten, seit die Wachen nach ihren Schwertern gegriffen hatten.

Ihm zitterten die Knie vor Dankbarkeit, dass keiner dieser Gardisten zum Kreis derer gehörte, mit denen er in den letzten Wochen trainiert hatte – dass er nicht gezwungen gewesen war, diese Wahl zu treffen, diese Grenze zwischen ihnen zu überschreiten.

Aber er hatte das Entsetzen in Yrenes Augen gesehen. Sobald sie begriffen hatte, was gleich geschehen würde – was geschehen *wäre*, hätten die Geliebte der Prinzessin und Kashin nicht eingegriffen, um die Situation zu entschärfen.

Chaol wusste, dass Yrene das für ihn getan hatte.

Nach dieser abscheulichen, spöttischen Beleidigung.

Und so, wie sie im Zelt auf und ab lief, zwischen den Sofas und Tischen und Kissen, wusste Chaol auch, dass sie sich über den Rest vollauf im Klaren war.

Er setzte sich auf die gewundene Armlehne eines Stuhls, lehnte den Stock dagegen und wartete ab.

Yrene wirbelte zu ihm herum, atemberaubend in diesem purpurnen Gewand, das ihn beinahe umgehauen hatte, als sie aus dem Zelt aufgetaucht war. Nicht nur, weil es ihr so gut stand, sondern auch wegen der Einblicke, die es gewährte. Wegen der Kurven. Wegen des Lichts und der Farben an ihr.

»Bevor du mich anschreist«, begann Yrene, »muss ich sagen, dass das, was gerade geschehen ist, der beste Beweis dafür ist, dass ich *keinen* Prinzen heiraten sollte.«

Chaol verschränkte die Arme vor der Brust. »Da ich den Großteil meines Lebens an der Seite eines Prinzen verbracht habe, würde ich genau das Gegenteil sagen.«

Sie wedelte unwirsch mit der Hand und tigerte weiter auf und ab. »Ich weiß, dass es idiotisch war.«

»Unglaublich idiotisch.«

Yrene zischte – aber das galt nicht ihm. Sondern ihrer Erinnerung. Ihrem Zorn. »Aber ich bereue es nicht.«

Ein Lächeln umspielte seine Lippen. »An dieses Bild werde ich mich wahrscheinlich für den Rest meines Lebens erinnern.«

Und *wie* er sich erinnern würde. Wie Hasar ins Wasser geplatscht war, an ihre empörte Miene, ihr Kreischen vor dem Aufprall ...

»Wie kannst du so belustigt sein?«

»Oh, ich bin nicht belustigt.« Er verzog die Lippen. »Aber es war auf jeden Fall unterhaltsam, einmal zu sehen, wie sich dein aufbrausendes Temperament gegen jemand anderen als mich richtet.«

»Ich habe kein aufbrausendes Temperament.«

Er zog eine Augenbraue hoch. »Ich kenne eine beträchtliche Anzahl von Personen mit aufbrausendem Temperament, und deins, Yrene Towers, rangiert ganz weit vorne.«

»Wie das von Aelin Galathynius.«

Ein Schatten huschte über sein Gesicht. »Sie hätte den Anblick, wie Hasar ins Wasser flog, ungeheuer genossen.«

»Wird sie wirklich diesen Fae-Prinzen heiraten?«

»Vielleicht. Wahrscheinlich.«

»Und bist du ... unglücklich darüber?«

Obwohl sie die Frage ganz beiläufig klingen ließ, als wäre sie einfach nur neugierig, wählte er seine Worte mit Bedacht.

»Aelin war mir sehr wichtig. Ist es immer noch – wenn auch auf andere Art. Und für eine Weile ... war es nicht leicht für mich, die Träume und Pläne für meine Zukunft zu ändern. Vor allem die Träume, die mit ihr zu tun hatten.«

Yrene legte den Kopf schief und das Licht der Laternen tanzte auf ihren weichen Locken. »Warum?«

»Weil Aelin, als ich sie kennenlernte, als ich mich in sie verliebte, nicht … Sie trug einen anderen Namen. Einen anderen Titel, eine andere Identität. Die Sache zwischen uns ging schief, noch bevor ich die Wahrheit erfuhr, aber … Ich glaube, ich wusste es bereits. Als ich hörte, dass sie in Wirklichkeit Aelin war, wusste ich, wenn ich mich zwischen ihr und Dorian hätte entscheiden müssen, hätte ich …«

»Du hättest Adarlan niemals verlassen. Oder ihn.«

Er spielte mit dem Stock neben sich herum und strich über das glatte Holz. »Sie wusste es ebenfalls, glaube ich. Lange vor mir. Aber trotzdem … Irgendwann ging sie fort. Es ist eine lange Geschichte, aber sie ist allein nach Wendlyn gegangen. Und dort hat sie Prinz Rowan kennengelernt. Aber aus Respekt vor mir und weil wir unsere Beziehung noch nicht wirklich beendet hatten, hat sie gewartet. Auf ihn. Beide haben gewartet. Und als sie nach Rifthold zurückkehrte, ging es zu Ende. Die Sache zwischen uns, meine ich. Offiziell. Unschön. Ich bin schlecht damit umgegangen und sie ebenfalls, und es war … Wir haben Frieden geschlossen, bevor wir uns vor einigen Monaten getrennt haben. Sie sind zusammen abgereist, so wie es auch sein sollte. Sie sind … Wenn du sie jemals kennenlernst, wirst du es sehen. Wie bei Hasar ist es nicht einfach, mit ihr zusammen zu sein, sie zu verstehen. Aelin macht *jedem* Angst.« Er schnaubte. »Aber nicht ihm. Ich glaube, das ist der Grund, warum sie sich in ihn verliebt hat, gegen alle guten Vorsätze. Rowan sah alles, was Aelin war und ist, und er hatte keine Angst.«

Yrene schwieg für einen Moment. »Aber du hattest welche?«

»Es war … eine harte Zeit für mich. Alles, was ich kannte, war niedergetrampelt worden. Alles. Und sie … Ich glaube, ich habe ihr einen Großteil der Schuld zugeschoben. Fing an, in ihr ein Ungeheuer zu sehen.«

»Ist sie eins?«

»Das hängt wohl davon ab, wer die Geschichte erzählt.« Chaol studierte das komplizierte Muster des grünroten Teppichs unter seinen Stiefeln. »Aber ich glaube es nicht. Es gibt niemanden sonst, dem ich zutrauen würde, mit diesem Krieg fertigzuwerden. Niemanden sonst, dem ich zutrauen würde, es mit ganz Morath aufzunehmen, außer Aelin. Selbst Dorian nicht. Wenn es irgendeine Möglichkeit gibt zu gewinnen, wird sie sie finden. Mag der Preis auch noch so hoch sein, sie wird es schaffen.« Er schüttelte den Kopf. »Aber du hast heute Geburtstag. Wir sollten von erfreulicheren Dingen sprechen.«

Yrene lächelte nicht. »Du hast auf sie gewartet, während sie fort war. Nicht wahr? Obwohl du wusstest, was – wer – sie in Wirklichkeit war.«

Er hatte es nie zugegeben, nicht einmal sich selbst gegenüber.

Seine Kehle schnürte sich zusammen. »Ja.«

Jetzt betrachtete sie den gewebten Teppich unter ihnen. »Aber du – du liebst sie nicht mehr?«

»Nein«, sagte er so aufrichtig wie kaum zuvor. Leise fügte er hinzu: »Ebenso wenig wie Nesryn.«

Daraufhin zog sie die Brauen hoch, aber er schlang eine Hand um den Gehstock, erhob sich leise stöhnend auf die Füße und kam auf sie zu. Sie verfolgte jede seiner Bewegungen, außerstande, den Heilungsprozess zu vergessen, während ihr Blick über seine Beine wanderte, über seine Leibesmitte, über die Art, wie er den Stock festhielt.

Einen Schritt von ihr entfernt blieb Chaol stehen und zog ein kleines samtenes Bündel aus seiner Tasche. Wortlos hielt er es ihr hin und der schwarze Samt wogte wie die Dünen hinter ihrem Zelt.

»Was ist das?«

Er hielt ihr einfach nur das Stück Stoff hin. »Sie hatten keine Schachtel, die mir gefiel, daher habe ich den Samt benutzt …«

Yrene nahm es ihm aus der Hand und ihre Finger zitterten leicht, als sie den Saum des Bündels, das er den ganzen Tag über bei sich getragen hatte, zurückschlug.

Das silberne Medaillon schimmerte und tanzte im Licht der Laterne, als sie es zwischen zwei Fingern hochnahm, die Augen weit aufgerissen. »Das kann ich nicht annehmen.«

»Das solltest du aber«, sagte er, als sie sich das Medaillon in die Handfläche legte, um es näher zu betrachten. »Ich habe deine Initialen eingravieren lassen.«

Tatsächlich, sie zeichnete bereits die geschwungenen Buchstaben nach, die der Juwelier in Antica auf die Vorderseite graviert hatte. Dann drehte sie es um ...

Yrene legte sich eine Hand an die Kehle, direkt über diese Narbe.

»Berge. Und Meere«, flüsterte sie.

»Damit du nie vergisst, dass du sie erklommen und überquert hast. Dass du – nur du allein – dich hierhergebracht hast.«

Sie stieß ein kleines, leises Lachen aus – einen Laut puren Glücks. Er gestattete es sich nicht, den anderen Laut zu benennen, der darin mitschwang.

»Ich möchte es dir schenken«, erklärte Chaol stattdessen, »damit du das, was immer du in deiner Tasche mit dir herumträgst, dort hineintun kannst. Und es nicht immer von einem Kleid ins andere räumen musst.«

Vor Überraschung leuchteten ihre Augen auf. »Du weißt es?«

»Ich weiß nicht, *was* es ist, aber ich sehe, dass du ständig etwas in der Tasche festhältst.«

Er hatte sich ausgerechnet, wie klein es sein musste, und danach die Größe des Medaillons ausgewählt. Da er weder von außen auffällige Umrisse wahrgenommen hatte noch ein Gewicht ihre Taschen herunterzog, hatte er auf etwas Kleines schließen können. Also hatte er alle Gegenstände studiert, die sie während ihrer Arbeit an ihm in ihre Tasche gelegt hatte – Papiere, Phiolen –, und daraus wiederum geschlossen, dass dieses Ding vollkommen flach sein musste. Vielleicht eine Haarlocke, irgendein kleiner Stein ...

»Es ist nicht so prächtig wie ein Fest in der Wüste ...«

»Seit ich elf Jahre alt war, hat mir niemand mehr etwas geschenkt.«

Seit ihrer Mutter.

»Ein Geburtstagsgeschenk, meine ich«, verdeutlichte sie. »Ich ...«

Sie streifte sich das feine Silberkettchen mit dem Medaillon über den Kopf und die Ösen verfingen sich vereinzelt in den üppigen Locken. Er beobachtete, wie sie ihr volles Haar über die Kette hob, bis der Schmuck zwischen ihren Brüsten lag. Auf ihrer honigbraunen Haut erschien das Medaillon wie Quecksilber. Mit ihren schlanken Fingern zeichnete sie die gravierte Oberfläche nach.

Chaols Brust schnürte sich zusammen, als sie den Kopf hob und Tränen in ihren Augen glänzten.

»Danke«, sagte sie leise.

Er zuckte die Achseln, außerstande zu antworten.

Yrene machte einen Schritt auf ihn zu und er wappnete sich, als sie mit beiden Händen sein Gesicht umfasste und ihm fest in die Augen schaute.

»Ich bin froh«, flüsterte sie, »dass du diese Königin nicht liebst. Oder Nesryn.«

Sein Herz donnerte durch jeden Zentimeter seines Körpers.

Yrene erhob sich auf die Zehenspitzen und drückte ihm einen Kuss, sanft wie eine Feder, auf seinen Mund. Ohne den Blick zu senken.

Er las die unausgesprochenen Worte in ihren Augen. Und fragte sich, ob auch sie die Worte las, die er nicht ausgesprochen hatte.

»Ich werde das hier immer lieben«, sagte Yrene und er wusste, dass sie nicht von dem Medaillon sprach, als sie eine Hand von seinem Gesicht auf seine Brust gleiten ließ. Auf sein tobendes Herz. »Ganz gleich, was der Welt auch zustoßen mag.« Ein weiterer federzarter Kuss. »Ganz gleich, welche Ozeane, Berge oder Wälder im Weg sind.«

Und alle Dämme, die er errichtet hatte, brachen. Chaols Stock klapperte zu Boden und er legte ihr eine Hand auf die Taille und streichelte mit dem Daumen den Streifen nackter Haut, den das Kleid frei ließ. Seine andere Hand tauchte in ihr üppiges, schweres Haar und hielt ihren Kopf ihm zugewandt. Er sah ihr forschend in die braungoldenen Augen, sah die Gefühle, die in ihnen brodelten.

»Ich bin ebenfalls froh, dass ich keine der beiden liebe, Yrene Towers«, flüsterte er dicht an ihren Lippen.

Dann lag sein Mund auf ihrem und sie öffnete ihn. Ein tiefes Stöhnen drang aus seiner Kehle, als er ihre Hitze spürte, ihren seidigen Mund.

Ihre Hände glitten in sein Haar, über seine Schultern, über seine Brust, seinen Hals hinauf, als könnte sie gar nicht genug von ihm berühren.

Chaol genoss das Gefühl ihrer Finger, die sich in seiner Kleidung festkrallten, als wären es Klauen, die Halt suchten. Er schob seine Zunge gegen ihre, und ihr Stöhnen, als sie sich an ihn presste ...

Chaol lenkte sie beide zum Bett, die Laken leuchtend weiß im Licht der Laternen, und diesmal störte es ihn nicht, dass seine Schritte holperig und schwankend waren. Nicht bei diesem Kleid, diesem Nebelhauch von Nichts, nicht bei diesem Mund, von dem er seinen keinen Moment löste, ihn gar nicht lösen *konnte.*

Yrenes Kniekehlen stießen gegen die Matratze hinter ihnen und sie entzog ihm die Lippen nur so lange, um zu protestieren: »Dein Rücken ...«

»Ich komme zurecht.« Er drückte den Mund wieder auf ihren und ihr Kuss versengte ihn bis in die Seele.

Sein. Sie war sein. Zum ersten Mal in seinem Leben konnte er überhaupt etwas so nennen. *Wollte* er etwas so nennen.

Es gelang Chaol nicht, seinen Mund auch nur lange genug von Yrenes zu lösen, um sie zu fragen, ob es ihr genauso ging, ob sie ihn ebenfalls als den Ihren ansah. Um zu erklären, dass es bei ihm vielleicht sogar schon seit dem Moment so war, da sie dieses Wohnzimmer betreten und ihn ohne einen Hauch von Mitleid oder Traurigkeit angesehen hatte.

Er stupste sie mit den Hüften an und sie erlaubte ihm, sie sanft aufs Bett zu legen – geradezu ehrfürchtig.

Die Art, wie sie ihn dann packte und zu sich herunterzog, war alles andere als das.

Chaol stieß ein Lachen an ihrem warmen Hals aus, ihre Haut weicher als Seide, während sie an seinen Knöpfen und Schnallen herumfummelte. Sie wand sich unter ihm, und als er sein Gewicht verlagerte, sodass jeder harte Teil seines Körpers sich an genau die richtigen weichen Stellen an ihr schmiegte ...

Es machte ihn wahnsinnig.

Yrenes Atem drang scharf und stoßweiße in sein Ohr, als ihre Hände energisch an seinem Hemd rissen, um an seinen Rücken darunter zu kommen.

»Ich hätte gedacht, du hättest genug davon, meinen Rücken zu berühren.«

Mit einem heftigen Kuss brachte sie ihn zum Schweigen und er vergaß alle weiteren Worte.

Vergaß seinen Namen, seinen Titel, *alles*, außer ihr.

Yrene.

Yrene.

Yrene.

Sie stöhnte, als er an ihrem Oberschenkel entlangstrich und ihre Haut unter dem Gewand entblößte. Als er an ihrem Mund knabberte und mit den Fingern langsame Kreise auf diese wunderschönen Schenkel zeichnete, von außen nach innen und in einem Bogen über ...

Yrene schätzte es nicht, wenn man mit ihr spielte.

Also nahm sie ihn in die Hand und sein ganzer Körper lehnte sich in die Berührung hinein, in dieses Gefühl. Nicht irgendeine Hand, sondern *Yrenes* ...

Er konnte nicht mehr denken, konnte nur noch genießen, berühren und sich ergeben.

Und doch ...

Fand er seine Worte wieder. Lange genug, um zu fragen: »Hast du je ...«

»Ja.« Kaum mehr als ein raues Keuchen. »Einmal.«

Da war eine Woge aus Dunkelheit, diese Narbe an ihrer Kehle. Aber Chaol küsste sie nur. Ließ seine Zunge darübergleiten. Und fragte dicht an ihrer Haut, während sein Mund an ihrem Kiefer knabberte. »Willst du ...?«

»*Mach weiter.*«

Aber er zwang sich innezuhalten. Zwang sich, sich aufzurichten, um ihr Gesicht zu betrachten, seine Hände auf ihren glatten Oberschenkeln, ihre Hand an seinem Glied. »Also ja?«

Yrenes Augen waren wie goldene Flammen. »Ja«, hauchte sie. Sie richtete sich auf und küsste ihn sanft, aber entschieden. Und doch süß. Ungeniert. »Ja.«

Bei diesen Worten erbebte er und er packte ihren Schenkel genau am Übergang zu ihrer Hüfte. Yrene ließ ihn los, um die Hüften anzuheben und sich an ihm zu reiben. Ihn zu spüren, nur der dünne, hauchzarte Stoff ihres Gewandes zwischen ihnen. Nichts darunter.

Chaol schob ihn beiseite und knüllte den Stoff an ihrer Taille zusammen. Er senkte den Kopf, um sich an ihr sattzusehen, sie dann zu berühren und zu kosten und festzustellen, was Yrene Towers vollends dazu brachte, die Kontrolle zu verlieren ...

»Später«, flehte Yrene heiser. »Später.«

Er schaffte es nicht, ihr irgendetwas abzuschlagen. Dieser Frau, die ihm mit ihren schönen Händen alles gegeben hatte, was er war, alles, was ihm noch blieb.

Also zog Chaol sein Hemd aus und nach einigen verzwickten Handgriffen folgte auch seine Hose. Dann streifte er ihr dieses Kleid ab und ließ es auf den Boden neben das Bett fallen.

Bis Yrene nur noch dieses Medaillon trug. Bis Chaol atemlos jeden Zentimeter von ihr erkundete.

»Ich werde das hier immer lieben«, flüsterte Chaol, als er in sie hineinglitt, langsam und tief. Ein Schauder überlief ihn. »Ganz gleich, was der Welt auch zustoßen mag.« Yrene küsste seinen Hals, seine Schulter, sein Kinn. »Ganz gleich, welche Ozeane oder Berge oder Wälder im Weg sind.«

Chaol sah Yrene in die Augen und hielt inne. Erlaubte ihr, sich an ihn zu gewöhnen. Erlaubte *sich selbst,* sich an dieses Gefühl zu gewöhnen, dass sich die Welt komplett gedreht hatte. Sah in diese glückseligen Augen und fragte sich, ob sie dasselbe empfand.

Aber Yrene küsste ihn erneut, Antwort und stille Forderung zugleich. Und als Chaol sich in ihr bewegte, begriff er, dass er hier, inmitten der Dünen, unter den Sternen ... hier, im Herzen eines fremden Landes ... hier, bei ihr, zu Hause war.

46

Sie fühlte sich wie neugeboren.

Als sie Stunden später auf Chaols Brust lag und seinem pochenden Herzen lauschte, fehlten Yrene noch immer die Worte. Für das, was zwischen ihnen geschehen war. Nicht für die körperliche Vereinigung, die sie immer und immer wieder gesucht hatten, sondern für dieses Gefühl mit *ihm.* Dieses Gefühl der Zugehörigkeit.

Sie hätte sich nicht träumen lassen, dass es *so* sein konnte. Ihre einzige schnelle und wenig beeindruckende sexuelle Erfahrung hatte sich im letzten Herbst zugetragen und sie hatte es anschließend nicht eilig gehabt, nach einer Wiederholung zu suchen. Aber das hier ...

Er hatte dafür gesorgt, dass sie auf ihre Kosten kam. Immer und immer wieder. Bevor er sich überhaupt um seine gekümmert hatte.

Aber alles, was sie mit ihm empfand ...

War nicht bloß das Ergebnis seines Körpers, sondern des Menschen, der er war ...

Yrene drückte ihm einen trägen Kuss auf die definierten Brustmuskeln und genoss das Gefühl seiner Finger, die immer noch über ihren Rücken streichelten.

Es war Sicherheit und Glück und Trost und das Wissen, dass er, was auch immer ihnen zustieß ... Er würde nicht aufgeben. Er würde nicht untergehen. Yrene drückte ihr Gesicht an seine Haut.

Sie wusste, dass solche Gefühle gefährlich waren. Sie wusste, was er in ihren Augen gelesen hatte. Dass sie ihm – ohne es auszusprechen – ihr Herz dargeboten hatte. Aber der Anblick dieses Medaillons, das er für sie gefunden und über das er sich so viele Gedanken gemacht hatte ... Ihre Initialen waren wunderschön gefertigt, aber die Berge und die Wellen ... Eine atemberaubende Arbeit von einem Meisterjuwelier in Antica.

»Ich habe es nicht allein geschafft«, murmelte Yrene dicht an seiner Haut.

»Mmh?«

Sie strich über die Kerben auf Chaols Bauch, bevor sie sich auf einen Ellbogen stemmte, um in der Düsterkeit des Zelts sein Gesicht zu betrachten. Die Laternen waren längst ausgebrannt und um sie herum war nichts weiter zu hören als das Brummen und Summen der Käfer in den Palmen. »Hierherzukommen. Über die Berge, ja, aber die Meere ... Jemand hat mir geholfen.«

Sein zufriedener, träger Blick wurde wachsam. »Ach?«

Yrene hob das Medaillon an. Zwischen ihren Liebesspielen war sie einmal aufgestanden, um seinen Stock in Reichweite des Bettes zu legen, und hatte dabei das Zettelchen hineingeschoben. Es hatte perfekt gepasst.

»Ich saß in Innish fest, ohne Möglichkeit, die Stadt zu verlassen. Und dann erschien eines Abends diese Fremde im Gasthaus. Sie war ... alles, was ich nicht war. Alles, was ich vergessen hatte. Sie wartete auf ein Schiff und ich glaube, während ihres Aufenthalts legte sie es geradezu darauf an, dass das Pack dort versuchte, sie auszurauben – sie brannte auf einen Kampf. Aber sie hielt Abstand. An jenem Abend war ich allein mit Aufräumen beschäftigt ...«

Chaols Hand hielt an ihrem Rücken inne, aber er sagte nichts.

»Und ein paar Söldner, die mir schon früher am Abend das Leben schwer gemacht hatten, lauerten mir in der Gasse auf.«

Er verharrte in angespanntem Schweigen.

»Ich glaube – ich *weiß,* sie wollten ...« Bei der Erinnerung daran packte sie selbst nach all der Zeit noch das eisige Grauen und sie schüttelte sich. »Die Frau, das Mädchen, was auch immer sie war, sie ging dazwischen, bevor die Männer es auch nur versuchen konnten. Und sie ... hat sie erledigt. Und danach hat sie mir beigebracht, mich selbst zu verteidigen.«

Seine Hand glitt wieder streichelnd über ihren Rücken. »Auf diese Weise hast du es also gelernt.«

Sie strich mit einer Hand über die Narbe an ihrem Hals. »Aber dann tauchten noch andere Söldner auf, Kumpane der ersten. Einer hielt mir ein Messer an die Kehle, um das Mädchen dazu zu bringen, ihre Waffen fallen zu lassen. Sie weigerte sich. Also habe ich das angewendet, was sie mir beigebracht hatte, um den Mann zu entwaffnen und unschädlich zu machen.«

Er stieß beeindruckt die Luft aus und sie spürte seinen Atem in ihrem Haar.

»Für sie war es eine Prüfung. Sie hatte die zweite Gruppe, die um uns herumschlich, bemerkt und wollte, wie sie mir anschließend erklärte, dass ich in einer *kontrollierten* Umgebung ein bisschen echte Erfahrung sammle. So etwas Absurdes hatte ich noch nie gehört.« Die Frau war entweder brillant oder durchgeknallt gewesen. Wahrscheinlich beides. »Aber sie sagte mir ... sagte mir, es sei besser, in den Straßen Anticas zu verhungern als in Innish zu versauern. Und dass ich, wenn ich hierherkommen wolle, auch wirklich gehen solle. Dass ich, wenn ich irgendetwas haben wolle, es mir einfach *nehmen* solle. Sie hat mich gelehrt, um mein erbärmliches Leben zu kämpfen.«

Yrene strich ihm das schweißfeuchte Haar aus den Augen. »Ich habe sie zusammengeflickt und sie ist ihrer Wege gegangen. Und als ich in mein Zimmer zurückkam ... Hatte sie mir einen Beutel mit Goldmünzen dagelassen. Und eine Rubinbrosche, so groß wie das Ei einer

Drossel. Um meine Überfahrt hierher zu bezahlen und für den Unterricht in der Torre.«

Er blinzelte überrascht. Yrene flüsterte mit brechender Stimme: »Ich glaube, sie war eine Göttin. Ich – ich weiß nicht, wer sonst so etwas *tun* würde. Ein wenig Gold habe ich noch übrig, aber die Brosche ... Ich habe sie nie verkauft. Ich besitze sie immer noch.«

Stirnrunzelnd betrachtete er die Halskette, als hätte er die Größe des Medaillons falsch eingeschätzt.

Erklärend fügte Yrene hinzu: »Aber das ist es nicht, was ich in meiner Tasche aufbewahre.« Er sah sie fragend an. »Gleich am nächsten Morgen habe ich Innish verlassen, mit dem Gold und der Brosche, und habe ein Schiff hierher genommen. Die Berge habe ich also allein überquert, ja – aber das Enge Meer ...« Yrene zeichnete die Wellen auf dem Medaillon nach. »Das Enge Meer konnte ich dank ihrer Hilfe überqueren. Und die Frauen in der Torre unterrichte ich, weil sie mir auftrug, mein Wissen allen Frauen weiterzugeben, die ein offenes Ohr dafür haben. Ich unterrichte sie, weil es mir das Gefühl gibt, ich könnte ihr etwas zurückzahlen, und sei es auch noch so wenig.«

Yrenes Daumen strich jetzt über die Initialen auf der Vorderseite. »Ihren Namen habe ich nie erfahren. Sie hat mir nur einen Zettel mit einer kurzen Notiz dagelassen. *Für deine Reise, wohin auch immer sie dich führen mag – und noch einiges andere. Die Welt braucht mehr Heilerinnen.* Das ist es, was ich in meiner Tasche aufbewahre – diesen kleinen Fetzen Papier. Der jetzt hier drin ist.« Yrene tippte auf das Medaillon. »Ich weiß, es ist ziemlich einfältig, aber es hat mir Mut gemacht. In schweren Zeiten. Und es macht mir immer noch Mut.«

Chaol strich ihr das Haar aus der Stirn und küsste sie. »Nichts daran ist einfältig. Und wer auch immer sie ist ... Ich werde ihr auf ewig dankbar sein.«

»Ich auch«, flüsterte Yrene, als er mit den Lippen über ihr Kinn strich und ein Kribbeln sie bis in ihre Zehen durchlief. »Ich auch.«

47

Der Pass zwischen den beiden Gipfeln des Dagul war weitläufiger, als er aussah.

Er zog sich weiter und weiter in die Länge, ein Labyrinth gezackter, turmhoher Felsen.

Nesryn und Sartaq wagten es nicht, haltzumachen.

Manchmal versperrten Netze den Weg vor ihnen oder hingen über ihnen herab, aber sie stürmten trotzdem voran, auf der Suche nach irgendeinem Pfad, der nach oben führte. Dorthin, wo Kadara sie vielleicht auflesen und in den Himmel tragen konnte.

Denn hier unten, zwischen den beengten, schmalen Wänden des Passes, konnte der Ruk sie nicht erreichen. Wenn sie eine Chance auf Rettung haben wollten, mussten sie einen Weg nach oben finden.

Nesryn wollte Falkan nicht herauslassen - noch nicht. Nicht, solange so vieles immer noch schiefgehen konnte. Und die Spinnen wissen zu lassen, was für einen Trumpf sie im Ärmel hatten ... Nein, noch würde sie seinen Einsatz nicht riskieren.

Auch wenn die Versuchung an ihr nagte. Die Wände waren glatt und zum Klettern kaum geeignet, und während sie durch den Pass eilten, Stunde um Stunde, hallte Sartaqs feuchter, gequälter Atem von den Felsen wider.

Er war gar nicht in der Verfassung zu klettern. Er konnte sich kaum auf den Beinen halten oder sein Schwert führen.

Nesryn hielt Pfeil und Bogen an jeder neuen Ecke schussbereit und immer wieder wanderte ihr prüfender Blick nach oben.

An manchen Stellen war der Pass so eng, dass sie sich hindurchzwängen mussten, der Himmel ein wässriges Rinnsal hoch über ihnen. Sie sprachen nicht, wagten nicht mehr, als zu atmen und ihre Schritte gedämpft zu halten.

Obwohl es eigentlich keine Rolle spielte. Nesryn wusste, dass es kaum eine Rolle spielte.

Man hatte ihnen eine Falle gestellt und sie waren hineingetappt. Die *Kharankui* wussten, wo sie waren. Folgten ihnen wahrscheinlich in aller Ruhe, trieben sie vor sich her.

Stunden waren vergangen, seit sie das letzte Mal Kadaras Flügelschlag gehört hatten.

Und das Licht ... begann zu schwinden.

Sobald sich die Dunkelheit herabsenkte, sobald der Weg zu finster wurde, um weiterzugehen ... Nesryn drückte eine Hand gegen ihre Tasche, in der Falkan saß. Wenn die Nacht über den Pass hereinbrach, beschloss sie, würde sie ihn einsetzen.

Sie zwängten sich durch eine besonders enge Stelle zwischen zwei sich beinahe küssenden Steinbrocken und Sartaq ächzte hinter ihr. »Wir müssten uns langsam dem Ende nähern«, hauchte er.

Sie sparte sich die Erwiderung, dass die Spinnen wohl kaum so dumm wären, sie direkt aus dem Pass hinausmarschieren zu lassen, hinein in Kadaras wartende Klauen. Falls der verletzte Ruk ihr Gewicht überhaupt tragen konnte.

Nesryn drängte weiter und der Pass wurde eine Spur breiter. Sie zählte ihre Atemzüge. Es waren wahrscheinlich ihre letzten ...

Aber solche Gedanken halfen nichts und niemandem. Bereits im Sommer hatte sie dem Tod ins Auge geblickt, als diese Welle aus Glas auf sie zugerast war. Sie hatte ihm ins Auge geblickt – und war gerettet worden.

Vielleicht würde sie noch einmal Glück haben.

Sartaq stolperte schwer atmend hinter ihr her. Wasser. Sie brauchten dringend Wasser – und Verbandszeug für seine Wunden. Falls die Spinnen sie nicht fanden, würden sie wahrscheinlich aufgrund des Wassermangels in diesem ausgetrockneten Pass ums Leben kommen. Lange bevor Hilfe von den Rukhin eintreffen würde.

Nesryn zwang sich, einen Fuß vor den anderen zu setzen. Der Pfad wurde wieder schmaler, der Fels so eng wie ein Schraubstock. Sie zwängte sich seitwärts hindurch und ihr Schwert kratzte über den Stein.

Sartaq ächzte, dann stieß er einen gequälten Fluch aus. »Ich stecke fest.«

Sie drehte sich um und sah, dass er tatsächlich festsaß, seine breite Brust und die Schultern vom Felsen eingekeilt. Er stieß sich voran und Blut sickerte aus seinen Wunden, als er zerrte und schob.

»Halt«, befahl sie. »Halt – zieht Euch wieder zurück, wenn Ihr könnt.« Es gab zwar keinen anderen Weg hindurch und sie konnten auch nicht darüber hinwegklettern, aber wenn sie seine Waffen entfernten ...

Er sah sie mit seinen dunklen Augen an. Und sie las die Botschaft darin.

Ihr geht weiter.

»Sartaq«, hauchte sie.

Dann hörten sie es.

Krallen, die auf Stein klackten. Die heranjagten.

Viele. Zu viele. Sie kamen von hinten, kamen schnell näher.

Nesryn ergriff die Hand des Prinzen und zog. »Ihr müsst schieben«, keuchte sie. »*Schiebt.*«

Er ächzte vor Schmerz und die Adern traten an seinem Hals hervor, als er versuchte, sich hindurchzuzwängen, während seine Stiefel auf dem losen Fels knirschten ...

Nesryn stemmte ihre Füße in den Boden und biss die Zähne zusammen und zerrte ihn verzweifelt vorwärts.

Klick, klick, klick ...

»Fester«, stieß sie hervor.

Sartaq legte den Kopf schräg und drückte gegen den Fels, der ihn umklammert hielt.

»Was für ein feines Häppchen, unser Gast«, zischte eine leise weibliche Stimme. »So groß, dass er nicht durch die Öffnung passt. Welch ein Festmahl wir halten werden.«

Nesryn zerrte und zerrte, ihr Griff so furchtbar schlüpfrig von Schweiß und Blut, aber sie umklammerte sein Handgelenk so fest, dass sie spürte, wie die Knochen sich darunter verschoben ...

»Geht«, flüsterte er, während er sich abmühte. »Lauft.«

Falkan bewegte sich in ihrer Tasche und versuchte aufzutauchen. Aber der Felsen drückte so eng gegen ihre Brust, dass er nicht einmal den Kopf hätte herausstrecken können ...

»Ein hübsches Paar«, fuhr dieses weibliche Wesen fort. »Wie ihr Haar glänzt. Wie eine mondlose Nacht. Wir werden euch beide in unser Heim bringen, als unsere Ehrengäste.«

Ein Schluchzen entrang sich Nesryns Kehle. »Bitte«, flehte sie und suchte mit den Augen den Fels hoch über ihnen ab, den Vorsprung zu den oberen Hängen des schmalen Passes, die gewölbten Gipfelhörner, während sie weiter und weiter an Sartaqs Arm zerrte. »*Bitte*«, bettelte sie Sartaq an, ihre Feinde, *jeden*.

Aber Sartaqs Gesicht wurde ruhig. So ruhig.

Er hörte auf zu schieben, hörte auf, sich vorwärtszuzwängen.

Nesryn schüttelte den Kopf und zog an seinem Arm.

Aber er bewegte sich nicht. Keinen Zentimeter.

Er sah sie mit seinen dunklen Augen an. Ohne jede Furcht.

Seine Stimme war klar und ruhig, als er sagte: »Ich habe die Geschichten der Spione über Euch gehört. Die furchtlose Balruhni in Adarlans Reich. Neith' Pfeil. Und ich wusste ...«

Nesryn schluchzte und zog und zog.

Sartaq lächelte sie an – sanft. Süß. So, wie sie ihn noch nie lächeln gesehen hatte.

»Ich habe dich schon geliebt, noch bevor ich überhaupt einen Blick auf dich geworfen habe«, sagte er.

»Bitte«, weinte Nesryn.

Sartaq drückte ihre Hand fester. »Ich wünschte, wir hätten Zeit gehabt.«

Ein Zischen hinter ihm, eine größer werdende, glänzend schwarze Masse ...

Dann war der Prinz fort. Ihren Händen entrissen.

Als hätte es ihn nie gegeben.

Nesryn konnte kaum etwas durch ihren Tränenschleier sehen, während sie sich weiter durch den Pass zwängte und über das Gestein stolperte, mit angespannten Armen und unermüdlichen Füßen.

Weiter, pochte es in ihrem Kopf, in ihrem Blut, in ihren Knochen und sie stürmte weiter voran.

Lauf weiter und komm hier raus, finde Hilfe ...

Endlich verbreiterte sich der Durchgang, und Nesryn taumelte, als sie von dem felsigen Schraubstock loskam. Sie keuchte, Sartaqs Blut immer noch auf den Handflächen, sein Gesicht immer noch vor Augen ...

Der Pfad vor ihr führte um eine Kurve und sie stolperte darauf zu und riss die Hand an ihre Brusttasche, wo Falkan jetzt den Kopf herausstreckte. Sie schluchzte bei seinem Anblick und schluchzte erst recht, als das Klicken und Zischen wieder erklang und näher kam.

Es war vorbei. Es war zu Ende und sie hatte ihn praktisch getötet.

Sie hätte niemals fortgehen dürfen, hätte niemals *irgendetwas* von alledem tun dürfen ...

Sie rannte auf die Kurve zu und Schieferbröckchen spritzten unter ihren Stiefeln weg.

Wir werden euch beide in unser Heim bringen ...

Lebendig. Die Spinne hatte so geredet, als würden sie sie *lebendig* in ihre Höhle verschleppen. Ein kurzes Zeitfenster also, bevor das *Festmahl* begann. Und wenn sie die Wahrheit gesagt hatte ...

Nesryn schlug mit der Hand auf den zappelnden Falkan, der daraufhin entrüstet quiekte.

Aber sie sagte, so leise, wie der Wind durchs Gras rauschte: »Noch nicht. Noch nicht, mein Freund.«

Nesryn verlangsamte ihre Schritte, blieb schließlich ganz stehen und flüsterte ihm ihren Plan zu.

Die *Kharankui* versuchten erst gar nicht, sich anzuschleichen.

Zischend und lachend huschten sie um die Kurve des Passes herum.

Und hielten inne, als sie Nesryn keuchend auf den Knien sahen, während ihr das Blut aus den Schnittwunden an ihren Armen, an ihrem Schlüsselbein rann. Der Geruch des Blutes erfüllte die dicke Luft. Nesryn beobachtete, wie die Spinnen den blutbespritzten Schiefer ringsum bemerkten.

Als hätte sie einen schweren Sturz hinter sich. Als könnte sie nicht mehr weitergehen.

Mit diesem grässlichen Klicken ihrer Beine umzingelten sie sie. Eine Wand aus uralten, stinkenden Gliedmaßen und Reißzähnen und aufgedunsenen, kugeligen Unterleibern. Und Augen. Mehr Augen, als sie zählen konnte, und in ihnen allen ihr Spiegelbild.

Ihr Zittern war nicht gespielt.

»Ein Jammer, dass es nicht mehr für die Jagd reicht«, schmollte eine.

»Wir haben später noch unseren Spaß«, antwortete eine andere.

Nesryn zitterte noch heftiger.

Eine Spinne seufzte. »Wie frisch ihr Blut riecht. Wie sauber.«

»B-bitte«, flehte sie.

Die *Kharankui* lachten bloß.

Dann stürzte sich eine der Spinnen von hinten auf sie.

Drückte sie so auf den Schiefer, dass ihr der Fels das Gesicht und die Hände zerschnitt. Nesryn schrie gegen die Krallen an, die sich ihr in den Rücken bohrten. Schrie, als sie bei einem gequälten Blick über ihre Schulter diese Spinndrüsen über ihren Beinen sah.

Und die Seide, die daraus hervorschoss – um zu einem festen Netz um sie herumgewebt zu werden.

48

Ein scharfer Biss weckte Nesryn.

Sie fuhr hoch, einen Schrei auf den Lippen ...

Aber der Schrei erstarb, als sie die kleinen Zähne spürte, die ihr in den Hals bissen, in ihr Ohr. Die sie wach knabberten.

Falkan. Sie krümmte sich und ihr Kopf pochte. Galle stieg ihr in der Kehle auf.

Er hatte nicht *sie* gebissen. Sondern knabberte in die Seide, in die sie rundherum gefesselt war, stinkende, dicke Strähnen. Und die Höhle, in der sie sich befand ...

Nein, keine Höhle. Sondern ein überdachter Bereich des Passes. Schwach beleuchtet vom Mond.

Sie starrte angestrengt in die Dunkelheit, zu dem steinernen Bogen über ihnen, der keine zehn Meter breit war, und versuchte, ruhig zu atmen ...

Dort. Ganz in der Nähe auf dem Boden, der Länge nach ausgestreckt, vom Hals bis zu den Füßen in Spinnenseide gepackt. Sein Gesicht blutverkrustet, die Augen geschlossen ...

Sartaqs Brust hob und senkte sich.

Nesryn zitterte, um ihr Schluchzen zu unterdrücken, während Falkan an ihr hinunterkletterte und mit seinen spitzen Zähnen weiter die Stränge durchbiss.

Sie brauchte dem Gestaltwandler nicht zu sagen, dass er sich beeilen sollte. Sie ließ ihren Blick über den leeren Durchgang schweifen, über die fahlen Sterne dahinter.

Wo immer sie waren ... Es war anders.

Der Fels glatt. Poliert. Und behauen. Mit unzähligen Gravuren, uralt und primitiv.

Falkan kaute und kaute, und die Seide riss Faden um Faden.

»Sartaq«, wagte Nesryn schließlich zu flüstern. »Sartaq.« Der Prinz regte sich nicht.

Ein Klicken erklang hinter dem Bogengang. »Stopp«, murmelte sie Falkan zu. »*Stopp.*«

Der Gestaltwandler hielt auf seinem Weg an ihrem Rücken entlang inne und klammerte sich an ihre Ledermontur, als ein Schatten, dunkler als die Nacht, um die Ecke hinter ihnen auftauchte. Oder vor ihnen – sie hatte keine Orientierung mehr. Wusste nicht, ob sie sich immer noch innerhalb des Passes befanden oder auf einem weiteren Gipfel.

Die Spinne war eine Spur größer als die anderen, von einem tieferen Schwarz. Als widerstrebte es selbst dem Sternenlicht, sie zu berühren.

Die *Kharankui* hielt inne, als sie bemerkte, dass Nesryn sie anstarrte.

Nesryn beherrschte sich und dachte angestrengt nach, damit ihr *irgendetwas* einfiel, um ihnen Zeit zu verschaffen, um Sartaq und Falkan Zeit zu verschaffen ...

»Ihr seid also diejenigen, die ihre Nasen in vergessene Orte gesteckt haben«, begann die Spinne auf Halha, ihre Stimme wunderschön und klangvoll.

Nesryn schluckte einmal, zweimal und versuchte vergeblich, ihre papiertrockene Zunge zu befeuchten. Schließlich brachte sie ein gekrächztes »Ja« heraus.

»Und was ist es, wonach ihr sucht?«

Falkan kniff sie warnend in den Rücken – ein Befehl, sie abzulenken, während er weiterknabberte.

Nesryn platzte heraus: »Wir wurden von einem Kaufmann bezahlt, der mit euren Schwestern im Norden Handel getrieben hat, den stygischen Spinnen …«

»Schwestern!«, zischte die Spinne. »Sie mögen vielleicht unsere Blutsverwandten sein, aber wahre Schwestern der Seele sind sie nicht. Sanftmütige Närrinnen, die mit Sterblichen handeln – *handeln*, während wir dazu geboren wurden, euch zu *verschlingen*.«

Nesryns Hände zitterten hinter ihrem Rücken. »D-das ist der Grund, warum er uns hergeschickt hat. Sie haben ihn nicht sehr beeindruckt. Er – er hat g-gesagt, sie würden den Legenden nicht gerecht.« Sie hatte keine Ahnung, was sie da eigentlich faselte. »Also wollte er wissen, ob *ihr* vielleicht h-h-handeln würdet.«

Falkan strich ihr tröstend über den Arm.

»Handeln? Wir haben nichts, um Handel zu treiben, nichts als die Knochen euresgleichen.«

»Gibt es hier denn keine Spinnenseide?«

»Nein. Aber wir lieben es trotzdem, von euren Träumen zu kosten, euren Jahren. Bevor wir mit euch fertig sind.«

War Sartaq ihnen bereits zum Opfer gefallen? War das der Grund, warum er sich nicht rührte? Während die Fäden hinter ihr nach und nach rissen, zwang sich Nesryn zu einer weiteren Frage: »Was – was tut ihr denn dann hier?«

Die Spinne trat einen Schritt vor und Nesryn machte sich auf einen Angriff gefasst. Aber die *Kharankui* hob nur ein dünnes, krallenbewehrtes Bein und zeigte auf die polierten, behauenen Wände. »Wir warten.«

Nachdem ihre Augen sich endlich an die Dunkelheit gewöhnt hatten, erkannte Nesryn, worauf die Spinne deutete.

In den Stein war das Bild eines Bogens gehauen worden – ein Tor.

Und darin stand eine in einen Umhang gehüllte Gestalt.

Sie blinzelte, um zu erkennen, um wen es sich handelte. »Auf w-wen wartet ihr?«

Houlun hatte gesagt, die Valg seien einst hier durchgekommen …

Die Spinne wischte den Dreck beiseite, der die Gestalt verkrustete, und legte das gemeißelte lange, wallende Haar frei. Und was Nesryn für einen Umhang gehalten hatte … war tatsächlich ein Kleid.

»Auf unsere Königin«, sagte die Spinne. »Wir warten darauf, dass Ihre Dunkle Majestät endlich zurückkehrt.«

»Nicht – nicht auf Erawan?« Diener einer dunklen Krone, hatte Houlun gesagt …

Die Spinne zischte und ihr Gift landete knapp vor Sartaqs gefesselten Füßen. »Nein, nicht auf ihn. *Niemals.*«

»Wer ist es dann …?«

»Wir warten auf die Königin der Valg«, schnurrte die Spinne und strich über die Steingravur. »Die sich in dieser Welt Maeve nennt.«

49

Königin der Valg.

»Maeve ist doch Königin der *Fae*«, gab Nesryn vorsichtig zurück.

Die Spinne kicherte leise und boshaft. »Das hat sie alle glauben gemacht.«

Denk nach, denk nach, denk nach. »Welch eine – große und mächtige Königin sie sein muss«, stammelte Nesryn. »Um über beide zu herrschen.« Falkan kaute hektisch und die einzelnen Stränge gaben langsam, ganz langsam nach. »Darf ich – darf ich ihre Geschichte erfahren?«

Die Spinne musterte sie, ihre Augen wie Abgründe der Hölle. »Glaub bloß nicht, dass du dadurch am Leben bleibst, Sterbliche.«

»Ich – ich weiß.« Sie zitterte weiter und die Worte brachen aus ihr hervor. »Aber Geschichten ... habe ich immer schon geliebt – besonders jene über diese Länder. *Windsucherin* hat meine Mutter mich genannt, weil es mich immer dorthin zog, wo der Wind hinwehte, weil ich immer von diesen Geschichten geträumt habe. Und hier ... auch hierher hat mich der Wind geführt. Also möchte ich gerne eine letzte Geschichte hören. Bevor mein Leben endet.«

Die Spinne schwieg für einen Moment. Dann noch einen. Dann ließ sie sich unter dem Bild des Torbogens nieder – des Wyrdtors. »Betrachte es als ein Geschenk – für deinen Mut, auch nur darum zu bitten.«

Nesryn sagte nichts und ihr Herz hämmerte so wild, dass sie es in jedem Teil ihres Körpers spürte.

»Vor langer Zeit«, begann die Spinne leise mit ihrer wunderschönen Stimme, »in einer anderen Welt in einem anderen Leben, existierte ein Land aus Dunkelheit und Kälte und Wind. Regiert von drei Königen, Meistern des Schattens und des Schmerzes. Brüdern. Die Welt war nicht immer so gewesen, war nicht so geboren worden. Aber sie führten einen gewaltigen Krieg. Einen Krieg, um alle anderen Kriege zu beenden. Und diese drei Könige eroberten das Land. Verwandelten es in Ödland, ein Paradies für jene, die in der Dunkelheit gelebt hatten. Tausend Jahre herrschten sie, gleichberechtigt an Macht, ihre Söhne und Töchter über das Land verteilt, um ihre fortwährende Herrschaft zu sichern. Bis eine Königin erschien – und mit ihrer Macht ein neues, dunkles Lied in die Welt brachte. Solch wundersame Dinge konnte sie mit ihrer Macht bewirken, entsetzliche, wundersame Dinge ...«

Die Spinne seufzte. »Alle Könige begehrten sie natürlich. Verfolgten sie, umwarben sie. Aber sie ließ sich nur dazu herab, sich mit einem einzigen zu verbünden, dem stärksten von ihnen.«

»Erawan«, murmelte Nesryn.

»Nein. Orcus, der älteste der Valg-Könige. Sie vermählten sich, aber Maeve war nicht zufrieden. Rastlos verbrachte unsere Königin lange Stunden damit, über die Rätsel der Welt zu sinnieren – die Rätsel anderer Welten. Und mit ihren Gaben fand sie einen Weg, sie zu durchschauen. Den Schleier zwischen den Welten zu durchdringen. Und sah verschiedene Reiche voller Grün, voller Licht und Lieder.« Die Spinne zischte, als handelte es sich um etwas Abscheuliches. »Und eines Tages, als Orcus fort war, um seine Brüder zu besuchen, nahm sie einen Pfad zwischen den Reichen. Trat über ihre Welt hinaus und hinein in eine andere.«

Nesryn gefror das Blut in ihren Adern. »W-wie?«

»Sie hatte Beobachtungen angestellt. Hatte von solchen Rissen zwischen den Welten erfahren. Von einem Tor, das man nach Belieben öffnen und schließen konnte, wenn man die richtigen Worte kannte.« Die dunklen Augen der Spinne glänzten. »Wir sind mit ihr gekommen – ihre geliebten Mägde. Wir sind mit ihr an diesen ... Ort gekommen. Genau an diese Stelle.«

Nesryn betrachtete den polierten Stein. Selbst Falkan hielt inne und schien das Gleiche zu tun.

»Sie bat uns zu bleiben – um das Tor zu bewachen. Damit niemand ihr folgte. Denn sie hatte beschlossen, nicht zurückzukehren. Zu ihrem Gemahl, in ihre Welt. Also ging sie, und alles, was wir von da an hörten, durch unsere Schwestern und kleineren Verwandten, waren Gerüchte, getragen vom Wind.« Die Spinne verstummte.

Nesryn drängte: »Und was habt ihr gehört?«

»Dass Orcus mit seinen Brüdern im Schlepptau eingetroffen sei. Dass er vom Verschwinden seiner Gemahlin erfahren und entdeckt habe, wie sie es angestellt hatte. Aber er ging sogar noch weiter als sie und fand einen Weg, das Tor zwischen den Welten zu *kontrollieren.* Fertigte dafür Schlüssel an und teilte sie mit seinen Brüdern. Drei Schlüssel für drei Könige.

Und so gingen sie von einer Welt zur nächsten, öffneten die Tore, wie es ihnen beliebte, fegten mit ihren Armeen hindurch und legten diese Reiche in Schutt und Asche, während sie Jagd auf sie machten. Bis sie *diese* Welt hier erreichten.«

Nesryn bekam kaum genug Luft, um zu fragen: »Und sie haben sie gefunden?«

»Nein«, antwortete die Spinne mit so etwas wie einem Lächeln in der Stimme. »Denn Ihre Dunkle Majestät hatte diese Berge verlassen, hatte ein anderes Land gefunden und sich gut gewappnet. Sie wusste, dass man sie eines Tages finden würde. Und plante, sich vor aller Augen sichtbar zu verstecken. Und das tat sie. Sie stieß auf ein wunderbares, langlebiges Volk – beinahe selbst unsterblich –, das von zwei Schwesterköniginnen regiert wurde.«

Mab und Mora. Heilige Götter …

»Und mithilfe ihrer Kräfte drang sie in ihren Geist ein. Machte sie glauben, sie hätten eine Schwester, eine älteste Schwester, die mit ihnen regierte. Drei Königinnen – für die drei Könige, die vielleicht eines Tages kommen würden. Und als sie zu dritt in den Palast zurückkehrten, drang sie auch in den Geist all jener ein, die dort lebten. Und all jener, die zu ihnen kamen. Ließ sie denken, dass es schon immer eine dritte Königin gegeben habe, die schon immer regiert habe. Und falls jemand ihrer Macht doch irgendwie Widerstand leistete, fand sie Mittel und Wege, ihn zu brechen.« Ein boshaftes Kichern.

Nesryn kannte die Legenden. Über Maeves dunkle, unbekannte Macht – eine Finsternis, die Sterne verschlingen konnte. Darüber, dass Maeve niemals eine Fae-Gestalt offenbart hatte, nur diese tödliche Dunkelheit. Und dass sie bereits länger als jeder andere Fae existierte. So lange, dass ihre Lebensspanne nur mit der von … Erawan vergleichbar war.

Die Lebensspanne eines Valg. Einer Valg-Königin.

Wieder machte die Spinne eine Pause. Inzwischen hatte Falkan Nesryns Hände fast erreicht – aber immer noch nicht weit genug, um sie zu befreien.

Also fragte Nesryn: »Und als die Valg-Könige eintrafen, wussten sie nicht, wem sie in diesem Krieg gegenüberstanden?«

»Genau so war es.« Ein entzücktes Schnurren. »Getarnt mit einem Fae-Körper, erkannten sie sie nicht, diese Narren. Was sie zu ihrem Vorteil nutzte. Sie wusste, wie sie sie besiegen konnte, wie ihre Armeen funktionierten. Und als sie begriff, wie sie überhaupt hierhergekommen waren, dass sie Schlüssel besaßen … wollte sie sie haben. Sie wollte die Könige bannen, sie töten, um die Schlüssel zu benutzen, wie es ihr innerhalb dieser Welt – und anderer Welten – gefiel.

Also schnappte sie sich die Schlüssel. Schlich sich an und nahm sie sich einfach. Umgeben von Fae-Kriegern, damit niemand auf die Idee kam zu fragen, *woher* genau sie eigentlich so viele Dinge wusste. Oh, die schlaue Königin behauptete zudem, ihr Wissen stamme aus der Zwiesprache mit der Geisterwelt, aber ... sie wusste natürlich Bescheid. Sie selbst hatte diese Kriegslager geführt. Und sie wusste, wie die Könige tickten. Also stahl sie die Schlüssel. Und schaffte es, zwei der Könige zurückzuschicken, darunter Orcus. Aber bevor sie Jagd auf den letzten König machen konnte, den jüngsten, der seine Brüder so sehr liebte, wurden ihr die Schlüssel weggenommen.« Ein Zischen.

»Von Brannon«, flüsterte Nesryn.

»Ja, von dem Feuerkönig. Er sah die Dunkelheit in ihr, erkannte sie jedoch nicht. Er wunderte sich, schöpfte Verdacht, aber von den Valg, unserem Volk, kannte er nur die *männlichen* Soldaten. Ihre Infanteristen und Fürsten und Könige. Er wusste nicht, dass eine weibliche Kreatur ... Wusste nicht, wie anders, wie außergewöhnlich ein weiblicher Valg sein kann. Sie überlistete sogar *ihn,* fand einen Weg in seinen Geist, um ihn daran zu hindern, es wirklich zu begreifen.« Ein weiteres leises, liebliches Lachen. »Selbst jetzt, da seinem aufdringlichen Geist alles klar sein müsste ... Selbst jetzt weiß er es nicht. Und das wird sein Verhängnis werden – ja, sein Verhängnis und das der anderen.«

Übelkeit stieg in ihr auf. *Aelin.* Aelins Verhängnis.

»Aber auch wenn er die Herkunft unserer Königin nicht richtig einschätzen konnte, wusste er dennoch, dass sein Feuer ... Sie hatte große Angst vor seinem Feuer. So wie alle wahren Valg.« Ein Fitzelchen an Information, das Nesryns Gehirn sofort speicherte. »Er ging fort und baute in weiter Ferne sein Königreich auf, während sie ihre Verteidigung aufbaute. Zahlreiche schlaue Verteidigungstaktiken, sollte Erawan sich jemals wieder erheben und begreifen, dass die Königin, die er für seinen Bruder durch alle Welten hindurch gesucht hatte, die ganze Zeit über *hier* gewesen war. Dass sie Fae-Armeen um sich geschart hatte und sie kämpfen lassen würde.«

Eine Spinne in ihrem Netz. Das war Maeve.

Falkan erreichte endlich Nesryns Hände und zerkaute die Seide dort. Sartaq war immer noch bewusstlos, der Spinne so gefährlich nah.

»Also habt ihr all diese Jahrtausende gewartet – darauf, dass sie in diese Berge zurückkehrt?«

»Sie hat uns befohlen, den Pass zu halten, den Riss in der Welt zu bewachen. Also haben wir das getan. Und wir werden es weiter tun, bis sie uns wieder an ihre Seite ruft.«

Nesryn schwirrte der Kopf. Maeve – sie würde später darüber nachdenken. Falls sie das hier überlebten.

Sie schnippte mit den Fingern – das Zeichen für Falkan.

Lautlos huschte der Gestaltwandler in die Dunkelheit.

»Jetzt weißt du es – wie es dazu kam, dass die Schwarze Wache hier lebt.« Die Spinne erhob sich schwungvoll. »Ich hoffe, diese Geschichte war dazu geeignet, deine letzte zu sein, Windsucherin.«

Nesryn öffnete den Mund, als die Spinne näher kam, und drehte die Handgelenke hinter ihrem Rücken ...

»Schwester«, zischte plötzlich eine weibliche Stimme aus der Dunkelheit. »Schwester, auf ein Wort.«

Die Spinne blieb stehen und drehte ihren runden Leib in Richtung des Steinbogens. »*Was?*«

Ein Hauch von Furcht lag in der Luft. »Es gibt ein Problem, Schwester. Eine Bedrohung.«

Die Spinne huschte zu der anderen hinüber und fuhr sie an: »Sprich.«

»Ruks am nördlichen Horizont. Mindestens zwanzig ...«

Die Spinne zischte. »Du bewachst die Sterblichen. Ich werde mich um die Vögel kümmern.«

Ihre Beine klickten und der Schiefer klapperte, als sie davonstolzierte. Nesryns Herz hämmerte und sie öffnete und schloss ihre schmerzenden Hände. »Sartaq«, hauchte sie.

Und er öffnete seine Augen. Wach. Ruhig.

Die andere Spinne kroch herein, kleiner als ihre Anführerin. Sartaq spannte die Muskeln an, als versuchte er, die Seide zu sprengen, die ihn umfangen hielt.

Aber die Spinne flüsterte nur: »*Schnell.*«

50

Als Falkans Stimme aus dem abscheulichen Mund der *Kharankui* erklang, entspannte Sartaq sich.

Nesryn riss die Hände aus dem Netz und schluckte den Schmerz hinunter, als die Fasern ihre Haut zerrissen. Wie mussten Falkans Mund und Zunge erst wehtun ...

Sie betrachtete die Spinne, die über Sartaq kauernd seine Fesseln mit ihren Klauen durchschnitt. Und wo ihre Scheren zuschlugen, quoll Blut hervor.

»Schnell«, flüsterte der Gestaltwandler noch einmal. »Eure Waffen sind dort in der Ecke.«

Im schwachen Glanz der Sterne konnte Nesryn gerade noch so ihren gewölbten Bogen erkennen, neben dem nackten Silber ihres Kurzschwerts.

Als Falkan endlich die letzten Fäden durchtrennt hatte, stieß Sartaq das Netz von sich und stand taumelnd auf. Mit einer Hand stützte er sich am Gestein ab. Blut, so viel Blut überall an ihm ...

Aber er eilte auf Nesryn zu und riss an den Fäden, die noch immer ihre Füße bedeckten. »Bist du verletzt?«

»Schneller«, trieb Falkan sie an und schaute zu dem Bogengang hinter ihnen. »Es wird nicht lange dauern, bis sie merkt, dass niemand kommt.«

Nesryns Füße kamen frei und Sartaq zerrte sie hoch. »Hast du gehört, was sie über Maeve gesagt hat …?«

»Oh, und wie ich das gehört habe«, flüsterte Sartaq, als sie zu ihren Waffen rannten. Er reichte ihr Bogen, Köcher und Fae-Klinge, ergriff seine eigenen Asteriondolche und zischte Falkan zu: »In welche Richtung?«

Der Gestaltwandler huschte vorwärts, an Maeves Steinbildnis vorbei. »Hier – diesen Abhang hinauf. Wir befinden uns geradewegs auf der anderen Seite des Passes. Wenn wir hoch genug hinaufgelangen können …«

»Habt Ihr Kadara gesehen?«

»Nein«, antwortete der Gestaltwandler. »Aber …«

Sie warteten den Rest gar nicht erst ab, sondern schlichen sich rasch auf leisen Sohlen aus dem Bogen und in den vom Licht der Sterne erleuchteten Pass. Tatsächlich erhob sich ein unebener Hang voller Geröll aus dem Boden, wie ein Pfad zu den Sternen selbst.

Mit Falkan als dunklem Schatten in ihrem Rücken hatten sie die Hälfte des tückischen Hangs gerade bewältigt, als aus dem Berg dahinter ein Kreischen ertönte. Aber der Himmel war leer, kein Zeichen von Kadara …

»Feuer«, hauchte Nesryn, während sie auf den Kamm des Gipfels zueilten. »Sie hat gesagt, dass alle Valg Feuer hassen. *Sie* hassen Feuer.« Denn die Spinnen, die Leben verschlangen, Seelen verschlangen … waren ebenso Valg wie Erawan, entsprangen derselben dunklen Hölle. »Hol den Zündstein aus deiner Tasche«, befahl sie dem Prinzen.

»Um *was* zu entzünden?« Sein Blick schoss zu den Pfeilen an ihrem Rücken, als sie auf dem schmalen Grat zum Gipfel – dem gewölbten Horn – haltmachten. »Wir sitzen hier oben in der Falle.« Er suchte den Himmel ab. »Wahrscheinlich bringt es uns gar nichts.«

Nesryn nahm einen Pfeil und schulterte ihren Bogen, während sie einen Streifen ihres Hemdes unter ihrer Lederjacke hervorzog. Sie riss den Saum ab, teilte das Stück in zwei Teile und band eins um den Schaft des Pfeils. »Wir brauchen Zunder«, sagte sie, und Sartaq zog den Zündstein aus seiner Brusttasche.

Ein Messer blitzte auf, dann hielt Sartaq einen Teil seines Zopfs in seiner ausgestreckten Hand.

Sie verlor keine Zeit. Band einfach den Zopf um das Stück Stoff und hielt ihm den Pfeil hin, während er immer wieder den Zündstein anschlug. Funken flogen durch die Luft ...

Und einer entfachte das Feuer. Eine Flamme loderte auf. Gerade als sich im Pass unter ihnen etwas Dunkles bewegte. Schulter an Schulter wogten die Spinnen auf sie zu. Mindestens zwei Dutzend.

Nesryn legte den Pfeil ein, zog die Sehne zurück – und zielte nach oben.

Zielte nicht direkt auf sie, sondern schoss in den Himmel, so hoch, als wollte sie die frostigen Sterne durchstoßen.

Die Spinnen hielten inne und beobachteten, wie der Pfeil seinen Zenit erreichte und dann hinabstürzte, immer weiter hinab ...

»Noch mal«, verlangte Nesryn, nahm den zweiten Stoffstreifen und schlang ihn um die Spitze ihres nächsten Pfeils. Sie hatte nur noch drei weitere in ihrem Köcher. Sartaq säbelte erneut ein Stück von seinem Zopf ab und wickelte ihn ebenfalls um die Pfeilspitze. Der Zündstein ließ Funken sprühen, und während der erste Pfeil auf die in Deckung gehenden Spinnen stürzte, schoss sie den zweiten ab.

Die Spinnen waren so auf den Pfeil von oben fixiert, dass sie nicht geradeaus blickten.

Am allerwenigsten die größte von ihnen, die so lange mit Nesryn gesprochen hatte.

Der Schrei der Spinne ließ selbst die Steine unter ihnen erbeben, als Nesryns brennender Pfeil sich in ihren Unterleib und tief in ihr Fleisch bohrte.

»Noch einen«, flüsterte Nesryn und tastete nach ihrem nächsten Pfeil, während jetzt Sartaq sein Hemd zerriss. »Schnell.«

Sie konnten nirgendwohin, hatten keine andere Möglichkeit, sie in Schach zu halten.

»Verwandelt Euch«, sagte sie zu Falkan, der beobachtete, wie die in Panik geratenen Spinnen sich gegen den kreischenden Befehl ihrer Anführerin sträubten, das Feuer auf ihrem Unterleib zu löschen. »Wenn Ihr Euch in irgendetwas verwandeln wollt, dann *jetzt*.«

Der Gestaltwandler richtete sein abscheuliches Spinnengesicht auf sie. Sartaq schnitt noch ein Stück seines Zopfs ab und schob es über die Spitze ihres dritten Pfeils. »Ich werde sie aufhalten«, sagte Falkan.

Es regnete Funken und das Feuer griff auch auf diesen dritten Pfeil über.

»Eine Bitte, Captain«, sagte der Gestaltwandler zu ihr.

Zeit. Sie hatten keine *Zeit* ...

»Als ich sieben war, zeugte mein älterer Bruder in Rifthold eine uneheliche Tochter mit einer armen Frau und ließ sie beide im Stich. Das war vor zwanzig Jahren, und seit ich alt genug war, um in der Stadt meinem Handel nachzugehen, habe ich nach ihr gesucht. Nach einigen Jahren fand ich die Mutter – auf ihrem Totenbett. Sie hatte kaum genug Kraft, um zu berichten, dass sie das Mädchen hinausgeworfen habe. Sie wusste nicht, wo meine Nichte war. Es kümmerte sie auch nicht. Sie starb, noch bevor sie mir einen Namen nennen konnte.«

Nesryns Hände zitterten, als sie mit dem Pfeil auf eine Spinne zielte, die sich an ihrer brennenden Schwester vorbeizuschieben versuchte. »Beeil dich«, warnte Sartaq sie.

»Falls sie überlebt hat«, fuhr Falkan fort, »und nun erwachsen ist, könnte sie ebenfalls die Gabe der Gestaltwandler haben. Aber egal, ob sie die Gabe hat oder nicht ... Sie ist meine Familie. Alles, was ich noch habe. Alles, wonach ich gesucht habe.«

Nesryn feuerte den dritten Pfeil ab. Eine Spinne schrie, als der Pfeil sein Ziel fand. Die anderen wichen zurück.

»Findet sie«, bat Falkan und machte einen Schritt auf die Schreckensgestalten unter ihnen zu. »Mein Vermögen – es gehört alles ihr. Und mag ich sie auch in meinem Leben im Stich gelassen haben. So doch nicht in meinem Tod.«

Nesryn öffnete ungläubig den Mund, die Worte lagen ihr schon auf der Zunge ...

Aber Falkan rannte bereits den Pfad hinunter. Sprang direkt vor diese brennende Reihe von Spinnen.

Sartaq fasste sie am Ellbogen und deutete auf den steilen Pfad zu der winzigen Felsspitze hinauf. »Da ...«

Im einen Moment stand sie noch aufrecht. Im nächsten hatte Sartaq sie nach hinten geschubst und sein Schwert gezückt.

Sie stolperte und ruderte mit den Armen, um das Gleichgewicht zu halten, als sie begriff, was über die andere Seite des Gipfels hinaufgekrochen war. Die Spinne zischte sie jetzt an und von ihren riesigen Reißzähnen tropfte Gift auf das Gestein.

Mit beiden Vorderbeinen stürzte sie sich auf Sartaq.

Er wich einem Bein aus, ließ sein Schwert niederkrachen und traf.

Schwarzes Blut spritzte und die Spinne kreischte – bohrte dem Prinzen ihre Kralle aber noch tief in den Oberschenkel.

Nesryn verlor keine Zeit und schoss ihren vierten Pfeil ab, direkt in eins dieser Augen. Der fünfte und letzte Pfeil flog einen Moment später durch die Luft und direkt in das offene Maul der schreienden Spinne.

Sie biss auf den Pfeil und er brach in zwei Teile.

Nesryn ließ ihren Bogen fallen und zückte ihre Fae-Klinge.

Die Spinne fauchte.

Nesryn trat zwischen Sartaq und die *Kharankui*. Unten schrien und kreischten die anderen, aber sie wagte es nicht, sich umzublicken, um zu sehen, was Falkan tat. Ob er noch immer kämpfte.

Die Klinge leuchtete wie ein Streifen Mondlicht zwischen ihr und der Kreatur.

Die *Kharankui* machte einen Schritt vor. Nesryn wich einen zurück, während Sartaq versuchte, sich neben ihr aufzurappeln.

»*Ich werde dich um den Tod betteln lassen*«, schäumte die Spinne und rückte erneut vor.

Duckte sich, bereit zum Sprung.

Mach was draus; sieh zu, dass dieser Hieb sitzt ...

Die Spinne sprang.

Und flog vom Felsen, als ein dunkler Ruk sie mit voller Wucht rammte, kreischend vor Zorn.

Nicht Kadara. Sondern Arcas.

Borte.

51

Wie ein wütender Wirbelwind bäumte Arcas sich auf, um dann sofort wieder abzutauchen, während Bortes Schlachtruf von den Felsen widerhallte. Sie und ihr Ruk hielten auf die *Kharankui* unten im Pass zu. Die Spinne, die sie aufhielt, war blutüberströmt – *rotes* Blut floss aus ihren zahlreichen Wunden.

Ein weiterer Schrei gellte durch die Nacht, einer, den sie inzwischen so gut kannte wie ihre eigene Stimme.

Und da war Kadara, segelte direkt auf sie zu, zwei weitere Ruks dicht hinter sich.

Sartaq stieß einen Laut aus, der einem Schluchzen gleichkam, als einer der beiden anderen Ruks abschwenkte und dorthin abtauchte, wo Borte durch die Reihen der *Kharankui* fegte, sich auf sie stürzte und sie zerschmetterte.

Ein Ruk mit tief dunkelbraunen Federn … und darauf ein junger Mann.

Yeran.

Den anderen Reiter, der hinter Kadara hersegelte, erkannte Nesryn nicht. Kadaras goldene Federn waren blutgetränkt, aber sie flog ruhig und sicher und blieb über ihnen in der Luft schweben, während der andere Ruk näher kam.

»Halt ganz still und fürchte dich nicht vor dem Abgrund«, flüsterte

Sartaq und strich mit einer Hand über Nesryns Wange. Das Mondlicht erhellte sein von Dreck und Blut verkrustetes Gesicht, die Augen voller Schmerz, und doch ...

Dann war da eine Wand aus Flügeln und mächtigen, weit gespreizten Klauen.

Sie schlangen sich um Nesryns Taille und unter ihre Oberschenkel und zogen sie aufrecht sitzend in die Luft hinauf, ebenso wie Sartaq auf der anderen Seite, und dann schoss der große Vogel in den Nachthimmel.

Der Wind brüllte, aber der Ruk hob sie immer höher und höher. Kadara folgte ihnen – als schützende Nachhut. Ihr Haar peitschte wild um sie herum, als Nesryn sich zu dem von Feuer gesäumten Pass umsah.

Wo Borte und Yeran jetzt nach oben sausten. In den Klauen von Yerans Ruk hing eine dunkle Gestalt. Vollkommen reglos.

Aber Borte war noch nicht fertig.

Ein Licht erglomm auf ihrem Ruk. Ein brennender Pfeil.

Borte feuerte ihn hoch in den Himmel.

Ein Signal, begriff Nesryn, denn plötzlich war die Luft von unzähligen Flügeln erfüllt. Und als Bortes Pfeil auf einem der Spinnennetze landete und es in Flammen aufgehen ließ, entzündeten sich Hunderte von Lichtern am Himmel.

Ruk-Reiter. Jeder mit einem brennenden Pfeil. Jeder zielte jetzt nach unten.

Wie ein Sternschnuppenregen prasselten die Pfeile in die Dunkelheit des Dagul. Landeten auf Netzen und Bäumen. Und entfachten Feuer. Ein Feuer nach dem anderen.

Bis die Nacht hell erleuchtet war, bis Rauch aufstieg und sich mit den anschwellenden Schreien von den Gipfeln und aus dem Wald vermischte.

Die Ruks schwenkten nach Norden ab und Nesryn klammerte

sich zitternd an die Klauen, die sie hielten. Sie blickte zu Sartaq hinüber, fest umfangen von der anderen Klaue, und sein nun schulterlanges Haar flatterte im Wind.

Die lodernden Flammen ließen die Wunden auf seinem Gesicht, an seinen Händen und seinem Hals umso schauerlicher erscheinen. Seine Haut war fahl, seine Lippen blutleer, seine Augen müde vor Erschöpfung und Erleichterung.

Aber Sartaq lächelte. Es war nur der Hauch eines Lächelns, doch die Worte, die ihr der Prinz gestanden hatte, schwebten zwischen ihnen im Wind.

Sie konnte den Blick nicht von ihm lösen. Wollte nicht wegsehen.

Also erwiderte Nesryn das Lächeln.

Und überall um sie herum brannte der Dagul Fjäll bis tief in die Nacht hinein.

52

Im Morgengrauen galoppierten Chaol und Yrene zurück nach Antica.

Sie hinterließen Hasar eine Notiz, in der sie behaupteten, Yrene habe einen schwer kranken Patienten, nach dem sie dringend sehen müsse, und rasten unter der aufgehenden Sonne über die Dünen.

Sie hatten kaum geschlafen, aber wenn das, was sie über die Heiler vermuteten, der Wahrheit entsprach, wagten sie es nicht, noch länger zu bleiben.

Chaols Rücken schmerzte wegen des gestrigen Ritts und des ... nächtlichen *anderen* Ritts. Mehrfachen Ritts. Und als die Minarette und weißen Mauern Anticas vor ihnen auftauchten, zischte er vor Schmerz durch die Zähne.

Yrene beobachtete ihn nachdenklich auf dem ganzen quälenden Weg durch die vollen Straßen zum Palast. Sie hatten nicht darüber gesprochen, wie sie künftig die Nächte verbringen würden, aber selbst wenn er jede einzelne Stufe der Torre erklimmen musste, war es ihm egal. Entweder ihr Bett oder seins. Der Gedanke, sich auch nur für einen Moment von ihr zu trennen ...

Chaol zuckte zusammen, als er von Farasha absaß, die verdächtig brav gewesen war, und nahm dankbar den Stock entgegen, den der nächstbeste Stallbursche von Yrenes Stute geholt hatte.

Er schaffte es, einige Schritte auf sie zuzuhumpeln, angestrengt und zermürbt, aber Yrene streckte warnend eine Hand aus. »Denk nicht mal im Traum daran, mich von diesem Pferd zu heben oder mich zu tragen oder sonst *irgendetwas.*«

Er gehorchte, bedachte sie jedoch mit einem schiefen Blick. »*Sonst irgendetwas?*«

Ihre Wangen nahmen eine wunderschöne Rotschattierung an, als sie von der Stute glitt und dem wartenden Stallburschen die Zügel reichte. Die Erleichterung war ihm anzusehen, maßlos dankbar dafür, sich nicht um die ungestüme Farasha kümmern zu müssen, die gerade den anderen bemitleidenswerten Stallburschen, der sie zu den Ställen zu zerren versuchte, musterte, als wollte sie ihn zum Mittagessen verspeisen. Hellas' Pferd, in der Tat.

»Ja, *sonst irgendetwas*«, wiederholte Yrene und strich ihr zerknittertes Kleid glatt. »Was wahrscheinlich schuld daran ist, dass du schlimmer humpelst als zuvor.«

Chaol wartete, dass sie zu ihm aufschloss, und balancierte sich dann so auf seinem Stock aus, dass er ihr einen Kuss auf die Schläfe drücken konnte. Es kümmerte ihn nicht, wer es sah. Wer darüber Bericht erstatten würde. Sie konnten alle zur Hölle gehen. Aber er hätte schwören können, dass Shen und die anderen Gardisten hinter ihnen über beide Ohren grinsten.

Chaol zwinkerte ihr zu. »Dann solltest du mich besser heilen, Yrene Towers, denn ich habe heute Nacht jede Menge *irgendetwas* mit dir vor.«

Ihre Röte vertiefte sich noch, aber sie reckte das Kinn vor, ganz Sitte und Anstand. »Wir konzentrieren uns zuerst auf diese Schriftrollen, du Wüstling.«

Chaol grinste breit und ungeniert und spürte selbst dieses Grinsen in jedem Zentimeter seines schmerzenden Körpers, während sie in den Palast zurückschlenderten.

Alles Glück war nur von kurzer Dauer.

Chaol merkte sofort, das etwas nicht stimmte, als sie den ruhigen Flügel des Palastes betraten. Als er die Wachen miteinander tuscheln und die Diener herumhuschen sah. Yrene warf ihm nur einen einzigen Blick zu, dann eilten sie weiter, so schnell es ihm möglich war. Sein Rücken brannte bis hinunter zu seinen Oberschenkeln, aber wenn etwas passiert war ...

Die Türen zu seinen Gemächern standen offen, davor waren zwei Wachmänner postiert, die ihn voller Furcht und Mitleid ansahen. Ihm drehte sich der Magen um.

Nesryn. Wenn sie zurück war, wenn dieser Valg ...

Er stürmte in die Räume, ignorierte seinen protestierenden Körper, sein Kopf von brüllendem Schweigen erfüllt.

Nesryns Tür stand offen.

Aber da war kein Leichnam auf dem Bett. Kein Blut auf dem Teppich oder an den Wänden.

Ebenso wenig wie in seinem Zimmer. Aber beide Schlafräume ... verwüstet.

So verwüstet, als hätte ein starker Wind die Fenster zerschmettert und wäre hindurchgefegt.

Im Wohnzimmer sah es noch schlimmer aus. Das goldene Sofa – zerfetzt. Die Bilder und übrigen Kunstwerke umgeworfen oder zerschlagen oder aufgeschlitzt.

Der Schreibtisch war geplündert worden, die Teppiche umgedreht ...

Kadja kniete in der Ecke und sammelte die Teile einer zerbrochenen Vase auf.

»Sei vorsichtig«, zischte Yrene und ging zu dem Mädchen hinüber, das mit bloßen Händen die Scherben auflas. »Hol lieber einen Besen und eine Kehrschaufel.«

»Wer war das?«, fragte Chaol leise.

Furcht schimmerte in Kadjas Augen, als sie aufstand. »Es war schon so, als ich heute Morgen hier ankam.«

»Und du hast gar nichts mitbekommen?«, forschte Yrene nach.

Bei ihrem scharfen, zweifelnden Ton straffte Chaol die Schultern. Yrene hatte der Dienerin keine Sekunde lang über den Weg getraut, hatte Aufgaben erfunden, um sie fernzuhalten, aber dass Kadja so etwas tun würde ...

»Da Ihr fort wart, Mylord, habe ich ... habe ich mir den Abend freigenommen, um meine Eltern zu besuchen.«

Er versuchte, nicht zusammenzuzucken. Eine Familie. Sie hatte Familie hier und er hatte es nie für nötig befunden, sie danach zu fragen ...

»Und können deine Eltern die Tatsache beschwören, dass du über Nacht bei ihnen warst?«

Chaol wirbelte herum. »Yrene.«

Aber Yrene beachtete ihn nicht, während sie Kadja musterte. Unter diesem durchdringenden Blick fiel die Dienerin sichtlich in sich zusammen. »Obwohl ich annehme, dass es viel klüger wäre, die Tür für jemand anderen unverschlossen zu lassen.«

Kadja wand sich noch mehr und zog den Kopf ein.

»Yrene – das hier könnte *irgendwer* gewesen sein.«

»Ja, irgendwer. Vor allem jemand, der etwas gesucht hat.«

Er begriff die Bedeutung der Worte im selben Moment, in dem ihm die Unordnung des Raums bewusst wurde.

Chaol sah die Dienerin an. »Räum nichts mehr auf. Alles hier drin könnte einen Hinweis darauf geben, wer das war.« Er runzelte die Stirn. »Wie viel hast du bereits aufgeräumt?«

Nach dem Zustand des Zimmers zu urteilen, nicht viel.

»Ich habe gerade erst angefangen. Ich dachte, Ihr würdet nicht vor dem Abend zurückkehren, daher habe ich mich nicht ...«

»Schon gut.« Er sah ihre unglückliche Miene und fügte hinzu:

»Geh zu deinen Eltern. Nimm dir den Tag frei, Kadja. Ich bin froh, dass du nicht hier warst, als es passiert ist.«

Yrene warf ihm einen missbilligenden Blick zu, der nur allzu deutlich sagte, dass dieses Mädchen sehr gut die Verwüstung verursacht haben konnte, aber sie schwieg. Binnen einer Minute war Kadja fort und schloss mit einem leisen Klicken die Türen zum Flur hinter sich.

Yrene fuhr sich mit den Händen übers Gesicht. »Es ist alles weg. *Alles.*«

»Wirklich?« Er humpelte zum Schreibtisch und spähte in die Schubladen, während er sich mit einer Hand auf der Tischplatte abstützte. Sein Rücken schmerzte und verkrampfte sich ...

Yrene stürmte zu dem goldenen Sofa und hob die zerrissenen Kissen hoch. »Alle Bücher, die Schriftrollen ...«

»Es war allgemein bekannt, dass wir fort sein würden.« Er lehnte sein ganzes Gewicht auf den Schreibtisch, um seinen Rücken zu entlasten, und seufzte beinahe vor Erleichterung.

Yrene bahnte sich einen Weg durch den Raum und inspizierte jedes ihrer Verstecke. »Alles ist weg. Sogar *Das Lied vom Anfang.*«

»Was ist mit dem Schlafzimmer?«

Sofort war sie verschwunden. Chaol rieb sich den Rücken und ächzte leise. Geraschel, dann: »Ha!«

Sie tauchte wieder auf und wedelte mit einem seiner Stiefel herum. »Wenigstens ist das hier noch da.«

Diese erste Schriftrolle. Er zwang ein Lächeln auf seine Lippen. »Immerhin etwas.«

Yrene drückte sich seinen Stiefel wie ein Baby an die Brust. »Wer auch immer es war, er verzweifelt wohl langsam. Und Verzweiflung macht Leute gefährlich. Wir sollten nicht hierbleiben.«

Er betrachtete das Chaos. »Du hast recht.«

»Dann gehen wir direkt zur Torre.«

Er schaute durch die offenen Türen in die Eingangshalle. Zu Nesryns Schlafzimmer.

Sie würde bald zurück sein. Und wenn sie hier ankam und er fort war, zusammen mit Yrene ... Er hatte sie abscheulich behandelt. Hatte einfach verdrängt, was er in Rifthold und auf dem Schiff hierher versprochen, was er angedeutet hatte. Mochte Nesryn ihn auch auf keins seiner Versprechen festnageln, so hatte er doch viel zu viele davon gebrochen.

»Was ist los?« Yrenes Frage war kaum mehr als ein Flüstern.

Chaol schloss die Augen. *Mistkerl.* Er hatte Nesryn hierhergeschleppt, um sie dann *so* zu behandeln. Während sie auf der Jagd nach Antworten war und ihr Leben aufs Spiel setzte, während sie nach einem Hoffnungsschimmer suchte, um eine Armee aufzustellen ... Er würde eine Nachricht senden – sofort. Dass sie so schnell wie möglich zurückkehren solle.

»Es ist nichts«, sagte Chaol schließlich. »Aber vielleicht solltest du heute Nacht in der Torre bleiben. Es gibt dort so viele Wachen, dass es sich jeder zweimal überlegt, ob er wirklich eindringt.« Als er ihren verletzten Ausdruck sah, fügte er hinzu: »Ich darf nicht den Eindruck erwecken, als würde ich davonlaufen. Vor allem jetzt nicht, da mich die königliche Familie langsam interessant findet. Und dass Aelin weiterhin Anlass zur Sorge und zu Intrigen gibt ... sollte ich vielleicht zu meinem Vorteil nutzen.« Er spielte mit dem Stock herum, warf ihn von einer Hand in die andere. »Aber ich sollte hierbleiben. Und du, Yrene, du solltest gehen.«

Sie öffnete den Mund, um zu protestieren, hielt dann jedoch inne und richtete sich auf. Ein stählernes Glitzern trat in ihre Augen. »Dann bringe ich die Schriftrolle eben allein zu Hafiza.«

Er hasste den scharfen Unterton in ihrer Stimme, hasste es zu sehen, wie das Licht in ihren Augen erlosch, als er nur nickte. Er hatte auch ihr unrecht getan. Indem er die Sache mit Nesryn nicht zuerst geklärt und beendet hatte. Er hatte es vermasselt.

Idiot. Es war idiotisch gewesen zu glauben, er stehe über den Dingen. Könnte über die Person hinauswachsen, die er gewesen war, über die Fehler, die er begangen hatte.

Idiot.

53

Yrene stürmte die Treppe der Torre hoch, darum bemüht, die Schriftrolle in ihrer Faust nicht zu zerquetschen.

Dass seine Gemächer verwüstet worden waren, hatte ihn erschüttert, ja. Es hatte auch sie erschüttert, aber ...

Es war nicht die Angst vor Gewalt oder Tod gewesen, die ihn aus dem Gleichgewicht gebracht hatte.

Mit ihrer anderen Hand umklammerte sie das Medaillon, das sich warm an ihrer Haut anfühlte.

Irgendjemand wusste, dass sie kurz davor standen, das herauszufinden, was auch immer geheim bleiben sollte. Oder *zumindest* hatte irgendjemand den *Verdacht*, dass sie etwas herausfinden könnten, und hatte daher alle möglichen Informationsquellen vernichtet. Und nach dem, was sie sich in den Ruinen inmitten von Aksara zusammengereimt hatten ...

Yrene zügelte ihr Temperament, als sie den obersten Treppenabsatz der Torre erreichte, wo die Hitze schier erdrückend war.

Hafiza befand sich in ihrem privaten Laboratorium und schnalzte mit der Zunge, während sie ein Elixier betrachtete, über dem sich dichter Rauch erhob. »Ah, Yrene«, sagte sie, ohne aufzuschauen, während sie einen Tropfen von irgendeiner Flüssigkeit abmaß. Phiolen, Becher und Schalen lagen über dem Tisch verstreut, dazwischen aufgeschlagene Bücher und ein Satz bronzener Sanduhren mit verschiedenen Zeiteinheiten. »Wie war dein Fest?«

Aufschlussreich. »Wunderschön.«

»Ich nehme an, der junge Lord hat dir endlich sein Herz zu Füßen gelegt.«

Yrene keuchte auf.

Hafiza lächelte und hob endlich den Kopf. »Oh, ich wusste es.«

»Wir sind nicht – ich meine, es ist nichts offiziell ...«

»Dieses Medaillon lässt etwas anderes vermuten.«

Yrene schlug eine Hand darüber und Hitze schoss ihr in die Wangen. »Er ist nicht – er ist ein *Lord.*«

Hafizas hochgezogene Brauen machten es nicht besser. Wer wusste sonst noch davon? Wer noch hatte sie beobachtet und alles kommentiert und darauf gewettet?

»Er ist ein Lord von Adarlan«, verdeutlichte sie.

»Und?«

»*Adarlan.*«

»Ich dachte, du hättest das inzwischen überwunden.«

Vielleicht hatte sie das. Vielleicht nicht. »Jedenfalls ist es nichts, worüber man sich Sorgen machen müsste.«

Ein wissendes Lächeln. »Gut.«

Yrene atmete tief durch die Nase ein.

»Aber bedauerlicherweise bist du nicht hier, um mir pikante Einzelheiten zu erzählen.«

Yrene stieß die Luft aus und verzog das Gesicht. »Nein.«

Hafiza maß noch ein paar weitere Tropfen für ihr Elixier ab und die Substanz begann zu brodeln. Sie griff nach ihrer Zehn-Minuten-Sanduhr und drehte sie um. Knochenweißer Sand rieselte in den uralten Sockel. Der Auftakt zu ihrer Unterredung, noch bevor Hafiza sagte: »Ich nehme an, es hat etwas mit dieser Schriftrolle in deiner Hand zu tun?«

Yrene schaute in den offenen Flur und beeilte sich dann, die Tür zu schließen. Und die Fenster.

Als sie damit fertig war, hatte Hafiza das Elixier beiseitegestellt. Ihr Gesicht war ungewöhnlich ernst.

Yrene berichtete von dem Einbruch. Von den gestohlenen Büchern und Schriftrollen. Von den Ruinen in der Oase und ihrer wilden Theorie, dass die Heiler sich hier vielleicht nicht nur einfach entwickelt hatten, sondern bewusst hier angesiedelt, heimlich *gepflanzt* worden waren. Gegen die Valg und ihre Könige.

Und zum ersten Mal, seit Yrene sie kannte, schien das braune Gesicht der uralten Frau ein wenig fahl zu werden. Ihre klaren, dunklen Augen weiteten sich.

»Bist du sicher – dass dies die Mächte sind, die sich auf deinem Kontinent sammeln?« Hafiza setzte sich auf den kleinen Stuhl hinter ihrem Arbeitstisch.

»Ja. Lord Westfall hat sie selbst gesehen. Gegen sie gekämpft. Das ist auch der Grund, warum er hergekommen ist. Nicht, um eine Armee gegen Adarlans getreue Männer aufzustellen, sondern eine Armee gegen Dämonen. Dämonen in menschlichen Körpern, Dämonen, die Ungeheuer hervorbringen. So gewaltig und schrecklich, dass nicht einmal die Macht von Aelin Galathynius und Dorian Havilliard ausreicht.«

Hafiza schüttelte den Kopf und ihre weiße Haarwolke wallte um sie herum. »Und jetzt glaubt ihr zwei, die Heilerinnen müssten dabei eine Rolle spielen?«

Yrene tigerte im Raum auf und ab. »Vielleicht. Auf unserem eigenen Kontinent sind wir gnadenlos gejagt worden, und auch wenn es vielleicht nicht schlüssig klingen mag – wenn eine ganze Gruppe heilkundiger Fae vor langer Zeit hier eine Zivilisation gegründet hat ... *Warum?* Warum Doranelle verlassen, warum so weit reisen, so wenige Spuren hinterlassen und doch sicherstellen, dass das Vermächtnis der Heiler überlebt?«

»Deshalb bist du hergekommen – und hast diese Schriftrolle mitgebracht.«

Yrene legte die Schriftrolle vor die Hohe Heilerin auf den Tisch. »Da Nousha nur vage Legenden kannte und diese Schrift hier nicht lesen konnte, dachte ich, dass du vielleicht die Wahrheit kennst. Oder mir sagen kannst, worum es in dieser Schriftrolle geht.«

Hafiza breitete sie behutsam aus und beschwerte ihre Ecken mit verschiedenen Phiolen. Die Hohe Heilerin betrachtete die dunklen, fremdartigen Buchstaben, die mit Tinte niedergeschrieben worden waren, und strich mit einem verrunzelten Finger über einige von ihnen. »Ich kann eine solche Sprache ebenfalls nicht lesen.« Wieder fuhr sie mit der Hand über das Pergament.

Yrene ließ die Schultern hängen.

»Aber dabei fällt mir etwas ein ...« Hafiza ließ den Blick über die Bücherregale – ein paar davon mit Glastüren verschlossen – ihres Laboratoriums wandern. Sie erhob sich und humpelte zu einem Schrank in einer dunklen Ecke des Raums. Die Türen waren mitnichten aus Glas – sondern aus Metall. Eisen.

Sie nahm einen Schlüssel vom Hals und öffnete sie. Dann winkte sie Yrene heran.

Yrene stolperte hastig durchs Zimmer und blieb neben Hafiza stehen. Auf einigen der halb verrotteten uralten Buchrücken ... »Wyrdzeichen«, murmelte Yrene.

»Man sagte mir, diese Bücher seien nicht für menschliche Augen bestimmt – es handle sich um Wissen, das man am besten wegschließen und vergessen solle, damit es gar nicht erst seinen Weg in die Welt finde.«

»Warum?«

Hafiza zuckte die Achseln und studierte die Bücher vor ihnen in den Regalen, ohne sie zu berühren. »Das war alles, was mir meine Vorgängerin gesagt hat: *Sie sind nicht für menschliche Augen bestimmt.* Oh, ein-

oder zweimal war ich betrunken genug, um zu überlegen, ob ich die Bücher aufschlagen sollte, aber jedes Mal, wenn ich diesen Schlüssel hervorhole ...« Sie spielte mit der langen Halskette, von der ein Schlüssel aus schwärzestem Eisen hing. Passend zum Schrank. »Überlege ich es mir doch wieder anders.«

Hafiza wog den Schlüssel in der Handfläche. »Ich weiß weder, wie man diese Bücher liest, noch, in welcher Sprache sie geschrieben sind, aber wenn diese anderen Schriftrollen und Bücher in der Bibliothek lagen, dann ist die Tatsache, dass *diese* hier oben weggeschlossen wurden ... Vielleicht sind dies die Informationen, für die es sich zu töten lohnt.«

Ein eisiger Schauer lief Yrene über den Rücken. »Chaol – Lord Westfall kennt eine Person, die diese Zeichen lesen kann.« Aelin Galathynius, hatte er ihr erzählt. »Vielleicht sollten wir sie zu ihr bringen. Die Schriftrolle und diese paar Bücher.«

Hafiza presste die Lippen aufeinander, als sie die eisernen Türen des Schranks wieder zudrückte und sie mit einem schweren Klicken verschloss. »Ich werde darüber nachdenken, Yrene. Über die Risiken. Ob diese Bücher die Torre verlassen sollten.«

Yrene nickte. »Ja, natürlich. Aber ich befürchte, uns bleibt nicht viel Zeit.«

Hafiza ließ den Eisenschlüssel wieder unter ihre Gewänder gleiten und kehrte zum Arbeitstisch zurück, Yrene direkt hinter ihr. »Etwas weiß ich wohl doch über die Geschichte«, gab Hafiza zu. »Ich hielt es für einen Mythos, aber ... Meine Vorgängerin hat mir davon erzählt, als ich hier anfing. Während des Wintermondfestes. Ich hatte sie mit Alkohol abgefüllt, damit sie mir ihre Geheimnisse verriet. Aber stattdessen musste ich mir eine weitschweifige Geschichtslektion anhören.« Hafiza schüttelte den Kopf. »Ich habe es nie vergessen, vor allem, weil ich so enttäuscht darüber war, dass drei Flaschen teuren Weins – gekauft von meinem gesamten Geld – mir so wenig gebracht hatten.«

Yrene lehnte sich gegen den alten Arbeitstisch und Hafiza setzte sich und verschränkte die Finger auf dem Schoß. »Sie hat mir erzählt, dass vor langer Zeit – noch bevor der Mensch hier hereingestolpert kam, noch vor den Pferde-Lords und den Rukhins – dieses Land tatsächlich den Fae gehörte. Es war ein kleines, hübsches Königreich und seine Hauptstadt lag genau hier. Antica ist auf ihren Ruinen erbaut worden. Aber für ihre Gottheiten hatten sie jenseits der Stadtmauern Tempel errichtet – draußen in den Bergen, in den Flussgebieten, in den Dünen.«

»Wie die Nekropole in Aksara.«

»Ja. Und sie hat mir erzählt, dass sie ihre Leichen nicht verbrannt, sondern in Sarkophagen begraben hätten, die so massiv waren, dass kein Hammer und kein anderes Gerät dagegen ankam. Versiegelt mit Zaubern und raffinierten Schlössern. Um niemals geöffnet zu werden.«

»Warum?«

»Die betrunkene Ziege hat gesagt, dass sie davor Angst gehabt hätten, jemand könne *hinein*gelangen. Um ihre Leichen zu stehlen.«

Yrene war dankbar, dass sie am Tisch lehnte. »So wie die Valg jetzt Menschen in Besitz nehmen.«

Ein Nicken. »Sie hat noch darüber gefaselt, dass die Fae ihr Wissen über die Heilkunst für uns zurückgelassen hätten. Dass sie es andernorts gestohlen hätten und dass ihre Lehren das Fundament der Torre bildeten. Kamala selbst sei in ihren Künsten ausgebildet worden, nachdem man jene Aufzeichnungen der Fae in Grabmälern und Katakomben entdeckt hatte, die uns inzwischen längst verloren gegangen sind. Kamala habe schließlich die Torre gegründet, basierend auf dem, was sie und ihr kleiner Orden gelernt hätten. Und sie habe Silba gehuldigt, weil sie auch *deren* Göttin gewesen sei.« Hafiza deutete auf die Eulen, die überall in ihrem Laboratorium wie in der Torre selbst eingraviert waren, und rieb sich die Schläfe. »Also könnte deine Theorie standhalten. Ich habe nie erfahren, wie die Fae hierhergekommen waren. Wohin sie gingen und warum sie verschwanden. Aber sie waren hier und meiner Vorgängerin zufolge haben sie irgendeine Art von Wissen oder Macht zurückgelassen.« Ein nachdenklicher Blick in Richtung dieses verschlossenen Bücherschranks.

»Das jetzt irgendwer auszulöschen versucht.« Yrene schluckte. »Nousha wird mich umbringen, wenn sie hört, dass diese Bücher und Schriftrollen gestohlen worden sind.«

»Oh, gut möglich. Wahrscheinlich wird sie sich jedoch zuerst auf die Jagd nach dem Dieb begeben.«

»Aber was *bedeutet* das alles? Warum die ganze Mühe?«

Hafiza wandte sich wieder ihrem Elixier zu. Der weiße Sand in der Uhr war fast durchgerieselt. »Vielleicht ist es deine Aufgabe, das herauszufinden.« Sie fügte ihrem Gebräu noch einige Tropfen einer Flüssigkeit hinzu, griff nach der Ein-Minuten-Sanduhr und drehte sie um. »Ich werde über die Bücher nachdenken, Yrene.«

Yrene kehrte in ihr Zimmer zurück und riss das Fenster auf, um wenigstens einen Windhauch in den drückend heißen Raum zu lassen. Dann saß sie eine geschlagene Minute auf ihrem Bett, bevor sie wieder auf den Beinen war.

Sie hatte die Schriftrolle bei Hafiza zurückgelassen, da ihr der verschlossene Bücherschrank sicherer erschien als jeder andere Ort, aber es waren nicht die Schriftrollen oder die uralten Bücher, die ihr im Kopf herumschwirrten, als sie nach links abbog und die Treppe nach unten nahm.

Fortschritte. Sie hatten bedeutende Fortschritte bei Chaols Heilungsprozess gemacht – und bei ihrer Rückkehr ihre Gemächer verwüstet vorgefunden.

Seine Gemächer – nicht ihrer beider. Das hatte er vorhin nur allzu deutlich gemacht.

Yrenes Schritte waren entschlossen, obwohl ihre Beine nach dem fast zweitägigen Ritt schmerzten. Es musste einen Zusammenhang geben – zwischen seinen Fortschritten und diesen Angriffen.

Aber in der Stille ihres stickigen Zimmers würde sie nicht klar denken können. Auch nicht in der Bibliothek, wenn sie bei jedem Schritt oder Miauen einer neugierigen Bastet-Katze zusammenzuckte.

Es gab einen Ort, der ruhig und sicher war. Einen Ort, an dem sie die verhedderten Fäden vielleicht würde entwirren können.

Silbas Mutterschoß war leer.

Nachdem Yrene sich gewaschen und die helle, dünne lavendelfarbene Robe angezogen hatte, tappte sie in das mit Dampf erfüllte Gewölbe und konnte es sich nicht verkneifen, zu dem Becken an der hinteren Wand zu sehen. Dorthin, wo jene Heilerin nur wenige Stunden vor ihrem Tod geweint hatte.

Yrene rieb sich das Gesicht und holte tief Luft, um sich zu sammeln.

Zu beiden Seiten lockten die Becken und das gurgelnde Wasser darin mit dem Versprechen, die Schmerzen in ihren Gliedern zu lindern. Doch Yrene verharrte in der Mitte des Gewölbes, zwischen all diesen schwach klingelnden Glocken, und blickte hoch in die Dunkelheit.

Von einem Stalaktiten, der so tief in der Finsternis verborgen war, dass sie ihn nicht sehen konnte, fiel ein Tröpfchen Wasser herab – und landete auf ihrer Stirn. Yrene schloss die Augen bei dem kühlen, harten Platschen, machte aber keine Anstalten, das Wasser wegzuwischen.

Die Glocken – die Stimmen ihrer längst verstorbenen Schwestern – sangen und murmelten und sie fragte sich, ob die Heilerin, die gestorben war ... ob auch ihre Stimme jetzt hier sang.

Yrene spähte zu einer der durch den Raum gespannten Ketten

voller Glocken von verschiedener Größe und Machart. Ihre eigene Glocke ...

Auf nackten, lautlosen Füßen tappte Yrene zu dem kleinen Stalagmiten, der kurz vor der Wand aus dem Boden ragte, zu der Kette, die zwischen ihm und einer anderen Säule einige Schritte entfernt hing. Sieben Glocken waren daran befestigt, aber Yrene brauchte keinen Hinweis darauf, welche ihre war.

Sie lächelte die kleine, silberne Glocke an, die sie mit dem Gold jener Fremden gekauft hatte. Dort war ihr Name eingraviert – vielleicht von demselben Juwelier, den Chaol für das Medaillon um ihren Hals aufgesucht hatte. Selbst hier drin hatte sie sich nicht davon trennen wollen.

Sanft strich sie mit einem Finger über die Glocke, über ihren Namen und ihr Eintrittsdatum in die Torre.

Ihre Berührung zog ein schwaches, süßes Läuten nach sich, das von den Felswänden und den anderen Glocken widerhallte und einige von ihnen wie zur Antwort ebenfalls zum Klingen brachte.

Das Lied ihrer Glocke hallte rundherum durch das Gewölbe und Yrene drehte sich auf der Stelle, als könnte sie ihm folgen. Und als es verklang ...

Yrene schnippte erneut gegen ihre Glocke. Und ein lauteres, klareres Läuten erklang.

Schwirrte durch den Raum und sie beobachte, verfolgte es.

Es verklang erneut. Aber nicht bevor ihre Macht zur Antwort aufflackerte.

Ihre Hände schienen nicht mehr ganz ihr selbst zu gehören, als Yrene die Glocke ein drittes Mal läutete.

Und als ihr Gesang abermals das Gewölbe erfüllte, setzte Yrene sich in Bewegung.

Folgte dem Läuten.

Ihre nackten Füße klatschten über den feuchten Stein, während sie das Geläut durch den Mutterschoß verfolgte, als wäre es ein Kaninchen, das vor ihr herrannte.

Um die Stalagmiten herum, die sich aus dem Boden erhoben. Unter den Stalaktiten hindurch, die von oben herabhingen. Quer durch das Gewölbe, an den Wänden entlang, sodass die Kerzen flackerten. Weiter und immer weiter verfolgte sie dieses Klingen.

Vorbei an den Glocken von Generationen von Heilerinnen.

Auch über sie ließ Yrene ihre Finger gleiten.

Und eine Klangwoge antwortete.

Geh dorthin, wohin zu gehen du dich fürchtest.

Yrene ging weiter und die Glocken klangen, klangen, klangen. Und noch immer folgte sie dem Laut ihrer eigenen Glocke, diesem süßen, klaren Lied, das sie lockte und anzog.

Noch immer hauste jene Dunkelheit in ihm, in seiner Verletzung. Sie hatten sie schon so weit zurückdrängt und doch war sie noch da. Gestern hatte er etwas zu erzählen begonnen, was ihr das Herz gebrochen hatte, aber es war noch lange nicht alles gewesen, das wusste sie.

Doch wenn dieser letzte Fetzen Valg-Dunkelheit nicht allein dadurch zu besiegen war, dass er sich seinen Erinnerungen stellte, dass sie ihre Magie blindwütig angreifen ließ ...

Yrene folgte dem Läuten der silbernen Glocke dorthin, wo es schließlich verhallte:

In eine uralte Ecke des Gewölbes, wo die Ketten nach all den Jahren verrostet und einige der Glocken grün oxidiert waren.

Hier verstummte ihre Glocke.

Nein, sie verstummte nicht. Sondern wartete summend.

Dort in der Ecke, ganz am Ende der Kette, hing eine kleine Glocke. So oxidiert, dass die Gravur darauf kaum mehr zu lesen war.

Aber Yrene entzifferte den Namen trotzdem.

Yafa Towers.

Sie spürte den harten Stein nicht einmal, als sie auf die Knie fiel.

Und wieder und wieder diesen Namen las, das Datum – das Datum von vor zweihundert Jahren.

Eine Towers-Frau. Eine Towers-Heilerin. Hier – bei ihr. Eine Towers, die während Yrenes Jahre hier gesungen hatte. Selbst so weit von ihrer Heimat entfernt, war sie niemals allein gewesen.

Yafa. Yrene flüsterte lautlos den Namen vor sich hin, eine Hand auf ihrem Herzen.

Geh dorthin, wohin zu gehen du dich fürchtest.

Sie spähte in die Dunkelheit des Mutterschoßes über ihr.

Nahrung. Die Valg-Macht hatte sich von ihm genährt ...

Ja, schien die Dunkelheit über ihr zu sagen. Kein Tröpfeln erklang. Keine Glocke läutete.

Yrene blickte auf ihre Hände, die jetzt schlaff herunterhingen, und beschwor das schwache weiße Leuchten ihrer Macht. Ließ es das Gewölbe erfüllen und in einem stummen Gesang vom Fels widerhallen. Ließ diese Glocken widerhallen, die Stimmen von Tausenden ihrer Schwestern, die Towers-Stimme ihrer Vorfahrin.

Geh dorthin, wohin zu gehen du dich fürchtest.

Es war nicht die Leere, die in ihm lauerte. Sondern die Leere in *ihr*.

Die Leere, die an jenem Tag begonnen hatte, an dem die Soldaten ihr Häuschen umzingelt und sie an den Haaren ins leuchtende Gras gezerrt hatten.

Hatte Yafa hier in diesem Gewölbe so tief unter der Erde gewusst, was an jenem Tag am anderen Ufer des Meeres geschehen war? Hatte sie sie in den letzten beiden Monaten beobachtet und ihr uraltes, eingerostetes Lied in stummem Drängen nach oben gesandt?

Sie waren nicht alle schlecht, Yrene.

Nein, das waren sie nicht. Die Männer, die er angeführt und mit denen er trainiert hatte, mochten die gleiche Uniform getragen und sich vor demselben König verneigt haben wie die Soldaten, die an jenem Tag gekommen waren ...

Aber es waren keine schlechten Männer gewesen. Es gab durchaus Menschen in Adarlan, die es wert waren, gerettet zu werden – die es wert waren, dass man für sie kämpfte. Sie waren nicht ihr Feind, waren es nie gewesen. Vielleicht hatte sie das gewusst, lange bevor er es ihr in der Oase offenbart hatte. Vielleicht hatte sie es nur nicht wissen wollen.

Aber dieses Etwas, das immer noch in ihm lauerte, dieser Fetzen des Dämons, der das alles angeordnet hatte ...

Ich weiß, was du bist, sagte Yrene stumm.

Denn es war dasselbe Etwas, das in all diesen Jahren in ihr gelebt hatte, sich von ihr genährt hatte, auch wenn es sie zugleich am Leben erhalten hatte. Eine andere Kreatur und doch ein und dieselbe.

Yrene zog ihre Magie wieder in sich zurück und das Leuchten verblasste. Lächelnd schaute sie in die süße Dunkelheit. *Jetzt verstehe ich.*

Ein weiterer Wassertropfen küsste wie zur Antwort ihre Stirn.

Lächelnd streckte Yrene die Hand nach der Glocke ihrer Ahnin aus. Und läutete sie.

54

Als Chaol am nächsten Morgen erwachte, konnte er sich kaum bewegen.

Sein Zimmer war wieder instand gesetzt und zusätzliche Wachen waren postiert worden, und als die Königlichen bei Sonnenuntergang endlich von den Dünen zurückkehrten, war alles in Ordnung.

Aber Yrene war nicht mehr aufgetaucht und er fragte sich, ob sie und die Hohe Heilerin bei der Untersuchung dieser Schriftrolle tatsächlich auf etwas Nennenswertes gestoßen waren. Als es Zeit fürs Abendessen und von ihr immer noch keine Spur zu sehen gewesen war, hatte er Kadja ausgeschickt, um Shen um einen Bericht zu bitten.

Shen war persönlich zu ihm gekommen – ein wenig rot im Gesicht, zweifellos aufgrund der Schönheit der Dienerin, die ihn hergeführt hatte. Er habe sich selbst von der Rückmeldung der Torre überzeugt, dass Yrene sicher dort angekommen sei und den Turm seitdem nicht mehr verlassen habe.

Trotzdem hatte Chaol mit sich gerungen, ob er nach Yrene schicken sollte, nachdem sein Rücken beinahe unerträglich schmerzte und er nicht einmal mithilfe des Stocks noch in der Lage war, durch den Raum zu humpeln. Aber seine Gemächer waren nicht sicher. Und wenn sie hierblieb und Nesryn zurückkehrte, bevor er die Sache geklärt hatte ...

Er bekam den Gedanken einfach nicht mehr aus dem Kopf, was er getan hatte, welchen Vertrauensbruch er begangen hatte.

Also hatte er sich schließlich irgendwie ins Bad gequält, in der Hoffnung, dass das heiße Wasser seine Schmerzen lindern würde, und war danach geradezu ins Bett gekrochen.

Als Chaol nun im Morgengrauen erwachte und versuchte, an seinen Stock neben dem Bett heranzukommen, gelang es ihm gerade noch, einen Schmerzenslaut zu unterdrücken.

Panik befiel ihn, wild und heftig. Er knirschte mit den Zähnen und versuchte, dagegen anzukämpfen.

Zehen. Er konnte die Zehen bewegen. Und die Knöchel. Und die Knie ...

Der Schmerz war unerträglich, als er die Knie auch nur verlagerte, die Oberschenkel, die Hüften.

O Götter. Er hatte es übertrieben. Hatte ...

Die Tür flog auf und da stand sie, in ihrem purpurnen Gewand.

Yrenes Augen weiteten sich, dann schien sie sich zu beherrschen – als hätte sie ihm gerade etwas erzählen wollen.

Stattdessen setzte sie diese Maske sicherer Gelassenheit auf, als sie ihr Haar wie gewohnt halb aufsteckte und, ohne zu zögern, zum Bett ging. »Kannst du dich bewegen?«

»Ja, aber die Schmerzen ...« Er konnte kaum sprechen.

Yrene ließ ihren Beutel auf den Teppich fallen und krempelte sich die Ärmel hoch. »Kannst du dich drehen?«

Nein. Er hatte es versucht und ...

Sie wartete seine Antwort nicht ab. »Beschreibe mir genau, was du gestern getan hast, von dem Moment an, als ich gegangen bin, bis jetzt.«

Und Chaol beschrieb alles, bis zu seinem Bad ...

Yrene fluchte heftig. »Eis. *Eis* gegen Muskelverspannungen, *nicht* Wärme.« Sie stieß einen Seufzer aus. »Du musst dich umdrehen. Es wird höllisch wehtun, aber am besten versuchst du es in einem Rutsch ...«

Er zögerte nicht lange. Biss die Zähne zusammen und ...

Ein Schrei brach aus seiner Kehle hervor, aber Yrene legte sofort ihre Hände auf seine Wangen, sein Haar und ihre Lippen an seine Schläfe. »Gut«, hauchte sie an seiner Haut. »Tapfer.«

Er hatte sich mit nichts als seiner Unterhose schlafen gelegt, sodass sie nun kaum Vorbereitungen treffen musste, bevor sie mit ihren Händen knapp über seinem Rücken entlangfuhr.

»Es ... Es ist wieder hochgekrochen«, hauchte sie.

»Das überrascht mich nicht«, sagte er zähneknirschend. Nicht im Mindesten.

Sie ließ die Hände sinken. »Warum?«

Er strich mit einem Finger über die bestickte Bettdecke. »Tu einfach, was du tun musst.«

Yrene stutzte angesichts seiner ausweichenden Antwort – dann wühlte sie in ihrem Beutel herum, auf der Suche nach ... dem Beißholz. Schließlich hielt sie es in der Hand, schob es ihm aber nicht in den Mund. »Ich werde wieder hineingehen«, sagte sie leise.

»In Ordnung.«

»Nein – ich werde hineingehen und ich werde es beenden. Heute. Hier und jetzt.«

Es dauerte einen Moment, bis er die Bedeutung der Worte erfasste. In ihrer ganzen Tragweite. Schließlich wagte er zu fragen: »Und was, wenn ich es nicht kann?« *Der Sache ins Auge sehen, sie durchstehen?*

Ohne Angst und ohne Zögern erwiderte Yrene: »Es ist nicht an mir, diese Frage zu beantworten.«

Nein, tatsächlich war es das nie gewesen. Chaol beobachtete, wie die Sonne auf ihrem Medaillon tanzte, über diese Berge und Meere. Was sie jetzt in ihm sehen würde, sein schlimmes Versagen, immer und immer wieder ...

Aber sie waren diesen Weg bereits so weit gegangen. Gemeinsam. Und sie hatte sich nicht abgewandt. Von nichts.

Und ebenso wenig würde er das jetzt tun.

Schließlich brachte Chaol mit belegter Stimme heraus: »Du könntest dich verletzen, wenn du zu lange bleibst.«

Erneut nicht der Hauch von Zweifel oder Angst. »Ich habe eine Theorie. Und ich will sie prüfen.«

Yrene schob ihm das Beißholz zwischen die Lippen und er biss sachte zu. »Und du – du bist die einzige Person, an der ich sie prüfen kann.«

Gerade als sie die Hände auf seinen nackten Rücken legte, wurde Chaol klar, warum er der Einzige war, um ihre Theorie zu prüfen. Aber er konnte nichts weiter tun, als der Schmerz und die Dunkelheit in ihn hineinkrachten.

Er konnte Yrene nicht aufhalten, als sie sich in seinen Körper stürzte, ihre Magie ein weißes, wärmendes Licht um sie beide herum, *in ihnen*.

Die Valg. Ihre Macht hatte seinen Körper beschmutzt und Yrene ...

Yrene zögerte nicht.

Sie schwebte durch ihn hindurch, die Sprossen seines Rückgrats hinunter, durch die Gänge seiner Knochen und die Bahnen seines Bluts.

Sie war ein Speer aus Licht, der direkt auf die Dunkelheit zielte, auf diesen lauernden Schatten, der sich wieder mehr ausgebreitet hatte. Der versucht hatte, ihn zurückzuholen.

Yrene krachte in die Dunkelheit und schrie.

Die Dunkelheit brüllte zurück und sie stürzten sich aufeinander, rangen miteinander.

Eine fremde, kalte, hohle Dunkelheit, voller Fäulnis und Hass.

Und Yrene gab alles. Jede Faser von sich.

Und oben, wie durch die Oberfläche eines nachtdunklen Meeres voneinander getrennt, brüllte Chaol vor Qual.

Heute. Es endete heute. Hier und jetzt.

Ich weiß, was du bist.

Und so kämpfte Yrene und die Dunkelheit wütete zurück.

55

Die Qual zerriss ihn schier, endlos, bodenlos.

Binnen einer Minute wurde er ohnmächtig. Und stürzte im freien Fall an diesen Ort. In diesen Abgrund.

Sein dunkelster Punkt.

Die tiefste Hölle unter den Wurzeln eines Berges.

Hier, wo alles verschlossen und vergraben war. Hier, wo alles seinen Ursprung hatte.

Ein hohles Fundament – alles darin abgetragen und in Stücke gehauen, zerbröselt zu nichts als diesem Abgrund.

Nichts.

Nichts.

Wertlos und nichts.

Zuerst sah er seinen Vater. Dann seine Mutter und seinen Bruder und diese kalte Bergfestung. Sah die Treppe, vereist und verschneit, mit Blut befleckt. Sah den Mann, an den er sich freudig verkauft hatte, in der Annahme, er könnte Aelin damit in Sicherheit bringen. *Celaena* in Sicherheit bringen.

Aber er hatte die Frau, die er geliebt hatte, nur in die Sicherheit weiterer Meuchelmorde gebracht. Er hatte sie nach Wendlyn geschickt, in der Annahme, es wäre besser als Adarlan. Um die königliche Familie Wendlyns zu *töten*.

Sein Vater tauchte aus der Dunkelheit auf, das Spiegelbild des Mannes, zu dem er vielleicht geworden wäre – oder der er eines Tages vielleicht sein würde. Abscheu und Enttäuschung zeichneten sich auf den Zügen seines Vaters ab, als er ihn bemerkte, den Sohn, der er hätte sein können.

Der Preis, den sein Vater gefordert hatte ... war ihm wie eine Gefängnisstrafe vorgekommen.

Aber vielleicht war es der Versuch gewesen, ihm seine Freiheit zu schenken – seinen nutzlosen, widerspenstigen Sohn vor dem Bösen zu retten, das – so hatte er wahrscheinlich befürchtet – bald entfesselt werden würde.

Er hatte das Versprechen gebrochen, das er seinem Vater gegeben hatte.

Er hasste ihn und doch hatte sein Vater – dieser abscheuliche, elende Mistkerl – sich an *seinen* Teil des Abkommens gehalten.

Er ... nicht.

Eidbrecher. Verräter.

Alles, was *er* getan hatte, hatte Aelin in Stücke gerissen. Angefangen mit seiner Ehre.

Sie, die diese Gewandtheit besaß, sich in dieser unergründlichen Umgebung bewegte ... Für sie hatte er seine Schwüre gebrochen. Hatte mit allem gebrochen, was er gewesen war.

Er konnte sie sehen, in der Dunkelheit.

Das goldene Haar, diese türkisfarbenen Augen, die der endgültige Hinweis gewesen waren, das letzte Teil des Puzzles.

Lügnerin. Mörderin. Diebin.

Sie aalte sich auf einer Chaiselongue in der Sonne, auf dem Balkon jener Gemächer, die sie im Palast bewohnte, ein Buch auf dem Schoß. Sie legte den Kopf schräg und schaute ihn mit diesem sinnlichen kleinen Lächeln an. Wie eine aus ihrer Ruhe aufgestörte Katze.

Er hasste sie.

Er hasste dieses Gesicht, diese Erheiterung, diese Gerissenheit. Diese Launenhaftigkeit, diese Boshaftigkeit, mit der sie einen Menschen in Stücke reißen konnte – ohne ein Wort, mit nur einem Blick. Und einem Moment des Schweigens.

Sie *genoss* so etwas. Kostete es voll aus.

Und er hatte sich davon bezaubern lassen, von dieser Frau, dieser lebendigen Flamme. So sehr, dass er bereit gewesen war, alles hinter sich zu lassen. Seine Ehre. Seine Schwüre.

Für diese überhebliche, arrogante, selbstgerechte Frau war er bereit gewesen, sich selbst zu zerstören.

Und anschließend war sie gegangen, als wäre er ein kaputtes Spielzeug.

Hatte sich direkt in die Arme dieses Fae-Prinzen geworfen, der jetzt aus der Dunkelheit auftauchte. Und zu dieser Chaiselongue auf dem Balkon ging und am Fußende Platz nahm.

Ihr kleines Lächeln veränderte sich. Ihre Augen funkelten.

Das tödliche, raubtierhafte Interesse konzentrierte sich auf den Prinzen. Sie schien zu erstrahlen. Aufmerksamer zu werden. Fokussierter. Lebendiger ...

Feuer und Eis. Ein Ende und ein Anfang.

Sie berührten einander nicht.

Saßen nur auf dieser Chaiselongue und unterhielten sich ohne Worte. Als hätten sie endlich ein Spiegelbild ihrer selbst in der Welt gefunden.

Er hasste sie beide.

Er *hasste* sie für diese Leichtigkeit, diese Intensität, diese gegenseitige Vervollkommnung.

Sie hatte ihn zerstört, hatte sein Leben zerstört und war dann direkt zu diesem Prinzen geschlendert, wie von einem Raum zum anderen.

Und als alles zum Teufel gegangen war, als er allem, was ihm vertraut war, den Rücken gekehrt hatte, als er die eine Person, die ihm am wichtigsten gewesen war, belogen hatte, um *ihre* Geheimnisse zu bewahren, war sie nicht da gewesen, um zu kämpfen. Um zu helfen.

Erst Monate später war sie zurückgekehrt und hatte es ihm ins Gesicht geschleudert.

Seine Unfähigkeit. Seine Nichtigkeit.

Du erinnerst mich daran, wie die Welt sein sollte. Wie die Welt sein kann.

Lügen. Die Worte eines Mädchens, das ihm dankbar dafür gewesen war, als er ihr die Freiheit geboten hatte, als er sie herausgefordert und angetrieben hatte, bis sie der Welt wieder entgegenbrüllen konnte.

Ein Mädchen, das in jener Nacht, als sie den Leichnam fanden, zu existieren aufgehört hatte.

Als sie ihm das Gesicht aufgerissen hatte.

Als sie versucht hatte, ihm dieses Messer ins Herz zu rammen.

Das Raubtier, das er in diesen Augen gesehen hatte ... war entfesselt worden.

Es gab keine Grenzen, die sie je aufhalten würden. Und Worte wie *Ehre* und *Pflicht* und *Vertrauen* existierten nicht mehr.

Sie hatte diese männliche Kurtisane in den Tunneln aufgeschlitzt. Hatte die Leiche fallen lassen, ihre Augen geschlossen und dabei exakt so ausgesehen wie während ihrer Stunden der Leidenschaft. Und als sie die Augen wieder geöffnet hatte ...

Mörderin. Lügnerin. Diebin.

Sie saß immer noch auf der Chaiselongue, der Fae-Prinz an ihrer Seite, und beide betrachteten jene Szene im Tunnel, als wären sie Zuschauer eines sportlichen Wettkampfs.

Sahen zu, wie Archer Finn auf den Steinen aufschlug und das Blut aus ihm herausquoll, das Gesicht verzerrt vor Panik und Qual. Sahen zu, wie Chaol dort stand, unfähig, sich zu bewegen oder zu sprechen, während sie den Tod, ihre Rache, geradezu einsog.

Während Celaena Sardothien aufhörte zu existieren.

Er hatte immer noch versucht, sie zu beschützen. Sie herauszuholen. Es wiedergutzumachen.

Du wirst immer mein Feind sein.

Sie hatte diese Worte voller Zorn herausgebrüllt, dem Zorn eines ganzen Jahrzehnts.

Und sie hatte sie auch so gemeint. So wie jedes Kind Adarlans sie meinen würde, das unter adarlanischer Herrschaft gelitten und alles verloren hatte.

So wie Yrene.

In einer anderen Nische der Dunkelheit erschien der Garten. Der Garten und das Häuschen und die Mutter und das lachende Kind.

Yrene.

Etwas, das er nicht hatte kommen sehen. Jemand, den er nicht zu finden erwartet hatte.

Hier in der Dunkelheit ... Hier war sie.

Und trotzdem hatte er versagt. Hatte weder ihr noch Nesryn gegenüber das Richtige getan.

Er hätte warten sollen, hätte sie beide genug respektieren sollen, um erst das eine zu beenden und dann das andere zu beginnen. Aber er hatte wohl auch in dieser Hinsicht versagt.

Aelin und Rowan verharrten auf der Chaiselongue in der Sonne.

Er sah, wie der Fae-Prinz sanft und ehrfürchtig Aelins Hand ergriff und sie umdrehte. Ihr Handgelenk dem Licht der Sonne aussetzte. Und die blassen Narben enthüllte, die von Fesseln herrührten.

Er sah, wie Rowan mit einem Daumen über diese Narben strich. Sah das Feuer in Aelins Augen.

Immer und immer wieder strich Rowans Daumen über diese Narben. Und Aelin ließ ihre Maske fallen.

Zeigte ihr wahres Gesicht voller Feuer. Und Zorn. Und Gerissenheit.

Aber auch voller Kummer. Verzweiflung. Furcht. Schuldgefühle.

Scham.

Stolz und Hoffnung und Liebe. Die ganze Last der Bürde, vor der sie davongelaufen war, aber jetzt ...

Ich liebe dich.

Es tut mir leid.

Sie hatte versucht, es zu erklären. So deutlich, wie sie nur konnte. Sie hatte ihm die Wahrheit geschenkt, damit er sie, nachdem sie fort war, zusammenfügen und verstehen konnte. Und sie hatte es ernst gemeint. *Es tut mir leid.*

Die Lügen taten ihr leid. Was sie ihm, seinem Leben angetan hatte. Ihr Schwur, dass sie sich immer für ihn entscheiden würde. *Immer.*

Er wollte sie für diese Lüge hassen. Für dieses falsche Versprechen, das sie in den nebligen Wäldern von Wendlyn weggeworfen hatte.

Und doch ...

Dort, bei diesem Prinzen, ohne diese Maske ... Hier war *sie* an ihrem tiefsten Punkt, in ihrem dunkelsten Abgrund.

Als sie Rowan begegnet war, war ihre Seele versehrt gewesen. Sie hatte sich ihm so gezeigt wie sonst niemandem je zuvor. Und sie war unversehrt wieder zurückgekehrt.

Trotzdem hatte sie gewartet – gewartet, bis sie mit ihm zusammen sein konnte.

Chaol hatte Yrene begehrt und sie in sein Bett geholt, ohne einen Gedanken an Nesryn zu verschwenden, während Aelin ...

Sie und Rowan sahen ihn jetzt an. Reglos wie Tiere im Wald, alle beide. Aber ihre Augen voller Verständnis. Wissend.

Sie hatte sich in jemand anderen verliebt, hatte jemand anderen gewollt – so sehr wie er Yrene.

Und doch hatte Aelin, die gottlose, respektlose Aelin, ihn würdevoll behandelt. Viel würdevoller, als er Nesryn behandelt hatte.

Aelin neigte das Kinn, wie zur Bestätigung.

Und Rowan ... Der Prinz hatte sie nach Adarlan zurückkehren lassen. Um ihrem Königreich gerecht werden zu können, aber auch, um selbst zu entscheiden, was sie wollte. Wen sie wollte. Und wenn Aelin stattdessen Chaol erwählt hätte … Tief im Inneren wusste er, dass Rowan sich zurückgezogen hätte. Wenn es Aelin glücklich gemacht hätte, wäre Rowan gegangen, ohne ihr jemals zu sagen, was er empfand.

Ihm wurde übel vor Scham.

Er hatte sie ein Ungeheuer genannt. Wegen ihrer Macht, ihrer Taten, und doch …

Er machte ihr keinen Vorwurf mehr.

Er verstand.

Dass sie etwas versprochen hatte … und sich dann verändert hatte. Der Weg hatte sich verändert.

Er verstand.

Er hatte Nesryn etwas versprochen – oder es zumindest angedeutet. Und dann hatte er sich verändert, der Weg hatte sich verändert, als Yrene ihn gekreuzt hatte …

Er verstand.

Aelin lächelte ihn sanft an und sie und Rowan lösten sich in einem Sonnenstrahl auf und verschwanden.

Und ließen einen roten Marmorboden zurück, auf dem sich Blut sammelte.

Ein Kopf rollte über die glatten Fliesen.

Ein Prinz schrie vor Qual, vor Zorn und Verzweiflung.

Ich liebe dich.

Geh.

Das war es gewesen. Wenn es einen Bruch gegeben hatte, dann in diesem Moment.

Als er sich umgedreht hatte und weggerannt war. Als er seinen Freund, seinen Bruder zurückgelassen hatte.

Als er vor diesem Kampf geflohen war, vor diesem Tod.

Dorian hatte ihm verziehen. Hielt es ihm nicht vor.

Aber er war trotzdem weggerannt. Trotzdem geflohen.

Alle seine Pläne, alles, was er hatte retten wollen, brach über ihn herein.

Dorian stand vor ihm, die Hände in den Taschen, ein kleines Lächeln auf dem Gesicht.

Er verdiente es nicht, einem solchen Mann zu dienen. Einem solchen König.

Die Dunkelheit drängte weiter heran. Zeigte ihm diesen blutigen Ratssaal. Zeigte ihm den Prinzen und den König, denen er gedient hatte. Zeigte ihm, was sie getan hatten. Was sie seinen Männern angetan hatten.

Dort, unterhalb des Palastes.

Dorians Lächeln. Als Ress geschrien hatte, als Brullo ihm ins Gesicht gespuckt hatte.

Seine Schuld – alles seine Schuld. Jeder Augenblick des Schmerzes, jeder einzelne Tod ...

Dorians Hände. Als sie jene Instrumente benutzten. Als Blut spritzte und Knochen zersplitterten. Unbeugsame, bedingungslose Hände. Und dieses Lächeln.

Er wusste es. Er hatte es gewusst, hatte es erraten. Es war niemals wiedergutzumachen. Weder seinen Männern gegenüber noch Dorian gegenüber, der damit leben musste.

Dorian, den er in diesem Palast im Stich gelassen hatte.

Und genau diesen Moment zeigte ihm die Dunkelheit, immer und immer wieder.

Als Dorian nicht von der Stelle wich. Als er seine Magie offenbarte, was einem Todesurteil gleichkam, um ihm damit Zeit zum Wegrennen zu verschaffen.

Er hatte solche Angst gehabt – solche Angst vor Magie, vor Verlust, vor *allem*. Und diese Angst ... hatte ihn geradewegs dort hineingetrieben. Hatte ihn diesen Weg entlanggehetzt. Er hatte sich so dagegen gesträubt, dagegen angekämpft und es hatte ihn alles gekostet. Zu spät. Als er klar gesehen hatte, war es zu spät gewesen.

Und nachdem das Schlimmste geschehen war, als er dieses Halsband gesehen hatte, als er gesehen hatte, wie seine Männer von den Toren baumelten und die Krähen an ihren zerschundenen Leibern pickten ...

Hatte es ihn bis ins Fundament erschüttert. Bis in diesen hohlen Abgrund.

Er war zerbrochen. Hatte zugelassen, alles aus den Augen zu verlieren.

Zwar hatte er in Rifthold einen Hauch von Frieden gefunden, selbst nach der Verletzung, aber ...

Es war, als hätte man einen kleinen Flicken über eine tiefe Fleischwunde gelegt.

Er war nicht geheilt worden. *Wollte nicht* geheilt werden, haltlos und zornig, wie er gewesen war.

Nicht wirklich. Körperlich, ja, aber selbst das ...

Etwas in ihm hatte ihm zugeflüstert, dass er es verdient habe.

Und seelisch ... Er hatte sich damit abgefunden, seine Seelenwunde eitern zu lassen.

Versager und Lügner und Eidbrecher.

Ein Windhauch bewegte die Dunkelheit, die ihn umwölkte.

Er konnte für immer hierbleiben. In dieser alterslosen Dunkelheit.

Ja, flüsterte die Dunkelheit.

Er konnte bleiben und wüten und hassen und sich in den Schatten winden.

Aber Dorian stand immer noch vor ihm, immer noch dieses kleine Lächeln auf dem Gesicht. Und wartete.

Wartete.

Auf – ihn.

Er hatte ein Versprechen gegeben. Und er hatte es noch nicht gebrochen.

Sie alle zu retten.

Seinen Freund, sein Königreich.

Das blieb ihm noch.

Selbst hier auf dem Grund dieser dunklen Hölle blieb ihm das.

Und der Weg, den er bisher zurückgelegt hatte ... Nein, er würde nicht zurückschauen.

Was, wenn wir weitermachen und nur noch mehr Schmerz und Verzweiflung finden?

Aelin hatte gelächelt, als er sie das auf diesem Dach in Rifthold gefragt hatte. Als hätte sie lange vor ihm verstanden, dass er auf diesen Abgrund stoßen würde. Und dass er die Antwort darauf selbst in Erfahrung bringen würde.

Dann ist es nicht das Ende.

Das hier ...

Das hier war nicht das Ende. Der Bruch in ihm, dieser dunkle Abgrund in ihm war nicht das Ende.

Ihm blieb noch ein Versprechen.

Und er würde es halten.

Es ist nicht das Ende.

Er lächelte Dorian an, dessen saphirblaue Augen voller Freude leuchteten – voller Liebe.

»Ich komme nach Hause«, flüsterte er seinem Bruder zu, seinem König.

Dorian neigte nur den Kopf und verschwand in der Dunkelheit.

Und hinter ihm stand Yrene.

Sie erstrahlte in weißem Licht, hell wie ein neugeborener Stern.

Und sie sagte leise: »Die Dunkelheit gehört dir. Um sie ganz nach deinem Wunsch zu formen. Um ihr Macht zu geben oder sie unschädlich zu machen.«

»War es überhaupt jemals die Dunkelheit der Valg?« Seine Worte verklangen im Nichts.

»Ja. Aber jetzt gehört diese Dunkelheit für immer dir. Dieser Ort hier, dieser letzte Kern davon.«

Der ihm immer bleiben würde, als Narbe und als Mahnung. »Wird sie wieder wachsen?«

»Nur wenn du es zulässt. Nur wenn du sie nicht mit etwas Besserem füllst. Nur wenn du nicht vergibst.« Er wusste, dass sie damit nicht nur andere Menschen meinte. »Aber wenn du gut zu dir selbst bist, wenn du ... wenn du dich selbst liebst ...« Yrenes Lippen zitterten. »Wenn du dich selbst so sehr liebst, wie ich dich liebe ...«

Etwas hämmerte in seiner Brust. Ein Trommelschlag, der hier unten verstummt war.

Yrene streckte ihm eine Hand hin und ihr Schimmern verschmolz mit der Dunkelheit.

Es ist nicht das Ende.

»Wird es wehtun?«, fragte er heiser. »Der Weg zurück – der Weg hinaus?«

Zum Leben, zu sich selbst.

»Ja«, flüsterte Yrene. »Aber nur noch dieses eine letzte Mal. Die Dunkelheit will dich nicht verlieren.«

»Ich fürchte, umgekehrt kann ich nicht das Gleiche behaupten.«

Yrenes Lächeln war noch strahlender als das Leuchten ihres Körpers. Ein Stern. Ein Stern auf Erden.

Sie streckte erneut die Hand aus. Eine stumme Verheißung – auf das, was auf der anderen Seite der Dunkelheit wartete.

Er hatte noch viel zu tun. Schwüre zu halten.

Und sie anzusehen, dieses Lächeln ...

Leben. Er hatte ein *Leben*, das es zu genießen galt, für das es zu kämpfen galt.

Und der Bruch, der hier begonnen hatte und hier endete ... Ja, er gehörte zu ihm. Er *durfte* zerbrechen, damit etwas Neues beginnen konnte.

Damit *er* neu beginnen konnte.

Das schuldete er seinem König, seinem Land.

Das schuldete er sich selbst.

Yrene nickte bestätigend.

Also stand Chaol auf.

Musterte die Dunkelheit, diesen Teil von ihm. Und schreckte nicht davor zurück.

Er lächelte Yrene an und ergriff ihre Hand.

56

Es war Qual und Verzweiflung und Furcht. Es war Glück und Lachen und zur Ruhe kommen.

Es war Leben, alles davon, und als die Dunkelheit sich auf Chaol und Yrene stürzte, fürchtete er sie nicht.

Er sah die Dunkelheit nur an und lächelte.

Nicht gebrochen.

Neu erschaffen.

Und als die Dunkelheit seinen Blick erwiderte ...

Chaol strich mit einer Hand über ihre Wange. Küsste sie auf die Stirn.

Und sie löste sich von ihm und stürzte in diesen Abgrund zurück. Rollte sich auf dem steinigen Boden zusammen und beobachtete ihn still, wachsam.

Er hatte das Gefühl, sich zu erheben. Durch eine viel zu schmale Pforte gesogen zu werden. Yrene packte ihn und zerrte ihn mit sich.

Ließ nicht los. Gab nicht nach. Sie katapultierte sie beide nach oben, ein Stern, der in die Nacht raste.

Weißes Licht krachte in sie beide hinein ...

Nein. Tageslicht.

Er kniff die Augen gegen die Helligkeit zusammen.

Das Erste, was er fühlte, war – nichts.

Keinen Schmerz. Keine Taubheit. Keine Qual oder Erschöpfung.

Alles fort.

Seine Beine waren ... Er bewegte eins. Ohne die geringste Anspannung, ohne einen Hauch von Schmerz.

Geschmeidig wie Butter.

Er schaute nach rechts, wo Yrene immer saß.

Sie sah ihn nur lächelnd an.

»Wie?«, krächzte er.

Ihre atemberaubenden Augen leuchteten vor Glück. »Meine Theorie ... Ich erkläre es dir später.«

»Ist das Mal ...«

Sie verzog den Mund. »Es ist kleiner, aber ... immer noch da.« Sie berührte einen Punkt an seiner Wirbelsäule. »Allerdings fühle ich nichts, wenn ich es anfasse. Überhaupt nichts.«

Eine Mahnung. Als wollte irgendeine Gottheit, dass er sich an das hier erinnerte, daran, was geschehen war.

Er richtete sich auf und staunte über die Mühelosigkeit, Geschmeidigkeit. »Du hast mich geheilt.«

»Ich glaube, diesmal haben wir beide uns das zu verdanken.« Ihre Lippen waren bleich, ihre Haut fahl.

Chaol strich mit den Fingerknöcheln über ihre Wange. »Fühlst du dich wohl?«

»Ich bin – müde. Aber es geht mir gut. Fühlst *du* dich wohl?«

Er zog Yrene auf seinen Schoß und begrub den Kopf an ihrem Hals. »Ja«, hauchte er. »Tausendmal ja.«

Seine Brust ... fühlte sich irgendwie leicht an. Ebenso wie seine Schultern.

Sie schlug ihn weg. »Du musst immer noch vorsichtig sein. So kurz nach der Heilung besteht die Gefahr, dass du dich selbst verletzt. Gib deinem Körper Zeit und Ruhe – damit die Heilung sich setzen kann.«

Er sah sie fragend an. »Was genau beinhaltet denn *Ruhe*?«

Yrenes Lächeln wurde teuflisch. »Ein paar Dinge, die nur ganz besonderen Patienten vorbehalten sind.«

Er spürte ein Kribbeln auf seiner Haut, aber Yrene rutschte von seinem Schoß. »Vielleicht möchtest du ein Bad nehmen.«

Er blinzelte, dann blickte er an sich herab. Dann aufs Bett. Und zuckte zusammen.

Erbrochenes. Auf den Laken, auf seinem linken Arm.

»Wann ...«

»Ich weiß es nicht genau.«

Die untergehende Sonne vergoldete den Garten und erfüllte den Raum mit langen Schatten.

Stunden waren vergangen. Sie hatten den ganzen Tag hier drin verbracht.

Chaol stand vom Bett auf und konnte es kaum glauben, wie er durch die Welt glitt. Wie eine Klinge durch Seide.

Er spürte, dass sie ihn beobachtete, als er auf das Badezimmer zuschritt. »Ist heißes Wasser jetzt ungefährlich?«, rief er über seine Schulter hinweg, streifte seine Unterhose ab und glitt in das köstlich warme Bad.

»Ja«, rief sie zurück. »Jetzt bist du nicht mehr verspannt.«

Er tauchte unter und schrubbte sich ab. Jede Bewegung ... Heilige Götter.

Als er wieder auftauchte und sich das Wasser aus dem Gesicht wischte, stand sie im Türbogen.

Er hielt inne, als er ihren lasziven Blick bemerkte.

Langsam löste Yrene die Bänder an ihrem hellen, purpurfarbenen Gewand. Ließ es zu Boden fallen, zusammen mit ihrer Unterwäsche.

Sein Mund wurde trocken, als sie den Blick nicht von ihm abwandte und mit wiegenden Hüften zum Becken schritt, zur Treppe.

Yrene stieg ins Wasser und das Blut rauschte ihm in den Ohren.

Noch bevor sie die letzte Stufe erreichte, war Chaol schon bei ihr.

Sie versäumten das Abendessen. Und das Dessert.

Und den mitternächtlichen *Kahve.*

Während des Bads hatte sich Kadja in die Gemächer geschlichen, um die Laken zu wechseln. Aber Yrene empfand nicht den Hauch von Scham angesichts dessen, was die Dienerin wahrscheinlich mit angehört hatte. Sie waren im Wasser alles andere als leise gewesen.

Und waren es auch während der nächsten Stunden nicht.

Als sie sich voneinander lösten, war Yrene so erschöpft und verschwitzt, dass ein weiterer Ausflug ins Bad anstand. Chaols Brust hob und senkte sich in mächtigen Zügen.

In der Wüste war er bereits unglaublich gewesen. Aber jetzt, geheilt – über die Wirbelsäule und die Beine hinaus, geheilt an diesem dunklen, verfaulten Ort in seiner Seele ...

Er drückte ihr einen Kuss auf ihre vom Schweiß verklebte Stirn und seine Lippen blieben an den vereinzelten Locken haften, die nach dem Bad aufgetaucht waren. Seine Hand strich in sanften Kreisen über ihr Kreuz.

»Du hast etwas gesagt – da unten in diesem Abgrund«, murmelte er.

Yrene war zu müde, um mehr als ein leises »Mmmh« von sich zu geben.

»Du hast gesagt, dass du mich liebst.«

Jetzt war sie wieder hellwach.

Ihr Magen krampfte sich zusammen. »Fühl dich nicht verpflichtet ...«

Chaol brachte sie mit einem ruhigen, besonnenen Blick zum Schweigen. »Ist es wahr?«

Sie zeichnete die Narbe an seiner Wange nach. Sie hatte seine Erinnerungen nicht von Beginn an gesehen, war erst dorthin vorgedrungen, als dieser schöne, dunkelhaarige Mann – *Dorian* – ihn angelächelt hatte. Aber sie hatte gespürt, gewusst, von wem diese noch ziemlich frische Narbe stammte.

»Ja.« Ihre Stimme war leise, aber es war ihr voller Ernst.

Er lächelte. »Dann ist es ja ein Glück, Yrene Towers, dass ich dich ebenfalls liebe.«

Ihre Brust schnürte sich zusammen. Ihr Körper war so erfüllt von Glück und Liebe, dass sie das Gefühl hatte, er müsste jeden Moment zerbersten.

»Von dem Augenblick an, als du an jenem ersten Tag das Wohnzimmer betreten hast«, sagte Chaol. »Ich glaube, ich habe es schon damals gewusst.«

»Ich war eine Fremde.«

»Aber du hast mich ohne ein Fünkchen Mitleid angesehen. Du hast *mich* gesehen. Nicht den Rollstuhl oder die Verletzung. Sondern mich. Zum ersten Mal habe ich mich ... gesehen gefühlt. *Wach* gefühlt, seit langer Zeit.«

Sie küsste ihn auf die Brust, direkt über seinem Herzen. »Wie hätte ich diesen Muskeln auch widerstehen können?«

Sein Lachen rollte in ihren Mund hinein, bis in ihre Knochen. »Die vollendete Heilerin.«

Yrene lächelte dicht an seiner Haut. »Damit werden mir die anderen Heilerinnen bis in alle Ewigkeit in den Ohren liegen. Hafiza ist schon jetzt ganz außer sich vor Entzücken.«

Aber dann versteifte sie sich bei dem Gedanken an den Weg, der vor ihnen lag. An die Entscheidungen.

Nach einem Moment des Schweigens bemerkte Chaol: »Wenn Nesryn zurück ist, werde ich alles klarstellen. Obwohl ich glaube, dass sie es noch vor mir gewusst hat.«

Yrene nickte und versuchte, gegen die Beklemmung anzukämpfen, die sie beschlichen hatte.

»Und darüber hinaus ... Die Entscheidung liegt bei dir, Yrene. Wann du gehst. Wie du gehst. Ob du überhaupt wirklich gehen willst.«

Sie versteifte sich.

»Aber wenn du mich willst … wird es einen Platz für dich auf meinem Schiff geben. An meiner Seite.«

Sie entspannte sich wieder und stieß ein verspieltes Summen aus, während sie einen Kreis um seine Brustwarze zeichnete. »Was für eine Art von Platz?«

Chaol reckte sich wie eine Katze, verschränkte die Arme hinter dem Kopf und antwortete gedehnt: »Das Übliche: Spülmädchen, Köchin, Tellerwäscherin …«

Sie pikste ihm in die Rippen und er lachte. Ein wunderschöner Laut, voll und tief.

Dann nahm er ihr Gesicht in beide Hände und sah sie mit seinen sanften braunen Augen an. »Welcher Platz würde dir denn gefallen, Yrene?«

Ihr Herz donnerte bei dieser Frage, bei dem Timbre seiner Stimme. Aber sie grinste und sagte: »Jeder Platz, der mir das Recht gibt, dich anzubrüllen, wenn du dir mal wieder zu viel abverlangst.« Sie strich über seine Beine und seinen Rücken. Vorsichtig – er würde noch eine ganze Weile sehr, sehr vorsichtig sein müssen.

Chaol grinste schief und zog sie auf sich. »Ich glaube, ich kenne genau den richtigen Platz für dich.«

57

Bei ihrer Rückkehr herrschte Chaos im Horst des Eridun-Clans.

Falkan lebte noch – gerade so –, aber bei der Ankunft hatte er eine solche Panik ausgelöst, dass Houlun vor die leblose Spinne springen musste, um die anderen Ruks daran zu hindern, sie in Stücke zu reißen.

Sartaq hatte sich lange genug auf den Beinen halten können, um Kadara zu umarmen, sofort einen Heiler für sie herbeizurufen und dann die Arme um Borte zu legen, die mit schwarzem Blut bespritzt war und über beide Ohren grinste. Dann hatten er und Yeran sich zum Abschied an den Unterarmen gepackt, während Borte ihn demonstrativ ignorierte, was immerhin schon etwas besser war als offene Feindseligkeit, fand Nesryn.

»Wie?«, fragte Sartaq schließlich Borte, während Nesryn neben dem bewusstlosen Spinnenkörper ausharrte, für den Fall, dass die Ruks doch noch die Beherrschung verloren.

Yeran, dessen Trupp bereits in den Berlad-Horst zurückgekehrt war, trat noch einmal von seinem wartenden Reittier weg, um für sie zu antworten: »Borte hat mich geholt. Sagte, sie würde zu einer halsbrecherischen Mission aufbrechen und ich könne sie entweder allein sterben lassen oder mitkommen.«

Sartaq stieß ein krächzendes Lachen aus. »Es war dir verboten worden«, sagte er zu Borte, während sein Blick zu Houlun wanderte, die jetzt an Falkans Seite kniete. Die Clan-Mutter schien tatsächlich hin- und hergerissen zwischen Erleichterung und maßlosem Zorn.

Borte schnaubte. »Von meiner Clan-Mutter *hier.* Aber da ich gegenwärtig mit einem Captain der Berlad verlobt bin« – die Betonung auf *gegenwärtig* schien Yeran zu verdrießen –, »kann ich durchaus auf eine gewisse Loyalität gegenüber meiner Clan-Mutter *dort* verweisen. Die keinerlei Bedenken hatte, mir ein paar *schöne Stunden* mit meinem Verlobten zu erlauben.«

»Wir werden uns noch unterhalten, sie und ich«, schäumte Houlun, als sie aufstand und vorbeistolzierte, nachdem sie mehreren Leuten befohlen hatte, Falkan noch weiter in die Halle hineinzutragen. Sie gehorchten nur zögerlich und wanden sich unter dem Gewicht der Spinne.

Borte zuckte die Achseln und wandte sich ab, um Houlun dorthin zu folgen, wo der Gestaltwandler – so gut es in diesem Spinnenkörper möglich war – zusammengeflickt werden sollte. »Immerhin entspricht die Auffassung seiner Clan-Mutter von *schönen Stunden* genau meiner eigenen«, sagte sie im Davongehen, aber Nesryn hätte schwören können, dass sie Yeran ein heimliches kleines Lächeln zuwarf.

Yeran sah ihr lange nach, dann wandte er sich wieder Sartaq zu und grinste schief. »Sie hat versprochen, ein Datum festzulegen. So hat sie meiner Clan-Mutter das Einverständnis abgerungen.« Er zwinkerte Sartaq zu. »Pech, dass ich ihr noch nicht gesagt habe, dass ich mit dem Datum ganz und gar nicht einverstanden bin.«

Und mit diesen Worten stolzierte er hinter Borte her, rannte sogar einige Schritte, um sie einzuholen. Mit einigen scharfen Worten auf den Lippen wirbelte sie zu ihm herum, gestattete ihm aber, ihr in die Halle hinein zu folgen.

Nesryn drehte sich gerade in dem Moment zu Sartaq um, als er taumelte.

Sie sprang vor, und ihr schmerzender Körper protestierte heftig, als sie den Prinzen um die Taille packte. Jemand rief nach einem Heiler, aber Sartaq fand wieder Halt – machte jedoch keine Anstalten, ihre Arme loszulassen.

Und Nesryn stellte fest, dass auch sie nicht geneigt war, ihre Arme von seiner Taille zu nehmen.

Sartaq schaute sie an, dieses sanfte, süße Lächeln wieder auf den Lippen. »Du hast mich gerettet.«

»Die Geschichten um den Geflügelten Prinzen hätten sonst ein allzu trauriges Ende genommen«, erwiderte sie und betrachtete stirnrunzelnd die Wunde in seinem Bein. »Du solltest dich setzen …«

Weiter hinten in der Halle blitzte ein Licht auf, Schreie waren zu hören … Und die Spinne war verschwunden. An ihrer Stelle lag ein Mann mit klaffenden Schnittwunden, blutüberströmt.

Als Nesryn sich wieder umwandte, begegnete sie direkt Sartaqs Blick.

Ihre Kehle schnürte sich zusammen und sie presste ihre zitternden Lippen aufeinander, als sie begriff, was eigentlich geschehen war. Sie waren hier und lebten und sie hatte noch nie ein solches Grauen und eine solche Verzweiflung erlebt wie in dem Augenblick, als er weggezerrt worden war.

»Weine nicht«, murmelte er, beugte sich herunter und streifte mit den Lippen die Tränen, die ihr entkommen waren. Sie spürte seine Worte auf ihrer Haut, als er sagte: »Was würde man sich sonst wohl über Neith' Pfeil erzählen?«

Nesryn musste lachen, trotz allem, was geschehen war, und schlang, so fest sie es verantworten konnte, die Arme um ihn, bevor sie den Kopf an seine Brust bettete.

Sartaq streichelte ihr nur wortlos das Haar und hielt sie seinerseits fest umfangen.

Zwei Tage später, bei Sonnenaufgang, traf sich der Rat der Clans.

Die Clan-Mütter aller Horste und ihre Captains versammelten sich in der Halle, so viele, dass der Raum gesteckt voll war.

Nesryn hatte den ganzen vergangenen Tag verschlafen.

Nicht in ihrem Zimmer, sondern in dem des Prinzen, zusammengerollt neben ihm im Bett. Und jetzt stand er vor der versammelten Gruppe neben ihr.

Sie waren beide zusammengeflickt worden und hatten gebadet, und obwohl er sie noch nicht einmal geküsst hatte ... hatte Nesryn keine Einwände dagegen erhoben, als er ihre Hand genommen hatte und in sein Schlafzimmer gehumpelt war.

Und dann hatten sie einfach nur geschlafen. Und nach dem Erwachen und der erneuten Versorgung ihrer Wunden hatten sie die Halle voller Reiter vorgefunden.

Falkan saß an der hinteren Wand, den Arm in einer Schlinge, sein Blick klar. Nesryn hatte ihm beim Hereinkommen zugelächelt, aber jetzt war nicht der Zeitpunkt für ein Wiedersehen. Und die Wahrheit, die sie möglicherweise für ihn in petto hatte.

Nachdem Houlun alle willkommen geheißen hatte und sich Schweigen über die Halle senkte, stand Nesryn Schulter an Schulter mit Sartaq da. Es war irgendwie eigenartig, ihn mit kürzerem Haar zu sehen – eigenartig, aber nicht schrecklich. Es würde ja schließlich nachwachsen, hatte er angesichts ihres Stirnrunzelns am Morgen gesagt.

Alle Blicke waren auf sie beide gerichtet, wanderten zwischen ihnen hin und her, einige warm und herzlich, andere besorgt, wieder andere hart.

Sartaq hob die Stimme: »Die *Kharankui* haben sich wieder gerührt.« Ein Raunen und Rascheln durchlief die Halle. »Und obwohl der Berlad-Clan ihnen tapfer und entschieden entgegengetreten ist, werden die Spinnen wahrscheinlich wieder zurückkehren. Sie haben einen dunklen Ruf durch die Welt schallen gehört. Und sie sind kurz davor, ihm zu antworten.«

Nesryn trat vor, das Kinn hoch erhoben. Und obwohl ihre eigenen Worte sie mit Grauen erfüllten, fühlte es sich hier völlig natürlich an, sie auszusprechen. »Wir haben im Pass von Dagul eine Menge erfahren«, berichtete Nesryn und ihre Stimme tönte zwischen den Säulen durch die Berghalle. »Etwas, das den Krieg im Norden verändern wird. Das diese Welt verändern wird.«

Alle Blicke ruhten jetzt auf ihr. Houlun nickte ihr zu und Borte, die neben ihr saß, lächelte ermutigend. Yeran hatte ganz in der Nähe Platz gefunden und beobachtete mit einem Auge seine Verlobte.

Sartaq streifte ihre Finger. Ein einziges Mal – eine Aufforderung. Und ein Versprechen.

»Auf dem nördlichen Kontinent stehen wir keiner Armee von Menschen gegenüber«, fuhr Nesryn fort. »Sondern einer Armee von Dämonen. Und wenn wir uns nicht erheben, um dieser Bedrohung zu begegnen, wenn wir uns nicht erheben, um als *ein* Volk zusammenzukommen, ein Volk *aller* Länder ... Dann steuern wir geradewegs auf unseren Untergang zu.«

Und dann erzählte sie es ihnen. Die ganze Geschichte. Über Erawan. Und Maeve.

Die Suche nach den Schlüsseln ließ sie unerwähnt, aber als sie endete, war die Halle in Aufruhr, da die Clans miteinander tuschelten.

»Ich überlasse diese Entscheidung euch«, erklärte Sartaq mit fester Stimme. »Die Schreckenswesen im Dagul Fjäll waren nur der Anfang. Ich werde keinen verurteilen, der sich dafür entscheidet hierzubleiben. Aber alle, die mitkommen, fliegen zusammen mit mir unter dem Banner des Großkhans. Wir lassen euch jetzt allein, damit ihr die Sache untereinander besprechen könnt.«

Und mit diesen Worten ergriff Sartaq Nesryns Hand und führte sie aus der Halle. Falkan schloss sich ihnen an. Borte und Houlun blieben zurück, als Oberhäupter des Eridun-Clans. Nesryn wusste, wie sie sich entscheiden würden – sie würden nach Norden fliegen, aber die anderen ...

Das Tuscheln hatte sich bereits zu einer ausgewachsenen Debatte entwickelt, als sie einen der privaten Versammlungsräume der Familie erreichten. Sartaq blieb nur für einen kurzen Moment im Raum, bevor er sich zu den Küchen aufmachte und Nesryn und Falkan mit einem Augenzwinkern und dem Versprechen zurückließ, etwas zu essen zu besorgen.

Allein mit dem Gestaltwandler schritt Nesryn zum Feuer und wärmte sich die Hände. »Wie fühlt Ihr Euch?«, fragte sie und schaute über ihre Schulter zu Falkan, der sich gerade auf einem Holzstuhl niederließ.

»Alles tut weh.« Falkan verzog das Gesicht und rieb sich das Bein. »Erinnert mich bitte daran, nie wieder irgendetwas Heldenhaftes zu tun.«

Ihr Kichern übertönte das Knistern des Feuers. »Danke – dafür, *dass* Ihr es getan habt.«

»Es gibt ohnehin niemanden in meinem Leben, der mich vermissen würde.«

Ihre Kehle schnürte sich zusammen. Aber sie fragte: »Wenn wir nach Norden fliegen – nach Antica und schließlich zum nördlichen Kontinent ...« Sie brachte die Worte *nach Hause* einfach nicht mehr über die Lippen. »Werdet Ihr mitkommen?«

Der Gestaltwandler schwieg lange. »Würdet Ihr mich denn dort haben wollen? Irgendeiner von Euch?«

Nesryn wandte sich endlich vom Feuer ab. Ihre Augen brannten. »Ich muss Euch etwas erzählen.«

Falkan weinte.

Stützte den Kopf in die Hände und weinte, als Nesryn ihm von ihrer Vermutung erzählte. Sie wusste nicht viel von Lysandras persönlicher Geschichte, aber Alter und Ort stimmten überein. Wenn auch nicht die Beschreibung. Die Mutter hatte ein reizloses, braunhaariges Mädchen geschildert. Keine schwarzhaarige, grünäugige Schönheit.

Trotzdem – ja, er würde mit ihnen kommen. Um in den Krieg zu ziehen und um sie zu finden. Seine Nichte. Sein letzter Rest an Familie auf der Welt, nach dem zu suchen er nie aufgehört hatte.

Sartaq kehrte mit etwas zu essen zurück und dreißig Minuten später bekamen sie Nachricht aus der Halle.

Die Clans hatten sich entschieden.

Mit zitternden Fingern ging Nesryn zur Tür, wo Sartaq ihr eine Hand hinhielt.

Sie verschränkten die Finger ineinander und er führte sie zur Halle, in der nun absolute Stille herrschte. Falkan humpelte hinter ihnen her, nachdem er sich stöhnend vor Schmerz von seinem Stuhl erhoben und seine Tränen weggewischt hatte.

Sie hatten kaum ein paar Schritte getan, als eine Botin den Flur entlanggerannt kam.

Nesryn löste sich von Sartaq, damit er sich um das keuchende Mädchen mit dem aufgeregten Blick kümmern konnte. Aber es war Nesryn, der die Botin den Brief hinhielt.

Nesryns Finger zitterten, als sie die Handschrift darauf erkannte.

Sie spürte, wie Sartaq sich ebenfalls versteifte, als er begriff, dass es Chaols Handschrift war. Er trat zurück und sein Blick wurde verschlossen, während sie las.

Sie musste die Nachricht zweimal lesen. Und tief durchatmen, um sich nicht zu übergeben.

»Er – er bittet um meine Anwesenheit in Antica. *Braucht* meine Anwesenheit«, sagte sie, und der Brief flatterte in ihrer bebenden Hand. »Er fleht uns an, unverzüglich zurückzukommen. So schnell der Wind uns tragen kann.«

Sartaq griff nach der Notiz, um sie selbst zu lesen. Falkan verharrte stumm und aufmerksam, während der Prinz las. Fluchte.

»Irgendetwas stimmt da nicht«, sagte Sartaq und Nesryn nickte.

Wenn Chaol, der niemals um Hilfe bat, niemals Hilfe *wollte*, sie darum anflehte, sich zu beeilen ... Sie schaute zum Rat hinüber, der immer noch darauf wartete, seine Entscheidung zu verkünden.

»Wie schnell können wir in der Luft sein?«, war alles, was Nesryn den Prinzen fragte.

58

Der Morgen kam und ging und Yrene hatte es nicht eilig, aus dem Bett zu kommen. Ebenso wenig wie Chaol. Sie nahmen ihr Mittagessen gemächlich im Wohnzimmer ein und machten sich gar nicht erst die Mühe, sich richtig anzuziehen.

Es war an Hafiza, zu entscheiden, ob sie diese Bücher bekamen. Also konnten sie nichts weiter tun, als zu warten. Und danach weiter zu warten, bis sie Aelin Galathynius oder irgendjemanden sonst fanden, der vielleicht in der Lage war, sie zu entziffern.

»Diese Bücher müssen beachtliche Informationen enthalten«, überlegte Chaol laut, während er sich Granatapfelkerne, die wie kleine Rubine aussahen, in den Mund schob.

»Wenn sie so weit zurückdatieren, wie wir denken«, entgegnete Yrene, »wenn viele dieser Texte aus der Nekropole oder von ähnlichen Orten stammen, könnte es eine echte Entdeckung sein. Bezüglich der Valg. Und unserer Verbindung zu ihnen.«

»Es war pures Glück, dass Aelin in Rifthold über diese paar Bücher stolperte.«

In der vergangenen Nacht hatte er ihr alles erzählt – von der Assassinin namens Celaena, die sich als eine Königin namens Aelin entpuppt hatte. Die ganze Geschichte. Eine lange Geschichte und eine traurige. Seine Stimme war heiser geworden, als er von Dorian gesprochen hatte. Von dem Halsband und dem Valg-Fürsten. Von den Menschen, die sie verloren hatten. Von seiner eigenen Rolle, den Opfern, die er gebracht hatte, den Versprechen, die er gebrochen hatte. Von allem.

Und wenn Yrene ihn nicht bereits geliebt hätte, hätte sie ihn nach dieser Offenbarung geliebt. Den Mann, zu dem er nach diesen Erfahrungen geworden war, in den er sich verwandelt hatte.

»Der König hat die Bücher während seiner anfänglichen Suche und der darauffolgenden Säuberung irgendwie übersehen.«

»Oder vielleicht hat irgendeine Gottheit dafür gesorgt, dass er sie übersehen hat«, überlegte Yrene. Sie zog eine Braue hoch. »Ich nehme an, es gibt *keine* Bastet-Katzen in jener Bibliothek.«

Chaol schüttelte den Kopf und legte die Reste des Granatapfels beiseite. »Ersteres würde mich nicht überraschen. Aelin hatte irgendwie schon immer göttlichen Beistand.«

Yrene dachte nach. »Was ist eigentlich mit dem König passiert? Nachdem er diesen Valg-Dämon in sich hatte.«

Chaols Gesicht verdüsterte sich und er lehnte sich auf dem nicht annähernd so bequemen Ersatz für das zerfetzte goldene Sofa zurück. »Aelin hat ihn geheilt.«

Yrene richtete sich höher auf. »Und wie?«

»Sie hat ihn aus ihm herausgebrannt. Nun, zusammen mit Dorian.«

»Und der Mann – der wahre König – hat das überlebt?«

»Nein. Anfänglich ja. Aber weder Aelin noch Dorian wollten viel darüber erzählen, was auf dieser Brücke vorgefallen war. Er hat immerhin lange genug gelebt, um zu erklären, was er getan hatte, aber ich glaube, dass ihn die Kräfte schnell verließen. Dann hat Aelin den Palast zerstört. Und damit auch ihn.«

»Also wurde der Valg-Dämon in ihm durch Feuer beseitigt?«

»Ja. Und ich glaube, es hat auch bei Dorians Rettung eine Rolle gespielt. Zumindest hat es ihm so viel Freiheit verschafft, dass er sich aus eigener Kraft zur Wehr setzen konnte.« Er legte den Kopf schief. »Warum fragst du?«

»Wegen dieser Theorie, die ich hatte ...« Yrenes Knie wippte auf und ab. Sie sah sich im Raum um, schaute zu den Türen. Es war niemand in der Nähe. »Ich glaube ...« Sie beugte sich zu ihm vor und legte ihm eine Hand auf den Oberschenkel. »Ich glaube, die Valg sind Parasiten. Infektionen.«

Er öffnete den Mund, aber Yrene kam ihm zuvor. »Als ich das erste Mal hierherkam, haben Hafiza und ich einen Bandwurm aus Hasar herausgezogen. Er nährt sich von seinem Wirt, ganz ähnlich wie ein Valg. Übernimmt grundlegende Bedürfnisse – wie Hunger. Und irgendwann tötet er seinen Wirt, wenn dessen Ressourcen verbraucht sind.«

Chaol schwieg für einen Moment. »Aber das hier sind keine hirnlosen Larven.«

»Genau das war es, was ich mir gestern mit dir ansehen wollte. Wie viel Bewusstsein diese Dunkelheit eigentlich besitzt. Wie viel Macht die Valg wirklich haben. Ob irgendeine Art von Parasit in deinem Blutkreislauf zurückgelassen wurde. Das war nicht der Fall, aber ... Da war dieser andere Parasit – der sich von dir genährt hat.«

Er sagte nichts.

Yrene räusperte sich und streichelte mit dem Daumen sein Handgelenk. »Es war mir in der Nacht zuvor klar geworden. Dass auch in mir einer war. Mein Hass, mein Zorn, meine Furcht und mein Schmerz.« Sie strich sich eine verirrte Locke aus dem Gesicht. »Sie alle waren Parasiten und haben sich jahrelang von mir ernährt. Sie haben mir zwar auch Kraft gegeben, aber sie haben sich von mir ernährt.«

Und sobald sie das verstanden hatte – dass der Ort, an den zu gehen sie sich am meisten fürchtete, *in* ihr lag, dass sie sich vielleicht eingestehen musste, was genau da in *ihr* lebte ...

»Als mir klar wurde, was eigentlich *in mir* war, habe ich verstanden, was die Valg in Wahrheit sind, tief im Inneren. Was deine eigenen Schatten sind. *Parasiten.* Und sie zu ertragen, ist nicht das Gleiche, wie sich ihnen zu *stellen.* Also habe ich ihn angegriffen, wie ich auch jeden anderen Parasiten angreifen würde. Ich habe ihn umzingelt. Und dazu gebracht, *dich* so heftig anzugreifen, wie er nur konnte, um *mir* zu entkommen. Damit *du* dich ihm stellen, ihn besiegen konntest. Damit du dorthin gehen konntest, wohin zu gehen du dich am meisten fürchtest, um zu entscheiden, ob du endlich bereit bist, dagegen anzukämpfen.«

Seine Augen blitzten. »Das ist eine enorme Erkenntnis.«

»Allerdings.« Sie dachte darüber nach, was er ihr erzählt hatte – über Aelin und den Dämon in dem toten König. »Feuer wirkt reinigend. Säubernd. Aber in der Heilkunst wird es nicht oft benutzt. Es ist nur schwer zu beherrschen. Wasser eignet sich besser. Und dann natürlich die puren heilenden Kräfte. Wie meine.«

»Licht«, sagte Chaol. »Es hat ausgesehen wie schwärmende Lichter vor dem Hintergrund dieser Dunkelheit.«

Sie nickte. »Es ist Aelin zwar gelungen, Dorian und seinen Vater zu befreien, aber roh und unbeholfen, und einer hat es nicht überlebt. Aber was wäre, wenn eine *Heilerin* mit meinen Gaben jemanden behandeln würde, der von den Valg besessen ist – von ihnen *infiziert*? Die Ringe, die Halsbänder, das sind Übertragungswege. Wie verseuchtes Wasser oder Essen. Lediglich der Träger für etwas Kleines, für den Keim dieser Dämonen, die dann in ihren Wirten wachsen. Sie zu entfernen ist der erste Schritt, aber du hast gesagt, dass der Dämon selbst dann noch im Inneren verweilen kann.«

Seine Brust hob und senkte sich ungleichmäßig und er nickte.

»Ich glaube, ich kann sie heilen. Ich glaube, die Valg … sind Parasiten und ich kann die Menschen, die damit infiziert wurden, behandeln«, flüsterte Yrene.

»Dann wäre jeder, den Erawan gefangen hat, jeder, den er mit diesen Ringen und Halsbändern festhält ...«

»Wir könnten möglicherweise jeden befreien.«

Er drückte ihre Hand. »Aber du müsstest nah an sie heran. Und ihre Macht, Yrene ...«

»Und genau da kommen Aelin und Dorian ins Spiel. Um sie festzuhalten.«

»Aber das lässt sich nicht einfach so ausprobieren. Nicht ohne beträchtliches Risiko.« Er biss die Zähne zusammen. »Das muss der Grund sein, warum Erawans Spion hinter dir her ist. Um dieses Wissen auszulöschen. Um dich daran zu hindern, es nach meiner Heilung allmählich zu begreifen – und an andere Heilerinnen weiterzugeben.«

»Aber wenn das der Fall ist ... Warum jetzt? Warum so lange warten?«

»Vielleicht hat Erawan das gar nicht bedacht. Bis Aelin die Valg aus Dorian und dem König vertrieben hat.« Er rieb sich die Brust. »Aber es gibt da einen Ring. Er hat Athril gehört, einem Freund von König Brannon und Maeve. Der Ring hat Athril Immunität gegen die Valg beschert. Aber im Laufe der Geschichte ist er verloren gegangen – der einzige seiner Art. Und Aelin hat ihn wiedergefunden. Aber Maeve begehrte ihn so sehr, dass sie Rowan dagegen eingetauscht hat. Der Legende nach hat Mala ihn persönlich für Athril geschmiedet, aber ... Mala hat Brannon geliebt, nicht Athril.«

Chaol sprang vom Sofa auf und Yrene beobachtete, wie er im Zimmer auf und ab tigerte. »Es gab da einen Gobelin. In Aelins altem Zimmer. Einen Gobelin, der einen Hirsch zeigte. Er verbarg den Eingang zu der Gruft, in der Brannon den Wyrdschlüssel versteckt hatte. Das war der erste Hinweis, der Aelin auf diese Spur geführt hat.«

»Und?« Das Wort war nur ein Hauch.

»Und mitten zwischen den Waldtieren auf diesem Gobelin befand sich eine Eule. Das war Athrils Gestalt. Nicht Brannons. Das alles waren Codes – der Gobelin, die Gruft. Symbole über Symbole. Aber die Eule ... Daran haben wir nie gedacht. Haben es nie in Erwägung gezogen.«

»Was in Erwägung gezogen?«

Chaol blieb mitten im Raum stehen. »Dass die Eule vielleicht nicht nur einfach Athrils tierische Gestalt war, sondern sein Emblem, das seine Loyalität jemand anderem gegenüber symbolisierte.«

Trotz des warmen Tages gefror Yrene das Blut in den Adern und sie murmelte: »Silba.«

Chaol nickte langsam. »Die Göttin der Heilerinnen.«

Yrene wisperte: »Es war gar nicht Mala, die diesen Ring der Immunität angefertigt hatte.«

»Nein. Es war nicht sie.«

Es war Silba gewesen.

»Wir müssen zu Hafiza«, sagte Yrene leise. »Selbst wenn sie uns nicht erlaubt, die Bücher mitzunehmen, sollten wir sie bitten, einen Blick darauf werfen zu dürfen – um vielleicht selbst zu sehen, was diese lange Zeit überdauert hat. Was diese Fae-Heiler in jenem Krieg vielleicht gelernt haben.«

Er wies zur Tür. »Wir machen uns sofort auf den Weg.«

Aber in diesem Moment öffneten sich die Türen zu seinen Gemächern und Hasar kam hereingerauscht, in einem wallenden, grüngoldenen Kleid.

»Nun«, sagte sie und quittierte ihren Mangel an Bekleidung und ihr zerzaustes Haar mit einem Grinsen. »Ihr zwei habt es wenigstens gemütlich.«

Yrene hatte das Gefühl, dass ihr der Boden unter den Füßen weggerissen wurde, als die Prinzessin Chaol anlächelte. »Es gibt Neuigkeiten. Aus Euren Ländern.«

»Welche Neuigkeiten?« Seine Worte waren kaum mehr als ein Knurren.

Hasar knibbelte an ihren Fingernägeln. »Oh, nur dass es Königin Maeves Armada gelungen ist, das Heer zu finden, das Aelin Galathynius so klammheimlich zusammengewürfelt hatte. Es hat eine *beachtliche* Schlacht gegeben.«

59

Chaol überlegte, die feixende Prinzessin zu erwürgen. Aber er hielt seine Hände bei sich und das Kinn hoch erhoben – trotz der Tatsache, dass er nur eine Unterhose trug. »Was. Ist. Passiert?«, stieß er knapp hervor.

Eine Seeschlacht. Aelin gegen *Maeve.* Er machte sich auf das Schlimmste gefasst. Wenn er zu spät gekommen war ...

Hasar schaute von ihren Fingernägeln auf. »Wie es scheint, gab es ein ziemliches Spektakel. Eine Fae-Armada gegen eine zusammengeschusterte menschliche Streitmacht ...«

»Hasar, bitte«, murmelte Yrene.

Die Prinzessin stieß einen Seufzer Richtung Zimmerdecke aus. »Na schön. Maeve wurde vernichtend geschlagen.«

Chaol sank aufs Sofa.

Aelin – den Göttern sei Dank, dass Aelin einen Weg gefunden hatte ...

»Aber es gibt da ein paar interessante Einzelheiten.« Dann sprudelte es nur so aus der Prinzessin heraus. Alle Fakten. Alle Zahlen. Ein Drittel von Maeves Armada hatte sich unter Whitethorns Flagge gegen ihre eigenen Leute gewandt und sich der Flotte Terrasens angeschlossen. Dorian hatte gekämpft – und zusammen mit Rowan die Frontlinien gehalten. Dann war ein Rudel Wyvern aus dem Nichts herbeigerauscht – um für Aelin zu kämpfen.

Manon Blackbeak. Chaol hätte sein Leben darauf verwettet, dass diese Hexe ihnen irgendwie, sei es dank Aelin oder dank Dorian, einen Gefallen getan und den Lauf dieses Krieges wahrscheinlich verändert hatte.

»Die Magie, heißt es, sei beeindruckend gewesen«, fuhr Hasar fort. »Eis und Wind und Wasser.« Dorian und Rowan. »Den Gerüchten nach war sogar eine Gestaltwandlerin dabei.« Lysandra. »Aber keine Dunkelheit. Oder womit Maeve auch immer kämpft. Und keine Flamme.«

Chaol stützte die Unterarme auf die Knie.

»Obwohl einigen Berichten zufolge am Ufer Flammen und Schatten gesehen worden waren – weit entfernt. Ein Flackern von beidem. Erst da, dann wieder fort. Und niemand hat Aelin oder die Dunkle Königin bei der Flotte entdeckt.«

Es hätte Aelin ähnlich gesehen, die Schlacht zwischen ihr und Maeve ans Ufer zu verlagern. Um die Verluste gering zu halten und ihre volle Macht ungehindert zu entfesseln.

»Wie gesagt«, fuhr Hasar fort und bauschte die Röcke ihres Kleides auf. »Sie waren siegreich. Aelin wurde dabei beobachtet, wie sie Stunden später zu ihrer Armada zurückkehrte. Sie haben Segel gesetzt – angeblich nach Norden.«

Er sandte ein stilles Dankgebet an Mala. Und eines an die Gottheit, die über Dorian gewacht hatte, welche es auch sein mochte. »Irgendwelche bedeutenden Verluste?«

»Unter ihren Männern, ja, aber es hat keinen der interessanten Mitspieler getroffen«, berichtete Hasar und Chaol hasste sie. »Maeve jedoch ... Erst da, dann verschwunden, nicht mal ein Wispern ist von ihr geblieben.« Sie sah stirnrunzelnd zu den Fenstern. »Vielleicht segelt sie ja hierher, um sich ihre Wunden zu lecken.«

Chaol betete darum, dass das nicht der Fall war. Doch falls Maeves Armada noch immer im Engen Meer lag, wenn er und Yrene es durchquerten ... »Aber die anderen segeln jetzt nach Norden – wohin genau?« *Wo kann ich meinen König finden, meinen Bruder?*

»Ich nehme an, nach Terrasen, jetzt, da Aelin ihre Armada hat. Oh, und noch eine andere.«

Hasar grinste ihn an. Wartete auf seine Frage – sein Flehen.

»Welche andere Armada?«, zwang Chaol sich zu fragen.

Hasar zuckte die Achseln und wandte sich zum Gehen. »Wie sich herausgestellt hat, hat Aelin noch eine Schuld eingefordert. Von den Schweigenden Assassinen der Red Desert.«

Chaols Augen brannten.

»Und von Wendlyn.«

Seine Hände fingen an zu zittern.

»Wie viele Schiffe?«, hauchte er.

»Alle«, erwiderte Hasar, die Hand an der Tür. »Die gesamte Armada Wendlyns, geführt von Kronprinz Galan persönlich.«

Aelin ... Chaols Blut sprühte Funken und er sah Yrene an, ihre Augen groß und glänzend vor Hoffnung – glühender, kostbarer Hoffnung.

»Wie es scheint«, überlegte Hasar laut, als wäre es nur ein flüchtiger Gedanke, »gibt es doch etliche Leute, die eine hohe Meinung von ihr haben. Und ihr das abkaufen, was sie einen glauben machen will.«

»Und das wäre?«, flüsterte Yrene.

Hasar zuckte die Achseln. »Ich nehme an, dasselbe, was sie mich glauben machen wollte, als sie mich vor einigen Wochen in einer Nachricht um Hilfe bat. Von Prinzessin zu Prinzessin.«

Chaol atmete scharf ein. »Und was hat Aelin Euch versprochen?«

Hasar lächelte vor sich hin. »Eine bessere Welt.«

60

Chaol schäumte neben Yrene, als sie durch Anticas schmale Straßen eilten, auf denen es nur so von Menschen wimmelte, die auf ihrem abendlichen Heimweg waren. Aber er schäumte nicht vor Wut, begriff sie, sondern vor Entschlossenheit.

Aelin hatte eine Armee auf die Beine gestellt, und wenn sie sich ihr samt einer Streitmacht des Großkhanats anschließen konnten ... Yrene sah die Hoffnung in seinen Augen. Die Zielstrebigkeit.

Das war ihre Chance, eine minimale Chance, diesen Krieg zu gewinnen. Aber nur, wenn sie die königliche Familie überzeugen konnten.

Ein letzter Vorstoß, erklärte er ihr, als sie das kühle Innere der Torre betraten und die Treppe hinaufeilten. Es kümmerte ihn nicht, ob er vor dem Großkhan im Staub kriechen musste – er *würde* einen letzten Versuch unternehmen, ihn zu überzeugen.

Aber zuerst: Hafiza. Und die Bücher, die vielleicht sogar eine weitaus wertvollere Waffe enthielten als Schwerter oder Pfeile: Wissen.

Obwohl sich die Wendeltreppe schier endlos hinaufzog, verließ ihn die Kraft seiner Beine nicht. Und trotz allem, was auf ihnen lastete, murmelte Chaol ihr ins Ohr: »Kein Wunder, dass deine Beine so schön sind.«

Yrene wehrte ihn ab und ihr Gesicht wurde heiß. »Du Flegel.«

Zu dieser Stunde waren die meisten Schülerinnen auf dem Weg hinunter zum Abendessen. Einige strahlten Chaol an, als sie auf der Treppe an ihm vorbeikamen. Ein paar der jüngeren kicherten. Er schenkte ihnen allen ein warmes, nachsichtiges Lächeln, das sie erst recht ins Schwärmen brachte.

Er gehörte ihr. *Ihr,* wollte Yrene ihnen entgegenschleudern. Dieser schöne, tapfere, selbstlose Mann – gehörte ihr.

Und sie würde mit ihm nach Hause gehen.

Ausgerechnet dieser Gedanke ernüchterte sie etwas. Das Gefühl, dass diese endlosen Märsche über die Treppen der Torre jetzt gezählt sein mochten. Dass sie den Lavendel und das frisch gebackene Brot vielleicht für lange Zeit nicht mehr riechen würde. Dass sie dieses Kichern nicht mehr hören würde.

Chaol streifte ihre Hand, als wollte er sagen, dass er sie verstand. Yrene umfasste seine Finger. Ja, einen Teil von sich würde sie hier zurücklassen. Aber das, was sie mitnahm ... Yrene lächelte, als sie endlich das oberste Stockwerk des Turms erreichten.

Chaol keuchte und stützte sich mit einer Hand an der Wand des Treppenabsatzes ab. Hafizas Tür stand einen Spalt offen und gewährte einen Blick auf den letzten Rest des Sonnenuntergangs. »Wer immer das hier gebaut hat, war ein Sadist.«

Yrene lachte, dann klopfte sie an die Tür und drückte sie ganz auf. »Das wäre dann Kamala. Und den Gerüchten nach hat sie ...« Yrene brach ab, als sie feststellte, dass das Arbeitszimmer der Hohen Heilerin leer war.

Sie zwängte sich auf dem Treppenabsatz an Chaol vorbei und ging in Richtung des Laboratoriums – dessen Tür ebenfalls einen Spaltbreit offen stand. »Hafiza?«

Keine Antwort, aber sie machte die Tür trotzdem auf.

Leer. Der Bücherschrank jedoch war zum Glück immer noch verschlossen.

Dann drehte Hafiza wahrscheinlich nur eine Runde oder war beim Abendessen. Obwohl sie nach dem Ruf der Glocke alle gesehen hatten, die zum Essen gegangen waren – und Hafiza war nicht dabei gewesen.

»Warte hier«, bat Yrene und lief ein Stockwerk tiefer, das direkt über Yrenes eigenem Zimmer lag.

»Eretia«, sagte sie und betrat den kleinen Raum.

Die Heilerin grunzte zur Antwort. »Ich hab eben einen knackigen Hintern hier vorbeikommen sehen.«

Von oben erklang Chaols Hüsteln.

Yrene schnaubte, sagte jedoch: »Weißt du, wo Hafiza ist?«

»In ihrem Laboratorium.« Die Frau drehte sich nicht einmal um. »Dort war sie schon den ganzen Tag.«

»Bist du dir ... sicher?«

»Ja. Ich habe gesehen, wie sie hineingegangen ist und die Tür hinter sich geschlossen hat, und sie ist nicht wieder herausgekommen.«

»Aber die Tür stand gerade eben offen.«

»Dann muss sie an mir vorbeigeschlüpft sein.«

Ohne ein Wort zu sagen? Das sah Hafiza nicht ähnlich.

Yrene kratzte sich am Kopf und betrachtete den Treppenabsatz hinter ihr, die beiden weiteren Türen auf dieser Ebene. Ohne sich von Eretia zu verabschieden – was sie auch nicht für nötig hielt –, klopfte sie dort an. Der eine Raum war leer; die Heilerin im anderen sagte ihr das Gleiche: Hafiza sei in ihrem Laboratorium.

Chaol wartete an der obersten Treppenstufe, als Yrene wieder hinaufstapfte. »Kein Glück gehabt?«

Yrene tippte unruhig mit dem Fuß auf den Boden. Vielleicht war sie paranoid, aber ...

»Lass uns im Speisesaal nachsehen«, sagte sie nur.

Sie sah das Flackern in Chaols Augen. Die Sorge – und die Warnung.

Als sie zwei Stockwerke hinter sich gebracht hatten, hielt Yrene auf ihrem eigenen Treppenabsatz inne.

Ihre Tür war geschlossen – aber unter dem Türspalt klemmte irgendetwas. Als hätte es jemand im Vorbeigehen mit dem Fuß daruntergeschoben. »Was ist das?«

Chaol zückte sein Schwert so schnell, dass sie nicht einmal sah, wie er sich bewegte – jede Regung seines Körpers, seiner Klinge ein Tanz. Sie bückte sich und zog den Gegenstand heraus. Metall kratzte über Stein.

Ein Schlüssel baumelte von seiner Kette ... *Hafizas eiserner Schlüssel.*

Chaol untersuchte die Tür, die Treppe, während Yrene sich mit zitternden Fingern die Kette über den Kopf zog. »Den hat sie nicht aus Versehen unter deine Tür geschoben«, stellte er fest.

Falls sie den Schlüssel hier verstecken wollte ... »Sie wusste, dass irgendetwas hinter ihr her ist.«

»Oben gab es keine Anzeichen dafür, dass jemand sich mit Gewalt Zutritt verschafft oder sie angegriffen hat«, gab Chaol zu bedenken.

»Vielleicht hat sie es einfach mit der Angst zu tun bekommen, aber ... Hafiza macht nichts, ohne darüber nachzudenken.«

Chaol legte ihr eine Hand ins Kreuz und schob sie in Richtung Treppe. »Wir müssen die Garde verständigen – einen Suchtrupp ausschicken.«

Ein Gefühl von Übelkeit stieg in ihr auf. Das Gefühl, dass sie sich jeden Moment würde übergeben müssen, mitten auf der Treppe.

Wenn sie daran schuld war, dass Hafiza ...

Aber Panik half nichts und niemandem.

Sie zwang sich, ruhig zu atmen. »Wir müssen uns beeilen. Kannst du mit deinem Rücken ...«

»Ich komme klar. Mein Rücken fühlt sich gut an.«

Yrene prüfte seine Haltung, sein Gleichgewicht. »Dann los.«

Sie flogen geradezu die Treppe der Torre hinunter. Fragten jeden, der vorbeikam, ob er Hafiza gesehen habe. *In ihrem Laboratorium,* lautete stets die Antwort.

Als hätte sie sich einfach in Luft aufgelöst. In Schatten.

Chaol hatte genug gesehen, genug erlitten, um auf sein Bauchgefühl zu hören.

Und das sagte ihm, dass entweder irgendetwas geschehen war oder gerade eben geschah.

Yrenes Gesicht war kreideweiß vor Angst und der eiserne Schlüssel hüpfte bei jedem ihrer Schritte auf ihrer Brust auf und ab. Als sie das Erdgeschoss der Torre erreichten, versetzte Yrene die Garde mit wenigen Worten und der ruhigen Erklärung, dass die Hohe Heilerin verschwunden sei, in Alarmbereitschaft.

Aber die Organisation der Suchtrupps dauerte zu lange. Innerhalb von Minuten konnte alles Mögliche geschehen. *Sekunden.*

Yrene fragte einige der Heilerinnen, die ihnen in dem überfüllten Flur des Erdgeschosses über den Weg liefen, ob sie wüssten, wo Hafiza sei. Nein, nicht im Speisesaal. Nein, auch nicht in den Kräutergärten. Sie seien gerade dort gewesen und hätten sie nicht gesehen.

Die Torre war so riesig ... »Wir könnten mehr Bereiche abdecken, wenn wir uns aufteilen würden«, keuchte Yrene und ihr Blick wanderte hektisch den Flur entlang.

»Nein. Darauf warten sie vielleicht nur. Wir bleiben zusammen.«

Yrene fuhr sich mit den Händen übers Gesicht. »Wenn sich Panik breitmacht, könnte das – denjenigen dazu bringen, schneller zu handeln. Überstürzter. Wir behalten die Sache für uns.« Sie ließ die Hände wieder sinken. »Wo sollen wir nur anfangen? Sie könnte in der Stadt sein, sie könnte *to–*«

»Wie viele Ausgänge führen aus der Torre auf die Straßen?«

»Nur das Haupttor und ein kleines Nebentor für die Lieferanten. Beide schwer bewacht.«

Binnen weniger Minuten hatten sie beide Tore aufgesucht. Ohne Ergebnis. Die Wachen waren gut ausgebildet und wussten genau, wer hineinging und wer hinaus. Hafiza war nicht gesichtet worden. Und seit dem frühen Morgen war kein Wagen mehr hereingekommen oder hinausgefahren. Bevor Eretia sie das letzte Mal gesehen hatte.

»Sie muss noch irgendwo hier sein«, stellte Chaol mit Blick auf den Turm, der über ihnen aufragte, und den Ärztekomplex fest. »Es sei denn, dir fällt ein anderer Weg ein, auf das Gelände zu gelangen oder es zu verlassen. Vielleicht etwas, das in Vergessenheit geraten ist.«

Yrene hielt inne und ihre Augen leuchteten wie Flammen in der einsetzenden Dämmerung.

»Die Bibliothek«, hauchte sie und eilte davon.

Schnell – sie war so schnell, dass er nur eines tun konnte, um mit ihr Schritt zu halten. *Rennen.* Heilige Götter, er *rannte* und ...

»In der Bibliothek gibt es angeblich Tunnel«, stieß Yrene atemlos hervor, als sie ihn durch einen vertrauten Flur führte. »Ganz tief unten. Tunnel, die irgendwo draußen zusammenlaufen. Aber wohin sie führen, weiß man nicht. Den Gerüchten zufolge sind sie versiegelt, aber ...«

Sein Herz donnerte. »Das würde erklären, wie sie in der Lage waren, unbemerkt zu kommen und zu gehen.«

Und wenn die alte Frau dort hingebracht worden war ...

»Wie haben sie es überhaupt geschafft, dass sie mitkam? Ohne dass es jemand bemerkt hat?«

Er antwortete lieber nicht. Die Valg konnten, wann immer sie es wollten, Schatten beschwören. Und sich darin verstecken. Tödliche Schatten ...

Yrene kam schlitternd vor dem Pult der obersten Bibliothekarin zum Stehen. Nousha riss den Kopf hoch. Der Marmor war so glatt, dass Yrene sich an den Kanten des Pults festhalten musste, um nicht hinzufallen.

»Hast du Hafiza gesehen?«, platzte sie heraus.

Nousha blickte zwischen Chaol und Yrene hin und her. Bemerkte das Schwert, das er immer noch in der Hand hielt.

»Was ist los?«

»Wo sind die Tunnel?«, fragte Yrene. »Die, die lange verbarrikadiert waren – wo *sind* sie?«

Hinter ihr sprang eine sturmgraue Bastet-Katze von ihrem Wachposten am Kamin und sprintete in die eigentliche Bibliothek hinein.

Nousha warf einen Blick auf die uralte Glocke auf dem Pult. Und den Hammer daneben.

Yrene klatschte mit der Hand auf den Hammer. »Nicht. Das macht sie nur darauf aufmerksam, dass – dass wir Bescheid wissen.«

Noushas brauner Teint wurde fahl. »Geht hinunter ins unterste Geschoss. Lauft direkt auf die Mauer zu. Dann nach links. Bis zu der Mauer, die am weitesten entfernt ist – bis ganz ans Ende. Wo der Stein rau und unpoliert ist. Dann nach rechts. Dann seht ihr sie.«

Yrenes Brust wogte, aber sie nickte und murmelte die Wegbeschreibung vor sich hin, während Chaol sie sich ebenfalls einprägte, sie in seinem Gedächtnis verankerte.

Nousha erhob sich. »Soll ich die Garde verständigen?«

»Ja«, antwortete Chaol. »Aber leise. Schickt sie direkt hinter uns her. So schnell Ihr könnt.«

Noushas Hände zitterten, als sie sie vor ihrem Bauch verschränkte. »Diese Tunnel sind schon seit sehr langer Zeit nicht mehr benutzt worden. Seid vorsichtig. Nicht einmal wir wissen, was sich dort unten verbirgt.«

Chaol war drauf und dran, ein Wort darüber zu verlieren, welchen Sinn und Zweck geheimnisvolle Warnungen kurz vor einer Schlacht hatten – verschränkte dann aber doch nur seine Finger mit Yrenes und zog sie den Flur entlang.

61

Yrene zählte jeden Schritt. Nicht, dass es etwas geholfen hätte, aber ihr Gehirn produzierte die Zahlen einfach endlos weiter.

Eins, zwei, drei ... vierzig.

Dreihundert.

Vierhundertvierundzwanzig.

Siebenhunderteinundzwanzig.

Immer tiefer stiegen sie hinab, spähten in jeden Schatten und jeden Gang, in jede Nische, jeden Lesesaal und jeden Alkoven. Nichts.

Nur Schülerinnen, die still arbeiteten und oder für den Abend zusammenpackten. Keine Bastet-Katze – keine einzige.

Achthundertdreißig.

Eintausenddrei.

Sie erreichten die unterste Ebene der Bibliothek, wo das Licht schwächer wurde. Schläfriger.

Und die Schatten wachsamer. Yrene sah überall darin Gesichter.

Chaol preschte voran und sein Schwert leuchtete wie Quecksilber, während sie Noushas Wegbeschreibung folgten.

Es wurde kühler. Und die Abstände zwischen den Lichtern wurden immer größer.

In den Regalen lagerten zerfallende Schriftrollen statt in Leder gebundene Bücher. Die Schriftrollen wiederum wichen gemeißelten

Tafeln. Und statt hölzerne Regale gab es irgendwann nur noch steinerne Nischen. Der Marmorboden war ungeschliffen. Ebenso wie die Wände.

»Hier«, hauchte Chaol, hielt Yrene fest und hob sein Schwert.

Der Gang vor ihnen wurde von einer einzigen, auf dem Boden zurückgelassenen Kerze erhellt.

Und in diesem Gang gab es vier Türen.

Drei davon mit schweren Steinbrocken verbarrikadiert, aber die vierte ... offen. Der Stein war beiseitegeschoben worden. Eine weitere einsame Kerze warf ihren Schein in die Dunkelheit dahinter.

Ein Tunnel. Tiefer unter der Erde als Silbas Mutterschoß – tiefer als jedes Stockwerk der Torre.

Chaol zeigte auf den Staub und den Schmutz im Gang vor ihnen. »Fußspuren. Zwei Paar, nebeneinander.«

Und tatsächlich, der Boden war aufgewühlt worden.

Er wirbelte zu ihr herum. »Du bleibst hier und ich werde ...«

»Nein.« Ihre Entschlossenheit ließ ihn innehalten und sie fügte hinzu: »Zusammen. Wir werden das hier zusammen durchstehen.«

Chaol dachte einen Moment darüber nach, dann nickte er. Behutsam führte er sie weiter und zeigte ihr, wohin sie treten musste, um laute Geräusche auf den losen Steinen zu vermeiden.

Die Kerze vor dem offenen Eingang zum Tunnel winkte flackernd. Ein Signal. Eine Einladung.

Das Licht tanzte über seine Klinge, als sie den Eingang erreichten.

Nichts als abgebröckeltes Gestein und ein endloser, dunkler Gang.

Yrene atmete tief ein und aus. Hafiza. Hafiza war dort drin. Entweder verletzt oder ...

Chaol ergriff ihre Hand und führte sie in die Dunkelheit.

Endlose Minuten lang schoben sie sich schweigend vorwärts. Bis das Licht dieser einzelnen Kerze hinter ihnen verblasste – und vor ihnen ein weiteres aufflackerte. Schwach, weit entfernt. Als stünde die Kerze irgendwo hinter einer Ecke.

Als wartete dort jemand.

Chaol wusste, dass es eine Falle war.

Wusste, dass die Hohe Heilerin nicht das Ziel, sondern der Köder gewesen war. Aber wenn sie zu spät kamen ...

Er würde es nicht zulassen.

Langsam näherten sie sich dieser zweiten Kerze.

Die immer heller flackerte.

Keine Kerze. Ein goldenes Licht aus dem Gang dahinter, welches das Gestein in einen warmen Schimmer tauchte. Yrene wollte sich beeilen, aber er zwang sie beide, langsam zu gehen. Leise wie der Tod.

Obwohl er keinen Zweifel daran hatte, dass, wer auch immer es war, bereits wusste, dass sie kamen.

Sie erreichten die Biegung des Tunnels und Chaol studierte das Licht auf der gegenüberliegenden Wand, um irgendwelche Schatten auszumachen. Aber da war nur Licht.

Er spähte um die Ecke. Ebenso Yrene.

Ihr stockte der Atem. Und obwohl er im Laufe des vergangenen Jahres schon einiges gesehen hatte, war das hier ...

Ein Gewölbe, so riesig wie der gesamte Thronsaal im Palast von Rifthold, vielleicht sogar noch größer. Die Decke wurde von gemeißelten Säulen getragen, die bis tief hinein in die Düsternis reichten, und eine Treppe führte vom Tunnel auf die Hauptebene hinunter. Jetzt wusste er, warum das Licht golden geschimmert hatte.

Denn die Fackeln, die überall brannten, beleuchteten ... *Gold.*

Die Reichtümer eines uralten Imperiums erfüllten das Gewölbe. Truhen und Statuen und Kleinigkeiten aus purem Gold. Rüstungen. Schwerter.

Und dazwischen – Sarkophage. Nicht aus Gold, sondern aus undurchdringlichem Stein.

Eine Grabkammer – und eine Schatzkammer zugleich. Und ganz hinten auf einem großen Podest …

Beim Anblick der geknebelten und gefesselten Hohen Heilerin, die auf einem goldenen Thron saß, stieß Yrene einen leisen Schrei aus. Aber es war der Anblick der Frau neben der Heilerin – ein Messer in der Hand, die auf ihrem runden Leib ruhte –, bei dem Chaol das Blut in den Adern gefror.

Duva. Die jüngste Tochter des Großkhans.

Sie lächelte, als sie näher kamen – aber es war kein menschliches Lächeln.

Es war das Lächeln eines Valg.

62

»Nun«, sagte dieses Etwas in der Prinzessin, »Ihr habt euch ganz schön Zeit gelassen.«

Die Worte hallten durch das gewaltige Gewölbe, hallten wider von Stein und Gold.

Chaol taxierte jeden Schatten, jeden Gegenstand, an dem sie vorbeikamen. Mögliche Waffen. Mögliche Fluchtwege.

Hafiza zeigte keine Regung, als sie den breiten Gang zwischen dem unendlich glänzenden Gold und den Sarkophagen entlangschritten. Eine Nekropole.

Vielleicht sogar eine einzige riesige, unterirdische Stadt, die sich von der Wüste bis hierher erstreckte.

Während ihres Besuchs in Aksara war Duva hiergeblieben. Hatte ihre Schwangerschaft vorgeschützt ...

Yrene sog scharf die Luft ein, was ihm verriet, dass sie das Gleiche dachte wie er.

Duva war schwanger – und der Valg hatte sie in seiner Gewalt.

Chaol wog ihre Chancen ab. Eine besessene Prinzessin, bewaffnet mit einem Messer und wer weiß welcher dunklen Magie, die Hohe Heilerin, gefesselt an den Thron ...

Und Yrene.

»Da ich dir ansehe, Lord Westfall, was in deinem Kopf vorgeht, erspare ich dir die Mühe und sage dir gleich, welche Optionen ihr habt.« Duva ließ das Messer sanft über ihren schwangeren Bauch gleiten und berührte dabei kaum den Stoff ihres Gewandes. »Also, du hast die Wahl. Zwischen mir, der Hohen Heilerin und Yrene Towers.« Die Prinzessin lächelte und flüsterte noch einmal: »*Yrene.*«

Diese Stimme ...

Yrene erzitterte. Die Stimme aus jener Nacht.

Dennoch hob sie entschlossen das Kinn, als sie am Fuß der steilen Treppe zum Podest stehen blieben, und richtete so unbeeindruckt wie eine Königin das Wort an die Prinzessin: »Was willst du?«

Duva legte den Kopf schief, ihre Augen vollkommen schwarz. Das Ebenholz der Valg. »Wollt ihr gar nicht wissen, *wie*?«

»Du wirst es uns *bestimmt* erzählen«, meldete Chaol sich zu Wort.

Duva kniff verärgert die Augen zusammen, stieß jedoch ein kleines Lachen aus. »Diese Tunnel verlaufen direkt zwischen dem Palast und der Torre. Jene unsterbliche Fae-Brut hat ihre Könige hier begraben. Abtrünnige aus Moras vornehmem Geschlecht.« Sie wies mit ihrem Arm durch den Raum. »Der Großkhan wäre bestimmt außer sich, wenn er wüsste, wie viel Gold unter seinen Füßen liegt. Ein weiteres Blatt, das sich auszuspielen lohnt, sobald die Zeit dafür reif ist.«

Yrene starrte Hafiza an, die sie ruhig beobachtete.

Eine Frau, die auf ihr Ende vorbereitet war. Und jetzt dafür sorgen wollte, dass Yrene sie nicht verängstigt sah.

»Ich habe nur darauf gewartet, dass ihr endlich herausfindet, wer dahintersteckt«, fuhr Duva fort. »Als ich all diese kostbaren Bücher und Schriftrollen vernichtet habe, dachte ich, euch würde bestimmt dämmern, dass ich die Einzige war, die nicht an dem Fest teilgenommen hatte. Aber dann wurde mir klar – wie solltet ihr denn ausgerechnet mich verdächtigen?« Sie legte eine Hand auf ihren runden Leib. »Darum hatte er sie überhaupt ausgewählt. Die liebreizende, sanfte Duva. Zu gütig, um je als Anwärterin für den Thron infrage zu kommen.« Das Lächeln einer Schlange. »Hasar, müsst ihr wissen, wollte den Ring tatsächlich als Erste nehmen. Sie hatte ihn in dem Hochzeitsschatz erspäht, den *Perrington* geschickt hatte. Aber Duva kam ihr gerade noch zuvor und schnappte ihn sich.« Sie hob den Finger und zeigte den breiten, silbernen Ring daran. Kein Schimmern eines Wyrdsteins.

»Er steckt darunter«, flüsterte sie. »Ein schlauer kleiner Trick, um ihn zu verbergen. Und sobald sie diesem süßen, liebeskranken, menschlichen Prinzen ihre Treue geschworen hatte, kam der hier an ihre Hand.« Duva feixte. »Niemand hat auch nur das Geringste bemerkt.« Ihre weißen Zähne blitzten auf. »Bis auf die scharfäugige kleine Schwester.« Sie schnalzte mit der Zunge. »Tumelun schöpfte Verdacht, dass etwas nicht stimmte. Erwischte mich dabei, wie ich an vergessenen Orten herumstöberte. Also habe ich sie ebenfalls erwischt.« Duva kicherte. »Oder auch nicht, schätze ich. Da ich sie einfach vom Balkon gestoßen habe.«

Yrene schnappte nach Luft.

»Diese wilde, ungezähmte Prinzessin«, sprach Duva gedehnt weiter. »Und so *launenhaft*. Ich konnte schlecht zulassen, dass sie zu ihren geliebten Eltern ging und sich über mich ausheulte, nicht wahr?«

»Du *Miststück*«, fuhr Yrene sie an.

»So hat sie mich auch genannt«, versetzte Duva. »Hat gesagt, ich erscheine ihr nicht ganz *richtig* im Kopf.« Sie rieb sich den Bauch, dann tippte sie sich mit einem Finger an die Schläfe. »Ihr hättet hören sollen, wie sie geschrien hat. Duva – wie Duva *geschrien* hat, als ich das Balg vom Balkon gestoßen habe. Aber ich habe ihr schnell genug den Mund gestopft, nicht wahr?« Wieder hob sie dieses Messer an ihren Bauch und ließ es knapp über den seidigen Stoff gleiten.

»Warum bist du *hier*?«, hauchte Yrene. »Was *willst* du?«

»Dich.«

Chaols Herz geriet ins Stolpern.

Duva richtete sich höher auf. »Der Dunkle König hat ein Raunen gehört. Darüber, dass eine Heilerin, gesegnet mit Silbas Gaben, in die Torre eingetreten sei. Und es hat ihn sehr, sehr wachsam gemacht.«

»Weil ihr nichts anderes seid als Parasiten, die ich auslöschen kann?«

Chaol warf Yrene einen warnenden Blick zu.

Aber Duva pflückte den Dolch von ihrem Bauch und studierte die Klinge. »Was glaubst du – warum hat Maeve ihre Heiler bei sich behalten und ihnen niemals erlaubt, die bewachten Grenzen zu überschreiten? Sie wusste, dass wir zurückkehren würden. Sie wollte bereit sein – um sich zu schützen. Mit ihren kostbaren Lieblingen, diesen Heilern aus Doranelle. Ihre heimliche Armee.« Duva begann zu summen und wies mit dem Dolch auf die Nekropole ringsum. »Wie schlau diese Fae doch waren, die nach dem letzten Krieg ihren Fängen entkommen sind. Sie sind den ganzen Weg bis hierher geflohen – jene Heiler, die wussten, dass ihre Königin sie einpferchen würde wie Tiere. Und dann pflanzten sie ihre Magie in dieses Land, züchteten sie unter seinen Bewohnern. Ermutigten die richtigen Kräfte, sich zu erheben, sorgten dafür, dass dieses Land immer stark, immer gut verteidigt sein würde. Und dann verschwanden sie und nahmen ihre Schätze und ihre Geschichte unter die Erde mit. Sorgten dafür, dass sie dort unten vergessen wurden, während oben ihr kleiner *Garten* gedieh.«

»Warum?«, fragte Chaol nur.

»Um jenen, die Maeve für unwichtig erachtete, eine faire Chance zu geben, sollte Erawan zurückkehren.« Duva schnalzte mit der Zunge. »So edelmütig, diese abtrünnigen Fae. Und so ist die Torre gewachsen – und Seine Dunkle Majestät hat sich in der Tat wieder erhoben, ist dann gefallen und hat geschlafen. Und selbst er hat vergessen, wozu jemand mit der richtige Gabe in der Lage ist. Aber dann ist er erneut erwacht. Und hat sich an die Heiler erinnert. Also hat er dafür gesorgt, dass die nördlichen Länder von jenen mit der Gabe gesäubert wurden.« Ein Lächeln in Yrenes Richtung, abscheulich und kalt. »Aber wie es scheint, ist eine kleine Heilerin der Schlachtbank entwischt. Und hat es den ganzen Weg bis in diese Stadt geschafft, mit einem ganzen Reich, das über sie wacht.«

Yrenes Atmung ging in rauen Stößen. Er sah, wie sich Schuldgefühle und Grauen in ihr breitmachten. Weil sie, indem sie hierhergekommen war, das alles über sie gebracht hatte. Über Tumelun, Duva, die Torre, das Großkhanat.

Aber was Yrene dabei entging, sah Chaol dafür umso deutlicher. Sah es mit der ganzen Last eines Kontinents, der *Welt* auf seinen Schultern. Sah, was Erawan so sehr ängstigte, dass er sogar einen seiner Spione geschickt hatte.

Denn Yrene, die von Macht erfüllt war und sich diesem selbstgefälligen Valg-Dämon entgegenstellte ... symbolisierte Hoffnung.

Hoffnung stand hier an seiner Seite. In den letzten Jahren versteckt und beschützt in dieser Stadt und in den Jahren davor von den Göttern selbst durch die Welt geschickt, verborgen vor den Mächten, die darauf aus waren, sie zu vernichten.

Ein Fünkchen Hoffnung.

Die wirkungsvollste Waffe gegen Erawan, gegen die uralte Dunkelheit der Valg.

Dafür war er hierhergeschickt worden, um sie für sein Heimatland, für sein Volk zu holen. Um sie zu *beschützen*. Kostbarer als Soldaten, als jede Waffe. Ihre einzige Chance auf Rettung.

Hoffnung.

»Warum tötest du mich dann nicht?«, fragte Yrene. »Warum tötest du mich nicht einfach?«

Chaol hatte es nicht gewagt, diese Frage zu stellen oder auch nur zu denken.

Duva legte sich erneut ihren Dolch auf den Bauch. »Weil du Erawan lebend so viel nützlicher sein wirst, Yrene Towers.«

Yrene erzitterte bis ins Mark.

»Ich bin ein Niemand«, hauchte Yrene.

Diese Klinge – sie ruhte auf diesem Mutterleib. Und Hafiza verharrte immer noch ruhig und wachsam neben Duva, *seelenruhig.*

»Bist du das wirklich?«, gurrte die Prinzessin. »Zwei Jahre sind *unnatürlich* wenig, um in der Torre so hoch aufzusteigen. Habe ich nicht recht, Heilerin?«

Yrene hätte sich am liebsten übergeben, als der Dämon in Duva Hafiza ansah.

Aber Hafiza zuckte nicht einmal mit der Wimper.

Duva lachte leise. »Sie wusste es. Hat irgendwas in dem Sinne zu mir gesagt, als ich sie vorhin aus ihrem Zimmer entführt habe. Dass ich dich holen würde. Silbas Erbin.«

Yrenes Hand fuhr zu ihrem Medaillon. Zu der Notiz darin.

Die Welt braucht mehr Heilerinnen.

War es etwa Silba persönlich gewesen, in jener Nacht in Innish, die sie hierhergeschickt hatte, mit einer Nachricht, die sie erst später verstehen würde?

Die Welt brauchte tatsächlich mehr Heilerinnen – um gegen Erawan zu kämpfen.

»Deshalb hat Erawan mich gesandt«, fuhr Duva gedehnt fort. »Um auszukundschaften, ob eine Heilerin mit diesen Gaben – *der* Gabe – aus der Torre hervorgehen würde. Und um dich daran zu hindern, allzu viel herauszufinden.« Ein kleines Achselzucken. »Natürlich waren die Ermordung dieses Prinzessinnenbalgs und der anderen Heilerin ... Fehler, aber ich bin mir sicher, dass Seine Dunkle Majestät sie mir verzeihen wird, wenn ich mit dir im Schlepptau zurückkehre.«

Das Rauschen in ihrem Kopf war so laut, dass Yrene sich selbst kaum hörte, als sie Duva entgegenschleuderte: »Wenn du mich zu ihm bringen sollst, warum hast du dann die Heilerin, die du mit mir verwechselt hast, getötet? Und warum tötest du nicht gleich jede Heilerin in dieser Stadt und ersparst dir die ganze Mühe?«

Duva schnaubte und wedelte mit ihrem Dolch herum. »Weil *das* wiederum zu viele Fragen aufwerfen würde. *Warum* nimmt Erawan deinesgleichen ins Visier? Gewisse Schlüsselfiguren würden vielleicht anfangen zu grübeln. Also muss die Torre in Ruhe gelassen werden – in Unwissenheit. Hier, wo die Heiler, weit entfernt vom Norden, gedeihen und diese Gegend nie verlassen. Bis es Zeit für meinen Herrn ist, sich um dieses Reich zu kümmern.« Ihr Lächeln ließ Yrenes Blut zu Eis erstarren. »Übrigens, was diese Heilerin angeht ... Es hatte nichts damit zu tun, wie sehr sie dir ähnelte. Sie war einfach zur falschen Zeit am falschen Ort. Besser gesagt, zur *richtigen* Zeit für *mich,* da ich schrecklich hungrig war und keine Nahrung zu mir nehmen konnte, ohne dass es auffiel. Aber es sollte dir durchaus Angst einjagen, damit du die Gefahr begreifen und aufhören würdest, mit diesem adarlanischen Narren zu arbeiten und zu tief in uralten Angelegenheiten zu stöbern. Aber du hast nicht aufgehört, nicht wahr?«

Yrenes Finger krallten sich zusammen.

Duva fuhr fort: »Zu schade, Yrene Towers. Zu schade. Denn mit jedem Tag, den du an seiner Heilung gearbeitet hast, wurde klarer, dass du diejenige sein musst. Die eine, die mein Dunkler König begehrt. Und nachdem Duvas Palastspione ihr zugetragen hatten, dass du ihn gänzlich geheilt hättest und er tatsächlich wieder laufen konnte, hattest du es zweifelsfrei bewiesen. Du bist diejenige, die zu finden ich ausgesandt worden bin ...« Sie grinste Hafiza höhnisch an und Yrene hätte ihr am liebsten diesen Ausdruck vom Gesicht gerissen. »Ich wusste, ein direkter Angriff würde kompliziert werden. Aber dich hierherzulocken ... Zu einfach. Geradezu enttäuschend. Also«, erklärte sie und drehte das Messer in ihrer Hand, »du wirst mit mir kommen, Yrene Towers. Nach Morath.«

Chaol trat vor Yrene hin. »Du vergisst etwas.«

Duva zog eine gepflegte Augenbraue hoch. »Ach ja?«

»Du hast noch nicht gesiegt.«

Flieh, wollte Yrene ihm sagen. *Flieh*.

Denn das, was sich da um Duvas Finger zu schlängeln begann, um das Heft ihres Dolchs, war dunkle Macht.

»Das Amüsante, Lord Westfall«, sagte Duva und spähte von dem Podest auf sie beide hernieder, »ist, dass du denkst, ihr könntet Zeit schinden, bis die Wachen kommen. Aber bis dahin werdet ihr längst tot sein und niemand wird es *wagen*, an meinem Wort zu zweifeln, wenn ich sage, ihr hättet versucht, uns hier unten zu töten. Um dieses Gold in euer armes kleines Königreich zu bringen, nachdem du euer eigenes für die Waffenbestellung beim Wesir meines Vaters verschwendet hast. Wahrhaftig, ihr könntet euch damit tausend Armeen kaufen.«

»Du musst erst einmal mit *uns* fertigwerden«, zischte Yrene.

»Ja, wahrscheinlich.« Duva zog etwas aus ihrer Tasche. Einen weiteren Ring, aus Stein gefertigt, der so dunkel war, dass er das Licht verschluckte. Zweifellos direkt aus Morath. »Aber sobald du diesen Ring übergestreift hast, wirst du tun, was immer ich sage.«

»Und warum sollte ich *jemals* …?«

Duva legte Hafiza das Messer an die Kehle. »Darum.«

Yrene schaute zu Chaol, der den Raum absuchte, die Treppen und Ausgänge.

Die dunkle Macht schlang sich um Duvas Finger.

»Also«, sagte Duva und machte einen Schritt vom Podest hinunter. »Lasst uns anfangen.«

Sie machte noch einen Schritt und dann geschah es.

Chaol bewegte sich nicht. Aber Hafiza tat es.

Sie schleuderte sich mit allem, was sie hatte, dem ganzen Gewicht dieses goldenen Throns, die Treppe hinunter.

Direkt auf Duva.

Yrene schrie und rannte auf sie zu, und auch Chaol preschte los.

Hafiza und das Baby, das Baby und Hafiza …

Die alte Frau und die Prinzessin kullerten die steilen Stufen hinab und Holz barst. Holz, nicht Metall. Der Thron war bemalt gewesen und jetzt zersplitterte er. Duva kreischte, aber Hafiza war immer noch vollkommen still, selbst als ihr Knebel sich löste …

Sie schlugen mit einem Knacken auf dem Steinboden auf, das Yrene bis in ihr Herz spüren konnte.

Chaol war sofort dort, aber nicht, um sich auf Duva zu stürzen, die der Länge nach auf dem Boden lag, sondern auf die reglose Hafiza. Er zerrte sie weg, ihr Körper voller Splitter, die Fesseln hingen an ihr herab und ihr Mund stand offen …

Sie schlug die Augen auf.

Yrene schluchzte, fasste Hafiza am anderen Arm und half Chaol, sie zu einer hohen Statue eines Fae-Soldaten zu schleifen.

In diesem Moment regte Duva sich und ihr Haar fiel ihr wild ins Gesicht, als sie sich auf die Ellbogen stützte und schäumte: »Du fauliger Haufen *Scheiße* …«

Chaol fuhr hoch und hielt schützend das Schwert vor Yrene, die nach ihrer Magie tastete, um Hafizas uralten, gebrechlichen Körper zu heilen.

Die alte Frau schaffte es, den Arm zu heben und Yrenes Handgelenk zu packen. *Flieh,* schien sie zu sagen.

Duva rappelte sich hoch. Lange Holzsplitter hatten sich in ihren Hals gebohrt und Blut tropfte aus ihrem Mund. Schwarzes Blut.

Chaol warf Yrene einen Blick über die Schulter zu. *Lauf.*

Mit Hafiza.

Nein, wollte Yrene sagen, aber er schaute bereits wieder geradeaus. Zu der Prinzessin, die einen Schritt näher kam.

Ihr Kleid war zerrissen und enthüllte den festen, runden Bauch darunter. Ein solcher Sturz mit einem Baby …

Ein Baby.

Yrene schob ihre Hände unter Hafizas magere Achseln und zog die Hohe Heilerin durch das Gewölbe.

Chaol würde sie nicht töten. Duva.

Yrene schluchzte mit zusammengebissenen Zähnen, während sie Hafiza immer weiterzerrte, unter den gefühllosen Blicken der goldenen Statuen, die ihren Weg säumten.

Er würde Duva kein Haar krümmen, nicht mit diesem Baby in ihrem Bauch.

Yrenes Brust zog sich schmerzhaft zusammen, als sie das leise Summen von Macht wahrnahm, das den Raum erfüllte.

Er würde sich nicht zur Wehr setzen. Er würde Yrene nur Zeit verschaffen.

Um Hafiza in Sicherheit zu bringen und wegzulaufen.

»Das hier wird wahrscheinlich ziemlich wehtun«, schnurrte Duva.

Yrene wirbelte herum, gerade als Schatten von der Prinzessin hervorpeitschten, direkt auf Chaol zu.

Er rollte sich zur Seite ab und der Schlag traf die Statue, hinter die er sich duckte.

»Wie theatralisch.« Duva schnalzte mit der Zunge, während Yrene sich beeilte, Hafiza zu dieser fernen Treppe zu bringen – und ihn allein zurückließ.

Plötzlich sah sie aus dem Augenwinkel eine Bewegung und dann ...

Krachend fiel eine Statue der Prinzessin in den Weg.

Aber Duva sprengte sie mit ihrer Macht einfach auseinander. Gold regnete herab und die Brocken donnerten auf die Sarkophage und ihr Echo hallte durch das Gewölbe.

»Wie *langweilig*«, beschwerte Duva sich und schleuderte eine Handvoll Dunkelheit dorthin, wo Chaol gestanden hatte. Der Raum erbebte und Yrene stolperte, fing sich aber gleich wieder.

Noch ein Angriff.

Und noch einer.

Duva ging fauchend um den Sarkophag herum, hinter dem sie Chaol vermutete, und feuerte ihre Macht einfach blind ab.

Da tauchte er wieder auf, einen Schild in der Hand.

Nein, keinen Schild – einen uralten Spiegel.

Die Macht krachte in das Metall und zerschmetterte das Glas, prallte jedoch zugleich zur Prinzessin zurück.

Das Erste, was Yrene wahrnahm, war Blut. Auf ihnen beiden.

Dann das Grauen auf seinem Gesicht, als Duva zurückgeschleudert wurde und so heftig gegen den steinernen Sarkophag knallte, dass ihre Knochen brachen.

Duva schlug auf dem Boden auf und blieb liegen.

Yrene atmete tief durch. Dann noch mal.

Dann ließ sie Hafiza sanft auf den Boden sinken und rannte los. Direkt zu Chaol, der keuchend dastand und auf die Frau am Boden starrte.

»Was hab ich getan?«, flüsterte er, unfähig, seinen Blick von der reglosen Prinzessin zu lösen. Blut rann ihm übers Gesicht, aber die Scherben des Spiegels hatten nichts Größeres verursacht – nichts Tödliches.

Duva jedoch ...

Yrene schob sich an ihm, an seinem Schwert vorbei, zu der Prinzessin hinüber. Wenn sie ohnmächtig war, würde sie vielleicht den Valg-Dämon aus ihr herausholen können, würde vielleicht versuchen können, die junge Frau zu heilen ...

Sie drehte Duva auf den Rücken.

Die Prinzessin lächelte sie an.

Und dann ging alles ganz schnell. Viel zu schnell.

Duva stürzte sich auf ihr Gesicht, auf ihre Kehle und schwarze Macht züngelte aus ihren Handflächen.

Yrene wusste nicht, wie ihr geschah. Spürte nur, wie sie zur Seite geschleudert wurde und auf den Steinen landete.

Chaol.

Chaol hatte sich zwischen sie und die Prinzessin geworfen.

Ohne Schild, ohne Waffe.

Sein Rücken vollkommen ungeschützt, als er an Yrenes Stelle die volle Wucht des Valg-Angriffs abfing.

63

Ein brüllender Schmerz raste ihm durchs Rückgrat. An seinen Beinen entlang. Seinen Armen. Bis hinein in seine Fingerspitzen.

Schlimmer als im gläsernen Palast.

Schlimmer als in diesen heilenden Sitzungen.

Aber das Einzige, was er sah, war Yrene – war diese Macht gewesen, die wie ein Speer auf ihr Herz gezielt hatte ...

Chaol schlug auf dem Boden auf und Yrenes Schrei übertönte den Schmerz.

Steh auf steh auf steh auf

»Welch ein Jammer, dass diese harte Arbeit ganz umsonst war«, trällerte Duva und zeigte auf seine Wirbelsäule. »Der arme, arme Rücken.«

Wieder krachte die dunkle Macht in seine Wirbelsäule hinein.

Etwas brach.

Und dann noch mal. Und noch mal.

Als Erstes verschwand das Gefühl in seinen Beinen.

»*Stopp*«, schluchzte Yrene, die auf den Knien lag. »*Stopp!*«

»Lauf«, hauchte er und zwang seine Hände flach auf die Steine, zwang seine Arme, ihn hochzustemmen ...

Aber Duva griff nur in ihre Tasche und zog den schwarzen Ring heraus. »Du kennst das Ende bereits.«

»*Nein*«, knurrte er und ignorierte die Schreie seines Rückens, während er immer wieder versuchte, auf die Beine zu kommen ...

Yrene kroch einen Schritt weg. Dann noch einen. Blickte panisch zwischen ihnen hin und her.

Nicht noch mal. Er würde es nicht noch mal ertragen, das zu sehen, nicht noch mal *überleben.*

Aber dann erkannte er, was Yrene mit ihrer rechten Hand packte.

Worauf sie zugekrochen war.

Sein Schwert.

Duva kicherte und trat über seine ausgestreckten, reglosen Beine hinweg auf Yrene zu. Yrene stand auf und hob sein Schwert.

Die Klinge zitterte und Yrenes Schultern bebten, als sie mit zusammengebissenen Zähnen schluchzte.

»Was glaubst du denn, damit ausrichten zu können«, gurrte Duva, »gegen das hier?«

Dunkle Macht peitschte aus ihren Handflächen.

Nein. Er stöhnte, schrie seinen Körper an, die Verletzungen, die sich durch ihn hindurchbohrten, den Schmerz, in dem er unterging. Duva holte zum Schlag aus ...

Und Yrene schleuderte das Schwert. Ungeübt und in wilder Panik.

Aber Duva duckte sich ...

Und Yrene rannte los.

Schnell wie ein Reh drehte sie sich um und sprintete in das Labyrinth aus Leichnamen und Schätzen.

Duva knurrte wie ein Bluthund, der Witterung aufgenommen hatte, und jagte hinter ihr her.

Sie hatte keinen Plan. Sie hatte nichts.

Keine Chance. Absolut nichts.

Chaols Wirbelsäule ...

Dahin. Ihre ganze Arbeit ... zerstört.

Yrene rannte suchend zwischen all dem Gold hindurch, suchte, suchte, suchte ...

Ringsum explodierten Duvas Schatten und schleuderten Goldsplitter durch die Luft. Vergoldeten jeden Atemzug, den Yrene tat.

Mitten im Lauf riss sie ein Kurzschwert aus einer Truhe, die von Kostbarkeiten überquoll, und ließ die Klinge durch die Luft sirren.

Wenn sie Duva in eine Falle locken konnte, sie lange genug festhalten konnte ...

Da krachte ein magischer Peitschenhieb in den steinernen Sarkophag vor ihr und zerschmetterte ihn. Steinbrocken wirbelten durch die Luft.

Yrene hörte den dumpfen Aufprall, noch bevor sie ihn spürte.

Dann schrie ihr Kopf vor Schmerz und alles um sie herum begann sich zu drehen.

Sie kämpfte gegen den Schmerz an, kämpfte darum, aufrecht stehen zu bleiben, kämpfte um ihre Konzentration.

Yrene erlaubte ihren Füßen nicht zu stocken. Sie blieb in Bewegung, um so viel Zeit wie möglich zu schinden. Sie lief um eine Statue herum und ...

Duva stand vor ihr.

Yrene krachte in sie hinein, das Kurzschwert so dicht vor dem Leib der Prinzessin, vor diesem Babybauch ...

Sie spreizte die Hände und ließ die Waffe fallen. Sofort packte Duva Yrene um den Hals und um die Taille. Hielt sie fest umklammert.

Fauchend zerrte sie Yrene in den Hauptgang zurück. »Dieser Körper mag es nicht, wenn er so viel herumrennen muss.«

Yrene schlug wild um sich, aber Duva ließ sie nicht los. Sie war stark – *zu* stark für jemanden von ihrer Größe.

»Ich will, dass du zusiehst. Dass ihr beide zuseht«, höhnte Duva dicht an ihrem Ohr.

Chaol war halb über den Gang gekrochen. Eine Blutspur zog sich hinter ihm her, seine Beine leblos. Gekrochen, um ihr zu helfen.

Er hielt inne und Blut rann ihm aus dem Mund, während Duva in den Gang trat und Yrene an sich presste.

»Willst du zusehen, wie ich ihn töte, oder soll er zusehen, wie ich dir diesen Ring aufstecke?«

Aber selbst mit Duvas Arm um ihre Kehle knurrte Yrene: *»Fass ihn nicht an.«*

Chaol kniff seine blutigen Lippen zusammen und versuchte, die Arme anzuspannen und sich zu erheben – ehe sie unter ihm einknickten.

»Es ist wirklich Pech, dass ich nicht zwei Ringe habe«, überlegte Duva laut und wandte sich an Chaol. »Ich bin mir sicher, deine Freunde würden ein hübsches Sümmchen für dich bezahlen.« Ein Ächzen. »Aber ich nehme an, dein Tod wird gleichermaßen vernichtend sein.«

Duva lockerte den Arm um Yrenes Taille, um auf ihn zu deuten ...

Yrene bewegte sich.

Und stampfte der Prinzessin auf den Fuß. Mitten auf den Spann.

Duva taumelte und Yrene schlug gegen ihren Ellbogen und befreite sich von dem Arm um ihre Kehle.

Dann wirbelte sie herum und rammte ihren eigenen Ellbogen direkt in das Gesicht der Prinzessin.

Duva fiel wie ein Stein zu Boden und Blut spritzte aus ihrer Nase.

Yrene stürzte sich auf den Dolch an Chaols Seite, riss die Klinge sirrend aus der Scheide und warf sich rittlings auf die benommene Prinzessin.

Sie zielte mit der Klinge nach oben, auf den Hals, um den Kopf abzutrennen. Stück für Stück.

»Tu es nicht«, schnarrte Chaol, den Mund voller Blut.

Duva hatte seine Heilung zunichtegemacht – *alles* zunichtegemacht.

Und angesichts des Bluts, das aus seinem Mund quoll, aus seiner Kehle ...

Yrene weinte, den Dolch immer noch über dem Hals der Prinzessin.

Er starb.

Duvas Brauen zuckten, als sie anfing, sich zu regen.

Jetzt.

Sie musste es jetzt tun. Diese Klinge hineinrammen. Es beenden.

Es beenden, und vielleicht konnte sie ihn noch retten. Diese tödliche innere Blutung stoppen. Aber seine Wirbelsäule, seine *Wirbelsäule* ...

Ein Leben. Sie hatte einen Eid geleistet, niemals ein Leben zu nehmen.

Und diese Frau vor ihr, mit diesem zweiten Leben in ihrem Bauch ...

Der Dolch senkte sich. Sie würde es tun. Es *tun* und ...

»Yrene«, hauchte Chaol so voller Schmerz, so leise ...

Es war zu spät.

Ihre Magie spürte, dass er starb. Sie hatte ihm nie von dieser schrecklichen Gabe erzählt – dass Heiler *wussten*, wann der Tod nahte. Silba, die Herrin sanfter Tode.

Der Tod, den sie Duva und ihrem Kind bescheren würde, wäre nicht diese Art von Tod.

Und Chaol würde ebenfalls nicht diese Art von Tod sterben.

Aber sie ...

Aber sie ...

Die Prinzessin sah so jung aus, als sie sich jetzt regte. Und das Leben in ihrem Bauch ...

Das Leben, das vor ihr lag ...

Yrene ließ das Messer auf den Boden fallen.

Das Klirren hallte wider von Gold und Stein und Knochen.

Chaol schloss die Augen, und sie hätte schwören können, dass er es voller Erleichterung tat.

Eine sanfte Hand berührte ihre Schulter.

Sie kannte diese Berührung. Hafiza.

Aber als Yrene sich schluchzend umdrehte ... standen noch zwei andere Personen hinter der Hohen Heilerin und stützten sie. Ermöglichten es ihr, sich über Duva zu beugen und der Prinzessin ins Gesicht zu hauchen, sodass sie in einen tiefen Schlummer versank.

Nesryn. Ihr Haar vom Wind zerzaust, ihre Wangen gerötet und rissig ...

Und Sartaq, sein Haar viel kürzer. Das Gesicht angespannt, die Augen geweitet, als er seine bewusstlose, blutverschmierte Schwester sah. Als Nesryn flüsterte: »Wir sind zu spät ...«

Yrene warf sich über den Boden zu Chaol. Sie spürte kaum, wie ihre Knie auf den Steinen aufplatzten, spürte kaum das Blut, das an ihrer Schläfe hinabrann, als sie seinen Kopf auf ihren Schoß bettete und die Augen schloss, um ihre Macht heraufzubeschwören.

Weiß loderte ihre Magie auf, aber in ihm war alles rot und schwarz.

Zu viel. Zu viel war zerbrochen und zerrissen und verwüstet worden ...

Seine Brust hob sich kaum mehr. Seine Augen blieben geschlossen.

»*Wach auf*«, befahl sie ihm mit brechender Stimme. Sie tauchte mit ihrer Macht tief in ihn hinein, aber die Verletzung ... Es war, als versuchte man, Löcher in einem sinkenden Schiff zu stopfen.

Zu viel. Zu viel und ...

Rufe und Schritte ringsum.

Sein Lebensfaden wurde dünner, kaum mehr als eine Nebelschwade um ihre Magie herum. Der Tod kreiste über ihnen wie ein Adler.

»*Kämpf dagegen an*«, schluchzte Yrene und schüttelte ihn. »Du sturer Mistkerl, du sollst *kämpfen*.«

Welchen Sinn hatte es, welchen Sinn hatte das alles überhaupt, wenn es jetzt, da es drauf ankam ...

»Bitte«, flüsterte sie.

Chaols Brust hob sich, ein letztes Aufbäumen, bevor es endgültig ...

Sie konnte es nicht ertragen, würde es nicht ertragen ...

Ein Licht flackerte auf. In dieser todgeweihten roten und schwarzen Masse.

Eine flammende Kerze. Ein blühendes Weiß.

Dann noch mal.

Und noch mal.

Lichter erblühten entlang dieses inneren Bruchs. Und wo sie hinleuchteten ...

Fleisch wuchs zusammen. Knochen glätteten sich.

Licht um Licht um Licht.

Seine Brust hob und senkte sich. Hob und senkte sich.

Und inmitten von Schmerz und Dunkelheit und Licht ...

Eine Frauenstimme, vertraut und fremd zugleich. Eine Stimme, die Hafizas und zugleich die einer anderen war. Jemand, der nicht menschlich war, niemals menschlich gewesen war, sprach durch Hafiza und ihre Stimmen vermischten sich in der Schwärze.

Die Verletzung ist zu schwer. Es hat seinen Preis, sie trotzdem zu heilen.

Beim Klang dieser außerweltlichen Stimme schienen die Lichter zu zögern.

Yrene schob sich an ihnen entlang, watete durch sie hindurch, als wäre es ein Feld aus weißen Blumen, die an diesem stillen Ort des Schmerzes hin und her schwankten.

Keine Lichter ... sondern Heilerinnen.

Sie erkannte sie in ihrem tiefsten Inneren, in ihrer Essenz. Eretia – es war Eretia, die ihr am nächsten stand.

Die Stimme, die sowohl Hafizas als auch die der anderen war, sagte erneut: *Es hat seinen Preis.*

Das, was die Prinzessin ihm angetan hatte ... Davon gab es kein Zurück.

Ich werde den Preis bezahlen, sprach Yrene in den Schmerz und die Dunkelheit und das Licht hinein.

Eine Tochter Fenharrows bezahlt für einen Sohn Adarlans?

Ja.

Sie hätte schwören können, dass eine sanfte, warme Hand ihr Gesicht streifte.

Und Yrene wusste, dass sie nicht Hafiza oder der anderen gehörte. Dass sie keiner der lebenden Heilerinnen hier gehörte.

Sondern einer, die sie nie verlassen hatte, selbst als sie zu Asche im Wind geworden war.

Die andere fragte: *Das ist dein freier Wille?*

Ja. Mit ganzem Herzen.

Es hatte ohnehin von Anfang an ihm gehört.

Erneut streiften diese liebevollen Geisterhände ihre Wange, dann verblassten sie.

Ich habe meine Wahl gut getroffen, sagte die andere. *Du wirst den Preis bezahlen, Yrene Towers. Und ich hoffe, du wirst sehen, wofür er wahrhaftig ist.*

Yrene versuchte zu sprechen. Licht flackerte, sanft und beruhigend.

Es blendete sie, innerlich wie äußerlich, sodass sie sich über Chaols Kopf duckte, die Finger in sein Hemd gekrallt. Sie spürte, wie sein Herzschlag unter ihren Handflächen donnerte. Spürte den Hauch seines Atems an ihrem Ohr.

Dann spürte sie Hände auf ihren Schultern. Zwei verschiedene. Und sie drückten sie, ein stummer Befehl an sie, den Kopf zu heben.

Und Yrene hob den Kopf.

Hafiza stand hinter ihr, Eretia neben sich. Jede hatte eine Hand auf ihre Schulter gelegt.

Und hinter ihnen standen jeweils zwei weitere Heilerinnen. Die Hände auf ihren Schultern.

Und hinter diesen Heilerinnen wieder zwei weitere. Und noch mehr. Und mehr.

Eine lebende Kette der Macht.

Alle Heilerinnen der Torre, junge wie alte, standen in diesem Gewölbe voller Gold und Knochen.

Alle miteinander verbunden. Und alle kanalisierten ihre Macht in Yrene hinein, in ihre Hände, die Chaol noch immer festhielten.

Nesryn und Sartaq standen einige Schritte entfernt und Nesryn hatte die Hand vor den Mund geschlagen. Denn Chaol ...

Die Heilerinnen der Torre ließen ihre Hände sinken, lösten diese Kette der Berührungen, als Chaol die Füße bewegte. Dann die Knie.

Und dann schlug er die Augen auf und schaute zu Yrene hoch, deren Tränen auf sein blutverkrustetes Gesicht platschten. Er hob eine Hand und streifte ihre Lippen. »Tot?«

»Lebendig«, hauchte sie und beugte sich zu ihm hinunter. »Ganz und gar lebendig.«

Chaol lächelte an ihrem Mund und stieß einen tiefen Seufzer aus, als er sagte: »Gut.«

Yrene hob den Kopf und er sah erneut zu ihr hoch, lächelte und das getrocknete Blut blätterte von seinem Gesicht ab.

Und dort, wo sich zuvor noch diese Narbe über seine Wange gezogen hatte ... war die Haut jetzt völlig unversehrt.

64

Chaols Körper schmerzte, aber es war der Schmerz der Erneuerung. Der Schmerz empfindsamer, nicht zerstörter Muskeln.

Und die Luft in seiner Lunge ... Kein Brennen, wenn er atmete.

Yrene half ihm, sich aufzusetzen, und alles um ihn herum drehte sich.

Er blinzelte und sah Nesryn und Sartaq vor ihnen stehen, sah die Heilerinnen mit ernsten Mienen davongehen. Der Prinz trug sein Haar offen, schulterlang statt des langen Zopfes, und Nesryn ... trug Ruk-Leder und ihre dunklen Augen strahlten, wie er sie noch nie strahlen gesehen hatte – trotz ihres ernsten Gesichts.

Chaol krächzte: »Was ...?«

»Du hattest eine Nachricht geschickt, dass ich zurückkehren solle«, kam Nesryn ihm zuvor, ihr Gesicht totenbleich. »Und wir sind, so schnell wir konnten, hierhergeflogen. Man sagte uns, du wärst in die Torre gegangen. Die Wachen hier waren direkt hinter uns, aber dann waren wir schneller. Hier unten haben wir uns zwar ein wenig verirrt, aber ... Katzen zeigten uns den Weg.«

Sie sah sich etwas verwirrt zu der Stelle um, wo ein halbes Dutzend Katzen mit goldgelben Augen im Eingang zum Tunnel saß und sich putzte. Sie bemerkten die Blicke der Menschen und zerstreuten sich mit hoch erhobenen Schwänzen.

»Wir dachten, dass vielleicht Heilerinnen gebraucht würden«, fügte Sartaq mit schwachem Lächeln hinzu, »und haben einige von ihnen gebeten, uns zu folgen. Aber anscheinend wollten noch einige mehr von ihnen mitkommen.«

Angesichts der Menge an Frauen, die sich – nachdem die Katzen verschwunden waren – immer noch aus dem Gewölbe schoben, waren es alle gewesen. *Alle* waren gekommen.

Hinter Chaol und Yrene kümmerte Eretia sich um Hafiza. Lebendig und mit klarem Blick, aber ... gebrechlich.

Eretia bemutterte die ältere Frau wie eine Glucke und tadelte sie für derartige Heldentaten. Doch selbst während sie sprach, glänzten Tränen in ihren Augen. Und vielleicht noch etwas anderes, als Hafiza mit einem Daumen über Eretias Wange strich.

»Ist sie ...«, begann Sartaq und deutete mit dem Kinn auf Duva, die der Länge nach auf dem Boden lag.

»Bewusstlos«, sagte Hafiza heiser. »So lange, bis man sie weckt.«

»Selbst mit einem Valg-Ring am Finger?«, fragte Nesryn, als Sartaq Anstalten machte, seine Schwester vom Steinboden zu hieven. Sie hielt ihn mit einem Arm um seine Taille zurück, was ihr einen ungläubigen Blick des Prinzen eintrug. Chaol fiel auf, dass sie beide verkrustete Schnittwunden am Körper hatten. Und so, wie der Prinz sich bewegt hatte – er humpelte. Irgendetwas war passiert ...

»Selbst mit diesem Ring wird sie weiterschlafen«, antwortete Hafiza.

Yrene starrte die Prinzessin an, dann den Dolch neben ihr auf dem Boden.

Sartaq sah ihn ebenfalls und sagte leise zu Yrene: »Danke – dass Ihr sie verschont habt.«

Yrene drückte nur den Kopf an Chaols Brust. Er streichelte ihr Haar und stellte fest, dass es feucht war ...

»Du blutest ...«

»Es geht mir gut«, murmelte sie in sein Hemd.

Chaol wich ein wenig zurück und musterte ihr Gesicht. Die blutverschmierte Schläfe. »Das hier ist alles andere als *gut*«, sagte er und riss den Kopf zu Eretia herum. »Sie ist verletzt ...«

Eretia verdrehte die Augen. »Wie schön, dass Ihr Euch trotz allem Eure übliche schlechte Laune nicht habt verderben lassen.«

Chaol starrte die Frau nur ausdruckslos an.

Hafiza spähte über Eretias Schulter und fragte Yrene trocken: »Bist du dir sicher, dass dieser aufbrausende Mann den Preis wert war?«

Bevor Yrene antworten konnte, fragte Chaol scharf: »Welchen Preis?«

Daraufhin herrschte Stille, und selbst Yrene sah nur Hafiza an, als diese sich von Eretia löste. Leise sagte die Hohe Heilerin: »Die Verletzung war zu schwer. Trotz unserer vereinten Kräfte ... Der Tod hatte Euch bereits fest im Griff.«

Er wandte sich an Yrene und ein Gefühl des Grauens beschlich ihn. »Was hast du gemacht?«, wisperte er. Sie sah ihm nicht in die Augen.

»Wahrscheinlich ein schlechtes Geschäft, das hat sie gemacht«, fuhr Eretia ihn an. »Hat angeboten, den Preis zu bezahlen, ohne zu wissen, wie hoch er ist. Um Euren Hals zu retten. Wir haben es alle gehört.«

Eretias Hals stand kurz davor, selbst gerettet werden zu müssen, aber Chaol beherrschte sich, so gut er konnte, und sagte ruhig: »Den Preis an *wen* zu bezahlen?«

»Keine Bezahlung im eigentlichen Sinne«, korrigierte Hafiza und legte Eretia eine Hand auf die Schulter, um sie zum Schweigen zu bringen. »Vielmehr handelt es sich um die Wiederherstellung des Gleichgewichts. Der einen gegenüber, die durch mich gesprochen hat, als wir uns alle um Euch, *in* Euch versammelt hatten.«

»*Welchen* Preis?«, keuchte Chaol. Wenn sie irgendetwas von sich aufgegeben hatte, würde er einen Weg finden, es zurückzuholen. Egal, was es *ihn* kosten würde, er würde ...

»Um Euer Leben weiterhin an diese Welt zu binden, mussten wir es mit einem anderen Leben verknüpfen. Mit ihrem. Zwei Leben«, verdeutlichte Hafiza, »die jetzt an einem Faden hängen. Aber selbst damit ...« Sie deutete auf seine Beine. »Der Dämon hat viel in Euch zerstört. Zu viel. Um das meiste von Euch zu retten, kostete es einen weiteren Preis.«

Yrene erstarrte. »Wie meinst du das?«

Hafiza blickte zwischen ihnen hin und her. »Ein gewisser Schaden ist an seiner Wirbelsäule zurückgeblieben – der sich auf den unteren Bereich seiner Beine auswirkt. Diesen Schaden konnten nicht einmal wir beheben.«

Chaol schaute von der Hohen Heilerin zu seinen Beinen und bewegte sie. Belastete sie. Sie hielten stand.

Hafiza fuhr fort: »Durch das Lebensband zwischen euch fließt Yrenes Macht in Euch hinein ... Wie eine Art innere Krücke wird sie diesen Bereich stabilisieren und Euch die Fähigkeit geben, die Beine zu benutzen, wenn Yrenes Magie auf ihrem Höhepunkt ist.« Er machte sich auf das *Aber* gefasst. Hafiza lächelte grimmig. »Aber wenn Yrenes Macht nachlässt, wenn sie sich verausgabt hat oder müde ist, wird Eure Verletzung wieder die Oberhand gewinnen und Eure Fähigkeit zu gehen erneut beeinträchtigen. So, dass Ihr zumindest einen Gehstock benutzen müsst – an harten Tagen, vielleicht sogar an vielen, den Rollstuhl. Die Verletzung Eurer Wirbelsäule wird auf jeden Fall bleiben.«

Die Worte drangen zu ihm durch. Und er ließ sie setzen.

Yrene war vollkommen reglos. So reglos, dass er sich zu ihr umwandte.

»Kann ich ihn nicht einfach wieder heilen?« Sie beugte sich zu ihm vor, als wollte sie sofort damit anfangen.

Hafiza schüttelte den Kopf. »Es ist ein Teil dieses Gleichgewichts – dieses Preises. Fordere nicht das Mitgefühl jener Macht heraus, die euch dies gewährt hat.«

Chaol berührte Yrenes Hand. »Es ist keine Last, Yrene«, sagte er leise. »Das, was mir hier gegeben wurde, ist absolut keine Last.«

Der Schmerz stand ihr ins Gesicht geschrieben. »Aber ich ...«

»Es ist keine Strafe, den Rollstuhl benutzen zu müssen. Er ist kein Gefängnis«, fuhr er fort. »Das war er nie. Und in diesem Stuhl oder mit diesem Gehstock bin ich immer noch derselbe Mann wie auf zwei Beinen.« Er wischte ihr die Träne weg, die ihr über die Wange kullerte.

»Ich wollte dich heilen«, hauchte sie.

»Das hast du auch, Yrene.« Er lächelte. »In jeder Hinsicht, die wirklich zählt ... hast du mich geheilt.«

Chaol wischte auch die anderen Tränen weg, die sich jetzt Bahn brachen, und drückte ihr einen Kuss auf die heiße Wange.

»Das Lebensband, diese Übereinkunft beinhaltet noch etwas anderes«, fügte Hafiza sanft hinzu. Chaol und Yrene hoben den Blick zu ihr. »Wenn die Zeit gekommen ist, ungeachtet dessen, ob es ein sanfter oder grausamer Tod ist ... wird er euch beide holen.«

In Yrenes goldenen Augen standen immer noch silberne Tränen. Aber ihr Gesicht zeigte keinerlei Furcht, keinen Kummer – nicht einen Hauch davon.

»Zusammen«, sagte Chaol leise und verschränkte seine Finger mit ihren.

Ihre Kraft würde seine Kraft sein. Und wenn Yrene ging, würde er gehen. Aber wenn er derjenige war ...

Ein Gefühl des Grauens beschlich ihn.

»Darin liegt der wahre Preis«, erklärte Hafiza, die seine aufkeimende Panik richtig deutete. »Nicht um Euer eigenes Leben zu fürchten, sondern darum, was der Verlust Eures Lebens mit dem des anderen machen wird.«

»Ich schlage vor, Ihr zieht nicht in den Krieg«, brummte Eretia.

Doch Yrene schüttelte den Kopf und straffte die Schultern. »Wir *werden* in den Krieg ziehen«, erklärte sie entschlossen, als hätte sie nicht eben erst ihr Leben für Chaols gegeben. Mit Blick auf Sartaq deutete sie auf Duva. »Denn *das* hier wird Erawan weiterhin tun. Euch allen antun. Wenn wir nicht gehen.«

»Ich weiß«, pflichtete Sartaq ihr leise bei. Der Prinz drehte sich zu Nesryn um, und als sie seinem Blick begegnete ... sah Chaol es. Den Funken zwischen ihnen. Das Band, neu und noch ganz zart. Aber es war da, zusammen mit den Schnittwunden und Prellungen der beiden. »Ich weiß«, wiederholte Sartaq und streifte Nesryns Finger.

Dann sah Nesryn Chaol in die Augen.

Lächelte sanft und ließ ihren Blick zu Yrene schweifen, die gerade Hafiza fragte, ob sie noch stehen könne. Noch nie hatte er Nesryn so ... in sich ruhend gesehen. So erfüllt von stillem Glück.

Chaol schluckte. *Es tut mir leid,* sagte er stumm.

Nesryn schüttelte den Kopf, während Sartaq mit einem Ächzen seine Schwester vom Boden aufhob und sich mit seinem unverletzten Bein ausbalancierte. *Ich glaube, ich habe es ziemlich gut getroffen.*

Chaol lächelte. *Dann freue ich mich für dich.*

Als Chaol sich schließlich erhob und Yrene mit sich zog, riss Nesryn die Augen auf. Seine Bewegungen waren genauso geschmeidig wie früher, ohne den unsichtbaren Halt durch Yrenes Magie.

Nesryn wischte sich die Tränen vom Gesicht, als Chaol zu ihr ging und sie fest umarmte. »Danke«, flüsterte er ihr ins Ohr.

Sie erwiderte seine Umarmung. »Ich danke *dir* – dafür, dass du mich hierhergebracht hast. Zu allem hier.«

Zu dem Prinzen, der Nesryn jetzt mit stillem, brennendem Verlangen ansah.

»Wir haben euch viel zu erzählen«, fügte sie hinzu.

Chaol nickte. »Wir euch auch.«

Sie lösten sich voneinander und Yrene kam auf sie zu – und schlang ihre Arme ebenfalls um Nesryn.

»Was machen wir jetzt mit all diesem Gold?«, fragte Eretia, als sie Hafiza aus dem Grabgewölbe führte, die Wachen ein lebendiger Pfad, dem sie folgen konnten. Und mit einem grimmigen Blick auf die hohe Statue eines Fae-Soldaten fügte sie zischend hinzu: »So ein geschmackloser Mist.«

Chaol lachte und Yrene stimmte in sein Gelächter mit ein und legte ihm einen Arm um die Taille, während sie hinter den Heilerinnen hergingen.

Lebendig, hatte Yrene zu ihm gesagt. Und als sie jetzt aus der Dunkelheit schritten, fühlte Chaol endlich, dass es die Wahrheit war.

Bevor Sartaq Duva zum Großkhan brachte, ließ er seine Brüder und seine Schwester hinzurufen.

Weil Yrene darauf bestand, dass sie dabei waren. Weil Chaol und Hafiza darauf bestanden.

Es war das erste Mal, dass Yrene eine Gefühlsregung bei diesem Mann sah, als der Großkhan sich jetzt, da Sartaq in die Halle humpelte, in der sie zusammen gewartet hatten, auf die bewusstlose, blutüberströmte Duva stürzte. Hasar stieß ein Keuchen aus und Yrene hätte schwören können, dass darin echter Schmerz lag.

Aber Sartaq gestattete seinem Vater nicht, sie zu berühren. Gestattete niemandem außer Nesryn, näher zu kommen, als er Duva auf ein niedriges Sofa legte.

Yrene blieb einige Schritte zurück und beobachtete mit Chaol an ihrer Seite das Geschehen.

Dieses Band zwischen ihnen ... Sie konnte es spüren, ganz zart. Wie ein lebendiges kühles, seidiges Licht, das von ihr in ihn hineinströmte.

Es schien ihm tatsächlich nichts auszumachen, dass ein Teil seiner

Wirbelsäule, seiner Nerven dauerhaft geschädigt bleiben würde, solange sie lebten.

Er würde seine Beine zwar immer noch eingeschränkt bewegen können, selbst wenn ihre Magie erschöpft war. Aber *stehen* zu können – das würde während solcher Phasen gar nicht möglich sein. Wahrscheinlich würden sie schon bald herausfinden, wie und wann und in welchem Ausmaß ihre Macht beeinflusste, ob er den Stock brauchte oder den Rollstuhl oder keins von beidem.

Aber Chaol hatte recht. Ob er stand oder humpelte oder saß ... Es änderte nichts. Änderte nichts daran, wer er war. Sie hatte sich in ihn verliebt, lange bevor er auch nur hatte stehen können. Und sie würde ihn immer lieben, ganz gleich, wie er sich durch die Welt bewegte.

Aber was, wenn wir kämpfen?, hatte Yrene ihn auf dem Marsch hierher gefragt. *Was dann?*

Chaol hatte sie nur auf die Schläfe geküsst. *Wir kämpfen doch ohnehin schon die ganze Zeit. Das ist nichts Neues.* Und dann hatte er hinzugefügt: *Glaubst du, ich will mit jemandem zusammen sein, der mir nicht regelmäßig einen Tritt in den Hintern verpasst?*

Ihr finsterer Blick hatte ihn nicht daran gehindert fortzufahren: *Dieses Band zwischen uns, Yrene ... Es ändert nichts. Zwischen dir und mir. Du wirst weiterhin deinen Freiraum brauchen – und ich meinen. Also, wenn du auch nur einen Moment lang glaubst, mit fadenscheinigen Ausreden damit durchzukommen, dass du nie von meiner Seite weichst ...*

Sie hatte ihm einen Rippenstoß verpasst. *Als ob ich den ganzen Tag lang wie ein liebeskrankes Ding an dir kleben wollte!*

Chaol hatte gelacht und sie noch fester an sich gezogen. Yrene hatte seinen Arm getätschelt und gesagt: *Ich glaube, du kommst ganz gut allein zurecht.*

Und sein Kuss auf ihre Stirn hatte alles besiegelt.

Jetzt streifte Yrene seine Finger und Chaol fädelte seine dazwischen. Sartaq räusperte sich und hielt Duvas schlaffe Hand hoch. Um den Ehering daran vorzuzeigen. »Unsere Schwester ist von einem Dämon versklavt worden, den Perrington in Form dieses Rings hierhergeschickt hatte.«

Ein Raunen lief durch die Halle, in die sich auch einige Wesire gedrängt hatten. »Unsinn.« Arghun spuckte das Wort geradezu aus.

»Perrington ist kein Mensch. Er ist Erawan«, erklärte Sartaq, während er seinen älteren Bruder ignorierte. Yrene begriff, dass Nesryn ihm alles erzählt haben musste. »Der Valg-König.«

Und ohne Yrenes Hand loszulassen, fügte Chaol für alle hörbar hinzu: »Dieser Ring ist Erawans Hochzeitsgeschenk. Er wusste, dass Duva ihn überstreifen würde – wusste, dass der Dämon sie damit in seinen Fängen haben würde. An ihrem Hochzeitstag.« Den zweiten Ring hatten sie in der Torre zurückgelassen, fest verschlossen in einer der uralten Truhen, um sich ihm später zu widmen.

»Das Baby?«, fragte der Großkhan mit Blick auf diesen geschundenen Bauch, auf die Kratzer, die ihren Hals verunstalteten, nachdem Hafiza bereits die schlimmsten Splitter entfernt hatte.

»Alles Lügen«, schäumte Arghun. »Von verzweifelten, intriganten Leuten.«

»Das sind keine Lügen«, unterbrach Hafiza ihn und reckte das Kinn vor. »Wir haben Zeugen, die es Euch bestätigen werden. Wachen, Heilerinnen und Euren eigenen Bruder, Prinz, wenn Ihr uns nicht glauben wollt.«

Das Wort der Hohen Heilerin anzufechten ... Arghun schloss den Mund.

Kashin bahnte sich einen Weg durch die Menge nach vorn und drängte sich an Hasar vorbei, was ihm einen wütenden Blick von ihr eintrug. »Das erklärt ...« Er betrachtete seine bewusstlose Schwester. »Sie war nicht mehr sie selbst.«

»Sie war sie selbst«, fauchte Arghun.

Kashin funkelte seinen ältesten Bruder an. »Wenn du dich jemals dazu herabgelassen hättest, etwas Zeit mit ihr zu verbringen, hättest du den Unterschied bemerkt.« Er schüttelte den Kopf. »Ich schrieb ihre Übellaunigkeit der arrangierten Heirat und dann der Schwangerschaft zu.« Trauer brandete in seinen Augen auf, als er sich Chaol zuwandte. »Sie hat es getan, nicht wahr? Sie hat Tumelun getötet.«

Eine Schockwelle durchlief die Halle und aller Augen richteten sich auf ihn. Aber Chaol drehte sich stattdessen zum Großkhan um, dessen Gesicht blutleer war, sein Ausdruck tief erschüttert. Er war völlig am Boden zerstört, wie Yrene noch nie jemanden erlebt hatte. Ein Kind zu verlieren, das hier zu ertragen ... »Ja«, bestätigte Chaol und neigte den Kopf vor dem Großkhan. »Der Dämon hat es zugegeben, aber es war nicht Duva. Es hat sich so angehört, als hätte Duva jede Sekunde dagegen angekämpft – sich mit aller Macht gegen den Tod Eurer Tochter gestemmt.«

Der Großkhan schloss für einen Moment die Augen.

Schweigen lastete über allen, bis Kashin seine Handflächen in Yrenes Richtung hob. »Kannst du sie gesund machen? Falls *sie selbst* noch existiert, irgendwo dort drin?« Eine flehende Bitte. Nicht die eines Prinzen an eine Heilerin. Eine Bitte unter Freunden, die sie einst gewesen waren und, so hoffte sie, vielleicht wieder sein würden.

Jetzt richtete sich die Aufmerksamkeit der Versammelten auf Yrene. »Ich werde es versuchen«, antwortete sie fest entschlossen.

Chaol fügte hinzu: »Es gibt Dinge, die Ihr wissen solltet, Erhabener Großkhan. Bezüglich Erawan und der Bedrohung, die er darstellt. Bezüglich dessen, was Ihr und dieses Land gegen ihn aufbieten könnt. Und was Ihr dabei zu gewinnen habt.«

»In *so* einem Moment wollt Ihr Eure Ränke schmieden?«, blaffte Arghun.

»Nein«, antwortete Chaol mit fester Stimme und ohne jedes Zögern. »Aber bedenkt, dass Morath Eure Ufer bereits erreicht hat. Er hat bereits getötet und den Menschen, die Euch am Herzen liegen, Schaden zugefügt. Und wenn wir uns dieser Bedrohung nicht stellen ...« Er drückte Yrenes Hand fester. »Prinzessin Duva war die Erste. Und Prinzessin Tumelun wird nicht das letzte Opfer Erawans und der Valg gewesen sein.«

Nesryn trat vor. »Wir bringen ernste Nachrichten aus dem Süden mit, Erhabener Großkhan. Gerufen von ihrer dunklen ... Meisterin, regen sich die *Kharankui* wieder.« Einige zuckten bei dem Ausdruck zusammen. Andere warfen einander verwirrte Blicke zu und Nesryn erklärte: »Kreaturen der Dunkelheit aus dem Valg-Reich. Der Krieg ist bereits in diese Länder hineingesickert.«

Ein Raunen und Rascheln ging durch den Raum.

Aber der Großkhan wandte den Blick nicht von seiner bewusstlosen Tochter ab. »Rettet sie«, sagte er nur, und die Worte galten Yrene.

Hafiza nickte Yrene diskret zu und bedeutete ihr vorzutreten.

Die Botschaft war deutlich: eine Prüfung. Die letzte. Aber nicht zwischen Yrene und der Hohen Heilerin. Dahinter steckte etwas weitaus Größeres.

Vielleicht das, was Yrene in Wahrheit an diese Ufer geführt hatte. Durch zwei Reiche hindurch und über Berge und Meere hinweg.

Eine Infektion. Ein Parasit. Yrene hatte sich dem schon einmal gestellt.

Aber dieser Dämon in Duva ... Yrene näherte sich der schlafenden Prinzessin.

Und begann.

65

Yrenes Hände zitterten nicht, als sie sie ausstreckte.

Weißes Licht erglühte um ihre Finger, hüllte sie ein und schirmte sie ab, als sie die Hand der Prinzessin nahm. Sie war so schmal – so zart, verglichen mit den grauenhaften Dingen, die sie damit getan hatte.

Yrenes Magie wogte und wand sich, während sie nach dem falschen Ehering griff. Als wäre er eine Art Magnet, der die Welt um ihn herum verzerrte.

Chaol legte ihr in stummer Unterstützung eine Hand auf den Rücken.

Sie machte sich bereit und atmete tief ein, als ihre Finger sich um den Ring schlossen.

Es war schlimmer.

Noch viel schlimmer als das, was in Chaol gewesen war.

Bei ihm hatte es sich um einen bloßen Schatten gehandelt, aber das hier war ein Sammelbecken an tiefschwarzer Dunkelheit. Verdorbenheit. Die absolute Verneinung dieser Welt.

Yrene keuchte auf. Ihre Magie loderte um ihre Hand herum, das Licht wie eine Barriere, ein Handschuh zwischen ihr und diesem Ring. Und dann *zog* sie.

Der Ring glitt herunter.

Und Duva begann zu schreien.

Sie bog den Rücken durch und wand sich vom Sofa, sodass Sartaq und Kashin eilig herbeisprangen, um sie an den Beinen und Schultern festzuhalten.

Mit zusammengebissenen Zähnen drückten die Prinzen ihre Schwester auf die Polster, während sie nach ihnen schlug und wortlos kreischte – immer noch im Bann von Hafizas Schlafzauber, immer noch bewusstlos.

»*Ihr tut ihr weh*«, fuhr der Großkhan Yrene an. Aber sie machte sich gar nicht erst die Mühe, zu ihm aufzuschauen, sondern konzentrierte sich ganz auf Duva. Die Prinzessin bäumte sich immer und immer wieder auf.

»*Pst*«, zischte Hasar ihren Vater an. »Lass sie in Ruhe arbeiten. Jemand soll einen Schmied holen, um diesen verdammten Ring aufzubrechen.«

Die Welt hinter ihnen verblasste zu Nebel und Geräuschen. Vage nahm Yrene wahr, wie ein junger Mann – Duvas Ehemann – auf sie zugerannt kam, sich mit einem Aufschrei eine Hand auf den Mund schlug und schließlich von Nesryn zurückgehalten wurde.

Chaol kniete weiter neben Yrene und nahm mit einem letzten, beruhigenden Streicheln die Hand von ihrem Rücken, während sie ihren Blick nicht von der sich windenden Duva abwandte.

»Sie wird sich wehtun«, schäumte Arghun. »Unterbindet dies …«

Ein echter Parasit. Ein lebendiger Schatten in der Prinzessin. In ihrem Blut, in ihrem Geist.

Sie konnte den Valg-Dämon in ihrem Inneren spüren, konnte spüren, wie er tobte und kreischte.

Yrene hob die Hände. Das weiße Licht erfüllte ihre Haut, durchdrang ihren Körper – bis sie *selbst* dieses Licht war, innerhalb ihrer jetzt nur noch schwachen körperlichen Umrisse.

Irgendwer schnappte hörbar nach Luft, als Yrene ihre leuchtenden, blendend hellen Hände nach der Brust der Prinzessin ausstreckte, als würde ein unsichtbarer Sog sie leiten.

Der Dämon geriet in Panik, als er ihre Nähe spürte.

Wie von Ferne hörte sie Sartaq fluchen. Hörte Holz bersten, als Duva den Fuß gegen die Lehne des Sofas rammte.

Aber für sie gab es nur noch den um sich schlagenden, verzweifelt um seine Macht kämpfenden Valg. Nur ihre durchscheinenden Hände, die sich nach der Prinzessin ausstreckten.

Yrene legte Duva ihre leuchtenden Hände auf die Brust.

Licht flammte auf, strahlend wie eine Sonne. Menschen schrien.

Aber so schnell es erschienen war, verschwand das Licht auch wieder, hineingesogen in Yrene – dorthin, wo ihre Hände Duvas Brust berührten. Hineingesogen in die Prinzessin selbst.

Zusammen mit Yrene.

Im Innern tobte ein dunkler Sturm.

Kalt und wütend und uralt.

Yrene konnte ihn spüren. Wie er da kauerte. *Überall* kauerte. Ein Bandwurm, und was für einer.

»*Ihr werdet alle sterben …*«, zischte der Valg-Dämon.

Yrene entfesselte ihre Macht.

Eine Flut aus weißem Licht ergoss sich in jede Ader und jeden Knochen und jeden Nerv.

Es war ein Band aus Licht, aus unzähligen Keimzellen ihrer Macht – so vielen, dass sie eine ganze Legion bildeten, die jede dunkle, eiternde Ecke ausfindig machte, jeden kreischenden Riss des Bösen.

Irgendwo hinter ihr, wie in weiter Ferne, traf ein Schmied ein. Ein Hammer schlug auf Metall.

Hasar knurrte – ebenso wie Chaol, direkt an Yrenes Ohr.

Unbewusst nahm sie den schwarzen, glitzernden Stein innerhalb des Metalls wahr, als er vorsichtig und in das Taschentuch eines Wesirs gewickelt weitergereicht wurde.

Der Valg-Dämon brüllte, als Yrenes Magie ihn erstickte, ihn ertränkte. Und Yrene keuchte auf, als der Dämon sich wild wehrte. Als er ihr einen Stoß versetzte.

Wieder strich Chaol ihr in besänftigenden Kreisen über den Rücken.

Die Welt verblasste noch mehr.

Ich habe keine Angst vor dir, sprach Yrene in die Dunkelheit hinein. *Und du kannst nirgendwohin fliehen.*

Duva schlug wild um sich und versuchte, Yrene abzuschütteln. Aber Yrene drückte ihre Hände nur noch fester auf Duvas Brust.

Die Zeit verlangsamte sich, wand sich. Yrene nahm vage den Schmerz in ihren Knien wahr, den Krampf in ihrem Rücken. Nahm vage wahr, dass Sartaq und Kashin sich weigerten, irgendjemand anderem ihre Plätze zu überlassen.

Und sie sandte immer weiter und weiter ihre Magie in Duva hinein. Erfüllte sie mit diesem alles verzehrenden Licht.

Und die ganze Zeit über schrie der Dämon.

Aber sie schlug ihn Schritt für Schritt zurück, schlug ihn immer weiter in die Tiefe.

Bis sie ihn sah, zusammengekrümmt in Duvas tiefstem Inneren.

Seine wahre Gestalt ... genauso entsetzlich, wie Yrene sie sich vorgestellt hatte.

Rauch waberte und wirbelte um ihn herum und gab immer wieder den Blick auf schlaksige Glieder und Klauen frei, auf größtenteils unbehaarte, graue, glitschige Haut und unnatürlich große, dunkle Augen, in denen es tobte, als sie hineinsah.

Als sie wahrhaftig *hineinsah.*

Der Dämon zischte und zeigte seine spitzen, scharfen Zähne. *Deine Welt wird zugrunde gehen. Wie die anderen vor ihr. Wie alle Welten zugrunde gehen werden.*

Der Dämon grub seine Krallen tief in die Dunkelheit hinein. Duva schrie.

»Jämmerlich«, beschied Yrene ihm.

Vielleicht hatte sie das Wort laut ausgesprochen, denn Schweigen senkte sich über den Raum.

Irgendwo in der Ferne floss dieses Band weg, wurde dünner. Die Hand auf ihrem Rücken verschwand.

»Absolut jämmerlich«, wiederholte Yrene und ihre Magie sammelte sich in einer mächtigen, sich brechenden weißen Welle hinter ihr. »Dass ein Prinz einer hilflosen Frau auflauert.«

Der Dämon wich vor der Welle zurück und schlug erneut die Krallen in die Dunkelheit, als würde er sich einen Tunnel durch Duva hindurchgraben.

Yrene drängte hinter ihm her. Und ließ ihrer Welle freien Lauf.

Ihre Macht krachte in diesen letzten Rest des Dämons hinein – und er lachte. *Ich bin kein Prinz, Mädchen. Sondern eine* Prinzessin. *Und meine Schwestern werden dich bald finden.*

Yrenes Licht explodierte, zerfetzte und zerhackte – und verschlang schließlich die Dunkelheit restlos ...

Dann krachte Yrene in ihren eigenen Körper zurück und brach auf dem Boden zusammen. Chaol rief ihren Namen.

Hasar war sofort bei ihr und zog sie hoch, während Yrene schon wieder nach Duva griff und ihre Hände flackerten ...

Duva hustete, würgte, versuchte, sich auf die Seite zu drehen.

»Dreht sie«, schnarrte Yrene an die Prinzen gewandt, die sofort gehorchten. Gerade als Duva würgte und sich über den Rand des Sofas erbrach. Es spritzte auf Yrenes Knie und stank nach der tiefsten Hölle. Was Yrene nicht davon abhielt, es zu untersuchen. Nahrung – größtenteils Nahrung, vermischt mit einigen Tropfen Blut.

Duva würgte erneut, ein tiefes, kehliges Geräusch.

Schwarzer Rauch trat zwischen ihren Lippen hervor. Sie würgte wieder und wieder.

Bis ein Faden auf den smaragdgrünen Boden sickerte.

Und als die Schatten zwischen Duvas Lippen herausglitten ... spürte Yrene es. Obwohl ihre Magie am Ende war und fast zusammenbrach, spürte sie, wie der letzte Rest dieses Valg-Dämons sich in Luft auflöste.

Wie ein Tröpfchen Tau, das in der Sonne verdampfte.

Sie fror. Alles tat ihr weh. Sie fühlte sich leer. Ihre Magie war ganz und gar erschöpft.

Sie blinzelte zu der Mauer aus Menschen hoch, die um das Sofa herumstanden.

Die Söhne des Großkhans flankierten jetzt ihren Vater, die Hände auf ihren Schwertern, die Blicke finster. Erfüllt von tödlichem Zorn. Nicht auf Yrene, nicht auf Duva, sondern auf den Mann, der das über ihr Haus gebracht hatte. Über ihre Familie.

Duvas Gesicht entspannte sich mit einem tiefen Seufzer und auf ihren Wangen erblühte neue Farbe.

Wieder versuchte ihr Ehemann, zu ihr vorzudringen, aber Yrene hielt ihn mit einer erhobenen Hand auf.

Schwer – ihre Hand war so schwer. Aber sie sah dem jungen Mann fest in seine panischen Augen. Die nicht auf das Gesicht seiner Gemahlin gerichtet gewesen waren, sondern auf den Bauch. Yrene nickte ihm zu, als wollte sie sagen: *Ich werde nachsehen.*

Und sie legte die Hände auf diesen hohen, runden Bauch.

Sandte ihre Magie hinein, ließ sie daran entlangtanzen – an dem Leben darin.

Etwas Neues antwortete ihr freudig.

Und laut.

Sein Tritt weckte Duva mit einem *Uff* und ihre Lider öffneten sich flatternd.

Die Prinzessin blinzelte sie alle an. Blinzelte Yrene an, deren Hand immer noch auf ihrem Bauch lag. »Ist es ...«, stieß sie gebrochen und heiser hervor.

Yrene keuchte leise, aber sie lächelte erleichtert und ein Stein fiel ihr vom Herzen. »Gesund und menschlich.«

Duva starrte Yrene nur an, bis ihr die Tränen kamen und aus den dunklen Augen flossen.

Ihr Ehemann sank auf einen Stuhl und schlug sich die Hände vors Gesicht. Seine Schultern bebten.

Hektisches Treiben brach aus, und dann war der Großkhan da.

Der mächtigste Mann der Erde fiel vor diesem Sofa auf die Knie und packte seine Tochter. Drückte sie an sich.

»Ist das wirklich wahr, Duva?«, fragte Arghun von der Stirnseite des Sofas aus und Yrene musste sich beherrschen, ihn nicht anzufahren, dass er ihr gefälligst ein wenig Zeit geben solle, um alles zu verarbeiten, was sie erlitten hatte.

Sartaq hatte da weniger Hemmungen. *»Halt den Mund«*, knurrte er seinen älteren Bruder an.

Aber bevor Arghun eine Erwiderung zischen konnte, hob Duva den Kopf von der Schulter des Großkhans. Tränen rannen ihr über die Wangen, als sie Sartaq und Arghun ansah. Dann Hasar. Dann Kashin. Und zuletzt ihren Ehemann, der jetzt die Hände vom Gesicht nahm.

Schatten umwölkten noch immer dieses liebliche Gesicht, aber – es waren menschliche Schatten.

»Es ist wirklich wahr«, flüsterte Duva mit brechender Stimme, als sie ihre Geschwister betrachtete. »Alles.«

Und nachdem das Geständnis und seine ganze Bedeutung zu ihnen durchgedrungen waren, nahm der Großkhan sie erneut in die Arme und wiegte seine weinende Tochter sanft.

Hasar verharrte am Fußende des Sofas, während ihre Brüder sich um ihre Schwester drängten, um sie zu umarmen. Etwas wie Sehnsucht schimmerte auf ihrem Gesicht.

Hasar bemerkte Yrenes Blick und formte ein lautloses *Danke* mit den Lippen.

Yrene nickte nur und wandte sich dann dorthin, wo Chaol auf sie wartete. Nicht an ihrer Seite, sondern in seinem Rollstuhl neben einer Säule. Er musste einen Diener gebeten haben, ihn aus seinen Gemächern zu holen, als das Band zwischen ihnen immer dünner geworden war, während sie in Duvas Innerem gekämpft hatte.

Chaol fuhr zu ihr herüber und musterte sie forschend. Aber sein eigenes Gesicht zeigte weder Trauer noch Frust.

Nur Ehrfurcht – Ehrfurcht und eine solche Bewunderung, dass es ihr den Atem raubte. Yrene setzte sich auf seinen Schoß und er schlang die Arme um sie, als sie ihn auf die Wange küsste.

In diesem Moment wurde auf der anderen Seite der Halle eine Tür aufgerissen und das Geräusch huschender Füße und raschelnder Röcke erfüllte die Luft. Und ein Schluchzen. Es war die Erhabene Gebieterin, die schluchzend auf ihre Tochter zustürzte.

Einen Schritt bevor sie bei ihr war, griff Kashin ein und fasste seine Mutter um die Taille. Ihr weißes Gewand wippte hin und her, weil sie so abrupt stehen blieb. Sie sprach Halha, zu schnell für Yrene, um es zu verstehen, und ihre Haut hob sich aschfahl von dem tiefen Schwarz ihres langen, glatten Haares ab. Sie hatte nur Augen für ihre Tochter, während Kashin eine Erklärung murmelte und seiner Mutter dabei besänftigend über den schmalen Rücken strich.

Schließlich fiel die Erhabene Gebieterin einfach auf die Knie und schlang die Arme um Duva.

Beim Anblick dieser Mutter mit ihrer Tochter, beim Anblick dieser beiden Frauen, die vor Trauer und Glück weinten, regte sich ein alter Schmerz in Yrene.

Chaol drückte in stillem Verständnis ihre Schulter, als Yrene von seinem Schoß rutschte und sie sich zum Gehen wandten.

»Alles«, sagte der Großkhan über seine Schulter hinweg zu Yrene. Er kniete immer noch neben Duva und seiner Gemahlin, als endlich auch Hasar herbeikam, um ihre Schwester zu umarmen. Die Mutter umschlang einfach beide Prinzessinnen und küsste die Schwestern auf die Wangen, die Stirn und das Haar, während sie sich aneinander festklammerten. »Alles, was Ihr begehrt«, präzisierte der Großkhan. »Bittet darum und es ist Euer.«

Yrene zögerte nicht. Die Worte sprudelten nur so von ihren Lippen.

»Einen Gefallen, Erhabener Großkhan. Ich möchte Euch um einen Gefallen bitten.«

Der ganze Palast befand sich in Aufruhr, während Chaol und Yrene allein mit Nesryn und Sartaq in – ausgerechnet – ihren Gemächern saßen.

Der Prinz und Nesryn hatten sich ihnen auf dem langen Weg zu ihren Räumen angeschlossen, während Chaol in seinem Rollstuhl dicht neben Yrene durch die Gänge gefahren war. Sie hatte sich kaum mehr auf den Beinen halten können, aber – so verflucht stur, wie sie war – kein Wort darüber verloren. Hatte stattdessen *ihn* mit ihren scharfen Heilerinnen-Augen gemustert und sich nach seinem Rücken, seinen Beinen erkundigt. Als wäre *er* derjenige gewesen, der seine Macht vollends erschöpft hatte.

Er hatte es gespürt, diese Veränderung in seinem Körper, als ihre gewaltige Macht in Duva hineingeflossen war. Hatte die wachsende Anspannung in seinem Rücken und seinen Beinen gespürt. Erst dann war er von ihrer Seite gewichen und hatte stockenden Schrittes ein Sofa in der Nähe erreicht, um sich auf die hölzerne Armlehne zu stützen und leise den nächsten Diener darum zu bitten, ihm seinen Rollstuhl zu bringen. Es war höchste Zeit gewesen – denn bei der Rückkehr des Mannes hatte er die Beine zwar noch ein wenig bewegen können, aber Stehen war nicht mehr möglich gewesen.

Doch er war nicht frustriert, nicht peinlich berührt. Wenn das der natürliche Zustand seines Körpers sein sollte, für den Rest seines Lebens ... Es war keine Strafe, nicht im Mindesten.

Diese Gedanken hegte er noch, als sie seine Gemächer erreichten. Dann wurden sie von Überlegungen abgelöst, wie sie es einrichten könnten, dass er in der Schlacht kämpfte, während sie heilte.

Denn er *würde* kämpfen. Selbst wenn ihre Macht erschöpft war, würde er kämpfen. Sei es zu Pferd oder mit dem Stock oder in diesem Rollstuhl.

Und wenn Yrene heilen musste, wenn ihre Magie sie auf diese Schlachtfelder rief und ihr Band dünn würde ... Er würde zurechtkommen. Er würde nicht davor zurückschrecken.

Falls er die Schlacht überlebte. Den Krieg. Falls *sie beide* überlebten.

Er und Yrene nahmen auf dem traurigen Ersatz für das goldene Sofa Platz – dessen Reste er ernsthaft nach Adarlan mitzunehmen überlegte –, während Nesryn und der Prinz darum bemüht waren, sich in verschiedene Sessel zu setzen. Chaol versuchte, sich nicht anmerken zu lassen, dass es ihm auffiel oder ihn gar amüsierte.

»Woher habt Ihr eigentlich gewusst, dass wir in solchen Schwierigkeiten steckten?«, fragte Yrene schließlich. »Ich meine, bevor Ihr auf die Wachen der Torre getroffen seid.«

Sartaq blinzelte und es schien, als stolperte er aus seinen eigenen Gedanken. Er grinste schief. »Kadja«, sagte er und wies mit dem Kinn auf die Dienerin, die gerade den Tee servierte. »*Sie* hatte Duva fortgehen sehen – in diese Tunnel hinunter. Sie steht in meinen ... Diensten.«

Chaol musterte die junge Frau, die so tat, als hätte sie nichts gehört. »Danke«, sagte er rau.

Aber Yrene ging noch einen Schritt weiter, ergriff ihre Hand und drückte sie. »Wir verdanken dir unser Leben«, sagte sie. »Wie können wir das wiedergutmachen?«

Aber Kadja schüttelte nur den Kopf und zog sich zurück. Als sie die Tür hinter sich schloss, sahen sie ihr immer noch nach.

»Arghun überlegt zweifellos, ob er sie dafür bestrafen soll«, murmelte Sartaq schließlich. »Auf der einen Seite hat es Duva gerettet. Auf der anderen Seite ... hat sie *ihm* überhaupt nichts erzählt.«

Nesryn runzelte die Stirn. »Wenn er so undankbar ist, müssen wir unbedingt einen Weg finden, sie zu beschützen.«

»Oh, das ist er allerdings«, sagte Sartaq, und Chaol unterdrückte ein Blinzeln angesichts der Unbefangenheit zwischen ihnen und des völlig natürlichen Gebrauchs des Wörtchens *wir*. »Ich werde darüber nachdenken.«

Chaol verkniff es sich, zu verraten, dass ein Wort zu Shen reichen würde, und Kadja hätte für den Rest ihres Lebens einen treuen Beschützer.

»Was jetzt?«, fragte Yrene.

Nesryn fuhr sich mit einer Hand durch ihr dunkles Haar. Anders. Ja, etwas war vollkommen anders an ihr. Sie warf Sartaq einen Blick zu – nicht um seine Erlaubnis zu erbitten, sondern ... als wollte sie sich versichern, dass er da war. Bei dem, was sie dann sagte, war Chaol froh, dass er bereits saß.

»Maeve ist eine Valg-Königin.«

Und dann sprudelte alles aus ihr heraus. Alles, was sie und Sartaq in den zurückliegenden Wochen in Erfahrung gebracht hatten: die stygischen Spinnen, die in Wirklichkeit Fußsoldaten der Valg waren. Ein Gestaltwandler, der vielleicht Lysandras Onkel war. Und eine Valg-Königin, die sich über Jahrtausende hinweg als Fae ausgegeben hatte, um sich vor den Dämonenkönigen zu verstecken, die sie bei ihrem Versuch, ihnen zu entfliehen, in diese Welt gezogen hatte.

»Das erklärt, warum die Fae-Heiler ebenfalls geflohen sind«, murmelte Yrene, als Nesryn verstummte. »Warum Maeves eigenes Territorium an der Grenze zur sterblichen Welt liegt. Weniger, um Zugang zu den Menschen zu haben, die vielleicht Hilfe brauchen ... sondern vielmehr als eine Art Grenzpatrouille gegen die Valg, sollten diese jemals versuchen, in ihr Gebiet einzudringen.«

Wie nahe die Valg doch unwissentlich gekommen waren, als Aelin in Wendlyn gegen diese Valg-Fürsten gekämpft hatte.

»Es erklärt außerdem, warum Aelin nach ihrer ersten Begegnung mit Maeve von einer Eule an Maeves Seite berichtet hat«, sagte Nesryn mit Blick auf Yrene, die ihre Stirn runzelte.

Dann platzte Yrene heraus: »Die Eule muss die Fae-Gestalt irgendeines Heilers sein. Irgendeines Heilers, den Maeve in ihrer Nähe behält – als Leibwächter, während sie alle glauben macht, es handle sich um eine Art Haustier ...«

Chaol schwirrte der Kopf. Sartaq schien es ihm anzusehen und warf ihm einen Blick zu, als wollte er sagen, dass er das Gefühl nur zu gut kenne.

»Was genau war eigentlich vor unserer Ankunft hier passiert?«, fragte Nesryn. »Als wir Euch gefunden haben ...«

Yrene umklammerte Chaols Hand fester. Jetzt war es an ihm, zu erzählen, was sie herausgefunden, was sie erlitten hatten. Dass, ungeachtet dessen, was Maeve vielleicht zu tun plante ... es immer noch Erawan gab, dem sie sich stellen mussten.

Schließlich murmelte Yrene: »Während Duvas Heilung hat der Dämon ...« Sie rieb sich über ihre Brust. Chaol hatte noch nie etwas so Bemerkenswertes gesehen wie diese Heilung: das blendende Leuchten ihrer Hände, der beinahe heilige Ausdruck auf ihrem Gesicht. Als wäre sie Silba persönlich. »Der Dämon hat gesagt, er sei kein Valg-Prinz ... sondern eine Prinzessin.«

Daraufhin herrschte düsteres Schweigen. Bis Nesryn sagte: »Diese Spinne. Sie hat behauptet, die Valg-Könige hätten Söhne *und* Töchter. Prinzen und Prinzessinnen.«

Chaol fluchte. Seine Beine würden auf jeden Fall für längere Zeit nicht einsatzbereit sein, egal, wie schnell Yrene ihren Quell der Macht wieder auffüllen konnte. »Wie es aussieht, werden wir eine Feuerbringerin brauchen«, bemerkte er. Auch um die Bücher zu übersetzen, die

Hafiza ihnen – wie sie gesagt hatte – mit Freuden für ihre Sache überlassen würde.

Nesryn kaute auf ihrer Unterlippe. »Aelin segelt gerade nach Norden, nach Terrasen, zusammen mit einer Armada. Und den Hexen.«

»Oder nur der Dreizehn«, konterte Chaol. »Die Berichte waren ziemlich undurchsichtig. Vielleicht war es nicht einmal Manon Blackbeaks Zirkel.«

»Doch«, widersprach Nesryn. »Darauf würde ich alles verwetten.« Sie sah kurz zu Sartaq, der nickte – in stiller Übereinkunft. Nesryn stützte die Unterarme auf die Knie. »Wir sind übrigens nicht allein zurückgekehrt.«

Chaol schaute zwischen ihnen hin und her. »Wie viele?«

Sartaq wirkte angespannt. »Die Rukhin sind im Inneren so unentbehrlich, dass ich nur die Hälfte mitnehmen konnte.« Chaol wartete. »Also habe ich tausend mitgebracht.«

Jetzt war er erst recht froh darüber, dass er saß. Tausend Ruk-Reiter ... Chaol kratzte sich das Kinn. »Wenn wir uns Aelins Heer anschließen können, zusammen mit der Dreizehn und den anderen Ironteeth, die Manon Blackbeak auf unsere Seite ziehen kann ...«

»Werden wir eine Luftstreitmacht gegen die von Morath haben«, beendete Nesryn seine Ausführungen. Ihre Augen leuchteten voller Hoffnung, aber auch voller Grauen. Als dämmerte ihr zugleich, was diese Kämpfe beinhalten würden. Wie viele Leben auf dem Spiel standen. Sie wandte sich an Yrene. »Und wenn du jene heilen kannst, die von den Valg infiziert wurden ...«

»Wir müssen immer noch einen Weg finden, ihre Wirte auszuschalten«, warf Sartaq ein. »Wenigstens so lange, dass Yrene und andere sie heilen können.« Ja, auch das mussten sie noch schaffen.

»Nun, wie du eben gesagt hast«, warf Yrene ein, »haben wir Aelin mit dem wilden Feuer auf unserer Seite, nicht wahr? Wenn sie Flammen hervorbringen kann, dann kann sie mit Sicherheit auch Rauch hervorbringen.« Ihr Mundwinkel zuckte. »Ich habe da vielleicht ein paar Ideen.«

Gerade als sie zu weiteren Ausführungen ansetzen wollte, wurden die Türen aufgerissen und Hasar rauschte herein.

Die Prinzessin schien sich zu zügeln, als sie Sartaq bemerkte. »Wie es scheint, komme ich zu spät zum Kriegsrat.«

Sartaq legte einen Knöchel über sein Knie. »Wer sagt denn, dass wir hier einen Kriegsrat abhalten?«

Hasar warf sich auf einen Sessel und drapierte sich ihr Haar sorgfältig über eine Schulter. »Du willst mir also erzählen, dass die Ruks, die hier die Dächer vollscheißen, nur vor Ort sind, um dich wichtig aussehen zu lassen?«

Sartaq schnaubte ein leises Lachen. »Ja, Schwester.«

Aber die Prinzessin sah Yrene an, dann Chaol. »Ich werde mit euch kommen.«

Chaol wagte keine Regung. Yrene fragte: »Allein?«

»Nicht allein.« Die spöttische Erheiterung war aus Hasars Zügen verschwunden. »Du hast Duva das Leben gerettet. *Unsere* Leben, wenn sie noch dreister geworden wäre.« Sie ließ ihren Blick zu Sartaq schweifen, der sie mit milder Überraschung beobachtete. »Duva ist die Beste. Von uns allen.« Hasar schluckte schwer. »Also werde ich mit euch gehen, mit so vielen Schiffen, wie ich aufbringen kann, damit meine Schwester sich nie wieder ängstlich umzusehen braucht.«

Außer ängstlich vor euch Geschwistern, verkniff Chaol sich zu bemerken.

Aber Hasar las die Worte in seinen Augen. »Nicht sie«, sagte sie leise. »Alle anderen, ja«, fügte sie mit einem nüchternen Blick auf Sartaq hinzu, der finster nickte. »Aber niemals Duva.«

Ein stilles Abkommen, begriff Chaol, unter den anderen Geschwistern.

»Also, Ihr werdet meine Gesellschaft wohl noch ein Weilchen

ertragen müssen, Lord Westfall«, bemerkte Hasar, aber dieses scharfe Lächeln war etwas milder geworden. »Denn für meine Schwestern, sowohl für die lebende als auch für die tote, werde ich mit meinem *Sulde* bis zu den Toren Moraths marschieren und diesen Dämonenbastard bezahlen lassen.« Sie sah Yrene fest in die Augen. »Und für dich, Yrene Towers. Für das, was du für Duva getan hast, werde ich dir helfen, dein Land zu retten.«

Yrene erhob sich und ihre Hände zitterten. Keiner von ihnen sagte ein Wort, als Yrene Hasars Sessel erreichte, ihr die Arme um den Hals schlang und die Prinzessin fest an sich drückte.

66

Nesryn war vollkommen erschöpft. Wollte am liebsten eine Woche lang schlafen. Einen Monat.

Aber irgendwie ging sie dann doch durch die Flure des Palasts zu Kadaras Minarett. Allein.

Sartaq war zu seinem Vater gegangen und Hasar hatte sich ihm angeschlossen. Und obwohl ihr Chaols und Yrenes Gegenwart sicher nicht peinlich war, wollte Nesryn ihnen ein wenig Privatsphäre geben. Chaol hatte schließlich auf der Schwelle des Todes gestanden. Sie machte sich wenig Illusionen darüber, was wahrscheinlich gleich in diesen Gemächern passieren würde.

Und dass sie sich auf Quartiersuche begeben musste.

Aber nicht nur für sich, wie Nesryn annahm, sondern noch für einige Leute mehr – angefangen mit Borte, die über Antica und das Meer gestaunt hatte, obwohl sie so schnell hereingerauscht waren, wie die Winde sie tragen konnten. Dazu Falkan, der tatsächlich mit ihnen gekommen war, als Feldmaus in Bortes Tasche, was Yeran nicht allzu sehr erfreut hatte. So schien es zumindest bei ihrer letzten Begegnung im Horst der Eridun, als Sartaq die verschiedenen Clan-Mütter und Captains angewiesen hatte, ihre Rukhin zu sammeln und nach Antica zu fliegen.

Gerade als Nesryn das Treppenhaus erreichte, das zum Minarett hinaufführte, kam ein Bote auf sie zu. Der Junge war völlig außer Atem, brachte aber dennoch eine anmutige Verbeugung zustande, als er ihr einen Brief überreichte.

Datiert auf einen Tag vor zwei Wochen. In der Handschrift ihres Onkels.

Ihre Finger zitterten, als sie das Siegel aufbrach.

Eine Minute später rannte sie die Treppe zum Minarett hinauf.

Die Menschen schrien ehrfürchtig und überrascht auf, als der rotbraune Ruk über die Gebäude Anticas segelte.

Nesryn murmelte dem Vogel beruhigende Worte zu und steuerte ihn, getragen auf einer salzigen Meeresbrise, zum Runniviertel, so schnell seine Flügel schlagen konnten.

Sie hatten bereits zusammen den Horst der Eridun verlassen.

Nesryn war einfach zu den Nestern gegangen, wo er immer noch auf den Reiter gewartet hatte, der niemals mehr zurückkehren würde, und hatte ihm tief in seine goldenen Augen geschaut. Hatte ihm erklärt, ihr Name sei Nesryn Faliq, Tochter von Sayed und Cybele Faliq, und sie wolle seine Reiterin werden, wenn er einverstanden wäre.

Sie hatte sich gefragt, ob der Ruk – Salkhi, wie ihn sein verstorbener Reiter genannt hatte – wusste, dass das Brennen in ihren Augen nicht von dem tosenden Wind kam, als er den Kopf vor ihr geneigt hatte.

Und dann waren sie zusammen geflogen, und Salkhi hatte mit Kadara mitgehalten, die an der Spitze des Rukhin-Heers in Windeseile nach Norden gesegelt war. Nach Antica.

Und jetzt, als Salkhi draußen vor dem Haus ihres Onkels auf der Straße landete und einige Händler in Angst und Schrecken versetzte, sodass sie ihre Wagen stehen ließen und davonrannten, während die Kinder ihr Spiel vergaßen, sie staunend anglotzten und dann breit grinsten – tätschelte Nesryn den breiten Hals ihres Ruks und saß ab.

Die Tore zum Haus ihres Onkels wurden aufgerissen.

Und als sie ihren Vater dort stehen sah, als ihre Schwester sich an ihm vorbeischob, zusammen mit ihrer kreischenden Kinderschar ...

Fiel Nesryn auf die Knie und weinte.

Nesryn wusste nicht, wie Sartaq sie zwei Stunden später gefunden hatte. Andererseits sorgte ein Ruk, der in einem eleganten Viertel Anticas auf der Straße saß, gewiss für Aufruhr. Und war dementsprechend leicht zu entdecken.

Sie hatte geweint und gelacht und ihre Familie minutenlang umarmt, mitten auf der Straße und vor Salkhis Augen.

Und nachdem ihr Onkel und ihre Tante sie alle hereingerufen hatten, um *wenigstens bei einer guten Tasse Tee zu weinen,* hatte ihre Familie ihr von ihren Abenteuern erzählt. Von den wilden Gewässern, die sie überquert hatten, den Feinden, denen ihr Schiff ausgewichen war. Aber sie hatten es hierhergeschafft – und sie würden bleiben, solange der Krieg tobte, sagte ihr Vater, und ihre Tante und ihr Onkel nickten bekräftigend.

Nachdem ihr Vater Delara mit den Worten verscheucht hatte, sie hätte genug damit zu tun, *diesen Kinderzirkus zu bändigen,* ließ er sich nicht die Ehre nehmen, Nesryn zu Salkhi zurückzubegleiten. Doch als sie schließlich aus dem Haus traten, blieb Nesryn so plötzlich stehen, dass ihr Vater beinahe mit ihr zusammengeprallt wäre.

Denn neben Salkhi stand Sartaq, ein schwaches Lächeln auf dem Gesicht. Und auf Salkhis anderer Seite ... wartete geduldig Kadara. Die beiden Ruks gaben ein wirklich stolzes Paar ab.

Die Augen ihres Vaters weiteten sich, als würde er den Ruk noch vor dem Prinzen erkennen.

Aber dann verneigte er sich. Tief.

Nesryn hatte ihrer Familie – wenn auch nur mäßig detailliert – erzählt, was ihr unter den Rukhin widerfahren war. Ihre Schwester und ihre Tante hatten sie finster angefunkelt, als einige der Kinder erklärten, dass auch sie Ruk-Reiter werden wollten – woraufhin sie kreischend durchs Haus gerannt waren, mit den Armen geflattert hatten und außer Rand und Band von den Möbeln gesprungen waren.

Sie hätte eigentlich damit gerechnet, dass Sartaq wartete, bis sie zu ihm kamen, aber der Prinz steuerte geradewegs auf ihren Vater zu und ergriff seine Hand. »Ich habe gehört, dass Captain Faliqs Familie endlich sicher eingetroffen sei«, sagte Sartaq anstelle einer Begrüßung. »Und ich wollte Euch so schnell wie möglich persönlich willkommen heißen.«

Da war ein Gefühl in ihrer Brust, so stark, dass es beinahe wehtat, als Sartaq den Kopf vor ihrem Vater neigte.

Sayed Faliq sah aus, als würde er gleich tot umfallen – sei es wegen dieser Geste des Respekts oder wegen Kadaras bloßer Gegenwart. Es dauerte nicht lange, bis mehrere kleine Köpfe hinter seinen Beinen auftauchten und den Prinzen musterten, dann die Ruks und dann ...

»KADARA!«

Das jüngste Kind ihres Onkels und ihrer Tante – kaum älter als vier – schrie den Namen des Ruks so laut, dass jeder in der Stadt, der bisher nichts von dem Vogel in dieser Straße gewusst hatte, nun bestens im Bilde war.

Sartaq lachte, als die Kinder sich an Nesryns Vater vorbeidrängelten und auf den goldenen Vogel zurannten.

Delara war ihnen dicht auf den Fersen, eine Warnung auf den Lippen ...

Bis Kadara sich auf den Boden legte und Salkhi ihrem Beispiel folgte. Die Kinder hielten inne und streckten schließlich zaghaft und voller Ehrfurcht die Hände nach den beiden Ruks aus, um sie sanft zu streicheln.

Nesryns Schwester seufzte erleichtert. Und begriff erst dann, wer da eigentlich vor Nesryn und ihrem Vater stand.

Delara errötete. Und glättete ihr Kleid, als würde das irgendetwas an den frischen Essensflecken ändern, die sie ihrem jüngsten Kind verdankte. Dann wich sie langsam ins Haus zurück, während sie sich immer wieder verbeugte.

Sartaq lachte, als sie mit einem scharfen Blick auf Nesryn verschwand, der so viel sagte wie: *Oh, so hingerissen wie* du *bist, scheint die Sache ziemlich ernst.*

Nesryn antwortete ihrer Schwester mit einer vulgären Geste hinter ihrem Rücken, die ihr Vater geflissentlich übersah.

Stattdessen sagte er zu Sartaq: »Ich möchte mich für meine Enkelkinder, meine Nichten und Neffen entschuldigen, falls sie zu ungestüm mit Eurem Ruk sind, Prinz.«

Aber Sartaq grinste nur breit – und so strahlend, wie sie ihn noch nie zuvor hatte grinsen sehen. »Kadara tut so, als wäre sie ein edles Reittier, aber sie ist mehr Glucke als irgendwas sonst.«

Kadara plusterte das Gefieder auf, was den Kindern ein entzücktes Kreischen entlockte.

Nesryns Vater drückte die Schulter seiner Tochter, bevor er sich wieder an den Prinzen wandte: »Ich glaube, ich werde lieber mal nach dem Rechten sehen und sie an dem Versuch hindern, mit ihr davonzufliegen.«

Und dann waren sie allein. Auf der Straße. Vor dem Haus ihres Onkels. Und ganz Antica starrte sie jetzt an.

Sartaq schien es nicht zu bemerken. »Gehen wir ein Stück?«, war alles, was er sagte.

Nesryn nickte. Sie schluckte und warf einen Blick dorthin, wo ihr Vater jetzt die Kinderschar beaufsichtigte, die versuchte, auf Salkhi und Kadara zu klettern.

Sie schlenderten auf die stille, saubere Gasse hinter dem Haus ihres Onkels zu und schwiegen für einige Schritte. Bis Sartaq sagte: »Ich habe mit meinem Vater gesprochen.«

In diesem Moment fragte Nesryn sich, welchen Anlass sein Besuch hier überhaupt hatte. Ob die Rukhin, die sie mitgebracht hatten, vielleicht wieder zu ihren Horsten zurückbefehligt wurden. Oder ob der Prinz ... ob das Leben, das sie in diesen wunderschönen Bergen für sich selbst gesehen hatte ... Ob sie vielleicht auch in dieser Hinsicht jetzt von der Realität eingeholt wurde.

Immerhin war er ein *Prinz*. Und sosehr sie ihre Familie liebte, so stolz sie auf sie war – in ihrem Stammbaum floss kein einziger adliger Blutstropfen. Noch nie war ein Faliq einem Mitglied der königlichen Familie näher gekommen als jetzt, da Sartaq ihrem Vater die Hand geschüttelt hatte.

Nesryn brachte schließlich ein »Ach ja?« heraus.

»Wir ... haben ein paar Dinge diskutiert.«

Bei diesen vorsichtigen Worten wurde ihr ganz flau. »Ich verstehe.«

Sartaq blieb stehen, die sandige Gasse erfüllt vom Summen der Bienen im Jasmin, der sich an den Mauern zu den angrenzenden Innenhöfen emporrankte. Direkt hinter ihnen lag der rückwärtige private Innenhof ihrer Familie. Sie wünschte, sie könnte über die Mauer klettern und sich dahinter verstecken. Statt das hier hören zu müssen.

Aber Nesryn zwang sich, dem Blick des Prinzen standzuhalten, der ihr forschend ins Gesicht sah.

»Ich habe ihm gesagt«, erklärte Sartaq schließlich, »dass ich die Rukhin in den Kampf gegen Erawan führen werde, mit seiner Erlaubnis oder ohne.«

Noch schlimmer. Das wurde ja immer noch schlimmer. Sie wünschte, seine Miene wäre nicht so verdammt undurchsichtig.

Sartaq holte tief Luft. »Daraufhin hat er mich nach dem Grund gefragt.«

»Ich hoffe, du hast ihm gesagt, dass das Schicksal der Welt davon abhängen könnte.«

Sartaq lachte leise. »Das habe ich. Aber ich habe ihm auch gesagt, dass die Frau, die ich liebe, in diesen Krieg ziehen wird. Und dass ich die Absicht hätte, ihr zu folgen.«

Sie ließ die Worte nicht an sich heran. Erlaubte sich nicht, irgendetwas davon zu glauben, bis er ausgeredet hatte.

»Er hat geantwortet, dass du aus dem gemeinen Volk stammst. Dass ein potenzieller Thronfolger des Großkhans sich mit einer Prinzessin vermählen müsse oder mit einer Adeligen oder wenigstens mit einer Frau, die Ländereien und Bündnisse zu bieten habe.«

Ihre Kehle schnürte sich zusammen. Sie versuchte, seine Stimme auszublenden, seine Worte. Wollte den Rest nicht hören.

Doch Sartaq griff nach ihrer Hand. »Aber ich habe ihm gesagt, wenn das die Voraussetzung sei, dann wolle ich gar nicht zum Thronfolger ernannt werden. Und bin gegangen.«

Nesryn schnappte nach Luft. »Bist du *wahnsinnig*?«

Sartaq lächelte schwach. »Das will ich nicht hoffen – zum Wohl dieses Reiches.« Er zog sie näher zu sich, bis ihre Körper sich beinahe berührten. »Denn mein Vater hat mich bereits zum Thronfolger ernannt, noch bevor ich den Raum verlassen konnte.«

Nesryn verschlug es die Sprache. Sie schaffte es kaum mehr zu atmen.

Und als sie versuchte, sich zu verneigen, packte Sartaq sie mit festem Griff an den Schultern. Um sie davon abzuhalten, bevor sie auch nur den Kopf senken konnte.

»Niemals«, sagte er leise. »*Du* wirst das niemals tun.«

Thronfolger – er war zum *Thronfolger* ernannt worden. Dieses ganzen Landes. Dieses Landes, das sie liebte, das zu erkunden sie sich immer noch so sehr wünschte, dass es beinahe schmerzte.

Sartaq legte ihr eine Hand an die Wange und seine Schwielen kratzten über ihre Haut. »Wir fliegen in den Krieg. Vieles von dem, was vor uns liegt, ist ungewiss. Bis auf das hier.« Er streifte ihren Mund mit seinem. »Bis auf meine Gefühle für dich. Keine Dämonenarmee, kein Dunkler König und keine Dunkle Königin werden daran etwas ändern.«

Nesryn zitterte, während sie seine Worte verdaute. »Ich – Sartaq, du bist der *Thronfolger* …«

Er zog sich etwas zurück, um sie wieder anzusehen. »Wir werden in den Krieg ziehen, Nesryn Faliq. Und wenn wir Erawan und seine Armeen zerschmettert haben, wenn die Dunkelheit endlich aus dieser Welt verbannt sein wird … dann fliegen wir hierher zurück. Du und ich. Gemeinsam.« Er küsste sie erneut – eine bloße Liebkosung seiner Lippen. »Für den Rest unserer Tage.«

Es war ein Antrag. Ein Versprechen.

Es war die Welt, die er ihr hier zu Füßen legte.

Ein Zittern durchlief sie. Angesichts dessen, was er so großzügig verschenkte. Nicht das Reich und die Krone, sondern … das Leben. Sein Herz.

Nesryn fragte sich, ob er wusste, dass *ihr* Herz schon seit diesem allerersten Ritt auf Kadara ihm gehört hatte.

Sartaq lächelte ein *Ja*.

Also schlang sie ihm die Arme um den Hals und küsste ihn.

Vorsichtig und sanft und voller Staunen. Sartaq schmeckte wie der Wind, wie eine Bergquelle. Er schmeckte nach Heimat.

Nesryn nahm mit beiden Händen sein Gesicht und trat ein Stückchen zurück. »In den Krieg, Sartaq«, hauchte sie und prägte sich jede Linie seines Gesichtes ein. »Und was danach kommt, werden wir dann sehen.«

Sartaq bedachte sie mit einem wissenden, frechen Grinsen. Als wüsste er bereits endgültig, was danach kommen würde, und als könnte nichts, was sie sagte, ihn jemals von etwas anderem überzeugen.

Und aus dem Innenhof hinter ihnen, nur durch eine Mauer getrennt, rief ihre Schwester so laut, dass das ganze Viertel es hören konnte: »*Ich hab's dir ja gesagt, Vater!*«

67

Zwei Wochen später befand Yrene sich an Deck eines schönen, gewaltigen Schiffs und beobachtete zum letzten Mal, wie die Sonne über Antica aufging.

Auf dem Schiff herrschte emsige Betriebsamkeit, während sie an der Reling stand und die Minarette des Palastes zählte und ihren Blick über jedes leuchtende Viertel der Stadt wandern ließ, das in der Morgendämmerung erwachte.

Herbstwinde peitschten bereits das Meer auf und das Schiff hüpfte und schlingerte.

Nach Hause. Heute würden sie nach Hause segeln.

Sie hatte sich nicht großartig verabschiedet, hatte nicht das Bedürfnis gehabt. Aber Kashin hatte sie trotzdem noch erwischt, gerade als sie zum Hafen hinuntergeritten waren. Chaol hatte dem Prinzen zugenickt, bevor er ihre Stute aufs Schiff führte.

Einen Moment lang hatte Kashin das Schiff angestarrt – dann die anderen Schiffe, die sich im Hafen gesammelt hatten. Bis er leise begann: »Ich wünschte, ich hätte in jener Nacht in der Steppe nie ein Wort zu dir gesagt.«

Yrene hatte den Kopf geschüttelt, unsicher, was sie erwidern sollte.

»Ich habe dich vermisst – als Freundin«, hatte Kashin ergänzt. »Ich habe nicht viele Freunde.«

»Ich weiß«, hatte sie schließlich hervorgebracht. »Ich habe dich ebenfalls als Freund vermisst.«

So war es tatsächlich. Und was er jetzt bereit war, für sie zu tun, für ihr Volk ... Sie hatte Kashins Hand ergriffen und gedrückt. Seine Augen, sein gut aussehendes Gesicht waren immer noch voller Schmerz gewesen, aber auch ... voller Verständnis. Und als er den Blick zum nördlichen Horizont gehoben hatte, lag ein klarer, unerschrockener Glanz darin.

Der Prinz hatte den Druck ihrer Hand erwidert. »Noch einmal danke – für Duva.« Ein schwaches Lächeln zum nördlichen Himmel. »Wir werden uns wiedersehen, Yrene Towers. Dessen bin ich mir sicher.«

Sie hatte ihn einfach angelächelt, ganz ohne Worte. Und Kashin hatte ihr zugezwinkert und ihr die Hand entzogen. »Mein *Sulde* weht immer noch nach Norden. Wer weiß, was sich auf meinem Weg noch alles tun wird? Vor allem jetzt, da Sartaq die Bürde des Thronerben trägt und ich frei bin zu tun, was immer mir gefällt.«

Die Stadt war deswegen in Aufruhr gewesen. Die Feiern, die Debatten – das alles hielt immer noch an. Was die königlichen Geschwister wirklich darüber dachten, wusste Yrene nicht, aber ... in Kashins Augen konnte sie lesen, dass er dadurch Frieden gefunden hatte. Und in den Augen der anderen hatte ein ähnlicher Ausdruck gelegen. Tatsächlich fragte sie sich, ob Sartaq eine stumme Übereinkunft getroffen hatte, die über *Niemals Duva* hinausging. Bis hin zu *Niemals wir*.

Yrene hatte den Prinzen noch einmal angelächelt – ihren Freund. »Danke für deine ganze Güte.«

Kashin hatte sich vor ihr verbeugt und war ins graue Licht der Morgendämmerung davonmarschiert.

Und in der Stunde, die seitdem vergangen war, hatte Yrene an Deck dieses Schiffs gestanden und stumm die erwachende Stadt beobachtet.

Minutenlang atmete sie das Meer und die Gewürze ein und sog die Geräusche Anticas in ihr Bewusstsein. Nahm alles tief in sich auf, ließ sich davon durchdringen. Ließ ihre Augen sich sattsehen an dem cremefarbenen Gestein des Turms der Torre Cesme, der sich über allem erhob.

Selbst im Licht der frühen Morgensonne war der Turm wie ein Leuchtsignal, eine aufragende Lanze der Hoffnung und Ruhe.

Sie fragte sich, ob sie ihn je wiedersehen würde. Denn das, was vor ihnen lag ...

Yrene stützte sich auf die Reling, als ein weiterer Windstoß das Schiff hin und her wiegte. Ein Wind aus dem Landesinneren, als stießen alle sechsunddreißig Gottheiten Anticas vereint den Atem aus, um sie in rasendem Tempo nach Hause zu schicken.

Über das Enge Meer – und in den Krieg.

Als das Schiff sich schließlich in Bewegung setzte, schäumte die Welt über vor Betriebsamkeit und Farben und Geräuschen, aber Yrene verharrte still an der Reling. Beobachtete, wie die Stadt immer kleiner und kleiner wurde.

Und selbst als die Küste kaum mehr war als ein Schatten, hätte Yrene schwören können, dass sie die Torre immer noch darüber aufragen sah, strahlend weiß in der Sonne, wie ein zum Abschiedsgruß erhobener Arm.

68

Chaol Westfall betrachtete keine seiner Schritte als selbstverständlich. Nicht einmal die, die ihn in den ersten Tagen auf See eiligst zu einem Eimer geführt hatten, um seinen Magen zu entleeren.

Einer der Vorteile, zusammen mit einer Heilerin zu reisen, bestand jedoch darin, dass es für Yrene ein Leichtes war, seinen Magen zu besänftigen. Und nach zwei Wochen auf See, in denen sie heftigen Stürmen – die der Kapitän nur »Schiffszerstörer« nannte – getrotzt hatten, hatte sein Magen ihm endlich verziehen.

Er fand Yrene an der Bugreling, wo sie zum Land hinüberspähte. Besser gesagt dorthin, wo das Land zu sehen gewesen wäre, hätten sie es gewagt, nah genug heranzusegeln. Aber sie hielten sich weit draußen, während sie die Küste ihres Kontinents umrundeten, und befanden sich – wie er bei einem Treffen mit dem Kapitän eben erfahren hatte – irgendwo nördlich von Eyllwe. Dicht an der Grenze zu Fenharrow.

Keine Spur von Aelin oder ihrer Armada, was jedoch zu erwarten gewesen war, wenn man bedachte, wie lange sie gebraucht hatten, um endlich von Antica aufzubrechen.

Aber Chaol schob diesen Gedanken beiseite, als er Yrene jetzt die Arme um die Taille legte und ihr einen Kuss in die Halsbeuge drückte.

Sie erstarrte nicht einmal bei der Berührung von hinten. Als hätte sie sich den Rhythmus seiner Schritte eingeprägt. Und als würde auch sie keine seiner Schritte als selbstverständlich betrachten.

Yrene lehnte sich an ihn und stieß einen Seufzer aus, als sie ihre Hände auf seine legte, die auf ihrem Bauch ruhten.

Nach Duvas Heilung hatte es einen vollen Tag gedauert, bis er wieder in der Lage gewesen war, wenigstens mit dem Stock zu gehen – steif und wackelig. So wie in jenen ersten Tagen der Genesung: Sein Rücken hatte vor Anspannung geschmerzt, jeder Schritt hatte seine volle Aufmerksamkeit erfordert. Aber er hatte die Zähne zusammengebissen und Yrene hatte ihm ermutigend beigestanden, als er sich verschiedene Bewegungen neu erarbeiten musste. Einen Tag später hatte das Humpeln bereits größtenteils nachgelassen, auch wenn er den Stock noch behalten hatte – und nach einem weiteren Tag hatte er fast wieder beschwerdefrei laufen können.

Aber selbst jetzt, nach diesen zwei Wochen auf See, in denen es für Yrene nur wenig zu heilen gegeben hatte außer Übelkeit und Sonnenbränden, war der Stock griffbereit in ihrer Kabine und der Rollstuhl unter Deck verstaut, falls er sie wieder brauchte.

Er spähte über Yrenes Schulter auf ihre ineinander verschränkten Finger. Auf die beiden Ringe, die jetzt ihre Hände zierten.

»Nur weil wir den Horizont anstarren, kommen wir auch nicht schneller an«, murmelte er dicht an ihrem Hals.

»Aber auch nicht, wenn du deine Ehefrau deswegen aufziehst.«

Chaol lächelte. »Wie sollte ich mich denn sonst während dieser langen Stunden amüsieren, Lady Westfall?«

Yrene schnaubte, wie sie es bei diesem Titel immer tat. Aber Chaol hatte noch nie etwas Schöneres gehört – abgesehen von dem Gelübde, das sie vor zweieinhalb Wochen in Silbas Tempel in der Torre abgelegt hatten. Die Zeremonie war kurz gewesen, aber Hasar hatte auf einem anschließenden Festmahl bestanden, das alle anderen, die sie bis dahin im Palast genossen hatten, in den Schatten gestellt hatte. Die

Prinzessin mochte vieles sein und können, aber sie wusste wirklich, wie man feierte.

Und wie man eine Armada führte.

Mochten die Götter ihm beistehen, wenn Hasar und Aedion aufeinandertrafen.

»Für jemanden, der es hasst, Lord Westfall genannt zu werden«, überlegte Yrene laut, »scheinst du es sehr zu genießen, den Titel bei mir zu benutzen.«

»Er passt einfach zu dir«, antwortete er und küsste wieder ihren Hals.

»Ja, sogar so gut, dass Eretia gar nicht mehr aufhört, sich mit ihrem ganzen Knicksen und Verneigen über mich lustig zu machen.«

»Eretia ist allerdings jemand, den ich mit Freuden in Antica zurückgelassen hätte.«

Yrene kicherte, kniff ihm aber ins Handgelenk und löste sich aus seiner Umarmung. »Du wirst noch dankbar für sie sein, wenn wir wieder an Land sind.«

»Das will ich hoffen.«

Yrene zwickte ihn erneut, aber Chaol hielt ihre Hand fest und drückte ihr einen Kuss auf die Finger.

Ehefrau – seine Ehefrau. Er hatte noch nie etwas so klar vor sich gesehen wie an jenem Nachmittag vor drei Wochen, als sie im Garten gesessen und er es einfach ... gewusst hatte. Er hatte gewusst, was er wollte, und so war er zu ihrem Stuhl gegangen, hatte sich davor hingekniet und rundheraus gefragt.

Willst du mich heiraten, Yrene? Willst du meine Frau werden?

Und sie hatte ihm die Arme um den Hals geschlungen und sie beide direkt in den Springbrunnen gestürzt. Wo sie, sehr zum Ärger der Fische, geblieben waren, um sich so lange zu küssen, bis eine Dienerin vorbeigekommen war und anzüglich gehüstelt hatte.

Als er sie jetzt ansah, wie ihr Haar sich von der Seeluft lockte und die Sommersprossen auf ihrer Nase und ihren Wangen deutlich hervortraten ... lächelte Chaol.

Und das Lächeln, mit dem Yrene ihm antwortete, war strahlender als die Sonne auf dem Meer ringsum.

Er hatte tatsächlich dieses verdammte goldene Sofa mitgenommen, mitsamt zerfetzten Kissen und allen Einzelteilen. Was ihm nicht wenig Kommentare von Hasar beschert hatte, als es in den Frachtraum gehievt worden war, aber das war ihm egal. Wenn sie diesen Krieg überlebten, würde er um das verdammte Ding herum ein Haus für Yrene bauen. Ebenso wie einen Stall für Farasha, die gegenwärtig die armen Soldaten terrorisierte, die ihren Stall an Bord des Schiffes auszumisten hatten.

Ein Hochzeitsgeschenk von Hasar, zusammen mit einem eigenen Muniqipferd für Yrene.

Beinahe hätte er der Prinzessin gesagt, dass sie Hellas' Pferd behalten könne, aber es hatte irgendwie auch seinen Reiz, auf einem Pferd namens *Schmetterling* Moraths Fußsoldaten über den Haufen zu reiten. Yrene lehnte sich wieder an ihn und schlang eine Hand um das Medaillon, das sie niemals ablegte außer zum Baden. Er fragte sich, ob er ihre Initialen ändern lassen konnte.

Sie war ja nicht länger Yrene Towers. Sie war jetzt Yrene Westfall.

Lächelnd blickte sie auf das silberne Medaillon hinab, das im Schein der Mittagssonne beinahe blendete. »Ich schätze, ich brauche diesen kleinen Zettel nicht länger.«

»Warum?«

»Weil ich nicht mehr allein bin«, erwiderte sie und fuhr mit den Fingern über das Metall. »Und weil ich meinen Mut gefunden habe.«

Er küsste sie auf die Wange und beobachtete schweigend, wie sie das Medaillon öffnete und vorsichtig den mittlerweile braun gewordenen, abgegriffenen Fetzen Papier herauszog. Der Wind versuchte, ihn ihr aus den Fingern zu reißen, aber Yrene hielt ihn fest und faltete ihn auseinander.

Sie überflog den Text, den sie bereits Tausende Male gelesen hatte. »Ich frage mich, ob sie für diesen Krieg wohl zurückkehren wird. Wer auch immer sie war. Sie hat von dem Reich gesprochen, als …« Yrene schüttelte den Kopf, was mehr ihr selbst galt als ihm, dann faltete sie den Zettel wieder zusammen. »Vielleicht wird sie, von wo auch immer sie hingesegelt war, tatsächlich nach Hause kommen, um zu kämpfen.« Sie hielt ihm das Stückchen Papier hin und wandte sich wieder dem Meer vor ihnen zu.

Chaol nahm es und es fühlte sich samtweich an von den unzähligen Malen, die sie es gelesen und gefaltet und in ihrer Tasche festgehalten hatte.

Er faltete das Briefchen auseinander und las die Worte, von denen er bereits wusste, dass sie dort standen:

Für deine Reise, wohin auch immer sie dich führen mag – und noch einiges andere.

Die Welt braucht mehr Heilerinnen.

Die Wellen wurden leiser. Das Schiff schien innezuhalten.

Chaol sah zu Yrene, die das Meer mit einem stillen Lächeln betrachtete, dann wieder auf die Notiz.

Auf die Handschrift, die er ebenso gut kannte wie seine eigene.

Und dann konnte er seine Tränen nicht mehr zurückhalten. Es war zu viel.

»Was ist los?«, fragte Yrene sanft.

Sie musste damals sechzehn gewesen sein, fast siebzehn. Und wenn sie in Innish gewesen war …

Es musste auf ihrem Weg in die Red Desert gewesen sein, um dort mit den Schweigenden Assassinen zu trainieren. Die Prellungen, die Yrene beschrieben hatte … Von den Prügeln, die Arobynn Hamel ihr zur Strafe für die Befreiung von Rolfes Sklaven und die Verwüstung von Skull's Bay verpasst hatte.

»Chaol?«

Für deine Reise, wohin auch immer sie dich führen mag – und noch einiges andere.

Die Welt braucht mehr Heilerinnen.

Da, in ihrer Handschrift ...

Endlich blickte Chaol auf und blinzelte gegen die Tränen an, um das Gesicht seiner Frau zu betrachten. Jede wunderschöne Linie, diese goldenen Augen.

Ein Geschenk.

Ein Geschenk von einer Königin, die eine Frau in der Hölle gesehen und eine helfende Hand ausgestreckt hatte. Ohne zu erwarten, dass ihr das jemals vergolten werden würde. Ein Augenblick der Güte ...

Nicht einmal Aelin konnte gewusst haben, was sie in Gang setzte, als sie ein Schankmädchen vor diesen Söldnern rettete, ihr beibrachte, sich zu verteidigen, und ihr dieses Gold und diese Notiz hinterließ ...

Nicht einmal Aelin konnte gewusst oder erraten haben, wie die Antwort auf diesen Augenblick der Güte aussehen würde.

Die Antwort nicht nur *einer* mit den Gaben Silbas gesegneten Heilerin, die in der Lage war, die Valg zu eliminieren.

Sondern *dreihundert* Heilerinnen, die mit ihr kamen.

Dreihundert Heilerinnen aus der Torre, verteilt auf die eintausend Schiffe des Großkhans persönlich.

Einen Gefallen, hatte Yrene sich von dem Mann als Gegenleistung für die Rettung seiner geliebten Tochter erbeten.

Alles, hatte der Großkhan versprochen.

Und Yrene war vor ihm niedergekniet. *Rettet mein Volk.*

Das war alles, was sie erbeten hatte. Alles, was sie erfleht hatte.

Rettet mein Volk.

Und so hatte der Großkhan geantwortet.

Mit eintausend Schiffen aus Hasars und seiner eigenen Armada. Darauf Kashins Fußsoldaten und die Kavallerie der Darghan.

Und über ihnen, weit hinter dem Flaggschiff, auf dem Chaol und Yrene jetzt segelten ... flogen tausend Rukhin am Horizont, angeführt von Sartaq und Nesryn.

Eine Armee, um Morath herauszufordern, auf die noch weitere Armeen folgen würden, die unter Kashins Kommando in Antica zusammengetrommelt wurden. Zwei Wochen hatte Chaol dem Großkhan und Kashin gegeben, aber wegen der Herbststürme wollte er nicht das Risiko eingehen, noch länger zu warten. Und so war dieses erste Heer ... nur die erste Hälfte. Und doch war das Ausmaß dessen, was hinter ihnen hersegelte und -flog ...

Chaol faltete den Zettel entlang seiner verschlissenen Linien zusammen und schob ihn vorsichtig in Yrenes Medaillon zurück.

»Behalte ihn noch ein Weilchen länger«, sagte er leise. »Ich glaube, es gibt da jemanden, der ihn gerne sehen würde.«

Yrene blickte ihn überrascht und neugierig an, stellte aber keine Fragen, als Chaol erneut die Arme um sie legte und sie fest an sich drückte.

Jeder Schritt hatte hierhergeführt.

Angefangen bei jener Festung in den schneegepeitschten Bergen, jenem Mann mit dem felsenharten Gesicht, der ihn in die Kälte geworfen hatte, über diese Salzmine in Endovier, wo eine Assassinin mit Augen wie Wildfeuer ihn angegrinst hatte, ungebrochen, trotz eines ganzen Jahres in der Hölle.

Eine Assassinin, die seine Ehefrau gefunden hatte, oder vielleicht hatten sie einander gefunden, zwei von den Göttern gesegnete Frauen, die in den dunklen Ruinen der Welt umhergewandert waren. Und in deren Händen jetzt das Schicksal dieser Welt lag.

Jeder Schritt. Jede Abzweigung in die Dunkelheit. Jeder Augenblick der Verzweiflung, des Zorns, des Schmerzes.

Alles hatte ihn genau dort hingeführt, wo er sein sollte.

Wo er sein *wollte.*

Ein Augenblick der Güte. Zwischen einer jungen Frau, die normalerweise Leben beendete, und einer, die Leben rettete.

Dieses letzte Fetzchen Dunkelheit in ihm würde noch weiter schrumpfen. Schrumpfen und zu nichts als Staub zerfallen, von der Seebrise in alle Winde zerstreut. Vorbei an den eintausend Schiffen, die stolz und unerbittlich hinter ihm hersegelten. Vorbei an den Soldaten und Pferden und den Heilerinnen unter ihnen, angeführt von Hafiza, die alle gekommen waren, als Yrene auch sie gebeten hatte, ihr Volk zu retten. Vorbei an den Ruks, die durch die Wolken schossen, alle möglichen Gefahren im Blick.

Yrene sah ihn aufmerksam an. Er küsste sie einmal – zweimal.

Er bereute nichts. Schaute nicht zurück.

Nicht mit Yrene in seinen Armen, an seiner Seite. Nicht mit diesem Zettel, den sie bei sich trug, diesem Beweis ... dass er genau dort war, wo er sein sollte. Dass er immer dorthin unterwegs gewesen war. *Hierher.*

»Werde ich jemals eine Erklärung für diese dramatische Reaktion bekommen«, sagte Yrene schließlich und schnalzte mit der Zunge, »oder wirst du mich einfach für den Rest des Tages küssen?«

Chaol stieß ein raues Lachen aus. »Das ist eine lange Geschichte.« Er schlang ihr einen Arm um die Taille und blickte mit ihr zusammen zum Horizont. »Und vielleicht solltest du dich dazu lieber setzen.«

»Das sind meine Lieblingsgeschichten«, sagte sie augenzwinkernd.

Chaol lachte wieder, ein Laut, der jeden Teil seines Körpers erfüllte, klar und hell wie eine Glocke. Ein letztes, freudiges Läuten, bevor der Sturm des Krieges heranrauschte.

»Komm mit«, sagte er zu Yrene und nickte den Soldaten zu, die Seite an Seite mit Hasars Männern arbeiteten, um die Schiffe schnellstmöglich nach Norden segeln zu lassen – zu Krieg und Blutvergießen. »Ich erzähle es dir beim Mittagessen.«

Yrene stellte sich auf die Zehenspitzen und küsste ihn, bevor er sie in ihre geräumige Kabine führte. »So spannend, wie du es machst, muss deine Geschichte es aber wirklich in sich haben«, bemerkte sie mit einem schiefen Grinsen.

Chaol lächelte seine Frau an, jenes Licht, auf das er, ohne es zu wissen, ohne es zu erkennen, sein Leben lang zugesteuert war.

»Das hat sie«, sagte er leise zu Yrene. »Das hat sie.«

Feuerherz

Man hatte sie in einen Sarg aus Dunkelheit und Eisen gesteckt.

Sie schlief, gezwungenermaßen – aufgrund des wogenden, süßen Rauchs, der durch die clever versteckten Luftlöcher in der Eisenplatte über ihr – und neben ihr und unter ihr – geweht worden war.

Ein Sarg, gebaut von einer uralten Königin, um die Sonne darin einzufangen.

Umgeben von Eisen, eingeschlossen, schlief sie. Träumte sie.

Driftete über Meere, durch Dunkelheit, durch Feuer. Eine Prinzessin von nichts. Namenlos.

Die Prinzessin sang in der Dunkelheit, in dem Feuer. Und beide erwiderten ihren Gesang.

Es gab keinen Anfang, kein Ende, keine Mitte. Nur das Lied und das Meer und den eisernen Sarkophag, der zu ihrem Gemach geworden war.

Bis sie fort waren.

Bis blendendes Licht durch die schlummernde, warme Dunkelheit flutete. Bis der Wind hereinfuhr, frisch und nach Regen duftend.

Aber sie konnte ihn nicht auf ihrem Gesicht spüren. Nicht mit der Totenmaske darauf, die immer noch festgekettet war.

Sie öffnete die Augen einen Spaltbreit. Nach so langer Zeit in den düsteren Tiefen schluckte das Licht alle Formen und Farben.

Aber ein Gesicht erschien vor ihr – über ihr. Spähte über die eiserne Platte, die beiseitegeschoben worden war.

Dunkles, fließendes Haar. Mondbleiche Haut. Lippen, so rot wie Blut.

Der Mund der uralten Königin verzog sich zu einem Lächeln.

Zähne, so weiß wie Knochen.

»Du bist erwacht. Gut.«

Eine Stimme, so liebreizend und kalt, dass sie die Sterne verschlingen konnte.

Von irgendwoher aus dem blendenden Licht griffen grobe, narbenübersäte Hände in den Sarg. Packten die Ketten, mit denen sie gefesselt war. Der Jäger der Königin, ihr Dolch.

Er zerrte die Prinzessin in eine aufrechte Position, ihr Körper ein fremdes, schmerzendes Etwas. Sie wollte nicht zurück in diesen Körper, kämpfte dagegen an, klammerte sich an das Feuer und die Dunkelheit, die jetzt vor ihr zurückwichen wie die morgendliche Ebbe.

Aber der Jäger riss sie noch näher an dieses grausam schöne Gesicht, das sie mit dem Lächeln einer Spinne beobachtete.

Und er hielt sie fest, als diese uralte Königin schnurrte: »Lass uns anfangen.«

Danksagung

Es ist wieder so weit: Ich stehe vor der beängstigenden Aufgabe, den vielen wunderbaren Menschen in meinem Leben zu danken, die dieses Buch haben Wirklichkeit werden lassen. Also, meine unendliche Liebe und mein grenzenloser Dank gelten:

Josh, meinem Ehemann: Du bist mein Licht, mein Fels, mein bester Freund, mein sicherer Hafen – einfach mein Ein und Alles. Danke, dass du dich so um mich sorgst, mich liebst, mit mir auf diese unglaubliche Reise gehst. Es gibt nichts Schöneres für mich als dein Lachen.

Annie. Du hast mir all die Monate über, in denen ich dieses Buch geschrieben und redigiert habe, Gesellschaft geleistet, sodass ich irgendwie das Gefühl habe, dein Name müsste ebenfalls auf dem Cover stehen – aber bis hündischen Gefährten Urheberrechte zuerkannt werden, müssen diese Worte ausreichen. Ich liebe dich, meine Kleine. Deinen Ringelschwanz, deine Fledermausohren, deine freche Art, deinen tapsigen Gang ... einfach alles an dir. Auf viele weitere gemeinsame Bücher – und Knuddeleien!

Tamar, meiner Agentin: Nach zehn Büchern bin ich immer noch nicht in der Lage, wirklich zum Ausdruck zu bringen, wie dankbar ich dir für alles bin, was du tust. Danke, danke, danke dafür, dass du an meiner Seite kämpfst, dass du verdammt hart arbeitest und so ein Allround-Talent bist.

Laura Bernier: Dank deiner Führung, deiner Klugheit und deiner Begeisterung war die Arbeit an diesem Buch ein solches Vergnügen. Ich danke dir *so sehr* für deine harte Arbeit und deine Verbesserungen – für deine Hilfe dabei, dieses Buch zu dem zu machen, was es ist.

Dem ganzen Team bei Bloomsbury, dem besten Verlagsteam der Welt: Bethany Buck, Cindy Loh, Cristina Gilbert, Kathleen Farrar, Nigel Newton, Rebecca McNally, Sonia Palmisano, Emma Hopkin, Ian Lamb, Emma Bradshaw, Lizzy Mason, Courtney Griffin, Erica Barmash, Emily Ritter, Grace Whooley, Eshani Agrawal, Alice Grigg, Elise Burns, Jenny Collins, Beth Eller, Kerry Johnson, Kelly de Groot, Ashley Poston, Lucy Mackay-Sim, Hali Baumstein, Melissa Kavonic, Oona Patrick, Diane Aronson, Donna Mark, John Candell, Nicholas Church, Anna Bernard, Charlotte Davis und dem gesamten Team der Foreign-Rights-Abteilung. Wie immer danke für alles, was ihr für mich und meine Bücher tut. Es ist eine Ehre, mit jedem Einzelnen von euch zusammenzuarbeiten.

Jon Cassir, Kira Snyder, Anna Foerster und dem Team von Mark Gordon: Ihr seid die Besten. Ich bin begeistert, meine Bücher in euren Händen zu wissen.

Cassie Homer: Unendlichen Dank für alles, was du tust. Du bist absolut fantastisch.

David Arntzen: Du hast uns von Beginn an den Rücken freigehalten. Danke für deinen Einsatz und deine Liebenswürdigkeit.

Und ein riesiges Dankeschön an die unvergleichlichen Maura Wogan und Victoria Cook, aka das beste Anwaltsteam weit und breit.

Lynette Noni: Ich bin so glücklich darüber, dass wir uns bei dieser Supernova vor ein paar Jahren kennengelernt haben. Danke bis zum Mond und zurück für deine Hilfe bei diesem Buch, dafür, dass du so eine geniale Brainstorming-Partnerin und einfach du selbst bist.

Roshani Chokshi: Zunächst einmal: Wir sind genau auf einer Wellenlänge. Danke für das gemeinsame Lachen, die wohlüberlegten Ratschläge und einfach dafür, dass du ein echter Sonnenstrahl bist. Es ist mir eine Ehre, dich meine Freundin nennen zu dürfen.

Steph Brown: Meine Fangirl-Partnerin. Danke für deine Unterstützung – und für deine Freundschaft. Sie bedeutet mir mehr, als ich sagen kann. Ich bin jetzt schon heiß auf unseren nächsten Lord-of-the-Rings-Marathon (#FellowshipoftheDrink).

Jennifer Armentrout, die zu den herzlichsten, freundlichsten und großzügigsten Menschen gehört, die ich je kennengelernt habe; Renée Ahdieh, dessen Abendessen mich immer zum Staunen und Lachen bringen; Alice Fanchiang, ein Fellow-Fangirl, das zu kennen einfach Spaß macht; Christina Hobbs und Lauren Billings, die zu meinen absoluten Lieblingsmenschen gehören.

Charlie Bowater: Wo soll ich da anfangen? Danke für die spektakulären Karten, danke für die anderen Illustrationen, die mich jedes Mal umhauen und inspirieren, danke einfach für *alles*. Ich kann gar nicht sagen, wie viel mir unsere Zusammenarbeit bedeutet, wie viel mir deine Kunst bedeutet.

Kati Gardner und Avery Olmstead: Innigsten Dank für euer geistreiches Feedback und eure Erkenntnisse – es ist unbeschreiblich, wie wertvoll das war und wie es dieses Buch geformt hat. Und darüber hinaus war es ein ganz besonderes Vergnügen, euch kennengelernt zu haben.

Jack Weatherford: Sein *Genghis Khan and the Making of the Modern World* hat meine Geschichtsbetrachtung für immer verändert und war eine große Inspiration für mein Khaganat. Dank auch an Paul Kahn für seine brillante Adaption der *Secret History of the Mongols* und an Caroline Humphrey für ihren Artikel »Rituals of Death in Mongolia«.

Meinen Eltern und meiner Familie: Danke für all die Freude, Liebe und Unterstützung, mit der ihr meine Welt erfüllt. Dem jüngste Familienzuwachs, meiner Nichte: Durch dich erstrahlt mein Leben schon jetzt in neuem Glanz. Mögest du zu einer tatkräftigen Frau heranwachsen.

Ein dickes Dankeschön an meine umwerfenden Freunde: Jennifer Kelly, Alexa Santiago, Kelly Grabowski, Vilma Gonzalez, Rachel Domingo, Jessica Reigle, Laura Ashforth, Sasha Alsberg und Diyana Wan. Und an Louisse Ang: Inzwischen komme ich mir schon vor wie eine gesprungene Schallplatte, wenn ich mich bei dir für alles bedanke. Trotzdem: *Ganz herzlichen Dank* für deine Hilfsbereitschaft und deine tolle Art!

Und an euch, liebe Leser: Ihr seid der Lohn für diese ganze harte Arbeit und die liebenswertesten Menschen, die ich je kennengelernt habe. Ich liebe euch alle.

Von Sarah J. Maas ist bei dtv lieferbar:

›Throne of Glass‹-Reihe

Prequel: Throne of Glass – Celaenas Geschichte
Band 1: Throne of Glass – Die Erwählte
Band 2: Throne of Glass – Kriegerin im Schatten
Band 3: Throne of Glass – Erbin des Feuers
Band 4: Throne of Glass – Königin der Finsternis
Band 5: Throne of Glass – Die Sturmbezwingerin
Band 6: Throne of Glass – Der verwundete Krieger
Band 7: Throne of Glass – Herrscherin über Asche und Zorn
Das große *Throne of Glass*-Fanbuch

›Das Reich der sieben Höfe‹-Reihe

Band 1: A Court of Thornes and Roses
Band 2: A Court of Mist and Fury
Band 3: A Court of Wings and Ruin
Band 4: A Court of Frost and Starlight
Band 5: A Court of Silver Flames
Das große *Reich der sieben Höfe*-Fanbuch

›Crescent City‹-Reihe

Band 1: Crescent City – Wenn das Dunkel erwacht
Band 2: Crescent City – Wenn ein Stern erstrahlt
Band 3: Crescent City – Wenn die Schatten sich erheben

Catwoman – Diebin von Gotham City